KB219789

세계의 역사와 문화 7

미국문화의 이해

Neil Campbell · Alasdair Kean 공저

정정호 · 주재욱 · 정은숙 공역
신진범 · 박용준 · 정혜연

학 문 사

American Cultural Studies:
An Introduction to American Culture

by Neil Campbell and Alasdair Kean

Translated by Chung-ho Chung, Jae-uk Choo,
           Eun-sook Jeong,   Jinb-hum Shin,
           Yong-jun Park,   Hye-yurn Chung

Hakmunsa Pulishing Co.

6F Sahak Hall #7-2 Sajik-dong, Jongno-gu, Seoul
E-mail: hakmun@hakmun.co.kr
http//www.hakmun.co.kr
Tel (02)738-5118   Fax 733-8998

▲ 자유의 여신상
(Statue of Liberty)

소설가, 어네스트 헤밍웨이 ▶
(Ernest Hemingway)

▲ 풍부한 곡물을 제
공하는 광활한 밀
밭지대

It was 1927. A young air-mail pilot named Charles
Lindbergh was about to become famous by making
the first nonstop solo flight across the Atlantic.

◀ 1972년에 대서양
횡단 단독비행에
처음으로 성공한찰
스 린드버그
(Charles Lindbergh)

▲ 조지 워싱턴 기념비

1944년 노르만디 상륙 ▶
작전 전야에 미군부대
를 방문하고 있는 아이
젠하워 장군

▲ 첫 추수감사절을 북미인디
언들과 함께 지내는 영국
이주자들(1621년 플리머
스)

뉴욕시의 명물 엠파이어 스테 ▶
이트 빌딩

▲ 워싱턴 D.C. 소재
링컨 기념관

미국의 16대 대통령, ▶
에이브러엄 링컨
(Abraham Lincoln)

◀ 전기 시험을 하고
있는 벤자민 프랭
크린
(Benjamin Franklin)

1968년 달착륙한 최 ▶
초의 우주인 닐 암스
트롱
(Neil Armstrong)

감사의 말

이 책을 위하여 들뢰즈와 가타리의 다음의 말을 인용하는 것이 적절할 것 같다. '우리 두 사람이 [이 책을] 집필했다. 그러나 우리 두 사람은 각기 여러 사람을 대표하고 있기에, 이 책속에는 이미 다수의 목소리가 들어있다'(G. Deleuze and F. Guattari, 1992 『천 개의 고원: 자본주의와 정신분열증』, London: The Athlone Press).

무엇보다도 우선적으로 더비 대학의 동료들과 학생들에게 감사의 말을 전하고 싶다. 그들은 수업시간을 통하여 이 책에서 개진되는 생각들을 놓고 서슴없이 의견을 제시한 터이어서 책 페이지마다 그들의 목소리가 울려퍼질 것이다. 특히 제5장과 제9장에서 사이먼 필로의 노고를 치하하고 싶다. 우리는 또한 인내와 격려를 아끼지 않은 가족들에게 감사드리고 싶다. 이 책이 나오기까지 끊임없이 옆에서 지켜보며 참을성있게 지지해준 제인 캠벨에게 사랑의 마음을 전한다. '새로운 시작'의 의미를 진정으로 알게 해준 트리쉬, 그리고 알렉스, 올리버, 한나, 다니엘, 그들이 있었기에 우리는 이 책에 전념할 수 있었다. 데이빗 하이엄 어소시에이츠의 허락으로 앨리스 워커의 『메리디안』에서의 인용이 가능했다.

판권소지 회사들과 접촉하기 위하여 온갖 노력을 기울였지만, 혹시라도 부주의로 인하여 제외된 경우가 있다면, 언제라도 기회가 닿는대로 즉시 필요한 조치를 취하고자 한다.

지은이

차 례

서 론

> 대화를 확장하라. 개념규정을 심화시켜라 ─ 우리들이 제정신 가지고 살아갈 수 있기 위하여. 새로운 통찰력이 생성하도록 하라. 사회 전반에 관심을 기울이는 사회과학은 철학적, 역사적, 환경적, 다성적인 것이 되어야 한다.(Harding, 81-2)

이 책에서 우리가 목표하는 바는 우리가 선택한 주제들에 대하여 학제적인 접근을 신봉하는 '미국학'의 입장에서 현대 미국문화를 탐색하는 것이다. 미국 또는 학제적 작업에 대한 경험이 적은 학생들을 격려하기 위하여, 그리고 이 학생들이 이 두 가지를 함께 연결시켜 작업할 수 있게 하기 위하여 우리는 미국문화 연구를 위한 일련의 잠정적인 방식들을 탐색할 것이다. 우리는 주로 20세기 경험에 초점을 맞출 것이지만, 예를 들어 지역이나 아프리카계 미국인들을 다룰 때와 같이 적절하다고 여겨지는 경우에는 중요한 맥락이나 연속성을 제공하기 위하여 20세기 이전의 자료들도 포함시킬 것이다.

▶ 예외적인 장소인가, 아니면 미국은 무엇인가?

미국 역사와 문화를 연구하기 위한 접근방식인 미국학은 1930년대에 태동한 이래로 두 가지 주요 주제를 가지고 씨름을 계속했다. 그 첫 번째 주제는 마이클 데닝이 실체 범주의 근간이 되는 질문이라고 말한 바 있었던 '미국은 무엇인가?'(Denning, 360)이다. 이 질문은 여러 가지 방식으로 표현되지만, 어떻게 표현되든지 간에, 그것은 미국의 국가적 정체성이 의미하는 바를 묻는 것이며, 또한 미국이 다른 국가들과는 어떻게 구별될 수 있는지를 탐색하는 것이다. 이것이 가장 강력한 형태를 취한 경우에는 특별히 미국적 경험으로서 독특한 점을 확립하려는 노력이 포함되었다. 두 번째 주제는 린다 커버가 학문적 경계에 대한 초조감이라고 표현했던 것으로, 학문적 탐색에서 실험정신을 개방하는 것이다(Kerber, 416). 미국학은 초기부터 서로 다른 학문 분야의 학자들 사이에서 협동의 가능성을 탐색하고자 했으며, 심지어는 각각의 실천 작업들을 유지하는 학제적 방법론을 발전시키고자 노력했다. 이 서론에서 우리는 미국문화 연구를 시작하면서 동시에 관습적인 접근방식들에서 벗어나는 어려우면서도 보람있는 과정을 시도하는 학생들에게 도움을 주기 위해 이 두 가지 주제들에 연루되어 있는 일련의 함축적 의미들을 논의하고자 한다.

　J. G. 블레어가 지적했듯이, 미국의 미국성을 측정한다는 것은 미국학의 거룩한 목표이다. 물론 그것이 미국학 내에서 주요 관심사로서 얼마나 중요한 것인가는 미국 역사 자체 속 깊이 그 뿌리를 두고 있다. J. H. St 존 드 크리브꾀르의 '그렇다면, 이 새로운 인간인 미국인은 어떤 사람인가?'라는 유명한 질문은 1782년에 처음 제기되었으며, 그 후 계속되는 세대에 걸쳐서 미국인이나 외국인들 할 것 없이 미국의 정체성 문제를 취급하는 사회적·정치적 논평이 나올 때마다 이 질문이 되풀이 되었다. 1830년대와 1840년대의 알렉시스 드 토크빌로부터 프레드릭 잭슨 터너와 같은 미국 역사의 건국의 아버지들을 통해서 데이비드 라이스만과 크리스토퍼 라쉬와 같은 제2차 세계대전 이후의 문화비평가들에 이르기까지 상당히 많은 문헌을 통해서 미국의 성격을 규정하는 일에 혼신의 노력을 아끼지 않았다. 그러므로 '미국적 예외성,' 즉 미국문화와 다른 문화들 사이의 차별성을 추구하는 미국학은 국가적으로 자기개념 규정을 내리고

자 하는 노력에서 나온 결과이다. 비록 미국문화를 분석해본 결
과, 과거에 생각했던 것보다 다른 현대 사회와 뚜렷하게 구별되
는 점이 별로 없다고 판명되더라도, 미국 문화의 한 가지 특성
은 국가 정체성에 대한 계속되는 질문들이다. 실제로 일부 논평
가들이 주장했듯이, 미국에서 미국적 특수성에 대한 논의가 집
중적으로 이루어졌다는 사실은 그 자체로 미국적 정체성의 주
요 요소일 것이다. '미국의 특성에 대한 탐색은 그 특성의 일부
이다'(Wilkinson, 2).

그러나 최근 뚜렷한 국가적 특성을 탐색하는 작업은 점차 더
많은 비판을 받게 되었다. '미국적 예외성'에 대한 분석들은
'1990년대에 들어와 그 어느 때보다 믿을만하지 못하다'
(Lipsitz, 616)는 주장이 나왔다. 이러한 종류의 비판들은 국가적
차이를 규정하려는 과거의 많은 시도들에서 나타나는 두 가지
핵심적인 약점에 초점을 맞추는 경향을 보였다. 첫째, 국가 정
체성의 문제들을 일부 본질적인 특이성으로 축소시키는 과정에
서 미국을 설명하면서 특정 단체들이나 전통들의 경험에 과도
한 비중을 부여하는 경향을 보인다. 그 결과 다른 단체들의 경
험은 잊혀지거나 주변부화되는 경우가 생긴다. 둘째, 미국 사회
를 별도로 연구하게 되어 미국이 다른 사회들과 공통으로 가지
고 있는 경험들이 무시되는 경향이 나타났다.

첫 번째 비판을 주목하게 되면, 국가적 정체성을 일반화시키
는 것이 얼마나 어려운지 알게 된다. 지난 30여 년에 걸쳐서 놀
라운 정도로 많은 논의가 이루어졌듯이, 미국인들은 일치와 합
의보다는 구분과 대립으로 유명하다. 통합된 미국문화에 대한
전통적인 개념들은 자세히 검토해 보면 백인, 남성, 중산층의
견지에 부여되는 특권적 지위에 근거를 두고서, 미국이 어떤 것

이었고, 또는 어떤 것이어야 하는가에 대한 부분적이고도 선택
적인 관점들이라는 것이 판명된다. 미국은 강력한 합의와 낮은
수준의 갈등이 특징인 계급 없는 사회로 제시될 수 있었다. 그
러나 그것은 단지 역사가들이나 문화비평가들이 계급, 민족성,
인종, 성별과 같이 미국 생활에서 뿌리 깊은 구분들을 나타내는
요소들을 강조하지 않는 경향 때문이었다. 일단 이러한 요소들
이 정당하게 인정되면, 최소한도 국가적인 정체성의 전통적인
개념들 안에서 그 요소들을 알맞게 설명한다는 것은 훨씬 더
복잡한 것이 된다. 미국인들은 결국 통합된 만큼이나 분리되어
져 있다는 주장이 나옴직하다. 통합이 명백한 경우에는, 단지
차이가 힘의 행사로 숨겨져 있기에 가능한 것이다. 미국의 생활
에서 지배적인 특정 단체나 견해는 다른 단체들이 종속된다는
사실을 감추어 버렸으며 미국적 정체성을 창출하는데 아무 역
할도 하지 못했다. 엘리자베스 폭스—제노비즈는 '지난 20년간
… 특권이 부여된 소수의 문화는 수도 없이 다양한 미국인들의
특정 신념들이나 실천들을 제대로 대표할 수 있다고 하는 자기
만족적인 가설들에 대한 저항이 점차 늘어가고 있었다'(7)고 적
고 있다. 그리하여 미국적 정체성의 구축은 더이상 특권이 부여
된 소수의 범주에 의존할 수 없게 되었다. 미국인은 '남성과 여
성, 백인과 흑인, 부자와 빈자, 개신교도와 카톨릭교도 및 유태
인, 그리고 다양한 국가적 민족적 배경을 지닌 사람들'(7)로 구
성된다.
　두 번째 비판은, 횡—문화적 비교에 별로 관심을 기울이지 않
고서 미국문화 자체만 검토하는 미국학의 경향에 초점이 맞추
어졌다.[1] 여기에서는 미국이 다른 문화들과 공유하는 것보다

----

1) 이러한 견해를 뒷받침하는 주장으로는 G. 건의 「문화비평으로서의 미국학」을
　참조할 것.

다른 문화들과 미국의 차이점들을 강조하는 경향이 나타났다. 그러나 이러한 접근방식은 미국이 수행해야 할 특별임무가 있다는 미국 역사상 오랫동안 신봉해 온 신념을 약화시키는 동시에 강화시켰다. 과거에 미국의 특별임무는 강력한 종교적, 경제적 또는 인종적 구실이 있었으나, 이제는 미국이 냉전 시기에 자유세계의 지도자로서 담당한 이념적 역할로 인해서 새로운 활력을 얻게 되었다. 이러한 주장과 미국이 과거에 갈등을 소극적으로 다루려는 경향 사이에는 연결점들이 있다. 왜냐하면 자일스 건이 논평했듯이, '미국의 독특함에 대한 관심이 커지는 경우, 미국의 문화적 복잡성과 문맥상의 관계들은 물론이고 미국 내부 자체의 분열에 대한 비판적 이해는 감소되'(Gunn, 151)기 때문이다. 이러한 경향은 또한 미국적인 용어로 미국의 정체성을 설명하고자 했던 이해할 수 있는 미국 문화의 표현법에 의존하였다. 프론티어 명제에 대한 프레드릭 잭슨 터너의 설명은 단지 미국 자체 내부의 조건들로 미국의 발전을 설명하고자 했던 가장 잘 알려진 시도이다(5장 참조).

'미국적 예외성'에 대하여 이처럼 다양한 비판들이 나왔다는 것은 미국적 경험을 일반화시키는데 따르는 문제들이 많다는 것을 시사하는 것이다. 이것은 국가적 규모의 역사적·문화적 분석이 중요하다는 것을 부정하려는 것이 아니다. 이것은 또한 때때로 주장되었던 것보다 지역이나 민족성 문제에 다소 민감한 미국의 특성에 대한 광범위한 문헌을 무시하려는 것도 아니다. 우리는 미국문화를 이해하려는 학생들이 국제적, 횡―문화적 비교는 물론이고 미국 내의 변동이나 분열을 고려할 필요가 있다는 것을 강조하려는 것이다. 그러므로 이 책의 한 가지 목적은 학생들이 이러한 내적인 분열들을 인식하고 동시에 그것들이 미국 정체성의 관습적인 또는 확립된 개념 규정들과 어떻게 연관되는지를 숙고할 것을 충고하는 것이다.

▶ 미국학은 무엇인가?

의심스러운 국가 정체성이 미국학에서 최근 탐구가 이루어지는 한 가지 주요 관심사라면, 두 번째 관심사는 학제적 작업과정이다. 여기서 학제적이라는 것이 무슨 의미인지 해명하면서 이런 종류의 접근방식에 포함되어 있는 잠재적인 문제들은 물론 몇 가지 이점도 확인하고 지나가는 것이 유익할 것이다. 미국과 그 밖의 다른 나라에서 연구되고 있는 미국학은 전통적인 학문 범주들을 벗어나는 움직임들을 오래 전부터 주창해 왔으며 학문 영역 사이의 좀더 공개적이고 협조적인 작업들을 확립하려는 노력들을 장려했다. 그러나 예상대로 그러한 기획은 논란의 여지가 많았을 뿐만 아니라 반박도 수없이 받았다. 여기에는 여러 이유가 있겠지만, 특히 지난 20년 동안은 학문분야라는 것의 성격 자체가 다각도로 정밀 조사를 받았기 때문이다.[2] 여기서 우리는 이러한 작업을 논평하려는 의도는 없다. 그러나 그 흐름을 알고 싶은 학생들은 주석에 나온 자료나 참고 문헌을 찾아보면 될 것이다. 그보다 우리는 이곳에서 논의의 범주를 넓혀서 학생들이 그들 나름대로 발전시켜 나갈 수 있을 문화적 탐색의 길을 활짝 열어주고 싶다. 다음에 이어지는 각 장에서 우리는 관련 주제들에 대하여 해석적인 개관을 제공하기보다

2) 이 논의에 대하여 최근에 나온 논평으로는 R. King, 「80년대」, M. Bradbury and H. Temperley (편), 특히 pp.377-81을 참고할 것. 최근 미국학의 학제적 접근방식과 연관된 작업을 유익하고도 광범위하게 소개하고 있는 논문은 T. V. Reed의 「미국학의 이론과 방법: 참고서지」이다.

미국문화에 대한 잠재적인 일련의 접근방식들을 제시할 것이다. 그런 다음 학제적 문제들의 토의 방식으로 출발점을 제시할 것이다.

모든 학제적 기획에서 중요한 것은 연구대상 텍스트와 그 텍스트가 나온 맥락의 관계이다. 여기에서 우리가 검토해야 할 주요한 문제가 두 가지 있는데, 그 하나는 우선 '텍스트'의 의미이다. 문학, 역사, 정치 연구에 기초한 전통적 접근방식들은 어떤 텍스트를 희생시키면서 어떤 다른 종류의 텍스트를 선호하는 경향이 있다. 그것들은 미국문화의 정수를 걸러내게 되는 위대한 작품들로 이루어진 확립된 정전을 제시한다.

어떤 텍스트들은 지속적인 검토에 적합하지만 다른 텍스트들은 그렇지 못하다. 정전에 어떤 작품이 포함되어야 하는지를 놓고 최근 뜨거운 논쟁이 벌어졌으며, 이 서론을 시작하면서 제기한 문제들과 분명히 연관되어 있다. 정밀한 연구를 위한 어떤 특정 텍스트 목록 속에 누구의 미국이 반영되어 있는가? 주요 작가들의 작품들이 그 자체로 미국만큼이나 다양하고 분열되어 있는 문화의 복잡한 양상들에 대하여 적절한 안내 역할을 떠맡을 수 있는가? 어떤 텍스트들은 더 복잡하거나 아니면 그 텍스트들 속에 계시적 내지 영감을 불러일으키는 특정한 성질이 함유되어 있기 때문에 그것들이 다른 것들보다 가치가 더 큰가? 우리는 이러한 문제들을 수용하고자 노력하는 한편, 지속적이고도 세심한 독해를 필요로 하는 어떤 문학적 예술적 생산 형태의 중요성을 계속 강조하는 접근방식을 택했다. 그러나 그와 동시에 우리는 전통적으로 그러한 범주에 포함되는 것으로만 제한하지 않았다. 우선 '엘리트,' 또는 '고급' 문화라고 정의되는 것은 시간이 흐르면 분명히 바뀌었다. 19세기와 20세기 초 미국에서 출현한 문화적 특징을 다룬 로렌스 르바인의 글은 텍스트와 작가의 지위가 고정된 것이 아니라 특정한 역사적 사건들이 주는 압력에 따라 변화했다는 것을 잊지 않고 기억하게 한다.

문화의 정의를 광범위하게 '생활방식'이라고 규정하면, 문화적 산물을 소수의 승인된 텍스트로 제한한다는 것이 수없이 많은 텍스트를 배제시킬 위험이 있다는 것 또한 분명해진다. 최근 그 반대 입장을 택한 사례가 있다. 즉 텍스트들은 단지 '미국인들이 그들의 삶을 이해하기 위하여 서로에게 해주는 그러한 이야기들'(Mechling, 4)이라는 것이다. 이 정의에 의하면, 모든 범주의 문화적 산물과 가공품들이 분석대상이 된다. 그러한 연구계획 속에는 아직도 어떤 이야기들이 다른 것들보다 더 커다란 확신과 반향이 있다는 질적 판단내릴 여지가 남아있지만, 좀더 광범위한 문화의 서로 다른 양상들 사이에서 연결을 지을 가능성이 크게 확장된다. 다른 종류의 텍스트들이 면밀한 조사를 받게 되면 놀라운 결과를 가져올 수 있다.

그 텍스트들이 터놓는 이야기들에 세심하게 귀기울이고 문화 속에서 이 이야기들이 다른 이야기들과 어떻게 조화를 이룰 수 있을지 숙고함으로써 대중적인 영역에서 면밀한 조사의 보람을 느끼게 하고, 또한 겉보기로 한층 더 진지한 작품들만큼이나 탐구적이고 복잡한 구체적인 텍스트들이 발굴될 수 있다. 그러므로 이 책에서 우리는 에드가 엘런 포우로부터 토니 모리슨에 이르기까지 명성이 확립된 작가들의 작품들을 계속해서 중점적으로 다루면서도 동시에 대중 문화, 사진, 미술, 음악, 영화, 유형물을 포함하여 출처가 다른 자료들도 나란히 제시하였다. 게다가 서로 다른 텍스트들 사이에 연관성을 맺으면서, 그것들 자

체로 읽혀지고 해석될 수 있는 새로운 텍스트들이 창출되었다
는 주장을 할 수도 있을 것이다. 여기서 한 예를 든다면, 도시
를 텍스트로 설명한 것은 여러 다른 방식으로 해석될 수 있을
것이나, 그것 자체는 다른 텍스트들 또는 이야기들로 구성되어
있다.

 만일 텍스트 개념을 다시 정의내리는 것이 가능하다면, 맥락
이나 '역사' 개념도 그러할 것이다. 역사학을 위한 문화이론에서
최근 이루어진 작업의 함축적 의미들은 주목할만하며 기록 역
사는 허구와 마찬가지로 독자들에게 사건을 재현하기 위하여
정교하게 만들어진다는 사실을 상기시킨다. 경험을 기초로 하여
과거의 진리를 추구한다는 역사의 관습적 개념들은 방법론적
문제나 인식론적 문제에 대하여 순진하게 의심치 않는 접근방
식을 취한다는 비판을 받았다. 이러한 비판들은 대다수가 의심
할 여지없이 논쟁적인 어조를 취하고 있으며, 이론적인 주장에
빠져서 최근의 역사적 논의가 지니고 있는 깊이, 넓이, 섬세함
을 무시하는 경향이 있다. 아이러니컬하게도 그것들은 때때로
그 작업이 훼손시킨 과거에 대한 특정한 해석이나 역사적 해석
모델에 의지한다.[3] 그러나 이러한 경향이 있음에도 불구하고,
최근 발표된 역사철학에 대한 글에서 몇몇 주안점들을 확인하
는 것은 유익한 일이다. 왜냐하면 그것들은 인문학에서 학제적
작업으로의 문을 열 수 있도록 역사와 다른 학문들을 연결하는
방식들을 제시하기 때문이다.[4] 다음은 이 주안점들을 요약한
것이다.

---

3) 최근 문화비평이나 문화이론에서 나타나는 이러한 경향에 대하여 주류 역사가
 가 비판하는글을 보려면, A. Marwick(편), 「서론」, 『미술, 문학, 사회』를 참고할
 것.
4) K. 젠킨스의 『역사를 다시 생각하기』는 최근 작업을 간략하게 요약하고 있다.
 또한 D. 굿맨의 「포스트모더니즘과 역사」도 참고할 것.

① '과거'와 '역사' 사이에 분명 차이가 있다.

② 결국 역사는 역사가들이 만들며, 여기서 역사가란 전문적
인 역사가들 뿐만 아니라 과거를 이해하는 일에 흥미를
느끼는 모든 사람들을 포함한다. 예를 들어 프레드릭 잭슨
터너와 같은 미국의 역사가는 미국의 영역뿐만 아니라 미
국의 성격을 구성하는 모든 요소를 설명하려는 서구 역사
이야기를 확립시켰다.

③ 담론으로서의 역사는 과거를 모두 파악할 수 없는 구성물
이다. 간단히 말해서 총체적인 과거는 하나의 이야기 속에
담기에는 너무 크고 너무 다양하다.

④ 그러므로 역사는 과거에 대한 다른 이야기들로 구성된다.
우리는 그 다른 역사들을 통하여 과거에 이르게 되며, 우
리는 과거를 이해하기 위해서는 바로 이 역사들을 서로
견주어서 그 비중을 따져야 한다. 우리가 우리의 이야기의
진위 여부를 가리기 위하여 비교해볼 수 있는 과거에 대
한 정확하고 변함없는 역사적 기록은 없다. 그리하여 우리
는 잭슨 터너와 같은 역사가들의 좀더 '전통적인' 남성—
중심적인 구성물들에 대립할 수 있는 새로운 페미니즘적
또는 민족적 역사들을 탐구해야 한다.

⑤ 역사는 과거에 대한 부분적인 이야기이기 때문에, 다른 이
야기들과 똑같이 압력을 받는다. 역사는 어떤 관습과 규칙
에 따라 쓰여지는 것이며, 명시적 또는 함축적인 이야기
장치를 이용한다. 역사가는 메타포, 반복, 의인화, 종결 등
과 같이 대체로 소설가의 범주라고 생각되는 방책을 이용
하여 의사를 전달한다. 물론 역사가가 참고하는 기록물들

도 마찬가지이다.

⑥ 이 이야기들은 서로 경쟁을 하게 된다. 다시 말해서 그것들은 서로 역동적인 관계를 맺고 있다. 특정 종류의 이야기들이 특정 시기에 우세할 수가 있는데, 그 이유는 그것들이 지배적인 문화 형태나 정치체계의 표현이기 때문이다. 다른 이야기들은 지배문화 속에 수용되지 못했기 때문에 미완성으로 남아서 제 목소리를 내지 못할 수가 있다. 그리하여 최근까지 미국의 토착민들이나 아프리카계 미국인들은 권위있는 역사적 목소리가 거부되는 과정을 거치면서 역사 속에서 침묵을 지켜왔다.

⑦ 자기 자신들이 특정한 사회적 맥락 속에 위치하고 있는 역사가들이 역사들을 쓰고 있다. 역사가들의 관찰, 해석, 판단은 부분적으로 그들이 작업하면서 선택하게 되는 개념적 범주에 의하여 형성된다.

이제 우리는 전혀 문제시되지 않는 국가적 문화개념과 연관된 문제들이 어떤 종류의 텍스트들이 면밀한 조사대상이 될만한 가치가 있으며, 또한 이 텍스트들이 역사적 탐색과정과 어떻게 연결되는가에 대한 방법론적 문제들과 서로 맞물리게 되는지를 살펴보는 것이 가능할 것이다. 일련의 텍스트 자료들에 대한 개방성, 예를 들면 고급 문화뿐만 아니라 대중 문화, 기록적인 자료뿐만 아니라 상상적인 자료, 역사뿐만 아니라 소설이나 영화를 포함시키게 되면, 국가적 정체성 문제에 대한 토론의 장이 만들어지고, 관습적인 학문범주를 벗어나 경쟁적인 담론들을 분석의 초점으로 놓고서 그것이 어떻게 만들어졌는지를 논의할

수 있게 될 것이다. 그리하여 1992년의 콜럼버스 5백주년과 같
은 행사는 미국의 '발견/정복'과 같은 서로 다른 의미해석을
놓고 논쟁을 벌일 수 있었다(제2장 참조). 그러나 여기서 우리
가 강조해야 할 것은 우리의 주장이 역사를 허구와 똑같이 재
현하려는 것은 아니라는 점이다. 역사가들은 상상력의 외부에
존재하는 것, 말하자면 과거를 소재로 다루어야 한다. 그리고
데이비드 로웬탈이 역설하듯이, 역사가는 다음과 같은 행동을
해서는 안 된다.

> [역사가는] 고의로 … 자신의 결론에 영향을 미칠 것들을 만들어 내
> 거나 아니면 제외시켜서는 아니되며 … 자신의 이야기를 좀더 이해할
> 수 있는 것으로 만들고자 감히 인물을 조작해 내거나 인물의 미지의
> 특성으로 탓을 돌려서는 아니된다. 왜냐하면 역사가는 공적 기록을 이
> 용할 수 있어서 그러한 창조물을 다른 사람들로부터 숨길 수도 없으며
> 발견되었을 때 정당화할 수도 없기 때문이다.(Lowenthal, 229)

이와는 대조적으로 소설가들이나 영화제작자들은 증거의 배
열, 시험, 구성의 필요성에 대해 제한을 받지 않는다. 그들은 과
거의 사실들과 씨름했다거나 자신들이 선택한 자료에 중립적인
또는 공평무사한 접근방식을 채택했다는 주장을 할 필요가 전
혀 없다. 그들의 이야기는 문자의 힘을 통하여 감정과 감각에
호소하고 느낌을 전달하려는 목표를 가지고 있다. 그러나 이와
같이 중요한 차이가 있음에도 불구하고, 허구나 역사는 모두 독
자에게 전달방식으로 언어(말하자면, 설득이나 인상을 주기 위
한 언어)를 사용한다. 그리고 우리가 제도들에 대한 연구들을
문화연구와 연결시키는 것은 바로 텍스트들이 표현되는 형식에

대한 관심 때문인 것이다.

▶ 이 책의 이용방법

우리는 모든 장에서 똑같은 분석방식을 사용하지 않았다. 왜냐하면 서로 다른 주제에 대한 탐색과정들은 분명히 서로 다른 접근 방식을 필요로 할 것이기 때문이다. 우리가 이미 강조해서 말했듯이, 우리는 이 책을 모든 해답이 달려있는 교과서나 개관서로 집필하려는 목적을 가지고 있지 않다. 마이클 피셔가 말했듯이, '텍스트는 신비스럽게 밀폐되어 있지 않고, 텍스트를 벗어난 지점을 가리킨다'(Clifford and Marcus, 201). 이 책은 다른 많은 학문, 탐색, 연구조사의 범주들을 지적하고 있다. 그리하여 '미국의 도시'에 대한 제6장에서 우리는 의미가 지속적으로 바뀌어서 고정될 수 없는 텍스트로서의 도시에 대하여 포스트구조주의적이라고 할 수 있을 접근방식을 택하였다. 그러나 제7장에서는 미국에서 현재 진행 중에 있는, 성별이 힘의 관계들을 규정하는 방식들을 분석하였다. 그러나 우리는 각 장에서 설명하는 실천들에 적합한 자의식적이고도 명시적인 묘사를 개발하였다. 또한 우리는 일반적인 개관서보다는 좀더 상세한 텍스트들에 대한 논의를 포함시켰던바, 그것 또한 일련의 학제적인 텍스트 자료에 대한 가능한 접근방식들을 모색해보기 위해서이다. 이 목적을 위하여 선택된 텍스트들이 반드시 대표적인 것은 아니지만, 그래도 이러한 작업을 통해서 이루어질 수 있는 것으로는 유용한 본보기들이 될 것이다.

우리는 각 장의 마지막 부분에 학생들이 후속 작업으로 관련 주제에 대한 나름대로의 접근방식들을 개발할 수 있게 하기 위하여 구체적인 문제들을 제시하였다. 각 장마다 참고문헌을 통하여 학생들이 계속하여 연구 조사할 수 있도록 참고 자료들을 정리해 놓았다. 우리는 각 장에서 최근 프레드 잉글리스가 '개방성 이론'이라고 말한 복수적인 관점을 예우하고, 다양한 지적 경험을 애호하며, 이전의 지식 자체의 지위나 불확실성을 인정한다(Inglis, 227). 그러나 동시에 우리는 학생들이 역사를 통하여 표현된 힘의 문제들과 차이가 연결되는 방식들을 탐구하기를 기대한다. 학생들은 '과거로부터 내려온 미국 문화에 대한 개념이 일부 사람들은 이기고 다른 사람들은 패배하게 되는 역사적 투쟁의 산물'고이 서로 다른 개인들과 세력들 사이의 상호연관성을 연구하는 일이 중요하다는 것을 인식하게 될 것이다(Fox - Genovese, 27).

▶ 비판적 접근방식

이제부터 우리는 이 책의 각 장에서 사용되는 몇몇 접근방식들을 좀더 상세하게 제시하고자 한다. 각 장의 도입부분에서 우리는 그 장을 구성하고 있고 영향을 미치며, 각 장의 접근방식들에 대한 설명과 맥락을 제공하는 몇몇 개념을 개관하고자 한다. 우리는 그 개념들을 이 책에서 이용되는 특정한 맥락에서 설명하고, 주석과 참고문헌들을 통하여 여기서 시작한 탐구를 학생들이 개별적으로 계속 이어나갈 수 있도록 노력했다. 그러나 각각의 장은 여기에서 조립된 뼈대가 이러한 비판적인 접근방식들을 구체적으로 적용하면서 골격을 갖추고 구체화될 것이다.

신화와 이데올로기

미국의 국가적 신화들은 약속의 땅이나 터너의 프론티어 명제와 같이 어떤 특징이나 속성을 확인함으로써 '우리가 우리 자신이나 우리의 존재와 화해하게 만들려는 시도'(Storey, 74)를 한다. 이것은 모든 사람들이 이러한 신념들을 공통으로 지니고 있다고 제시함으로써 '국가적 성격'이나 열망을 규정하려는 시도가 될 수 있다.

미국학은 종종 몇몇 신화적 틀을 추구하기도 하였고, 이것을 규정하는 일에 협조하기도 하였다. R. W. B. 루이스의 『미국의 아담』이나 헨리 내쉬—스미스의 『처녀지』와 같은 비평서들은 에덴이라든가 황야와 같은 미국의 구체적 관념을 강화시킴으로써 미국의 신화적 감수성을 선언하는 데에 도움을 준 텍스트의 본보기이다. 어떤 의미에서 신화의 목적은 이 세계를 설명할 수 있는 것으로 만들고, 그 문제들과 모순점들을 마술적으로 해결하는 것이다. '신화적 사고는 항상 해결을 목적으로 하여 서로 대립되는 것들을 인식하는 데서 시작한다'(Levi-Strauss, 224). 로널드 라이트는 이에 덧붙여서 '신화는 과거를 … 너무나 당연시되고, 겉보기에 너무나 자명한 원형들을 만들어내고 강화시키는 양상으로 … 배열한 것이어서, … 우리는 그것들을 따라 살고 죽는다'(5).

그리하여 신화들은 복잡한 양상들은 설명하고 모순되는 점들은 떨어버려 이 세상을 우리가 살아가기에 좀더 단순하고 좀더 편안한 곳으로 만들기 위해서 우리가 하나의 문화로서 서로에게 이야기하는 것들이다. 예를 들어 만일 미국이 '처녀지'이고 야생지라면, 그곳은 토착민과 무관하게 '자유'롭게 개척자들에 의해 문명화되고 점령될 수 있다. 롤랑 바르트는 그러한 자기도 취를 경고하면서 우리에게 방심하지 말고 '명백하게 잘못된 것'(11)을 기꺼이 심문할 것을 요구하고 있다. 왜냐하면 '바르트의 신화는 또한 현상을 옹호하고 사회의 지배그룹들의 가치와 이해관계를 적극적으로 조장하는 생각들과 실천들로 이해되는 이데올로기를 의미'(Storey, 78)하기 때문이다. 바르트의 생각으로는 신화는 역사의 복잡한 이동 과정에 '자연스'러우며 '외적인' 것이라는 표면적 모습을 부여함으로써 과거를 바꾸어 놓는다. 신화는 마치 우리가 발언에서 인식하는 복잡한 상황들을 도려내 버려서 결국 남는 것은 단지 '말할 것도 없는 것,' '당연시되는 것' — 정치적 논쟁이나 차이가 제거된 단순한 것이 되기 때문에 '비—정치적 발언'이다.

그리하여 신화는 이 세상의 특정한 이미지들이 텍스트나 실천들을 통해서 전달되고 강화되는 방식들이기 때문에 이념적이다. 이데올로기는 내부에 존재하면서 우리의 일상생활들을 알려주며, 사회적 힘의 유지나 재생산에 기여하는 방식들로, 우리를 사회에서 작동하는 더 광범위한 힘의 구조들과 연결시키고 있는 감정, 가치, 인식, 신념 양식들이라고 설명될 수 있다 (Eagleton). 그러한 이데올로기적 신화들은 미국 문화 곳곳에 존재하고 있으며, 미국, 미국역사, 미국의 생활에 대한 사람들의 사고 방식이나 글쓰는 방식을 형성하는데 일조하고 있으므로 그것들을 검토할 필요가 있다.

예를 들어 미국을 새로운 에덴 동산, 새로운 탄생, 임무, 약속의 땅이라고 간주하는 생각은 미국 역사를 통하여 다양한 형태로 계속되었다. 우리는 이러한 신화나 이데올로기들을 심문함으로써 과거에 대한 특정한 해석의 틀을 만들어내고 선호되는 의미들을 부여하여 그 결과로 어떤 그룹들에게 특권을 부여한 힘의 대열을 보게 될 것이다. 그러나 이것은 단순한 교정 수단은 아니다. 왜냐하면 '신화'가 '진실'과 대립될 수 있다는 것을 함축적으로 의미할 수 있기 때문이다. 그러나 사실 문화를 일련의 역동적이고 대립적인 이념적 세력들과 해석들로 간주하는 것이 더 유용할 것이다.

학제적 연구

학제적 연구는 합쳐지고 섞여지는 개별적 학문의 경계에 위치하고 있으며, 정상화되고, 수용된, 공식적인 미국 문화의 주변부에 위치하고 있다. 추상적인 학문적 입장과 실제적인 이념적 입장 모두가 생산적이고 활력적일 수 있다. '변경'에 위치한다는 사실은 미국 문화를 새롭게 바라보는 방식을 제공할 수 있다. 왜냐하면 우리는 이 세계의 개념규정, 지시, 배열이 이루어지는 중심에서 벗어나서(지배적인 주류의 미국문화에서 배제되고 주변부화된) 타자의 눈으로 바라보는 것이 허용되기 때문이다. 여기에서 '방향에 대한 상실감, 감독의 혼란 … 불안한 탐험적인 움직임'(Bhabha, 1)이 일어나 변화가 발생한다. 왜냐하면 '현실'에 대한 기존의 안전한 개념이 '현대 세계에서 정체성 주장에 들어있는 — 인종, 성별, 세대, 지정학적 위치, 성적 경향의 — 주체의 위치들에 대한 인식'(같은 책)에 의해서 의문시되고 또 그러한 인식으로 대체되었기 때문이다. 미국 문화의 변두리에는 복합문화적이고, 복합관점적이고, 비판적인 인식방식이 존재한다. 사람들은 그러한 방식에서 이 새로운 관점들을 획득할 수도 있고 또한 '위계질서가 가정되거나 부과되지 않은 채 차이를 견지하는 문화적 잡종성의 가능성'(같은 책, 4)을 포착

할 수도 있다. 이 문화적 잡종성의 문제는 후에 민족성과 다원
성과 관련하여 논의할 예정이다(제2장 참조).

　미국은 다양한 문화, 의식체계, 신념체계가 만나는 공간으로
서 정체성, 언어, 공간이 끊임없이 상호 교환되고, 검증되고, 교
차되는 광활한 국경지방으로 간주될 수 있다. 학제적 연구는 경
계를 상호 연결시키는 동시에 위반하는 탐구방식을 이용하여
지배적인 목소리도 참여시킬 수 있는 적합한 방식을 제공한다.
그리고 또한 학제적 연구는 다른 목소리들이 서로 자기 주장을
펼치기 위하여 투쟁하는 것을 인정하고 그 다른 목소리에 귀를
기울이고 그 주장을 이해하고자 노력한다.

복합문화적이고 다중조망적

　주류에서 배제되어 힘의 변두리에 위치한 그룹들, 즉 여성,
소수민족, 동성애자 등은 비판적인 문화학의 발전을 위하여 많
은 노력을 기울였다. 이러한 새로운 비판적인 접근방식들을 통
하여 이전의 재현이나 힘의 체계들은 심문을 받았으며 저항을
받았다. 예를 들어 건전한 문화는 다양한 신념체계나 실천체계
를 지닌 서로 다른 많은 사람들로 구성되어 있다고 주장하는
복합문화주의는 지배와 억압의 관계들, 사회의 고정관념을 분석
할 것을 권장했으며, 지배에 대한 도전, 자기정의의 필요성, 차
이의 주장에 초점을 맞추었다. 이와 마찬가지로 페미니즘은 힘
의 관계들을 분석하여, 미국의 소수민족들의 투쟁과 연결되는
점들을 많이 찾아내었다(후에 논의되는 아드리엔 리치의 글을
참고할 것). 그뿐만 아니라 페미니즘은 단지 상호 대립물만 있
고 복잡한 협상의 여지가 있는 영역은 전혀 없음을 암시하는
지나치게 단순화한 '양자택일적'인 비판적 사고방식을 넘어서

서 새로운 접근방식들을 추구하는 학제적 연구, 재고, 수정을 촉구하는 새로운 비판적인 목소리들이 나올 수 있는 길을 열어 놓았다. 그러한 복잡한 영역들은 푸코의 '예속된 지식'(81), 즉 복잡한 사회 현장의 일부분으로서 자기 주장만 하는 묻혀지고 주변부화된 문화적 형태들에게도 발언할 기회를 제공한다. 푸코 는 '학구적인 지식'을 '대중의', '합의가 불가능한 지방의, 국부 적인 … 차별적 지식'(82)과 결합시킬 필요성을 역설한다. 왜냐 하면 이러한 결합을 통해 우리가 미국과 연결지어 생각할 수 있을 다층적 문화 경향에 대한 좀 더 완전한 그림이 생겨나기 때문이다. 이러한 새로운 사회적 운동에 의해 육성되는 다면적 인 문화관은 도전적인 텍스트 접근방식들을 만들어 내었다. 왜 냐하면 이것들은 우리로 하여금 누가 말하고, 누가 정의를 내리 고, 누가 지배하고, 누가 이 과정에 포함되고 누가 배제되는지 를 탐문하도록 요구하기 때문이다.

▶ 목소리가 여럿인 문화

일부 그룹들은 여러 가지 이유에서 미국을 단일한 국가로 제 시하고 미국의 다양한 요소들을 무시하고자 했다. 이것을 대표 하고 있는 예는 중요한 사전을 편찬한 노아 웹스터가 1790년대 에 공용어를 주장한 것이다. 미하일 바흐친이 말했듯이, 문화 자체는 물론이고 언어와 문학에는 많은 목소리들이 들어 있으 며, 이 목소리들이 이상적으로 '다성적인'(많은 목소리로 구성 된) 사회 조직화에서 인정되어야 한다.

언어는 그것이 역사적으로 존재하는 순간 항상 상부에서 하부에 이르기까지 다성적이다. 그것은 사회·이념적으로 현재와 과거 사이에 모순들이 공존하고 있음을 나타낸다 … 이 다성적 '언어들'은 다양한 방식으로 서로 교차하면서 사회적으로 새로운 특징을 나타내는 '언어들'을 형성한다.(Bakhtin 1990:291)

사유(제6장 참조)는 텍스트들이 닫혀있지 않고 '궁극적으로 단일한 중심, 본질, 의미로 결코 고정시킬 수 없는 시니피에(기표)들의 끝없는 작용'(Eagleton, 138)으로 복수적이라는 것을 인정하였다. 단일한 의미를 부과하거나 발견하고자 시도하는 것은 텍스트(또는 국가) 자체의 복잡성을 잘못 재현하는 것이다. 그리고 우리가 주장하려는 바는 학문의 경계를 넘나드는 다양한 해석이 바흐친이 설명하고 있는 여러 목소리를 듣기 위하여 텍스트와 국가를 철저하게 탐구하는 한 가지 방법이라는 것이다.

이것은 힘의 문제들도 밝혀준다. 즉 문화에서 누구의 목소리가 '정상적으로' 울려 퍼지고 있고, 그 목소리는 우리에게 무슨 말을 하고 있으며 어떤 특정한 방식으로 우리 사회의 틀을 형성하고 있는지를 알려준다. 이 문제들은 우리가 다른 입장에서 텍스트에 접근할 때에 부상하게 된다. 다양성, 차이, 경쟁, 대화는 이러한 접근방식의 암호들이지만, 결정적으로 바흐친의 '국경선'을 넘어서는 '연결점들과 상호관계들'(29)을 기꺼이 인정하겠다는 의사로 인해서 우리는 다시 학제적 방법론으로 관심을 되돌릴 수 있다.

이 책에서 우리는 여럿의 목소리, 그리고 그것들이 그들의 생활을 기록한 방식들에 주의를 기울이고, 힘, 이데올로기, 재현의 분석들과 연관하여 역사가 항상 수정 과정을 어떻게 거치고 있는지를 평가할 것이다. 차이의 국가인 미국은 그 차이들이 가장 큰 목소리, 가장 큰 권위, 지위, 부를 지니고 있는 사람들이나 그렇지 못한 사람들과 연관되는 방식을 면밀하게 고려하면서 검토되어야 한다. 게다가 그러한 위계질서적 구조들을 폭로하고 설명하기 위하여 그러한 체계들은 탐구되어야 한다.

▶ 문화 정치학 / 문화학

미국은 다른 문화들과 마찬가지로 다면적이고, 항상 변화한다. 따라서 미국은 이용 가능한 가장 적합한 도구들을 사용하여 끊임없이 의문제기되고 검토되어야 한다. 최근 문화학은 새로운 분석방식들을 제공하였고, 그것들을 통하여 '문화'에 대한 수많은 전통적 태도들이 변화를 거쳤으며, 문화라는 말에 대한 좀더 광범위한 해석이 가능하게 되었다. 단지 '고급' 문화(영원한 가치와 권위를 지닌 최상의 사유로 쓰여진 것) 보다는 대중 문화, 대중 매체(과거에 '저급' 문화라고 지칭되던 것)로부터 이끌어 낸 다른 형태의 문화적 표현을 포함시키고, 단순히 전통적인 표현양식뿐만 아니라 새로운 형태들(영화, 텔레비전, 만화)과 좀더 풍부한 텍스트 개념의 정의를 포함시켜 연구범주를 확장시킬 필요가 있다는 인식이 생겨났다. 여기서 문화는 '의미들이 생산, 유통, 교환되는 사회적 과정들의 총체'(Thwaites *et al*, 1)로 규정되고, 이 모든 '사회적 과정들'은 텍스트로 '검토,' 해석, 경쟁될 수 있다. 이것을 고찰하는 유용한 방식은 문화를 '느슨하고 때때로 모순적으로 연합시킨 텍스트들의 집합체'(Clifford, 41)로 간주하는 것이다. 이러한 집합체는 텍스트들이 서로 엮어지고, 충동하고, 융합되면서 의미, 이데올로기, 주관성들을 구성한다.

이런 작업을 통하여 우리는 문화적 형성, 힘, 이데올로기, 재현에 대하여 일련의 중요한 질문들을 하게 된다.

누구의 문화는 공식적인 문화가 되고 누구의 문화는 종속될 것인가? 어떤 문화들은 전시할 가치가 있다고 간주되고 누구의 문화는 숨겨져야 할 것인가? 누구의 역사는 기억되어야 하고 누구의 역사는 잊혀져야 하는가? 사회적 생활의 어떤 영상들을 투사시킬 것이고 어떤 것은 변두리화 될 것인가? 어떤 목소리들은 울려 퍼지게 되고 어떤 목소리들은 침묵하게 될 것인가? 누가 어떤 기준으로 누구를 대표할 것인가?(Jordan and Weedon, 4)

그리하여 미국적 상황에서 위에서 제기한 질문들로 인하여, 일부의 비―백인 문화들이 어떻게 '숨겨졌고,' 또는 미국에서는 지배적인 남성 이야기를 선호하기 때문에 여성의 역사들이 어떻게 삭제되었는지가 폭로된다. 문화적 표현, 텍스트, 실천들에 대한 면밀한 연구조사를 통하여 우리는 이러한 질문들을 제기할 수 있다. 우리는 또한 가정, 교육, 매체, 교회, 법률, 언어와 같은 문화적 제도들에 사회적으로 기록된 이념적 입장들을 보기 시작한다. 이것들은 단순하게 현실을 묘사하거나 반영하기보다 현실을 구성하고, 정체성이나 세상의 의미에 대한 개념들을 형성하고자 노력하는 담론이라고 불린다. 담론들은 발언을 구성하고, 텍스트의 정의를 규정하며, 의미, 재현, 이야기들을 촉진시키고, 주체들의 위치를 정해주며, 그것들의 옳음/그름, 정상/비정상, 중요함/관심을 기울일 가치가 없음에 대한 우리의 생각을 구성할 때에 우리의 관심을 놓고 끊임없이 경쟁하게 된다. 경쟁적인 이 담론들은 어느 때에 문화체계 내에서 더 큰 권위를 획득하여 지배적인 담론이 되어 더 많은 지위, 힘, 사회적 의미를 함유할 수 있다. 예를 들어 전쟁시에는 깃발, 감정에 호소하는 음악, 영웅주의나 희생의 영상들 그리고 백악관에서 나오는 확고한 결의에 찬 연설들과 같은 텍스트들의 집합체가 미국적 애국심의 담론이 될 수 있다. 이것들은 ― 마치 모든 정상적인 착한 미국인들에게 세대를 초월한 불변의 조건인 것처럼 ― 서로 합쳐져서 애국심을 논리적이고 수용될 수 있으며, '자연스러운' 것으로 구성하는 담론적 구성물이 된다.

문화 내부에서 이러한 담론적 구성물은 힘과 영향, 태도, 신념과 정체성을 구조화하면서 상당히 큰 영향력을 갖게 된다. 결국 담론의 결과로 다양한 사회적 세력들과 연관지어 우리의 위치가 정해진다. 담론은 우리를 종속시킨다. 그리하여 제2차 세계대전시 애국적 담론에 대한 우리의 예를 이용하여, 일본계 미국인들은 '미국적' 대의명분에 대한 위협으로 인식되어 구속되었다. 그들은 이러한 애국적 담론에 의하여 '종속'되고 그들의 '위치가 정'해졌으며 위험한 인물로 규정되었다. 이것이 바로 문화학이 정체성, 성별, 계급, 가족, 교육, 민족성, 환경, 종교, 기술에 대한 문제들과 가설들을 논의하기 위하여 탐색하려는 경쟁적인 영역이다. 그러한 과정에서 힘이나 이데올로기가 사회적 불평등 요소들을 합법화하기 위하여 어떻게 작동하는지가 밝혀질 것이며, 또한 저항의 형식들이 어떻게 이러한 복잡한 문화적 경쟁의 일부분으로서 부상하는지를 탐색할 것이다. 지배적인 담론들이 문화 속에서 부상하는 것처럼, 문화영역에서 자기 목소리를 내고자 투쟁하고 인정을 받은 지배적인 표현 양식과 정의를 변화시키고자 시도하는 저항적인 대항 ― 담론들도 부상할 수 있다. 대부분의 문화학에서와 같이 이 책에서의 주요 관심사

는 바로 이런 대항—담론들이다. 왜냐하면 바로 이러한 저항적
인 목소리들을 통하여 새롭고 흥미로운 비판적 도전들이 중앙
에 집중적으로 확립된 질서에 대항하여 만들어지기 때문이다.

▶ 힘과 입장

　미국은 거대한 부, 군사력, 전 지구적인 영향력을 지니고 있
는 강력한 국가이다. 그리고 미국은 자신을 전 세계에 이런 식
으로 나타내고 싶어한다. 그러나 이러한 힘을 누가 누구를 위하
여, 어떤 희생을 치르고, 어떻게 획득하였는가? 그러한 가설들
과 재현들을 의문시하는 것은 상당히 중요하다. 왜냐하면 힘은
문화 전체를 통하여 여러 다른 형태로 존재하고 의미를 지니고
있는 모든 실천에서 나타날 수 있기 때문이다. 그것들이 의미를
만들어내고 우리가 그 의미와 관계를 맺으면서 우리의 위치가
정해지는데, 다시 말하자면 우리는 그 관계 속에서 우리가 포함
되는(또는 배제되는) 입장이라고 '환영'을 받든지 아니면 그러
한 입장으로 '배정'(Barthes, 124-5)을 받게 된다. 이것의 결과는
이념적이다. 왜냐하면 이것은 사회적 맥락에서 사람들이 어떤
가치들을 자연스럽고 분명하며, 자명한 것으로 수용하게 만들
며, 이 이데올로기들이 자신들의 과거 경험들과 반드시 일치하
지 않는 가치들을 재현하고 모순들을 해결하는 것처럼 보일 정
도로 그 이데올로기들을 구현하는데 일조하기 때문이다.
　바르트(1976)나 조단과 위든(1995)의 책에서 인용한 한 예를
수정하여, 한 아프리카계 미국인 어린아이가 학교에서 아침 조
회시간에 손을 가슴에 얹고서 성조기를 바라보며 국가에 대한
서약을 암송하고 있는 이미지를 생각해 보자. 그 어린아이는 한

명의 미국민으로 '환영'을 받고 있다. 노예제, 차별정책, 시민권의 결여로 점철된 '기나긴 이야기'가 사라져버리고 그 대신 단순한 '신화,' 즉 '풍요롭고, 충분한 경험을 하였으며, 자발적이고 순진무구하며, 부정할 수 없는 이미지'(Barthes, 118)로 대체되었기 때문에 그 어린아이는 '역사가 증발'(117)해 버린 이념 체계의 일부가 된 것이다. 이 특정한 예는 '신의 지배를 받는 한 개의 국가'를 강조하며, '모든 사람에게 자유와 정의가 부여되는' 통합되고 일관된 미국이라는 이데올로기를 '자연스러운' 것으로 만들어 확장시키고 있다. 우리는 이러한 신화들과 가치 체계들에 대하여 편안하게 느낄 수 있으며 그것들이 우리에게 제공하려는 입장들을 따를 수 있다. 아니면 우리는 그것들이 우리의 위치를 규정하고 제한하려는 시도에 저항할 수도 있다.

　담론의 힘은 강력한 '미국성' 개념들이나 국가 정체성 형성에 현저한 기여를 할 수 있다. 어린아이의 이미지를 단일한 의미로 환원하는 것은 그 이미지에서 가능성을 빼앗고 그 이미지를 구성한 모순적이고 경쟁적인 의미들을 무시하는 것이다. 물론 특정한 상황에서 그 이미지는 단순하게 — 인종적 조화, 통일성, 미국인의 꿈을 강조하면서 — 애국심, 충성심, 평등한 기회의 시니피에로 해석될 수 있다. 이것은 제안된 의미들에 대하여 사회적 상황, 문화적 배경, 교육 등에 의해 고정되고 강력한 기구들(학교, 가정, 매체 등)에 의하여 강화된 지배적인 해석이 될 수도 있다. 주체를 이렇게 위치시키는 작업은 아주 구체적인 방식으로 이미지의 의미들을 고착시키기 때문에 저항하기가 무척 힘들다. 그러나 우리는 주변부 관점들을 채택하게 되면 대안적인 사고방식들을 제공하고, 다른 정체성이나 새로운 저항 형태들을 제시할 수 있다.

문화학은 이러한 주변부 목소리들이나 이 목소리들이 힘, 권
위, 의미에 대한 논의를 할 때 나타내는 관점들에 귀기울이고자
노력한다. 이러한 세력들이 이 책에서 헤게모니라는 용어와 연
결된다. 이 용어는 미국과 같이 본질적으로 '자유롭고 민주적
인' 문화의 내부에서 힘이 작동하는 방식을 설명하는데 도움이
된다. 헤게모니는 지배 계급이 '단순히 지배만 하는 것이 아니
라 도덕적 지적인 지도력을 발휘하여 사회를 인도'(Storey, 119)
하는 방식들을 가리킨다. 그러한 지도력을 통하여 결국 모든 계
층의 사람들이 외면적으로 이데올로기나 문화적 의미들을 찬성
하고 지지하며, 그것들을 기존의 힘의 구조 속에 편입시키는 합
의가 확립되는 것이다.

헤게모니가 합의를 포용한다는 것은 강요에 의해서가 아니라
협상을 통하여 모든 반대가 '억제되어 이념적으로 안전한 항구
속으로 흘러들어'(같은 책)갈 수 있다는 것을 의미하는 것이다.
그리하여 종속적인 그룹들은 무시되는 것이 아니라 어떤 '자
리', 즉 지배 그룹의 범주에 포함되는 위치가 부여되어, 그들의
견해가 지배 담론 속에 어느 정도 반영된다. 지배 담론은 지배
그룹들이 자신들의 행위나 정책을 합법화하고 정당화하기 위하
여 내놓는 거대 서사이다. 그것은 선택과 배제 과정을 통하여
대안적이고, 종종 비판적인 관점들을 포함시키고 총체화 하고자
시도한다. 예를 들어 미국에서 아프리카계 미국인들은 지배적인
백인 문화의 이야기 속에 '위치를 잡'게 되었다. 그러나 그들은
정치적 투쟁, 문화적 자기 주장, 개입을 통하여 주류 속에서 그
들의 역할을 증대시킬 수 있었다. 헤게모니는 문화적 투쟁을 옹
호하며, 그것은 '경쟁을 거친 변화하는 일련의 아이디어들로서,
지배그룹들은 그러한 아이디어를 이용하여 종속 그룹들이 자신

들의 지도력에 찬성하게 만들고자 노력한다'(Strinati, 170)라고
규정될 수 있다.

▶ 대화주의

앞에서 지적했듯이, 문화인류학이나 문화학은 미하일 바흐친
이 펴낸 책의 중요성, 특히 그가 대화주의를 주장한 것을 인정
하였다. 언어학과 언어사용의 연구에 기초한 바흐친의 글은 미
국 문화를 분석하는데 아주 유용할 것이다. 라이징이 논평했듯
이, 바흐친의 글은 '미국 [문화]의 이질성, 즉 정전/비정전, 다
수/소수, 심미적/사회적이라는 이분법 때문에 종종 애매 모호하
게 되거나 부인되는 이질성을 새롭게 이해하는 기초를 제공한
다'(234). 언어는 '다양한 관점들이 서로 섞이는'(234) 지속적
인 과정 속에서 대화적이고 상호 작용하는 자아이자 타자이며,
문화는 이와 마찬가지로 '다양한 파벌들, 내부자와 외부자, 하위
문화들이 제한 없이 창조적인 대화를 펼치는'(Clifford, 46) 기능
을 발휘한다. 미국학에 이러한 접근방식을 채택할 때에 우리의
'의도는 지배적인 독백들을 대화로 이끌고, 대화가 추상적인 이
상물이 아니라 … 도처에 존재하고 있음을 보여주며'(Krupat,
237), 이렇게 대화를 검토하는 과정에서 '미국인으로 짜여지고
있다는 의식'(Fischer, 230)에 좀더 가깝게 접근할 수 있음을 보
여주는 것이다. 대화에서처럼 입장과 정체성은 바뀌고, 공식적
인 목소리들은 패로디(희화) 당하고 풍자 당하며, 힘은 저항을
받게되면서 문화는 항상 협상을 계속하게 된다.
　요약하면, 미국 '문화는 저항을 받고, 일시적이며, 부상하'
(Clifford and Marcus, 19)며, 문화학을 통하여 힘, 불평등, 지배

와 저항의 양상들을 확인하고 또한 미래에 발생할 변화와 발전
의 가능성들을 알아보기 위하여 이 요소들을 검토할 수 있다는
견해에 우리는 동의할 것이다. 미국은 항상 발명과 꿈의 장소였
으며, 이 책에서 우리는 다양한 방식으로 미국 문화 속에 아직
도 남아있는 가능성들을 탐색해 볼 것이다. 인류학자 제임스 클
리포드의 말을 빌린다면, 미국 내부에는 문화적 생활이나 에너
지에서 다양한 형태를 취하는 '차이를 재발견할 수 있다는 영
속적인 희망'(15)이 아직 있으며, 이러한 '부상하는 차이들의
역사들은 다른 이야기 방식들을 필요로 한다 … 단일한 모델은
결코 없다'(17). 그러나 이 책에서 우리는 다양한 주제들을 검
토할 것이기에, 학제적 방식으로 밝혀질 새로운 형태들에 대한
관심사도 반복적으로 나타날 것이다. 미국은 새로운 잡종적인
정체성들이 항상 가능하고 여전히 두드러지게 나타나는 역동적
이고 창조적인 신생국가라는 인식이 있지만, 그래도 새로운 것
을 출현시켜야 하는 현재를 창출해낸 더 어두운 현실을 폭로하
는 그 정체성들은 이미 이야기되었거나 아니면 종종 숨겨져 있
는 이야기들과 역사의 맥락 속에서 살펴야 할 것이다.[5]

▶ 문화, 역사, 힘의 지속적 '작용'

이 책에서 우리는 이러한 정체성, 그 구성방식들, 재현방식들,
힘과 권위와의 연관성들을 검토하고, 특정한 주제나 텍스트에
대한 관심을 통하여 어떻게 그리고 무엇 때문에 미국이 고정되
고 단일하게 '주어진 것'이 아닌 '투쟁 중인 복잡한 상징물'

---

5) 잡종성은 문화학, 그리고 특히 포스트-식민론에서 많이 논의되는 용어이고, 이
   잡종성 문제는 미국 이민이나 민족성과 연관지어 제2장에서 좀더 상세하게 논
   의할 것이다.

(Trachtenberg, 8)인지를 보여줄 것이다. 만일 역사가의 한 가지 중요한 기능이 '기억을 간수하고 또 기억을 밝혀내는'(Appleby et al, 155) 것이라면, 이 책은 이 중 두 번째 기능을 떠맡아 오래 신봉되었던 미국문화의 일부 해석들과 신화들, 그리고 '미국의 과거에 대한 단순화된 이야기'(같은 책, 294)를 밝혀내고 '그 권좌에서 몰아내는 일'(같은 책, 3)을 수행할 것이다. 광활한 서부는 영향력이 엄청나게 큰 신화들을 만들어내었다. 우리는 그 신화들을 심문함으로써, 여성, 흑인, 라틴 아메리카계 사람들을 배제시키고 인디언들을 소멸시키고자 시도했으며, 그 땅을 약탈하였던 힘의 관계들을 밝혀낼 수 있다. 우리는 미국을 광범위하고 다면적이면서 '상상에서 나온 공동체'로 구성할 때에 불변의 요소인 이데올로기, 재현, 힘, 담론, 헤게모니, 정체성을 다룰 것이다. 그리고 이러한 공동체의 문화적 정체성은

'현존'이면서 동시에 '생성'의 문제이다. … [그리고] 그것은 과거는 물론 미래에 속한다. … 장소, 시간, 역사, 문화를 초월하여 이미 존재하는 것 … 본질을 이루게 된 어떤 과거 속에 고정된 것이 아니라, 역사, 문화, 힘의 지속적 '작용'의 대상이다.(Hall, 225)

바로 이러한 맥락 속에서 이 책은 서로 다른 입장과 서로 다른 목적을 지니고 있는 수없이 많은 사람들이 들려주는 수많은 이야기들로 구성하여 '다양하고도 대립적인 [미국의] 목소리들을 생생하게 섞어서'(Bakhtin, xxviii) 보여줄 것이다. 그 목소리들은 가치, 의의, 힘들을 서로 교환하고, 각자 찬성 반대 주장을 통하여 거부되고 숨겨지거나, 또는 찬양을 받게 될 것이며, 공식화되든지 아니면 비공식으로 남기도 하겠지만, 총체적으로 그

것들은 다채롭게 미국을 대표할 것이다. 이 책의 주 관심사는
바로 이야기들을 '생생하게 섞는 것'이다.[6]

---

6) 이 책에서 우리가 이용하는 이야기들과 연관된 개념은 문화적 스크립트화이다.
   또는 자신의 스크립트를 '쓸' 수 있는 능력이나 자아의 기능을 미리 규정하고
   제한하는 것 같아보이는 방식으로 정체성이 힘과 이데올로기를 통하여, 그리고
   담론을 통하여 스크립트화될 수 있다는 생각과도 연관되어 있다. 이것은 제7장
   에서 자세히 논의될 것이다.

▶ 참고문헌

Anderson, B. (1991) *Imagined Communities*, London: Verso.

Anzaldua, G. (1987) *Borderlands/La Frontera*, San Francisco: Aunt Lute Books.

Appleby, J. et al. (1994) *Telling the Truth About History*, London: W. W. Norton.

Bakhtin, M. (1984) *Rabelais and His World*, Bloomington: Indiana UP.

_____ (1990) *The Dialogic Imagination*, Austin: U of Texas P.

Barthes, R. (1976) *Mythologies*, London: Paladin.

Bhabha, H. K. (1994) *The Location of Culture*, London: Routledge.

Blair, J.G. (1988) *Modular America: Cross- Cultural Perspectives on the Emergence of an American Way*, N.Y.: Greenwood Press.

Brantlinger, P. (1990) *Crusoe's Footprints: Cultural Studies in Britain and America*, London: Routledge.

Clayton, J. (1993) *The Pleasures of Babel: Contemporary American Literature and Theory*, Oxford: Oxford UP.

Clifford, J. (1988) *The Predicament of Culture: Twentieth Century Ethnography, Literature and Art*, Cambridge, MA: Harvard UP.

Clifford, J. and Marcus, G. (eds) (1986) *Writing Culture: The Poetics and Politics of Ethnography*, Berkeley : U of California P.

Denning, M. (1986) 'Marxism and American Studies,' *American Quarterly*, vol. 38, no. 3, p. 360.

Eagleton, T. (1983) *Literary Theory*, Oxford: Blackwell.

Fender, S. (1993) 'The American Difference,' in M. Gidley (ed.) *Modern American Culture*, London: Longman.

Ferguson, R. et al. (eds) (1990) *Out There: Marginalization and Contemporary Cultures*, Cambridge, MA: MIT Press.

Fischer, M. M. J. (1986) 'Ethnicity and the Postmodern Arts of Memory,' in J. Clifford and G. Marcus (eds) *Writing Culture*, Berkeley : U of

California P.

Foucault, M. (1980) *Power/Knowledge: Selected Interviews and Other Writings 1972-77*, London: Harvester Wheatsheaf.

Fox-Genovese, E. (1990) 'Between Individualism and Fragmentation: American Culture and the New Literary Studies of Race and Gender,' *American Quarterly*, vol. 42, no. 1, March, pp. 7-34.

Geertz, C. (1993) *The Interpretation of Cultures*, London: Harper Collins.

Giroux, H. and McLaren, P. (1994) *Between Borders: Pedagogy and the Politics of Cultural Studies*, London: Routledge.

Goodman, D. (1993) 'Postmodernism and History,' *American Studies International*, vol. 31, no. 2, October, pp. 19-23.

Gunn, G. (1989) 'American Studies as Cultural Criticism,' in *The Culture of Criticism and the Criticism of Culture*, Oxford: Oxford UP.

Hall, S. (1990) 'Cultural Identity and Diaspora,' in J. Rutherford (ed.) *Identity, Community, Culture, Difference*, London: Lawrence and Wishart.

Harding, V. (1988) 'Toward a Darkly Radiant Vision of America's Truth: A Letter of Concern, An Invitation to Re-creation,' in *Community in America: The Challenge of 'Habits of the Heart,'* Berkeley : U of California P.

Heidegger, M. (1971) *Poetry, Language, Thought*, N.Y.: Harper Torchbooks.

Inglis, F. (1993) *Cultural Studies*, Oxford: Blackwell.

Jameson, F. (1984) 'Periodizing the Sixties,' in S. Sayres, *et al.* (ed.) *The 60s Without Apology*, Minneapolis: U of Minnesota P.

Jenkins, K. (1991) *Re-Thinking History*, London: Routledge.

Jordan, G. and Weedon, C. (1995) *Cultural Politics*, Oxford: Blackwell.

Kaplan, E. A. (ed.) (1988) *Postmodernism and Its Discontents*, London: Verso.

Kellner, D. (1995) *Media Culture : Cultural Studies, Identity and Politics*

Between the Modern and the Postmodern, London: Routledge.

Kerber, L. (1989) 'Diversity and the Transformation of American Studies,' *American Quarterly*, vol. 41, no.3, Sept., p. 416.

King, R. (1989) 'The Eighties,' in M. Bradbury and H. Temperley (eds) *Introduction to American Studies*, London: Longman.

Krupat, A. (1992) *Ethnocriticism: Ethnography, History, Literature*, Berkeley : U of California P.

Levine, L. (1988) *Highbrow/Lowbrow: The Emergence of Cultural Hierarchy in America*, Cambridge : Harvard UP.

Lévi-Strauss, C. (1963) *Structural Anthropology*, N. Y.: Basic Books.

Lipsitz, G. (1990) 'Listening to Learn and Learning to Listen: Popular Culture, Cultural Theory, and American Studies,' *American Quarterly*, vol. 42, no. 4, December, p. 616.

Lowenthal, D. (1985) *The Past is A Foreign Country*, Cambridge: Cambridge UP.

Marwick, A. (1990) 'Introduction,' in A. Marwick (ed.) *The Arts, Literature and Society*, London: Routledge.

Mechling, J. (1989) 'An American Culture Grid, with Texts,' *American Studies International* vol. 27, April, pp. 2-12.

Reed, T. V. (1989) 'Theory and Method in American Studies: An Annotated Bibliography,' *American Studies International* vol. 30, no.2, April, pp. 4-34.

Reising, R. (1986) *The Unusable Past: Theory and the Study of American Literature*, London: Methuen.

Rutherford, J. (ed.) (1990) *Identity, Community, Culture, Difference*, London: Lawrence and Wishart.

Sayres, S. et al. (eds) (1984) *The 60s Without Apology*, Minneapolis: U of Minnesota P.

Smith, S. (1993) *Subjectivity, Identity and the Body*, Bloomington: Indiana UP.

Stam, R. (1988) 'Bakhtin and Left Cultural Critique,' in E. A. Kaplan, *Postmodernism and Its Discontents*, London: Verso.

Storey, J. (1993) *An Introductory Guide to Cultural Theory and Popular Culture*, London: Harvester Wheatsheaf.

Strinati, D. (1995) *An Introduction to the Theories of Popular Culture*, London: Routledge.

Tallack, D. (1991) *Twentieth Century America: The Intellectural and Cultural Context*, London: Longman.

Thwaites, T., Davis, L. and Mules, W. (1994) *Tools for Cultural Studies: An Introduction*, Melbourne: Macmillan.

Trachtenberg, A. (1982) *The Incorporation of America: Culture and Society in the Gilded Age*, N. Y.: Hill and Wang.

Wilkinson, R. (1988) *The Pursuit of American Character*, N.Y.: Harper and Row.

Wright, R. (1992) *Stolen Continents: The 'New World' Through Indian Eyes*, Boston: Houghton Mifflin.

Young, R. J. C. (1995) *Colonial Desire: Hybridity in Theory, Culture and Race*, London: Routledge.

제 1 장

새로운 시작:
미국의 문화와 정체성

> 정체성은 우리의 과거와 우리가 살고 있는 그 안의 사회, 문화, 경제
> 적인 관계들의 결합을 의미한다.(Rutherford 1990, 19)

스튜어트 홀(Stuart Hall)은 문화적 정체성이 '역사와 문화의
외부에서 불변 상태로 고정된 본질'이 아니며, '궁극적인 것,
즉 우리가 결론을 짓고 확연하게 다시 돌아올 수 있는 성질의
것도 아니라고' 말한다.(Rutherford 226) 그것은 '기억과 공상,
서사, 그리고 신화 등을 통해서 … 역사적이고 문화적인 담론
형성 안에서 만들어지며(226),' 때문에 일부 소멸되었거나 진리
라고 불리는 존재들처럼 단순하게 정의되거나 '회복될' 수 없는
성질의 것이다. 따라서 문화적 정체성이라는 관념에 대해 고민
하는 것은 그것을 구성하는 계통이나 담론들을 관찰하고, 동시
에 그 안에 포함된 다양한 의미들의 존재를 인정하는 것을 의
미한다.

서문에서도 언급했듯이, 미국은 각각 다른 성질의 정체성이
뒤섞이고 충돌하는, 지속적으로 새로운 자아의 존재들을 생산
및 재생산해 내고 오래된 것들을 변형시키며, 이에 따라 구체적
인 가치의 단위로써 단일하며 폐쇄적인 정체성을 소유하는 것
이 불가능한 하나의 혼합체(assemblage)로서의, 다양성을 가진
장소이다. 하지만 일부 미국인들은 정체성의 개념에 있어 그것
이 주도권을 가지고 있고, 고정되어 있다고 보며, 분명한 경계
와 정의에 의해 이해할 수 있는 것을 선호한다. 예를 들어 어떤
사람은 '미국적인 것'의 표준 척도를 백인이자 남성이며 이성
애적 성향, 국가에 대한 깊은 존경심과 지역적 정체성을 가진
사람에 대해, 즉 남부나 루이지애나, 혹은 보스턴에 대한 강한
애착을 가지고 생각하는 경향을 두고 이야기하기도 한다. 그러

나 이러한 척도들은 사실상 어떠한 믿음이나 가치들도 엄밀히
말해 그렇게 될 수 없는 것이며, 미국 전체를 포괄하거나 대표
하는 성질의 것은 아닌 이념적 입장들이라고 할 수 있겠다. 대
신 미국이라는 국가는 각각 다른 인물과 사건들이 많이 등장하
는, 소설이나 영화와 같은 복잡하면서 다양한 면을 가지고 있으
며, 그 속에 수많은 목소리들이 다양하고도 각각 다른 이야기들
을 말하는 텍스트로서 해석되거나 '읽혀'져야 한다. 그렇기 때
문에 그러한 텍스트에서 일반적으로 나타나는 것처럼, 사실상
그 정체성이라고 불리는 것들을 구성하는데 기여하는 내부적인
긴장관계나 극적 드라마, 그리고 모순들이 공존한다.[1]

포스트모던이나 포스트 구조주의적 사유는 이러한 부류의 지
식이나 접근 방식들을 줄곧 인정해 왔는데, 사실상 이들은 어떠
한 '메타' 혹은 '거대서사' 담론, 다시 말해 모든 것에 대해 이
야기하며 모든 것들을 설명할 것을 요구하는 담론들을 불신하
는 것에서 시작되었다. 예를 들어 미국이 예외적이며 또한 그
역사가 성스러운 운명을 가지고 있어서 정해진 경로를 따르고
있다는 논의는 미국을 주도적인 메타 서사의 방식 혹은 '권위
적인 이야기'를 통해 제한적이면서 '닫힌' 텍스트로 읽는 것을
의미한다는 것이다. 즉 주도적이고 조직화된 하나의 의미를 조
심스럽게 찾는 것보다는, 그 텍스트의 맥락―짜임새나 그 속의
비유를 놓고 연구하는 것 등―을 구성하는 각각의 이야기들을
따라가는 것이 더욱 중요하다. 미국에서 이러한 짜임새들은 다
양하고 분산되어 있으며, 논리적이면서도 모순되며 상충된다.
즉 그들은 서로 안팎에서 교차되고 분리되면서 충돌하여 합쳐

---

1) 미국 주류 문화의 가장자리로부터 발화되는 이러한 '타자적 특성들'은 이 책
   안에서 행해지고 있는 다시 보기에 절대적으로 중요할 것이다.

지며 엮이는, 모든 것들이 구성되었다가 해체되고 모였다가 싸우기도 하는 등의 과정이 동시에 발생한다는 것이다.

물론, 이러한 은유들은 적절하게 활용되었을 경우에만 유용하기에, 우리는 이 미국이라고 하는 텍스트가 형성된 역사·정치적 영역의 본질에 대해 인식하고 있어야 한다. 다른 이야기들이 멸시되고 사라지는 반면, 어떤 이야기들은 상대적으로 선호되거나 보다 위대한 지위와 힘을 얻는다. 전통적으로 미국에서는 남성, 백인, 이성애적 성향을 띤 이야기들과 역사적 견해들이 중요한 것으로 대두되었고 그러한 이야기들이 우리가 대표적인 지배 체제라고 하거나 지배적인 이데올로기 문화라고 부르는 것들을 형성해 왔으며, 이러한 것들이 미국의 '국가적 정체성'으로 정의되는 경향을 보였다.

근대성의 외부적 징후라고 할 수 있는 산업화와 도시화 등의 급속한 성장은 믿음과 유대감을 공유하면서 생산과 경제적인 성장이 대중적인 목표들을 발전시키기 위해 포괄적이면서도 통일된 것으로 국가를 만드는 데 도움을 주었다. 만약 이러한 성장이 이루어지지 않았다고 하더라도, 이들은 국민들을 미국이라는 국가로 다 같이 이끌 수 있는 방식으로 다양한 인종의 집합체라고 할 수 있는 '인종의 용광로(melting pot)'의 개념을 지속적으로 강조해 왔다. 그러나 근대성과 그 가치들에 대한 의문과 함께, 미국에서 증가되어 가는 인종적으로 소외되고 소수인 사람들의 역사에 대한 재발견과 더불어, 이러한 단일화된 외형은 수정되어야만 했다. 다수로 이루어진 하나(E pluribus Unum)라는 말은 오늘날의 미국에 있어 점차 쟁점화되는 구호라고 할 수 있겠는데, 어떤 수준에서 이 말은 사실상 각각의 부분이 그 특성이 분명하며 융화되지 않은 상태를 고집하려는 경우, 각각의

부분들을 녹여서 하나로 만드는 통합으로의 가능성을 제시해
주기 때문이다(제5장 참조). 미국적인 정체성은 '무한한 다양성
을 가지고 있는 상호간의 동일함과 차이의 경쟁'(Smart 1993,
149)의 일부로서의 다양한 범주의 대립적인 세력 혹은 '이질적
인 대화들'을 통해서 만들어진다. 국민성과 신념, 가치, 그리고
그것들을 정체성이라고 부르는 것들을 단일화하기 위한 현대의
보편화된 경향들은 이러한 '재해석, 변경, 변형, 그리고 도전'
(147)의 조건들 하에서 더 이상 하나가 될 수 없다.

　미국의 정체성을 논하는 관습적인 담론들 사이에서는 일련의
긴장관계가 만들어 지는데, 이는 복잡한 단위의 진술들과 신화
들, 그리고 평등한 '미국'을 세상과 사람들에게 보여줄 수 있는
효율적인 핵심 가치의 관념을 구성하는 방식을 인지하는 것, 그
리고 정체성에 대한 견해에 있어서의 정연함과 안정성에 대해
의문과 비판을 가하는 일련의 역(逆)담론 등으로 구성된다. 다
음 장에서는 미국의 정체성을 구성하는 신화 속에서의 몇몇 핵
심 요소들을 살펴보고, 현재 미국 문화에서 논의중인 다른 요소
들, 즉 역담론들을 제시하고자 한다. 이를 위해 사용된 텍스트
들은 보다 넓게 변화해 가고 있는 문화적 작업틀 안에서 미국
의 시작, 그리고 특히 그 정체성이 어떻게 구성되는가를 이야기
하는 사상들에 있어서의 미국의 관심에 대한 각각의 변화되는
관점들을 제시할 것이다.

▶ 콜럼버스 읽기

　혹자는 미국이 자체적으로 단일화된 것이 모든 것을 공유할
수 있고 국가가 자체적으로 세상에서 만들어질 수 있다는 믿음

들을 결합시키는 상상 속의 공동체적 신화에 의해 이루어졌다고 말한다. 여기서는 1492년 크리스토퍼 콜럼버스가 항해한 지 500년을 기념하는 이 날이 어떻게 추도되어 왔는지를 밝히고자한다. 콜럼버스가 신세계를 '발견'한 것에 대한 전통적인 신화와 그것들이 미국의 역사 속에 함축되어 있는 공화당과 민주당의 가치들을 어떻게 이끌어 왔는가에 대한 방식들은 조엘 바로우(Joel Barlow)의 서사시 『콜럼비아드』(*Columbiad*, 1807)와 워싱턴 어빙(Washington Irving)의 『크리스토퍼 콜럼버스의 삶과 항해의 역사』(*A History of the Life and Voyages of Christopher Columbus*, 1828)로 추적할 수 있을 것이다. 19세기에 콜럼버스라는 명칭은 수많은 미국의 지명들 중에서 근간을 이루는 것으로 폭넓게 채택되었으며, "콜럼버스 기념일"은 국가의 경축일을 설명해 주는 것의 일부가 되었다.

1893년 콜럼버스의 첫 항해 400주년이 되는 기념일에 열린 시카고의 세계무역박람회는 콜럼버스의 발견과 19세기 말에 미국이 떨치고 있던 힘과 발전한 모습 사이의 서사적인 연계를 강화시켰다. 이에 따라 콜럼버스는 미국의 발전이 성령으로 이루어졌다고 하는 믿음이라 할 수 있는, 거부할 수 없이 자명한 운명(Manifest Destiny)과 결합되었다. 이러한 과정의 일부에서는 콜럼버스의 신화가 영국화(化)되었다는 견해도 있었지만, 그것은 또한 이탈리아인들과 같은 이민 집단들에게 미국의 역사적인 사명에 기여할 수 있는 역할에 대해 하나의 상징의 역할을 하기도 했다. 그러나 콜럼버스 항해 500주년을 준비하는 과정에서도 나타났듯이, 1980년대에 이르러 분명해진 것은 많은 미국인들이 이러한 경축일에 대해, 불가능하지는 않다고 하더라도, '축제'로서의 경축일을 이해하는 것이 힘들다는 것을 발견했다는 것이다. 다양한 콜럼버스 비평가들에 따르자면, 그는 [미국의] 진보나 문명화 뿐만 아니라 대량학살, 노예제도, 그리고 무자비한 환경의 개발에 있어서도 선구자로 평가된다.

이러한 비판을 주도하는 사람들은 주로 소수인종 집단으로서, 콜럼버스가 스페인에서 미국으로 오게 된 것이 문명화를 위한 것이 아닌 커다란 재앙을 몰고 온 제국주의적인 기획을 촉발시켰다고 느끼고 있다. 이렇듯 19세기에 콜럼버스에게 부여되었던 신화를 뒤집는 것은, 소수 인종 집단들에 대한 관심들을 어떻게 다시 복원시키느냐의 이러한 행위가 미국의 역사를 읽고 다시 쓰는 것과 밀접하게 관련되어 있다는 것을 보여주기 때문이다. 또한 이러한 행위들은 하나의 신화에 대한 평판이 나빠질 때 발생하는 몇 가지 문제들이 다른 것들에 의해서 대체될 수 있는가에 초점이 맞추어지기 때문에 중요하다.

여기에서 다루고자 하는 문제들은 어느 정도의 범주에서는 역사의 기능들에 대한 논쟁이라고 할 수 있겠다. 콜럼버스에 대한 논쟁에 참여하는 일부 몇 사람들은 그러한 콜럼버스의 신화를 다시 쓴다는 것이 마치 그의 삶과 그 이후의 일들에 대한 올바른 해석이 존재하는 양, 만일 왜곡이 벗겨진 것처럼 부각될 수도 있다고 예상한다. 반면 다른 사람들은 예전에 전해오던 콜럼버스 이야기들이 그것이 퍼졌던 당시에 누가 권력을 행사했는지에 대한 단순한 반영일 뿐이라고 주장한다. 이러한 견해에서 비롯된 역사적인 진실은 그 이야기들이 확실하게끔 보이게 만드는 권위를 가진 사람들에 의해 결정되었다. 그러한 감정들은 1992년 10월 12일 캘리포니아 버클리에서 콜럼버스를 경축하는 대신 '원주민의 날'이 선포됨으로써 일촉즉발의 상태에 이르렀다. 많은 사람들은 역사적인 탐구가, 과거에 논쟁이 되었던 주제들에 대한 합의를 이끌어 내는 데 있어 피부색이나 감정이 아닌 근거와 지성을 활용해서 증거와 논의에 대한 지속적인 재검토와 재평가가 이루어져야 한다고 주장한다. 이러한 논쟁들은 미국이 여전히 그들 자신의 정체성에 대하여 어떻게 갑론을박을 벌이고 있는가를 제시해 주고 있으며 이에 따라 다양한 관점에서 검토될 수 있는 불변의 신화들을 통해 그것들의 이미지의 중요한 부분들이 만들어진다는 것을 제시해 주는 것이다.

▶ 미국의 정체성에 관한 꿈: 피츠제럴드의 『위대한 개츠비』

콜럼버스 신화는 백인 미국인들에게 그들의 '근원을 발견하는', 즉 그들의 '이야기'를 과감하게 시작하게 해 주었다. 그것은 미국 내에서는 꽤 일반적으로 행해지는 영향력 있는 미국의 기원에 관한 몽환적인 신화의 일부였다. '미국은 보편적인 인간성을 구현해 내는 현존하는 실체였으며, 미국은 자신을 소우주, 혹은 인간성에 대한 예시라고 할 수 있는 꿈의 존재로 선언했음을 건국선언문에서 언급한다'(Calhoun 1994, 159). 프란시스 스콧 피츠제럴드의 『위대한 개츠비』(*The Great Gatsby*, 1926)는 미국의 꿈들이 가진 힘과, 삶의 경험 안에서 그것들을 찾아내는 데 있어서의 문제점들 모두를 인식하고 있다. 콜럼버스의 정신 속에서 융합된 신화적인 꿈들이라 할 수 있는 끝없는 진보, 자아 창조, 성취와 성공 등은 닉 캐러웨이(Nick Carraway)의 시선을 통해서 보이는 제이 개츠비(Jay Gatsby)의 모습에서 나타난다.

이 소설은 정체성의 문제를 다루고 있으며, 특히 과거에 결혼

직전까지 갔었고, 처음으로 다시 돌아가기 위해 어머니와 다시 있게 됨으로써 "잃어버린 본연의 모습들"에서 돌아오고자 했지만, 개츠비가 손을 쓸 수 없는 지경에 이르러 있으며, 모든 꿈들이 다 그렇듯 도달할 수 없는 끝없는 갈망을 가지고 있는 데이지 뷰캐넌(Daisy Buchanan)에 대한 개츠비의 열망 속에서 명시되고 있는 '꿈'을 믿는 유혹의 문제를 다룬다(Rutherford 1990, 236).

'넌 과거를 반복할 수 없어!'
'과거를 반복할 수 없다고?' 그는 미심쩍은 듯 외쳤다. '물론 너는 할 수 있겠지!' (Fitzgerald 1974, 117)

제이 개츠비에 대한 닉 캐러웨이의 이야기들 속에서는 정체성이 가지는 모순들에 관해 많은 것을 들추어 낼 수 있으며, 또한 이러한 것들이 어떤 방식으로 '미국'의 모든 개념들 중에서도 중심적인 위치를 차지하는가를 알 수 있다. 닉이 자신의 이야기를 통해 개츠비의 이야기를 구성해 나가는 것과 마찬가지로, 미국 역시 각 세대별로 만들어지고 재창조되어 왔다. 어떤 면에서 닉의 이야기는 미국 문화에 대한 시조격의 신화, 즉 신선한 출발 속에서 생겨난 믿음이자, 새로운 시작이라고 할 수 있는 것들 중 하나로 확대 해석된다. 닉은 우리에게, 개츠비의 경우 '그의 정체성은 그 자신의 플라토닉한 개념에서 비롯되었다'(105)고 말해주는데, 그것은 '그가 열일곱 살 먹은 소년이 만들어 낼만한 제이 개츠비와 같은 바로 그러한 부류의 인물을 만들어 낸 것에서 비롯되는, 희망으로 가득 차 있는 동시에 '낭만적인 준비성'을 가진 자아 창조의 과정이다'(8). 1980년대에는 마치 미국인의 정체성에 대한 핵심적인 신화로서의 자아 창조의 관념을 불러일으키는 듯, 로널드 레이건 역시 '미국인이라고 불리는 새로운 인류의 종(種)을 어떻게 만들 것인가'를 언급한 바 있다(Bercovitch and Jehlen 1986에서 재인용, 26). 개츠비는 닉에게 유사한 미국의 이데올로기적 원칙들을 구체적으로 보여주었으며, 개츠비를 통해서 닉은 그 자신의 미국의 '역사'를 기록해 낸다. 그러나 그것은 그 모순과 애매 모호함, 복잡함으로 구분되는 하나의 이야기이다. 우리는 닉의 이야기를 읽으면서 몇 가지 필연적으로 갖게 되는 의문점들과 미국과 미국적 정체성에 관해 고려하게 되는 질문들을 떠올린다.

이야기에 가까이 접근해 보면, 닉은 개츠비의 텅 빈 집으로 돌아오면서 택시 기사가 그의 친구에 대해 꺼내는 '이야기'를 듣지 않으려 하고, 동시에 한 소년이 계단 위에서 지껄인 음란한 말들을 기억 속에서 지워가는데, 이것은 마치 우리가 들어야 할 이야기가 닉의 이야기 뿐이라고 생각하게 한다. 소설의 마지막 부분에서 다른 목소리들이 배제되는 것은 닉이 이야기 전체를 이끌어 가고 있다는 통제의 역할을 지속시킨다.

한편으로 이러한 역사, 즉 개츠비의 이야기는 닉의 시선을 통해서 조명되고있으며, 개츠비에게서 나타나는 총체적인 믿음과 닉이 그에게서 보고자 하는 것, 즉 꿈에 의해 조절된다. 낭만적인 순간들과 불확실한 비전이 특징적으로 교차되는 시간인 달빛 아래서, 닉은 웨스트 에그(West Egg)의 집들이 탁 트인 가능성의 시각으로 바뀌었을 때 또 다른 시대로 자신의 마음을 돌려 놓는데, 그곳은 '모든 인간의 꿈 중에서도 마지막이면서도 가장 위대한 꿈들이 여전히 가능한 것으로 보였을' 때, '한때 네덜란드 선원들의 눈에는 번영했었던 — 신세계의 신선하고 맑은 숨을 쉴 수 있는 — 오래된 섬'이었다(187). 닉에게 있어 이러한 꿈들은 개츠비를 콜럼버스와 연결시켜 주며, 그것은 인류가 '놀랍게도 그에게 적절한 무엇인가'와 마주쳤을 때의 '역사상의 최후의 순간', 인류가 물리적으로 그 꿈들을 움켜쥐고 새로운 자아와 새로운 시작을 할 수 있도록 하는 그러한 장소에 도달하는 순간을 재현한다.[2] 닉에게는 — 이것은 또한 개츠비의 모험이기도 했다 — 여전히 모든 것이 가능하고, 과거에 대한 의식이 실종된 것이 아니라 반복될 수 있으며 회복될 수 있다는 믿음이 존재한다. 그러나 닉이 우리에게 이러한 균등함을 밝혀주는 바로 그 순간에, 현실적인 성공으로서의 꿈은 '이미 그의 뒤에 자리잡고 있었기 때문에' 의문의 여지가 남는다 (188). 남아있는 것은 모험정신, 계속해서 찾아 나서는 끊임없는 추진력과 더불어 과거의 기억 속에서만 일어날 수 있는 미래의 그 무엇, 즉 '흐름을 거슬러 가는 보트들'을 찾아 나서는 것이다.

'과거'는 『위대한 개츠비』의 마지막 단어인 동시에 우리에게 이 소설이 가지고 있는 시간과 역사 의식의 모순점을 상기시켜 주는 역할을 한다. 닉은 개츠비의 이야기에 대하여 알려진 것들의 수위를 조절함으로써 지켜내지만, 거기에는 닉이 사업상 만나는 사람들이나 지인(知人)들의 바탕에 깔린 그의 꿈들을 둘러싼 '옳지 못한 먼지(the foul dust)'에 대한 의식이 여전히 존재하고 있다. 닉은 어떤 면에서 개츠비로 하여금,

그가 하나의 꿈을 가지고 너무나 오랫동안 많은 대가를 치루어야

---

2) 배리 로페즈(Barry Lopez)(이 장의 마지막 단락 참조)는 실제로 그의 신념을 표현하는 데 있어 피츠제럴드의 글을 인용한다: '나에게는 … 궁금함을 수용할 수 있는 상태에서 이야기에 빠져드는 것이 중요한 문제입니다'(Aton 1986, 13).

할 만큼 예전의 온화한 세상은 종적을 감추었음을 느껴야만 했다는 것
을 받아들인다. … 실현되는 것들을 제외하고 물질적이며, 공기와 같은
꿈들을 숨쉬는 불쌍한 영혼이 우연하게도 떠돌아다니고 있는 새로운
세상을 ….(168)

이제 새로운 세계는 이 소설을 통해 '잿더미로 가득 찬 계곡'
을 의미하는 황무지로 상징화됨으로써, 여전히 꿈은 존재하지만
희망이 없으며, 절망으로 점철되는 쳇바퀴 속에 사로잡혀 있는
세상으로 다르게 나타난다. 닉조차도 '끊임없이 이어지는 삶의
다양함에 의해 동시에 사로잡혔다가 빠져나오는 것을 반복해야
하는'(42) 자신을 발견한다. 피츠제럴드는 모든 사람들이 그들
자신을 만들고 재창조하기를 바라며, 그러한 목표와 믿음을 가
지고 그 목적이 되는 땅을 여행하고 있는 많은 미국인들도 이
러한 것에 예외가 될 수 없다는 것을 제시한다. 그러나 단순한
신화들에 의해서 구성되지 않고, 권력과 계급, 인종, 그리고 성
별에 따른 이데올로기를 통해 만들어진 문화 속에서 왜 그들이
거부되었는가 하는 것에는 복잡한 이유들이 혼재한다.

개츠비 자신의 모습에서 구체화된 다양한 미국의 정체성들을
포함하는 『위대한 개츠비』가 가지고 있는 매력은 꿈과 새로운
시작이라는 관념을 통해 발현된다. 반복해서 말하지만, 미국의
문화에 있어 재생의 개념의 실제성에 대한 의심들과 의문들과
더불어 그 가능성에 대한 믿음은 동시에 존재해 왔다. 이는 종
종 약속된 땅이나 새로운 에덴 동산이라는 미국의 신화적인 그
림과 관련된 순진하고 상투적인 꿈으로 해석되어 왔다. 이 '새
로운' 대륙은 인류에게 다시 시작하여 구세계에서 잘못된 것들
을 바로잡을 수 있는 마지막 위대한 희망을 제공하는 듯했다.

이러한 주장들의 실체는 곧 희석되었지만 여전히 미국 문화에 있어 근간이 되는 신화로 살아남았다.

피츠제럴드의 소설에 나타나는 바로 그 '미국적인 것'은 마치 그 자체에 미국의 불확실성과 불일치성의 모든 극적 상황이 고스란히 나타나는 것처럼, 내부적인 갈등 및 모순들과 긴밀한 관련을 맺고 있다. 마샬 버만(Marshall Berman)이 근대성에 대해 정의내리는 것보다는, 『위대한 개츠비』는 오히려 '우리가 가지고 있고, 알고 있으며, 우리에게 존재하는 모든 것들을 … 약속함과 동시에 … 파괴하겠다는 위협을 가하는' 세상을 제시한다.

이것은 '붕괴와 재생, 투쟁과 모순, 애매 모호함과 분노'가 교차하는 세상인 것이다(Berman 1983, 15). 이야기의 어두운 순간들과 밝은 꿈들을 동시에 경험하는 것은 '개방적인 시인이고, 미래이며, 청신호'라고 자처하는 개츠비 자신에게 내포되어 있는 이러한 모순들로 빠져드는 것이다. '반면에, 그의 가장 중요한 믿음의 공언은 과거가 "당연히" 반복될 수 있다는 것인데, 그렇다면 그는 균형잡힌 예언자일 것이다'(Holquist 1991, 180). 이러한 균형과 미래 사이에 벌어지는 긴장은 다양성과 일치, 동화와 분리, 개인주의와 공동체 등에서 벌어지는 미국의 정체성에 대한 어떠한 대립 양상에서도 인식해야만 하는 모순들과 갈등 상황들이 연결되어 있는 것의 일부이다.

▶ 아마도 여기가 천국일 거야: 영화 『꿈의 구장』

피츠제럴드의 미국에 대한 몽환적 정경과 새로움과 시작에서 비롯된 정체성 의식에 대한 실험은 미국을 문화적으로 표출시키는 데 있어 핵심적인 주제가 되었다. 또한 이상주의와 '꿈'에 집중되어 있는 개인적인 용기와 고집, 결단은 '미국적인 것'을 표현함에 있어 강하고 탄력성 있는 요소가 되었다. 필 앨든 로빈슨(Phil Alden Robinson) 감독의 영화 『꿈의 구장』(*Field of Dreams*, 1989)은 레이건 대통령 시절 약속되었던 궁금증들을 다시 한번 불러일으킴으로써 가능성을 나타냈지만, 결국에는 그것들을 끌어 내오는데 실패했다. 이 영화는 은행과 같은 제도적인 외부의 권력기구로부터 근본적인 이데올로기 단위들, 즉 꿈을 쫓는 개인과 가족에게로 돌아간다.

이것은 미국의 사상에 있어서의 독특한 전통, 즉 청교도적이고 공화당적인 전통들의 요소들에서 비롯된, '선택되었다는 것과 "언덕 위에 세워진 도시" 혹은 자작농들의 "덕망있는 공화국" 안에서의 공동의 미덕에 대한 본질적인 일치에 대한 믿음'에서 뻗어나온 '도덕적 미덕과 책임에 대한 담론'을 포함한다(King 1993, 364). 당연하게도 그것은 그 땅과 평원에서 들려오는 '만일 그것을 짓는다면, 그가 올 것이니라'라는 목소리를 들은 아이오와 주의 한 농부인 레이 킨셀라(Ray Kinsella ; 케빈 코스트너 Kevin Costner 분)을 포함한다. 곡물을 재배하면서도 경제적인 보장을 받지 못했기 때문에, 그는 야구장을 지으면서 영화의 끝에 이르기까지 그 의미가 불분명한 인생에 관해 잃어버렸던 몇 가지의 의식들을 그것이 연결해 줄 것이라는 믿음을 가진다. 그 실마리는 레이의 아버지의 역할에서 찾을 수 있다.

나는 그가 나이를 먹어가는 것을 용서할 수 없었다. … 그가 꿈을 가졌던 것은 분명하지만 그 꿈들에 대해 아무것도 실천하지 않았기 때문이다. … 그는 (그 꿈들이 내는) 소리들을 들었어야 했지만 확실히 그 소리들을 듣지 못했다. … 내가 그를 알아왔던 세월 동안 결코 무엇 하나 자발적으로 한 적이 없었다. 그런 일이 나에게도 생길까 두려웠다.

레이는 그의 아버지가 의미하는 과거에 대해 '난 내 아버지 식으로 변해가며 죽는 것이 두렵다'고 말하는데, 여기에서의 과거는 미국적인 꿈에 있어 빈번하게 등장하는 신화적인 회귀에 있어서는 회복되거나 반복되어서는 안 될 의미의 것이다. 오히려 그는 그 꿈이 채워지기보다는 버려지고 실패해 버린 존재로서의 기표가 된다. 다른 인물들은 레이를 중심으로 모이게 되고, 영화는 마치 그들 모두가 과거의 어느 측면과는 스스로 화해해야 할 필요가 있는 것처럼, 동질성이 없는 그들의 꿈의 끈들을 함께 엮어나간다. 마치 레이가 과거로부터의 유령으로 돌아온 아버지와 결국에는 화해하게 되는 것처럼, 영화 역시 우리에게 1980년대가 파괴해 놓은 가치들, 즉 가족, 우정, 개인주의, 급진주의(1960년대에 꾸준하게 언급된다고 할 수 있는), 그리고 꿈들을 상기시켜 준다.

사람들이 올 거야. … 아이들처럼 순수하게, 과거를 갈망하면서 … 그들이 가지고 있는 것이 돈이고 그들이 좋아하는 것이 평화라고 할지라도 … 그들은 그 경기를 보고 있고 그것은 마치 그들 자신을 마법의 호수 속에 담그는 것과 같을 거고, 그 기억들이 너무나도 짙게 남아 있기 때문에 그들은 기억들을 그들의 얼굴에서 털어 내야만 할 거야.

이 구장, 이 경기는 우리 과거의 일부분이다. … 그것은 우리에게 그 모든 것들이 좋은 시절이 있었고 다시금 좋을 수 있다는 것을 상기시켜 준다. …

물론, 여기서 우리는 1919년의 월드시리즈 때 부정 스캔들에 휘말려 경기에서 쫓겨난 맨발의 조 잭슨(Shoeless Joe Jackson) 이 야구장으로 돌아오는 것에서 개츠비와 연결되는 것을 볼 수 있다. 피츠제럴드의 소설 안에서, 개츠비의 친구인 마이어 볼프심(Meyer Wolfshiem)은 월드 시리즈를 주목하고 있으며, 꿈의 이면이라 할 수 있는 비열하고 흥행사적이면서 부정적인 개인주의를 재현해 내는데, 개츠비가 말하듯 그것은 '그가 단지 기회를 보았기 때문'(Fitzgerald 1974, 80)이다. 『꿈의 구장』에서 과거의 가치, 즉 닉 캐러웨이가 갈망하던 1960년대의 대항문화와 '궁금증에 대한 수용'이라는 본래의 모습 모두에 대해 반대하는 것은 볼프심 식의 탐욕과 권력이라는 것이다.

이 영화는 도덕적 다수파들 중 사상을 통제하려는 사람들과 레이의 농장에 대해 저당권을 빼앗는 은행가들을 비판함으로써 보다 다양한 논의와 연결된다. 그러나 부패한 것은 야구라고 하는 '미국적인' 경기이며, 영화는 야구를 로빈슨이 자신에게 '미국에서 사라졌던 보다 나은 것들을 상징한다'(Robinson 1989, 6) 고 말하는 것처럼, 모든 것들이 새로워져야만 한다는 것을 상징적으로 재현하기 위해 활용하고 있는 것이다.

이 영화는 그 강렬하고 감동적인 힘으로 인해 보수적으로 보일 수 있는데, 그 땅으로의 이끌림과 언덕 위에 있는 도시의 청교도적 꿈으로의 이끌림(그 중 레이의 흰색 집이 가장 두드러진다)을 선(善)과 이상(理想)의 기표로서 반복한다. 레이가 살고 있는 공동체는 그를 비웃지만, 결국에는 그의 꿈 속의 개인적인 힘으로부터 지어진 그의 상상의 공간 속으로 들어온다. 그 공간의 가치들은 가족과 토지, 고된 작업과 강렬한 믿음에서 비롯된 것이지만, 그 공간은 또한 1960년대를 가능성의 시대로서 찬양하고, 화해를 이야기하며, 미래를 향해 일정부분을 공유하는 비전을 향해 움직인다. 영화 속에서 하늘을 향해 카메라가 움직일 때 보여지는 마지막 시각적인 이미지는 중서부 지방을 건너 야구장을 향해 움직이고 있는 수천 대의 차들이 쏟아내는 불빛과 함께 펼쳐지는 밤의 야구장의 모습이다. 그 야구장은 미국의 중심에서도 가장 중심적인 위치를 차지하며, 사람들은 그들의 꿈을 가지고 몰려드는 재생의 역할을 하는 피인 것이다.

▶ 정체성의 표면: 대통령 담론에 나타나는 과거

영화 『꿈의 구장』에 사용되는 강렬한 감정과 신화적인 이미지들은 재생과 화해라고 하는, 미국의 정치적 수사 중 인기 있는 주제들을 말해준다. 로렌스(D. H. Lawrence)는 미국 문학에 있어서의 '새로운 목소리'를 '낡은 영혼에서 새로운 어떤 것으로의 이동 … 그 반대의 경우에는 상처를 입게 되는 것'이라고 찬양한다(Lawrence 1977, 7). 그것은 '붕괴되는 충격의 계속되는 아픔을 통해서, 마치 그 해가 완전히 사멸되어 버린 그곳에서 시작하듯이 모든 것의 그 시작이 있는 끝을 향해 돌아가도록 우리를 이끌면서'(Lawrence 1962, 117), '오래 된 감정들과 의식을 제거해 내는'(Lawrence 1977, 8) 것에 관한 것이다.

이와 같은 시적인 언어는 수많은 미국의 신화들에서 묘사된 변화와 재생으로의 충동적인 무엇인가를 제시하지만, 정치적인 영역에서 언어가 선택되고 재활용되었던 그때까지 로렌스의 말들이 복잡하고 문어적 의미들로 가득했던 반면, 그러한 언어들은 축약되고 단순화되었다. 빌 클린턴 대통령이 1993년의 취임 연설에서 미국의 새로운 희망에 대한 그의 입장을 설명하기 위해 유사하고 반복적인 심상을 채용한 것을 발견하는 것은 아마도 전혀 놀랄 것이 못될 것이다. 부시와 레이건의 공화당 통치 이후 취임한 클린턴은, 이 국가를 바꾸고 다시 채우며, 미국 문화에 있어서의 근본적이고 핵심적인 신화들에 대한 이러한 과정을 다시 그려내기 위해 '미국적인 재생의 신비'와 '새로운 재생의 시기'를 부르짖었다. 그 첫째는 '미국을 다시 일으키기 위한' 능력에 대한 믿음이며, 두 번째는 '미국인이 되는 것이 무엇을 의미하는가를 정의하는 것', 세 번째로는 '힘차게 희망을 가지고, 또 믿음과 훈련을 통해' 새롭게 시작하는 것이다 (Maidment and Dawson 1994, 197∼200).

이 연설이 포함하는 것들은 미국의 정체성에 대한 핵심적인 관념들과 가정들에서 '신비로움', 즉 약속된 땅에 대한 몇몇 최종적인 표현으로서 신성함과 자명한 운명(Manifest Destiny ; 19세기의 대표적인 미국적 논의로, 미 연방국이 북미 전체를 지배하도록 운명지어져 있다는 가설 ; 역자 주)에의 기원과 연결된다는 것, 또한 모든 미국인들에게 이러한 '신성한' 임무 — 이러한 꿈들에 참여할 수 있다는 것을 강조한다. 국가 안에 둘러싸여 있는 개인들은 각각 이상화 된 새로운 봄, 즉 '다시 태어나는 봄' 안에서 자신의 정체성과 위상을 만들어 내기 위해 자기 자신을 정의하는 것을 선택한다. 자연 그 자체는 미국의 재생, 즉 변화와 기회를 부여하는 수용성이라는 성스러운 신비의 일부이며 꿈, 즉 '미국이라는 바로 그 이상'에 그들 자신을 다시 바치는 것은 이 세대에 남겨진 유산인 것이다(200).

마치 역사가 그가 이야기하는 가치와 목표들을 지나쳐 왔던 것처럼, 클린턴이 자신의 연설에서 '우리는 우리 시대의 음악에 맞추어 행진한다. [하지만] 우리의 임무는 시대를 초월한다'고

말했을 때 미국의 정체성은 관념으로부터 벗어나 있음을 의미
한다. 그러나 그는 미국이 그 지배적인 관념적 의미들에 둘러싸
여 구성되었다는, 본질이라고 할 수 있는 핵심적인 신화들을 다
시 끌어들이고 있는데, 여기서의 신화들이라고 하는 것은 그
'의미가 이미 일종의 지식, 과거, 기억, 비유적인 사실들의 질
서, 관념, 결정체들처럼 "이미" 완벽한 것이다'(Barthes 1976,
117). 클린턴의 연설에서 그가 말하는 미국의 이야기는 과거나
과거의 언어를 반복하는 동시에 그것들을 현재에 적용시키려는
시도를 통해서 [미국적 정체성]을 세우는 것을 의미하는 항구
적인 표현으로 견고해지고, 경화되어 가며, 굳어져 가고 있다.
'신화는 [과거에] 도난당했다가 [현재에] 회복된 말들(125)'이
며 신화가 회복하려고 하는 이미지들은 역사적인 과정들을 외
관상으로 자연스럽게 발생된 것으로 변형시킴으로써 우리가 그
것들을 하나의 동기, 즉 하나의 이유로만 읽지 않게 한다(129).
　이러한 신화들은 가정에 의해서 기능하기 때문에, 단순하고
복잡하지 않게 보이는 (실제로는) 복합적인 관념적 체계를 형
성하며, 우리는 이것이 사물의 질서 속에서 부여된 위치에 맞추
어지고 소유되며 자연스러운 것처럼 보이기 때문에 이러한 가
치들을 가정하게 된다. 물론 우리는 이렇게 정돈된 질서를 의심
해 보아야 하며, 그것이 작동하는 것이나 관념들, 가정과 배타
적인 요소들 속에 있는 체계에 대해 의문을 던져야 한다.
　이러한 신화적인 구조들은 단일한 미국의 서사구조를 만들어
내고, 확정적이고 지배적인 의미들을 고착시킴으로써 개인적인
특성과 국가, 자연, 신성함, 규율과 작업 등을 배제하기 때문에,
그것은 모든 미국인들에게 적용되지도 않을 뿐더러 그렇게 되
어서도 안 될 일이다. 신화의 우산은 미국인들이 '미국인이 되

는 것이 무엇을 의미하는가를 정의할 수 있다'고 주장하는 동
시에 모든 것을 통합하고 변호한다. 신화/관념의 모순은 바로
여기에 존재하는데, 그것은 차이점과 우연성, 그리고 다양성을
'말할 필요도 없다'고 명확하게 찬성하면서 얼버무리거나 무시
해 버리며, (마치 취임 연설들이 그래야만 하듯) 안심을 시키고
'모순 없는 세계를 만드는' 기능을 하고 있다(Barthes 1976,
143). 그 언어는 의식과 권력으로 가득하며, 그럼에도 불구하고
'단순히 자연스러운' 것으로 그 자체를 대강 넘기기를 바라고
있다(Rylance 1994, 50). 취임 연설은 미국 국민들에게 그들로
하여금 새로운 임기의 새로운 시작을, 그리고 위대한 이상들과
과거의 전통들에 대한 약속들을 보장하려고 노력하면서, 마치
그러한 것들이 새로운 대통령의 임기를 이어가기 위한 함성으
로써 보다는 정책 입안의 수준에서는 덜 기능한다는 것을 말해
주고 있다. 대통령 취임 연설은 미국인들에게 '그들의' 개인적
인 혹은 집단적인 꿈들을 상기시켜 주는 역할을 한다.

　미국의 대통령에게서 나오는 담론은 재생을 이야기하고 '세
상을 "조화롭게" 하며, 실제로는 그것이 아니라고 할지라도 세
상이 스스로를 창조하기'(156)를 바라는 호소로서의 새로운 시
작들을 염원하려 하는, 믿을만하게 검증을 받은 신화적인 체계
이다. 따라서 민주당 소속의 클린턴은, 레이건 전 대통령이
1981년 취임 연설에서 미국적인 꿈과 개척정신, 그리고 그것의
재생에 있어서의 오래 된 영역을 재차 강변했던 것과 유사한
수사적 기교를 받아들였다. 그 내용은 다음과 같다: '우리의 결
정과 용기, 그리고 우리의 힘을 되돌아봅시다. 그리고 우리의
믿음과 희망을 일신합시다. 우리는 영웅적인 꿈들을 꿀 모든 권
리를 가지고 있습니다. 그것들의 가치는 우리 국가의 생명을 지

탱하고 있는 것입니다'(Maidment and Dawson 1994, 1940). 광범
위하고 포괄적이며, 객관적인 호소는 아무도 거부할 수 없는,
종종 '엄마와 애플파이'의 관계처럼 냉소적으로 언급되곤 하는
'영구적인' 가치들에 관한 것이며, 그것의 기능은 역사를 그 담
론의 내용에서 사라지게 해서 '근본이나 선택에 의해 더럽혀진
모든 흔적들'(Barthes 1976, 151)을 제거하는 것이다.

수사적 기교가 이 신화적인 연설에 남아있음에도 이제는 파
괴적인, 혹은 해체적인 과정으로서의 과거에 대한 어떠한 참된
요청도 사라졌으며, 재생이라는 부동의 심상으로 대체되어 왔
다. 진부한 구(舊)세계의 가치들에 반대되는 실제적이고 급진적
인 미국적인 단언으로서 로렌스가 '분열된 감수성'을 언급하고
윌리엄 카를로스 윌리엄스(William Carlos Williams)가 '토양을
깨끗하게 하고자(to clear the GROUND)' (Williams 1971, 219)
하는 주장을 언급하고 있다면, 대통령 연설에서의 영향에 따른
전환에 의해 남게 되는 모든 것은 가능성에 대한 호소와 멀어
져 가는 기억이다.

바르트는 비평이 '과거에 대한 본질적인 파괴'(Barthes 1976,
158)의 양상을 담고 있으며 단순히 과거의 심상에 대한 '복구'
나 환기가 아니라고 주장하는데, 그것은 어떠한 조화로운 이야
기나 문화적인 전체성에 대한 표현도 부적절한 현혹이나 신화
를 사용한 속임수에 불과하기 때문이라는 것이다. 닉 캐러웨이
는 개츠비의 꿈이 회복되고 그의 시선의 온전함을 믿을 수 있
기를 '바라고' 있지만, 피츠제럴드의 글은 독자로 하여금 그의
'하나뿐인 창'과 '일부의 견해'를 넘어서 보게 하며(Fitzgerald
1974, 10~11) '세상이 동요하는 것은 요정의 날개 위에서나 안
전하게 유지된다는 것'(106)을 인식하게 해준다. 그 소설의 애

매한 모순들과 거기에서 나오는 의심과 긴장의 요소들은 우리
로 하여금 미국적인 다양성과 함께 일련의 단독적이고 권위적
이며 종합적인 견해가 공존하는 것이 불가능함을 상기시킨다.

  대통령 담론과 개츠비의 거대한 무덤처럼 생긴 대저택과 같
이, 회복된 관념적인 과거들이 신화적으로 타락하는 것은 결과
적으로 공허하며, 다양한 측면의 문화적 차이에 대한 세부적인
것들과 그러한 '과거'의 애매 모호한 본성을 배제한 상태에서
'정체성의 표면에서'(Barthes 1976, 101)만 존재할 뿐이다. 미국
은 다의적인 것, 즉 많은 기호들의 공간, 풍부한 텍스트, '"미
국"이라는 이름을 만들어 낸 복잡한 기표와 경쟁적인 텍스트상
의 구성'으로 읽혀야 한다(Mathy 1993, 3).

  그것은 여기에서는 미국을 의미하는 '텍스트'가 복수의 것이
며, 마치 그것이 '끝없이 의미를 가정해 내고, 끝없이 그것을 증
발시켜 버리는'(Rylance 1994, 80) 것처럼 '수많은 중심들'로부
터 비롯된다고 하는, 현대의 후기 구조주의적 비평의 영역에 속
해 있다.

  미국을 단일한 방식으로 분류하려고 하는 어떠한 '부분적인
견해'도 월트 휘트먼(Walt Whitman)이 미국의 민주적인 희망에
의 원천으로서 인식했던 그 광범위한 '수많은 국가들의 국가'를
놓치고 있다. 그러나 의미와 이에 따르는 권력 모두에 대한 투
쟁의 요소들이기 때문에 미국을 '많은 것들(many things)'이라고
이야기하기에는 충분치 않다. 이러한 대립적인 담론들은 미국을
구성하는 투쟁의 표현들이며, 대통령 담론들은 위에서 언급한
것들에서 새로운 시작과 꿈에 대한 신화에 대한 오래 된 전통을
향해 논의하고 있다. 이러한 강력한 담론들은 역시 '미국'을 구
성하는 주변부에 있거나 반대되는, 혹은 경계선에 있는 담론들

과 나란히 서 있지만, 그것들은 말하기 위해서 또한 보다 영향
력을 지니기 위해서 투쟁하는 그 틀의 모서리 위에 존재한다.

▶ 기존 문화에 대항하는 꿈들

1950년대와 1960년대의 대항 문화에 의해 일어난, 주류에 대
한 급진적인 비판은 미국 안에서 가능성을 내포하는 것이 반
(反)지배적이고 대안적인 목소리를 어떻게 유지시켜 왔는가에
대한 흥미로운 예가 된다. 대항 문화적 성향의 비평가들은 꿈에
대한 심상이 집단적인 성격의 '조직 구성원'에 의해 강탈당해
왔으며, 새로운 시작에 대한 가치들이 소비자 문화의 슬로건들
과 대통령 선거 당시의 공약들로 변해 버렸다고 느꼈다. 주류
사회를 비판하고 공격하고자 하는 반항적인 모습들로 비추어졌
던 많은 비트세대 작가들의 작품에서, 작품을 만들어 내는 것보
다는 가능성에 대한 진술들로써 미국의 정체성을 다시 천명하
고자 하는 결정적인 노력들이 존재함을 볼 수 있다. 앨런 긴즈
버그(Allen Ginsberg)는 그의 글에서 다음과 같이 언급한다.

> 물질주의에 광분한 미국이라는 국가는 … 그 권위의 그릇된 이미지를
> 방어하기 위해 세계와의 싸움을 준비하고 있었다. 휘트먼(Whitman)의 친
> 구인 야생적이고 아름다운 미국이 아닌 … 각자 개인적인 것의 영적인 독
> 립이 있는 곳이 미국이었다.(Ginsberg 1960, 333)

이렇듯 잃어버린 미국은 '권위'라는 편협한 시각에 대한 반
동으로 다시 발견하거나 다시 만들어야 한다는 것인데, 존재라
는 용어를 규정하고 있는 긴즈버그의 지배적이고 패권적 권력

에 대한 표현은 '리얼리티에 대해 고정되어 있고 보편적인 독점'(Allen and Tallman 1973, 243)이라는 용어를 통해 그 꿈을 자세하게 설명한다. '미국은 발견될 것'(Ginsberg 1960, 321)이고, 긴즈버그와 다른 작가들에게 있어서 이것은 형식을 재생시키는 것이며, 헤게모니의 현상에만 복종하는 것으로 보이는 정체(停滯)적 상황에 대한 도전이었다. 마이클 맥클루어(Michael McClure)가 언급했듯, '우리는 새로운 것을 만들고 발명하기를 원했으며 … 또한 우리는 목소리를 내고 볼 수 있기를 원했다'(McClure 1982, 12～13). 그 말은 새로운 시작에 대한 신화적인 관념을 다시금 불러일으키는 동시에 미국의 이상주의를 찬양하

〈그림 1〉 영화 『이지 라이더』의 배경: 모뉴먼트 계곡으로 가는 길
출처: 닐 캠벨, 1995

게 되는데, 이에 대해 맥클루어는 제국적인 권력이나 원주민의
땅에 대한 정복자나 소수 인종들에 대한 압제자로서가 아니라
변화를 수용할 수 있는 장소, 즉 새롭게 만들 수 있는 장소로서
의 의미라고 주장한다. 이러한 비평가들에게는 아껴 둘만한 가
치가 있는 무엇인가가 존재하지만, 그것은 단순히 수사적인 기
교에 의한 것은 아니다.

대항 문화는 그 이상과 실제에 있어서 '놀라움(wonder)'의 재
현과 동시에 저항의 정치학을 모색했으며, 따라서 이러한 관점
에서 매우 미국적인 전통과 상당 부분 맞닿아 있었다. 로렌스
훠링게티(Lawrence Ferlinghetti)와 같은 시인은 '놀라움을 재생
시키는 것'과 '누군가를 위해 미국을 실제로 발견할 것'
(Ferlinghetti 1968, 49)을 요청했는데, 진정한 미국에 대한 가능
성을 실현하기 위해 영혼의 상실과 미국적인 삶의 실패를 지적
했다. 발견되어야만 했던 것은 지배적인 것에 의해 가려져 왔던
것이었지만, 미국의 정체성에 있어 그것은 제한된 정의들이었으
며, 상당부분 공헌할 수 있는 생명력 있는 집단들을 배제하거나
무시했다. 대항 문화의 주변이나 혹은 그 안에 다른 대안의, 또
다른 정체성에 대한 표현이나 정의들을 제공하는, 이전에 무시
되었던 목소리들(흑인, 인디언, 여성, 동성애자 등)이 부각되고
있다는 것은 중요한 일이다.

'새로운 급진주의에 대한 가장 확실한 미국적인 표현'(Sayres
et al 1984, 250)으로 평가받는 휴런항(Port Huron) 선언에서 대
항 문화는 한 세대에서는 유실되어 가고 있지만 '만족할 만하
게 성숙되어'(Maidment and Dawson 1994, 237) 가고 있으며, 변
화를 요구했던 '미국적인 가치들'에 대해 알려져 있는 주장을
펼쳤다. 그 선언문은 '일시적인 우리 사회의 안정상태'의 '이

면'으로 가 볼 것을 요구하며, '미래에 대한 생각을 닫아두고 있는 사람들의 침체', 그리고 '유토피아 뿐 아니라 어떠한 새로운 출발에 대한 의식의 고갈'(238)을 거부하는 것에 대한 탄원을 반복했다. 지배적이고 우세한 문화는 안정과 번영을 약속했지만, 또한 인간의 가능성에 대한 수용을 배제하거나 제한했던 규범들을 지속시켰다. 미국적인 정체성은 항상 개인적인 정체성과 집단적인 정체성 사이에서의 긴장을 포함시키고 있는데, 그것은 휴런항 선언에서 결론짓듯, '그 대상은 그것이 스스로의 방식을 가지고 있는 한 각각의 방식을 가지지 않는다' 는 것이다(241).

그러므로 대항 문화적 텍스트로 회자되고 있는 중요한 영화인 『이지 라이더』(*Easy Rider*, 1968)에서 등장 인물 중 한 사람인 핸슨(Hanson; 잭 니콜슨 Jack Nicholson 분)은 '여기는 형편없는 나라였지. 무슨 일이 있는지 이해할 수가 없었어' 라고 말하는데, 우리는 이 영화를 통해서 근대 세계의 편협함과 부패함에 대해 영속적이며 신화적인 서구세계로 가장 빈번하게 나타나는, 몇 가지 어렴풋이 기억되는 황금기에 대한 향수의 이미지를 얻게 된다.

이 영화의 가치체계는 전반적으로 모순되게 나타나지만, 1980년대 후반의 영화 『꿈의 구장』을 통해 보여지듯 대부분 인위적으로 토지나 가족과 같은 어떤 전통적인 이미지들을 지정한다. 멕시코인과 미국인이 혼혈된 가족과 함께 식사하기 위해 앉아있는 것(화해와 희망에 관한 또 다른 이미지일까?)에 대해, 와이어트(Wyatt)는 마치 그들이 뒤돌아섰던 도시에 대한 열광의 외부에 있는 영속성과 전체성의 상을 찬양하는 것처럼 '퍼져 있음'과 '그 땅에서 살아간다는 것'의 정당성에 대해 언급한다. 영화의 처음 부분에서 그려지는 마약문화는 미국을 다시 조망하고 그 가치에 의문을 던지는 과정 중 그 일부가 대안이 될 수 있다는 견해를 뒷받침해 준다.

비록 결코 완전하게 전개되지는 않지만, 이러한 것은 미국 원주민들의 문화를 통해 알려지고 있는 토지에 대한 의식을 통해 영화 속에서 제시된다. 영화 속에 등장하는 여행의 많은 부분이 모뉴먼트 계곡(Monument Valley)과 타오스 푸에블로(Taos Pueblo)로 연결되어 있는 유타 주와 뉴멕시코 주의 원주민 주거 지역에서 벌어지고 있는데, 그것은 마치 그 영화에서 당시에 통용되던 문화에 대한 새로운 정체성과 그 도전에 대한 불안정한 상을 제시하는 듯 스스로 신성한 땅에 파묻혀진 '사람들'(그림 1 참조)에 대해 언급한다.

사실상 영화는 지배 문화에 대한 대안으로서의 역할을 하지만, 아무도 그것에 만족하지 않으며, 궁극적으로는 어떤 저항의식도 이 영화의 끝 부분에서 파괴되고 사라져 버리는 와이어트와 빌리 각각의 모습에서 궁극적으로 나타난다.『꿈의 구장』의 결론 부분 장면을 회상하게 하듯, 이 영화 말미에 화재로 인한 파괴장면 위로 카메라가 들어올려지는 것을 볼 때 변화는 불가능한 것으로 보이지만,『꿈의 구장』에서의 재생과 가능성에 대한 의식과는 반대로,『이지 라이더』는 공포감과 죽음, 그리고 대안의 거부로서 마무리된다.

리차드 킹(Richard King)이 언급했듯, '1960년대 이래로 미국 문화를 단일한 것 혹은 심지어 이중적인 실체로서 본다는 것은 불가능했으며 … [따라서] 복수성은 이상으로서의 온전한 힘으로 부각되었다'(Gidley 1993, 373). 1960년대는 미국적인 꿈에 대한 진부한 심상을 가진 대화로 시작되며, '미국의 꿈에 나타

나는 "경제적인" 관점과는 구별되는 "이상적인" 관점들에 강조
점을 둠으로써'(Sayres *et al* 1984, 249) 포괄적인 특성을 잡아내
어 미국적인 꿈을 바람직한 방향으로 재발명하고 확대하는 방
향으로 미국의 꿈을 추구했다. 프레드릭 제임슨(Frederic
Jameson)이 주장하듯 미국의 1960년대는 즉 "소수인종", 주변
인, 그리고 여성들과 같이 제일의 세계에서 내부적으로 식민지
화된 사람들', 즉 '주체적인 국민이 되기 위한 자의식을 갖기
위해'(Sayres *et al* 1984, 181) 하나로 뭉쳐진 사람들을 포함하는,
식민주의에 대한 보다 넓은 의미의 전 세계적인 반향의 일부였
다. '(미국적인) 꿈의 최초의 형상에서 제외되고, 역사의 과정에
서 침묵해야 했던' 집단들은 정체성에 대한 관념들을 재생시킬
수 있는 몇 가지 역할을 가지기 위해 노력했다. 멕시코계 미국
인이며 급진주의 페미니스트였던 글로리아 앤젤두아(Gloria
Anzaldua)가 주장했듯이 '우리는 분리되지도 않고 독자적이지
도 않은 우리의 투쟁에서 혼자가 아니라는 것을 인식하게 되지
만, 우리 — 흑, 백, 이성애, 동성애, 여성, 남성 — 모두는 연결
되어 있는 동시에 상호의존적이다'(Moraga and Anzaldua 1983,
Foreword).

이러한 재생을 향한 다양하면서도 연결되어 있는 투쟁에 관
한 인식은 미국의 신화적인 언어에서 여전히 표출될 수 있다 :
'여성이여, 여행의 위험함이나 땅덩이의 거대함으로 인해
위협받지 않도록 노력하자 — 이 수풀 더미 속에서 앞을
보면서 열려진 길로 나아가자(진한 글씨는 필자 강조).' 시
인이자 소설가인 마지 피어시(Marge Piercy)가 주장하듯, '말하
지 않도록 배우지 않는 것(unlearning to not speak)'에서 여성과
다른 소수 집단은 정체성을 탐색하고 재창조해 왔으며, 그것은

틀에 박힌 신화에 의해 그들의 정체성을 격하시키는 것이 아니라, 확장이나 다양성을 위한 참된 범위를 제공하는 것'이다(제7장 참조).

▶ 복합성, 차이점, 그리고 다시 들여다보기

서문과 이번 장에서 언급했던 것처럼, 정체성의 문제는 고정되거나 균형이 잡히기보다는, 오히려 차이와 다양성을 인식하는 중요한 요소로서의 재생의 문제와 더불어 미국에서 지속적으로 변화하는 영역이다.

미국적인 정체성은 재생의 과정으로 다시 본다는 특성을 갖는데, 여기서의 다시 보기는 다음과 같이 정의된다: '다시 보기 — 되돌아보고, 신선한 눈으로 바라보며, 새로운 비평적 방향으로부터 오래 된 텍스트로 진입하는 행위(Rich 1993, 167).' 유색인종, 여성운동가, 그리고 급진주의자 등 미국 문화의 주변에서 진입되는 목소리는 아드리엔 리치(Adrienne Rich)가 언급하듯, 평가와 재조사가 필요하다는 '가설들'을 불러일으켰지만, 이것은 새로운 시작이라는 신화를 급진적으로 해석한 것에서 비롯된 과정이다. 로렌스나 다른 사람들과 마찬가지로, 프랑스의 비평가인 질 들뢰즈(Gilles Deleuze)는 미국이 '탈영토화(deterritorialisation)' 혹은 노선이나 경계를 넘나드는 움직임, 즉 새로운 땅으로 달아나거나 예전의 땅을 뒤로 한 채 떠나는 움직임과 관련되어 있다고 주장한다. 들뢰즈는 '새로운 영토'를 창조하는 데 있어서의 '출발, 변화, 경로'에 대한 미국적인 열정을 언급한다(Deleuze and Parnet 1987, 36).

바로 이러한 움직임의 행위는 미국인이 '되기' 위한, 재생을 위한 욕망과 밀접한 관계를 가진다. 지속적인 '경로들'은 정체성이 사물의 도면을 고정된 상태에서 변화하도록 할 수 없으며, 참된 미국이 영속적인 본질로서 정의되는 어떤 최종적인 지점에 도달하게 할 수도 없다. 들뢰즈는 '복합성(multiplicity)'(vi)이라는 기호를 통해 미국의 불안정성과 유동성에 접근하는데, 여기에서의 유동성은 '서로 약분될 수 없는 일련의 선이나 부피'이며, '중요한 것은 [지정된] 용어들이나 요소들이 아니라, 그 "사이"에 존재하는 것 … **서로 분리되지 않는 일련의 관계들**'을 의미한다(vii, 필자 강조).

복합성의 개념은 복수이면서 '미국적인 것'이라는 단일하고 고정되어 있는 관념으로 나눌 수 없는 미국적인 정체성의 특질로 나타나는 무엇인가를 제시해 주고 있으며, 이와는 대조적으로, 역동적이면서 반복해서 언급하자면 '서로 분리되지 않는 일련의 관계들'로써 가장 잘 인식되기 때문에 중요하다. 관계와 대화가 내포하고 있는 의미가 이 지점에서 연결되며, 미국의 문화적 정체성에 대한 관념이 일치나 폐쇄성보다는 오히려 다양성들을 이끌어 낸다는 것은 문화적 차이에 대한 최근의 태도와 밀접하게 연관된다. '소수 민족들을 문화적 가치의 전체적이고 유기적인 개념으로 "동화"시키려는 시대는 지나갔으며'(Rutherford 1990, 219), 그것은 진실로 미국적인 어떤 것에 근거를 둔 것도 아니며, 동의된 가치들과 역사의 '하나됨'에 근거를 두지 않고, 차이를 인정하는 것에 근거를 둔 문화적 정체성에 대한 새로운 정의가 뒤따라야 할 것이다. '우리는 [미국적인] 독특함을 구성하는 단절과 비연속성이라고 하는 다른 측면을 인정하지 않은 상태로 "단일한 경험, 단일한 정체성"에 대해서 정확하게, 그토록 오래 말할 수 없다'(225). 이 정의에서 문

화적 정체성은,

'(무엇이) 되는 것'과 동시에 '존재하는 것'의 문제이다. 문화적 정
체성은 과거는 물론 미래에도 속하며 … [따라서] 몇몇 본질화된 과거
에 고정되지 않고, 양자는 계속되는 역사와 문화, 권력의 '유희'에 종
속된다.(225)

　미국적인 꿈은 문화적 정체성이라는 하나의 측면에서는 영속
적인 가치에 대한 몇몇 본질적인 의식에 강하게 이끌리며, 그렇
게 함으로써 그 가치에 대한 개별적인 반응들을 배제하는 동시
에 진행중인 역사적 과정들을 무시하게 되므로 수용되지 않는
다.
　건전한 문화는 이러한 '대립'의 양상을 계속적으로 인식하고
있으며, 이러한 차이점들에 대한 목소리를 내는 것들의 중요성
을 인정한다. 후안 플로레스(Juan Flores)와 조지 유디스(George
Yudice)는 미국과 멕시코의 경계를 지정하는 것에서 그들의 논
의를 시작하면서, '"미국"이라는 이 대륙의, 많은 것이 포함되어
있으면서 복합문화적인 사회에 대해 탐구하는 것은 라틴계 국
민들 뿐 아니라 모든 논자들에게 해당되어 지도를 다시 그리고
명명하는 상상력이 풍부한 정신만큼이나 관련이 있다'(Boyce-
Davies 1994, 10)고 지적한다. 이러한 재조정의 과정들은 '국가'
나 '정체성', '문화'와 같은 거대한 개념들의 고착적 성질이 계
속적으로 다시 검토되어야 하는 현대문화에 있어 정체성에 대
한 논의들 중 일부가 되어야 한다. '정의라고 하는 것은 일시적
일 뿐이며, 만일 우리에게 각인된 담론들이라고 하는 좁은 의미
의 용어들 몇몇을 풀어놓기만 한다면 곧 새로운 분석들이나 질

문들, 그리고 새로운 이해들로 종속될 것이다'(5).

한동안 신화적인 요소가 배제되었던 '새로운 시작'에 대한 미국적인 의식은 문화적인 실천들과 정체성에 대한 탐구 속에서 여전히 매우 중요한 의미가 될 수 있다. 그것은 자아를 추적하고, '다양한 국가들의 국가'를 구성하는 수많은 노선들을 따라잡으며, '새로운 의미에 부여하는 의문'에 대한 새로운 관점들로부터 꾸준하게 다시 점검하고 정의하는 끝없는 노력들의 일부가 되기 때문이다(5). 일정한 선에서 필요한 것은 코넬 웨스트(Cornel West)의 '새로운 차이에 대한 문화 정치학'이라 할 수 있는데, 그것은

> 새로운 종류의 연결과 유사성, 그리고 제국이나 국가, 지역, 성별, 연령, 그리고 성적인 지향을 넘어선 공동체를 구성하기 위한 인간의 독특한 특성들과 사회적인 특성들을 깊게 파헤침으로써 이전의 개별성과 민주주의에 대한 관념들에 대해 계속적으로 탐구할 것을 주장한다.(West 1993, 29)

▶ 새로운 세대의 가능성: 영화 『그랜드 캐년』(1992)

이러한 모순적인 주장들의 일부가 최근 몇 년 동안에 할리우드의 주류 영화를 통해서 다루어져 왔는데, 이러한 것의 예로 들 수 있는 것은 로렌스 카스단(Lawrence Kasdan) 감독의 영화 『그랜드 캐년』(*Grand Canyon*, 1992)이다. 로드니 킹(Rodney King)을 구타한 경찰들을 무죄로 석방시킨 사건으로 발생한 로스 앤젤레스 폭동이 일어난 그 해에 출시된 이 영화는 도시의 삶과 인종 문제, 그리고 개혁의 가능성을 탐색한다. 로스 앤젤

레스는 '모든 것은 로스 앤젤레스에서 함께 한다'는 슬로건과 함께 현대 미국의 원형적인 상을 닮은 문화와 언어들의 혼합을 담고 있는 독특한 혼성의 도시를 재현한다. 에드워드 소야 (Edward Soja)는 '익숙해진 색깔들과 수백 가지의 다른 고국들의 대응을 원래대로 재현하면서, 어디에서도 항상 로스 앤젤레스에 있는 것처럼 보인다'(Soja 1989, 223)고 말했다. 이러한 배경과는 반대로, 카스단의 영화는 가난과 대상이 없는 범죄와 폭력 등이 어디에서나 일어나는, 붕괴되어 가는 도시 속에 묶여 있는 백인과 흑인 등 일련의 등장인물들이 가지고 있는 다양한 사회와 인간관계에 있어서의 딜레마들을 중심으로 이야기를 구성한다. 지루(Giroux)가 장황하게 주장했듯이 이 영화에서 다루고 있는 정치학은 이러한 위기에 대한 책임을 논하는 것보다는, 미국 문화 안에 자리잡고 있는 억압에 대한 보다 넓은 체계들 사이의 연결을 분석하는 것을 선호하는 개방적인 성향을 가지고 있다(Giroux and McLaren 1994).

이 영화는 대신 흑인 거리의 깡패들의 위협에서 우연히 사이먼(Simon; 대니 글로버Danny Glover 분)이 맥(Mack; 케빈 클라인Kevin Kline 분)을 구해주면서 만나게 되는 두 사람의 중심적인 관계의 주변에 있는 사건들을 개별적으로 다룬다. 많은 비판에도 불구하고, 이 영화는 문화의 양상이 경제적인 노선과 사회적인 노선으로 분리되어 있는 다원주의적 도시 고유의 난제들을 실제적으로 기록한다. 이 영화는 인종과 성별, 불평등과 권력에 대한 논의 대상들을 다양한 방식으로 제기하지만, 궁극적으로 그것들을 희망적인 결론의 수단에서 배제하고서 탐구할 수는 없다. 이 영화는 '세상은 더 이상 … 이해가 되지 않는다 … 그리고 우리는 거기에 익숙해져 있고,' 이 나라에는 넘을 수 없는 한계가 있는데, 그것은 무엇인가를 가지고 있는 사람들과 그렇지 못한 사람들 사이에 넓게 퍼져 있는 심연이라고 할 수 있으며, 그것과 같이 커다란 구멍이 뚫려 있으며, 그건 마치 망할 놈의 그랜드 캐년같다'고 진술한다. 그러나 현대 미국의 정체성을 점검하는 데 있어, 이 영화는 '행운'과 '기회'를 혼동하면서 이러한 환경들을 만들어 준 과거를 배제하고 있으며, 장면 하나 하나를 통해서 만들어진 동기들과 궁극적으로 이러한 문제들의 결론은 맥이 사이먼의 가족들을 그의 개인적인 영향력을 통해 위험한 이웃으로부터 구원해 주는 개인적인 친절함의 조합인 동시에, 미래에 직면하게 될 화해에 대한 의문을 통해서 가능하다. 『그랜드 캐년』의 초기의 모티프는 도시의 위기를 말해주는 기표로서가 아닌, 그토록 두렵게 다가오는 자연 현상을 직면할 때의 인간의 무기력함을 되새겨 줌으로써 유예된다.

> 그것을 그렇게 보이도록 하는데 꽤나 걸렸음에도 그것은 그렇게 되지 않았고, 알다시피 그냥 당신이 거기서 그걸 바라보고 있는 동안 그건 제대로 돌아가지, 그리고 이제 우리가 여기 이 추잡한 마을에서 앉아 있는 동안에도 제대로 돌아가고 있어 … 우리가 하고 있는 것이 그만큼 문제가 된다는 것을 생각하면 우리네 사람들이 얼마나 우스꽝스러운지 당신은 깨달을 거야 … 우리가 여기 있었던 것은 아주 짧은 순간일 뿐이야.(사이먼이 맥에게 하는 대사)

지루(Giroux)가 주장하듯 이 영화는 '자연의 거대한 힘들에 대항하는 인간의 힘을 경시하며, 백인들로 하여금 어떠한 책임에 대해서도 방면해 주는 동시에 그들 자신에 대해 좋은 느낌을 가질 수 있게 한다'(Giroux and McLaren 1994, 43). 등장 인물들이 그랜드 캐년의 끝자락에 서있을 때 그들은 인종이나 성별, 연령의 구분이 없는 새로운 공동체와 유사하게 보이지만, 대지 자체에서 솟아나는 희망이 아니라면 어떠한 힘도 가지지 못하는 개인일 뿐이다. 지루는 이것을 자연과 인간 상호간의 관계 모든 것이 하나가 되는 통일된 힘의 순간으로 인도하는 '정복할 수 없는 차이점들을 붕괴시키는 새로운 시대의 가능성에 대한 의식'(42)으로 정의한다. 이렇게 계급적 혹은 경제적인 분할에 대한 현실을 넘어서는 역사성이 부재하는 순간에는 '그래 당신은 어떻게 생각합니까?'라는 질문을 받게 되며, '생각해보니 모두 나쁘지는 않군요'라는 대답을 하게 된다. 따라서 이 영화는 미국의 문화적인 역사에 대한 어떤 분석도 없이 위기 의식을 보여주고, 미국에서의 인종과 성별의 문제를 구성하는 관념론적인 질서를 유지하는 결론의 탐색에만 집중하기 때문에 결론적으로 만족스럽지 못하다고 할 수 있겠다. 이 영화는 이제 문화적인 차이가 미국 문화의 한 부분이라는 것을 인정하지만, 결과적으로 참된 정치적인 관심이나 행동이 있어야 할 위치에서 비정치적이고 감성적인 가치들의 범주들을 강화할 수 있을 뿐이다(그림 2 참조).

▶ **결론: 새로운 문제 제기 ― 글로리아 앤잴두아, 배리 로페즈, 트린 민하**

만일 『그랜드 캐년』과 같은 영화가 미국 문화의 복잡한 정체성들 아래에서 혼선을 겪고 있다면, 다른 텍스트들은 그것에 보다 충분하게 대응하기 위한 시도를 해왔다. 예를 들어 배리 로페즈(Barry Lopez)와 글로리아 앤잴두아(Gloria Anzaldua) 등은 우리가 이번 장에서 다루어 왔던 몇 가지의 양상들을 미국적인 정체성의 복잡한 특성을 깨닫고 건설적이고 현실적인 방향으로 전진하도록 제시하는 노력으로 결합시킨다. 이 두 가지는 모두 제임스 클리포드(James Clifford)가 '차이를 재발견하기 위한 이상적이고 끊임없는 희망'과 '전 세계를 경제·문화적으로 집중시키는 파괴적이면서도 균등하게 만드는 효과들'에 대한 잠재적인 가능성들을 깨닫는 것 모두에 대한 인식을 포함하여 '현실화될 미래의 제시(presents-becoming-futures)'라고 부르는 것과 관련된다(Clifford 1988, 15). 그들은 다양한 분야에 걸쳐 글을 쓰고 활동하고 있는 사람들로써, 환경에 관한 논의들이나 급진적인 정치학, 문화 비평 등과 관련하여 그들의 견해를 소설이

〈그림 2〉 애리조나주 그랜드 캐니언의 관광객들
출처: 닐 캠벨, 1995

나 서평, 여행기, 혹은 명상적인 시적 표현들과 같은 다양한 목
소리로 표현해 낸다. 그들의 작품들은 미국적인 정체성을 '재배
치'하고 위치시켜야 할 자아와 그 관계들에 대한 어떤 가정들
에서 탈 중심화하는 등의 작업을 통하여 어느 면에서는 '재정
의'하려 한다. 그들의 작업은 구술 전통과 같은 다른 문화적인
전통과 신화, 주술적인 이야기들을 합쳐 놓고, 사람들이 단도직
입적으로 '미국적'이라고 정의할 수 있는 분명하고 안정되어
있는 전통으로부터 자신을 해체시킨다는 측면에서 잡종적인 성
격을 지닌다(제2장 참조).

그들은 미국에서 산다는 것이 무엇인가에 대한 의미를 만들
어내고, 도전하며, 재정의하는 각각의 문화적 실천들 사이의 경
계를 끝없이 넘나드는 그 경계에 선 작가들이다. 에밀리 힉스
(D. Emily Hicks)는 '경계를 넘어 글을 쓰는 것은 미래에 대한
가능성들에 의해 과거에서 현재에 대해 만들어지는 정보와 그
것에 대한 이해라고 하는 새로운 지식의 형태를 제공한다'고
말한다(Hicks 1991, xxxi). 문화와 자연, 인간과 동물, 삶과 죽음,
공간과 장소, 야생성과 문명의 사이에서, 우리는 윌리엄 카를로
스 윌리엄스(William Carlos Williams)의 시를 연상시키는 새로
운 이야기들을 듣게 된다: '역사여, 역사여! 바보같은 우리는
무엇을 알거나 관심을 가지는가? 역사는 우리에게 발견이 아닌
살인과 노예화라는 명제로 시작한다'(Williams 1971, 55).

로페즈에게 있어 미국은 스페인과 다른 유럽인들에 의해 정
복당하고 식민지화된 땅이며, 따라서 그는 우리는 정복 이전의
문화들과 그들의 '비인간적인 세계'와의 관계들로부터 '태초의
지혜를 다시 발견할 것'을 요구하는 침략과 제국적인 패권의
공포를 서술한다(Lopez 1988, 198). '그러한 형이상학을 길들인

다'는 것은 끔찍한 역사를 넘어 조망하고 인간적인 관계를 제
자리에 다시금 형태를 잡는 상상 속의 새로운 시작을 찾아 나
설 '실제적인 필요'(198)와 관련을 맺고 있다. 『북미 지역의 재
발견』(*The Rediscovery of North America*, 1990)에서 로페즈는 미
국의 정복의 시기로 돌아가서 그 '명암'을 추적하고 츠베탕 토
도로프(Tzvetan Todorov)가 그것이 '우리 [미국의] 현재의 정체
성을 알려주고 정립시켜 준다'(Todorov 1987, 5)라고 했던 주장
에 동의하면서 이러한 사유들을 결합시킨다. 로페즈의 주장에
따르면 식민지화 이래로 '우리는 어떤 것을 제시받기보다는 강
요당했다. … 우리는 어떠한 저항이 있더라도 우리가 생각하는
것을 말하고, 우리의 의지로 귀속해야 한다'(Lopez 1990, 18). 따
라서 새로운 세계 속에서 다른 목소리들이 무시당하고 파괴당
하며 주변화되어 왔던 독백을 정립시키면서, '우리는 듣는 것이
아니라 말하게 될 것'(19)이다.

첫 번째의 '새로운 시작'은 새로운 세계가 해야 했던 말을 무
시했으며, 그 장소에 대한 지혜와 그 독특한 힘들을, 대신 그
땅을 '텅 빈' 것으로 보고 그 대륙에 대해 스스로 '기술하는'
유럽인들의 정신이 도착하기를 기다리는 것을 선호하면서 마음
을 닫아 버렸다. 이와 같은 정체성은 특히 개방성이나 가능성보
다는 오히려 토착문화들과 현존하는 전통에 대하여 배제와 거
부를 바탕으로 형성되었다.

그러나 로페즈의 어두운 기억들 속에서도 여전히 다음과 같
은 믿음이 존재한다: '어떤 실제적인 측면에서 보면 이곳은 여
전히 새로운 세계인데'(29), 왜냐하면 미국적인 정체성에 대한
관념은 유동적이기 때문이다. 그에게 있어서 이러한 믿음은 '제
안들'이 '지적인 대화를 나누는'(36) 일련의 의견 교환을 그 땅

이 '언어 공동체의 의미'(34)에서 포함되는 새로운 '도덕적 세계'를 허용하는 환경을 창조하도록 하는 기회를 의미한다. 계속해서 그는 '내가 생각하기에 이러한 방식들에서 우리는 집을 찾고, 그 장소를 어떻게 적합하게 할 것인가를 알아차리게'(37)되며, '인간의 공동체에서 성인으로서의 책임들을 수행하는 장소'(48)로서의 의미를 내포하고 있기 때문에 이러한 집의 개념은 로페즈에게 상당히 중요하다. 이 '집(home)'은 '차이의 가치를 인정하고 그 자체적인 다양성을 성장시키는 문화에 대한 모티프'로서의 새로운 시작이 될 수 있지만(Rutherford 1990, 25) 일부 잃어버린 시간의 정적인 '꿈'은 거부한다.

로페즈는 새로운 세계를 '회복하는' 것으로서가 아닌 '다시 발견하는' 장소로 인식하며, 이전과는 다르게, 새로운 세계를 구분하여 보는 것으로 인식한다. 여기에는 회복될 수 있는 미국의 포괄적인 의식은 존재하지 않으며, 따라서 '우리는 새로운 세계와 협동해 나가는 형태를 발견해 내기 위해 그 안에서 다시 머무를 필요가 있다'(Lopez 1990, 49) ― '우리는 새로운 세계를 만들기 위해서 조절해야 할 엄청난 것들이 있으며, 그것을 관찰하기 위해 그 배 위에 있는 것은 우리의 동료들 뿐이다. 우리는 서로를 돌아보면서, 이러한 것이 가능하다는 것을 인식해야만 한다'(58). 변화에 대한, 그리고 사람들이 살아가는 방식을 다시 보아야 할 필요에 근거를 두고서, 이러한 희망의 재생은 생태학에 대한 현대적인 관련성과 가능성에 대한 전통적인 믿음들을 동시에 수반한다. 로페즈에게 있어 이러한 요소들은 이 땅, 고대 부족과 자연의 지혜, 그리고 근대성에 있어서의 실질적인 지식에 밀접하게 관련되어 있으며, 이것들은 함께 맞물리면서 '우리의 관계들을 다시 생각하게 한다'(Lopez 1988, 198). 그가 『남

극의 꿈들』(*Arctic Dreams*, 1986)에서 서술했듯, 여기에는

> 영혼과 가슴을 지속적으로 안정시킬 수 있는 방법을 새롭게 상상하기 위한, 우리가 우리의, 그리고 세계의 역사라고 부르는 역사의 흐름에 순응하기 위한 대체적인 시각이 필요하다. 그 꿈은 … 위대하며 모든 사람들이 비슷하게 가진 꿈이다.(Lopez 1987,12)

로페즈의 검증된 낙관주의는 현대 세계의 가혹한 정치 논리에는 신비주의적이면서 부적절하게 보일 수도 있겠지만, 비평가이자 영화제작자인 트린 T. 민하(Trinh T. Minh-ha)는 '정체성은 새로운 출발점과 전혀 다른 휴지(休止)점, 그리고 전혀 다른 도착점을 가지고 다시 출발하는 재출발의 방식'(Trinh 1990, 328)이라고 말한다. 과거로부터의 학습을 통해 과거의 모든 과오들을 반복하지 않고서도 다시 시작할 수 있다는 믿음으로, 여기에서 새로운 시작에 대한 미국적인 의식은 강화되고 있다. 그것은 모든 단일 논리주의가 억압되는 것이며 … 여기에서 다시, 경계에 선 성차와 성, 그리고 다른 투쟁들이 생겨난다. … 그 도전의 내용은 '지배 세력을 다시 순환시키지 않고서 어떻게 재창조를 할 수 있는가?'(329)라는 것이다.

배리 로페즈의 작업에서와 마찬가지로, 트린 민하는 재생의 이미지들을 전유하며 그것들을 총체성에 대한 이전의 정의를 들먹이지 않고도 미국 내부에서의 포섭과 확장의 가능성을 나타내기 위해 새로운 목적들과 함께 주입한다. 『타자, 원주민, 여성』(*Woman, Native, Other*)에서, 트린은 바람직한 것은 '완벽함에 대한 모든 개념들을 전복시키는 차이점 위에서 세워진, 그리고 그 틀이 총체적이지 못한' 공동체이며, 그것은 '선물과 같이

순환되지만' 어떤 한 개인이나 집단에 의해 소요될 수가 없으
며, '그 자체적인 한계 안에서 끊임없이 … 다양성 위에서 주어
지는 선물'과도 같은 이야기들을 통해 만들어진다고 주장한다
(Trinh 1989, 2). 그녀의 시각에서 볼 때 '삶은 영속적으로 요동
치며, 연속적인 혹은 비(非)연속적인 사아에 대한 방출과 흡수'
(128)이며, '다원성이 무한한 곳'(330)이지만, 각각 다른 지향점
과 다른 우선 순위를 가지고 활동하는 그 다양한 목소리들을
통해 재생의 원천, 즉 로페즈의 구절을 활용하자면 '같은 배를
탄 동료를 공급한다.' 이는 그녀가 주장하듯이 '삶을 다시 새롭
게 얻기(a-new a-gain)' 위해 가능한 길을 제시하는 현대 문화의
복잡성들에 대한 민감하면서도 인간적인 답변을 제시한다(128).

글로리아 앤젤두아는 멕시코계 미국인이자 동성애 성향의 페
미니스트적(a Chicana lesbian feminist) 입장에서 글을 쓰면서,
그녀 자신에 대해 미국 문화의 다양하고 '불확실한 경계지역'
속에서 존재하는 것으로 보고 있는데, 인간의 문화를 구분하는
의미들의 변화에 대한 제한적인 전망은 서로의 "타자성"과 마
주하게 되며, 그것을 언어를 통해서 전유하고, 적응시키며, 교화
시킨다(Kolodny 1992, 9). 로페즈와 트린이 경계의 가능성에 매
료되었듯이, 앤젤두아도 마찬가지로 그 안에서 '환경의 전이와
문화적인 상호침투의 고유한 불안정한 궤적'(10)이 '중심과 주
변부에 대한 간단한 가설들을 동요시키는' 것을 인식하고 있다
(12). 앤젤두아에게 있어서 경계는 단일한 설명들이나 단정한
이야기에 대해 저항적이며, '각각 다른 문화와 정체성, 성차, 계
급, 지정학, 인종, 성별 등이 충돌하거나 교차되는' 장소이다
(Boyce-Davies 1994, 16).

우리가 서문에서 다루었던 것처럼, 다양한 관점에서 이렇듯

'문화가 서로 갈등하고, 경쟁하며, 재구성되는 하나의 공간'
(Smith 1993, 169)에 대한 의식은 복합적이면서 역동적이라는
미국문화 자체에 대한 서술인 것이다. 따라서 앤젤두아가 그녀
의 새로운 혼합적인 주체성을, '새로운 삶이 시작될 때까지'
(Anzaldua 1987, 49) 경계를 끊임없이 넘나드는 행위에 의해서
구성되는 혼혈여성으로 그리고 있는 것은 이러한 정교한 가능
성 있는 환경 안에서이다. 그녀에게 '미국인'으로 동화된다는
오랜 관념은, '그녀는 문화들을 조작하는 것을 배우고 있고, 다
양한 개성을 가지고 있으며, 모순된 것들을 계속하고 있으면서
도 그 모순을 다른 무엇인가로 전환시키기'(79) 때문에 의미가
없다. 그녀가 '새로운 의식'이라고 정의하는 그것은 '새로운 탄
생' 혹은 시작이라고 할 수 있지만, 결코 간단하거나 조화로운
위치에 있는 것이 아니며, 오히려, 그것은 지속적으로 분리시키
거나 하나를 다른 하나와 대립시키는 '이중적인 사고를 뿌리뽑
는' 것을 포함하는, 혼란과 고통으로 가득 차 있는 것이다.

이러한 '제3의 시각'(46)은 '보편적'(그러나 사실상은 백인,
남성, 이성애주의 등)이라는 좁은 의미에서 정의내려진 '미국적
인' 정체성에 대해 내려지는 일반적인 수준과 기대를 넘어서는
새로운 정체성을 제시한다. 이것은 개방적이고, 다원적이며, '모
순과 양분된 해석들을 중재할 수 있는 공간'(Smith 1993, 175)이
라는 자아 의식과 더불어 차이와 다양성의 포스트모던 문화의
실재들로부터 내던져진, 가공의 새로운 시작이다. 앤젤두아는
바흐친의 문화적인 이상을 다시 한번 일깨우면서, 새로운 미국
에 대해 '비계층적인 다양성의 상태에서, 혼합적인 언어를 만들
어 내는' 수많은 언어들이 상호간에 서로 뒤섞이는'(176) 곳이
라는 긍정적인 가정을 내리고 있다.

그들의 투쟁과 경쟁에 대한 현실적인 수용에도 불구하고 이러한 입장들에 대한 이상주의는, 미국 문화에 있어서의 새로운 발견과 새로운 시작에 대한 관념들을 지속시킬 것을 주장하면서도 주변성과 차이, 타자성에 대한 새로운 입장들을 통해 다시 구상되었다. 그것은 '일련의 주변화된 집단 이상의 의미를 내포하는 보다 넓은 의미의 기초를 둔 민주적이고 문화적인 담론에 있어서의 필연적인 목표는 아니지만, 오히려 새로운 집단들이 자신의 목소리를 발견하고 새로운 주체들이 부각되는 미국의 문화적인 정체성들을 재구성하는 것'이다. 트린 민하는 다음과 같이 주장한다.

> 자아는 … 핵심이라기보다는 과정으로, 자신을 문화적 혼합성의 맥락에서 발견할 수 있는 사람은 항상 자신에 대한 의문을 자신의 존재와 존재하지 않음의 한계로 밀어넣는다. … 따라서 분열은 경계에서의 삶의 방식이다.(Wheale 1995, 252)[3]

그녀가 월남 ─ 아프리카 ─ 프랑스계 미국인이라는 다양한 정체성을 긍정적으로 활용하는 것은 이렇듯 문화적인 정체성을 고정시키지 않는 것이 어떻게 '새로운 거점을 얻기 위해 확실성을 배제시킬' 수 있는가에 대한 인식인 것이다. 그녀가 제작한 영화의 제목들 중에서 하나를 선택해 보면, '다시 돌아가야 할 실제의 나, 포괄적인 자아는 없으며 … 대신에 정치성과 정체성 모두를 가능하도록 하는 차이와, 끝나지 않은 상태이고, 우발적이며, 자의적인 종결들을 통한 자아에 대한 다양한 인식

―――――――――
3) 잡종성과 새로운 미국의 정체성에 대한 논의는 제2장에서 전개될 것이다.

들이 존재한다'(255)는 것을 인정하는 '재조합(reassemblage)'
으로서 이러한 새로운 정체성의 배경을 정의할 수 있을 것이다.
아마도 보편적인 지구화에 대한 압력들 속에서 발생하는, 여기
에 나타나는 포스트모던적 정체성의 이동에서, 다양성과 차이는
그 자체의 다양성을 인식하고, 보다 넓고, 국가 외부적인 문화
적 연결을 언어와 성별, 인종, 민족성, 종교, 그리고 성별과 관
련지어진 민주적인 미국이 가야 할 알맞은 종착역이 될 것이다.
이러한 다시 보기에서 미국적인 꿈에 대한 시간을 초월한 관념
인, 변경이 존재하지만, 그것의 창조적인 재생과 새로운 시작들
을 향한 모색에 있어서의 의미는 여전히 유동적이다.

▶ 참고문헌

Allen, D. (1960) *The New American Poetry*, New York : Grove Press.

Allen, D. and Tallman, W. (eds) (1973) *The Poetics of the New American Poetry*, New York : Grove Press.

Anzaldua, G. (1987) *Borderlands / La Frontera*, New York : Aunt Lute Books.

Aton, J. (1986) 'An interview with Barry Lopez', *Western American Literature* vol. no. 21, 1, pp. 3-17.

Barthes, R. (1976) *Mythologies*, London : Paladin.

Bercovitch, S. and Jehlen, M. (eds) (1986) *Ideology and Classic American Literature*, Cambridge : Cambridge University Press.

Berman, M. (1983) *All That is Solid Melts into Air*, London : Verso.

Boyce-Davies, C. (1994) *Black Women, Writing and Identity*, London : Routledge.

Burr, V. (1995) *An Introduction to Social Constructionism*, London : Routledge.

Calhoun, C. (ed.) (1994) *Social Theory and the Politics of Identity*, Oxford : Blackwell.

Clifford, J. (1988) *The Predicament of Culture*, Cambridge, MA : Harvard University Press.

Deleuze, G. and Parnet, C. (1987) *Dialogues*, London : The Athlone Press.

Ferlinghetti, L. (1968) *A Coney Island of the Mind*, San Francisco : City Lights.

Fitzgerald, F. S., (1974) (first 1926) *The Great Gatsby*, Harmondsworth : Penguin.

Foucault, M. (1980) *Power/Knowledge : Selected Interviews and Other Writings 1972-77*, London : Harvester Wheatsheaf.

Gidley, M. (ed.) (1993) Modern American Culture, London : Longman.

Giroux, H. and McLaren, P. (eds) (1994) *Between Borders : Pedagogy and the Politics of Cultural Studies*, London : Routledge.

Hicks, D. E. (1991) *Border Writing : The Multidimensional Text*, Minneapolis : University of Minnesota Press.

Holquist, M. (1991) *Dialogism : Bakhtin and his world*, London : Routledge.

Humm, M. (1991) *Border Traffic : Strategies of Contemporary Women Writers, Manchester* : Manchester University Press.

King, R. (1993) 'American Cultural Criticism', in M. Gidley, (ed.) *Modern American Culture*, London : Longman.

Kolodny, A. (1992) 'Letting Go Our Grand Obsessions : Notes Towards a New Literary History of the American Frontiers', *American Literature*, vol. no. 64, 1, March, pp. 1-18.

Lawrence, D. H. (1962) *The Symbolic Meaning*, London : Centaur Press.

_____ (1977) *Studies in Classic American Literature*, Harmondsworth : Penguin.

Lopez, B. (1987) (first 1986) *Arctic Dreams : Imagination and Desire in a Northern Landscape*, New York : Bantam.

_____ (1988) *Crossing Open Ground*, London : Macmillan.

_____ (1990) *The Rediscovery of North America*, New York : Vintage.

McClure, M. (1982) *Scratching the Beat Surface*, San Francisco : North Point Press.

Maidment, R. and Dawson, M. (eds.) (1994) *The United States in the Twentieth Century : Key Documents*, London : Hodder and Stoughton.

Mathy, J. -P. (1993) *Extreme Occident : French Intellectuals and America*, Chicago : University of Chicago Press.

Moraga, C. and Anzaldua, G. (eds) (1983) *This Bridge Called My Back*, New York : Kitchen Table Press.

Morley, D. and Robbins, K. (1995) *Spaces of Identity*, London :
Routledge.

Rich, A. (1993) *Adrienne Rich's Poetry and Prose*, New York : W. W.
Norton.

Robinson, P. A. (1986) 'Ball Park Incident', *Films and Filming*,
November, p.6.

Rutherford, J. (ed.) (1990) *Identity : Community, Culture, Difference*,
London : Lawrence and Wishart.

Rylance, R. (1994) *Roland Barthes*, London : Harvester Wheatsheaf.

Sayres, S. et al. (eds) (1984) *The 60s Without Apology*, Minneapolis :
University of Minnesota Press.

Smart, B. (1993) *Postmodernity*, London : Routledge.

Smith, S. (1993) *Subjectivity, Identity, and the Body*, Bloomington :
Indiana University Press.

Soja, E. W. (1989) *Postmodern Geographies : The Reassertion of Space
in Critical Social Theory*, London : Verso.

Todorov, T. (1987) *The Conquest of America*, New York : Harper
Perennial.

Trinh T. M. (1989) *Woman Native Other*, Bloomington : University of
Indiana Press.

_____ (1990) 'Cotton and Iron', in R. Fergusson *et al.* (eds) *Out There :
Marginalization and Contemporary Cultures*, Cambridge, MA : MIT
Press.

Truettner, W. (ed.) (1991) *The West As American : Reinterpreting Images
of the Frontier*, Washington DC : Museum of American Art.

West, C. (1993) *Keeping the Faith*, London : Routledge.

Wheale, N. (ed.) (1995) *Postmodern Arts*, London : Routledge.

Whitman, W. (1971) (first 1855) *Leaves of Grass*, London : Everyman.

Williams, W. C. (1971) *In the American Grain*, Harmondsworth :
Peregrine.

▶ 후속작업

1. 트루트너(W. Truettner) 편, 『미국으로서의 서양』(*The West As America*)을 상상의 요소로 활용하여, 콜럼버스의 그림들, 특히 에마누엘 루에츠(Emanuel Luetze)의 그림(그림 5 참조)에 담겨 있는 미국의 '꿈'에 대해 생각해 보자. 여기에서 '새로운 세계'는 무슨 의미로, 그리고 어떻게 창조되는가? 그림에 담겨진 인물들과 그들의 관계들을 보았을 때, 콜럼버스의 역할을 함축하는 것에서 그들은 무엇을 제시하고 있는가?

2. 대통령 취임 연설을 활용하여, 그 수사적인 활용과 특히 그 연설문이 미국의 어떤 '신화적인' 인식을 이끌어 내는 각각의 방식에 대해 분석해 보자. 어떠한 심상을 활용하고 있는가? 꿈, 미래, 국민을 향해 어떤 말들을 하고 있는가?

〈연구과제〉

3. ① 어떤 사람들은 잡종성(hybridity)이 다양한 문화를 가진 미국을 향한 최상의 희망을 재현한다고 주장한다. 현재 위치에서 다양한 사례들을 활용하여 이러한 논의들에 대해 찬반 논의를 해 볼 것. 2장 역시 활용할 것.

② 모든 할리우드 영화들이 동시대의 세계에서 미국의 이상적인 가능성을 어떻게 탐색하고 있으며, 그러한 결과로 부각되는 관념적인 암시는 무엇인가? - 『무역거래소』(*Trading Places*), 『시애틀의 잠 못 이루는 밤』(*Sleepless in Seattle*), 『필라델피아』(*Philadelphia*) 등의 영화를 그 예로 활용할 수 있겠다.

제 2 장

인종과 이민:
다양한 세상들 사이에서

▶ 여러 인종으로 이루어진 미국: '거대한 집합' 1)

미국의 복잡한 인종 혼합은 토착 민족, 종교, 충성, 그리고 민
족적 자부심이라는 문제들을 상기시키는 자발적, 비자발적 이민
자들로 구성되어 있다.2) 긴장과 애매함이 미국에서의 인종에
대한 전체 개념을 에워싸고 있다. 그래서 혹자들은 '우리 조상
들은 소수민이었으나 우리는 아니다'(Singh et al. 1994: 5)라고
말하며 '하나의 같은 "미국" 공동체'(같은 책, 5)라는 가능성을
믿는다. 하지만 동화라는 개념은 구체적으로 공유된 신념과 가
치를 가진채, 모든 인종 집단들이 하나의 새로운 미국이라는 국
가의 정체성에 편입될 수 있음을 주장하는 가운데 예전에 수립
된 전통체계들보다 더 중요한 것이 되었다. 동화는 인종차이를
거부하고 미국화를 위해 문화적 관례를 망각할 것을 요구한다.

미국화는 하나의 언어가 미국 사회의 관심사와 이데올로기적
지주를 벗어나는 다양한 집단에 대해 파수꾼처럼 지배적인 역
할을 하도록 강조한다. 유럽과 다른 곳에서 온 이민자들 뿐만
아니라 인디언계 미국인들과 아프리카계 미국인들은 그들이
'미국인 답다'는 수용될 정의 안으로 들어오기 전까지, 위협적
인 존재로 여겨지거나 그런 정의에서 완전히 배제되었다. 이런
동화는 순응과 동질성을 미국에 있는 모든 사람들에게 민주주
의와 평등을 보장하는 방법으로 초점을 맞춘다. 앞으로 살펴보
겠지만 인디언계 미국인의 경우, 부족 문화와 백인 문화가 너무
나 달랐기에 동화의 한 방법으로 정부지정 보류지라는 수법이

---

1) From J. P. Shenton, "Ethnicity and Immigration", in Foner (1990: 251).
2) 이 장에서 제기된 문제들은 아프리카계 미국인을 다룬 3장의 인종 문제에 대한
   논의과 관계가 있다.

사용되었다.(아프리카계 미국인들의 경우는 3장에서 검토될 것
이다.)

최근 인종에 대한 논의들은 복합문화주의에 대한 1960년대
이후의 관심에 의해 영향을 받아서, 하나의 중심적이고 동질성
을 가진 미국이라는 생각이 주는 압력을 국민을 규정하는 유일
한 정의로 여기는 견해에서 다원론으로 발전했다. 이런 현실은
다양한 인종 집단이 예전의 충직과 정체성에 대한 유대를 잃지
않고 미국인들로서의 공통적인 관련성을 여전히 공유하게 한다.
민권운동은 합의적인 순응[3])보다는 자기정의와 문화적 자율에
대한 가능성을 강조했고 인종에 대한 자부심과 문화적 다양성
에 대한 관심을 장점으로 굳힐 수 있게 하였다. 하지만 낡은 가
치의 폐기를 통한 인종동화라는 과업과, 하나의 새로운 의미에
서의 다원적, 복합문화적 사회를 위한 계도 사이의 긴장은 계속
남아있고, 이 장에서 검토할 인종적, 문화적 형태의 주된 관심
사가 되고 있다.

1988년 피터 마린은 '"유령 가치"라고 부르는, 모든 가문의
일반적인 유산, 타고 남은 재와 같은, 어떤 특정한 잉여, … '
(Singh et al. 1994: 8)에 대하여 글을 썼다. 그는 이것을 과거의
"조각과 메아리"로 본다. 미국에서 인종 정체성의 발전에 있어
더 큰 의미를 가지게 된 것은 이같은 '유령 가치'이다. 유령가
치는 더 이상 거부해야할 것으로 여겨지지 않는다. 대신에 유령

---

3) 여러 인종으로 이루어진 미국인들은 다음 네 집단 중 하나에 속하는 것으로 여
   겨져왔다.
   (a) 한 인종 집단에 '전적인 동일시를 하는 사람'
   (b) 그 인종 집단에 대해 그들의 관련성을 선택하는 부분적으로 동일시 하는 사람
   (c) 자신의 인종적 뿌리로부터 단절시켜온 '탈당자'
   (d) 여러 세계 사이에서 섞이거나 혼합된 '혼종' (Mann 1992: 89-90).
   비록 분류의 폭이 좁지만 이 구분은 미국인의 정체성의 특성과 구축에 대한
   더 큰 논의 안에서 이민자 집단이 처한 입장의 중요성을 보여준다.

가치는 문화적인 힘과 주장의 원천이다. 많은 미국인들은 이런 가치를 통해 소수인종이자 미국인으로서 생산적이고 복합적인 정체성을 획득하는 긍정적이고 실현가능한 수단을 발견해 왔다. 유령 가치는 많은 미국인들이 유일한 가치로 동화되기보다는 다른 일련의 가치에 속하게 했다. 미국인들은 한 부류로 해석되는 정체성에 예속되기 보다는 두 종류(혹은 더 많은)의 가치관 사이를 다른 언어, 관습, 전통, 그리고 가치로 오가는 것이다. 인종을 혼종으로 보는 관점은 이 장에서 우리가 검토할 미국에서 다른 방식으로 그들만의 위치와 정체성을 얻고자 몸부림치는 인디언계 미국인들로 부터 유태계 미국인들에 이르기까지 그들의 많은 텍스트들을 관통한다.

예를 들면, 필립 로스의 『반항하는 인생』(*The Counterlife*, 1986)에서 중심인물인 나단 주커맨은 이스라엘을 방문해 유대인들에게는 오직 이스라엘만이 조국이라고 말하는 늙은 시온주의자의 말과는 다르게 미국에 사는 유대인으로서 자신의 정체성을 변호하는 자신을 발견한다. 주커맨은 '나는 미국처럼 제도화된 관대한 기준이 있고 정부가 설계한 꿈의 한 가운데 다원주의적 요소를 배치한 어떤 사회도 생각할 수 없다'(Roth 1987: 58)라고 말한다. 미국은 '배제라는 개념을 골자로 하지 않은 나라'(같은 책, 58)였다. 하지만 소설의 내용상 극중연기라 할 수 있는 주커맨의 미국적 이상주의는, 우리가 이 책의 소개 부분에서 말한 것처럼, 인종 정체성과 더 넓은 국가 가치 사이의 관계에 대한 토론에 있어 중요한 주제를 다루고 있다.

미국 건국부터 중심적인 문제는 분명한 미국인의 정체성이 있는가 없는가 하는 것이었다. 국가적 특성같은 것이 존재하는가, 있다면 그 특성이 미국문화에 있어 인종의 중요성과 어떤 관련이 있는가?

사회 역사가 오스카 핸드린은 미국 이민과 관련해 가장 널리 알려진 저서 가운데 하나인 『뿌리뽑힌 사람들』(*The Uprooted*)에서 '나는 미국 이민사를 써야겠다고 생각했다. 그러던 중 나는 이민자들이 바로 미국의 역사였다는 것을 발견하게 되었다'(Handlin 1951: 3)라고 말한다. 핸드린이 이 '미국역사'에서 배제한 것은 정체성 형성과정에서의 인디언계 미국인의 중요성이었다. 왜냐하면 핸드린은 인디언계 미국인들은 이민자로 여기지 않았기 때문이다. 인디언계 미국인들은 진정한 미국인들인 이민자들에 의해 정복되고, 파멸되어 동정을 받기 위해서만 존재하는 타자로 보인 것이다.

이보다 앞서 크리브꾀르(Crevecoeur)도 18세기 후반 미국을 연구한 『어떤 미국인 농부에게서 온 편지들』(*Letters From an American Farmer*, 1782)에서 유럽인들의 쇄도를 신세계를 위한 출발선으로 여기는 것으로 초점을 맞추었다. 그는 유럽인들이 다른 나라에서는 불가능한 방법으로 서로 결혼하는 난잡한 사회 혼합에 주목했다. 더욱 심각한 일은 이런 뒤섞임의 과정이 미국인을 다른 사람으로 만들었다는 것이다.

모든 낡은 편견들과 예절을 버리고, 그가 받아들이는 새로운 삶과, 그가 순종하는 새로운 정부, 그리고 그가 누리는 새로운 지위에서 파생하는 새로운 편견과 예절을 수용하는 사람 … 미국에서 개개인은 새로운 인종들로 융화되었다.(Crevecoeur 1957: 39)

크리브꾀르에게 있어 미국은 이민자들이 해방감을 주는 미국 생활에서 자신들을 새롭게 창조하고, 유산으로 상속받은 과거의 짐을 벗어버리는 장소였다. 미국에서 권리는 사회나 인종 집단에 속하기 보다는 개인에 속하고, 미국 사회의 개방성과 유동성은 전통적인 신념과 가치를 다시 주장하기보다는 개개인의 변화를 고무시키는 것이었다. 크리브꾀르는 낙관론을 피력하면서 '인디언'은 유럽인들이 제공하는 '최상의 교육', '풍요', 그리고 '부'보다는 '자신들의 고향 숲'을 더 좋아해서 이런 '융화'과정에서 탈퇴한다고 강조한다. 그는 유럽인들의 개인주의와 비교되는 '인디언의 사회적 결속'에 대해 감탄하면서 '많은 유럽인들은 인디언들이지만 그들 토착민들 중 한 명이라도 자신이 선택해서 유럽인이 되는 기회를 가진 예가 없었다'(같은 책, 42)고 말한다. 이 말은 인종의 차이에서 오는 독특한 긴장과, 여러 나라와 전통, 가치 사이의 힘의 우위를 암시한다. 인디언계 미국인의 경우, 크리브꾀르가 입증하듯 동화는 불가능한 것처럼 보였지만, 모든 집단에게 동화는 미국 사회발전과 국가건설에 지배적인 특성이 되었다. 따라서 인종에 대한 고려는 다른 집단과 정체성에 대한 가중된 요구에 대한 그들의 반응을 고려하는 쪽으로 진행되기 전에 인디언계 미국인의 독특한 상황과 더 넓은 사안, 즉 미국을 한 국가로 보는 것에 대한 그들의 관계에서 시작해야 한다.

▶ 인디언계 미국인: 동화와 저항

터너(Turner)는 「개척지 소고」('Frontier Thesis', 1983)에서 인디언계 미국인을 '문명'의 충돌을 경험한 '야만상태 계열'로, 미국의 '복합적 민족성'에 방해가 되며 그들의 '원시적인 생활이 더 풍요로운 조류'를 타고 '사멸한 것'(Milner 1989, 16)으로 것으로 보고 있다. 이같은 논리에 따르면, 관습과 전통이 너무나 이질적이어서 새로운 미국인의 자아로 합쳐질 수 없는 인디언계 미국인의 실재와 동화는 공존할 수 없게 된다. 따라서 인디언계 미국인을 상대로 벌인 싸움은 '세상은 하나라는 신념으로 우리의 가치를 일반적인 가치와 동일시하고 나를 우주와 동일시하려는 자기중심주의'(Todorov 1987: 42-3)라는 생각에 토대를 둔 이데올로기적인 차이에 대한 싸움이었다. 이런 맥락에서 보면 미국화는 가치에 대한 제국주의자의 기만이었다. 제국주의자들은 미국인이 되는 것이 무엇을 의미하는가에 대해 다른 방식으로 독특하고 편협한 정의를 내리려 했다.

미국 백인들은 문화적인 폭력을 부가하면서 인디언계 미국인을 인종적으로 열등하고, 야만적이며, 유치한 존재로, 그리고 지배문화의 '더 나은' 삶 속으로 근본적인 적응이 필요한 존재로 정의했다. 이런 편견은 인디언계 미국인을 표현하는 독특한 방식을 형성했고, 그들의 파멸을 만장일치로 이끌어낸 하나의 담론을 형성했다. 제임스 홀(James Hall)은 1834년과, 1835년에 걸쳐 인디언계 미국인은 정착이나 통치보다는 '불안한 방랑'을 더 좋아하고 그들의 체계내에서 '조직적인 무질서'를 보인다는 글을 썼다. 이런 '반미국적인' 활동을 없애기 위해 인디언계 미국인들은 한데 모아져서 길들여져야 했다. 왜냐하면 '늑대같은 인디언은 늘 굶주려 있어 항상 사나운 것은 당연한 것이기 때문이다. 그들을 길들이기 위해서는 굶주림에 대한 위협이 없어져야 할 것이다'(Drinnon 1990: 208). 이와 비슷하게 엘웰 S. 오티스(Elwell S. Otis)도 1878년에 인디언계 미국인은 '도덕적 자질과 … 선량함 … 미덕'이 부족하고 '법을 행동법칙으로 여기는데 아무런 개념'도 가지고 있지 않다. 그들은 동물적인 욕구에 의해 좌우된다. … 현재만 생각하고, 재산을 모르고 … 노동에 대한 아무런 동기를 가지고 있지 않다'(Robertson 1980: 108-9)라고 쓰고 있다. 이 모든 '부족함'이 '모든 부족 사이에 만연한 공동체 정신'(같은 책, 108-9)과 연결되어 있고, 터너가 개척지에서 '새로운 인간', 즉 새로운 미국인으로 창조될 것으로 여긴 특성과는 반대가 되는 것으로 여겨졌다. 인디언계 미국 문화는 부상하는 국가 정체성에 도전으로 여겨졌고, 그들의 문화가 공동소유지, 종족주의와 땅의 신성함을 신봉하고 사유재산을 불신하는 것이어서 그 문화는 이미 '반미국적인' 것이었다.

보호구역 정책의 목적은 인디언계 미국인이 미국의 생활방식으로 체계적으로 교육되고 '문명화되는' 것이었다. 사회 계획사인 프랜시스 애머사 워커는 인디언계 미국인을 광인이나 범죄자와 동일시하고, 보호구역을 일종의 정신병원이나 감옥으로 상상했다. 그들은 중심에서 격리되고 떨어진 채 감시당하고 명령받는 존재가 되어 훌륭한 습관, 소유권, 자기신뢰 같은 가공된 가치를 습득하는 존재로 훈련될 수 있었다. 보호구역은 '엄격한 교화 훈련'(Takaki 1980: 186)의 장소로 고집센 인디언에게 이데올로기적 동질성이 주입될 수 있는 곳이었다.

이는 마치 푸코가 "책임 체제"(Foucault 1977: 47)인 정신병원에 대해 논할 때 정신병자에게 가해진 폭력과 같다. 정신병원 안에서처럼 보호구역 내에 있는 사람들은 '소수민으로 강등되어 … 새로운 교육체계가 부가되어져야 했고, 새로운 사고를 하도록 강요받았다. 그들은 먼저 종속되었고, 그 다음에는 고무되고, 마지막으로 노동을 해야 했다'(같은 책, 252). '윤리적 획일성'(같은 책, 257)은 보호구역 제도와, 1879년 '인디언을 죽이고 사람을 구하라'는 철학에 입각해 설립된 카리슬 인디언 학

교와 같은 인디언 학교설립의 저변에 흐르는 의도였다. 이런 일
은 탈인디언화와 '하나의 국가와 언어, 그리고 하나의 국기'
(Adams 1991: 39)라는 이데올로기에 효과가 있었다.

　1890년 운디드 니에서의 라코타 수 부족의 학살과 함께 '외
부 침입에 대한 말그대로의 싸움인 본격적인 저항'(Said 1994:
252)은 끝나게 되었다. 하지만 인디언계 미국인의 '이데올로기
적 저항'은 '제국주의체제의 계속되는 압력에 대해 공동체의
의미와 존재사실을 복원하고 구원하기 위해 흩어진 공동체'(같
은 책, 252-3)를 다시복원시키는 것에 목적을 두었다. 루이스
오웬즈는 20세기에 인디언계 미국인의 이야기를 통해 '공동체
와 장소에 대한 의미의 재발견에 근거한, 정체성의 재확인과 재
명명 과정'(Owens 1992: 5)에 대한 글을 썼다. 부족주의에 대한
공격은 인디언계 미국인의 문화와 전통뿐만 아니라 역사와 신
념에 대한 총체적인 공격이었다. 자기확신의 재발견에 대한 요
청과 1960년대에 '붉은 피부색을 가진 인디언의 힘'('Red
Power')으로 알려진 정신은 사이드의 말대로 인디언계 미국인
의 신장되는 권한에 결정적인 역할을 하였다.

> 인식을 얻는 것은 종속을 위해 준비된 제국주의의 문화형태의 지점
> 을 파악하고 점령하는 것이다. 자의식을 가진 채 그 공간을 차지하기
> 위해, 호명된 열등한 타자의 종속을 기획한 의식에 의해 지배된 그 영
> 토에서 공간의 회복을 위해 투쟁하라.(Said 1993: 253)

　인디언계 미국인은 주변부로 밀린 미국의 다른 인종 집단처
럼 사이드가 '재기입'이라고 부른 작업을 통해 그들 자신의 언
어 사용을 위해 언어를 탈식민화해야 했다. 작가들의 임무는 문

학적으로나 은유적으로 '그 땅을 다시 요구하고, 재명명하며, 그
곳에 다시 거주하는 것'(같은 책, 273)이었다.

▶ 부족의 재기입: 인종성에 대한 글쓰기

인디언계 미국 전통에서 이야기의 역할 가운데 하나는 늘 부
족을 묶어주며 공동체 정신과 지속성을 부여하는 것이었다. 오
랫동안 이런 특성은 족장 계승이라는 그들의 방침에 의해 약화
되어 왔다. 인디언계 미국 작가 레슬리 마르몬 실코는 '한 이야
기는 많은 이야기의 시작에 불과하며 이야기는 결코 끝나지 않
는 것을 의미한다'(Mariani 1991: 84)고 설명한다. 이 말은 그들
의 생존전략의 특성을 암시하는 것이다. 실코에게 있어 '이야기
하기는 대대손손 계속'(같은 책, 84)되기에 '지리학적 위치'(같
은 책, 92) 때문에 끊어질 수 없다.

왜냐하면 그들에게 현재와 삶, 과거와 죽은자들은 서로 연결
되어 있기 때문이고 이야기하기 속에, 그 핵심에 '우리는 여전
히 이 곳에서도 모두가 된다. 그리고 언어는 … 난관을 뚫는 우
리의 방식이자 그들과 함께 있는 방식이요, 다시 뭉치는 매개이
기 때문이다'(같은 책, 92)는 생각이 들어 있기 때문이다. 1890
년대의 유령 춤 종교*는 백인들이 사라지고 모든 죽은 인디언
계 미국인이 버팔로와 함께 부활하게 될 다음 세상의 비전과
살아있는 사람을 유토피아에서 다시 부활하도록 연결하려는 하

---

* 역자 주: 나바호족 인디언은 사람이 죽으면 시체에 유령이 붙지 않도록 양쪽 신
을 바꿔 신기고, 유카 거품으로 시체의 머리를 감겨주는 것을 전통으로 한다. 죽
은 자를 제대로 보내지 않았을 때 산 사람이 얻게 되는 '유령의 병'을 치유하기
위해선 '고스트웨이'라는 나바호 공동 치병의식을 치러야 한다. Tony Hillerman
은 *The Ghost Way*에서 이와 관련된 인디언계 미국인의 문화를 소개한다.

나의 시도였다. 이야기들은 이야기하는 행위를 통해 종족의 생혈(life-blood)의 순환과 같은 역할을 하고, 문자화된 많은 인디언계 미국 설화 역시 같은 목적을 가지고 있다.

  1960년대까지 '제 1세계 안에서 식민화된 주변인들과 여성들 같은 "소수민들"'은 '하나의 새로운 집단적인 목소리로 말할 권리'를 찾기 시작했고 '자아와 타자, 중심과 주변부라는 계급적인 위치는 강제로 뒤바뀌게'(Jameson 1984: 181, 188) 되었다. 1960년대 지배적인 백인문화 속에서 전개된 아프리카계 미국인의 투쟁과 더불어 많은 인종 문학, 특히 인디언계 미국인과 멕시코계 미국인의 문학이 소생하였다. '인디언 결의 선언'('Declaration of Indian Purpose', 1961)은 미국사회에 의해 '예

〈그림 3〉 인디언계 미국인의 역사들: 뉴스페이퍼 록, 케년랜즈 국립 공원, 유타
출처: 닐 캠벨, 1995

속'된 것에 항변하며 결단력, 기존의 땅에 대한 보호, 그리고
지속적인 연방의 지원을 통해 '교육적으로, 경제적으로, 그리고
영적으로 더 나은 생활'(Josephy 1985: 37)을 강조했다. 1960년
대 활동단체인 전미 인디언 청년연합(NIYC : the National Indian
Youth Council)과 미국 인디언 운동(AIM)은 축소된 인디언 권
리에 대해 항의했다. 전미 인디언 청년연합 회장 멜빈 솜은
1964년 '우리는 주류인 미국생활 안으로 내몰리길 원하지 않는
다. ⋯ 인디언들을 진정으로 돕는 것은 문화적 가치를 고려하는
것'(같은 책, 55-6)이라고 말했다.

1969년까지 '보호구역에 대해 일반인들이 가지는 기대는, 인
디언들은 만일 정부에 의해 특별히 허락된 것이 아니면 어떤
일도 하지 못할 것이라는 것'(같은 책, 99)이었다. 토지권 상실
에 항의한(인디언이 금어(禁魚) 구역 내에서 고기를 잡으며 벌
이는) 금어구역 설정 항의데모, 영토의 반환을 위한 1969년의
앨커트래즈 점령, 1973년 운디드 니와 1975년의 오글라라
(oglala)에서의 교전과 같은 계속된 직접적인 행동들은 인디언
계 미국인들 사이에서 점증되고 있는 저항과 분노를 보여준다.
이런 항의들은 '인디언의 목소리들은 그들이 갇힌 관료적, 정치
적 미로'에서 '잊혀지지 않았다'(같은 책, 135)는 것을 보여준
다. '인디언 목소리'는 수동적, 적극적, 정치적 저항과 나란히
상상적이고, 논쟁적인 문학을 통해 계속 커져왔다. 제럴드 비제
노는 이런 다양한 인디언 목소리를 '인디언후예 전사들'이라고
말한다. 비제노는 그들이 다른 사람에 의해 할 말이 결정되고,
통제된 '인디언' 과정을 겪었고, 이제는 '과거에 그들의 조상이
말을 타고 외쳤듯이 문학에서 똑같이 용감하게 그들의 적에 응
수'하며 새로운 생존감각으로 이야기를 지어내고 명백한 지배

방식에 대항하기에 그들을 '인디언 후예 전사들'(Vizenor 1994: 4)이라고 부른다. 비제노의 작품은 '이야기 속에서 하나의 새로운 종족의 실제를 만들기 위해', '명백한 방식의 성전을 타파하기 위해, … 그리고 감시와 지배문학을 전복시키기 위해'(같은 책, 5, 12) 마술적인 언어를 자아낸다. 그의 인종에 대한 이야기들은 비제노가 '뚜렷한 방법의 대가'(Kroeber 1994: 232)라고 부르는 로널드 레이건 같은 사람들에 의해 영속화된 것들을 전복시킨다. 1988년 로널드 레이건은 '원시적인 생활방식을 고수했으나 백인같은 시민이 되도록 고무되어져야 한 인디언'(Drinnon 1990: xiii)을 어떻게 백인지배 문화가 만족시켰는지에 대해서 말한적이 있다. 비제노는 종족의 힘에서 태동한 '비극적 지혜'를 '희생되는 것을 거부하는 토착 이야기들과 문학에서의 한 상태, 즉 해방과 생존의 자연스러운 목소리'(Vizenor 1994: 6)라고 말했다.

레슬리 마몬 실코의 소설 『의식』(1977)은 그런 지혜를 요약하고 있으며 이야기들이 '우리가 가진 전부'이고 '이야기를 파괴하는 것'은 인디언계 미국인을 '무력하게'(Silko 1977) 만드는 것을 암시하고 있다. 이야기들이 생존하고 전수되는 한 토착 부족들은 그들의 전통과 역사, 그리고 정체성을 보존하고 그들의 자아를 성취시켜 주는 땅에 대한 그들의 근원을 기억하게 된다. 전쟁으로 상흔을 입고, 백인들의 방식을 받아들이게 하는 인디언 학교에서 '훈련받은' 주인공 타요는, 자신의 치유를 위해 백인 세상을 벗어나 자아실현을 위한 인식이라는 새로운 지점으로 여행을 한다. 그는 학교에서 접한 과학 교과서가 자신에게 세상을 설명하지만 부족의 이야기들와 상충된다는 것을 기억한다. '그는 학교에서 그런 것들을 배웠으나 부족의 이야기가 여전히 사실이라고 느낀다.' 왜냐하면 '그는 자신이 보는 모든 곳에서 할머니의 말씀처럼 오래된, 태고적 이야기로 만들어진 세상을 보았기 때문'(Silko 1977: 95)이다. 타요는 부족 안에서 다시 배우고 치유되어야 하고 '훔친 땅위에 세워진 국가'라는 '거짓말을 뛰어넘어'(같은 책, 191) 볼 수 있어야 한다.

이와 비슷하게 루이스 어드리치(Louise Erdrich)의 『흔적들』 (*Tracks*)(1988)에서 우리는 '거친 밧줄 같이 얽히고 통합된 미국과, 정부세금에 땅을 잃어 전통과 역사에 대한 연결고리를 잃은 부족'(Erdrich 1988: 2)을 발견한다. '땅은 자자손손 계속되는 유일한 것이지. 돈은 부싯깃처럼 불타고 물처럼 흐르는 법이야. 정부의 약속보다 바람이 더 믿을 만해'(같은 책, 33)라고 어떤 등장인물은 말한다.

화자 가운데 한 명인 나나푸쉬는 달러지폐는 기억을 사라지게 한다고 말한다(같은 책, 174). 어드리치의 관심사는 집단적이고 문화적인 기억이 비제노가 생존과 비극적 지혜라고 부르는 것에 힘을 주기 때문에 살아남는다는 것이다. 『의식』에 나오는 '피의 기억 안에 깊이 잠겨있는 생동감'(Silko 1977: 220)을 상기시키며 어드리치는 '힘은 혈통속을 여행하고 태어나기 전에 주어진다. … 마치 피가 땅의 혈맥을 관통해 흐르듯이 우리를 다시 끌어당긴다'(Erdrich 1988: 31)라고 쓰고 있다. 나나푸쉬의 이야기하기는 손녀딸 루루에게 가족, 부족, 그리고 땅에 대한 역사를 가르치는 것이다. 루루는 보호구역에서 멀리 떨어진 정부가 세운 학교에서 교육을 받았기에 타요처럼 이야기를 통해 재교육받아야 한다. 나나푸쉬는 '나는 많은 이야기를 가지고 있다. … 그것들은 모두가 연결되어져 있어 일단 내가 이야기를 시작하면 끝이 없다'(같은 책, 46)라고 말한다. 이 작품은 누가보아도 소설이다.

하지만 이 작품은 실코의 『의식』처럼 전통의 고수, 역사에 대한 '피의 기억', 그리고 앞을 바라보는 공동체의 힘을 통해 단결과 인종의 생존이라는 강한 이미지를 제시한다.

우리는 이같은 거부와 저항의 유형 속에서, 전통을 동화시키고 축소하고자 한 압력에 직면해야 했던 소수인종 미국인들의 경험에 대해 많은 것을 배울 수 있다. 인디언계 미국인들은 '국가형성' 과정에서 집단학살이라는 위기를 맞았지만 미국에서 생존해 그들의 문화를 고무시키고, 다시 분명한 어조로 이야기하게 되었다. 늘 불안하고 애매한 위치에 있었지만 그들의 인종적 정체성은 보이지 않는 것이어서 변하지 않았고 그들의 문화와 역사는 후세에 계속 전해지고 있다.

▶ 이민 그리고 미국화

인디언계 미국인의 경험은 동화 이론과 '인종의 용광로'의 극단적인 적용을 보여줄 뿐 아니라 그런 개념들이 대개의 경우 '한 사람의 주체성을 공개적인 방식으로 포기하는 것을 의미했다는 것과 이름, 문화, 그리고 피부색에 따라 정해지는 주체성을 포기해야 한 과거를 보여준다'(Goldberg 1995: 5). 그것은 또한 인종정체성이 넓은 '국가' 안에서 하나의 적극적인 공존요소로 보존될 수 있는 방법을 보여준다. 인디언계 미국인의 전통은 북유럽인이 만든 미국문화의 전통과는 너무나 달랐기에 그들은 동화의 범주안에 들지 않는 것처럼 보였다. 따라서 관심의 방향은 이민자들로 바뀌게 되어 그들을 미국문화 안으로 끌어들이려는 노력이 중요해졌다.

동화주의자의 녹여버리는 은유는 1980년 영국계 유태인 이스

라엘 장월(Israel Zangwill)의 희곡작품 『용광로』(The Melting Pot)에 등장한다. 이 작품은 '미국의 도가니' 안에 융화되는 다른 배경과 종교에 대한 가능성을 찬양한다. 로어 맨해튼*(Lower Manhattan)과 자유의 여신상의 경치가 포함된 이 작품의 배경은 석양을 배경으로 하는데, 이것은 말 그대로 황금의 땅에 어울리는 이미지이다.

> 데이비드 (그 광경에 예언자처럼 고무되어서): 그것은 하느님의 시련 주위에 있는 하느님의 불이다.(손으로 아래쪽을 가리킨다.) 들어라! 그곳에 커다란 용광로가 누워있다. 너 희들은 시끄러운 소리와 끓는 소리가 들리지 않느냐? 용광로는 입을 쩍 벌리고 있다. (동쪽을 가리키며) 사람을 화물로 선적하러 땅 끝에서 온 천명의 매머드 사육자들이 있는 그 항구. 아, 혼동과 혼란으로 가득찼구나. 피부색이 검거나 노란 켈트족, 라틴족, 슬라브족, 튜턴족, 그리스사람과 시리아사람.
>
> 베   라 (그에게 바짝 다가서며 부드러운 목소리로): 유대인과 이방인이에요.
>
> 데이비드 : … 그들은 여기에서 하느님의 왕국과 인간 공화국을 세우려고 모두 하나가 될 것이다. … 모든 인종들이 미래를 기약하며 일하기 위해 모여드는 미국의 영광과 로마와 예루살렘의 영광을 어찌 비교하겠는가!(장월 1908: 184-5)

장월의 희곡은 미국이민사에서 중요한 시기인 1908년 워싱턴 DC에서 초연되었다. 1880년대부터 세계의 여러 지역과 유럽을

---

* 역자 주) 로어 맨해튼은 맨해튼의 남쪽을 칭하는 것으로 뉴욕의 역사가 시작된 곳이기도 하다. 미국을 상징하는 자유의 여신상이 배터리 파크에서 생생히 보이며 리버티 섬으로 가는 페리도 이곳에서 출발한다.

떠나 미국으로 온 사람들의 수가 급격히 늘었고 이런 추세를
반영하는 국가의 수도 늘었다. 1881년과 1890년 사이에 미국
이민자는 4백만 9천 6백 6십만 명, 1891년에서 1900년 사이에
는 3백만 7천 백 십만 명, 그리고 1901년에서 1910년 동안은 6
백만 2천 9백 4십만 명이었다. 영국, 독일, 그리고 스칸디나비아
와 같은 비교적 안정된 지역에서 온 이민자들은 오스트리아 ―
헝가리 지역, 이태리, 그리고 러시아의 여러 지방에서 온 시민
과 섞이게 되었다. 미국으로 쏟아져 들어오는 이민자들의 특성
이 이처럼 뚜렷하게 변한 것은 그들이 미국 사회와 가치에 대
해 미치게 되는 영향에 대한 중요한 토론을 유발시켰다. 어떤
사람들은 이런 '새' 이민자들은 주로 북유럽과 서유럽에서 먼저
온 이민자보다 동화되기 훨씬 더 어렵게 만드는 독특한 문화적,
사회적, 정치적 관습을 가지고 들어왔다고 주장했다.

'새 이민자'를 위협으로 보는 이런 시각은 무제한 이민의 충
격에 대한 딜링햄 위원회 보고서(Dillingham Commission
Report, 1911)로 문서화 되었다. 그 보고서는 '기존의' 이주자
단체와 그들의 가치는 미국의 건국과 일맥상통하지만 '새이민
자들'은 앵글로 ― 색슨 전통에 도전이 되는 것처럼 보이는 요
소를 유입한다고 주장했다. 그래서 이민제한에 대해 계속 공공
연히 인종차별주의자적인 색채를 띠게 되었다. 1892년에 작품
활동을 한 시인 토마스 베일리 앨드리치(Thomas Bailey
Aldrich)의 말을 빌면 새 이민자들은 '미지의 신들과 의식 …
호랑이 같은 열정 … 낯선 말들과 우리 정서에 낯선 협박'
(Fuchs 1990: 57)을 미국에 가지고 들어올 뿐 아니라 미국의 인
종적 동일성을 협박하는 것처럼 보였다. 앨드리치는 '오 자유의
백인 여신이여! 출입문을 무방비 상태로 내버려두어도 괜찮습

니까?'(같은 책, 57)라고 묻고 있다. 앨드리치의 질문은 19세기 말과 1920년대 초기 동안 부정적인 방향으로 더 많이 논의되었다. 많은 사람들은 미국의 문화적 정체성과 인종이 인디언계 미국인의 경우처럼 무제한적 이민과 '잡종화'에 의해 위협당하고 있다고 느꼈다. 백인 앵글로 색슨의 인종적 우월성에 대한 계급적인 시각은 '모든 나라들과 인종들'은 '미국의 영광' 속으로 환영받는다는 장월의 가설에 정반대되는 것이었다. 하지만 결국 그런 시각이 우세해졌고, 두려움을 느낀 사업계와 노동계 지도자는 무제한 이민이 경제적 안정을 위협한다는 것을 강조했고, 이에 한 발 더 나아가 1917년에 세계 제 1차 대전에 미국이 개입한 것과 함께 불거져 나온 민족 정체성에 대한 논쟁은 그런 견해를 더 확고하게 만들었다. 그 결과로 나온 것이 1921년 이민 제한법과 1924년 할당이민법이었다. 이 두 법조항은 드러내놓고 미국인구의 앵글로 ― 색슨 인자가 남유럽, 동유럽, 그리고 아시아에서 온 바람직하지 않은 집단에 의해 잠식되지 않도록 보호하려 했다. 1920년 이민법의 경우 바람직한 미국의 인종혼합에 대한 가설과, 과거 및 현재 이민자들이 주류에 적응될 것으로 기대되는 조건들을 싣고 있다.

'미국화'와 '참된' 미국의 정체성을 만들기 위해 언어, 종교, 예절과 같은 중요한 항목에 있어, 주류문화의 가치를 엄격히 지켜야한다는 요구가 있었다. 뉴욕 유치원 연합의 1919년 맨하탄의 교육시설에 대한 조사에 따르면, 특정 지역의 어린이 310명 가운데 309명의 부모들이 외국출생이어서 그들의 자녀들은 영어를 거의 들으며 성장하지 않았다. '그런 가정에 미국적인 분위기'가 있을 수 있겠는가? 그 어린이들이 7월 4일, 1776년의 독립정신, 워싱턴이나 링컨에 대해 무엇을 알겠는가?' 그 어린이들을 이민자 가정과 또래들의 해로운 영향으로부터 멀리하면서, 더 안전하고 통제적인 환경안에 배치하는 것은 '그 아이들을 미국인으로 만드는' 것이다. 예를 들어 유치원들은 이민자 자녀들에게 '미국과 같은 나라의 실재를 느끼게 하고 아이들이 미국의 일부라고 느끼'도록 교육하면서 '미국화와 관련된 전반적인 수업'을 놀이 프로그램 안에서 제공할 수 있다. 인디언계 미국인을 재교육하고 미국화하기 위해 보호구역을 만든 것과 이런 논리 사이에는 의심이 가는 유사성이 있다.

용광로라는 모델은 인종적 특성에 상관없이 모든 사람들은 미국사회 내에서 자신을 더 성장시킬 수 있고, 경제적 기회를 통해 그들의 지위를 높일 수 있다는 것을 전제로 한다. 어떻게 그런 기회를 최대화할 수 있는가에 대해서는 의견이 다를 수 있겠지만, 그 기회가 자유시장을 통해 실현되든 연방의 개입과 사회개혁에 의해 실현되든 그 결과는 같은 것이다. 즉 옛날 인종개념을 고집하는 것은 미국인을 분리시키는 가치보다 미국인이 공유하는 가치를 강조하는 과정을 통해 약화될 것이다.

상당한 의견차이를 보인 것은 언어에 대한 문제였다. 1920년대 이민법이 재정되기 직전, 지방에서는 다양한 언어가 사용될 수 있겠지만 영어가 대중문화의 언어로 계속 사용될 것이라는 견해가 일반적이었다. 19세기에 미국의 많은 주, 군, 그리고 지역 학교는 영어 이외의 언어에 대한 교육시설을 어느정도 허용하였다. 하지만 이런 관행은 이민제한 운동이 20세기 초에 시행될 때 거의 사라져갔다. 그 대신, 영어는 하나의 통일된 문화에 필요한 토대라는 더 강한 주장이 자리잡게 되었다. 이런 일은 사기업과 시정부, 그리고 주정부에 의해 주도 되었고 기대되는 사회적, 정치적 행동 유형과 언어 사이의 밀접한 관련성을 보여주는 방식이 사용되었다. 예를 들면 국제 하비스터 주식회사(International Harvester Corporation)가 직원 대부분이 폴란드 사람인 회사에서 사용한 영어 교과서의 '1과'는 다음과 같다.

> 나는 호각 소리를 듣는다. 서둘러야 한다. …
> 가게로 갈 시간이다. …
> 나는 옷을 갈아입고 출근 준비를 한다.
> 작업개시 호각 소리가 들렸다.
> 나는 점심을 먹는다.
> 그 전에 먹는 것은 금지되어 있다.
> 나는 작업종료 호각 소리를 기다린다.
> 나는 작업장을 깨끗하게 정리한 후 떠난다.
> 나는 옷을 전부 라커에 넣는다.
> 나는 집에 가야한다.

이와 비슷하게 디트로이트 교육위원회도 1915년 인구의 4분의 3가량이 외국출생이며, 부모가 외국인이어서 주로 외국어가 사용되는 디트로이트를 2년 내에 영어 사용도시로 바꾸기 위해 생산업체와 산학 협력 프로그램을 시작하였다. 채택된 정책으로는 고용 조건으로 영어를 사용하지 않는 직원에게 야간 학교 참석을 유도하고, 영어를 배우려는 직원을 우선 승진시키고, 해고시 마지막 후보가 되게 하는 방안과 우선적으로 복직되는 우선고용안, 야간학교를 다니는 사람들이 급료를 받을 때 보너스를 받는 장려금 규정 등이 있었다. 같은 시기에 주정부들도 미국의 뚜렷한 언어 정체성을 보호하는 공립학교제도의 역할을 강조했다. 예를 들면, 코네티컷의 미국화 부서는, 1919년 '미국

은 하나의 미국이 아니라 여러 나라 말이 사용되는 하숙집이
될 위험에 처해있다'라고 주장했다.

> 학교는 미국의 용광로이고,
> 미국화가 진행되고 형성되는 곳이며,
> 나라 살림의 중요한 부분이다.
> 이곳에서 젊은 미국과 젊은 미국의
> 역사, 관습, 법, 그리고 언어의 가슴과 마음에
> 미국의 전체적인 토대와 국가이상이 새겨진다.
> (회람 5번, 1918년 10월)

하지만 1970년대까지 의심받지 않는 하나의 국가 언어의 정
체성에 대한 논쟁은 결코 끝난 것이 아니었다. 흑인문화의 중요
성을 먼저 회복하고 그 다음 그것을 재천명하려는 아프리카계
미국인의 시도에 힘을 입고서, 다른 소수민족들도 그들의 언어
유산에 지속적인 활력을 강조하면서 영어만 사용하는 세상에
의해 주변으로 밀려나는 소외감을 드러내려고 노력했다. 소수민
의 노력은 이민 이유에 변화가 생긴 것에 영향을 받아왔다. 세
계 제 2차 대전 이후, 더 구체적으로는 1965년 이민법 이후, 이
민자를 주로 공급한 유럽의 역할은 남·북·중앙 아메리카와
아시아로 전도되었다. 1980년대 경에는 미국 이민자 중 4분의
3 이상이 라틴계 미국인과 아시아인이었다. 1990년에는 미국에
2천만 명의 라틴 출신 미국인이 살고 있었다. 그 중 7백만 명이
1980년과 1990년 사이에 미국으로 건너왔다. 전체 미국 혹은
지방에 있는 많은 정부 기관은 이민자들이 미국사회에 적응하
는 것을 도와주는 방침으로 운영되고 있고, 적응과정을 도우면

서 인종적 유대에 대해 더 많이 공감하고 있다. 공식적으로 논의 된 것에 의하면 미국인이 되는 것은 과거의 인종적, 문화적 전통을 없앨 필요가 없는 것이다. 이같은 소수민에 대한 배려라는 새로운 감수성이 1960년대의 민권운동의 출현에 의해 고무된 것과 마찬가지로 1970년대와 1980년대에 민권운동에 대한 열정의 퇴조는 소수민을 배려하는 프로그램에 대한 적개심을 유발했다. 예를 들면, 1981년 와이오밍주 상원의원 앨런 심슨은 20세 기초 선거운동가들이 사용한 언어를 강하게 상기시키는 말을 사용해 라틴아메리카계 미국인 인구가 급격하게 증가하는 것에 대한 자신의 두려움을 이야기했다.

> 이런 이민자와 그들 자손들 가운데 상당한 수가 우리 사회로 동화되지 않는다. … 만일 언어와 문화의 분리가 특정 수준 이하로 떨어지면 미국의 단결과 정치적 안정은 머지 않아 심각하게 손상될 것이다.(Dinnerstein and Reimers 1982: 273)

심슨의 우려는 많은 주가 영어를 공용어로 규정하려는 시도에 반영되었다. 이 시도는 1986년 캘리포니아에서 가장 중요한 쟁점이 되었다. 그 당시 캘리포니아주에서는 투표자들이 그곳에 거주하는 많은 아시아계, 멕시코계 사람들을 당황스럽게 만들며 영어를 공용어로 채택하기로 결정했다. 하지만 특별히 로스앤젤레스처럼 60만의 학생 중 아마도 17만 정도가 고작해야 영어를 제한적으로 이해하는 실정에서 교육자들이 학교를 운영해야하는 곳에서는 실행에 옮기는데 많은 문제가 있었다. 하지만 언어에 대한 계속된 논쟁에서 강조된 것은, 다양성의 인식과 미국 생활에서 인종의 역할에 대한 초기 토론에서 부각된 단일 국가

정체성을 위한 염려 사이의 계속되는 긴장이었다.

▶ 차이에서 비롯된 시련

현재 미국에서 인종개념은 '한 사람은 많은 다른 존재가 될수 있고, 이런 개인의 의식은 다원주의라는 하나의 더 넓은 정신을 위한 도가니가 될 수 있다'는 '다원주의적 개념으로 자아에 대한 다차원적, 다면적 개념'(Fischer 1986: 196)이다. 피셔의 말은 미국인들이 만들어지고, 다양한 인종이 하나의 새로운 국가로 녹아드는 '도가니'에 대한 초기 개념으로 돌아가는 것이다. 하지만 피셔는 초기 개념을 계급, 인종, 종교, 그리고 젠더모두가 인종과 서로 상호연결되는 다원주의와 차이를 위해 그가 생각하는 도가니 개념으로 바꾸고 있다.

근본적인 차원에서 '인종은 두 개 혹은 더 많은 문화 전통 사이에서 서로 관계를 가지는 과정'(같은 책, 201)이며 '이같은 풍부한 저수지가 인간의 태도를 지탱시켜주고 새롭게 한다'(같은 책, 230). 인종에 바탕을 둔 문학은 '아주 전형적인 미국 문학이다'(Sollors 1986: 8)라는 워너 솔러즈의 유명한 주장과 맥을 같이 하면서, 피셔는 계속해서 다른 인종이 고유한 전통과 문화적 관습, 그리고 표현으로 서로 섞이는 과정에서 생기는 '활기와 영감'이라는 가능성을 주장한다.

솔러즈는 과거로의 후퇴나 차별주의자의 정신상태 보다는 '미국인이 된다는 것에 대한 복합적 의식'(같은 책, 230)을 '현재와 미래를 위한 새로운 시각을 파생시키는 대화'(같은 책, 231) 과정으로 보고 있다. 예를 들면, 로스, 벨로우, 그리고 맬라머드 같은 유태계 미국인의 작품들은 유태인과 미국인 사이에 '참견'의 역할을 한다. 그들의 작품들은 언어를 통해 어떤 새로운 고려사항을 보존하고, 만들며, 그것에 대해 재검토 작업을 하는 것이다. 동시에 그들의 작품들은 다른 문화전통 사이를 섞고, 연결하고, 문제시하고, 수용하며 '서로 참조'하게 한다. 여기에서 중요한 것은 인종을 바탕으로 하는 문학은 역동적이고, 활동적이며 이민과 이주라는 전통에서 태동했다는 것이며, 또한 그 문학들은 전통과 지속의 산물이라는 것이다. 이런 이중성은 생산적이며 미국에서의 상호작용을 통해 풍요롭게 되고 다양하게 된다. 보드나(Bodnar)도 다음과 같이 말한다.

중요한 것은 이민자들은 직선적인 발전보다는 경제와 사회 사이에서, 계급과 문화 사이에서 계속적인 역동성을 직면했다는 것이다. 보통 사람들이 골라서 선택하게 되고, 모든 예언자들에게 귀기울이고, 그들 자신의 결정을 내리게 된 것은 소용돌이 같은 이런 상호작용과 경쟁 속에서 가능했던 것이다. 필연적으로 그 결과들은 혼합되었다.(Bodnar 1985: xx)

이런 분위기는 실화나 소설을 쓴 이민자들의 이야기 속에, 이런 긴장에 의해 괴롭힘을 당하는 그 이후의 작가가 쓴 소설 속에 명백히 드러난다. 마단 사럽(Madan Sarup)이 '이민자들이 국경선을 넘게 되면 적대감과 환영 모두를 대면한다'라고 말했듯이, 이민자들은 '다른 방식으로 편입되는 동시에 소외된다'(Sarup 1994: 95). 이런 것은 고향, 재산, 기억, 망각, 낡고 새로운 전통에 대한 생각을 유발시키는 이민자를 주제로 하거나 인종을 다룬 문학 속에서 잠재되어 있거나 되풀이되는 주제들이다. 실제적이거나 상상적인 모든 건너온 국경선은 이런 물음을 생각나게 한다. 이주자처럼 '국경선도 늘 애매'(같은 책, 99)하고 요구와 동요, 그리고 희망과 절망이라는 세계사이에서 변형의 움직임을 표시한다. '변형의 과정에서 앞으로 내딛는 발걸음은 모두 퇴보의 발걸음이기도 하다. 이민자는 이곳과 저곳에 존재한다. 한 개인이 미국을 이해하기 위해서 특별히 이민자의 경험을 이해하고자 애써야 하는 것은, 애매함에 관한 이런 이유 때문이다. 왜냐하면 무엇보다도 '정체성은 존재하는 것에 관련되기보다는 존재가 되어 가는 것과 관련되기 때문이다'(같은 책, 98).

  미국에 대한 전통적인 상상은 미국을 새로온 사람이 구세계의 고통을 없앨 수 있는 약속의 땅으로 보는 것이었다. 루이스 애더믹(Louis Adamic)은 이 점에 대해 '미국은 위대하고, 놀라운, 다소 환상적인 장소, 천국과 같은 황금의 나라요, 여러 점에서 걸쳐 약속의 땅이었다. 상상을 초월한 나라 … 형언키 어렵게 재미있고, 상상 밖의 나라로, 비교할 수 도 없는 나라'(King et al. 1995: 164)라고 말한다. '오래되'거나 '새로운' 이민자의 이야기들은 미국내 소수민들이 '상상을 초월하는' 나라에 어떻게 대처할 수 있는지를 보여주기 위해, 그런 신화에서 생기는 긴장에 대해 답하고 그것에 대해 싸운다. 우리가 앞으로 살펴보겠지만 유대계 미국인의 텍스트에는 신화들이 들어 있고, 이와 비슷하게 작중인물이 여행하면서 '만들어 내거나 발견'(Kingston 1981: 45)하는 '황금산'(같은 책)을 찾아 중국을 떠나는 작품을 쓴 맥신 홍 킹스턴 같은 중국계 미국인의 작품에도 그런 신화들이 등장한다.

▶ 이민자의 이야기들: 유대계 미국인

너는 도래할 여러 세기의 희망이다. 너는 다시 만들어질 미국의 심장이요, 창조적 맥박이다.(Yezierska 1987: 137)

미국 이민 유형에서 돋보인 집단은 1880년 이후 편파적인 법과 학살의 결과로 동유럽에서 미국으로 건너온 유대인들이다. 유대인들은 미국을 박해에서 해방될 수 있고, 방해 없이 예배에 참석할 수 있을 나라로 상상하였고, 신세계라는 생각은 약속된 땅에 대한 그들의 신념을 상기시켰고 그들의 염원을 이루어 줄 것처럼 보였다. 이런 이유로, 많은 유태계 작가들의 글에서 미국에 대한 신화적인 사고들이 드러난다. 이런 사고들은 근면, 고통, 약속, 그리고 성취에 대한 이야기라는 특징을 이룬다. 초기 이민자의 설명과 매리 안틴(Mary Antin)의 『약속의 땅』(1912) 같은 자서전들은 미국을 찬미하며 재현한 것의 전형이 된다.

그 곳에 우리의 약속된 땅이 있었다. 그리고 많은 사람들은 얼굴을 서부로 돌렸다. 비록 대서양의 바닷물이 그들을 향해 갈라지지는 않았지만, 모세의 지팡이가 이루어낸 기적만큼 위대한 기적에 의해 그 방랑자들은 그 험한 물결에 몸을 실었다.(Antin 1912: 364)

안틴은 '나는 전체적으로 장엄한 과거와 빛나는 미래를 가졌다'(같은 책, 364)는 말을 통해, 구원과 희망이라는 종교적인 꿈과 두 세계를 창조적으로 혼합하게 할 '제 2의 탄생'으로서의 미국의 가능성을 연결시킨다. 안틴에게 있어 옛날과 새로운

시대, 과거와 미래는 하나의 장점 혹은 가능성의 근원으로 해석
되었다. 하지만 그것은 다른 사람에게는 이민자들이 가지는 딜
레마의 전형이 되었다. 어떻게 한 사람이 관습, 종교 그리고 가
족을 통해 옛 세계에 속해 있으면서 동시에 한 명의 미국인이
될 수 있는가? 교육과 '미국화'의 과정을 재활의 원천으로 본
안틴과는 달리, 많은 사람들은 미국을 조상의 혼이 스며든 과거
와 마을을 보장하지 않는 불안정한 장소로 여겼다. 핸드린은 마
을과 땅에 대해 '관계에 대한 복잡한 원의 축이고, 지위에 대한
중요한 잣대'(Handlin 1951: 20)라고 부른다. 이처럼 미국에서
안전한 기반을 잃거나 도시에서 새로운 삶을 사는 것은 '다리
없이 이리저리 기어다니며 아무데도 갈 수 없는 사람과 같았
다'(같은 책, 20). 어떤 사람들의 경우 옛 공동체에 뿌리내리는
일이 신세계로의 강제 편입과 마을 밖에서 온 사람들과의 혼합
에 의해 위협받기도 했다.

안지아 예지어스카(Anzia Yezierska)는 그것을 '내 신체에서
내 생명이 떨어져나갈 준비가 되는 것'(Yezierska 1987: 124) 같
다고 묘사한다. 비록 이런 경험이 일부에게 있어서는 힘든 일이
었지만, 다른 사람들에게 있어 그것은 그들의 자유를 나타내는
것이었고, 이런 경험이 미국에서 하나의 새로운 정체성을 만들
기 위해 일종의 해방을 주는 가능성으로 여겨지기도 했다. 마을
의 통제 바깥에서는 투쟁과 근면을 통한 성취라는 아메리칸 드
림과 동의어가 된 다른 도전들이 있었다. '비록 인간의 삶이 노
동, 역경, 그리고 피로 수놓여 질지 모르지만 곡식이 그로부터
생겨나고 그것으로 인해 추수가 가능한 것이다'(Handlin 1951:
102). 따라서 이민자의 경험은 미국에 대한 특정한 지배적인 이
야기들을 확인하고 강화한다. 핸드린은 '새로운 사람들은 옛날

사람들이 아니었다. 하지만 새로운 사람들과 옛날 사람들은 새로운 사람들의 탄생에 필요한 옛 사람들의 죽음에 의해 관련을 맺는다'(같은 책, 101-2)는 과장이 섞인 말을 통해 이 점에 대해 말하고 있다.

핸드린에게 있어 미국은 '움직이는' 장소이자 '분방한 가치'로 구성되고, '근원없이 헤매게 되는 경험'(같은 책, 307)에 뿌리 내린 장소로 보였다. 그리고 이 점은 현대 비평에서 인정되듯 정체성은 고정되거나, 통일되지 않고 유동적이고 복합적이며 많은 변하는 상황속에서 조건지워지고 구성된다는 신념에 절대적으로 필요한 것이다. 그래서 '이주를 경험한 사람'이라 할 수 있는 캐롤 보이스—데이비스(Carole Boyce-Davies)는 '정체성을 다시 결정짓는 것은 이민에 기본적이다. … 그것은 다양한 장소들과 문화의 집합이다'(Boyce-Davies 1994: 3)라고 말한다. 유대인들과 다른 민족들의 이민에 대한 이야기들 모두가 미국을 '하나의 목소리'로 조율하거나 재현하지 않는다. 그대신 부조화와 다양성, 즉 '불일치'(Ferraro 1993: 6)를 강조한다.

옛것과 새것, 자아와 타자, 그리고 과거와 미래에 대한 치열한 타협의 목소리로 가득찬 초기 이민자들의 목소리 속에서, 미국의 정체성에 대한 논쟁이 벌어졌고, 미국의 후기 역사를 뚜렷하게 특징지운 주변부와 중심부 사이의 문화적 대립이 펼쳐졌다. 여기에서 중심부라 함은 동화와 문화변용을 선동한 학파로 이민문화와 관련해 구세계의 전통으로 회귀를 강조하기 보다 미국화를 수용하는 쪽으로 신념을 바꾼 안틴 학파를 말함이다. 주변부는 정착과정에 있는 이주민을 일컫는 말로, 이들은 자신의 처지를 받아들이는데 불안을 느끼고, 중심부가 제공하는 문화적 의미에 계속 질문을 던지며 논쟁했다. 이같은 교전의 한

가운데에서 '이주자의 목소리는 우리에게 편안하면서도 낯설게
느껴지고, 한 사람이 처한 상황의 안과 밖이라는 공간에 동시에
사는 것이 어떤 것인지를 말한다'(King 1995: xv).

우리는 이러한 긴장, 타협, 그리고 의미들이 우디 엘런의 영
화속에 나타나는 것을 본다. 특별히 『라디오 시대』(Radio Days,
1986)에서는 이민자들의 공동체가 안정되었지만 여전히 동요
속에 있으며 더 나은 삶을 위한 세대간의 꿈들을 통해 움직인
다는 것을 뚜렷이 보여준다. 록어웨이(Rockaway)에서의 소년기
를 회상하는 주인공의 목소리를 통해 가족들이 관객들에게 소
개된다. 주인공은 두 세계 사이에서 분열된 채 관객들 앞에 서
있다. 한편에는 마술적으로 질서를 가져다주고, 우익을 신봉하
는 사람들의 손에 세상을 맡기는 '가면을 쓴 복수자'가 통합적
인 '미국'을 만드는 모험담을 들려주는 라디오가 손짓한다. 다
른 한편에는 유태 학교와 '팔레스타인에 있는 유태인의 고향'
을 위해 소년에게 모금을 고무하는 랍비를 통해 제시되는 '참
된' 논쟁거리가 있는 세계이다. 소년에게 있어 유태인의 고향은
'이집트 부근의 어떤 장소'일뿐 그 이상의 의미가 없다.

소년은 모금한 돈을 사고싶어하는 '가면을 쓴 복수자의 문양
이 새겨진 반지(compartment ring)'를 사기 위해 쓰려고 한다.
이 사실이 들통나서 소년은 랍비 앞으로 끌려오는데, 이 장면은
두 세계 사이의 혼돈을 유머러스하게 암시한다. 이 혼돈은 라디
오 모험이 주는 무익한 흥분과 랍비의 어둡고, 금지하는 세상
사이의 대조에서 생긴다. 이는 중심부인 미국의 방종과 선명한
대조를 이루는 '억제'를 요구하는 것이다. 소년은 부모의 벌과
랍비의 벌 사이에 갇혀있다. 소년은 랍비를 '믿을만한 인디언
친구'(로운 레인저(Lone Ranger*)를 생각해서 그렇게 부름)라

고 불러서 자신도 모르게 랍비에게 모욕을 주었다. 매우 유머러
스한 이 장면은 우리들에게 특별히 소년의 문화적 긴장을 의식
하게 하는 효과를 준다. 소년에게 있어 미국은 절제된 신념이나
부모들이 가진 이룰 수 없는 희망을 의미하지 않는다. 오히려
소년에게 미국은 라디오 모험극과 뉴욕에 대한 낭만을 의미할
뿐이다.

안지아 예지어스카(Anzia Yezierska)의 작품에도 이민자들이
경험한 긴장이 잘 나타나있다. 예지어스카는 '새로운 황금의
땅'(Yezierska 1975: 9)과 게토안에 '갇힌상태(shut-in-ness)'
(Yezierska 1987: 170) 사이에서 고군분투하는 한 여성을 그린
다. 예지어스카의 작품에서는 구세계는 젠더라는 한계과 연결되
어, 아버지와 토라(유대교의 종교율법)라는 두 힘을 연상시킨
다. 예지어스카에게 있어 미국으로 탈주하는 것은 자신의 자기
정의에 대한 이런 한계들로부터 벗어나는 가능성이기도 하다.
어떤 점에서는 그녀의 자서전적인 이야기들이 매리 안틴이 그
랬듯이 교육과(유대인 이외의 사람과의) 결혼, 그리고 성공 같
은 주제들을 연결시키면서 미국을 포용한다.

더 나중에 글을 쓴 버나드 맬라머드의 작품 『점원』(The
Assistant, 1957)에서 보버(Bober)는 '교육이 없다면 우리는 끝장
이다'(Malamud 1975: 77)라고 말한다. 교육은 새로운 삶을 창조
하기 위한 열쇠로 제시된다. 예지어스카는 다른 작품에서 왈도
프랭크의 '우리는 미국을 찾기 위해서 전진한다. 찾으면서 우리

---

* 역자 주) Rone Ranger는 한국어로 번역한다면 '무면허 경비대원' 정도로 번역할
  수 있다. 이 인물은 주로 라디오 및 텔레비전 프로그램의 만화 및 드라마에 자주
  등장하면서 법을 수호하고 정의를 실천하는 인물로 그려지고 있다. 눈 주위에 가
  면을 쓰고 다니고, 카우보이 모자와 망토를 착용한 채 말을 타고 다닌다. 주로
  19세기를 배경으로 하는 작품에 등장한다.

는 미국을 만들어 낸다. 우리가 창조할 미국의 특징은 우리의 추구와 닮은 것이 될 것이다'(Yezierska 1987: 297)라는 말을 인용한다. 이 말은 이민자의 삶을 다룬 예지어스카의 작품 속에 등장하는 탐색과 창조라는 두 주제를 암시한다. 예지어스카는 등장인물들이 주로 꿈을 통해 미국을 갈망하게 하고 그런 다음 산 체험을 통해 단련되게 한다. 꿈을 가지고, 미국에 흡수되는 — 주로 연인과의 관계로 묘사된다 — 것은 '굶주림' 때문이다. 하지만 예지어스카의 이야기들은 감상속으로 빠져드는 이야기는 아니다. 왜냐하면 그녀의 작품들은 이민자들의 노력과 탈이상화의 과정을 반영하고 있기 때문이다. 엠마 라자루스(Emma Lazarus)가 자유의 여신상에게 '자유를 호흡하기를 갈망하는 당신의 지치고, 가난하며, 떼지어 다니는 사람들을 나에게 달라'고 말한 것을 고의로 반박하는 듯, 예지어스카의 작품 속 이민자들은 신세계의 게토에 갇혀, 질식당하고 제한당하면서도 교육과 근면한 노동을 통해 자신들을 발전시키고자 발버둥친다. 하지만 예지어스카는 미국은 새이민 집단이 부여하는 첨가물과 혼합물을 통해 꾸준히 새롭게 변할 수 있다는 것을 암시한다. 그녀는 동질성이라는 '죽은 관습'(같은 책, 140) 보다는 이미 만들어진 미국에 흡수되는 것에 저항하고, 직접 미국을 만들 수 있는 '날 수 있는 힘'(같은 책, 137)을 제안한다. 그 이유는 프랭크도 말했듯이 우리가 미국을 만드는 것은 추구하는 것에 있기 때문이다.

예지어스카는 소수인종의 '사용되지 않은 재능'(같은 책, 283)은 국가의 번영을 위해 사용되어졌어야 했지만 편견이 계속 이를 불가능하게 했다고 주장한다. 예지어스카는 주요 작품 가운데 하나인 「비누와 물」에서 주류 미국 사회를 그녀가 세탁소에서 직원으로서 깨끗하게 유지해야 하는 '세탁된 세계'라는 말과 동일화하며 '사실은 불결한 내가 그들의 청결함의 토대를 만들고 있다'(같은 책, 167)라고 표현한다. 소설 속에 등장하는 여성은 다시 경제력, 계급, 권력의 부족으로 무기력한 것처럼 보인다. 하지만 교육이 여성에게 하나의 탈출구를 제공한다. 교육은 지위를 억제하고 겉모습만으로 여성을 평가하는 '깨끗한 사회 대표들'에게 저항할 수 있게 하며, 능력을 가지게 할 것처럼 보인다. 이런 가능성은 '내 영혼 속에서 탄생하는 새로운 종교'(같은 책, 168)라는 한 여성 등장인물의 말을 통해서 제시된다. 예지어스카는 질식되고 '허망하게'(unlived)(같은 책, 173) 존재하는 것을 거부하며 개인적 성취와 교육을 더 넓은 사회변화의 가능성으로 연결시킨다. 예지어스카는 일과 교육으로 높은 가치를 지닌 개개인을 미국의 비전으로 투사하는데 '나는 변했고, 세계도 변했다'(같은 책, 177)라는 말처럼 변화된 개개인은 공공영역을 변화시킬 수 있다. 미국의 여러 인종의 역동성에 대한 그런 신념은 랜돌프 번(Randolph Bourne)의 작품에서도 되풀이된다. 번의 에세이 「초국가적 미국」("*Trans-National America*", 1916)은 예지어스카의 작품보다 먼저 출판되었지만 예지어스카를 짧은 시기 동안 알고 지냈던 번의 스승 존 듀이(John Dewey)를 통해 예지어스카와 관련되어지게 되었다.

번의 에세이는 이민과 동화과정에 대해 '인종의 용광로'라는 이론이 표방하는 것에 질문을 던지며, 예지어스카처럼 '미국은 이민자들이 미국을 만들어 나갈 때 손에 쥔 것에 따라 정해지는 것이지 지배계층이 결정한 모양으로는 만들어지지 않는다'(Lauter et al. 1994: 1733)라고 논한다. 미국화는 '이같은 분명한 특징들이 하나의 무미건조하고, 색도 없는 통일된 유동체'(같은 책, 1736)로 변하는 것을 의미하는 것이 아니라고 번은 논한다. 왜냐하면 그런 손실은 전반적으로 미국을 약화시키고 미국의 생명력을 약화시키기 때문이다. 균일성과 비슷한 동화는 강한 전통과의 연결고리를 가지지 못한 '기초적으로 이해하는 동물'을 양산하였고 그것은 차라리 '이 시대의 문화적 파멸'(같은 책, 1736-7)의 한 부분인 것이다. 번에게 있어 미국은 '통합하지만 융화시키지는 못한다'(같은 책)는 그의 슬로건으로 요약될 수 있다. 번은 미국인들이 1916년 유럽을 무너뜨린 '낡은 민족주의'(같은 책)를 다시 쓰고, '인종의 용광로'라는 획일적인 이데올로기 거절하며, 미래라는 자물쇠를 열 '새로운 열쇠'(같은 책, 1783)를 향해 나아가야 한다고 논한다. 그가 말하는 미래는 '미국이 하나의 민족성이 아니라 초월적 민족성을 가지고 영토를 다양한 크기와 색상의 많은 실들로 옷감을 짜듯 엮는 미국이 되는 것'(같은 책, 1742)을 의미한다.

번의 그러한 접근법의 효과는 기존에 있는 차이를 녹여냄으로써 균일성으로 미국을 무미건조하게 하기보다는 미국을 풍요롭게 하고, '모든 민족들의 창의력을 해방시키고 조화를 이루게 하여, 그들에게 새로운 정신적 시민권을 부여하고'(같은 책), '소중한 공동체'(Beloved Community)(같은 책, 1743)에 참된 투자를 하게 하는 것이었다. 인종에 의해 풍요로워지는 번의 '소중한 공동체'와, 개개인의 성취를 집단적인 사회개선의 구현으로 보는 예지어스카의 신념은, 이민자 모두에게 설득력이 있는 비전은 아니었다.

이민자들 중 많은 사람들은 변화 가운데서 특별히 개개인의 변화에 대한 가능성을 의심했다. 이민자들의 불신은 이같은 의심의 한 이유였고, 번의 에세이와 같은 해에 매디슨 그랜트

(Madison Grant) 부류의 사람들이 표명한 강한 토착주의자적인 감정 속에서도 불신이 나타났다. 그랜트는 『위대한 인종의 소멸』(The Passing of the Great Race, 1916)에서 미국의 '잡종화'에 대해 쓰고, 이민자들은 '미국 토박이의 언어 [즉 백인 미국인의 언어]를 채택하고, 그들의 옷을 입고, 그들의 이름을 훔치고, 여자들까지 취하려고 하고 있지만, 그들의 종교나 이념은 거의 채택하지 않는다'(Horowitz et al. 1990: 11)라고 주장했다. 이런 인종차별은 인디언계 미국인에게도 사용되어졌고 이런 사이비 수법(pseudo-science)의 대가는 디오도르 루즈벨트(Theodore Roosevelt)였다. 그는 '영어를 사용하는 국민들의 퇴보'를 염려했다. 많은 이민자들은 그런 견해에 반대하고 힘을 얻기 위해, 집단적이고 조직적인 사회변화를 위해 정치적 행동과 노동운동에 가담했다. 예를 들면, 대부분의 유태인들은 이민 온 부모들의 신념을 따르기보다는 메시아를 기다리면서 착취와 가난을 만들어내는 자본주의 체제를 비난하고, 투쟁하는 노동자에게 보답하는 공산주의와 사회주의에서 정치적인 '메시아'를 찾았다. 1920년대에 급진적인 신문 『해방자』(The Liberator)를 편집하고 좌익 작가들의 작품을 전문적으로 출판한 『새로운 대중』(The New Masses)지의 창간을 도운 마이클 골드같은 작가와 행동주의자들은 유태인 이민자의 시각에서 정확한 사회저항을 목적으로 글을 썼다.

골드의 주요 작품인 『돈 없는 유태인들』(Jews Without Money (1930)은 게토에서의 삶과 고통에 대한 신랄한 묘사를 담고 있으며 자본주의가 계급과 지위의 차이를 양산하는 주된 원인이라고 날카롭게 지적한다. 이 작품은 질문과 분노로 가득한 감동적인 산문이다. 골드의 소설에서 약속의 땅은 '화를 잘내는 황

금빛 신, 즉 미국'(Lauter et al. 1994: 1759)이고 '결핵에 걸린 유
태인 재봉사의 아들에게 살인하는 방법을 가르쳐 온'(Gold
1965: 23) 파멸의 장소로 묘사된다. 골드는 어떤 장면에서 신구
문화의 충돌을 강조한다. 아버지는 유태인의 신앙과 삶과 관련
해 탈무드의 중요성을 찬미하면서도 아들에게 학교에서 배운
미국 찬가를 암송하라고 강요한다. '나는 워싱턴이라는 이름을
사랑한다 / 나는 나의 나라도 사랑한다, / 나는 붉고, 희고 푸
른색의 자랑스럽고 오래된 국기를 사랑한다'(같은 책, 80).

골드는 이런 단순한 신념체계를 꿈이 아닌 게토 생활의 가혹
한 경험에 뿌리를 두는 배움으로 극복하고 정치적인 변화를 위
해 그런 신념체계를 타파하려고 한다. 자서전적인 이 소설은
'이 모두가 부질없다. 콜럼버스에게 저주를! 미국이라는 도둑놈
에게 저주를! 미국은 기생충같은 놈들이 한밑천 챙기고, 착한
사람이 긁는 땅이다!'(같은 책, 79)라고 말한다.

필립 로스의 작품은 미국에 사는 유색인의 삶에 대해 더욱
냉소적인 견해를 보여준다. 로스의 입장은 인종과 공동체라는
문제에 더 유동적이고 자유롭다. 로스는 미국에 대해 '인디언'
(Redskins)과 '백인'(Palefaces)으로 양분되어, 인종적 조상과 신
념의 축을 따라 분열된 나라라고 말한 비평가 필립 라하브
(Philip Rahv)의 에세이를 사용한다. 로스는 자신을 '서로 혐오
하는 두 인종을 측은히 여기는'(Roth 1977: 76-7) 한 명의 '인디
언'(redface*)라고 말한다. 로스의 작품은 현대 미국의 인종정체
성에 대한 혼동과 위상을 탐구하고 있다.

---

* 로스는 경멸어들인 'Redskins'와 'Palefaces'라는 용어에 대해 제 3의 용어인
'redface'라는 단어를 사용한다. 이는 유태인의 피부색과 미국내에서의 입장을
있는 그대로 보여주는 말로, 인종차별의 희생자적인 측면에서는 인디언과 같고,

> 이 모든 것이 '정체성들'에 대해 말하는 것이다 — 내가 보기에는 사람의 '정체성'은 그만 생각해야겠다고 결정 내리는 그 지점에서 만들어진다. 여러 인종집단들은 … 사이좋게 지내려고 한 사회에서의 삶을 더욱 어렵게 만드는 것 같다.(Roth 1987: 305)

이 말은 한 공동체 안에서 평화롭게 사는 것을 희생하면서 늘 인종차이를 강조하는데서 생기는 문제들을 암시한다. 로스의 작품은 지속적인 인종마찰을 제시하는데『굿바이, 콜럼버스』 (*Goodbye, Columbus*, 1959)라는 중편에 그런 경향이 잘 나타나 있다. 이 소설의 제목은 콜럼버스에 대한 마이클 골드의 저주를 반향하고 있다. 젊은 유태인 주인공 클루그맨(Klugman)의 이름은 로스가 관심을 두는 중간자적인 유형을 구현하듯 '똑똑함' 과 '저주'를 의미한다. 클루그맨은 어린시절에 본 뉴어크 (Newark)의 유태인 문화와 쇼트 힐즈(Short Hills)의 출세지향적 인 유태인 문화라는 두 문화사이에 살고 있다. 이 소설에서 사용된 장소는 작품에서 탐색되는 소속과 정체성에 대한 공동체 적 긴장유형을 선명하게 제시한다. 실존하는 이민자(existential migrant)인 닐(Neil) 클루그맨은 유태계 공동체내의 경계선을 가로지른다. 결국 이는 로스가 제시하고자 하는, 차이가 모든 사람들을 구분하며 결국 신원을 확인할 수 있는 유일한 유태계 미국인이 없다는 것을 입증한다.

'사실 마치 뉴어크 보다 180 피트 높은 곳에 있는 시외 지역 이 사람들을 하늘과 가까운 곳에 데려다 주는 듯 했다. 그 이유 는 태양이 더 크고, 낮게 떠 있었고, 더 둥글게 보였기 때문이

피부색에 있어서는 백인과 닮은 유태인의 혼종적인 존재 양상에 대한 작가의 알 레고리라고 할 수 있다(역자 주).

었다(Roth 1964: 14). 정원 호스가 내뿜는 '조절된 … 습기', 그 곳에 있는 '아들들의 계획된 … 운명들,' 동부대학 이름이 있는 거리들과 같은 이런 환경은 '골목의 타다남은 재같은 어둠속에 있는' 저 아래 옛 공동체와 '내세라는 달콤한 약속'(같은 책, 14)과 대조를 이룬다. 클루그맨은 어느 쪽에도 속하지 않고 그의 삶은 오직 '주변성'에 의해서만 정의된다. 그 이유는 그는 주변부에, 즉 두 공동체 사이에 존재하기 때문이다. 로스는 클루그맨과 클루그맨이 일하는 도서관을 찾아와 고갱의 미술세계에 매료된 흑인 아이를 결부시킨다. 피부색이 다른 이 두 미국인들은 그들의 생활 밖의 무엇인가를 갈망하는 듯하다. 하지만 그들의 이상은 고갱의 화폭에 담긴 폴리네시아적인 이미지만큼 상상에 가깝고, 아득하며 비현실적이다. 로스는 우리에게 여러 인종들 사이에는 큰 차이가 있고, 유일한 공동체와 정체성에 대한 확고한 의식은 있을 수 없으며, 이 모든 것은 유동적이고 분할된다는 것을 상기시킨다. 쇼트 힐즈에 사는 유태인들 집단의 동화조차도 통합을 의미하기보다는 분할을 의미한다. 패팀킨 부인이 클루그맨에게 '당신은 정통파입니까? 아니면 보수파입니까?'라고 묻자 그는 순진하게 '저는 다만 유태인일 뿐입니다'라고 대답한다. 로스가 제시한 미국인의 혼합된 정체성에 대한 민감한 인식은, 정체성을 확실치 않은 것으로 여기는 최근의 논쟁을 상기시킨다. 정체성을 그렇게 보는 것은 현대 미국의 복합문화적이고 혼종화된 특성 때문이다.

『굿바이 콜럼버스』의 결말부에서 클루그맨은 자아와 정체성의 생각으로 불안해하며 도서관 창문속에 비친 자신을 뚫어지게 본다. 거울에 비친 것은 유일하고, 전체적으로 개별화된 자아라는 선명한 모습이 아니고 '불완전하게 꽂혀있는 책으로 구

성된 허물어진 담'(같은 책, 131)이다. 이것은 단순한 인종규제
가 아닌 차이와 경쟁으로 구성된 미국인의 포스트모던한 정체
성의 다층적 불완전함을 암시한다. 그는 하나의 자아가 아니라
아무렇게 진열된 책 안에 있는 다양한 이야기 가운데 하나의
반영물에 지나지 않는다. 이런 점에서 그는 공존하며 작용할 수
있는, 모양이 다르고, 이가 맞지 않는 파편들로 구성된 듯한 미
국을 닮았다. 이 장면은 로스의 후기 작품에 나오는 어떤 등장
인물이 내던지는 '몇 가지 차이를 참아내지 못하게 하는 것은
무엇인가?'라는 말을 생각나게 한다.

▶ 미래는 혼합된 세대의 것이다[4]: 인종의 용광로, 모자이크 혹은 잡종?

스튜어트 홀은 '우리는 모두 그런 장소에 포함되지 않은 채
독특한 장소, 역사, 경험, 문화를 가지고 말을 한다'라고 말하
며, 계속해서 '인종 정체성은 오늘의 우리자신에 대한 주체적
인식에 있어 중요하다'라고 말한다. 하지만 그런 입장이 과거에
제국주의자들이 그랬던 것처럼 다른 인종에 대한 배제, '주변화,
박탈, 장소이동, 망각'에 근거할 필요는 없다. 홀은 그 대신 우
리가 '차이와 다양성에 입각한 인종 정치학'(Morley and Chen
1996: 447)을 획득할 수 있다고 말한다. 이런 주장은 복합문화
주의와 '민족중심주의'의 결과로, 미국에서 생겨난 하나의 문화
적인 접근법이고, '우리가 일반적으로 친숙하며 우리 자신의 것
이라고 여기는 것에 대해 의심이나 도전을 유발시키는 방식으
로 타성과 차이를 다루는'(Krupat 1992: 3) 하나의 방법이다. 이

---

4) 이 표현은 Sollors(1989: xvii)가 Virgil Elizondo의 작품을 논할 때 사용한 것이다.

민자와 소수인종이 내는 목소리들은 이런 접근법에 중요한 역할을 하고, 크러팻이 전세계적이고, 다문화적인 미국을 설명할 적당한 용어라고 생각하는 '다성성'(polyvocality)(많은 목소리로 이루어진)에도 큰 영향을 준다.

따라서 문화도 언어처럼 그 내부에서 친숙하면서도 새롭고, 다르면서도 같을 수 있는 '혼종과 조우'(Bakhtin 1990: 358)의 장이 될 수 있다. 언어에서 발견된 가능성은 다양한 인종이 사는 미국을 연구할 때도 발견된다. 지금까지 논의했듯이 미국은 조우와 경계선 가로지르기를 특징으로 하는 문화를 가진 나라이며, 융화, 긴장, 경쟁의 장소이다. 이곳에서 차이들이 공존한다. 바흐친은 소설언어를 연구하면서 '의견의 두 지점이 섞이지 않으면서 서로 대화적으로 균형 잡히게 하는 대화'(같은 책, 360)에 대해 논한 바 있다. 그것은 미국과 흡사하다. 미국에서는 차이로부터 하나의 미국적 자아와 국가 정체성을 형성하기 위한 자극과 명확한 이해 공동체와 종교, 인종, 민족, 그리고 분리를 향한 반자극 사이에 독특한 긴장이 항상 존재해왔다. 하지만 바흐친은 어떤 혼종은 대립적인 구조안에서 '다른 의견의 지점에 서로간의 균형을 제시하면서 "특정한 본질적, 유기적 에너지와 열린 결말"'(Young, 바흐친 인용, 1995:22)을 유지한다고 말한다. 따라서 바흐친의 혼종개념은 '두 요소를 묶어주고 녹이는 동시에 분리를 유지하는 연합과 적대라는 대조적인 운동'(같은 책, 22, 저자 강조)을 내포하는 것이다.

미국에서 인종은 정확히 이런 적대와 연합의 혼합이고, 들려지기 위해 투쟁하는 상이한 목소리의 혼합이다. 그 중 일부는 제한되고, 침묵된 반면 다른 일부는 우세해진다. 하지만 늘 표현과 권위에 대한 가능성과 더불어 이런 일이 진행된다. 호미 바바는 이런 언어개념들을 가지고 그것을 확장시켜 식민상황내부에서 권력관계를 검토했고 그가 내린 결론 역시 미국인의 경험과 관련된다. 바바는 지배집단의 언어가 주변화된 사람들과 피지배자 같은 타자들의 목소리를 완전히 잠재우지 못하는 것은 잡종의 결과라고 말하며, 잡종이 타자들의 생존을 가능하게 한다고 논한다. 영(Young)은 그 점에 대해 다음과 같이 말한다.

> 잡종은 문화차이의 형태 그 자체로, 사이드가 말했듯이 '혼종 역에 너지들'이 중심적, 지배적 문화 규범을, '분리적인 역공간'에서 파생되는 불안정하게 하는 혼란으로 도전하는 차별화된 문화충돌이 된다.(Young 1995: 23)

이것은 미국을 보는 흥미있는 방식으로, 도전, '역에너지들,' 그리고 '불안정하게 하는 혼란'이 기존의 주류 문화의 지배규범과 끊임없이 대화하며 존재할 수 있게 하는 잡종을 말하는 것이다. 여기에서 다시 잡종은 합병과 '대화적인 외침'(같은 책, 23), 탈식민적 특성, 인디언계 미국인과 백인과의 관계에서처럼 다른 목소리들과 전통의 혼합과 뒤섞임의 결과인 혼합적인 문화로 검토된다. 이런 점에서 미국은 다른 목소리들을 폭 넓게 가지고 있고, '자국내 식민문제'(Jameson 1984: 181)를 가지고 있으며, 지배적인 권력 담론에 대해 혼합과 반격이라는 몸짓으로, 잡종이라는 이중행동으로 문제시하고 있는 '탈식민국가'로 여겨져야 한다.

> 크레올화 개념으로서의 잡종은 융화와 하나의 새로운 형태의 창조를 포함한다. 그런다음 새로운 형태는 낡은 형태와 대항 관계를 이루

는데, 사실 새 형태는 부분적으로 낡은 형태의 일부이기도 하다 … 잡
종은 '경쟁 없는 혼돈'으로 어떤 안정된 새로운 형태를 만드는 것이
아니라 바바가 말했듯이 들떠있고, 불안정하며 틈을 가진 잡종에 더
가까운 것이다. 즉 급진적인 이종성, 불연속, 형태에 대한 영원한 혁명
인 것이다.(Young 1995: 25)

만일 미국의 인종에 대한 옛 은유들인 '인종의 용광로', '모자
이크', '샐러드 보울'이 진실처럼 들리지 않는다면, 긴장에 대한
더 적합한 유동적, 전형적 은유는 애매하고, 상반되며, 변화되는
속성을 가지는 잡종 개념안에서 발견될 것이다. 잡종은 동일성
과 융화를 향해 움직인다. 하지만 차이의 중요성이 창조적인 새
에너지로 혼합될 수 있게도 한다.

잡종이 해결할 수 없는 것은 집단들 혹은 이데올로기들 사이
의 차이와 긴장을 해결하는 것이다. 하지만 그 대신에 잡종은
'"거부된" 지식이 지배담론 안으로 스며들고, 권위의 근본을 와
해시키는'(같은 책, 114) 불안한 상태를 만든다. 미국문화에서
인종 집단의 급부상한 역사들은 미국 문화와 정체성에 대해 이
질적이고, 복합적으로 재평가하는 '"편파적" 지식과, 입장을 만
드는'(같은 책, 119) 과정에서 숨겨진 과거와 제외된 목소리들
로 하여금 분명히 말하고 이를 재천명하게 한다. 이런 시각으로
미국을 볼때, 우리는 미국문화의 복잡한 구조를 알고, 아드리엔
리치의 말처럼 문화를 '개작'하고 많은 층위를 만드는 미국의
모든 양상을 인식할 것이다. 미국은 만남, 이동, 혼합, 정착, 식
민주의, 착취, 저항, 꿈, 거부, 그리고 다른 힘들이 있는 장소로,
'양자택일적인 전환이나 저항이 아니라 일련의 문화적, 정치적
거래'(Clifford 1988: 342)가 있는 나라로 여겨져야 한다.

그리고 미국의 정체성을 '관계와 거래의 연속'(같은 책, 344) 으로 보아야 할 것이다. 미국을 인종의 '경계지점'의 시각에서 재검토하고, 주변화된 집단의 방법을 사용하는 것이 생산적이고 흥미로운 이유는 바로 여기에 있다. 이런 방법은 미국사에 나타난 규범과 설명을 재평가 할 수 있게 하기 때문이다. 예를들어, 멕시코계 미국인이고 레즈비언으로 경계지점에서 산다고 할 수 있는 글로리아 앤젤두아(Gloria Anzaldua)는 모든 점에 있어서 미국을 '모순의 장소'로 보고 있다. 그녀는 '문화의 접합점'에 있는데 이곳은 '있기가 편안한 곳이 아니다.' 하지만 이 곳은 '언어들이 상호 발화되고 다시 활력을 찾고 소멸하고 태어나는'(Anzaldua 1987: 서문) 가능성의 장소이기도 하다. 미국과 달리 고정되지 않고 유동적인 그 경계지역들은 '사람들의 변화, 복합적인 정체성, 고결함을 가능하게 하고, 고유한 새영역 안에서 헤엄치는 것을 가능하게'(같은 책) 한다. 여기에 앤젤두아가 '새로운 혼혈인(mestiza)'이라고 부르는 사람들을 위한 잡종 공간이 존재한다. 이곳에서는 콜라주 같은 새로운 주체성이 창출되는 과정에서 다양성이 축소되기보다는 장려된다.

하지만 미국에서 잡종이 인정될 가능성은 과거 이민자가 가졌던 꿈의 현대판이 될 수도 있다. 언론인이자 시인인 루벤 마티네즈(Reuben Martinez)는 자신의 희망을 말하는 자리에서 '많은 자아들이 서로를 멸하지 않고서도 함께 어떤 형태를 찾을 수 있다'고 말하며, 자신안에 있는 서로 싸우는 많은 자아들이 '약정서에 서명'(Martinez 1992: 2) 할 수 있다고 말한다. 하지만 현재 미국의 현실은 그런 화해를 저해하고, 화해를 '십자가에 못박는 듯한' 어떤 것으로 대체한다. 그런 충돌은 매번 모순, 즉 십자가를 의미하고 상반된 몸짓은 끝없이 서로 싸운다'(같은 책, 2). 로스앤젤레스같은 도시에서 격렬한 충돌을 유발하는 문화가 있는 곳은 '결코 복합문화적인 천국이 아니다'(같은 책, 2). 하지만 마티네즈는 여전히 앤젤두아처럼 '새로운 주체성'을 동경한다. 그에게 있어 이 문제는 '집'과 '북부와 남부, 북쪽과 남쪽이라는 … 두 장소를 초월한 하나의 집'(같은 책, 2-3)을 찾는 것에 나타나 있다. 결국 그의 미국이민에서 어떤 이상화되고, 고정되고, 약속된 땅은 존재하지 않았고, 그 대신 '"집"에 가까이 왔을 때 불확실한 물체가 뒤섞여 있는 것을 발견한 것이 고작이었다'(같은 책, 166).

▶ 결론

'어디에서 오셨습니까?'

'나는 지금 여기 있는데 출신이 무슨 차이가 나겠습니까?'

(루이 말(Louis Malle)의 『그리고 행복의 추구』(*And the Pursuit of Happiness*, 1986)에 등장하는 한 여성의 말)

프랑스 영화 제작자인 루이 말은 1985년 소설 같은 영화인 『알라모 만』(*Alamo Bay*)*을 제작했다. 이 영화는 전쟁으로 황폐해진 조국을 도망쳐 미국으로 이민 온 베트남인들이 살고있는 갤버스턴 만의 어촌 공동체를 다루고 있다.[6] 영화는 미국의 새 인종 집단의 문제들을 극화하고 있고, 미국역사 전체에 걸쳐 반

---

* 이 영화는 『알라모의 총성』으로 한국에 번역되어 소개되었다. 이 영화는 미국 텍사스에서 실제 있었던 사건을 영화화한 작품으로 베트남 난민과 이들로 인해 일자리를 잃은 미국 어민간의 갈등을 다루고 있다(역자 주).

[6] 미국과 베트남 사이에 1979년에 체결된 '질서 있는 출국 프로그램'(Orderly

복된 많은 이민배척주의자들의 공포를 보여준다. 백인 공동체는
베트남 어부의 경쟁과 그들의 주거지역으로 유입되는 사람들과
그들의 관습에 의해 위협을 받으며, 베트남전쟁의 혼란스런 결
과 때문에 더욱 긴장하게 된다. 3K단(Ku Klux Klan)의 개입은
이런 상황을 미국의 뿌리깊은 인종적, 민족적 갈등으로 연결시
키고, 이방인들과 외국인들에 대한 오래된 공포감의 지속을 암
시한다. 1년 후 말은 『그리고 행복의 추구』라는 영화를 만들었
다. 이 영화는 미국으로 온 새로운 이민자에 대한 보충적인 다
큐멘터리이다. 그는 이 영화에서 계속되는 이민자의 꿈을 강조
했다. 이 영화는 다양한 문화에 노출된 많은 인종집단을 다루고
인터뷰와 르포를 통해 미국에 대한 이민자들의 염원과 의심을
보여준다.

어떤 장면에서 자신도 이민자인 몰이 직접 텍사스 주 달라스
에 회사를 설립한 여러 인종으로 이루어진 이민자들을 만나기
도 한다. 회사 이름은 이민자의 꿈을 반영하듯 '자유 택시 회
사'로 그 곳에는 커디스탄(Kurdistan)*과 에티오피아 출신 운전
사들을 포함해 130명의 운전사와 함께 민주적인 협동회사를 세
운 가나에서 온 부장이 있다. 이는 미국을 가능성의 장소로 여
기는 이민자의 계속되는 꿈을 나타내는 것이다. 즉 이것은 성공
하지 못한 선배 이민자들의 경험에 아랑곳하지 않는 것처럼 보
이는 하나의 비전이다. 몰의 영화가 유쾌한 상황을 보여주지는
않지만, 미국역사 초부터 사람들을 미국으로 끌어들인 탄력적인

Departure Program)으로 미국으로 유입된 베트남인의 수는 급증했다. 이 프로그
램은 해마다 2만 명의 베트남인들의 이주를 허용했다. 베트남인의 이민사에 대
해서는 T. Dublin (1993) *Immigrant Voices*의 10장을 참조할 것.
* 역자 주) (아시아 서남부 터키·이란·이라크에 걸친) 고원 지대(주민은 주로
쿠르드 사람)

신념을 보여준다. 영화의 의미 있는 한 장면에서 아시아계 미국인 가족이 힌두교 사원에 있는 모습과 그들의 집에서 바비큐 화덕 옆에 있는 것을 보여준다. 이는 마치 그 가정의 아버지가 가족의 더 나은 삶을 창조하기 위해 '우리는 두 개의 문화가 있어 … 그 가운데서 더 나은 것을 고를 수 있는거야'라고 말하는 것을 카메라를 사용해 시각적으로 제시하는 듯하다. 아시아계 미국작가인 바라티 머커지(Bharati Mukkherjee)도 비슷한 주장을 했다. 머커지는 미국은 '나의 역사 가운데 내가 원하는 일부를 버리고, 내 자신을 위해 완전히 새로운 역사'(Lauter et al. 1994: 3103)를 선택할 수 있는 곳이라고 말했다.

이런 주장들은 주로 인간의식에 남아있는 신화의 힘을 드러내거나, 미국은 과거에도 그랬듯이, 현재에도 정의하기 불가능한 장소라는 것에 대한 증거를 제시하는 것이다. 미국내 다양한 민족들은 독특한 방식으로 그들의 소망을 위해 미국을 인식하고 상상한다. 이 모든 것은 '문화적 정체성은 … 공통점이 없고, 다른 부분들과의 복잡한 상호작용이 우리가 한 국가라고 상상하는 것에 대한 실제 모양을 구성하는, 다양한 민족과 집단의 다원적인 전통들의 혼합물이다'(Bammer 1994: xv)라고 확언하는 것처럼 보인다. 미국의 경우 강화된 혼합이었으며 짧은 시기에 이루어졌다. 이런 일은 계속되는 의심 속에서 이루어졌는데 어떤 사람들은 여전히 집단 정체성을 다시 주장하는 일과 '차이'가, 여럿으로 이루어진 하나(e pluribus unum)*라는 국가 기획으로 파생될 국가 안정과 발전을 위협하고 있다고 주장하기도 한다.

---

* 이 말은 라틴어로, 이를 영어로 옮기면 'one out of many'이다. 1955년까지 미국의 표어가 되었다. 현재의 표어는 'In God we trust'이다(역자 주).

　뉴욕 교육국장이 조직한 특별팀이 '소수민들: 공정과 우수함'이라는 보고서를 1990년에 제출한 일은 이런 '위협' 가운데 하나였다. 이 보고서는 아프리카계 미국인들, 아시아계 미국인들, 푸에토리코인들, 라틴아메리카인들은 지식과 교육에 있어 억압받는 희생자이며 정신적으로나 사회적으로 손해를 입었다고 논하고 있다. 이 보고서에 대한 반응은 미국역사의 중심적인 서술에서 제외되기 쉬운 사람들의 경험에 정당한 관심을 기울일 수 있는 문화적으로 다양한 교육에 대한 요구였다.

　이런 의견들은 미국을 정의 내리는 것이 '하나'이자 '다수'라는 개념들로 다시 관심을 돌리는 것임을 강조했다. 인종적 다양성에 대해 새로운 관심을 가지는 것이 '사회를 결속시키는 국가 정체성이라는 와해되기 쉬운 결속'(Takaki 1994: 298)에 해를 입히면서 미국이 분열되는 것을 위협할 수 있는가? 혹은 과거의 국가정체성에 대한 주장을 다시 검토하자는 요구가 '미국'과 '미국 문화'를 협박하는 힘으로부터 지켜내자고 말한 팻 부캐넌 같은 1990년대 정치인들을 고무시키기는 역할만 할 것인가? 여기에서 필요한 것은 민족 정체성에 대한 문제를 살펴보기 위해 하나의 틀을 만들어야 한다는 것이다. 그 틀은 사람들의 차이가 무엇이든 간에 미국시민들은 모두 미국인들임을 인정하는 것이다. 동시에 인종과 관련된 과거들과 현재들을 연구하는 많은 올바른 접근방법이 있다는 것과 이런 과거들은 국가 역사의 범주 안에서 다른 과거와 서로 관련을 맺으면서 연구되어야 함을 인정해야 한다. 최근 미국의 인종에 대한 한 연구는 이 문제에 대해서 다음과 같이 논한다.

> 새로 급부상한 미국인의 정체성은 중압감으로 와해됨이 없이 차이를 인정하고 허용해야 한다. 우리가 경험한 복잡한 복합문화적 과거를 생각하면서 왜곡, 삭제, 공유된 신화와 태도 같은 문제들이 인종, 이민, 민족에 의해 개별적으로나 이 세 가지 모두에 의해서 질문을 받더라도 우리는 이런 문제들을 검토해야 한다.(Singh et al. 1994: 25)

결국 미국은 불법적으로나 합법적으로 사람들이 계속 이주해 오는 장소가 될 것이다. 그래서 새로 이민 온 사람들이 미국인이 되는 과정에서 '하나의 불완전한 정체성'(Shenton 1990: 266)을 우선적으로 배울 것이며, 미국은 동화와 다원적 문화 사이에서 계속 균형상태를 유지할 것이다.

▶ 참고문헌

Adams, D. W. (1991) 'Schooling the Hopi: Federal Indian Policy Writ Small, 1887-1917', in L. Dinnerstein and K. T. Jackson (eds) *American Vistas: 1877 to the Present*, New York: Oxford University Press.

Altschuler, G. (1982) *Race, Ethnicity and Class in American Social Thought, 1865-1919*, Arlington Heights: Davidson.

Antin, M. (1912) *The Promised Land*, Boston: Houghton Mifflin.

Anzaldua, G. (1987) *Borderlands / La Frontera*, San Francisco: Aunt Lute Books.

Archdeacon, T. (1983) *Becoming American: An Ethnic History*, London: Collier-Macmillan.

Bakhtin, M. (1984) *Rabelais and His World*, Bloomington: Indiana University Press.

_____ (1990) *The Dialogic Imagination*, Austin: University of Texas Press.

Bammer, A. (ed.) (1994) *Displacements: Cultural Identities in Question*, Bloomington: Indiana University Press.

Bhabha, H. K. (1994) *The Location of Culture*, London: Routledge.

Bodnar, J. (1985) *The Transplanted: A History of Immigrants in Urban America*, Bloomington: Indiana University Press.

Boyce-Davies, C. (1994) *Black Women, Writing and Identity,* London: Routledge.

Capra, F. and Curran, T. (eds) (1976) *The Immigrant Experience in America*, Boston: Twayne.

Clifford, J. (1988) *The Predicament of Culture*, Cambridge, MA: Harvard University Press.

Crevecoeur, H. St J. de (1957) (first 1782) *Letters From an American Farmer*, New York: E. P. Dutton.

Dinnerstein, L. et al. (eds) (1990) *Natives and Strangers, Ethnic Groups and the Building of America*, New York: Oxford University Press.

Drinnon, R. (1990) *Facing West: The Metaphysics of Indian Hating and Empire Building*, New York: Schocken Books.

Dublin, T. (ed.) (1993) *Immigrant Voices: New Lives in America, 1773-1986*, Chicago: University of Illinois Press.

Erdrich, L. (1988) *Tracks*, New York: Harper Perennial.

Ewen, E. (1985) *Immigrant Women in the Land of Dollars: Life and Culture on the Lower East Side, 1890-1925*, New York: Monthly Review Press.

Ferraro, T. J. (1993) *Ethnic Passages: Literary Immigrants in Twentieth-Century America*, Chicago: University of Chicago Press.

Fischer, M. M. J. (1986) 'Ethnicity and the Post-Modern Arts of Memory', in J. Clifford, and G. Marcus, (eds) *Writing Culture*, Berkeley, CA: University of California Press.

Foner, E. (ed) (1990) *The New American History*, Philadelphia: Temple University Press.

Foucault, M. (1977) *Discipline and Punish: The Birth of the Prison*, Harmondsworth: Penguin.

Fuchs, L. (1990) *The American Kaleidoscope, Race, Ethnicity and the Civic Culture*, Hanover: Wesleyan University Press.

Gold, M. (1965) (first 1930) *Jew Without Money*, New York: Avon Books.

Goldberg, D. T. (ed.) (1995) *Multiculturalism: A Critical Reader*, Oxford: Blackwell.

Gunn Allen, P. (1992) *The Sacred Hoop*, Boston: Beacon.

Hall, S. (1996) 'New Ethnicities', in D. Morley and K.-H. Chen (eds) *Stuart Hall: Critical Dialogues in Cultural Studies*, London: Routledge.

Handlin O. (1951) *The Uprooted*, New York: Grosset and Dunlap.

_____ (1959) *Immigration as a Factor in American History,* Englewood Cliffs, NJ: Prentice Hall.

Hansen, M. (1964) *The Immigrant in American History*, New York: Harper and Row.

Higham J. (ed.) (1978) *Ethnic Leadership in America*, Baltimore: Johns Hopkins University Press.

_____ (1981) *Strangers in the Land: Patterns of American Nativism, 1860-1925*, New York: Atheneum.

_____ (1989) *Send These to Me: Immigrants in Urban America*, New York: Harper and Row.

Horowitz, D. A., Carroll, P. N. and Lee, D. D. (1990) *On The Edge: A New History of Twentieth Century America*, New York: West Publishing.

Jameson, F. (1984) 'Periodizing the Sixties', in S. Sayres, *et al., The 60s Without Apology*, Minneapolis: University of Minnesota Press.

Jones M. (1992) *American Immigration*, Chicago: Univeristy of Chicago Press.

Jones P. and Holli, M. (1981) *Ethnic Chicago*, Grand Rapids: W. B. Eerdmans.

Jordan, G. and Weedon, C. (1995) *Cultural Politics*, Oxford: Blackwell.

Josephy, A. M. (1985) *Red Power: The American Indians' Fight For Freedom*, Lincoln: University of Nebraska Press.

King, R., Connell, J. and White, P. (eds) (1995) *Writing Across Worlds*, London: Routledge.

Kingston, M. H. (1981) *Woman Warrior*, London: Picador.

Klein, M. (1981) *Foreigners: The Making of American Literature, 1900-1940*, Chicago: University of Chicago Press.

Kraut, A. (1982) *The Huddled Masses: The Immigrant in American Society*, Arlington Heights: Harlan Davidson.

Kroeber, K. (ed.) (1994) *American Indian Persistence and Resurgence*,

Durham: Duke University Press.

Krupat, A. (1992) *Ethnocriticism: Ethnography, History, Literature,* Berkeley, CA: University of California Press.

Lauter, P. *et al.* (1994) *The Heath Anthology of American Literature* vol. 2, Lexington: D. C. Heath.

Luedtke, L. (ed.) (1992) *Making America,* Chapel Hill: University of North Carolina Press.

Malamud, B. (1975) (first 1957) *The Assistant,* Harmondsworth: Penguin.

Mann, A. (1979) 'The Melting Pot', in R. Bushman *et al.* (eds) *Uprooted Americans: Essays to Honour Oscar Handlin,*

_____ (1992) 'From Immigration to Acculturation', in L. Luedtke (ed.) *Making America,* Chapel Hill: University of North Carolina Press.

Mariani, P. (ed.) (1991) *Critical Fictions,* Seattle: Bay Press.

Martinez, R. (1992) *The Other Side: Fault Lines, Guerrilla Saints and the True Heart of Rock and Roll,* London: Verso.

Milner, C. A. (ed.) (1989) *Major Problems in the History of the American West,* Lexington: D. C. Heath.

Morley, D. and Chen, K.-H. (eds) (1996) *Stuart Hall: Critical Dialogues in Cultural Studies,* London: Routledge.

Owens, L. (1992) *Other Destinies: Understanding the American Indian Novel,* Norman: University of Oklahoma Press.

Parrillo, V. (1980) *Strangers to These Shores: Race and Ethnic Relations in the United States,* Boston: Houghton Mifflin.

Robertson, G. *et al.* (eds) (1994) *Travellers' Tales: Narratives of Home and Displacement,* London: Routledge.

Robertson, J. O. (1980) *American Myth, American Reality,* New York: Hill and Wang.

Roth, P. (1964) (first 1959) *Goodbye, Columbus,* London: Corgi.

_____ (1977) *Reading Myself and Others,* London: Corgi.

_____ (1987) (first 1986) *The Counterlife,* London: Jonathan Cape.

Said, E. (1994) (first 1993) *Culture and Imperialism*, London: Vintage.

Sarup, M. (1994) 'Home and Identity', in G. Robertson *et al.* (eds) *Travellers' Tales*, London: Routledge.

Sayres, S. *et al.* (eds) (1984) *The 60s Without Apology*, Minneapolis: University of Minnesota Press.

Seller, M. (1977) *To Seek America: A History of Ethnic Life in the United States*, Englewood Cliffs, NJ: J. S. Ozer.

Shenton, J. P. (1990) 'Ethnicity and Immigration', in E. Foner (ed.) *The New American History*, Philadelphia: Temple University Press.

Silko, L. M. (1977) *Ceremony*, New York: Penguin.

_____ (1981) *Storyteller*, New York: Arcade.

Singh, A., Skerrett, J. T. and Hogan, R. E. (eds) (1994) *Memory, Narrative and Identity: New Essays in Ethnic American Literatures*, Boston: Northeastern University Press.

Sollors, W. (1986) *Beyond Ethnicity: Consent and Descent in American Literature*, New York: Oxford University Press.

_____ (ed.) (1989) *The Invention of Ethnicity*, New York: Oxford University Press.

Steiner, D. (1987) *Of Thee We Sing: Immigrants and American History*, San Diego: Harcourt Brace Jovanovitch.

Takaki, R. (1979) *Iron Cages: Race and Culture in nineteenth century America*, London: Athlone.

_____ (1994) *From Different Shores: Perspectives on Race and Ethnicity*, New York: Oxford University Press.

Taylor, P. (1960) *The Distant Magnet: European Immigration to the United States*, London: Eyre and Spottiswoode.

Thernstrom, S. (ed.) (1980) *The Harvard Encyclopedia of American Ethnic Groups*, Cambridge, MA: Harvard University Press.

Todorov, T. (1987) *The Conquest of America,* translated by R. Howard, New York: Harper Perennial.

Vizenor, G. (ed.) (1993) *Narrative Chance: Postmodern Discourse on Native-American Indian Literatures*, Norman and London: University of Oklahoma Press.

_____ (1994) *Manifest Manners: Postmodern Warriors of Survivance*, Hanover and London: Wesleyan University Press.

Wilkinson, R. (1992) *The American Social Character*, New York: HarperCollins.

Yans-McLaughlin, V. (ed.) (1990) *Immigration Reconsidered: History, Sociology, Politics*, New York: Oxford University Press.

Yezierska, A. (1975) *Bread Givers*, New York: Persea Books.

_____ (1987) (first 1920) *Hungry Hearts and Other Stories*, London: Virago.

Young, R. J. C. (1995) *Colonial Desire: Hybridity in Theory, Culture and Race*, London: Routledge.

Zanwill, I. (1908) *The Melting Pot*, New York: Macmillan.

▶ 후속작업

1. 영화 제작자 조안 미클린 실버(Joan Micklin Silver)의 작품을 검토해 보자. 『헤스터 거리』(Hester Street)와 『델런시를 가로질러』(Crossing Delancey)는 동화과정을 보여주고, 동화와 관련된 긴장과 문제점을 다른 각도에서 다루는 영화들이다. 이 영화들에 나타난 '미국적' 가치, 결혼, 젠더에 대한 여러 견해를 중심으로 연구해 보자.

〈연구과제〉

2. ① 미국이민사를 설명하는데 있어 '과거' 혹은 '현재' 이민자들 사이에 특징은 어떤 의미를 가지는가?

② 다른 인디언계 미국인의 작품을 적용시켜 이야기하기(story-telling)의 중요성이 어떻게 정체성과 인종의 지속성과 관련되는지 검토해 보자.

③ 20세기 초 미국의 여러 도시에 산재해 있던 유태인 게토 공동체의 두드러진 특징을 검토해 보자.(필요하면 유태인 대신 멕시코계 미국인 같은 다른 이민집단으로 바꾸어서 연구를 할 수도 있을 것이다.)

④ 20세기에 미국이 기획한 '미국화'의 기원, 목적, 정책에 대해서 조사해 보자.

⑤ 미국의 현재 이민자들 가운데 중요한 한 집단의 경험이 그들의 경험과 관련된 글에서 어떻게 나타나는지 그리고 그들이 영화에서 어떻게 재현되었는지를 조사해 보자. 참고 자료로 『알라모 만』, 『아바론』(Avalon), 『로스앤젤레스 동부』(East L. A.), 『미시시피 마살라』(Mississippi Masala)와 같은 영화들과 T. Dublin(1993)의 글을 참고할 것.

제3장

아프리카계 미국인:

'나는 다른 사람들의 목소리를 빌려서 노래하지 않는다.'

'나는 다른 사람들의 목소리를 빌려서 노래하지 않는다.'

(스킵 제임스)

▶ 노예제로부터의 탈피

이 3장에서는 다양한 단언적 표현 양식들에 대한 탐구를 통하여 미국내의 아프리카계 미국인들과 그들의 자기 정의를 위한 투쟁을 둘러싼 문제들을 논의할 것이다. 역사적으로 지배적인 목소리가 백인의 것이었던 문화 속에서 아프리카계 미국인들은 '미국의 이야기' 속에서 똑같이 중요한 자신들의 과거와 미래의 삶을 반드시 제시할 필요가 있다. 워너 솔러즈가 말했듯이, '이런 이유로 소위 말하는 "기억"은 … 배타적인 "역사" 속에서 그릇된 일반화에 도전하는 반—역사 형태가 될 수 있다' (Sollers, 8).

아프리카계 미국인들의 '목소리들'은 솔러즈가 말하는 '기억'을 적극적으로 표현하고, 배제 경향에 맞서 대항하고자 '반—역사들'을 제시하며, 노예제에서 물려받고 미국의 기록된 역사와 사회적 틀에서 영속화된 강요된 '침묵'[1]을 깨트리고자 아프리카계 미국인들의 정체성들을 분명히 밝힌다. 이 3장에서 우리는 아프리카계 미국인 문화 속에서 '침묵'과 '목소리' 사이에 일어나는 대결의 역동적인 성질을 강조하고 이러한 과정이 미국에서 어떻게 정치적 힘과 권위를 얻어내기 위한 한층 더 폭넓은 투쟁에 불가결한 요소가 되었는지를 역설할 것이다. 이러한 표

---

1) 여기에서 처럼 침묵의 개념은 종종 문화적 부가물이나 노예제 부인을 암시할 때 이용된다. 그러나 이러한 상황에도 불구하고 강력한 저항의 '목소리'가 흑인사회 내에 항상 존재하였다. 부분적으로 노예제의 침묵은 통제와 힘의 입장을 강화시키는 식민지 신화였다(H. Bhabha 1994 참조).

출적인 '목소리들'이라는 개념은 다양하게 노예들의 노래, 자서
전, 소설, 정치적 연설, 랩 음악 또는 영화와 같은 형태를 취하
지만, 그것들은 총체적으로 대안적인 의사소통 양식을 창출하
고, 그것을 통하여 아프리카계 미국인들은 자신들의 문화를 공
표도 하는 동시에 자신들의 차이를 언명하기도 하는 한편, 종종
훨씬 더 지배적인 백인 주류 문화의 목소리들과 나란히 자신들
을 위치시키기도 한다. 이러한 '개별적인 기억들로 구성된 보고
들은 모두 합쳐져서 집합적인 공동체 기억을 창출하여'(Faber
and O'Meally, 9) 흑인들의 반역사적 정체성을 재현한다. 우리가
앞으로 보여주려는 것은, 매닝 매러블의 표현을 빌려 말하면,
이러한 '정체성이 압제자들이 우리에게 강제로 부여한 것이 아
니고, 수 백년에 걸쳐서 우리들 스스로가 집합적으로 구축해낸
문화적 민족적 깨달음이며, 우리를 아프리카와 연결시켜 주는
탯줄'(1992: 295)이라는 점이다.
　이러한 정체성의 '집합적 구축'은 노래나 이야기와 같은 표
출적인 양식들을 통해서 유지되어 온 아프리카의 활기찬 구전
문화로 시작되었다. 랠프 엘리슨에 의하면, '우리는 문화 주류로
부터 배제되었기' 때문에 이것이 '우리에게 남겨진 유일한 수행
적 공간들'(Hall 1992: 27)이었고 '우리들이 자유 대신에 가지고
있던 것'(Ellison, 1972 : 255)이었다. 1827년 발간된 최초의 흑
인 신문에서 편집자 존 B. 러스움은 '너무나 오랜 기간 타인들
이 우리를 대변해 왔'(Ripley, 11)다고 말하면서, 그렇기 때문에
아프리카계 미국인들의 주요 관심사는 그들 스스로 자신들의
의사를 밝혀 '단지 일부 미국인들만이 미국인의 의미가 무엇인
지를 규정할 수 있고 ─ 나머지 사람들은 단순히 그 정의에 순
응해야 한다는 … 함의를'(West 1993a: 256-7) 일소하는 것이라

고 적었다.

정의에 도전하고 직접 자신의 의견을 표현한다는 것은 정체성 역설에 근본이 된다. 벨 혹스는 그것을 다음과 같이 표현하였다.

> 침묵에서 발화로 이동하는 것은 억압받은 자, 피식민지 주민, 착취당하는 사람, 그리고 나란히 서서 투쟁하는 자들이 치유를 받고, 새로운 삶과 새로운 성장을 가능한 것으로 만들고자 취하는 도전의 제스처이다. 바로 그 발화행위, 즉 '말대꾸'는 객체에서 주체로의 이동을 나타내는 표현이며, 공허한 말로 이루어진 단순한 제스처가 아니라 해방된 목소리이다.(Mariani, 340)

우리는 '목소리'와 '말대꾸'라는 표현의 개념을 검토하기 위하여 우선 아프리카계 미국인들의 문화에서 노예제 전통으로 시작한 다음, 노예들을 '백인들이 선택한 것을 마음대로 적어넣을 수 있는 일종의 백지상태'(Levine, 52)로 가정하는 경향을 보이는 백인들의 주류 문화가 지배하는 가치체계의 틀 안에서 유색인들을 자리매김하는 데에 노예제가 미친 영향도 또한 살펴볼 것이다. 노예들의 삶을 지배하고자 하는 농장주와도 같이 '주인—문화'는 아프리카 사람들을 야만적이고, 이교도적이며, 열등하다고 생각하는 유럽인들의 견해를 이어받아서 피부색 때문에 조롱을 당하는 소수 그룹에게 자신들의 규범과 가치 체계를 부과하고자 노력했다.

> 아프리카 사람은 … 열등한 인간으로 규정되었다. 아프리카 사람이 타자로 재현될 때 그들의 체질적, 문화적 특징들은 이 열등함의 증거

> 로 표현되었으며, 아프리카인들에게 할당된 상황은 유럽의 진보와 문
> 명화의 척도를 조성하였다.(Miles, 30)

인용문에서 제시되었듯이 노예는 백인들이 그들 자신이나 가치
체계들을 측정할 때 사용되는 거울이나 타자의 역할을 했으며,
백인들의 힘을 강화시켜 주고자 아프리카인들의 열등함을 가정
하기 때문에, 이러한 재현의 한계 속에서 아프리카 사람들을 규
정한다는 것은 주인의 힘과 지위가 상승되었다는 것을 의미했
다. 주인/노예 체계는 흑인 역사, 정체성, 인간성, 공동체, 지식
과 언어 그 모든 것을 부정하는 것에 바탕을 두었다. 이것들은
모두 노예들이 자신들의 입장을 주장하고 궁극적으로 지배그룹
과 관련지어 그들이 처해진 상황에 대해 의문을 제기하는 수단
으로 간주되었다. 그러므로 이것들을 부인하고, 삭제하는 것은
노예들의 정체성과 역사를 부인하고 노예들은 표류하고, 쓸모
없으며, 조상도 모른다는 인상을 강화시키기 위한 하나의 통제
방식이었다.
　1965년 시민권 획득을 위하여 투쟁하던 시기에 제임스 볼드
윈은 이러한 생각들을 반영하는 글을 발표했다.

> 당신이 출생한 곳이고 당신으로 하여금 생명과 정체성을 갖게 해준
> 이 나라가 그 모든 현실 체계 속에 당신을 위한 자리를 전혀 마련하지
> 않았다는 것을 알 게 될 때 그것은 정말로 큰 충격이다 … 내가 미국 역
> 사책에서 배운 것은 아프리카는 역사가 전혀 없고 나도 또한 그렇다는
> 것이었다. 나는 언급되지 않을수록 그만큼 더 좋은 야만인에 불과했다
> … 나나 당신은 백인들이 위치시키는 곳에 소속될 뿐이었다.(1985: 404)

이와 유사하게 1960년대에 흑인 세력을 위한 정치적 요구들은 이러한 논조를 따라서, 모든 운동단체들은 '그 공동체가 사용하는 어조로 발언하여야 하며 … [그렇게 해서] 흑인들은 — 단순히 백인들이 듣고 싶어하는 말이 아니라 흑인들이 사용하고자 하는 말을 쓸 것이다'(Carmichael, 5)라고 거듭 주장했다.

▶ 새로운 흑인 역사

민권 운동 그리고 볼드윈과 카마이클이 언급한 그러한 '거부'의 결과로, 노예 문화를 연구하는 아프리카계 미국인 역사가들과 백인(미국인) 역사가들은 노예제의 제한조처들, 잔인성, 부정이 그들 자신의 정체성과 그들 나름의 문화 의식을 유지하고 싶어하는 노예공동체의 끈덕진 욕망을 분쇄하지 못했다고 주장하면서 흑인 역사의 공식적인 해석들에 의문을 제기하기 시작했다. 예를 들어 존 W. 블래싱게임의 저서(1972)는 노래, 이야기, 춤, 종교와 같은 다양한 문화적 형식들을 통하여 다음과 같은 상황이 전개될 수 있었음을 증명해 주었다.

[다양한 문화적 형식들이 있음으로 해서] 가혹한 강제 노역도 노예들의 창조적 에너지를 박살내지 못했으며 [그리고] 이러한 수단들을 통하여 노예들은 자신을 객체로 간주하고, 그의 지위에 대한 몽상들에 매달리며, 희망과 인내심을 불러일으키고, 그리고 적어도 자신의 삶을 관조할 때 모반적인 언어를 사용할 수 있었다.(59)

여기서 인용한 블래싱게임의 잠정적인 단언들은 이러한 주장들이 논의의 여지가 많음을 암시하지만, 그 책 후반부에서 작가가 그러한 노예들의 표현이 '그룹 일체화'를 장려했으며 그렇기 때문에 '노예들은 그들의 이상과 가치체계를 위해서 오로지 백인들의 문화적 참고틀에만 의존한 것은 아니었다'(같은 책, 75-6)라고 주장할 때 그의 요점은 한층더 분명하게 드러난다.

로렌스 르바인은 노예들이 '주인—문화'의 통제 밖에서 활기찬 표현 경로를 통하여 '독립적인 예술 형식과 독자적인 목소리를 창출할 수 있었다'(30)고 역설하면서 블래싱게임의 주장을 발전시켰다. 언어 그리고 '목소리' 보존의 중요성은 이 새로운 노예제 역사와 그 문화에서 반복적으로 나타나는 개념이다. 그것들은 특히 노래와 이야기하기와 같은 표현 예술을 통해서 전달되는 중요한 저항의 물줄기를 가리킨다. 왜냐하면 이것들을 통해서 아프리카인들로 구성된 공동체들은 노예제가 부여하는 즉각적인 공포와 제한 조건들을 벗어난 세상에서 그들이 차지하는 위치를 분명히 표현하고 이해할 수 있었기 때문이다. 과거는 이러한 구전 예술 속에서 죽은 것이 아니라 노래하는 사람/이야기하는 사람의 권위 속에 분명히 자리잡고서 실재하고 있었다. 그들은 미국에 사는 아프리카인들로서 '그들이 이용할 수 있는 대안들, 즉 그들 스스로가 아프리카의 유산과 새로운 종교를 결합시켜 만들어낸 대안들'(같은 책, 35)이 있었다.

르바인은 특히 '그들 스스로가 만들어낸'이란 문구를 강력하게 역설했는데, 그것은 이 문구가 이러한 창조적 행위들과 연합된 자기—정의의 필수불가결한 성질을 강조하기 때문이다. '정의들이 정의를 당하는 사람들이 아니라 정의를 내리는 사람들에게 소속되는'(Morrison 1987b: 190) 끊임없는 부정의 세계에서 자아는 그러한 창조적 행위들 속에서 그리고 그것들을 통해서 그 존재가 성립되는 것이다.

르바인의 '결합' 개념은 노예로서 힘있는 목소리나 지배 문화 자체의 표현들과의 대화로 기꺼이 돌입할 의지를 통해서 일련의 효율적이고 삶을 긍정하는 가치체계를 계속 유지했던 아프리카계 미국인들에게 새로운 정체감을 확립시켜 준다. 르바인은 흑백 문화가 조화롭게 접촉할 수 있는 어떤 지점을 찾을 수 있을 통합을 향한 역사 속 패턴을 이러한 초기의 본보기들 속에서 분명히 보고 있는 것이다. 이런 점에서 르바인의 역사는 민권 운동을 할 때 마틴 루터 킹이 취했던 자세와 연관된 아프리카계 미국인들의 삶에 대한 일련의 주장들이나 해석들과 조화를 이룬다. 르바인이 제시한 자유주의적 입장이란 '흑인 문화에 심각한 영향을 미치면서도 결코 완벽한 굴복을 받아내지 못했던 바로 더 큰 사회와 상호작용을 했던' 독자적이고도 합당한 '흑인 문화와 의식'(297)이 취한 자세이다.

르바인이 제공한 백인 역사가의 자유주의적 견해와는 대조적으로 스털링 스터키는 흑인들이 지닌 '민족주의적 의식'(30)의 뿌리가 노예 문화에서 발견될 수 있다고 주장한다. 왜냐하면 노예 문화에서는 여러 다른 부족들이 노예제로 함께 묶여져서 강제적으로 경험을 공유하게 되었고 '주요한 문화 표현 형식들은 본질적으로 똑같'아서 '단일한 흑인 문화'(82, 83)를 형성하는 데 도움이 되었기 때문이다.

노예제에 대한 이 모든 해석들에서 주인—문화에 대한 도전과 저항의 개념은 상당히 중요하며 그 단체의 내부적 의례행위, 노래, 이야기들을 통해서 노예들이 조상들의 과거에 매달릴 수 있는 능력과 항상 연결되어 있다. 최근의 연구조사는 주인이 노예들의 퍼포먼스를 '이국적 존재'(Abrahams, xvii)로 장려했지만, 노예는 이것을 공동체와 선조들의 신념들을 유지하는 수단으로 이용했기 때문에 한층 더 복잡하고 애매 모호한 노예와 주인 관계가 형성되었다고 제시하였다. 아브라함즈는 노예들의 자기 표출적이지만 전복적인 삶에서 아프리카 문화가 지속되었음을 인정하면서 '나란히 존재하는 두 문화의 역동적이고도 자기 표출적인 상호관계들'(xvii)을 찬성한다. 이러한 전달 행위가 두 개의 간략한 허구적 예에서 잘 표현되고 있다. 엘리슨의 『보이지 않는 사람』(1952)에서 브라더 타르프는 '이 속에 감추어져 있는 의미가 산더미같이 많아서 우리가 진정으로 무엇을 대상으로 싸우고 있는가를 당신이 기억하는데 도움을 줄 것이다' (313)라고 말하면서 노예의 다리를 채우는 족쇄 고리 한 개를 전달한다. 물건 하나가 역사와 기억을 웅변적으로 말할 수 있고, 투쟁의 일부로서 중요한 이야기를 전할 수 있다.

두 번째로 앨리스 워커의 『메리디안』에서 루비니의 이야기는 옛 추억을 전달하는 것의 중요성과 동시에 역사에 대한 '자신들'의 해석이 흑인에 의해 다시—쓰여지는 것을 두려워하는 백인 사회에 그것이 야기하는 위험을 모두 상기시켜 주는 것으로 이용되고 있다. 그녀의 혀는 자신의 이야기를 말한 것에 대한 벌로 '혀뿌리까지 잘려졌'(33)고, 다시 한번 침묵과 복종이 부과된 것이다. 르바인은 노예들이 항상 감시하는 감독자들의 눈을 피해서 이러한 이야기하기와 전달하기의 의식들을 지속해온 방식을 말하면서 '끔찍한 패러독스'(Baldwin 1963:71)의 양면을 포착한다. 르바인은 노예들이 예를 들면 발각되지 않으려고 목소리를 죽여주는 큰 솥에 대고 노래를 부르는 것과 같은 다양한 수단들로 소리치기, 노래, 의식들의 소리들을 견지하곤 했던 방식들을 묘사하였다. 르바인은 '흑인들은 원하는 만큼 힘껏 소리지르고 노래할 수 있었으며 소음은 밖으로 새나가지 않았다'

(42)라고 논평하였다. 패러독스는 노예들에게는 분명 그들 자신들을 표현하고자 하는 욕망이 있는데 동시에 그들은 '밖으로' 즉 농장을 벗어나서 세계와 진정으로 공적인 접촉을 할 수 있는 지점으로 나갈 수 없는 상황에 처해 있다는 사실에 있다. 이러한 사실은 흑인 생활에서 목소리와 표현을 얻기 위한 투쟁의 중요한 국면을 요약하고 있다. 어떻게 창조적 영혼, 즉 타당한 흑인 역사의 주장이 좀더 지배적이고 강력한 백인들의 주인—문화의 목소리라는 존재에 의해서 연속적으로 진압되기보다 확대될 수 있었는가?

이 질문에 대한 한 가지 해답은 자신들의 '목소리'를 밖으로 가져가 직접적으로 권위있는 공식적인 문화와 관련을 맺게 하려는 확고한 노력의 일환으로 특히 시민권 운동 시기에 공적 영역에서 아프리카계 미국인들의 존재를 증가시키는 것이어야 했다. 실제로 바로 그러한 새로운 흑인 역사들의 쓰기 작업은 노예들의 증언과 서사들을 이용하는 것에 대한 민권 운동 이후의 자신감을 증명해주고 있으며, 그것은 또한 노예제도가 1950년대와 1960년대의 투쟁과 아주 긴밀하게 연결된 것으로 간주하여 잔인할 정도로 흑인들의 정체성을 삭제하고자 시도했음에도 불구하고, 노예들이 그 정체성에 끈질기게 매달려야 했던 필요성과 저항의 패턴을 보여준다. 무엇보다도 한 노예 이야기는 '표명 내지 말을 통해 반드시 아프리카 사람들의 경험을 서구 문학 속에 존재시키려는'(Gates 1985: 403) 욕구를 상세하게 보여주는데, 그것은 바로 프레드릭 더글러스의 글이다. 목소리를 은폐시키는 르바인의 이야기와는 달리, 더글러스는 그 공포를 '밖'에 있는 세상 사람들에게 전하기 위해서 이 부과된 노예생활의 침묵에서 탈피할 수 있는 방법들을 찾아내야 했다. 이런 점에서 이 이야기는 그렇게 많은 아프리카계 미국인들의 문학 형식을 위한 일종의 원형이었다.

『미국 노예 프레드릭 더글러스의 일생』(1845)은 단언과 언어의 구사능력과 연결시켜 노예생활로부터의 여행과정을 보여준다. 더글러스에게 해방의 과정은 사회에서 자신을 표현하고 정의내릴 수 있는 능력과 긴밀하게 연관되어 있다. 예를 들면 어떻게 이야기가 시작되는지 잘 살펴보아라.

> 나는 내 나이도 정확히 알지 못한다. 한 번도 그것에 관한 공식적인 기록을 본 적이 없으니까 ···. 말이 자기 나이를 알지 못하듯이 노예들은 나이에 대해서 아는 바가 거의 없고, 또 그것이 대부분의 주인들이 소원하는 바이다 ··· 노예들이 무지한 채로 남는 것을.(47)

이 글은 노예제 하에서의 더글러스의 상황에 대해서 무엇을 암시해주는가? 더글러스는 위의 글에 이어서 몇 행에 걸쳐서 부정어들을 사용하여 이 질문에 대한 답변을 계속한다. '나는 알 수 없었다 ··· 박탈당하고 ··· 허용되지 않고 ··· 나는 아는 것이 하나도 없었다. 알 수 있는 수단이 나에게는 금지되었기에'(47-8). '정보의 결핍'(47)으로 기본적인 인간의 정체성 사실들이 박탈됨으로써 그는 억압당했으며, 말 이하의 수준으로 비인간화되었다. 그는 직접적인 역사는 거부당했지만, 자아 주장의 원천으로 분명히 의사표명을 밝히는 수단을 찾는 것이 중요하다는 사실을 인식한다.[2] 더글러스가 처음으로 마음에 동요를 일으킨 것은 다름 아닌 노래를 통해서였다.

---

2) 이것은 또한 『말콤 X의 자서전』(1968 :256)에도 나타난다.

그것들은 당시 나의 부족한 이해 능력을 벗어나는 비통한 이야기를 노래하였다. … 그것들은 정말로 견디기 어려운 고뇌로 끓어오르는 영혼의 불평을 표현하고 있었다. … 노예의 노래들은 마음 속 슬픔을 나타낸다. 노래를 하면서 노예는 단지 눈물로 아픈 가슴을 달래듯이 그 슬픔에서 벗어나게 된다.(57-8)

수년 후 아프리카계 미국인 인텔리인 W. E. B. 듀 보이스도 '슬픈 노래'로 '마음에 동요를 느꼈던 경험'(1965: 378)을 글로 표현했다. 왜냐하면 그 노래들 속에 '과거의 목소리들'과 '독특한 영적 유산이 가득'(같은 책, 378) 차 있어서 그것들은 함께 '말로 분명히 밝히지는 않았지만 막연한 방랑과 숨겨진 길들로 이루어진 좀더 진정한 세상을 희구하는 마음'(같은 책, 380)을 형성하였기 때문이다. 듀 보이스는 1903년 글을 쓸 때 '니그로'를 그에게 '자아의식을 전혀' 주지 않고 '단지 그로 하여금 다른 세상의 현시를 통해서 자신을 볼 수 있게 하는'(같은 책, 214-5) 세상의 일부로 보았다. 이것은 '남의 눈을 통해서 항상 세상을 바라보고, 은근한 멸시와 연민으로 내려다보는 세상 사람들의 잣대로 자신의 영혼을 측량하는' 아프리카계 미국인들의 '이중의식'(같은 책, 215)에 대한 듀 보이스의 유명한 정의가 되었다. 듀 보이스는 '이중성, 즉 미국인과 니그로: 두 개의 영혼, 두 가지 생각, 서로 화해될 수 없는 두 개의 이질적인 의지; 하나의 검은 육체 속에서 상반되는 두 개의 이상; 단지 쉽사리 굴하지 않는 체력만이 그 검은 육체가 무너져 내리는 것을 막아준다'(같은 책, 215)고 적었다.

더글러스와 듀 보이스는 노예들의 노래에 의해 촉발되어, 주인—문화가 규정해 놓은 세상에 저항하라는 부름을 느꼈다. 그것은 마치 문자 그대로 아프리카계 미국인들을 위해서 '적어놓은' 것처럼 미리 그들의 존재 거부, 부과된 공적 침묵과 잔인무도한 훈련 체계와 함께 설계해 놓은 세상이다. 더글러스가 썼듯이, '아무리 부당하다 해도 이 모든 불만사항에 대해 노예들은 한 마디도 대꾸해서는 안 된다 … [주인이] 말하면, 노예는 서서 들으면서 부들부들 떨어야 한다'(61).

또 다른 노예 이야기인 『노예 소녀의 인생살이』(1861)에서 여성 노예 작가인 해리엇 제이콥스는 말과 동작에 대한 주인의 통제를 확인하는데 거의 동일한 단어들을 사용한다. '주인이 나에게 하는 말로 적합하다고 생각하는 그런 단어들을 사용할 때 나는 어쩔 수 없이 가만히 서서 들어야 했다'(Gates 1987; 364). 더글러스는 르바인이 말한 목소리 죽이기 이야기를 반향하면서, 이러한 한계상황들로 인하여 노예들을 위한 '금언'이 생겨났다고 적고 있다. '소리 없는 혀는 현명한 머리를 만든다. 노예들은 진실을 말한 후의 결과를 받아들이기보다 진실을 은폐하고 그렇게 함으로써 자신들이 인간 가족의 구성원임을 입증한다'(62). 마치 '인간 가족'에 연결될 수 있는 유일한 방법은 말하거나 감정 표현하기를 '억누르고' 그저 '말대꾸가 전혀 없는' 체계에서 삶의 조건들을 '만들어내고'(65) 지시하는 주인의 인도를 따르는 것인 것 같다.

더글러스는 표현과 자유의 관계를 분명히 말한다. '주인이 아주 끔찍하게 생각하는 것을 나는 상당히 갈망했고 … 그가 아주 큰 죄악으로 생각하여 조심스럽게 기피하는 것을 나는 훌륭한 선이라고 생각하여 부지런히 추구하고자 했다'(79). 지식을 가지고서 읽고 쓰고 자신을 표현하는 것은 주인의 경계선 밖으로 발걸음을 옮기고 노예들을 위해서 주인이 만들어놓고서 통제하는 지시와 한계의 세상으로부터 벗어나는 것이다.

실제로 어떠한 '말대꾸'의 시도도 아프리카계 미국인들이 '충분히 복잡하고 애매 모호한 인간'이라는 사실을 부인하고 '과도할 정도로 단순화한 광대, 짐승, 또는 천사'(Ellison, 1972: 26)의 이미지를 제시하고 싶어하는 체계에 대하여 한방 날리는 것이었다. W. E. B. 듀 보이스는 지식과 표현으로의 여행을 강력한 문화 개발에 필수적인 것으로 생각했다.

> 그러한 컴컴하고 음울한 그의 투쟁의 숲에서 자신의 영혼이 그 앞에 모습을 드러내었고 그는 자기 자신을 목격했다. - 베일을 통해서 보는 것처럼 희미하긴 했지만, 그러나 그는 자신 속에서 자신의 힘, 임무가 희미하게 모습을 드러내는 것을 조금이나마 볼 수 있었다. 그는 이 세상에서 자신의 자리를 획득하기 위해서 그 자신이 되어야지 다른 사람이 되어서는 안 된다는 것을 희미하게나마 느끼기 시작했다. 그는 처음으로 등에 지고 있던 짐을 내려놓고 분석하기를 시도했다.(1965: 218)

듀 보이스가 가지고 있던 통과해서 봐야 하는 가려진 베일에 대한 의식은 가치있는 이미지이다. 왜냐하면 그 이미지는 당신의 역사를 미리 규정하고 당신의 생각이나 감정을 표현할 수 있는 기회를 모두 부인함으로써 끊임없이 당신이 어떤 사람이고 또 어떤 사람이 될 수 있는지 그 자리를 정해주고 또 결정하려고 노력하는 세상에서 자신을 주장한다는 것이 얼마나 어려운지를 암시하기 때문이다. 후에 제임스 볼드윈은 다음과 같이 적었다. '백인들이 당신에 대해서 말하는 것을 당신이 그대로 믿게 하기 위해서 당신 인생의 세부사항이나 상징들이 의도적으로 구축되었다 … 제발 분명히 하려고 노력하라 … 말 뒤에 숨어있는 실재를'(1963: 16).

휴스턴 베이커도 이와 유사한 논조로 다음과 같이 기록했다. '흑인들은 침묵의 수의에 쌓인 채로 살아간다. 그들은 얼굴이 없어서가 아니라 목소리가 없기 때문에 보이지 않는다. 결국 목소리는 얼굴을 전제로 한 것이다 … 목소리가 없는 아프리카 사람은 역사상 존재하지 않는 것이고, 지워진 것이다' (1987:104). 베이커가 '노예들은 단지 언어로서 자신들을 각인시킬 수 있었다'(같은 책, 105)고 덧붙여 말했듯이, 노예 이야기는 이러한 침묵을 깨트리는 필수적인 자기 표출적 노력이었다. 말, 노래, 그리고 나중에는 글을 통한 표현은 저항 수단이었고, '공적인 역사적 자아를 창출하는 행위'(같은 책, 108)였으며, 아프리카계 미국인들이 지시에서 각인으로 그리고 광대같은 재현과 지나친 단순화에서 복잡하고 인간적인 애매모호함으로 급격하게 이동하는 것을 가능하게 해주었다.

자신들의 인생 이야기나 인생사를 직접 만들어내는 것에서 이미 보았듯이, 표현은 아프리카계 미국인들의 문화에서 바로 권위로 향하는 과정의 정치학을 암시하기 때문에 그것들은 매우 중요하다. 아프리카계 미국인들의 삶에서 목소리와 정체성을 찾고자 하는 이러한 투쟁은 저항의 언어들을 지키고 발전시킬 필요성에 대하여 유사한 주장을 펼쳐온 아프리카의 포스트 식민주의 운동과 연결될 수 있다. 은구기와 티옹오는 '가치체계들이 한 민족의 정체성, 즉 인간 종족의 구성원으로서 자신들의 독자성에 대한 의식의 기본이 된다. 이 모든 것이 언어로 표현된다. 문화로서의 언어는 역사상 인간의 경험이 모두 집합된 기억의 은행이다'(Williams and Chrisman, 441)라고 기록해 놓았다. 흑인들의 삶을 둘러싸고 있는 침묵과 불가시성을 깨트릴 필요성을 보여주는 소설 『보이지 않는 사람』의 저자 랠프 엘리슨은 이러한 생각을 독특할 정도로 날카롭게 표현했다.

> 그들은 역사가 인간들의 생활상들을 기록한다고 말한다 … 모든 것들이 … 충분히 기록된다고 - 말하자면 중요한 모든 것들이. 그러나 사실상 그렇지 않다. 왜냐하면 실질적으로 기록되는 것은 오로지 알려진 것, 눈에 드러난 것, 귀에 들린 것 그리고 단지 기록자가 중요하다고 간주하는 사건들, 즉 그들의 힘을 유지시켜 줄 그 거짓말들뿐이기 때문이다.(353)

더글러스나 제이콥스의 것과 같은 노예 이야기들, 그리고 후에 벨 훅스가 만들어낸 용어 '자서전적 비평'은 모두 '비판적인 생각을 하는 급진적 주체가 되는 과정의 일부로서 모순 상황들과 맞붙어 씨름하는 법을 배우도록 서로가 도와주기 위해서 우리의 삶의 모순상황들을 공유하는 것'(hooks 1994a: 186)과 연관되어 있다. 특히 이 표현양식들은 자아가 다른 사람의 통제나 권위의 대상으로부터 자기 정의나 자기 자신의 주체가 될 가능성으로 변형되는 것을 다룬다. 훅스는 미셸 클리프를 인용하여 흑인의 경험을 억제, 규정, 제한하면서 계속해서 흑인들에게 미국 내에서의 충분한 기회를 차단할 사람들로부터 벗어나 '나를 주장한다는 것은 곤경에 맞서는 것'(같은 책, 177)이라고 적고 있다.

▶ 상상력이 풍부한 문화의 재탈환

전통적인 백인 역사책에서 공간을 할애받지 못한 흑인들의 생생한 경험이라는 맥락을 총체적으로 형성하는 개인적 문화적 역사들을 말함으로써, 아프리카계 미국인들의 표현은 '나를 주장하는' 수단을 제공한다. 말콤 X가 그의 『자서전』에서 썼듯이, 그들이 학교다닐 때, 흑인 역사 부분에 이르게 되면, '그것은 정확하게 한 문단 정도의 길이였고' 그리고 얼마나 '노예들이 … 게으르고 멍청하며 근본이 없었는지'(110)를 말하고 있었다. 지배 문화의 언어 통제에 순응했던 대신에 아프리카계 미국인 문화는 말콤 X가 알았던 '백인화된' 해석과는 달리 나름대로의 비전을 표현하고 나름대로의 이야기를 말할 수 있는 다양한 경로를 이용한 다양한 '이야기 방식'을 통해서 정치적, 사회적 주장의 수단으로 그 나름대로의 역사를 다시 확립하라는 소명을 받아들였다.

어떤 사람이 말했듯이, '당신네 백인들에게는 자녀들을 가르치기 위해 학교와 책이 있지만, 우리에게는 이야기가 우리의 책이기 때문에 이야기를 해준다'(Levine, 90). 이 과정에서 기억을 이용하는 것이 중요해졌다. 왜냐하면 그것은 백인들이 만들어 놓은 역사에서 배제되고 경시되고 삭제된 이야기들을 삽입시키는 것이 가능하기 때문이다. 아프리카인들의 신화, 전설, 노예시절과 자유에 대한 공동체적 이야기들이 흑인 사회에서 과거에 항상 그랬듯이 대안적인 의사소통의 경로를 통해서 구전될 수 있었다. 만일 지배적인 주류 문화의 책, 매체 및 다른 기술들이 이러한 이야기들에 대하여 공간과 접근을 부인한다면, 흑인 생활의 연속성을 표현할 수 있는 다른 방식들이 발견되어야 했다.

포스트 식민주의적 비평가 에드워드 사이드는 '이야기를 하는 힘, 또는 다른 이야기들이 형성되고 나타나는 것을 막는 힘이 문화와 제국주의에 매우 중요하고, 그들 사이에 중심적인 연관성을 구축한다'(1994: xiii)고 주장한다. 그러한 힘이 말해지고, 행해지고 사고될 수 있는 것을 지시하고, 인가하고, 통제하는 세상에서는 그 과정에 개입하여, 단 한 가지 해석에 대한 제국주의적 장악의 고리를 '풀게' 하여 '너무나 오랜 기간 무비판적으로 수용되었던 수많은 가설들에서 벗어날'(Levine, 444) 필요성이 있다. 벨 혹스는 이것이 우리가 재연할 수 있는 흑인들의 전통적인 민속적 경험의 일부인 존재 습관들, 소속감을 불러일으키는 의식들 … 아프리카계 미국인들의 과거에 대한 역사, 가족의 계보, 사실들을 가르치는 이야기들의 공유라고 믿었다(1991: 39). 이러한 유형의 대안 교육에서 '기억은 … 과거로부터 깨닫고 배우는 방식'(같은 책, 40)이어서, 사람들은 긍정적이고 단언적인 방식으로 '자신의 과거, 즉 자신의 역사를 수용하고 [그리고] 그것을 이용하는 방법을 … 배울'(Baldwin 1963: 71) 수 있을 것이다.

조지 립시츠는 이것이 '단순한 역사의 거부가 아니라 역사의 재구성'이라고 설명하면서 그것을 '반—기억'(227)이라고 부른다.

[반-기억은] 지역적이고, 즉각적이며, 개인적인 것으로 시작하는 기억해내고 잊어버리는 방식이다. 총체적인 인간의 현존으로 시작하여 그 총체 속에서 구체적인 행위들과 사건들을 찾아내는 역사 이야기들과 달리, 반-기억은 개별적인 것으로 시작한 다음 구축해 나간다 … [그것은] 중심적인 이야기로부터 제외된 숨겨진 역사를 찾기 위하여 과거를 살펴보고 … 새로운 관점을 공급하여 … 수정을 강요한다.(213)

글쓰기에서 그것은 '문학적 고고학'과 같아서, 인종적 연속성의 거부를 기초로 구축된 문화 속에서 그 연속성 의식을 제공하기 위해서 '어떤 유물이 아직도 남겨져 있는지를 살펴보고 이러한 유물들이 함축적으로 암시하는 세상을 다시 구축하기 위한 장소'(Morrison 1987b: 112)를 방문하는 것이다.

이와 아주 유사하고 관련도 있는 기획물은 줄리 대쉬의『흙의 딸들』(1991)로, 세기말 사우스 캐롤라이나 섬들을 배경으로 한 이 영화는 아직도 아프리카 조상에 대한 연고를 소중하게 간직하고 있으면서도 새로운 압력과 요구로 할 수 없이 '육지의' 세상으로 끌려 들어가는 굴라 가문의 노예 후손들을 다루고 있다. 이 영화는 문화적인 정박의 양식으로 사람들의 기억을 다음 세대에 전달하는 것의 중요성과 이야기하기를 말한다. 이 목적을 위하여 대쉬는 '이야기 속으로 짜들어갔다 나왔다 하면서 이야기를 급전환하는 수법을 사용하면서 가족사를 상세하게 말하는' 이야기꾼 내지 '역사 구송자'(Dash 1993: Argus/BfI 비디오 재킷)의 역할에 관심을 기울인다.[3] 이런 방식으로 그녀는 자신의 영화를 구성하였고, 텍스트 속에 있는 과거, 미래, 현재로부터의 많은 목소리들은 대쉬 자신이 영감을 얻었다고 경의를 표한 ['그들이 나를 완전하게 만들어 주었다'(같은 곳)고 대쉬는 말한다] 워커와 모리슨의 작업을 반향하고 있으며, 그들의 수법이 대쉬 자신의 영화 기법 속으로 들어왔다.

영화의 주요 지점에서 투쟁 의식과 과거와 전통의 상실 위협이 '회상'의 개념들, 이야기, 그리고 그것들의 중요성을 통해서 역설되고 있다. 증조할머니 나나는 떠나가는 일라이 페전트에게

---

3) 줄리 대쉬의 구조는 회상이나 이야기의 파편들 또는 조각들을 엮고 연결시켜 복잡하고도 다면체적인 텍스트를 만들어낸다는 점에서 퀼트를 연상시킨다. 이처럼 줄리는 모리슨이나 워커와 같은 아프리카계 페미니스트들의 작품에서 상당히 의미심장한 요소가 되어버린 중요한 아프리카계 미국인의 공예 전통과 연결시킨다. 특히 워커의『어머니의 정원을 찾아서』(1984)를 참고할 것.

말씀하신다. '죽은 자와의 교류는 살아있는 자에게 달려 있단다 … 어르신을 존경하고, 가족들을 귀하게 생각하며, 조상들을 숭배해라 … 일라이야, 조상들에게 호소하고 그들의 인도를 받거라 … 우리가 누구인지 우리가 얼마나 힘들게 여기에 도달하게 되었는지 절대 잊어서는 안 된다.' 과거와 연관성을 맺고 '지혜'를 기억하는 것은 각 세대의 의무이다. 왜냐하면 그것은 백인 문화에 의해서 부과되는 것이 아닌 믿음과 역사의 틀을 제공하기 때문이다. '그런 시기가 있고, 누군가가 기억해내는 어떤 것, 회상이 있으며, 우리는 우리들 마음 속에 이 기억들을 품고 있다. … 나는 당신들이 품고 있는 원대하고 찬란한 모든 꿈과 함께 항상 지니고 다닐 것을 제공하고자 한다.' 대쉬의 영화는 회복과정을 극화시켜 우리로 하여금 '해체된 과거를 다시 불러모으고, 문화적 초상들과 부호들을 인식하고 재평가하며, 자아를 다시 중심에 놓고 새롭게 가치를 부여하는 삼중 과정을 경험하'도록 유도하여, 아프리카계 미국인들이 '미국 내에서 우리의 입장과 우리의 힘을 숙고하게'(Bambara, 125) 만든다.

그러므로 대쉬는 흑인 문화나 표현을 위하여 헤아릴 수 없이 귀중한 이전에는 묻혀있던 역사들의 양상들을 다시 살려온 블래싱게임, 스터키, 제노비즈 등 여러 사람들의 작품들을 계속해서 최신의 것으로 만들어 놓았으며, 이와 더불어 한 걸음 더 나아가기 위하여 상상력이 풍부한 글쓰기 노력을 경주했다. 특히 '총체적으로 기록되지 않은 역사'(Ellison, 379)를 말하기 위하여 소설 장르를 이용한 토니 모리슨의 소설들은 상상력을 동원하여 흑인 역사의 재건을 증명해주고 있다. 미셸 월러스는 다음과 같이 적고 있다.

> 우리는 선택적으로 부정성, 에누리해서 말하기, 상실을 자세히 찾아내고 다시 불러모아야 한다. 그러한 과정에서 우리는 궁극적으로 새로운 종류의 역사, 즉 첫째 자신의 학문적 담론이 어떻게 잔인성과 배제 속에서 만들어졌는지를 상기해내고, 둘째 그 출발점으로 현재의 이질성을 추구하는 역사를 만들어 낼 수도 있다.(Mariani, 139)

대쉬의 영화와 마찬가지로 토니 모리슨 소설의 목적은 관습적 자료에서는 종종 소홀히 여겨지는 이야기를 말함으로써 '기록되지 않았고, 주류 교육에서 가르치지 않았던 역사를 증언하고, 우리 민족을 계몽시키는 것'(Wisker, 80)이다. 모리슨은 듀보이스를 반향하면서 '이야기할 수 없을 정도로 너무 끔찍한 조처들 위에 드리워진 그 베일을 찢어내고'(1987b: 109-10) 싶어한다. 모리슨은 '노예 이야기들이 남겨놓은 텅 빈 공간을 채'울 수 있도록 '내가 들은 이야기들을 제공하고' 아프리카계 미국인들을 '우리를 제외시키고 진행된 담론'(1987b: 111-12) 속에 다시 위치시킬 수 있기를 희구한다. 모리슨은 월러스와 마찬가지로 '세상의 재구성 … [그리고] 기록되지 않은 내적 생활을 탐색하여 일종의 진실의 계시에 이르는 것'(1987b: 115)을 말한다. 모리슨의 소설 목적은 반—기억 형태를 통해서 아프리카계 미국인들의 역사를 다시 검토함으로써 미국인들의 삶 속에 그들을 다시 위치시키는 것이다. 모리슨은 소설 『푸르고 푸른 눈』(1970)에서 다음과 같이 적고 있다.

> 우리는 지위와 계급 모두에서 소수민족이기 때문에 삶의 언저리를 돌아다니며 우리의 약점들을 강화하여 단단히 매달려 떨어지지 않으려고 노력하거나 아니면 단독으로 살금살금 접혀진 옷자락 속으로 기어

> 들어 가려고 눈치보았다. 그러나 우리가 처한 주변적 존재성은 우리가
> 대처하기를 배워야 했던 것이다.(11)

『푸르고 푸른 눈』에서 발췌한 다음의 인용문에서 볼 수 있듯이, 모리슨은 흑인 백인을 불문하고 독자들에게 젊은 흑인들의 기회에 부과된 제한들을 상기시키기 위하여 아프리카계 미국인들의 역사를 이야기하는 재건 과정을 통해서 주변화와 맞서 싸웠다.

> 그들은 정부가 무상으로 불하한 땅에 세운 대학들, 2년제 사범학교에 가서 치밀하게 백인의 작업방식을 습득한다. 백인의 음식을 마련할 수 있을 가정학, 흑인 아동들을 복종하도록 가르치는 교육방식, 지친 주인을 위로해주고 둔탁해진 영혼을 즐겁게 해주는 음악을 배웠다. 여기서 그들은 습득한다 … 행동방식을 … 간단히 말해서 비관습적인 고약함을 없애주는 방식을. 끔찍하도록 비관습적인 고약한 열정, 비관습적인 고약한 천성, 비관습적으로 고약한 다양한 범주의 인간 감정들.(같은 책, 64)

제이콥스와 더글러스를 연상케 하는 이 구절은 '비관습적인 고약함'(funkiness)을 출구를 찾을 필요가 있는 자기 표현의 한 양상으로 가정한다. 왜냐하면 '펑크(funk: 별스러움, 고약함)는 실제로는 현재에 대한 과거의 침입에 불과하'(Gates 1984: 280)기 때문이다. 모리슨이 격발적인 펑크라고 부르는 것은 베일에 싸여 주인 이야기 뒤에 숨겨져 있기를 거부하는 아프리카계 미국인들의 삶에 대한 대안적인 이야기의 실낱들이다. 실제로 이것은 소설 『비러비드』의 전제인데, 이 소설에서는 타인들로 하

여금 그들의 이전의 삶과 인종적 역사를 조금이나마 인식하게 하기 위하여 과거가 가족 유령의 형태로 현재로 되돌아온다.

여성들의 공동체는 '새로운 역사'라는 이 비전에 핵심적이다. 왜냐하면 그들은 그 역사를 자손들에게 전달하기 때문이다. 벨 혹스는 다음과 같이 적고 있다.

변두리에 있는 우리는 백인들이 지배하는 문화 속에서 우리자신들을 사랑하거나 존경하기를 배울 수 없었다. 우리가 성장하고 발전할 수 있는 기회, 우리의 영혼에 영양분을 줄 수 있는 기회를 갖는 곳은 바로 그곳 중심부, 즉 종종 흑인 여성들이 창출하고 유지시킨 그 '가정이라는 장소'였다.(1991: 42)

과거의 '유령' 비러비드는 모리슨의 이 소설에서 바로 그러한 '가정' 속으로 들어와 여성 구성원들로 하여금 어쩔 수 없이 그들의 생활을 폭로하고 논의하게 만든다. 이러한 반—기억의 힘은 세스와 덴버의 삶 속으로 밀고 들어와 억압적이고 지배적인 농장 감독관인 '교사'의 힘에 맞서도록 그들의 힘을 강화시킨다. 그 교사는 사회적 통제 수단으로 비인간화시키려는 목적을 가지고 노예들을 '특징'에 따라 '동물'과 '인간'으로 구분하고, 그들의 육체를 의사 — 과학적 방식들로 측정하여, 도표로 만들어 자신의 '책' 속에 기록함으로써 문자 그대로 노예들의 존재를 '기록한다.' 단지 자신의 '공책'에 그가 해석한 이야기만을 기록하기 때문에 다른 모든 이야기들은 제외시키는 주인의 시선 하에서, 세스는 그의 말에 의해 통제를 당한다. '우선 그의 엽총, 그리고 그의 사고를. 왜냐하면 교사는 껌둥이들로부터는 충고를 받아들이지 않았기 때문이다. 노예들이 제공해

주는 정보를 그는 말대꾸라고 말하였고 그들을 재교육시키기 위하여 (공책에 기록해둔) 다양한 처벌방식을 개발하였다' (220). 교사가 '기록해둔' 것은 '비관습적인 고약함', '가정,' 그리고 흑인 공동체가 이용할 수 있는 다른 표현들로 논박해야 하는 정식으로 인가된 단일한 흑인 역사 이야기를 나타낸다. 그것은 교사의 주인 문화에 대한 저항을 제공하는 '목소리', '말대꾸', 내지 '무례한 응답' 이다. 소설에서 '말대꾸' 가 재건된 역사로 출현하는 것은 바로 덴버가 처음에 어머니, 할머니, 폴 디 및 비러비드로부터 듣고 싶어하지 않던 이야기들을 통해서이다. 오로지 이 이야기들을 통해서 덴버는 세상으로 풀려 나오게 되고 한층 더 그녀의 치유를 도와주는 방식으로 흑인 사회에 다시 참여할 수 있게 된다. 할머니 베이비 서그즈가 앞서서 덴버에게 '그것을 알아라. 그리고 나서 뜰에서 벗어나 나가라. 계속 나가라'(244)라고 지시하듯이, 이 소설은 기억하기가 미래를 향한 진전(덴버)임을 암시한다. 덴버는 과거의 공포 속에서 살아가기 위해서가 아니라 자신이 누구인지를 알고 이것을 이용하여 한층 더 확실하게 앞으로 나아갈 수 있기 위하여 조상의 목소리에 귀기울여야 한다. 세스의 보호 하에 숨어사는 딸에서 소설의 마지막 위치로 성장하는 덴버는 폴 디가 다음과 같이 말할 때 잘 드러난다.

'글쎄, 네가 나의 견해를 원한다면.'
'아니예요,' 하고 그녀는 말했다. '저는 저 나름대로의 생각이 있어요.'
'네가 많이 자랐구나,' 하고 그는 말했다.(267)

독립적인 사고와 견해를 단언하는 덴버는 그녀가 정말로 어린 시절로부터 '성장하였음'을 보여준다. 그뿐만 아니라 덴버는 또한 소설 말미에서 빌러비드의 유령을 쫓아내기 위하여 모두 모인 공동체, 즉 '올바른 조화, 즉 열쇠, 코드번호, 단어들을 규명하는 소리를 추적하고, 그것을 찾아낼 때까지 목소리 위에 목소리를 쌓는 여인들의 목소리'(261)로 묘사된 사회 내에서 그녀 자신을 새롭게 알게 될 정도로 '성장하였음'을 보여준다.

덴버의 과정은 소설 말미에 다음의 말에서 반향되고 있다. '그녀는 그것들을 모아서 아주 정확한 순서대로 나에게 되돌려 주었다'(272-3). 왜냐하면 그녀의 성장은 시야에서 숨겨져 있거나 벗어난 것이라기보다 만 천하에 공표되고 드러난 '현재 자신의 조각들'에 의존하기 때문이다. 덴버는 교사의 '이야기' 또는 심지어 폴 디의 이야기에도 의존하지 않고, 그녀에게 '어떤 종류의 내일'을 제공하기 위하여 그녀의 '가족의 과거'(273)에서 나오는 자아를 (역사)이야기, 기억, 지혜의 조각들로 다시 구축한다. 덴버가 뜰에서 나오는 것은 무지가 아니라 '앎'에 기초하여 미래로 발걸음을 내딛는 것이며, 자아와 공동체의 재건이면서 동시에 긍정적인 저항의 제스처로서 '알지 못하는 공간'을 채우고자 하는 그녀의 노력인 것이다.

▶ 사슬고리들: 음악과 연설

만일 현대 소설이 공적 영역에서 아프리카계 미국인들의 자부심 증가와 자기 정의 과정에 한 역할을 할 수 있다면, 음악의 역할 또한 소설보다 더 중요하다고는 할 수 없다 해도 그만큼은 중요할 것이다. 우리는 노래들이 노예들을 위한 아프리카 문화 보전에 중요한 역할을 담당했다는 것을 이미 살펴보았으며,

다른 많은 것과 마찬가지로 그 전통은 음악 형식이 발전하면서
전해졌다. 로렌스 르바인은 다음과 같이 적고 있다.

> 세속적인 흑인 노래는 다른 구전 전통 형식들과 함께 흑인들로 하
> 여금 공동으로 그리고 개인적으로 자신들의 감정을 표현하고, 즐거움
> 을 찾아내며, 전통을 영속화하고, 가치체계가 파괴되는 것을 막으며, 새
> 로운 표출적인 분위기를 창출하는 것을 허용하여 … 계속 풍요로운 내
> 적 생활을 영위하게 하였다.(297)

음악과 언어가 잠재적으로 가지고 있는 백인 세력에 대한 도
전 가능성은 이쉬마엘 리드의 『멈보 점보』에서의 다음의 인용
문이 잘 말해준다.

> 아들아, 이 검둥이들이 글을 쓴다는구나. 우리의 성스러운 단어들을
> 더럽히면서 말이야. 단어를 우리에게서 빼앗아 부기우기 모루에 놓고
> 두들기고, 맨들맨들한 부적처럼 빛이 나게 꺼먼 손으로 주물럭거리고
> 있구나. 아들아, 글쎄 이 더러운 검둥이들이 우리의 말을 가져가서 사
> 용한다는구나.(130)

단지 '백색'으로 간주되는 언어를 획득하여 그것을 '사용'하
려고 노력하며, 그것이 힘과 권위로 이용될 수 있다는 것을 실
제로 증명한다는 것은 확립된 사물의 질서에 대한 위협이었다.
음악도 흑인 사회에서 오랫동안 바로 그러한 강력한 표현의 자
료를 제공해 왔다.

우리는 … '강한 개성과 단체 사이에서 … 재즈 음악가가 취
하는 섬세한 균형'(1972: 189)에 대한 랠프 엘리슨의 묘사 속에

서 바로 그러한 점을 볼 수 있다. 엘리슨은 계속해서 그것이 목
표로 하는 것은 다음의 것이라고 적고 있다.

> 음악적 전통을 통해서 긍정적인 삶의 방식을 표현하고자 하는 욕망
> 이 있으며 이 전통은 각각의 예술가가 그 틀 속에서 창조력을 획득할
> 것을 강력하게 요구한다. 그는 최상의 과거를 습득하고 그것에 자신의
> 개인적인 비전을 추가시켜야 한다.(같은 책, 189)

엘리슨에게 재즈는 '개인으로서, 집합체의 구성원으로서 그리
고 전통이란 사슬의 하나의 고리로서: 정체성의 … 한 정의'
(같은 책, 234)였다. 왜냐하면 그것은 타인들의 에너지에 상응
하면서도 길고도 다양한 다른 표현 형식의 전통과 연관성을 맺
고서 다른 사람들과 합동하여 자신의 완벽한 창조적 표현을 허
용하기 때문이다. 『보이지 않는 사람』에서 루이 암스트롱의 재
즈는 '각각의 멜로디가 그 자체로 존재하고, 분명히 다른 것들
과 구분되며, 그 뜻을 전하면서도, 다른 목소리들이 말하기를
참을성있게 기다리며 … 지금까지 들어보지 못한 소리들'(1952
: 11)을 표현한다. 그리고 이 목소리들은 종종 숨겨진 아프리카
계 미국인들의 과거로의 여행길을 펼쳐놓는다.

> 한 늙은 여성이 흑인 영가를 노래한다. … 아름다운 소녀는 … 벌거
> 벗은 그녀의 육체에 값을 매기는 일단의 노예주들 앞에 서서 우리 어
> 머니와 같은 목소리로 탄원한다. … 나는 누군가가 소리치는 것을 들
> 었다. '형제 자매들이여, 오늘 내가 설교하고자 하는 내용은 "흑의 미
> 학"입니다.' (같은 책, 13)

엘리슨은 이 구절을 통해서 음악이 '기록되지 않은 전 역사' (같은 책, 379)를 전달하고 또한 듣는 사람이나 행위자가 지배적인 주류 문화에서 거의 표현되지 않았던 감정이나 개념에 접근할 수 있게 하는 능력이 있음을 제시한다. 어거스트 윌슨의 희곡 『레이니 아줌마의 검은 궁뎅이』(1985)에서도 1920년대로부터 활동했던 블루스 가수 레이니가 행한 연설에서 블루스에 대하여 이와 유사한 주장이 펼쳐졌다.

> 백인들은 블루스를 이해하지 못합니다. 그 사람들은 노래가 흘러나오면 듣기는 하지만, 그 노래가 어떻게 생겨났는지 전혀 모르지요. 백인들은 그것이 삶의 말하는 방식이라는 것을 이해하지 못합니다. 우리는 기분이 좋아지려고 노래하지 않습니다. 우리가 노래하는 것은 그것이 삶을 이해하는 방식이기 때문이지요. … 블루스가 없다면 세상은 정말 허무할 겁니다. 나는 이 공허함을 무언가로 채우고자 노력합니다.(Wilson, 194-5)

여러 형태의 흑인 음악은 수용된 표현 양식으로 감정들과 반응들을 전달하기 때문에 '이야기하기', '이해하기', 삶을 '채우기'와 연관되어 있다. 블루스는 '공동체를 결속시키고 미국 내 흑인 생활의 사회적 구성에 대하여 논평을 하는 한 가지 방식'(Hill Collins, 99)이었다. 이용할 수 있는 다른 의사소통의 통로들이 없다 하더라도, 아프리카계 미국인들은 저항과 자기 정의의 방법으로 사용되던 것들, 즉 노래, 설교 강단, 문자언어를 이용하는 방식을 배웠다.

아프리카계 미국인들이 지켜온 노래, 이야기하기, 설교의 전통은 민권 운동 등의 정치학에서 정확한 출구를 발견했다. 종종

시골 교회에서부터 시작된 대규모 집회의 중요성이 점차 증가
하면서 표현은 정치적 과정에서 중요한 요소가 되었다. 집회는
'참가자들이 결심뿐만 아니라 두려움을, 이해뿐만 아니라 분노
를 표현하고, 계획을 세우며 전략을 마련할 수 있는 이벤트/장
소였으며, … 표현은 두려움을 분노를 효과적인 집합적 행동으
로 분출하는 방법이 되었다'(King 1988: 10). 그러한 경우에 표
현은 항상 흑인 생활 속에 존재했으므로 그것은 설교, 증언, 운
동의 이야기를 전달하기 및 '자유의 노래' 부르기와 같은 다양
한 통로를 찾아내었으며, 그것들은 민권 요구에 딱 들어맞는 관
계를 획득하였다. 리차드 킹은 이 표현들을 '새로운 공적 행동
언어'(11)라고 불렀으며, 그것을 우리는 개인적인 목소리의 힘
을 단언하면서도 스펙터클과 같은 상황 속으로 청중들을 끌어
들이는 설득력있고 리드미컬한 노래와 같은 패턴을 짜기 위하
여 다양하게 성경, 민화, 노예 이야기를 배경으로 하여 연설문
을 작성한 마틴 루터 킹의 웅변에서 볼 수 있다.

르바인이 노예들의 노래, 엘리슨이 재즈에 대해 기록했을 때
와 같이, 그것은 사사로운 것이면서도 정치적이고, 개별적이면
서도 집합적이다. '고립된 목소리들, 관련이 없는 경험들, 잊혀
질 인물들이 쓰레기더미 같이 쌓여있기'(Miller, 131)보다는, 강
도사들은 하나 속에 다수라는, '목소리들로 구성된 합창단'(같
은 책, 144)을 창출하며 연결 사슬을 형성했다. 킹 목사의 연설
에서 우리는 '목소리의 결합' 또는 다양한 순간들을 조화로운
전체 속으로 가져오기, 그의 스타일을 그가 지지하는 통합의 정
치와 나란히 병존시키기에 대한 상당한 배려를 볼 수 있다. 킹
목사는 미국의 꿈과 같이 흑인 미국인은 물론 백인 미국인의
신화의 일부를 구성하고 있는 개념들에 의존하였으며, 그는 민

권 운동을 하면서 그 개념들을 한 구역의 지역사회의 희망과
또 다른 지역사회의 열망을 통합시키는 풍요로운 전통과 융합
시켰다. 링컨의 기념관 앞에서 이루어진 가장 유명한 킹의 연설
문인 '나에게는 꿈이 있습니다'(1963)는 아브라함 링컨, '정의
가 물처럼 넘쳐날 것이다. …'라는 성경에 나오는 이사야와 아
모스의 예언, 흑인 영가 '드디어 자유'를 중심으로 미국을 위하
여 결합한 바로 그러한 새롭고도 포괄적인 목소리를 창출한다.

이 강력한 목소리는 공적 연설, 궐기 대회, 데모 행진 등이
주요한 저항 방법이었을 뿐만 아니라 아프리카계 미국인들의
공동체 내부의 의사소통 방식이었던 1950년대와 1960년대 운
동에서 핵심이 되었다.

킹의 새로운 확신과 가시성은 성장하는 흑인 음악 사업, 그리
고 특히 1960년 베리 고디에 의해서 설립된 탐라 모타운 음반
회사 라벨과 비교될 수 있다. 현실에서 성공적인 흑인 기업과
흑인 연주자들의 영향이 노골적으로 정치적이지는 않았다 하더
라도 서서히 정치적으로 이루어지고 있는 변화들을 반향하였다.
마사 리브즈의 '거리에서 춤을'이라는 노래는 범주가 더 광범
위한 시민권 운동과 극적인 사회적 변화의 맥락 속에서 보면
해방에 대한 요구이다. '세상을 향해 외치네. 당신은 새로운 비
트를 맞이할 준비가 되어있느냐고.' 모타운은 탬버린, 손뼉치기,
부르고 되받기, 충고하는 가사내용과 같은 복음 성가 전통을 더
큰 표현의 자유에 대한 관심과 결합시킴으로써 모타운이나 흑
인 영가를 부르는 다른 가수들이 흑인 문화의 목소리 내기에
공헌할 수 있는 발판을 제공하였다. 제임스 브라운은 노래했다.
'크게 말하라(나는 흑인이며 나는 자랑스럽다고).'

정치학은 계속해서 다른 방식들로 언어의 힘을 발견했다. 예

를 들어 말콤 X는 감옥에 있을 때 독서로 시작하여 발화의 힘으로 옮겨가면서 자기 표출과 해방의 관계를 알게 되었다. '감옥에서 대중에게 말할 때 나는 독서를 통해서 지식 발견을 할 때만큼이나 아주 신이 났다'(280). 말콤 X의 언어는 킹의 '목소리 결합' 양식보다 더 직접적일 수 있었고, 킹이 신학교에서 배웠던 설교 기술을 전혀 이용하지 않았다. 말콤의 목소리는 '저항의 목소리로 울부짖으면 뭔가를 성취할 수 있음을 일찍이 습득했던'(86) 가난한 빈민 지역의 것이었으며, 그는 모타운보다 제임스 브라운과 더 가깝게 직접적이고도 강력한 태도로 말했다.

나는 이 미국 제도의 희생자로서 말하는 것이다. … 나는 미국의 꿈을 전혀 볼 수 없다. 단지 나는 미국의 악몽만을 보고 있다. 이 2천 2백만 희생자들이 잠에서 깨어나고 있다. 그들의 눈은 활짝 열리게 될 것이다. 그들은 전에는 바라보기만 하던 것을 이제는 눈을 크게 뜨고 보기 시작하고 있다.(Malcolm X in Lauter, 2497)

단어 선택이나 어조는 분명히 다른 메시지를 보여주면서도 공동체 내에서 의사소통의 수단으로서 목소리가 얼마나 중요한지를 나타낸다. 말콤 X에게는 목소리가 '인종적 망상, 상투어, 거짓말로 가득한 분위기를 깨끗이 없애기 위해서 … 가공되지 않은 생경한 진실'(Malcolm X, 379)을 운반해야 한다. 그는 위의 연설에서 계속해서 시민권 운동의 '새로운 해석'을 원했고, 다른 사람들이 당신에게 '이미 당신들의 몫인 것'을 주기를 기다리기보다 '우리가 시민권 운동에 다가가 그것에 직접 참여할 수 있'게 할 '흑인 민족주의'(Lauter, 2500-1)를 요청한다. 후에

엘드리지 클리버가 기록했듯이, 말콤 X는 '우리 시대 그 어느 누구보다 그 열망을 … 분명히 밝혔다. … 그는 계속해서 흑인의 영혼에서 무언으로 존재하는 야망들을 입밖에 내놓았다' (47). 말콤 X의 자서전은 자결권을 위한 그 자신의 개인적 여정을 설명하고 있다. 그러나 그것은 또한 다른 많은 흑인들의 자서전과 마찬가지로 지역사회의 정치적 지위 향상 운동이라는 더 광범위한 상황과 연관되어 있다. 의미심장한 과거의 이야기들과 유산이 제공해주는 맥락 속에서 '흑인 민족이 스스로를 위하여 할 수 있다는 능력을 구축하'(Malcolm X, 382)기 위하여 개인이 그룹을 향하여 자신감과 자존심을 가지고 크게 분명히 말할 수 있도록 개인의 목소리는 발견되어야 한다. 이러한 방식으로 개인의 생활은 '일부 사회적 가치의 증언'(같은 책, 497)이 될 수 있다. 왜냐하면 그것은 더 큰 흑인 생활이라는 천 조직 속에서 하나의 실날이 되기 때문이다.

그리하여 '나를 주장하기,' 즉 자기 정의를 내리라는 부추김은 단지 정치 과정의 한 단계로, 그 목적은 '나'를 '우리'로 변혁시키는 것이었다. '더 큰 자아가 있기 때문에 우리는 항상 "사적 자아"에 초점을 맞추는 단계에서 벗어나야 한다. 흑인 민족의 "자아"가 있다'(Tate, 134). 시민권 운동에 적극적으로 참여했던 앨리스 워커는 소설 『메리디안』(1976)에서 이 감정들을 포착하였다. 이 소설은 메리디안 힐이 백인 남성이 주도하는 사회에서 여성이자 아프리카계 미국인으로서의 자기 정의를 위하여 투쟁하는 모습뿐만 아니라 더 폭넓은 투쟁을 위해서는 공동체가 중요하다는 것을 그녀가 점차 인식하는 과정을 보여주고 있다. 워커는 흑인 세력 지도자인 스토클리 카마이클의 말을 반향하고 있는데, 카마이클은 '공동체 안에서 정치적 세력의 기반

을 마련해줄 지속적이고도 환기된 흑인 의식을 창출할'(6) 필요
성을 적어 놓았다. 워커는 소설 말미에 메리디안이 교회에 가서
정치화한 설교자가 '교묘하게 킹의 말투를 모방하여 … 의식적
으로 목소리를 생경하게 하고서 … 전혀 그 자신의 목소리가
아니라 더 이상 말할 수 없을 수백만 명의 목소리로 말하는 것
을'(200) 듣는 장면에서 이것을 제시한다. 워커는 구전적인 영
감, 흑인 역사를 다시 말하기, 생명력 넘치는 표현력으로 그룹
에게 힘을 불어넣기와 같은 전통의 가닥들이 함께 합쳐지는 것
을 보게 된다. '흑인 여성 작가들은 분리보다 연결에 초점을 모
으고, 침묵을 웅변으로 바꾸며, 문화적으로 권한을 상실한 사람
들에게 힘을 다시 돌려주면서, 일단 공표되면 공유될 수 있다라
는 비전의 온전함과 지속성을 확인시켜 준다'(Pryse and Spillers,
5). 이러한 '공유'는 워커의 소설 말미에 나오는 공동체적 회합
에서 잘 드러나고 있다.

우리 함께 당신의 이야기와 당신 아들의 삶과 죽음의 이야기를 우
리가 이미 알고 있는 것, 즉 노래, 설교, '형제자매' … '교회'(그리고
메리디안은 교회라는 것이 단순히 침례교, 감리교 등의 '교회'를 의미
하는 것이 아니라 공동체 정신, 친목, 공정한 집합을 의미한다는 것을
알고 있었다), '우리를 항상 지탱해준 예배 형식이고, 당신이 우리들과
함께 나누는 일종의 의식인 음악' 속에 엮어 넣자. '이것들은 우리가
알고 있는 변형 방식들이다.' … 이것을 납득하면서 메리디안의 폐를
묶고 있던 팽팽한 줄이 느슨해져서 마치 숨을 자유롭게 쉬게 해주는
것처럼 그녀의 가슴속에서 어떤 파열이 일어났던 것이다. 궁극적으로
그녀는 자신의 삶에 대해 가져야 할 존경심이 어떤 난관에 부닥치더라
도 계속 유지되어야 한다는 것을 이해했던 것이다. … 그리고 사실상

미국에서 보낸 세월은 그들 모두를 하나의 생명체로 만들어놓았기 때문에, 이러한 생활 양식은 그녀를 벗어나서 그녀 주위에 있는 사람들에게로 확장되어야 했다.(204)

메리디안의 계시는 흑인 저항의 아주 많은 가닥들을 연결시켜 주며, 목소리의 힘을 역설한다. 그녀는 미국으로부터 분리시키기보다는 미국 안에서 흑인들의 삶을 광범위하게 통합한 견해의 한 부분으로 '그들을 함께 뭉치게 하는' 수단이 된 '각 세대의 경험으로 변형된 민족의 노래'(205)라고 그것의 명칭을 붙인다. 그녀의 정치학은 분리를 요구한 좀더 극단적인 흑인 이슬람교도들의 견해 또는 시민권 운동이 내놓은 '목소리의 어조가 백인 자유주의자들의 말에 귀기울이는 청중들에게 적합하다'(Carmichael, 5)고 생각한 흑인 세력 운동의 견해보다는 마틴 루터 킹이나 통합주의자들의 견해와 더 유사하다.

그러나 말콤 X의 경력 중 후반기에 들어서서는 우리는 아주 오랫동안 흑인 민족주의와 이슬람교도들과 교제를 나누었던 말콤의 목소리에서 워커의 소설에서 표현된 것과 아주 유사한 입장이 나타나는 것을 보게 된다. 그것은 새로운 보편주의로, '남녀를 불문하고 전 민족의 생존과 완전함을 언명하며'(Walker 1984: n.p.) 인권을 요청하고 있다. 그것은 1966년 '우리는 단지 우리가 적합하다고 생각하는 방식으로 일할 것이다. 그리고 우리의 목표는 시민권이 아니라 모든 사람들의 인권을 위해서 규정할 것이다'(Carmichael, 8)라고 기록한 흑인 세력 지도자 스토클리 카마이클의 표현과 다르지 않다. 말콤 X는 그의 목표가 '누가 뭐라고 말해도 진리이며, 그것에 대해 누가 찬성 또는 반대를 하더라도 나는 정의의 편이다. 나는 하여튼 우선적으로 인

간이며, 나는 인간으로서 대체로 인류에게 도움이 되는 사람 그
리고 도움을 주는 것의 편에 서있다'(Malcolm X, 483)라고 말한
다. '동등한 권리가 있으면 동등한 책임을 담당해야 했'(같은
책, 494)기 때문에 인종간의 공동 책임에 대한 이야기가 많고
분리주의에 대한 이야기는 거의 없다. 말콤 X는 그의 자서전의
말미 부분에 이르러서 킹을 반향하면서 미국에서 인권을 위한
투쟁에 자신이 기여한 구체적인 공헌의 측면에서 희망을 표명
하고 있다.

> 때때로 나는 언젠가 - 백인의 독선, 백인의 무례함, 백인의 자기 도
> 취를 교란시키는 - 나의 목소리가 심각한 아마도 심지어 치명적이기까
> 지 한 재앙에서 미국을 구원하는데 일 몫을 했다고까지 역사가 말할지
> 도 모른다는 꿈을 감히 꾸곤 했다.(같은 책, 496)

말콤 X의 어조는 언제나처럼 백인 문화를 비난할 때 킹의 어
조보다 훨씬 더 직접적이고 단언적이다. 그러나 말콤 X가 '꿈'
을 이용한다거나 권위를 전달하는 것이 자신의 '목소리'라는
사실을 인정한다는 점에서 두 사람은 '미국이 나아갈 길'
(Baldwin 1963: 17)을 위하여 투쟁할 때 하나가 된다. 말콤 X는
또한 흑과 백 두 문화의 상호연관성을 인정하며, 둘 사이에 너
무나 많은 연관성이 있기 때문에 더 이상 정체성이 '하나는 여
기, 하나는 저기에 있으면서 서로 결코 말을 하지 않는 두 개의
역사'(King 1991: 48)라고 말할 수 없다는 스튜어트 홀의 논평
을 반향하고 있다.

▶ 새로운 흑인 목소리들

현대 미국 문화에서 아프리카계 미국인들의 삶에서 표현의
필요성이 계속적으로 중요하다는 것을 잘 나타내 주는 것은 힙
합이다. 제3장을 통해서 논의되는 그러한 투쟁적인 인물들과 운
동들이 있었음에도 불구하고, 아프리카계 미국인들은 헤게모니
를 잡고 있는 백인 사회 속에서 그들의 권리를 끊임없이 주장
할 필요성이 있다. 그리고 우리가 보여 주었듯이, 그 중 한 수
단은 대중적인 문화적 표현을 통한 것이다.

특히 랩 뮤직은 지금까지 논의한 일상생활의 전통과 자원에
뿌리를 박고 있는 동시에 새로운 표현양식을 창출하는 젊고 활
기찬 목소리를 표현한다. 항상 그렇듯이 그 목소리는 메시지를
전달하고 지배 문화에 저항하는데 이용될 새로운 형식, 다른 어
조를 찾아내었다. 랩가수 멜 멜은 다음과 같이 말하였다. '랩 음
악은 기억을 상기시킨다는 의식으로 멜로디의 결핍을 보충한다.
랩 음악은 다른 모든 것이 하도 많아서 한쪽으로 밀려났거나,
경시되거나, 잊혀진 과거의 유산 어딘가와 연결고리를 갖게 된
다'(Melle Mel, 「완벽한 비트를 찾아서」, 『사우스 뱅크 쇼』
1993).

코넬 웨스트(1992: 222)는 1989년 한 인터뷰에서 '음악과 설
교'가 아프리카계 미국인들의 의사소통에 아주 중요하고, '랩은
아주 독특하다. 왜냐하면 그것은 흑인 설교자와 흑인 음악 전통
을 혼합시키며 … 과거와 현재에서 끌어오고', '구전적인 것, 문
학적인 것, 음악적인 것'을 연결시켜 주는 '이질적 산물을 혁신
적으로 생산해낸다'라고 논평했다. 멜 멜이 랩 음악에서 '기억
을 상기시켜 주는 것'이라고 말한 것의 본질은 아주 오랫동안

미국의 지배적인 백인 문화에 의해서 숨겨졌거나 아니면 삭제
된 아프리카계 미국인 역사를 소환하는 것이다. 교인들에게 설
교하는 목사, 또는 실제로 강단에 선 킹 목사나 말콤 X와 같이
랩 가수는 청중들에게 자신의 경험을 이야기들로 엮어낸 말들
과 흑인들의 삶의 리듬들을 귀기울여 잘 듣고 배우라고 그들을
설득한다. 그러나 웨스트가 제시하듯이, 랩 음악의 형식은 뭔가
새롭고 의사소통이 가능한 것을 창출해 내고자 소리와 언어를
확장하고, 견본을 만들고, 장난을 하면서 여러 다른 양식들을
서로 엮고 있다. 그것은 새로운 '하층민의 "선언"'으로, 흑인 청
년들에게 '비판적인 목소리 … 설명하고 요구하며 촉구하는 …
"공통의 식자능력"'(hooks 1994b: 424)을 제공한다. 랩가수 척
D는 랩을 '사람들에게 큰 텍스트를 가져다주는 … 미디어 해적
행위 … 정신과 육체에 영양분을 공급하는 … 온갖 종류의 정
보 네트워크'(*South Bank Show* 1993)라고 부른다. 랩은 '흑인 미
국의 텔레비전 방송국이며, … 흑인들의 삶은 그 밖의 다른 것
을 통해서 총체적인 정보의 스펙트럼을 얻지 못한다'(Ross and
Rose, 103).

　트리샤 로즈는 이러한 특징을 '다—음성 대화'(Rose, 2)라고
이름지었고, 그것을 통해서 랩은 '동시대 미국 문화에서 흑인의
주변부성의 변동하는 조건들을 분명히 밝혀주는'(같은 책, 3)
섬세한 이야기들이 된다. 소리들이 음악이 지닌 '음향의 힘'의
조직 속에서 '섞여' 있듯이, 음성의 '삭제와 혼성'은 아프리카
계 미국인들이 경험하는 다양한 거리의 삶에서 잘라낸 소음과
서로 다른 이야기의 실가닥들을 엮는다. '공공의 적'에서 척 D
는 그의 작업에 이것이 미치는 영향을 설명한다. '나는 가능한
한 많은 사람들의 주의를 환기시키고자 한다. 그렇기 때문에 나

는 나의 레코드에 소음을 집어넣고 싶다. 나는 그것들을 흑인 미국인들에게 보내는 경보음이라고 생각한다'(BBC *Rap Rap Rapido* 1992). 집회에서 소리를 지른다거나 대중을 향해 열변을 토하는 것과 같이 '소음'은 웅변가에게 유용한 도구가 될 수 있으며, 공동체의 이야기들을 교육적으로 전달하는 것처럼 작동한다. 로즈가 기록했듯이, '한편에는 "소음," 다른 한편에는 공동체의 반—기억과 마찬가지로, 랩 음악은 한번에 불러내고 또 없(Rose, 65)애면서 억압에 대한 문화적 대응으로 '대립적 사본'과 공식적으로 선호되는 담론의 밀폐된 서클 내에서 나온 이야기들을 구성한다. 랩은 '지배적인 공적 사본'(같은 책, 100)에 대한 저항을 공급하고, 피억압자들에게 그들의 '숨겨진 사본'을 방송하여 거의 말해지지 않는 역사에 발언기회를 주는 공적 영역, 즉 '힘없는 자들의 극장을 위한 우리 시대의 무대'(같은 책, 101)를 제공한다.

그리하여 공공의 적의 '권력에 맞서 싸우자'와 같은 랩은 서정적으로나 음악적으로나 주류의 성채들을 공격한다. '대부분의 사람들에게 영웅'인 엘비스 프레슬리는 부와 힘에서 엄청난 차이가 있는데도 '우리 모두가 똑같다'고 가정하는 문화 속에서 그를 '단순하고 명백하게 … 인종차별주의자'라고 생각하는 도시의 젊은 흑인들에게는 아무 의미가 없다. 랩은 솔직할 것을 요청한다. '우리에게 필요한 것은 자각이다. 우리는 부주의해서는 아니 되'고 그러한 힘의 기반들에 이의를 제기할 것을 요청한다. 좀더 극단적인 랩은 아이스 T의 '발설의 자유'(1990)로 그것은 랩 가사들을 검열하던 사람들에게 도전한다. '우리는 무슨 말이나 할 수 있어야 한다/우리의 폐는 소리치게 되어 있다. … 우리가 느끼는 것을 말하라, 진실을 힘껏 소리내어 외쳐라.'

표현은 아직도 자유의 표시이며, 아프리카계 미국인들의 이야기 하기를 미래로 밀어넣는 음악적 양식을 구축하기 위하여 기술 을 포용함으로써 랩이 밀고 나간 '증언 … 사회 저항의 형식' (Rose, 144-5)이다. 랩은 과거 속에서 슬픈 표정을 지으며 살기 를 거부하고, 그 대신 미래를 향해 말하는 방법을 발견했다.

랩 가수들은 … 광부들이다. 그들은 공동체의 문화 유물들을 캐내어, 소리 조직, 리듬, 즐거움, 스타일, 지역사회에 대한 아프리카인들의 디 아스포라적 접근법에 의존한 대안적 정체성들의 틀을 정제하고 개발한 다. … 랩은 아프리카계 미국인들의 회복과 수정을 위한 기술적으로 섬세한 기획물이지만 … 미국인들의 문화를 무기력하게 만드는 동시에 활력을 다시 불어넣는 또 다른 방식이다.(같은 책, 185)

역사를 다시 쓰기 위한 모리슨의 작업이나 문학적 고고학과 마찬가지로, 랩은 '대규모로 기록을 보관'하는 일, 새로운 중요 한 혼합 형식으로 일련의 자료에서 가져온 '실타래들을 보고에 … 모으는 일'(Baker 1993b: 89)과 연루되어 있다. 그러나 기술 이 발전하였음에도 불구하고, 결국 랩은 '의식을 사로잡는', '목 소리'(같은 책, 91)이고, '음향적인 영혼의 힘'이 결정적으로 혼 합된 것, 즉 KRS-1이 이름지은 '교육적인 오락'[교육과 오락이 합쳐진 '최신판 설명의 노래'(Baker 1993a: 460)로서 함께 말하 기]의 대화주의를 선호하여 동질성을 반박하는 목소리라고 베 이커는 주장한다.

▶ 결론

기억하고 앞장서서 이끌고 나가야 할 사람들은 바로 너희 젊은이들
이다.(Ellison, 1952 : 207)

매닝 매러블은 다음과 같이 적어 놓았다.

아프리카계 미국인의 정체성은 인종의 문제를 훨씬 넘어서는 것이
다. 그것은 또한 아프리카계 미국인들의 전통, 의식, 가치체계, 신념 체
계들이고 … 우리의 문화, 역사, 미술, 문학이며 … 인종차별주의에 대
한 우리의 저항 유산에 대한 우리의 자부심이자 민족적 의식인 것이
다.(Dent, 295)

그리고 '집합적으로 구축된' 이 정체성은 좀더 구체적으로
경제적, 법적, 사회적인 인종차별주의 양상들의 해체 작업과 함
께 나란히 진행되어야 하는 자유 투쟁의 중요한 일부이다. 왜냐
하면 이 정체성은 '다른 사람들이 아니라 바로 "우리 자신들을
위한 존재" 의식'(같은 책, 302)을 역설하는 인간 존엄의 표현
들을 통해서 흑인 사회에 힘을 실어주기 때문이다. 그러나 많은
비평가들이 논평하였듯이, 이 과정들은 미완성이고 오늘날의 세
계에서도 무시될 수 없다. 매러블이 말했듯이, '우리는 새로운
세대의 아프리카계 미국인들에게 영감을 불어넣기 위하여 새로
운 역동적 문화 정치학을 구축할 필요가 있'(같은 책, 302)으
며, 스튜어트 홀은 다음을 지적하였다.

문화적 정체성은 … '존재'의 문제일 뿐만 아니라 '생성'의 문제이다. 그것은 과거에 속하는 만큼 미래에도 속한다. 그것은 장소, 시간, 역사, 문화를 초월하여 이미 존재하는 어떤 것이 아니다. 문화 정체성들은 어떤 곳에서 생겨나고 역사를 가지게 된다. 그러나 그것들은 역사적인 다른 모든 것과 마찬가지로 꾸준히 변형을 겪게 된다. 역사, 문화, 힘의 계속적인 '작동'이기는 커녕 … 정체성들은 과거의 이야기들이 우리를 위치시키는 다른 방식들, 그리고 과거의 이야기들 속에 우리가 우리 자신들을 위치시키는 방식들에 우리가 부여하는 이름들이다.(Hall in Rutherford, 225)

과거와 미래의 관계에 대한 홀의 의식은 우리가 아프리카계 미국인들의 문화적 정체성을 해석할 때 중요하다. 왜냐하면 매러블이 제시했듯이, 그것은 바로 자결권 투쟁을 지속시키고 그것에 의미를 부여하는 시간을 통한 연결 통로이기 때문이다. 그것은 우리가 지금까지 살폈듯이 아프리카계 미국인들의 생활에서 타인들에 의해서 위치가 결정되기 보다 스스로 '위치를 결정'하겠다는 투쟁이었다. 그러나 홀이 말했듯이, 그것은 '꾸준히 변형'을 겪는다.

코넬 웨스트가 제공한 미래에 대한 묘사는 차이들이 생략되는 것이 아니라 개인적, 지역적 에너지의 건강한 표현들로 수용되는 '새로운 차이의 문화 정치학'을 말하고 있다. 웨스트는 모든 흑인들이 똑같다고 암시하는 '균질화 충동'(West 1993b: 17)이 아니라 '복잡하고 다양한 흑인들의 관습들을 분명히 밝히는 반응들'(같은 책, 14)을 주창한다. 그 반응들은 '개인적 표현, 호기심, 독특한 경향들을 금지함이 없이 — 비판적 감수성과 개인적 책무를 개발'(같은 책)할 수 있도록 '주류'와 '자생력이 있는 하부문화'에 동참한다. 웨스트의 비전은 '이전의 틀을 재순환시키는 똑같은 엘리트들과 목소리들을 벗어나서' '새로운 감정 이입과 연민의 언어'(West 1993a: 260)를 바라본다. 최근 미국이 복합문화주의와 다양성에 강조점을 두게 되면서, 그러한 생각들은 모든 미국인들 사이에 상호적인 상관관계의 가능성을 향한 길을 제시할 뿐만 아니라 흑인 사회 자체 내에서도 독특한 차이들을 허용한다.

홀(Dent, 33)은 바흐친의 말을 빌려서 문화를 둘러싸고 있는 다른 목소리들/힘들과 대화를 나누고 타협을 하는 차이와 다양성의 해설을 우리에게 제공하는, '엄밀하게 대립적인 방식이 아니라 대화주의적인' 문화 해석 방식을 주장한다.

아마도 미국 내에서 자신의 목소리를 찾고자 하는 아프리카계 미국인 사회의 투쟁, 즉 '목소리'의 개념을 추구한 것이 적어도 공적 무대에서 그들의 목소리가 들릴 수 있는 기회를 제공하였다. 이것은 『보이지 않는 사람』에서 내레이터가 부주의하게 '사회 평등'을 언급하는 연설 장면을 상기시켜 준다. 그러나 그러한 부주의한 발언에 대한 반응은 '갑작스러운 정적 … 불쾌감을 나타내는 소리들 … [그리고] 적대적인 문구들'(Ellison, 30) 뿐이었고, 내레이터는 재빨리 '너는 항상 너의 위치를 잊어서는 안돼'(같은 책, 30)라는 문구를 상기하게 된다. 그와는 대조적으로 앨리스 워커는 『메리디안』에서 투표자 등록 에피소드를 묘사하면서 '그것은 소용없는 일인지도 몰라. 아니면 그것은 아마 너의 목소리를 내는 시작이 될 수도 있을 거야. 그래, 너는 목소리를 사용하는데 익숙해져야 해. 간단한 일부터 시작해서 차차 나아가면 될 거야'(210)라고 서술한다.

1940년대와 1960년대 사이에 분명 사태가 변했지만, 그러나 과거에 대한 강력한 의식에 뿌리박고 있는 입장이 분명한 정체성을 갖고 또 아직도 이루어져야 할 변화가 많은 세상이라는 맥락에서 그것을 이용할 수 있기 위해서 '차차 나아갈' 필요성은 필수적인 것이다. 캐더린 클린턴이 말했듯이, '기억의 힘은 우리를 소설 [그리고 다른 문화적 형식들]로부터 끄집어내어 기록 보관소로 집어넣어야 한다. 우리가 기억한다면 삭제와 침묵은 우리를 패배시키지 못할 것이다 — 이것은 우리가 전해야만 하는 이야기이다'(Fabre and O'Meally, 216).

▶ 참고문헌

Abrahams, R. D. (1992) *Singing the Master: The Emergence of African-American Culture in the Plantation*, N. Y.: Pantheon.

Angelou, M. (1984) (first 1969) *I Know Why the Caged Bird Sings*, London: Virago.

____ (1986) *All God's Children Need Travelling Shoes*, London: Virago.

Aronowitz, S. (1994) *Dead Artists, Live Theories*, London: Routledge.

Baker, H. (1972) *Long Black Song*, Chapel Hill: U of North Carolina.

_____ (1987) *Modernism and the Harlem Renaissance*, Chicago: U of Chicago P.

____ (1993a) 'Scene ⋯ Not Heard,' in R. Gooding-Williams (ed.). (1993) *Reading Rodney King, Reading Urban Uprising*, London: Routledge.

_____ (1993b) *Black Studies, Rap and the Academy*, Chicago: U of Chicago P.

Baldwin, J. (1963) *The Fire Next Time*, Harmondsworth: Penguin.

_____ (1972) *No Name in the Street*, London: Michael Joseph.

____ (1985) *The Price of the Ticket: Collected Essays 1948-85*, London: Michael Joseph.

Bambara, T. C. (1993) 'Reading the Signs, Empowering the Eye: Daughters of the Dust and the Black Independent Cinema Movement,' in M. Diawara (ed.). *Black American Cinema*, London: Routledge.

Benston, K. (1984) 'I yam what I am: the topos of (un)naming in Afro-American fiction,' in H. L. Gates (ed.). *Black Literature and Literary Theory*, London: Routledge.

Bhabha, H. K. (1994) *The Location of Culture*, London: Routledge

Blassingame, J. W. (1972) *The Slave Community: Plantation Life in the Ante-bellum South*, Oxford: Oxford UP.

Carby, H. V. (1987) *Reconstructing Womanhood: The Emergence of the*

Afro-American Woman Novelist, Oxford: Oxford UP.

Campbell, N. (1995) 'The Empty Space of Not Knowing: Childhood, Education and Race in African-American Literature,' in E. Marum (ed.). *Towards 2000: The Future of Childhood, Literacy and Schooling*, London: Falmer Press.

Carmichael, S. (1967) *Black Power*, Harmondsworth: Penguin.

Clayton, J. (1993) *The Pleasures of Babel: Contemporary American Literature and Theory*, N. Y.: Oxford UP.

Cleaver, E. (1968) *Soul On Ice*, London: Jonathan Cape.

Couzens Hoy, D. (ed.). (1986) *Foucault: A Critical Reader*, Oxford; Blackwell.

Dent, G. (ed.). (1992) *Black Popular Culture*, Seattle: Bay Press.

Diawara, M. (ed.). (1993) *Black American Cinema*, London: Routledge.

Douglass, F. (1982) (1845) *The Narrative of the Life of Frederick Douglass, An American Slave*, Harmondsworth: Penguin.

Du Bois, W. E. B. (1965) (1903) *The Souls of Black Folks*, in *Three Negro Classics*, N. Y.: Avon.

_____ (1970) *Speeches and Addresses 1920-1963*, London: Pathfinder.

Early, G. (ed.). (1993) *Lure and Loathing: Essays on Race, Identity and the Ambivalence of Assimilation*, London: Allen Lane.

Ellison, R. (1952) *Invisible Man*, Harmondsworth: Penguin.

_____ (1972) *Shadow & Act*, N.Y. : Signet Books

Fabre, G. and O'Meally, R. (eds). (1994) *History and Memory in African-American Culture*, N. Y.: Oxford UP.

Gates, H. L. (ed.). (1984) *Black Literature and Literary Theory*, London: Routledge.

_____ (1985) *The Classic Slave Narratives*, N. Y.: Mentor.

_____ (1987) *Figures in Black: Words, Signs, and the 'Racial 'Self*, Oxford: Oxford UP.

_____ (1990) *Reading Black, Reading Feminist: A Critical Anthology*, N.

Y.: Meridian.

Gooding-Williams, R. (ed.). (1993) *Reading Rodney King, Reading Urban Uprising*, London: Routledge.

Hall, S. (1990) 'Cultural Identity and Diaspora,' in J. Rutherford (ed.). *Identity, Community, Culture, Difference*, London: Lawrence and Wishart.

_____ (1991) 'Old and New Identities, Old and New Ethnicities,' in A. D. King, (ed.). *Culture, Globalization and the World System*, London: Macmillan.

_____ (1992) 'What is this "Black" in Black Popular Culture?' in G. Dent (ed.). (1992)

Hill Collins, P. (1990) *Black Feminist Thought*, London: Routledge.

hooks, bell (1990) 'Talking Back,' in R. Ferguson, *et al*. (eds). *Out There: Marginalization and Contemporary Cultures*, N. Y.: MIT Press.

_____ (1991) *Yearning: Race, Gender, and Cultural Politics*, London: Turnaround.

_____ (1994a) 'Black Women: Constructing the Revolutionary Subject,' in M. Klein (ed.). (1994) *An American Half-Century*, London: Pluto Press.

_____ (1994b) 'Postmodern Blackness,' in P. Williams and L. Chrisman (eds). *Colonial Discourse and Post-Colonial Theory*, London: Harvester Wheatsheaf.

King, A. D.(ed.). (1991) *Culture, Globalization and the World System*, London: Macmillan.

King, R. (1988) 'Citizenship and Self-Respect: The Experience of Politics in the Civil Rights Movement,' *Journal of American Studies*, vol. 22, no.1, pp. 7-24.

Lauret, M. (1994) *Liberating Literature: Feminist Fiction in America*, London: Routledge.

Lauter, P. *et al*. (1994) *The Heath Anthology of American Literature*, vol.

1 and 2, Lexington: D. C. Heath.

Levine, L. (1977) *Black Culture and Black Consciousness*, N. Y.: Oxford UP.

Lewis, S. (1990) *African American Art and Artists*, Berkeley, CA: U of California P.

Lipsitz, G. (1990) *Time Passages*, Minneapolis: U of Minnesota.

Marable M. (1985) *Black American Politics: From the Washington Marches to Jesse Jackson*, London: Verso.

_____ (1992) 'Race, Identity, and Political Culture,' in G. Dent 편. *Black Popular Culture*, Seattle: Bay Press.

Mariani, P. (ed.). (1991) *Critical Fictions*, Seattle: Bay Press.

Miles, R. (1989) *Racism*, London: Routledge.

Miller, K. (1992) *Voice of Deliverance: The Language of Martin Luther King and Its Sources*, N. Y.: The Free Press.

Morrison, T. (1970) *The Bluest Eye*, London: Chatto and Windus.

_____ (1981) 'City Limits, Village Values: Concepts of the Neighbourhood in Black Fiction,' in C. Jaye and A. C. Watts (eds). (1981) *Literature and the Urban American Experience*, Manchester: Manchester UP.

_____ (1987a) *Beloved*, London: Picador.

_____ (1987b) 'The Site of Memory,' in W. Zinsser (ed.). *Inventing the Truth: The Art and Craft of Memoir*, Boston: Houghton Mifflin.

_____ (1988) 'Living Memory,' *City Limits*, 31 March - 7 April, 1988, 10-11.

_____ (1989) 'Unspeakable Things Unspoken: The Afro-American Presence in American Literature,' *Michigan Quarterly Review*, vol.28, Winter 1989, pp 1-34.

Munslow, A. (1992) *Discourse and Culture: The Creation of America 1870-1920*, London: Routledge.

Peim, N. (1993) *Critical Theory and the English Teacher: Transforming the Subject*, London: Routledge.

Pryse, M. and Spillers, H. J. (1985) *Conjuring: Black Women, Fiction and Literary Tradition*, Bloomington: Indiana UP.

Reed, I. (1972) *Mumbo Jumbo*, N. Y.: Avon.

Ripley, C. P. (ed.) (1993) *Witness For Freedom: African-American Voices on Race, Slavery and Emancipation*, Chapel Hill: U of North Carolina P.

Rose, T. (1994) *Black Noise: Rap Music and Black Culture in Contemporary America*, Hanover: Wesleyan UP.

Ross, A. and Rose, T. (eds). (1994) *Microphone Fiends*, London: Routledge.

Said, E. (1978) *Orientalism: Western Conceptions of the Orient*, Harmondsworth: Penguin.

_____ (1994) *Culture and Imperialism*, London: Vintage.

Sollors, W. (1994) 'National Identity and Ethnic Diversity: "Of Plymouth Rock and Jamestown and Ellis Island"; or Ethnic Literature and some Redefinitions of American,' in G. Fabre and R. O'Meally (eds). *History and Memory in African-American Culture*, N. Y.: Oxford UP.

The South Bank Show (1993) 'Looking For the Perfect Beat,' ITV.

Stanley, L. A. (ed.). (1992) Rap: *The Lyrics*, Harmondsworth: Penguin.

Storey, J. (1993) *An Introductory Guide to Cultural Theory and Popular Culture*, London: Harvester Wheatsheaf.

Stuckey, S. (1987) *Slave Culture: Nationalist Theory and the Foundation of Black America*, N. Y.: Oxford UP.

Tate, C. (ed.). (1983) *Black Women Writers at Work*, Harpenden: Oldcastle.

Walker, A. (1976) *Meridian*, London: Women's Press.

_____ (1984) *In Search of Our Mothers 'Gardens*, London: Women's Press.

Wallace, M. (1980) *Black Macho and the Myth of the Superwoman*, N. Y.: Warner.

West, C. (1992) 'Interview' in P. Brooker (ed.). *Modernism/ Postmodernism*, London: Longman.

_____ (1993a) 'Learning to Talk of Race' in R. Gooding-Williams (ed.). *Reading Rodney King, Reading Urban Uprising*, London: Routledge.

_____ (1993b) *Keeping Faith: Philosophy and Race in America*, London: Routledge.

Williams, P. and Chrisman, L. (eds). (1994) *Colonial Discourse and Post-Colonial Theory*, London: Harvester Wheatsheaf.

Wilson, A. (1985) *Fences and Ma Rainey's Black Bottom*, Harmondsworth: Penguin.

Wisker, G. (ed.). (1993) *Black Women's Writing*, London: Macmillan.

Wright, R. (1970) (first 1945) *Black Boy*, London: Longman.

X, Malcolm (1985) (first 1968) *The Autobiography of Malcolm X*, Harmondsworth: Penguin.

▶ 후속 작업

영화와 아프리카계 미국인들의 경험

1. 제3장에서 우리는 전후 아프리카계 미국인들 문화에서 통합과 분리에 대한 여러 다른 태도들이 중심을 이룬 방식들을 논의하였다. 이 문제에 대한 계속적인 논의를 위하여 학제적으로 초점을 맞추기에 상당히 유용할 수 있는 동시대 텍스트로는 영화 『올바른 일을 하라』(스파이키 리, 1988)이다. 이 영화는 복합문화적인 뉴욕에 퍼져있는 이중성 개념을 탐구하였다. 특히 리가 관객들로 하여금 인종차별적 언어와 도시의 다른 구역들로 인도하는 자의식적인 장면들을 잘 살펴보아라. 예를 들면 레디오 라힘의 연설 '사랑과 증오': 이탈리안 레스토랑의 벽에 '형제들' 사진을 걸어놓겠다고 고집하는 버긴 아웃, 샐과 스마일리가 소지한 킹목사와 말콤 X의 사진을 놓고 무키가 끝에 가서 도전하는 장면 등을 유의해서 보라. 리의 형식과 구조는 그의 내용과 총체적으로 연관되어 있다.

   이러한 접근방식은 줄리 대쉬의 페미니스트 작업 그리고 그녀가 선택한 서술 방식, 즉 새로운 영화 매체를 통하여 서정적, 신비적 서술 방식 그리고 '역사 구송자'의 이야기하기 전통들을 다시 분명히 밝히는 방식과 유용하게 비교될 수 있을 것이다. 또한 레슬리 해리스의 영화 『I.R.T.의 또 다른 소녀』와의 비교도 좋을 것이다.

2. 아프리카계 미국인들의 미술이 여기에서 검토되지 못했다. 그러나 여기에서 제기된 많은 생각들이 로마레 비어든(1911-1988)과 같은 미술가의 작품에 적용되고 연관될 수

있었을 것이다. 특히 비어든이 사용한 콜라주나 사진 몽타
주 수법은 이야기하기나 퀼트 전통에 대한 우리의 관심과
연관될 수 있다. 왜냐하면 비어든은 미술가이면서도 문학
계 인물들을 잘 알고 있었으며, 영화에서의 대쉬와 마찬가
지로 문학인들의 작품에 비견될 수 있는 시각적 등가물을
창조하고자 노력했다.

〈연구과제〉

3. ① 아프리카계 미국인들의 문화에서 유형화하는 문제. 다
큐멘터리 영화『피부색 적응문제』(1992, 말론 릭스)는
텔레비전에서 흑인들이 어떻게 재현되었는지를 검토한
훌륭한 작품으로, 그 작품을 미셸 월러스의 에세이들이
나 또는 로버트 타우젠드의 영화『헐리우드 셔플』과 같
은 다른 자료들과 함께 고찰할 수 있을 것이다.

② 킹의 연설문 '나에게는 꿈이 있습니다'를 분석하면서
킹이 전통, 상호텍스트적인 언급과 웅변 양식들을 조합
시킨 방식들을 중심으로 아프리카계 미국인들의 문화에
서 '목소리'의 전통들을 검토하기. 그랜드매스터 플래쉬
의 '메시지'와 같은 현대적인 랩송 또는 아레싸 프랭클
린의 '존경심'과 같은 솔 음악이 형식과 내용을 통해서
정치적 관점을 투사하는 다양한 방식들도 또한 검토될
수 있을 것이다.

제 4 장

우리는 신을 믿는가?:
미국인의 신앙생활

종교적 사고와 관행은 미국인의 삶을 좀더 완전히 이해하는 데 매우 중요한 역할을 한다. 앤소니 기든스(Anthony Giddens)가 주장하는 것처럼 종교란 '인간 경험의 중요한 일부분이며 우리가 생활하는 환경을 어떻게 이해해서 그것에 반응하는 가에도 영향을 미친다(Giddens 1993: 452). 사회적 조사들은 종교가 현대 미국에 얼마나 중요하게 반영되어지는가를 보여주고 있다. 예를 들어 1994년에 실시된 한 조사에서 미국인의 90퍼센트가 신앙이 있다고 말했고, 그런 주장을 한 사람 중 93퍼센트가 기독교인이라고 말했다. 미국 인구의 거의 70퍼센트가 어떤 종류건 교회에 소속되어 있고, 약 40퍼센트는 매주 예배에 참석했다. 1992년에 실시된 한 조사에서 미국인의 70퍼센트가 부활을 믿고 있는데 이는 독일인의 38퍼센트, 영국인의 44퍼센트, 그리고 이탈리아인의 54퍼센트와 비교되어진다. 미국 인구의 반은 적어도 하루에 한 번 기도를 한다고 주장했다. 신앙은 재정적 참여와도 관련되는데 1990년대 중반 종교단체에 헌금한 액수는 매년 570억으로 추정된다.

토크빌(Tocqueville)은 1835년에 '기독교는 세계 어느 나라에서보다 미국에서 사람들의 영혼에 가장 큰 영향력을 행사하고 있다'(1965: 233)라고 적고 있다. 그러나 그의 지적은 현대 미국에도 똑같이 적용되어질 수 있다. 물론 오늘날 토케빌의 주장을 더욱 복잡하게 하는 것은 기독교가 많은 다른 종교들과 결합되어 19세기 중반이었을 때 보다 미국의 종교 모자이크가 훨씬 더 다양해졌다는 점이다. 19세기 후반 및 20세기 초반 유태인 이민의 엄청난 물결은 미국을 유태교의 중심지로 만들었다. 20세기에 이슬람교와 많은 신문화 운동 집단(New Age groupings)*을 포함하는 일련의 다른 종교들도 상당히 성장했다.

그러나 교회 다니는 것과 종파의 신자 숫자에 대한 통계 강
조는 종교의 일면 만을 묘사하는 것일 뿐이다. 미국의 종교 전
통은 항상 미국의 비전들을 포함시켜 왔다. 미국은 세상 사람들
이 지켜보는 가운데 선과 악이 그 패권을 위해 지속적인 투쟁
을 하는 곳이었다. 아마 미국의 신성한 사명은 어둠에 대한 빛
의 승리를 확고히 하는 것이었겠지만 그런 사명에 대한 여러
이야기 속에는 자주 실패 위험들이 나타나있다. 18세기 초 조
나단 에드워드(Jonathan Edwards)는 미국을 세상에서 신의 계획
이 실현되어질 장소, 즉 '정의의 태양'이 서부 황야 낙원에 비
출 곳으로 미국을 설정했지만 동시에 그는 지옥과 영원한 저주
가 항상 존재할 징후에 대한 계시록의 경고들을 유포하기도 했
다. 선과 악이 상호 공존하는 미국 이야기에 관한 종교적 차원
은 특정 교회사를 초월하여 미국 문화에 엄청난 반향을 불러일
으켰고 종종 그 이야기에 특별한 의미와 힘을 부여함으로써 미
국의 표현 문화 속에 널리 퍼진 주제가 되었다. 이런 시각에서
볼 때 종교적 이미지와 주제는 그것들이 생겨난 문학에서 뿐만
아니라 정치적인 언어와 웅변술에서 미국인들의 사고 및 행동
방식에 상당한 영향을 끼쳐왔다.

　한편, 역사 발달 과정의 일부로서 미국은 기존의 교회 개념을
포기하고 대신 종교적 자유와 자발적 원칙에 근거한 교회 체계
를 선택했기 때문에 미국 문화에서 종교의 중요성은 놀라운 것
처럼 보일 수도 있다. 헌법 제 6조항은 그 점을 분명히 한다.
'미국에서는 어떤 관직이나 공적인 신임의 자격요건으로서 종

* 역자 주) 최신 서구식 가치와 문화를 배척하는 종교, 의학, 철학, 천문학, 환경 등
　의 영역의 집적된 발전을 추구하는 운동. 1980년대 영국 및 미국에서 나타난 현
　상으로 원리주의자들은 신문화 운동(New Age) 배후에 악마가 있다고 생각하며
　그 사상을 불신했다.

교적 선서를 요구하지 않을 것이다.' 이 조항은 '의회는 종교를 설립하는 것과 관련된 어떤 법도 혹은 종교의 자유로운 실천을 금하는 어떤 법도 제정하지 않을 것'이라는 헌법 제 1조 수정 조항의 선포에 의해 강화되었다. 토머스 제퍼슨(Thomas Jefferson)은 이 조항들로 인해 1802년 침례교파에게 제안했던 것처럼 '교회와 국가간에' 상호간섭을 예방하는 '분리의 벽을 쌓을 수' 있었다. 교회와 국가간의 분리원칙으로 인해 미국은 비종교적 정체성을 취했고 특정 형태의 종교적 신앙 및 관행을 조장하는 것을 금지했다. 현대 세계에서 종교가 주요 힘으로서 계속 살아남은 사회들은 교회가 국가에 힘을 행사해 온 그런 사회였다고 종종 주장된다. 이와는 반대로 세속주의는 근대화와 보조를 맞추어왔다.

근대화는 당연히 그 성격상 전통적 형태의 종교적 영향력에 계속 도전해왔다. 경제 성장, 기술의 복잡화, 폭넓은 교육 제공, 새로운 형태의 대중 문화 발달과 더불어 보통 시민들의 종교적 힘은 약화되고, 그런 사회에서 행복한 삶을 사는 방법에 대해 스스로 결정한 합리적인 선택을 위해 신앙은 폐기된다. 그러나 미국에서 유럽 모델의 기존 종교를 피하려는 결정은 분명히 근대화와 종교적 의식의 쇠퇴간에 확고한 관련성을 명확히 입증 하지는 못했다. 케니스 월드(Kenneth Wald)는 미국에서 종교와 정치간의 관련성을 논하는데 있어 '경제 발달은 종교적 감정의 쇠퇴와 보조를 맞춘다는 일반화'에 미국은 '분명한 예외'가 되 는 지역이라고 주장했다(Wald 1987: 6). 서구의 다른 지역에서는 근대 사회로 나아감에 따라 종교가 쇠퇴해왔음을 보여주지만 미국의 경우 완전히 같은 방식으로 발생했던 것처럼 보이지는 않는다. 물론 세속주의는 형식적인 신자 수와는 다른 방식으로 평가되어질 수 있다. 교회에 다니는 것은 반드시 깊은 신앙심을 의미하지는 않는다. 그리고 여론 조사에서 나타난 긍정적인 대답들은 상당히 낮은 수치의 참 신앙을 감추어 버릴 수도 있다. 또한 세속주의의 영향력을 평가하는데 있어 종교 기관들이 공적 역할에 영향력을 발휘할 수 있는 정도를 동시에 고려할 필요도 있다. 교회 다니는 숫자가 많음에도 불구하고 교회 집단들의 정치적·사회적 영향력이 동시에 쇠퇴할 수도 있다. 이런 질문에 대한 대답이 무엇이건 로버트 핸디(Robert Handy)가 간략하게 지적하는 것처럼 헌법 조항들은 여전히 '교회는 자유 시민들을 설득해서 교회에 다니게 하고 교회를 유지할 수 있게 하는 그것들의 능력에 좌우되는 점차 완전히 자발적이 기관이 될 것이고 그래서 종교 다원주의가 뚜렷이 증가할 것이라는 것을 의미하고 있다'(Handy 1976: 142).

설득과 경쟁에 대한 강조는 18세기 후반 이후 줄곧 미국 종교를 특징지어왔고 종교 활동을 막기보다는 부추겨왔던 것처럼 보인다. 더구나 종교의 자유는 미국인의 삶에 있어 종교의 중요성에 대한 중립성을 의미하는 것만은 아니었다. 사회학자들이 주장하는 것처럼 공식적인 의미에서 종교는 국가 교회를 통해 '확립된' 것은 아니지만 미국 문화에서 분명히 가장 중요하다. 미국의 모토는 '우리는 신을 믿는다'이다. 연방 의회에도 의회 일을 돌보고 그 일의 성공을 위해 기도해주는 목사들이 있다. 교회 재산은 세금이 면제되고 법정에서 하는 선서도 '주께 맹세코'라는 서약을 포함한다. 미국 신임 대통령이 취임사를 할 때 국민들은 관례상 대통령이 미국을 위한 신의 목적에 대해 언급해주기를 기대한다. 1933년 프랭클린 D. 루스벨트(Franklin D. Roosevelt)는 '이 취임사에서 우리는 신의 축복을 겸손하게

요청합니다. 주여 우리 모두를 보호하소서. 주여 앞으로 우리를 인도해 주소서'라고 말했다. 1957년 드와이트 D. 아이젠하워(Dwight D. Eisenhower)도 '그 밖의 모든 것에 앞서 … 한 연방 국가로서 함께 노력할 수 있도록 전지전능한 신의 축복'을 간구하자고 말했다. 1961년 카톨릭 신자인 존 F. 케네디(John F. Kennedy)도 주의 축복과 도움을 요청하면서 그리고 이곳 지상에서 신의 과업은 '진정 바로 우리 자신의 과업임에 틀림없다'고 말함으로써 그의 취임사를 끝냈다(Wrage and Baskerville 1962: 161, 313-14, 320). 1939년 어빙 버린(Irving Berlin)도 미국의 국가를 대신하는 역할을 했던 '그리운 나의 집'이라는 노래에서 '주여 미국을 축복해 주소서'라는 구절을 썼다.

우리가 이 장에서 종교가 현대 미국 사회에서 계속 공명하고 있는 몇 가지 방식을 살펴보고, 종교가 제기하는 문제들이 종교적인 것과 비종교적인 것, 사적인 것과 공적인 것을 적절히 구별하는 주제에 관한 논쟁에 어떻게 영향을 끼치는가를 고찰하기를 원하는 것도 이런 배경에 근거한 것이다. 여기에서 우리의 접근은 부득이 선택적일 수밖에 없고 미국의 종교 관행에 대한 한 조사를 전체로서 제공하려는 것도 아니다. 오히려 우리는 현대 미국에서 종교의 중요성에 관한 지속적인 논쟁에 통찰력을 제공하는 것처럼 보이는 논의 영역을 선택했고, 다른 장들 특히 제 1장과 제 2장에서 다루었던 주제들과 관련되어지는 방식으로 국가의 정체성 형성에 공헌하는데 있어 종교가 행하는 역할을 선택했다.

▶ 모든 사람들의 눈이 우리에게 쏠려있다

미국의 운명은 시작부터 종교적 운명의 개념들과 얽혀 왔는
데 그것은 매사추세츠를 '언덕 위의 도시'라고 여기며 세계의
모든 눈이 그곳에 쏠려 있다고 생각한 17세기 초 존 윈스롭
(John Winthrop)의 통찰력으로 거슬러 올라간다(제 1장의 논의
사항 참조). 윈스롭처럼 청교도들은 삶이 신의 뜻에 따라 인도
되어지는 그런 공동체를 상상했고, 그 공동체 속에서는 국가 정
부와 교권 사이에 면밀한 유대관계가 있을 수 있다고 생각했다.
청교도들은 창세기와 출애굽기의 성서 전례를 이용하면서 그들
스스로를 약속받은 땅을 찾는 신의 선민들로 묘사했다.

윌리엄 브래드포드(William Bradford)는 『플리머스 식민지에
대해서』(*Of Plymouth Plantation*)라는 그의 일기에서 청교도의
운명에 관한 종교적 중요성을 상세히 증언했다. 첫 정착민들은
힘들게 대서양을 건넌 후 야수와 야만인들로 가득찬 '무섭고
황량한 황야'와 마주했고, 그 황야에는 '그들을 환영하는 친구
도 없었고, 비바람에 시달린 몸을 맞이해 주고 그들의 원기를
회복시켜줄 집도 없었고, 하물며 수리하거나 도움을 모색할 마
을은 더욱 없었다.' 그들을 지탱시켜 주는 유일한 것은 '주의
성령과 은총'이었다(Miller and Johnson 1963: 100-1). 카튼 메이
더(Cotton Mather)는 1702년 첫 출판한 뉴잉글랜드의 서사시적
교회사 『매그놀리아 크리스티 아메리카나』(*Magnalia Christi
Americana*)의 초반부에서 자신의 중심 주제를 소개하고 있다.

나는 유럽의 타락을 피해 '미국 땅'으로 와서 기독교의 '기적'을 쓴
다. 그리고 나는 그 '종교'를 만드신 신성한 창조주의 도움과 진리 그

자체이신 주님의 요구로 '진리'에 대해 추호도 양심의 거리낌없이 주
님의 무한한 권능, 지혜, 미덕, 그리고 충실에 대한 '놀라운 과시'를 기
록한다. 그것들로 '신의 섭리'는 '인디언의 황야를 비추었다.' (163)

청교주의는 17세기말 쯤 그 힘을 잃기 시작했지만, 그것은 신
이 미국에 대해 품은 목적이 중요하다는 의식을 후세 미국 문
화에 불려주었다. 많은 식민주의자들이 종교적 경건함이 쇠퇴하
고 있다고 믿게 되었을 때 생겨난 18세기의 신앙 부흥 운동
(Great Awakening)은 선민들의 운명에 주의를 쏠리게 하는데 있
어 신의 역할에 대한 신선한 재긍정의 기회를 제공했다. 신앙
부흥 운동은 그리스도가 최후의 심판 전 천년동안 지상에 새로
운 왕국을 건설하고, 통치하기 위해 재림한다는 지복천년의 중
요성을 강조했다. 복음전도사 사무엘 홉킨스(Samuel Hopkins)는
1793년에 출판한 『지복천년에 대한 논문』(*Treatise on the
Millennium*)에서 지복천년은 '빛과 지식의 엄청난 확산'이 있게
될 '신성함으로 두드러질' 시기라고 말했다.

지복천년은 세계 평화, 사랑, 그리고 진정한 우정의 시기일
것이고, 그 때 진리와 조화가 모든 잘못과 갈등을 압도할 것이
다. 지상은 '큰 기쁨, 행복, 그리고 온 우주의 환희로 넘칠 것이
다. … 그 때 모든 현세 상황은 유쾌할 것이고 순조로울 것이
다.' 여기에서 종교적인 예언은 '자비, 번영, 정의가 도래할 황
금시대'(Wood 1990: 45-53)를 묘사하는 미합중국의 낙천주의와
결합되었다. 독립 전쟁은 정치적 관점에서 미국의 특별한 운명
을 강화함과 동시에 교회와 정부간의 관계를 끊게 하고 합리주
의 및 개인의 자유 개념을 조장함으로써 전통적 형태의 종교를
약화시키는 역할을 했다. 1790년대에 공식적인 백인 성인 신자

수는 그 인구의 10퍼센트만큼 떨어졌는지도 모른다. 그러나 18
세기 초처럼 신앙의 쇠퇴에 대한 우려에 뒤이어 제 2의 신앙
부흥 운동(Second Great Awakening)으로 알려진 신앙 부흥 운동
의 신성한 물결이 몰아닥쳤고, 그 부흥 운동은 신자 수와 미국
종파의 범위 모두에 큰 영향을 끼쳤다. 종교의 자유에 대한 국
가의 공약에도 불구하고 19세기에 해외 논평가들 뿐만 아니라
미국인들 자신도 종교의 폭넓은 가치가 미국의 정체성 의식에
얼마나 중요한 가를 언급했다. 미국에 대한 글을 쓴 가장 중요
한 유럽 작가 중 한 사람인 콩트 알렉시스 드 토크빌(Comte
Alexis de Tocquerville)은 1835년 그의 대표 저서 『미국의 민주
주의』(Democracy in America)에서 미국의 서부 개척은 '신에 의
해 끊임없이 생겨나서 이끌려지는 인간성의 충만과 같다'는 점
에서 신의 뜻이라고 적고 있다. 뉴욕의 한 편집장인 존 L. 오설
리번(John L. O'Sullivan)이 1839년 만들어낸 '명백한 운명'이라
는 말에도 유사한 태도가 담겨있고, 그 표현은 미국의 국경 확
장과 영향력의 확산을 조장했다.

　헨리 E. 메이(Henry E. May)는 19세기 초 이런 종류의 태도
가 어떻게 복음주의 및 신앙 부흥 운동과 맞물려서 미합중국의
종교로 묘사되어져 왔던 것, 그의 말을 빌리자면 '진보적이고
애국적인 개신교의'(May 1983: 179) 국가 종교를 형성하게 되었
는지를 논하고 있다. 신앙 부흥 운동은 인류가 이성과 과학의
적용을 통해 스스로 그 위치를 향상시킬 능력을 가지고 있다는
18세기 계몽운동에서 물려받은 믿음과 결합했다는 점에서 진보
주의적이었다. 동시에 그것은 지복천년의 도래와 이 지상에서의
신의 왕국 건설에 관한 주류 복음주의 속에 널리 퍼져있는 희
망에 의존했다. 이 과정의 일부로서 세계는 기독교로 개종되고

민주주의로 전환될 것이었다. 어떤 의미에서 그 두 가지는 미국의 역사적 운명을 신교 혁명이라는 함축적 의미 즉 구원은 신앙에 의해 획득되어질 것이고 모든 신앙인은 성직자의 일원이라는 믿음과 연결시켰다. 메이에 따르면 그런 개념은 종교적 영역에서 만큼이나 비종교적 영역에서도 작용했다. 또한 이 개신교적 세계관은 개인을 위해서도, 국가 계획의 성공을 위해서도 개인의 도덕성이 중요하다는 것을 강조했다. 신은 세상에서의 특별한 목적을 바로 미국에 부여했기 때문에 이런 모든 것은 미국에서 성취되어질 것이었다.

메이는 이런 담론이 19세기동안 번성해서 19세기 후반 및 20세기 초에 최고조에 달했다고 주장한다. 그 시기에 그런 생각은 헨리 워드 비처(Henry Ward Beecher)와 워싱턴 글래든(Washington Gladden)과 같은 종교 활동가들 뿐만 아니라 시어도어 루스벨트(Theodore Roosevelt), 특히 우드로 윌슨(Woodrow Wilson)과 같은 정치지도자들에게까지 반영되었다. 우드로 윌슨은 보다 넓은 세계에서의 미국 역할에 대한 그의 견해를 밝히는데 있어 이런 많은 가설들을 포함했다. 이런 비전에 손상을 입힌 것은 제 1차 세계 대전 종식에 뒤이어 나타난 환멸감이었다.

1919년 일련의 미국 교회들은 세계 교회 일치 운동(Interchurch World Movement)을 시작했는데 그 운동은 '12사도의 시절 이후 기독교인들이 착수한 가장 위대한 프로그램'이 될 강력한 운동을 통해 전 세계를 복음주의 기독교로 개종시키는 것을 그 목표로 삼았다. 그러나 그 운동은 목적을 달성하지 못한 채 실패했다. 개신교는 많은 미국인들이 그들의 나라와 세계에서의 미국의 위치에 대해 생각했던 방식으로 여전히 중요한 힘으로 남아있긴 하지만 그 운동의 실패는 메이에게 적어도 미국 종교 담론 속에서 진보주의적인 개신교의 헤게모니가 종말에 이르렀음을 의미했다(May 1983: 163-83).

그 즈음 미국 종교는 그 구성에 있어 훨씬 더 다양해졌다. 19세기와 20세기 초의 엄청난 이민의 물결로 인해 많은 새로운 종파의 기독교인들과 비기독교인들이 들어왔고, 이들은 미국 종교 문화에서 개신교의 지배를 희석시키는 역할을 했다. 예를 들어 20세기 초쯤 카톨릭교는 미국인의 종교 생활에 주요 세력이 되었고 고도로 조직적인 교구 제도에 의해 유지되었으며 국제 카톨릭교와도 강력한 유대관계를 맺었다. 동시에 유대교는 특히 19세기 후반 및 20세기 초 동유럽에서 온 많은 유태인 이민자들이 정착한 동부 연안의 주요 도시에서 확고하게 자리잡았다. 많은 개신교 신자들은 이런 발전이 '미국 전통'에 가하는 위협에 놀랐고, 그래서 무제한적인 이민을 종식해야 한다는 운동을 막후에서 지지했다. 그들이 이런 지지를 했던 부분적인 이유는 그 운동이 미국 역사의 첫 백년동안 미국을 이끌었던 종교적 신앙이 더욱더 침식되는 것을 막아 줄 가능성이 있었기 때문이었다. 그러나 1920년대쯤 이미 너무 늦었고, 훨씬 더 폭넓은 다양한 종교 양식들이 미국 토양에 확고하게 자리잡았다.

▶ 미국인의 신앙 생활에서 변화하는 양식들

이런 배경과는 반대로 20세기 미국 종교를 해석하는 한 가지 중요한 주제는 바로 세속화였다. 주요 종교 집단들은 현대 문화의 요구에 순응하는 과정에서 서로를 구별하는 자질들을 잃어 버렸고, 그렇게 함으로써 신자에 대한 전통적인 지배력을 잃게

되었다. 교회는 그 지향에 관계없이 예전의 방식으로 특정 공동
체를 더 이상 지배하지는 못했다. 이것은 전국적으로 각기 다른
속도로, 그리고 다른 시대에 작용해온 과정이긴 하지만 그럼에
도 불구하고 그것은 아주 혹독한 것처럼 보인다. 예를 들어 사
람들은 전통적으로 일요일에 예배보러 가는 생활 방식을 따름
으로써 어떤 다른 옥외 활동을 할 기회가 거의 없었지만 이것
은 점차 상당한 압박 하에 놓이게 되었다. 공동체의 관습은 때
때로 엄격한 법률에 의해 강화되었기 때문에 일요일은 주 중의
여는 날과는 매우 다르다는 것을 확실히 했다. 그러나 제 2차
세계 대전 이후 기도와 휴식을 위해 비축된 특별한 날로서의
일요일에 대한 개념은 식당, 상점가, 슈퍼마켓, 영화관과 같은
사람들을 현혹하는 많은 유혹거리들로부터 도전받게 되었다.

노먼 메일러(Norman Mailer)는 『내 자신을 위한 홍보』
(*Advertisements for Myself*)에서 그 점을 간략하게 비난하고 있
다. '미국의 개신교는 기계화에 순응했고, 천국, 지옥, 영혼과 같
은 개념들에 대한 열의를 잃기 시작했다'(Mailer 1968:348). 이
정도로 세속화는 사람들의 일상적인 종교적 생활 방식에 영향
을 미쳤던 것처럼 보인다. 이 장의 서두에 인용된 통계들은 이
런 주장에 반대되는 것처럼 보이지만 이런 시각에서 보자면 그
통계들은 약화되고 일반화된 종교 형태의 인기를 의미하고 있
다. 그런 종교 형태 속에서 신학 혹은 교리의 정의 문제에 부여
된 중요성은 윌 허버그(Will Herberg)가 '미국인의 생활 방식'
(Herberg 1955: 86-94)이라고 불렀던 것을 폭넓게 수용하는 것
에 의해 사라지고 있다.

그러나 미국인의 삶으로 간주되는 세속화에 접근하는 또 다
른 방식이 있는 것처럼 보인다. 미국에서 종교적 행동에 관한

한 가지 관례적인 속성은 종파적 충실성을 중시하는 것이었다.
미국 역사의 상당 기간동안 기독교 신자들은 특정 종파의 신자
로서 교회에 다녔고, 종종 경쟁 기독교 집단들에 대한 불신과
적대감을 드러냈다. 19세기 및 20세기 초에 걸쳐 미국의 기독
교 종파들은 종종 그들 경쟁 집단의 과실 및 배교와 비교하여
자신들의 사명의 우월성을 주장했다. 그런 구분은 아마도 카톨
릭 신자들과 개신교 신자들 사이의 분열에서 가장 극명했고, 미
국 역사는 그 두 종교 집단간의 갈등 폭발로 혼란스러웠다. 바
로 1950년에 유명한 카톨릭 신부이자 뉴욕의 대주교 프랜시스
스펠만(Francis Spellman) 추기경은 개신교 신자들을 두건을 쓰
지 않은 K.K.K단*이라고 불렀다. 그러나 긴장은 자주 개신교
내에서도 분명해졌고, 미국 사회의 두드러진 특징이었던 세속화
의 경향을 부추겼다.

이런 분열과 긴장은 상당부분 계급, 인종, 민족성, 종교와 같
은 요인들에 기인한다고 종종 주장되어져 왔다. 기독교 신자들
은 종교 이외의 세력들에 의해 그리고 특정 형태의 기독교에
대한 국가의 공식적인 후원의 부제에 의해 서로 분열되어져 왔
다. 바로 1958년에 디트로이트 지역에서의 주요 여론 조사는
개신교 신자들, 카톨릭 신자들, 유대교 신자들이 성도덕, 가족
역할, 사회 개혁, 업무 태도를 포함한 폭넓은 범위의 개인적이
고 사적인 문제들을 인식하는 방식에 있어 상당한 차이가 있음
을 보여주었다.

그러나 더욱 최근의 증거는 종파간의 벽이 무너지기 시작했

* 역자 주) 3K단(Ku Klux Klan). 백인 개신교 신자들로 구성된 비밀결사로 다른
인종 집단 혹은 다른 종교를 믿는 사람들을 위압하기 위해 결성된 단체였다. 3K
단의 활동은 민권운동이 활발하던 1960년대에 흑인들에게 특히 폭력적이었다.
3K단원들은 흰옷과 그들의 얼굴을 가리는 끝이 뾰족한 긴 모자를 쓰고 다녔고
비밀리에 회합을 가졌다.

음을 보여주는 것처럼 보인다. 특히 제 2차 세계 대전 직후 중
요한 변화는 미국인들이 특정 종파에 지나치게 집착한데서 발
생했던 것처럼 보인다. 1955년까지만 해도 대부분의 교인들은
어린 시절에 속했던 종파에 충실했다. 그러나 1985년쯤 성인들
의 대략 3분의 1은 어린 시절 믿었던 종파를 바꾸었다. 더 오래
된 몇몇 종파들에서 이런 경향은 특히 두드러졌다. 장로교, 감
리교, 감독교는 모두 최근에 약 40퍼센트의 신자들을 다른 교
파에게 빼앗기고 있다고 진술했다. 심지어 카톨릭교, 침례교, 유
대교 조차도 약 25퍼센트의 신자를 잃고 있다고 주장했다.

이런 경향은 부분적으로 교회를 다니는 미국인들이 점차 전
통적인 경계를 초월하여 예배에 참석하고 있음을 보여준다.
1980년대 미국인들의 거의 3분의 2가 적어도 세 가지 다른 종
파의 예배에 참석했고, 이것은 교육 배경과 인종간 결혼에 의해
조장된 경향인 것처럼 보인다. 또한 종파들 스스로 예배 규칙들
을 완화시켰기 때문에 사람들은 그런 예배에서 점차 따뜻한 환
영을 받을 수 있다고 생각했다. 1970년대와 1980년대에 실시된
조사들은 대부분의 개신교 신자들은 지역 교회들간의 협력 증
대에 우호적이었고, 일반적으로 다른 종파들에서도 개신교 신자
들의 신앙과 예배 의식에 공감하고 있음을 보여주었다. 이런 변
화는 개신교 내에서 두드러지고 있을 뿐만 아니라 구교와 신교
사이에서도 분명히 드러난다. 미국 카톨릭 신자들이 성공적으로
정치 생활에 참여함으로써 결국 존 F. 케네디(John F. Kennedy)
는 1960년 대통령으로 당선될 수 있었다.

카톨릭 신자와 개신교 신자간의 결혼은 1950년대보다는 1990
년대에 훨씬 논쟁을 불러일으키지 않게 되었다. 교파를 초월하
는 세계주의가 기독교계의 여러 종파에 상당히 퍼져 나감으로

써 미국인의 삶에 있어 이질적 타자로서의 카톨릭 신자에 대한 개념은 뚜렷이 줄어들었다. 카톨릭 신자들과 개신교 신자들은 40년 전에는 결코 생각할 수 없었던 방법으로 자주 지역적 수준에서 협력하고 있다.

그러나 종파 충실성에 대한 이런 약화는 원리주의 (fundamentalism)에 대한 논의가 명백해졌을 때 세속적 시각에 반대하여 공적인 문제들에 대해 종교간의 폭넓은 동의를 초래했던 것은 분명히 아니었다(215-226쪽 참조). 대신 많은 논평가들은 종파 경계를 초월하여 발생해 온 철저한 이데올로기 재편성을 지적했다. 예를 들어 카톨릭 신자들과 개신교 신자들 간의 전통적인 분리 대신 나타난 것은 양 진영 속에서 정통파 집단과 진보 집단 사이의 증가하는 친화성이었다.

1980년대의 조사들은 점차 종파가 무엇이건 자신의 종교 신학에 대해 정통적 견해를 가지고 있는 사람들은 그들과 같은 종파의 신앙을 가진 진보 집단보다는 다른 종파의 정통파 집단과 공적인 여러 문제들에 대해 견해를 같이하고 있음을 보여주었다. 한 종파의 진보주의자들이 자주 다른 종파의 진보주의자들과 제휴할 때 이런 현상은 더욱 분명했다. 일반적으로 정통파의 견해는 정치적·문화적 태도에 있어 우익파로서 묘사되어질 수 있는 것에 공감했고, 반면 진보주의자들은 더욱 자유주의 쪽으로 바뀌는 것 같았다.

예를 들어 세계에서의 미국의 역할에 대한 1987년의 한 조사에 따르면 개신교, 카톨릭교, 유대교의 상당수 정통파들은 세계에서 미국은 '선의 세력'이라고 믿었던 반면 다수의 진보주의자들은 미국의 영향력은 '중립적'이거나 아니면 '악의 세력'이라고 믿었다. 정통파들은 사회 복지와 같은 정부의 계획들에 훨씬 더 회의적인 반면 진보주의자들은 연방 정부의 개혁 프로그램에 훨씬 공감하는 것처럼 보였다. 종파들 내에서 정통파와 진보주의자간의 이런 분리는 같은 의견을 가진 신앙인들이 그들의 관심을 불러일으키는 문화적인 문제들에 관해 제휴할 때처럼 과거에는 결코 깨뜨릴 수 없는 장벽들이었던 것을 초월하여 점차 많은 동맹관계를 결성하는데서 반영되어져 왔다. 이런 동맹관계를 분류하는 한 가지 방식은 보수주의자 대 자유주의자의 정치적 스펙트럼으로 그들을 보는 것이긴 하지만 이런 식으로 문제의 핵심에 이를 수는 없다. 정치 이데올로기는 도덕적인 힘의 원천에 대해 훨씬 더 깊은 불일치를 반영하고 있다고 주장되어져 왔다. 정통파들에게 도덕적인 힘은 세계에 대한 신의 뜻에서 온다. 진보주의자들에게 도덕적인 힘은 외부 힘에 의존하지 않고 세계와 타협하려는 합리적인 시도에서 발견되어질 수 있다. 최근의 두 명의 논평가들은 다음과 같이 결론을 맺고 있다.

낙태, 적법한 성행위, 가족의 본질, 교육의 도덕적 내용, 교회/국가법, 언론의 자유를 보장한 헌법 수정 제1조항의 의미, 기타 등등에 대한 논쟁을 포함하는 도덕적인 힘에 대한 이런 대립되는 개념들은 미국의 공적 담론에서 대부분 정치적·이데올로기적인 불일치의 핵심을 이루고 있다.(Hunter and Rice 1991: 331)

이것은 이 장 서두의 통계에서 암시된 것처럼 종교의 분명한 공적 책임이 처음에 나타나는 것만큼 분명하지 않다는 것을 보여준다. 미국에서 종교는 세속화의 압박 하에서 쇠퇴하고 있을 수도 있고 그렇지 않을 수도 있지만 분명히 종교는 변화하고

있고, 변화하고 있기 때문에 종교는 18세기 후반 이후 존재해
왔던 미국 문화를 정의하는 지속적인 투쟁의 일부로 남아있다.

▶ 현대의 복음주의

　최근 미국 사회사에서 가장 놀라운 현상 중 하나이자 그럴듯
한 세속화 이론에 대한 한 가지 강력한 도전은 복음주의 기독
교의 지속적인 약진이었지만 때때로 그것은 원리주의의 특징과
항상 관련된 것은 아니다. 장로교, 감리교, 감독교와 같은 주요
개신교 교파들은 원리주의파, 카리스마파, 오순절교파*를 포함
한 일련의 복음주의 집단에게 그 지지기반을 잃어왔다. 가장 많
은 논쟁을 불러일으키며 선풍적 인기를 얻은 복음주의의 대표
는 바로 전자 매체를 이용해서 대규모로 새로운 청중들에게 이
를 수 있는 텔레비전 설교자의 급부상이었다.

　그러나 텔레비전 설교자에게 기울여진 확실한 성공과 관심에
도 불구하고 텔레비전 설교자들은 실제로 특히 대중적 수준에
서 다양한 복음주의를 전적으로 대표하는 것은 아니다. 이 책에
서 검토되는 여러 주제들에 대한 우리의 관심사 중 하나는 일
련의 미국 제도들과 사회 관행들이 계급, 인종, 지역과 같은 중
요한 개념에 의해 어떻게 조정되어지는가를 보여주려는 것이고,
이것은 미국인의 삶의 다른 영역에서 만큼이나 복음주의의 경
우에도 마찬가지이다. 게다가 복음주의는 다양한 형태의 종교적
표현이고, 그러므로 모든 복음주의자들이 원리주의자들은 아니
라는 것을 주목하는 것은 복음주의를 검토하는데 있어 매우 중
요하다.

* 역자 주) 20세기 초 미국에서 시작한 원리주의에 가까운 한 파

우리는 1970년 이후 원리주의와 정치적 우파들 간의 유대 관계를 조사할 것이지만 전후시기동안 성공한 여러 복음주의 운동 단체들이 있었다. 그 단체들은 단지 옛 방식의 회복을 요구하기보다는 복음주의를 주류 미국인의 삶에 더욱 효과적으로 적용하려고 애썼다. 현대 복음주의에서 이런 경향을 띠는 대표적인 인물은 빌리 그레이엄(Billy Graham)이다. 그는 사우스 캐롤라이나주 그린빌(Greenville)에 위치한 보수적 원리주의의 근거지인 밥 존스(Bob Jones)대학에서 교육을 받았는데 1950년대 그의 운동은 자의식적으로 모든 것을 포함하는 방식으로, 그리고 종종 반공주의자이긴 했지만 여러 급진적 문제들에 다소 공감하는 방식으로, 많은 보통 시민들의 호감을 사려했다. 1960년대 후반 그레이엄은 정치적으로 극우익파 복음주의자들로부터 때때로 비난을 받았는데, 그들은 인종차별과 가난이 현대 미국의 여러 문제들을 압박하고 있다는 점을 그레이엄이 기꺼이 인정함으로써 복음주의 운동을 저버리고 있다고 느꼈다. 이것은 종교적 보수주의가 항상 정치적 보수주의를 암시하는 것은 아님을 상기시켜 준다.

우리가 다음에서 보게 될 것처럼 대부분의 흑인 복음주의자들은 그런 등식에 거의 적합하지 않았고 심지어 모든 복음주의 집단들 중 가장 빨리 성장하는 단체인 남부 침례교는 한 중요한 급진파를 포함하고 있었다. 미국내의 급진적 운동에 공감하고 또한 베트남 반전 운동에 참여한 많은 저명한 복음주의자들이 있었다. 예를 들어 오리건주의 마크 햇필드(Mark Hatfield) 상원의원은 자신의 복음주의 운동을 민권 운동 지지 및 베트남 전쟁 확산 반대 운동과 연결시켰다. 그러나 전국적으로 가장 유명한 급진적 복음주의자는 조지아주의 전 주지사이자 1976년

대통령으로 선출된 지미 카터(Jimmy Carter)였다. 카터는 유세 기간동안 '갱생하는' 것에 대해 그리고 개종 체험이 어떻게 그의 삶을 바꾸었는가에 대해 공공연히 이야기하며, 국내에서의 사회 정의와 해외에서의 인권 운동에 참여할 것을 부추겼다.

전후 복음주의의 또 다른 특징은 공동체 의식이 개인과 집단 간에 점증하는 분열로 인해 위협받는 것으로 여겨지는 사회에서 그것을 회복시키기 위해 복음주의의 영향력을 이용하려는 시도였다. 상당히 많은 도시에서 대규모 복음 집회는 주요 종교 예배와 더불어 상점, 학교, 일련의 모든 사회적 · 문화적 시설들을 제공하는 대안 공동체로서 그것의 출현을 조장했다. 시카고의 북서쪽 교외 지역 사우스배링톤(South Barrington)에 위치한 윌로우 크릭 지역 교회(Willow Creek Community Church)는 정규적으로 주말마다 15,000명이 모인 가운데 집회를 갖는데 그 교회의 실제 외관은 큰 법인 총본부와 대형 상점을 다소 절충한 것이다. 교회 예배는 주로 백인 중류층 신자들을 겨냥해서 세련되게 일괄적으로 꾸며지며 버라이어티 쇼처럼 정교하게 기획되고 안무가 동원된다. 교회에는 대규모 조명 및 음향체계 그리고 주중 회합을 상세히 테이프에 녹음해 주는 비디오 녹화장치가 갖추어져 있다.

교회 예배와 가치 기준은 1970년대에 실시된 시장 조사에 근거한 것인데 그 조사에서 교외 지역의 지지를 되찾기 위한 한 가지 방법은 주변 문화에 적응하는 것이었다. 교회 목사들은 스스로를 수석 경영팀이라고 부르고, 메시지를 전달하기 위해 경영 전문용어를 사용한다. 그 교회의 수석목사 짐 데트너(Jim Dettner)는 다음과 같이 설명했다.

여러분이 윌로우 크릭 지역 교회에 관해 이해해야할 한 가지 것은 우리는 저희의 표적시장을 고르는데 있어 전략적이었다는 점입니다. 우리는 접촉하려는 사람이 누구인가를 결정했고, 우리는 이 사람들을 속속들이 바꾸기 위해 그들과 접촉할 수 있도록 여러분이 가교 역할을 해야 한다는 것을 알만큼 충분히 영리합니다.

윌로우 크릭은 뻔뻔스럽게도 종교적 진리도 어떤 다른 상품과 마찬가지로 포장되어 팔릴 수 있다는 전제에 근거하고 있다. 윌로우 크릭 지역 교회를 지지하는 사람들은 종교적 진리는 변치 않지만 교외 지역의 신자들에게 적합한 형태로 그 진리를 표현함으로써 그렇지 않았으면 불가능했을 종교적 진리를 전달할 수 있다고 주장한다. 성경 말씀 그대로의 진리에 대한 집착과 갱생 체험은 주의깊게 꾸며진 언어와 주류의 대중 오락 형태로 표현되어진다. 또한 사회의 다른 제도들이 약하고 부적절한 것으로 여겨지는 세계에서는 공동체의 원천으로서 교회를 특히 중시한다. 윌로우 크릭 지역 교회는 그 자체 강령에 따르면,

정규적으로 회합을 갖는 수명백의 스포츠 팀, 청년회, 그리고 어린이 봉사단의 활동, 친목, 학습의 장이고, 750석의 홀/식당에 앉아서 가족과 친구들이 만나 먹고 이야기하며 서로의 삶을 공유하는 공동체이다.

윌로우 크릭 지역 교회는 또한 교인들에게 일련의 부가 서비스를 제공하고 있는데 그런 서비스에는 차 관리 및 손수 수리하기와 같은 기본 기술을 가르치는 실용적인 강습뿐만 아니라 마약중독에서 벗어나기, 재정 자문, 그리고 가족 상담과 같은

분야를 두루 포함한다. 윌로우 크릭 지역 교회의 성공으로 인해
그 공동체는 전국의 많은 다른 유사한 지역 교회들의 모델이
되었고, 지역 교회들은 현대의 복음주의를 훨씬 유쾌하고 접근
하기 쉽게 만들려고 애썼다. 교회 예배를 더욱 현대화하려는 시
도가 정통파들로부터 비난을 불러일으켰을 때인 1920년대처럼
지역 교회를 비판하는 사람들이 있었는데 그들은 지역교회가
다소 너무 쉽게 현대 문화에 굴복했다고 주장했다. 시장 조사와
현대 소비자 중심주의의 요구에 맞추는 것은 종교 신앙과 관행
이 어떤 형태를 취해야하는 가에 대한 지침 역할로서는 불충분
하다. 그런 것들에 지나치게 의존하는 것은 사람들이 원한다라
고 스스로 말하는 것보다는 신앙과 교리에서 사람들에게 필요
한 것이라고 밝히고 있는 것을 주어야 하는 교회의 전통적 책
임을 포기하는 것이다.

현대의 복음주의 속에서 훨씬 더 최근에 발전한 약속을 지키
는 사람들(Promise Keepers)이라는 교회 또한 기존 종파의 한계
를 벗어나서 상대 종파로부터 일련의 지지자들을 끌어 모을 수
있는 폭넓은 제휴 구축을 모색해왔다. 그 교회의 주요 지지자들
은 남성이고 그 교회의 전략은 기독교 남성 신자들이 결혼 약
속, 가족, 부부간의 정절, 그리고 교회 다니기를 포함하는 기독
교의 적절한 가치를 지지하는 일련의 서약을 하기 위해 함께
모여 대집회를 여는 것에 그 토대를 두고 있다. 그 교회의 여섯
번째 서약은 종파간의 역할을 강조하고 있다. 그 교회의 지지자
들은 '성경에 나온 통합의 힘을 입증하기 위해 인종간 혹은 종
파간의 장벽들을 초월하겠다'고 서약해야만 한다. 그것이 흑인
의 지지를 얻을 수 있을 지는 미결문제로 남아있지만 그 교회
는 미국 내 흑인 이슬람교인 이슬람 연합(Nation of Islam)과 그

지도자인 루이스 패러칸(Louis Farrakhan)의 지지를 받는 백만인 행진(Million Man March)과 흥미롭게도 비교되고 있다(234쪽 참고). 전통적인 교회들이 종교적 지지를 동원하는데 어려움을 겪고 있는 가운데 약속을 지키는 사람들과 백만인 행진은 모두 그 대안적 방식들을 다른 종교 전통에서 그리고 인종간의 분열을 초월하는 것에서 찾고 있다.

전통적인 복음주의를 현재 미국의 문제로 인식되어지는 것들에 적용하려는 이런 시도와 더불어 개신교 복음주의 내에서도 현대 세계에 적응하는 어떤 형태에 대한 대항책으로서 개인 영혼의 구제를 강조하는 또 다른 요소의 세력이 계속 있어 왔다. 세계를 점차 더 나은 장소로 바꾸려는 희망은 사라졌다. 가장 영향력 있는 연설가 중 한 사람인 드와이트 L. 무디(Dwight L. Moody)는 "세계는 점점 더 나빠지고 있고" 그래서 죄인들과 구원받을 사람들간의 구분은 훨씬 더 명확해 질 것이라고 말하고 있다. 인간은 세계를 바꾸려 하기보다는 세계로부터 구원받을 필요가 있다는 것이다. 18세기 후반과 19세기 초에 많은 설교자들이 믿었던 후 천년 왕국설과는 대조적으로 때때로 지복천년 이전으로 묘사되는 이런 전통에 따르면 그리스도가 아마겟돈 전투에서 자신의 왕국을 설립하기 위해 돌아올 때까지 지상의 조건은 가차없이 더 악화될 것이었다. 그때까지 진정한 신앙인들은 자신의 영혼을 구제하는데 집중해야만 한다. 왜냐하면 그들만이 그리스도와 적그리스도간의 최종 결전에 수반되는 고난을 겪을 필요가 없을 것이기 때문이다.

대신 그들은 '은밀한 환희'로서 알려진 과정에서 그리스도를 만나기 위해 하늘로 올라갈 것이고 그럼으로써 세계 종말의 공포를 피하게 될 것이다. 이런 태도는 이 지상에서의 정치 활동

은 무의미하다는 것을 암시했다. 스스로 그 환희를 준비하는 것
이 훨씬 낫다는 것이다. 이런 경향은 19세기 후반 악습과 알코
올에 대항한 운동과 20세기 초 미국에서 작용하고 있는 현대화
및 자유주의 세력에 저항한 무디와 같은 사람들이 행한 신앙
부흥 운동에 의해 강화되었다. 그것은 사회 복음 운동에 너그럽
게 공감하는 것에도 회의적이었고, 또한 종종 이민자의 교회들
과 관련된 다른 종교들과 과학 및 현대 사회의 다른 여러 특징
들과 타협하려는 신합리주의의 확산에도 모두 회의적이었다.
1900년과 1915년 사이에 그것은 신앙 기본 원리들에 복음주의
를 각성시키려는 노력을 의미하기 위해 만들어진 말인 '원리주
의'의 부상과 더불어 새롭게 자의식적인 경향을 띠게 되었다.
원리주의의 중심에는 성경 말씀 그대로의 진리에 대한 믿음이
깔려 있었다.

  그리고 원리주의의 효력을 즉시 발생하게 만든 것은 운동 자
체에 대한 확신과 메시지를 퍼뜨리는 효과간의 유대관계였다.
1970년대와 1980년대에 종교 우파들이 그토록 효과적으로 사
용했던 직접 우편발송의 선구적 방법으로 인해 신앙 원리들을
담고있는 여러 책들과 팸플릿이 전국적으로 널리 유포되었다.
1920년대쯤 알코올같은 오래된 목표뿐만 아니라 공립학교에서
진화론을 가르치는 것을 배격하고 카톨릭교의 영향력에 반대하
는 보수주의 기독교 집단들의 제휴가 분명해졌다. 그러나 1930
년대와 제 2차 세계대전 동안 종교적 보수주의는 1910년대와
1920년대 금주법과 공립학교 커리큘럼과 같은 문제들에 대한
문화적 투쟁에서도 반영되었던 현대 미국 도시의 악마들과의
단호한 대결에서 벗어났다. 대신 종교적 보수주의는 지방적·지
역적 수준의 활동을 조장하는데 초점을 맞추는 쪽으로 재편성

되었다. 그러나 제 2차 세계대전 이후 종교적 보수주의는 강력하게 그럴듯한 애국심과 반공주의를 확보했을 때인 1940년대 후반과 1950년대의 신앙 부흥 운동에 힘입어 남부와 서부의 지지 기반에서 전국적 규모로 다시 한번 확산되었다.

종교적 보수주의가 성공하게 된 한 가지 이유는 효과적인 조직력 때문이었다. 칼 맥인타이어(Carl McIntyre)가 이끄는 미국 기독교 위원회(American Council of Christian Churches)와 빌리 제임스 하기스(Billy James Hargis)가 이끄는 기독교 운동 (Christian Crusade)과 같은 단체들은 기독교 우파(Christian Right)가 1970년대와 1980년대에 사용할 지도력과 통합의 예를 성공적으로 보여주었다.

1960년대와 1970년대 초 동안 종교적 보수주의가 남부와 서부에서 뿐만 아니라 점차 북부 대도시 중심가에서도 확고해졌다는 것은 분명하다. 1960년대의 문화적 혼란동안 전국적인 규모의 매체들은 좌파의 불찬성 목소리에 관심을 기울였기 때문에 종교적 보수주의의 힘을 과소평가 하는 경향이 있었지만 이 분명한 침묵은 잠시 현혹시키는 것일 뿐이었다. 1960년대 말 정치적 자유주의의 혼란이 해소되고 좌익 급진주의가 붕괴됨으로써 도덕적 가치의 붕괴에 대한 대안책으로서 종교적 보수주의가 나아갈 수 있는 공간이 마련되었다. 카리스마파 설교자들은 종교적 보수주의의 이런 회복을 대중의 각광으로 몰아 감으로써 주목받았지만 이 운동의 장기적 성공을 확보하는데 있어 중요했던 것처럼 보이는 것은 원리주의자의 담론의 힘이었다는 것은 주목할 필요가 있다. 영향력 있는 설교자가 성적 혹은 재정적 추문에 휩싸이는 일이 흔히 발생하는 일이었지만 그것이 원리주의 운동의 효력을 심하게 약화시켰던 것처럼 보이지는 않는다. 성경의 말씀과 주장은 그것을 말하는 설교자들의 비행으로 훼손되었을 때 조차도 지속적인 지침이 되었다.

원리주의가 1970년대에 번성했을 때 원리주의와 정치적 보수주의간의 유대는 훨씬 더 명확해졌다. 선구자들 중에는 버지니아주 린치버그(Lynchburg)에 위치한 토마스 로드 침례교회(Thomas Road Baptist Church) 목사이자 침례교 해방 대학(Liberty Baptist College) 창립자인 제리 팰웰(Jerry Falwell)이 있는데, 그의 사명은 미국을 구원할 새로운 세대의 원리주의 목사들을 양성하는 일이었다. 팰웰은 일요일 아침마다 전국적으로 널리 배포되었던 『옛 복음 시간』(Old Time Gospel Hour)이라는 그의 주보가 성공을 거둠으로써 전국적으로 유명해졌다. 1960년대 초반 팰웰은 성직자들이 사회 개혁보다는 개인 변모에 집중해야만 한다고 단호히 주장했지만 1980년쯤 마음을 바꾸었고 미국인의 생활 안정을 분명히 위협하는 '세속적 인본주의'의 경향을 몰아내려는 운동인 소위 '도덕적 다수파'(Moral Majority)*의 지도자로 부상했다.

도덕적 다수파는 여러 운동 중에서도 낙태 권리, 여성의 평등권 수정 조항, 동성애자들의 법적·사회적 동등권에 반대했고, 전통적인 가족구조를 보호할 것과, 교회와 국가의 분리주의 원칙에 의해 제외되었던 미국인의 삶의 영역에 종교적 가치를 확산시킬 것을 강력히 주장했다. 여기에서 특히 중요한 것은 대법원에 의해 금지되었던 공립학교에서의 기도 문제였는데 그것은 신원리주의자들이 정치 활동에 참여하는 중요한 상징이 되었다. 1980년쯤 도덕적 다수파와 다른 보수주의적인 종교 집단들은

---

* 역자 주) 미국의 보수적인 기독교 정치 단체로 1979년 6월 침례교 목사 제리 팰웰이 설립했다.

로널드 레이건(Ronald Reagan)을 대통령으로 당선시키는데 집착했고, 그런 운동을 하는데 있어 반낙태주의와 반페미니즘과 같은 문제들은 레이건이 강조했던 자유기업 경제 부활과 미국 군사력 회복의 필요성과 같은 사항들과 연계되었다.

이 시기에 보수주의의 영향력을 한층 더 돋보이게 하는데는 보수파가 현대 생활 방식의 요구에 기꺼이 순응했을 뿐만 아니라 대중 매체 특히 텔레비전을 교묘히 이용했기 때문이었다. 마이클 리네치(Michael Lienesch)가 주장하는 것처럼 종교 우파의 활동에 있어 중요한 한 가지 특징은 인기 설교자들이 그들의 운동을 고무시키기 위해 대중매체를 숙달하게 사용한 방식이었다. 1980년대와 1990년대에 상당한 명성이 전자 매체를 이용하는 교회에 주어졌지만 그 교회가 사용하는 여러 종류의 기술들은 1930년대의 제럴드 L. K. 스미스(Gerald L. K. Smith), 1940년대와 1950년대의 칼 맥인타이어 목사, 1950년대와 1960년대 초의 빌리 제임스 하기스와 같은 사람들이 라디오 매체를 이용했던 것에 토대를 두고 있다.

이 세 사람들은 모두 원리주의자의 메시지 전달을 촉진시키기 위해 전통적인 설교 영역을 초월하여 대중 매체를 사용하는 것이 어떻게 가능한가를 보여주었다. 1994년쯤 전미 종교 방송인 회의(National Religious Broadcaster's Conference)에 따르면 1,600개의 라디오 방송국과 274개의 텔레비전 채널이 매일 종교 메시지를 방송하고 있다. 이는 1984년 이후 라디오의 경우는 50퍼센트, 텔레비전의 경우는 33퍼센트 증가한 것이다. 여기에서 원리주의가 현대 기술을 이용하여 효율적이고 효과적인 해석자로 재부상한데는 분명히 역설적인 면이 있다. 많은 원리주의자들은 현대 사회의 기술혁신과 의심할 여지없이 그런 혁

신이 몰고 가는 소비주의와 자아 성취의 함정을 통렬히 비난한
다. 반면에 원리주의자들의 메시지는 자주 현대 매체 형식을 교
묘히 사용하고 그들의 입장에서 대중 문화의 불경스런 협잡꾼
으로 여겼던 것과 기꺼이 대면함으로써 전달되어진다.

　도덕적 다수파가 로널드 레이건을 대통령으로 당선시키는데
아무리 중요한 역할을 했다할지라도 레이건은 대통령직을 수행
하는데 있어 상당히 실망스런 존재임이 입증되었다. 결국 그는
낙태와 학교에서의 기도와 같은 원리주의자들의 많은 중요한
주장을 전달하지 못했다. 그래서 1988년 텔레비전 복음설교자
팻 로버트슨(Pat Robertson)은 정치가들이 믿을 수 없는 사람들
이라면 종교 지도자들이 직접 대통령직에 입후보하는 것이 더
욱 효과적일 수 있다는 결정을 내린 것도 결코 놀라운 일은 아
니었다. 1988년 대통령 입후보자가 되려는 로버트슨의 노력은
실패했지만 그 패배는 원리주의 운동이 널리 보급되어지려면
원리주의가 완전히 정치의 주류로 들어가야만 하고 더욱 특정
적으로는 공화당의 조직 및 이데올로기 발전에 있어 중심 역할
을 해야만 한다는 신념을 강화시켰을 뿐이었다.

　1988년 로버트슨이 실패한 이후 이런 노력은 대중 운동에서
반영되어져 왔는데, 그런 운동들은 미국 공동체 속에서 장기적
인 정치력의 확보를 위해 지속적인 후원을 해 줄 효과적인 이
데올로기적·제도적 기반 구축을 모색했다. 로버트슨은 그가 맡
고 있는 인기 텔레비전 쇼『클럽 700』(700 Club)과 자신이 소
유하고 있는 케이블 방송국 가족채널(Family Channel)을 이용해
서 아주 효과적으로 팰웰의 도덕적 다수파를 대신할 대안에 착
수했고, 로버트슨은 그 단체를 기독교 연합(Christian Coalition)
이라고 명명했다. 1994년 중간선거 시기쯤에 기독교 연합은 거

의 2백만의 회원을 확보할 수 있었고, 운동 전략에 매우 효과적인 단체임이 판명되었다. 이는 1994년 11월 공화당이 성공을 거둔데에서도 반영되어졌는데 그 시기 종교에 근거한 투표 역할이 국회의원 선거에서 매우 중요했던 것처럼 보인다.

1980년대 중반 도덕적 다수파가 쇠퇴하기 시작하고 팰웰이 조직적·재정적인 많은 문제로 고통을 겪기 시작했을 때 얼마 동안 원리주의 정치 집단이 그 영향력을 잃었다고 주장되어졌다. 그러나 기독교 연합의 성공은 이런 생각이 옳지 않음을 입증했고, 이번에 기독교 연합의 정치적 영향력은 1980년대 초보다 훨씬 확고해졌다. 기독교 연합은 또한 정치 활동에 있어 원리주의자들의 태도가 모호하다는 점을 지적했다. 우리가 알고 있는 것처럼 원리주의 신학의 중심 경향은 인간의 영혼을 구제하려는 노력에 역점을 두면서 지복천년 이전을 강조했다. 그러나 기독교 연합의 성공은 그리스도 재림에 대한 지복천년 이후의 입장으로 나아갔다. 아마 그리스도 재림을 준비함으로써 아마겟돈이라는 최악의 상황을 막는 것이 가능할 것이었다. 이제 기독교의 활동은 지상에서의 왕국 건설로 나아가는데 있어 도움을 줄 수 있다.

1980년대와 1990년대 많은 기독교 활동주의자들에게 자신의 영혼을 구하는 것은 중요했지만 개인의 구원을 위해서는 진정한 기독교 사회를 확립하는 일이 수반되어야만 했다. 건국 조상들이 정했던 교회와 국가간의 전통적인 분리로 인해 인본주의와 세속화가 널리 확산되었을 뿐이었고, 그럼으로써 기독교의 도덕적 가치가 경시되었을 뿐이었다. 팻 로버트슨은 '우주의 중심에 있는 도덕적 질서는 신에 대한 불경, 간음, 거짓말, 부모에 대한 무례, 그리고 탐욕 속에서 매일 무너지고 있다'라고 1992

년 발간된 소책자 『신세계의 질서』(*The New World Order*)에서 주장했다.

'사회는 가능한 곳 어디에서든지 진정한 도덕법을 위반하는 온갖 행위를 부추긴다'(Breidlid 1966: 260). 그런 상황에 직면하여 후천년 왕국설(Postmillennialism)은 기독교인들이 더 이상 정치 참여를 억제할 것이 아니라 지상에서의 그리스도 왕국을 건설하는 일에 전적으로 몰두해야 한다고 주장했다. 1994년 아이오와주의 한 가정주부는 '우리가 정치력을 두려워하지 않는 것은 중요하다. 정치력이 우리에게 주어졌을 때 우리는 그 권력을 쥐어야만 한다. 그리스도는 우리에게 권력을 갖도록 준비를 시키신다. 우리는 조금씩 조금씩 그리스도가 안내하는대로 나아가서 미국을 본래의 모습으로 소생시켜야 한다' 라고 주장했다. 그러나 이런 주장이 암시하는 것처럼 후천년 왕국설의 관점은 미래보다는 과거에 의지했다. 지복천년을 위한 준비는 현대 생활의 위험에 부딪쳐 훼손되기 이전의 더욱 순수했던 과거의 미국으로 돌아감으로써 성취되어질 수 있다. 정치 활동에 환멸을 느끼기 이전에 펠웰이 주장했던 것처럼 그의 목표는 '미국을 위대하게 만들었던 도덕적 자세로 미국을 안내하고 … 과거의 방식으로 … 미국을 되돌려 놓는' 운동이었다(Combs 1993: 126).

▶ 아프리카계 미국인의 종교

우리가 이 책의 다른 곳에서 살펴본 것처럼 19세기 남부에서건 아니면 20세기 미국 전역에 걸쳐서건 미국사의 중심 주제 중 하나는 흑백 문화간의 상호작용이었다. 이것은 다른 분야에서보다 종교에서 더욱 그러하다. 아프리카계 미국인의 종교는 미국 종교 문화 전반과 흑인 공동체 자체에 모두 매우 중요했다. 말콤 X(Malcolm X)는 미국에서 '흑인은 백인에게 그의 문화, 정체성, 영혼, 자아 모두를 빼앗겼다'라고 계속 주장했다. 특히 노예 제도는 흑인들에게 백인의 가치와 신앙 특히 기독교를 강요함으로써 흑인의 정신을 식민지화할 기회를 제공했다. 아프리카계 미국인의 자율적인 종교는 모두 대서양 중앙 항로의 공포와 농장제도의 억압에 의해 파괴되었다. 우리는 이런 논의를 하는데 있어 나중에 이슬람연합(Nation of Islam)으로 되돌아갈 것이다. 그러나 이 단계에서는 흑인 문화 속에서 기독교가 행했던 다른 역할이 있다는 것을 주목할 필요가 있다.

기독교는 흑인의 정체성과 자아가치를 표출하도록 고무시키는데 있어 그것의 중요성을 강조했다. 이것은 남북전쟁 이전 노예 제도의 시기로 거슬러 올라갈 수 있다. 노예 제도의 사회적 속박 하에서 주인은 일반적으로 자신이 소유한 노예의 행동을 통제할 권리를 가지고 있었다. 많은 주인들이 선교 활동에 힘썼을 뿐만 아니라 노예들 스스로 자주 기독교로 개종했기 때문에 기독교는 농장에 널리 퍼졌다. 좌석배열은 일반적으로 분리되었지만 노예는 주인이 다니는 바로 그 교회에서 백인 감독 하에 백인 목사가 주도하는 예배를 보도록 되어 있었다. 그러나 감독과 통제에도 불구하고 노예 체험의 가장 두드러진 주제 중 하나는 노예들이 자신의 노예 신세의 고통을 견딜 수 있도록 하는 방식으로 스스로 그들 특유의 신앙심과 종교적 관행을 발전시키는 것에 관한 성공담이었다.

여기에서 중요한 것은 흑인들이 자율적으로 용케 자신들의 신앙적 관행을 찾아낸 것이었다. 흑인의 종교적 관행에서 발췌한 증거에 따르면 노예는 주인이 주는 것은 무엇이든지 수동적으로 학대받으며 받아들이는 사람으로 행동한 것이 아니라 삶의 정체성과 목적의식을 북돋우는데 매우 중요한 방식을 쫓아 행동했다. 존 블래싱게임(John Blassingame)이 적절히 표현하는 것처럼 '노예들은 신앙 생활을 하는데 있어 양심의 독립성을 발휘했다'(Blassingame 1972: viii). 노예 제도 하에서 아프리카계 미국인들은 장차 흑인 공동체를 두드러지게 할 많은 특징들을 발전시켰다. 여기에서 특히 관심을 끄는 것은 노예들이 백인 사회에서 취한 복음주의 관행을 아프리카 유산과 결합시켰던 방식이었다.

　노예 제도에서 해방된 후 자유인이 된 흑인들은 남북전쟁 이전에 강제로 예배에 참가해야 했던 백인 지배의 교회에서 탈퇴해서 자신들의 종교 시설을 설립했다. 많은 흑인들에게 백인 설교자들과 그들의 복종 및 구속의 메시지를 벗어나 스스로 선택한 방식으로 자신들의 신앙을 실천할 수 있다는 것은 매우 중요한 자유 행위였다. '신을 자유롭게 섬길 수 있는 이 시대에 신을 찬미하라'(Litwack 1980: 465)라고 노예였던 어떤 사람은 말했다. 이런 과정의 결과로서 흑인들의 새 교회들은 그들의 삶에서 중요한 위치를 차지했다. 그 교회들은 빠른 속도로 흑인들이 그들의 힘으로 만들어서 운영하는 주요 사회적·문화적 시설이 되었다. 그러므로 흑인 교회들은 공동체의 목적 의식을 조장하는데 필수 불가결했다. 흑인 교회들은 공동체의 대부분의 활동 즉 종교적 활동뿐만 아니라 경제적·정치적·교육적 활동에 조직적 틀을 제공했다. 동시에 흑인 교회들은 그들 삶에서 정체성 의식을 조장하고 신의 역할을 확고히 하는 방식으로 개개인의 신앙을 표현할 기회를 제공했다.

코넬 웨스트(Cornel West)가 주장하는 것처럼 '예수 그리스도
를 선택해서 기독교인의 공동 목적 의식과 그들의 상황에 대한
기독교인다운 이해심을 함께 공유하려는' 결정을 내리는데 있
어 흑인 교회들은 아무리 흑인들이 '외관상 영원히 십자가를
지고 있고, 계속 십자가에 못박혀서 끊임없이 학대받고 평가절
하된다 할지라도' 신앙으로 인해서 결국 승리할 수 있다는 희
망을 갖게 하는 상황을 만들었다(West 1993: 117-18). 흑인 교회
에서 목사들은 복음 전도자로서 뿐만 아니라 교육자, 공동체의
조직자, 정치지도자로서 특히 중요했다. 세기가 바뀔 무렵 W.
E. B. 두 보이스(W. E. B. Du Bois)는 설교자를 '미국 토양 하에
서 흑인이 발전시킨 가장 독특한 사람'(Branch 1988: 3)이라고
불렀다.

　이런 배경으로부터 2차 세계대전 이후 흑인의 체험 특히 민
권 운동 쪽으로 향한다면 흑인 교회의 지속적인 중요성은 더욱
분명해진다. 1940년대와 1950년대 초 민권 운동이 지역적 수준
에서 남부 전역에 퍼졌고, 그 후 1955년에 시작된 몽고메리 버
스 보이콧(Montgomery Bus Boycott)*으로 인해 전국적으로 퍼
졌을 때, 종교는 결정적인 역할을 했다. 주로 백인 사회와는 독
자적인 방식으로 인적·재정적 지원을 동원할 수 있는 흑인 공
동체 속에서 다른 여러 가지 것들 중에서도 종교는 조직 구성

---

* 역자 주) 1955년 12월 1일 엘라배마(Alabama)주 몽고메리에서 여재봉사 로저
파크스(Rosa Parks)는 시내버스 안에서 백인 남성에게 좌석을 양보하지 않은 이
유로 체포되어 공공장소에서 흑백 격리법을 위반한 죄로 벌금을 물게 된다. 이
사건은 민권 운동의 도화선이 되었고 몽고메리의 흑인 공동체는 마틴 루터 킹
목사의 지휘 하에 소송을 제기했고, 시내 버스를 보이콧하거나 시내버스 타기를
거부하는 시위를 벌였다. 결국 382일 후 보이콧에 대한 전국적인 지지로 인해 흑
백 격리법은 폐지되었고 흑인들은 아무데서나 그들이 원하는 좌석에 앉을 수
있게 되었다. 로저 파크스는 흑인 민권 운동의 상징이 되었고 그녀는 "민권 운동
의 어머니"로서 알려지게 되었다.

에 깊은 뿌리를 제공했다. 또한 흑인 목사들의 경우 종교는 장차 지도자가 될 용이한 원천을 제공했다. 많은 흑인 목사들은 대학교육을 받았고, 그래서 그들은 회중을 위해서 증언하는 오랜 전통에 의존할 수 있었다. 흑인 설교자들은 속박에서 벗어나서 약속의 땅에 가려는 오래된 노력과 현대의 정치적 투쟁을 연결시켜 줄 수 있는 말로 민권 운동에 참여했다.

이런 모든 것은 마틴 루터 킹(Martin Luther King) 목사의 이력에서도 반영된다. 킹 목사는 그의 이력에 있어 1955년부터 1968년 암살당할 때까지 민권 운동의 대표로서 국민의 공적 생활에서 종교의 중요성을 그의 세대에게 강조하는 가장 중요한 대변인이 되었다. 이것은 결코 쉬운 일이 아니었다. 킹 목사는 자신이 속한 흑인 공동체와 백인 교회 모두로부터 많은 비난자들과 직면해야만 했는데, 그들은 킹 목사의 적극적인 사회적 행동주의가 공공 질서를 위협하고 교회를 정치에 끌어들임으로써 교회의 정신적 역할을 손상시킬 위험이 있다고 주장했다. 앞에서도 말했지만 흑인 교회가 민권 운동의 필수 불가결한 조직 기반이었다는 것은 사실이지만 그럼에도 불구하고 백인의 보복을 일으키는 것이 두려워서 인종 차별 현실에 도전하는 것을 걱정하는 많은 흑인 목사들이 있었다. 그리고 이것은 전미 침례교도 집회(National Baptist Convention)와 같은 기존의 교회 집단의 경고에서도 잘 반영된다. 킹 목사는 1957년 설립하는데 도움을 주었던 남부 기독교 지도자 연맹 협의회(Southern Christian Leadership Conference)와 같은 새로운 조직을 이용해

* 역자 주) 버밍엄은 미국 앨라배마주에 있는 도시로 1960년대와 민권 운동의 시기 동안 흑백간에 팽팽한 긴장 관계를 형성했고 종종 극단적인 폭력이 발생했던 곳이다. 버밍엄에서는 흑인 학대에 대한 많은 항의가 있었고 이런 항의 중 몇몇은 1963년의 인종폭동처럼 폭력적이었고, 또 몇몇은 킹 목사가 이끌었던 항의처럼 비폭력적이었다.

서 흑인 교회들을 사회활동에 참여하도록 장려하는 것이 더욱 효과적이라는 것을 알게 되었다. 킹 목사는 흑인의 종교 공동체 속에서 권력을 가진 기존 교회들에서 벗어남으로써 1960년대 남부의 모습을 바꾸는데 필수적인 역할을 할 수 있는 일반 대중의 신앙 부흥 운동을 장려할 수 있었다.

동시에 킹 목사는 몽고메리 버스 보이콧 혹은 1963년의 버밍엄 운동(Birmingham Campaign)*과 같은 사건들이 종교를 지나치게 정치화했다고 주장하는 백인 종교 공동체 사람들에게 거침없이 대항했다. 정치 변화를 초래하는 것은 목사들이 아니라 정치가들의 책임이었다. 킹 목사는 『버밍엄 감옥에서 부치는 편지』(Letter from Birmingham)에서 그런 구분은 인간들이 사악함에 직면하게 될 때 아무 의미가 없다고 주장했다. 종교인들이 비신자들에게 신의 뜻이 실현되어질지 어떨지를 알려주는 것은 반드시 필요하다. 어떤 사회도 성경에서 말하는 정확한 목적을 완전히 충족시킬 수는 없지만 헌신적인 기독교인들이 그런 목적을 성취하게 위해 투쟁해야 하는 것은 항상 중요했다. 달리 표현하자면 민법은 국가의 여러 원칙들보다 더 높은 원칙들에 의해 판단되어져야만 했다. 킹 목사는 다음과 같이 말했다.

올바른 법은 도덕법 혹은 신의 법과 조화를 이루는 인간이 만든 법이다. 부당한 법은 도덕법과 조화를 이루지 않는 법이다. … 인간성을 고양시키는 법은 모두 정당하다. 인간성을 격하시키는 법은 어떤 법이든지 부당하다.(King 1964: 84)

인종차별은 영혼을 왜곡시키고 인격을 손상시켰기 때문에 남부의 흑인 차별법(Jim Crow statutes)은 부당했다. 킹 목사는 인종차별은 죄악이라는 독일의 신학자 폴 틸리히(Paul Tillich)의 주장을 끌어들이면서 인종차별은 '인간의 끔찍한 불화 즉 인간의 무서운 죄'(King 1964: 85)를 예증했기 때문에 그것을 고발했다. 그런 죄악의 증거에 직면하여 현대 교회는 너무나 자주 '약하고 비효율적인 목소리로, 즉 확신 없는 목소리로' 이야기 해왔다. 조직화된 종교가 '좀더 수준 높은 정의를 실천하는 주역'이어야 했을 때 현상유지에만 너무 집착했다. 타협과 자기만족에 직면하여 시민의 불복종은 국민의 양심을 재각성시켜서 '우리 국가의 신성한 유산과 신의 영원한 뜻' 즉 '제일의 미국의 꿈'으로 되돌아가게 했다.

킹의 이력에서 분명히 알 수 있는 것처럼 기독교는 흑인의 경험에 중심을 차지해왔지만 이슬람교가 종교 활동의 대안적 형태로서 급부상함으로써 기독교는 지난 40년 동안 도전을 받아왔다. 미국 내 이슬람교 신자가 증가한데는 여러 요인이 있지만 이슬람교가 노예로 붙잡혀서 대서양을 건너게 된 미국 흑인들의 본래 종교였었다는 주장은 특히 영향력을 발휘했다. 흑인의 기독교 전통은 흑인들에게 정체성과 목적 의식을 심어 주는데 있어 기독교의 역할을 강조한 반면 그들의 본래 종교만이 진정한 신앙이라는 이슬람교의 주장은 흑인 삶의 다른 여러 분야에서 흑인의 뿌리를 찾는데 아주 적절했다. 1960년대 초 미국 내 이슬람교의 주도적 대변인이었던 말콤 X는 이런 주장을 가장 설득력있고 효과적으로 피력했다.

말콤 X는 이슬람 연합(Nation of Islam)이라는 종파의 신자였다. 그러나 이슬람 연합은 그 이름에도 불구하고 마호메트가 마지막 예언자라는 것을 믿지 않으려 했기 때문에 정통 이슬람교도들로부터 비난을 받았다. 이슬람 연합은 전후시기에 미국을 재건하는데 힘썼던 전 엘리야 풀(Elijah Poole)에게 엘리야 마호메트(Elijah Muhammed)라는 칭호를 부여했다. 그러나 말콤에게 이슬람교는 백인들에게 빼앗겼던 정체성을 회복하는 한 수단을 제공해 주었다. 미국에서 말콤은 다음과 같이 말했다.

> 흑인은 정신적으로 식민지화되어 왔고, 흑인의 마음도, 흑인의 정체성도 파괴되어 왔다. 그래서 흑인은 자신의 검은 피부를 증오하게 되었고, 머리결도, 신이 그에게 준 모습도 증오하게 되었다.(Malcolm X 1980: 263)

식민지화의 주요 무기는 흑인 노예들을 유순하게 순종하도록 만들었던 기독교였다. 흑인들이 자기 가치의 어떤 감정을 회복하려 한다면 그들은 기독교가 흑인 공동체 속에 아무리 널리 퍼져 있을지라도 노예제도와 인종차별을 인정하는 기독교를 거부해야만 했다. 1960년대 이슬람교는 가장 급진적인 형태로 흑인 민족주의의 경향을 띠었다. 그래서 이슬람교는 미국 내 인종차별 문제에 대한 킹 목사의 인종차별 폐지론적 접근을 특히 거부하고 인종차별 문제에 대해 분리주의적인 해결책을 요구했다. 말콤은 그의 인생 말기에 점차 미국 밖의 주류 이슬람교 쪽으로 이끌렸고, 그것의 영향력 하에서 억압받는 백인과 흑인들 간의 어떤 연합이 가능할 수 있다는 점을 인정하기 시작했다. 그러나 1965년 그의 때이른 죽음은 이 운동이 실현되지 못할 것이라는 암시를 주었다. 말콤의 특별한 인생 여정은 그의 『자서전』(*Autobiography*)에 생생하게 묘사되어 있다. 말콤의 『자서전』은 기독교와 인종차별주의간의 유대를 계속 비난하고 있지만, 무엇보다도 이 책은 죄인이 자신의 죄를 회개하고 대화의 과정을 통해 새로 발견한 신앙의 설교자가 되는 전통적인 신앙 고백서이다. 말콤은 이슬람 연합과의 관계를 끊은 후 결국 메카를 방문할 결심을 한다. 말콤은 메카에서 '다른 사람들이 마셨던 잔을 주저하지 않고 마시고 … 작은 주전자의 물로 세수를 하고, 그리고 야외에서 돗자리를 펴고 8명 내지 10명이 함께 자면서'(343-4) 동료 순례자들과 함께 생활했다.

미국 내 이슬람교의 가장 최근 두드러진 특징은 말콤처럼 이슬람 연합의 일원인 루이스 패러칸의 약진이었다. 패러칸은 그의 열렬한 흑인 민족주의로 인해 백인 사회에 공공연히 적대적인 메시지를 전했고, 노예 상인, 빈민가의 고용주, 집주인으로서의 미국 유태인의 역사적 역할에 대해 악의에 가득찬 비난을 했기 때문에 논쟁을 불러일으키는 인물이 되었다. 그러나 패러칸의 격렬한 독설에도 불구하고 이슬람 연합은 계속 발전하고 있다. 1995년쯤 그 종파는 일련의 다른 사회적·문화적 시설들뿐만 아니라 약 120개의 미국 도시에 모스크를 건설했고, 그것은 이슬람 연합을 점차 기독교(Christian Church)의 대안이 되게 했다. 이슬람 연합의 중요한 한 국면은 공동체 내에서 여러 종류의 일을 강조하는 것이다. 그 종파는 자체적으로 학교들을 세우고, 그 학교들은 엄격한 규율과 전통적인 교과 과정의 덕목을 강조하는 엄격한 관리 방식에 따라 운영된다. 그 종파는 또한 슈퍼마켓, 레스토랑, 빵집, 서점을 포함하여 공동체 내에서 일련의 다른 사업체들을 운영한다. 새 신자들은 훌륭한 행동, 단정한 옷차림, 엄격한 자제력의 중요성을 강조하는 '성인 훈련 수업'을 받아야만 한다. 흑인 공동체내에서 그 종파는 공동체에서 행해지는 행동에 대한 책임의 필요성과 자립을 강조하는 방식으로 마약중독자, 알코올중독자, 전과자, 폭력배를 위한 일련의 사회복귀 프로그램을 운영한다. 이런 것들 중 몇 가지가 암시하는 것처럼 이슬람 연합은 그 지향에 있어 의심할 여지없이 남성적이다. 그 조직 내에서 여성들은 그들이 떠맡을 수 있도록 요구되는 가사일, 아이 양육, 그리고 옷 만들기와 같은 전통적인 역할을 떠맡는다. 패러칸은 또한 미혼모에게 보조금을 지급하는 복지 사업을 펼쳐야 한다는 백인 보수주의자들의 견해에 공감했다. 이런 많은 태도들은 1995년의 백만인 행진에서 잘 반영되었다.

1995년 몇 십만 명의 흑인들은 이슬람 연합의 후원 하에 수도 워싱턴의 상점가에 모였다. 그 행진이 성공한 것은 바로 이슬람 연합이 점차 호소력을 발휘하고 있다는 증거이기도 했다. 많은 흑인들에게 이슬람교는 그것이 전하는 메시지와 생활방식 간의 일관성 때문에 호소력이 있다. 이런 관점에서 흑인 기독교는 부분적으로 비슷한 믿음과 관행에 함께 전념하고 있다는 이유로 백인 사회와 타협해야 했기에 약화될 수밖에 없었다. 남부 이외의 지역에서 그토록 많은 백인들이 마틴 루터 킹에게 공감했던 이유도 킹의 접근 방식이 그들이 억압체계에 관여하는 것에 정면으로 맞서지 않았기 때문이라고 이슬람 연합 신자들은 주장했다. 이와는 반대로 패러칸은 현대 미국 생활에 관한 가장 유쾌하지 않은 두 가지 사실을 계속 강조한다. 즉, 많은 흑인들은 백인 사회의 억압성에 분노하고 있고, 많은 백인들은 흑인들을 무서워한다는 것이다.

▶ 결론

로널드 레이건은 1983년 전미 복음주의자 협회(National

Association of Evangelicals)에서 한 연설에서 '미국의 정신적 대
각성 즉 미국의 미덕과 위대함의 근본이었던 전통적 가치의 부
활'을 주장했다. 미국인들은 다른 국민들보다 훨씬 더 종교적이
었고, 가족간의 유대와 종교적 믿음을 중시하는 것에 깊은 경의
를 표했다. 미국인들은 죄와 사악함이 존재하는 불완전한 세계
에 살았지만 그들의 영광은 '과거의 도덕적 사악함을 초월할
수 있는 능력'에 있었다. 미국인들은 인간의 자유를 추구하는데
있어 힘의 원천은 물질이 아니라 정신이라는 것을 확신했기 때
문에 신에 대한 믿음을 결코 포기하지 않았다(Erickson 1985:
155-66). 레이건의 연설과 그 연설에 대한 국민의 지지는 미국
인의 삶에 있어 종교의 지속적인 중요성을 증명해 주었다. 그러
나 레이건의 연설은 또한 미국의 '대각성'에 대한 그의 주장을
처음보다 더욱 복잡하게 만드는 종교적 행동의 몇 가지 기본
양식들을 감추고 있었다. 20세기 후반의 증거는 미국에서 종교
는 여전히 번창하고 있고 동시에 변화하고 있다는 것을 보여준
다. 종교적 행동과 관행은 20세기 후반의 변화하는 상황에 적
응해야만 했고 심지어 성경 원리적 복음주의에서처럼 현대화에
저항하는 분명한 거점이 있는 곳에서 조차도 그 저항 거점은
종종 현대 사회의 무기와 기술로 구축되었다.

▶ 참고문헌

Ahlstrom, S. (1974) *A Religious History of the American People*, New Haven, Conn: Yale University Press.

Bellah, R. (1988) *Habits of the Heart: Individualism and Commitment in American Life*, London: Hutchinson.

Blassingame, J. (1972) *The Slave Community*, Oxford: Oxford University Press.

Branch, T. (1988) *Parting the Waters: America in the King Years*, New York: Simon and Schuster.

Breidlid, A. *et al.* (eds) (1966) *American Culture: An Anthology of Civilisation Texts*, London: Routledge.

Bruce, S. (1988) *The Rise and Fall of the New Christian Right*, Oxford: Clarendon.

____ (1990) *Pray T. V.: Televangelism in America*, London: Routledge.

Combs, J. (1993) *The Reagan Range: The Nostalgic Myth in American Politics*, Bowling Green: Bowling Green State University Popular Press.

de Tocqueville, A. (1965) *Democracy in America*, London: Oxford University Press.

Erickson, P. (1985) *Reagan Speaks: The Making of an American Myth*, New York: New York University Press.

Fitzgerald, F. (1987) *Cities on a Hill: A Journey Through Contemporary American Cultures*, London: Picador.

Garrow, D. (1986) *Bearing the Cross: Martin Luther King and the Southern Christian Leadership Conference*, New York: Random House.

Giddens, A. (1993) *Sociology*, Cambridge: Polity Press.

Handy, R. (1976) *A History of the Churches in the United States and Canada*, Oxford: Oxford University Press.

Herberg, W. (1955) *Protestant-Catholic-Jew*, New York: Doubleday.

Hunter J. (1991) *The Culture Wars: The Struggle to Define America*, New York: Basic Books.

Hunter, J. and Rice, J. (1991) 'Unlikely Alliances: The Changing Contours of American Religious Faith', in A. Wolfe (ed.) *America at Century's End*, Berkeley, CA: University of California Press.

King, M. L. (1964) *Why We Can't Wait*, New York: Mentor.

Levine, L. (1977) *Black Culture and Black Consciousness*, New York: Oxford University Press.

Lienesch, M. (1993) *Redeeming America: Piety and Politics in the New Christian Right*, Chapel Hill: University of North Carolina.

Litwack, L. (1980) *Been in the Storm So Long: the Aftermath of Slavery*, New York: Vintage.

Mailer, N. (1968) *Advertisements for Myself*, London: Panther.

May, H. (1983) *Ideas, Faith and Feelings: Essays in American Intellectual and Religious History*, Oxford: Oxford University Press.

Miller, K. (1992) *Voice of Deliverance: The Language of Martin Luther King and Its Sources*, New York: The Free Press.

Miller, P. and Johnson, T. (eds) (1963) *The Puritans*, New York: Harper and Row.

Roth, P. (1998) *The Counterlife*, London: Penguin.

Shafer, B. (1991) *Is America Different? A New Look at American Exceptionalism*, Oxford: Clarendon.

Wald, K. (1987) *Religion and Politics in the United States*, New York: St Martin's Press.

West, C. (1993) 'The Religious Foundation of the Thought of Martin Luther King', in P. Albert and R. Hoffman (eds) *Martin Luther King and the Black Freedom Struggle*, New York: Da Capo.

Wood, G. (ed.) (1990) *The Rising Glory of America*, Boston: North Eastern University Press.

Wrage, E. and Baskerville, B. (eds) (1962) *Contemporary Forum: American Speeches on Twentieth Century Issues*, Seattle: University of Washington Press.

Wuthnow, R. (1988) *The Restructuring of American Religion,* Princeton, NJ: Princeton University Press.

X, Malcolm (1980) (first 1965) *The Autobiography of Malcolm X*, London: Penguin.

▶ 후속 작업

1. 미국 영화에서 종교는 어떻게 재현되어져 왔는가? 여기에서 개별적으로 고려해야 할 영화들은 공립학교에서 다윈의 생물학을 가르치는 것에 원리주의자들이 이의를 제기했을 때인 1924년 스코프스(Scopes) 재판을 다룬 『바람을 물려받아라』(*Inherit the Wind*)와 복음주의를 조명한 『엘머 갠트리』(*Elmer Gantry*)와 같이 미국 종교 문화의 특정 운동/주제를 다루는 영화들을 포함한다. 또 다른 접근은 종교가 특정 감독 예를 들어 프랭크 캐프라(Frank Capra), 마틴 스콜세지(Martin Scorsese)와 같은 영화감독들에게 어떻게 영향을 미쳤을 까를 살펴보는 것이다. 『그것은 놀라운 인생』(*It's a Wonderful Life*)과 『비열한 거리』(*Mean Streets*)와 같은 영화들이 어느 정도까지 종교적 주제와 모티프를 사용하고 있는가?

2. 종교와 민족성간의 관계는 필립 로스(Philip Roth)와 같은 특정 작가들의 작품 즉 『굿바이 콜럼버스』(*Goodbye, Columbus*)에 수록된 초기 작품들, 그리고 『반항하는 인생』(*The Counterlife*) (1988)과 같은 후기의 자기반성적인 많은 작품들을 통해 효과적으로 연구될 수 있다.

3. 대중 문화 속에서 종교의 위치는 흑인과 백인의 음악 형태에 끼친 종교의 영향력을 통해 탐구될 수도 있다. 흑인 영가에서부터 블루스와 복음 성가를 통해 그리고 솔 뮤직에 이르기까지 일련의 음악 형태 속에 나타나는 흑인의 의식 발달 및 표현은 문화 정체성에 대한 온갖 종류의 질문을 제기한다. 로렌스 레빈(Lawrence Levine)의 유명한 연구서 『흑인 문화와 흑인 의식』(*Black Culture and Black Consciousness*)(1977)은 그런 연구에 도움이 되는 출발점

이 될 수 있다. 이와 비슷하게 남부의 컨트리 뮤직에서 나타나는 종교적 주제의 중요성은 다시 문화적 정체성 형성에 관한 질문을 제기하게 한다.

〈연구과제〉

1. 미국에서 폭넓은 범위의 종교적 선택은 모든 종교가 똑같은 지위를 가지고 있다는 것을 의미하는가? 미국이 전통적으로 종교적 자유에 전념했다는 것은 기독교 이외의 종교와 어떤 관련을 맺는가? 유태교, 이슬람교와 같은 기독교 이외의 종교들은 무엇보다도 미국은 기독교 국가라는 경향을 띠고 있는 사회와 어떻게 조화를 이루어 왔는가? 종교의 자유는 기독교의 다른 종파들에게 혹은 비종교인들에게 무엇을 의미해 왔는가?

2. 종교의 자유가 어떻게 세속화의 개념들과 조화를 이루었는가? 국가와 종교의 분리원칙은 국가의 비종교적 정체성을 가장한다. 그러나 이것이 실제로 어느 정도 반영되어 왔는가?

3. 종교의 다양성과 시민의 가치간의 관계는 무엇이었는가? 미국에는 결코 국교가 없었다면, 그럼에도 불구하고 많은 중요한 공통 개념들이 유럽 모델의 기존 종교의 몇 가지 특징들을 공유하는 방식으로 '시민의 종교'로 묘사되어지는 것이 있는가? 여기에서 '시민의 종교'란 로버트 니스벳(Robert Nisbet)에 따르면 '정치적 상황의 역사 속에서 되풀이해서 발견된 시민의 어떤 가치와 전통에 대한 종교적 혹은 준종교적 관심'으로 정의되어진다. 기존의 국가 시설이 비교적 취약한 미국사에서 그런 전통과 가치가 어떤 종류의 역할을 해왔는가?

제 5 장

지역주의 접근법:
서부와 남부

미셸 푸코에 따르면 역사는 '사상을 체계화하기' 위해 혹은 '공식적 해석'을 위해 '일치할 수 없는 … 특정의 국부적·지역적 지식'(1980: 82)을 너무 쉽게 배제시켜 왔다. 푸코는 신화 속에 '묻혀' 있었던 '종속된 지식'을 재발견하여 우리의 문화 인식에 도입해야 한다고 주장한다. 그는 문화의 과정을 이해하는데 있어 박식한 지식과 '국부적 기억'을 결합하는 '계보학'—'그것들의 충돌을 대강 기억하는 것과 더불어 힘들여 투쟁을 재발견하기'(83)—을 주장한다. 이런 방법을 따르기 위해서는 미국의 서부 혹은 남부에 대해 '일원론적' 해석을 취하기보다는 국부적·지역적으로 중요한 여러 이야기를 포함시켜야 한다.

그런 방법은 어떤 이야기들을 묻어버리고 다른 이야기들을 부각시킨 힘의 투쟁에 주목해서 그 투쟁을 분석하는 것이다. 그 방법은 특정 장소 혹은 지역이 독특한 고정된 일련의 자질들을 가지고 있다는 개념에 이의를 제기하고, 대신 그런 장소에 관해 쓰여진 이야기들이 종종 편파적이고 선택적인 시각에서 쓰여졌고, 그래서 기존 해석에 적합하지 않은 경험이나 가치를 가진 사람들 혹은 집단들을 폄하하거나 누락시킬 수 있음을 보여 준다. 이것은 우리가 지역 정체성으로 추정되는 것이 역사와 어떻게 상호작용하는가를 검토할 때 신중할 필요가 있음을 상기시켜 준다. 남부 혹은 서부의 특성에 대한 일반화는 그 지역의 '과거'에 대한 가설에 의존하는 것일 수 있고, 그런 가설은 검증되지 않은 판단을 포함할 수도 있다. 도린 매세이(Doreen Massey)가 최근에 주장했던 것처럼 '지역 정체성은 그곳에 대해 들려지는 '역사들', 그 역사들이 들려지는 '방식', 그리고 '어떤' 역사가 지배적이었느냐'(1995: 186)와 아주 밀접한 관계가 있다. 이런 식으로 지역 정체성을 탐구하는 것은 미국에 대한 공통의 단일 이야기, 즉 피셔(Fisher)가 미국의 '단일 신화'(1991: viii)라고 불렀던 것을 드러내려는 충동에 역행하는 방법을 제공할 수도 있다.

이런 단일 이야기는 청교도의 '사명'이거나 혹은 (이 장에서 검토되는) 터너(Turner)의 논문일지도 모른다. 이 양측은 모두 포괄적인 건국 이야기, 즉 국민들에게 미국을 설명하는 메타서사를 통해 미국을 이해하려 한다. 지역의 다양성과 차이의 형태로 다른 이야기들을 인식하기 위해서는 이런 총체화하려는 충동에 역행하는 다양성과 다원주의를 요구한다. 이런 의미에서 지역주의는 지리적인 것일 뿐만 아니라 인종, 젠더, 민족성과 같은 개념을 포함할 수도 있다. 왜냐하면 각각의 개념은 어떤 공통 정체성의 가설을 피하고 대신 오히려 차이를 주장하기 때문이다. 이 장에서 우리는 이런 시각에서 '미국의 지역주의는 항상 재현 속에서도 분쟁하는 지역'(xiv)임을 살펴볼 것이다. 또한 우리는 지역텍스트들을 검토함으로써 '종속된 지식'의 가치와 그런 지식이 그것을 만들어낸 집단에 대해 드러내는 것과 국가라는 좀더 큰 틀 속에서 그 지식의 자리를 발견할 수 있음을 살펴볼 것이다. 실제로 미국의 가지각색의 배경을 가진 사람들은 지역주의를 공식적인 역사와 정의를 가진 센터를 비판적으로 심문하고 국가의 다양성뿐만 아니라 지역의 다양성을 찬양하는 것으로 여길 수 있다.

▶ 사례 연구 1: 미국 서부를 재검토하기

미국의 모든 것은 황야의 끝에 있고, 우리의 과거는 죽은 과거가 아

니라 여전히 우리 속에 살아 있다 ··· 우리 조상들의 마음 속에는 문명
이 있었고 외부에는 황야가 있었다. 우리는 조상들이 이룩한 문명 속
에 살고 있지만 우리 속에는 여전히 황야가 자리하고 있다. 우리는 조
상들이 꿈꾸었던 생활을 하고 있으면서도 또한 조상들의 삶을 꿈꾼다.
그런 이유로 우리의 서부 이야기는 아무리 부적절하게 들려질지라도
여전히 우리를 사로잡는다.(Whipple 1943: 65)

이 인용문은 래리 맥머트리(Larry McMurtry)의 서부 서사 소
설 『고독한 평화주의자』(*Lonesome Dove, 1985*)에서 시작해서
최근 텔레비전 다큐멘터리 『미국 서부 지방』(*The Wild West,*
1995)[1]으로 끝을 맺고 있다. 이 인용문은 '역사상의' 서부와 현
대 미국의 서부 의식간의 관계에 대해 애매하게 암시해주고 있
다. 릭 번즈(Ric Burns)의 다큐멘터리 시리즈 『미국 서부 지방』
이 방송된 후 한 비평가는 '미국을 이해하려는 사람은 누구든
지 우선 이 이야기를 이해해야만 한다. 왜냐하면 서부는 ··· "우
리의 마음 속에 신화가 된 장소이기 때문이다"'라고 썼다(*The
Observer 21 May* 1995: 21). 휘플(Whipple)의 진술처럼 이 비평
가의 말도 미국 문화와 정체성의 발달, 그리고 그것이 보여지고
정의되어진 방식은 서부와 관련있음을 암시한다.

둘째, 그의 말은 '신화적인' 것과 '역사적인' 것, 즉 실제 사건
들과 그 것들이 시대에 걸쳐 되풀이해서 들려지는 방식간에 얽
힌 관계를 지적하고 있다. 그의 말은 우리에게 서부는 한 '이야
기'이고, 그 이야기를 '이해하기' 위한 논쟁이 끊이지 않았음을
상기시켜 준다. 마지막으로 그의 말은 서부 이야기를 '알기' 즉,

---

1) 『미국 서부 지방』은 릭 번즈와 리자 아디스(Lisa Ades)의 연출로 WGBH 교육
재단(WGBH Educational Foundation) 및 스티플체이스 영화사(Steeplechase
Films Inc.)에 의해 제작된 영화.

서부 '이야기'가 어떻게 만들어져 지난 세기에 걸쳐 용인되어
왔는가의 문제를 제기함으로써 사실상 최종 이해에 도달할 수
있다는 암시를 주고 있다.

　이 장에서는 한 국가로서 미국에 대해 우리가 상상해왔던 방
식으로 서부가 한 지역으로서 우리에게 얼마나 지배적이었는가
를 검토할 것이다. 우리는 여러 텍스트의 재현을 통해 '지역의
여러 목소리와 늘 단일화하려는 새로운 계획간의 끊임없는 동
요'(Fisher 1991: xii)를 목격할 것이다. 우리는 수정주의적인 접
근을 받아들여 서부를 일관성있는 미국 정체성이 나타나는 지
역이 아니라 역동적이고 변화하는 지역이라는 관점에서 살펴볼
것이다.[2] 우리는 서부에 대한 여러 반응으로서 장소 서사를 연
구함으로써 이전에 무시되거나 침묵당한 목소리들이, 바로 전체
로서 문화 속에서 존재하는 것처럼, '역사' 속에서 그들의 존재
를 주장하고 있음을 인식하게 될 것이다. 그런 과정에서 그 목
소리들은 미국의 전체 모습을 더욱 풍요롭게 하고, 그 목소리들
로 인해 우리는 미국 형성에 관한 오랜 믿음과 가설들을 재평
가할 수 있다(서론과 제1장 참고).

　이런 맥락 하에서 우리는 서부관의 형성은 미국의 문화적 가
치들을 고려하는데 중요한 이데올로기들 즉, 예외주의, 운명, 권
력, 인종, 생태학, 젠더, 정체성의 이데올로기들을 드러내준다는
것을 살펴볼 것이다. 우리는 서부에 대한 몇 가지 양상을 검토
함으로써 지역적이고 특정적인 서부 재현에서 나타나는 일반적
인 관심사를 볼 수 있을 것이고, 미국인의 상상력 속에서 서부
가 갖는 지속적인 중요성을 검토해 볼 수 있다.

---

2) 여기에서 받아들여진 접근은 땅 및 여성들과 관련하여 '새 역사'를 검토하는
　것이다. 그러나 서부 지역의 라틴 아메리카계와 아시아계를 재검토해 보는 것도
　가능할 것이다.

▶ 상상의 서부

마이클 크리크톤(Michael Crichton)의 영화 『서부세계』
(*Westworld*, 1973)에서 환상이 무섭고 잔인한 현실을 대신할 때
잘 조직된 테마 유원지는 통제불능의 상태에 빠진다. 놀이 공원
한가운데에는 '서부세계'라는 가장 인기있는 유흥지가 있다. 그
곳에서 도시에 사는 중류층 백인 남성은 그들의 환상이 일련의
안전하고 조직적인 규칙들 하에서 행해질 것이라는 보장을 받
고서야 서부 총잡이 역을 맡는다. 이것은 모든 결과가 사전조정
되어 배열되어 있고, 뒤이어질 대본이 모두 준비되어 있는 특정
서부판 시뮬레이션이다. 그러나 로봇 총잡이(율 브라이너 Yul
Brynner)가 갑자기 정리된 대본에서 벗어나기 시작했을 때 서
부판은 철저히 바뀌게 된다. 피, 죽음, 두려움이 전에 짜여진 안
전한 '역사'의 세계로 들어온다.

많은 점에서 『서부세계』는 미국의 문화적 기억과 미국 서부
의 관련성을 분명히 표현하고 있다. 서부는 너무나 자주 잘 짜
여진 대본이 되어왔는데, 그 대본에는 영웅주의라는 신화 개념
과 황야와의 '대결' 속에 만들어진 '진정한' 인물 형성 이야기
및 국가 설립의 이야기가 섞여 있다. 우리가 살펴볼 것처럼 이
정돈된 비전은 최근 몇 년에 걸쳐 '신서부사'(New Western
History)에 의해 붕괴되어 왔다.[3] 신서부사는 서부에 대한 이런
'대본'을 재검토해서 미국정신의 중심교리만큼이나 오랫동안
지속되어 온 그런 신화들을 교란시키고 그것들에 도전한다. 구
역사의 그런 안락함은 서부의 과거와 미래에 대한 새의식을 일
깨우는 율 브라이너가 연기한 로봇같은 신세력이 끼어들면서

---

3) 신서부사는 이 글의 참고문헌에서 나열된 것처럼 리메릭(Limerick), 밀너
(Milner), 워스터(Worster)의 책들에서 가장 잘 묘사된다.

붕괴되어 왔다. 그 영화에서처럼 일단 '서부세계'를 결정짓는 '현실'이라는 요새에 도전했을 때 이 신역사는 교묘하게 정돈된 존재 방식이라기보다는 투쟁과 저항, 정복과 죽음, 논쟁과 혼란의 장이 된다. 서부세계는 다음과 같은 이유로 신화와 비슷하다.

> 신화는 사건들의 정해진 순서처럼 텍스트 혹은 이미지 속에서 역사를 만드는, 즉 역사를 통제하는 역할을 한다. 세계는 그 과정에서 정화되어진다. 복잡함과 모순은 질서, 명확함, 방향에 굴복한다. 그때 신화는 논쟁을 제한하는 추상적인 은신처로서 이해되어질 수 있다.(Truettner 1991: 40)

이와 비슷하게, 디즈니랜드의 '프론티어랜드'(Frontierland)관도 "털가죽 모자, 카우보이 모자, 햇볕가리는 옥양목 모자, 농장 밀짚 모자로 상징되는 ⋯ 강건한 개척자들과 그들의 프론티어 생활방식에 대한 찬사로서"(Fjellman 1992: 73) 서부를 미국사와 미국인의 중심에 배치시키고 있다. 그런 가설은 "디즈니의 리얼리즘"의 일부, 즉 '부정적이고 원치 않는 모든 요소를 누락시키고 긍정적인 요소들만을 프로그램으로 짰다는 점에서 사실상 다소 유토피아적'이다(Zukin 1991: 222). E. L. 닥터로우(E. L. Doctorow)의 급진소설인 『다니엘서』(*The Book of Daniel*, 1971)에서도 디즈니랜드의 '모노레일'은 '산도(產道)'처럼 사람들 뿐만 아니라 사람들의 견해까지 이끌어서 '문화의 신화적 제식'에 참여할 수 있게 한다. 그 제식에서 '역사적 현실'은 '감상적인 압축 ⋯ 급진적인 축소 과정'이 되고, 남는 것은 '교육의 대용물, 결국 체험의 대용물'(295)이다. 디즈니랜드가 역사를 '사실상 전체주의적인'(294) 단일 이야기로 축소시켜서 그 방식에 적합하지 않은 모든 요소들을 배제할 때, 닥터로우에 따르면 그 것은 또한 미국식 놀이공원에 적합하지 않은 주변부 사람들을 제외시키는 것이다. '긴 머리의 청년들, 마약중독자들, 히피족들, 미니스커트를 입은 소녀들, 집시들이 전혀 없다 …. 디즈니랜드 는 그 모습에 적합하지 않은 사람들을 외면한다'(Doctorow 1974: 296). 디즈니랜드의 서부 재현과 '서부세계'라는 테마 유 원지의 서부 극화는 모두 미국 정체성을 정의하려는 국가적인 노력에 있어 서부의 우월성을 예증한다.

미국사에서 서부를 중시하려는 초기 시도는 프레드릭 잭슨 터너(Frederick Jackson Turner)가 쓴 「미국사에서 프론티어의 중 요성」이라는 논문에서였다. 터너는 이 논문을 1893년 미국 박 람회에서 강연했다. 그는 야만과 문명간의 경계선인 프론티어에 서 미국의 '특징들'과 제도들이 여러 세력들과의 접촉으로 만 들어졌다고 주장했다. 그런 세력 중에는 '자유의(공짜) 땅', 자 연, 그리고 인디언의 세 가지 세력이 있었다. 터너는 그의 '논 문'에서 서부의 복잡한 역사가 디즈니랜드처럼 동일시할 수 있 는 단일 모양으로 조직될 수 있기라도 한 것처럼 미국의 서부 개척사를 '설명'하려고 시도한다.

'1893년 터너는 미국 서부사의 영역을 "프론티어"라는 개념 하에 완전히 단일화해서 가둘 수 있는 것처럼 여겼다 … 사실 프론티어로 단일화하려는 개념은 포함시키기보다는 더 많은 것 을 제외시키는 분명히 독단적인 한계를 지니고 있었다' (Limerick 1987: 21). 터너의 '가축우리'(corral)[4]는 미국에 대한

---

4) '가축우리'에 대한 생각은 닥터로우의 『다니엘서』(1974: 296)를 반향시킨다. 닥터로 우는 군중들을 통제하는 디즈니랜드의 '가축우리 미로들'에 대해 묘사하고 있다.

어떤 견해를 배제하고 있고, 그가 주장하려했던 이야기에 적합하지 않은 다른 목소리들과 해석들을 배제하고 있다. 터너가 그 논문을 발표하기 4년 전인 1889년에 썼던 것처럼 '미국사는 대륙을 가로지르는 문명의 발전을 연결시키는 통합적인 설명을 필요로 한다'(Trachtenberg 1982: 13). 그래서 '프론티어'라는 개념은 터너에게 미국 건국의 이야기 즉, '일관성있는 통합된 이야기'(13)를 만들 기회를 제공해주었다. 터너의 '가축우리'는 인디언 및 땅과 비교하여 그곳의 쾌활한 '인물'을 높이 평가하고 있고 여성 혹은 다른 소수민족에 대해 거의 언급하지 않음으로써 배타성에 의해 미국을 정의하고 있다. 터너의 '가축우리'는 디즈니랜드처럼 통제된 '문화적 신화'를 창출한다. 즉 터너의 가축우리는 그 내용이 용인되고 '당연한'(17) 것처럼 보이도록 하는 방식으로 정돈되고 단순하고 분명히 자연스런 신화를 창조한다.

　터너의 언어는 그 장소의 원시적 상태 때문에 불가피하고 자연스런 것처럼 보이는 복잡한 도시 발전 '과정'에 이용가능한 빈 장소로서의 서부라는 이데올로기적 독해를 정확히 드러낸다. 그것은 빙하작용만큼이나 '자연스런' 움직임 속에서 '원시에서 발전'을 창조함으로써 얻어진 황야였지만, '환경에도 불구하고'라는 표현에서 암시되는 것처럼 인디언을 감소시키고, 여성을 침묵시키고, '물질적인 것들을 노련하게 점유'하여 얻어진 '황야'였다(Milner 1989: 21, 2). 수정주의와 서부에서의 주변부 목소리들의 재주장을 통해 우리는 터너의 거대 서사를 비판적으로 재평가할 수 있다. 리메릭(Limerick)의 말을 빌리자면 '서부사에서 여성(인디언들과 땅에 대한 그들의 관계)을 제외시켜라. 그러면 비현실이 설정된다. 여성을 복원시켜라. 그러면 서부드라마는 완전한 인물 배역을 확보하게 된다'(1987: 52 - 이탤릭체는 필자 강조). 수정주의는 터너의 논문이 축소시켰던 것을 확장시켜서 서부를 '가축우리'로서가 아니라 논쟁하는 힘들의 광활한 방목지, 즉 '변화하는 의미들의 역풍경'(Kolodny 1992: 9)임을 보여줄 수 있고, 그곳에서는 민족, 인종, 언어, 젠더, 지리의 다양성이 비평 영역으로 들어올 수 있다.

▶ 땅과 서부

우리가 살펴본 것처럼 지역에 대한 검토에서 지리적인 것은 일부분일 뿐이고 그것은 항상 장소와 공간에 관한 것을 포함한다. 서부 모습에 대한 반응들과 재현들은 그 지역 사람들의 다양한 상호작용에 중심이었다. 따라서 그것들을 연구함으로써 우리는 시대에 걸쳐 지역과 국가에 우세한 생태학적 태도에 관해 많은 것을 발견할 수 있다. 콜러드니의 '변화하는 의미들' 중 하나는 분명히 땅에 대한 의미이다. 그러므로 이런 의미 변화 중 몇 가지를 추적함으로써 서부 생태학이 그곳에 살았던 사람들에 의해 어떻게 다르게 해석되어졌는가를 살펴볼 수 있다.

땅은 인디언에게 인간을 포함한 모든 생물들과의 복잡한 의미망과 밀접한 관련을 맺는 신성한 곳이다. '우리가 땅이고, 땅은 우리 모두에게 어머니이고, 땅은 실제로 우리 자신과 분리된 장소가 아니기'(Gunn Allen 1992: 119) 때문에 땅은 소유될 수 없다. 이런 제식적 이미지의 중심에 있는 풍요로운 총체성은 비유적인 '신성한 테', 즉 '에워싸고 있는 역동적인'(56) 존재의 원 속에 포함된다.

미국 인디언의 사고 방식에서 신은 모든 정령들로서 알려져 있다. 그리고 다른 존재들 또한 정령이다 … 존재의 자연스런 상태는 총체적인 상태이다. 그러므로 치유의 노래들과 의식들은 총체성의 복원을 강조한다. 왜냐하면 분리는 총체성의 조화로움에서 쪼개지고 분리된 상태이기 때문이다.(같은 책, 60)

이와는 대조적으로 많은 영국계 미국인들은 사적인 꿈을 추구하는 소유욕이 강한 개인으로서 미국 땅에 왔고, 그래서 '전체 중 그들의 몫'에 울타리를 치려 했다. 그리고 그들은 '단순화하고 파편화시키는 관점에서 서로에 대해 생각했던 것처럼 땅에 대해서도 그렇게 생각했다'(Worster 1994: 14-15). 시팅 불(Sitting Bull)이 말하는 것처럼 '건강한 두 발은 신성한 대지의 심장소리를 들을 수' 있지만 그들 땅의 백인 침략자들은 '땅을 병들게 하는 소유욕'(Turner 1977: 255)을 지니고 있었다. 그래서 그들은 '자신을 위해 우리의 어머니, 즉 대지를 빼앗아서 이웃이 들어오지 못하도록 울타리를 치고 … 건물과 쓰레기로 대지를 더럽혔다'(255). 그러므로 생태학적 제국주의는 인디언이 땅에 대해 품었던 기존의 태도가 백인 이주자들의 도착으로 바뀌게 되는 과정의 일부였다.

서부에서 자본주의의 소유 이데올로기는 완벽하게 구현되었다. 땅을 나누어 분배하고 등록하는 것으로 여기는 것은 '문화적 필요성'(Limerick 1987: 53)이었다. 우리가 살펴본 것처럼 터너의 논문은 백인 이주자들이 '황야를 확보하러' 왔을 때 '자유의(공짜) 땅'(Milner 1989: 2)이 있었다는 전제에 근거했다. 그것이 '자유의' 땅이었다면 그것은 또한 백인 이주자들에게는 약속의 땅이라는 강한 함축과 더불어 초기에 그려진 이미지 속에 신화적 의미가 스며든 '비어 있는 처녀지'였다. 이것은 '신세계의 생산력과 약속, 어둡고 탐험되지 않은 회랑지대에 있는 헤아릴 수 없는 풍요로움'(Greenblatt 1991: 85)을 암시함으로써 새로운 가나안 땅이라는 성서 이야기와 서부를 연관시켰다. 바로 여기에 서부 역사의 지속적인 주제가 있다. 애타게 갈망했던 정신적 부활의 가능성(생산력)과 부의 물질성으로의 끌림(풍요로움)간의 갈등이 그것이다. 부와 정신간의 구별의 불명료함은 19세기 많은 백인들의 마음속에서 서부를 재현하는데 전형적으로 드러난다.

1849년의 골드러시는 새로운 정착과 철도 건설을 부추겼지만 이는 또한 고독한 시굴자의 낭만적 이미지를 대기업으로 대체시켰는데 대기업들은 엄청난 물의 흐름을 바꾸어서 광석을 폭파시키는 수력채굴을 도입했다. 트라흐튼베르그(Trachtenberg)가 적고 있는 것처럼 '미국의 미래라는 길 속에는' 소비되고 사용되어질 '자연의 부'로 즉시 해석되어질 수 있는 '자연의 역사가 있는 것처럼 보인다'(Trachtenberg 1982: 18). 홈스테드법[5](1862)은 160에이커의 땅을 10달러라는 아주 적은 액수에 불하했다. 한편 철도회사들은 대초원을 가로지르는 철도건설을 계속할 수 있도록 엄청난 양의 무상토지를 받고 있었다. 인디언의 땅은 나누어지고 있었고, 들소 방목지는 양분되었고, 한때 지도에도 없었던 황야는 대법인체의 이해관계, 즉 손익계산에 이끌려진 철도회사, 광산회사, 목재회사에 의해 측량되어지고 있었다.

서부 개척은 제국주의적인 것이었다. 조지 버클리(George

---

5) 역자 주) 5년간 정주한 서부 입주자에게 공유지를 160에이커씩 불하할 것을 제정한 1862년 연방 입법.

Berkeley)가 『미국에서 예술과 학문을 이식할 전망에 관한 시』 *(Verses on the Prospect of Planting Arts and Learning in America)*(1726)에서 썼던 것처럼 '시간의 가장 고귀한 자손은 종말이다.' 미국은 신이 정해준 명백한 운명에 따라 백인 이주자의 영토가 될 시간의 대단원이었다. '신의 섭리에 따라 할당받은 대륙을 사방으로 뻗어나가게 하는 것,' 즉 서부로 이동해서 그곳 땅을 점유해서 소유하는 것은 그들의 의무였다(Milner 외에서 John L. O'Sullivan 1994년: 166). 1846년 저널리스트인 윌리엄 길핀(William Gilpin)은 '미국 사람들의 행해지지 않은 운명은 대륙을 정복해서—광활한 땅으로 돌진해서 태평양까지 나아가는 것— … 옛 국가들에게 새 문명을 가르치는 것, 즉 인류의 운명을 확인시켜 주는 것이다'(Truettner 1991: 101)라고 적고 있다. 레우츠(Leutze)의 '제국의 진로를 서부로 정하다' (Westward the Course of Empire Takes Its Way)(1861)와 같은 그림은 이런 충동을 완벽히 극화하고 있다(그림 4 참조).

서부는 생산을 위해 길들여지고 만들어져야 하지만 T. K. 휘플이 서술하는 것처럼 백인 이주민들이 서부 땅에 끼친 영향은 '대륙에 와서 그곳을 강탈한 외국 침략자와 같았다. 그들은 그것을 발전, 즉 문명이라고 불렀다. 그들은 그곳을 야만스럽게 다루었고 … 그곳을 괴롭혔고, 노예화했다'(Whipple 1943: 45).

성 폭력과 정복의 이미지는 서부 점유를 묘사하는 데 자주 사용되어져 왔다. 그래서 서부의 '성심리 역학'(Kolodny 1984: 3)을 연구하는 페미니스트들은 그런 이미지를 수정해야 할 사항의 출발점으로 여겼다. '서부에서 물질적인 것과 성적인 것은 남성의 언어로 조화롭게 섞여 있다'(4). 여성으로서의 땅은 남성이 보호하고, 소유하고, 폭행하기도 하는 장소로서의 서부 이

〈그림 4〉임마누엘 글로리에브 레우츠, '제국의 진로를 서부로 정하다', 1861
출처: 미국 국립 박물관, 스미스소니언 협회. 사라 카 업톤 증정

미지를 반복하여 제공했다. 그곳에서 여성은 환상 혹은 이상으로서 수동적으로 받아들여졌다. 멕시코계 페미니스트 작가 글로리아 앤잴두아(Gloria Anzaldua)는 다음과 같이 그 상황을 묘사할 정도로 미국 문화 속에서는 남성들의 힘을 두둔하는 많은 이미지들이 나타났다.

백인 우월성이라는 허구에 갇힌 백인들은 완벽한 정치력을 이용해서 그들의 두 발이 미국 땅에 뿌리내리는 동안 인디언과 멕시코인으로부터 그들의 땅을 빼앗았다 …. 우리는 뿌리째 뽑혀서 절단되고, 소유권을 잃고, 우리의 정체성과 역사로부터 떨어져 나갔다.(Anzaldua 1987: 8)

여기에서 배타성은 폭력의 은유와 결부된다. 즉 여성, '인디언과 멕시코인', 그리고 땅은 모두 수정주의가 재주장하려는 정체성 및 역사와 연결된다.

▶ 남성성과 땅

백인 문화에서 땅의 주요 이미지는 남성성과 관련된 이미지이다. 서부는 남자다움의 시험장으로서 재현된다. 영화『창백한 기수』(*Pale Rider*, 1985)에는 수력 채굴 과정을 땅 파괴의 지독한 남근숭배적 비전으로 보여주는 중요한 장면이 포함되어 있다. 여러 면에서 『창백한 기수』가 모방했던 소설인 『쉐인』(*Shane*)에서 땅의 마지막 저항은 조(Joe)와 쉐인(Shane)으로 대표되는 '남성의 힘'(Schaefer 1989: 37)에 의해 무더기로 뽑히는 나무 그루터기에 의해 예시되어진다.『창백한 기수』에서 이제 기계로 구체화되는 남성의 힘은 파괴력에 있어 초연하고 잔인하다. 그러나 그 장면은 땅 파괴를 어린 소녀에 대한 강간 미수와 병치시킬 때 더욱 효과적이다. 땅에 대한 환경적 '강탈'은 남성이 소녀를 종속시키고 강간하는 것과 병치된다. 그 장면은 조야하고 문제가 있는데, 특히 그 장면이 궁극적으로 '구원의 주인공'이 그들의 운명으로부터 소녀와 땅을 구하는 수단이 될 때 더욱 그러하다. 그러나 사람들이 그 영화의 이데올로기에 어떻게 반응하든지 간에 이 장면은 할리우드의 주류 영화조차도 수정주의에 의해 교정되어지고, 남성성과 그것이 여성성 및 환경과 맺는 관계에 대한 현대의 관심사를 서로 연결시키려 해왔음을 보여준다.[5]

---

5) 그 영화는 항상 서부 신화를 영속시키는 역할도 했지만 어느 정도는 수정주의

많은 서부 고전 영화들의 첫 장면은 마치 주인공이 땅의 가혹함과 엄격함의 일부이기라도 한 것처럼 땅에서 나타나는 것에서부터 시작된다. '그것은 … 여러분은 이처럼 강하고, 엄격하고, 숭고하게 될 것이라고 말한다 …. 이곳에서 여러분은 견디는 수밖에 없을 것이다'(Tompkins 1992: 71). 땅은 광대하고, 강력하고, 지배적이지만 남성은 최고가 되기를 열망하고 그래서 '서부 영화에서 남자들은 강하고, 거칠고, 가차없는 것을 의미하는 … 땅을 모방한다'(72-3). 이것은 언덕과 사막으로 이루어진 선택된 풍경으로, 신화들이 자주 그렇게 하는 것처럼 '다산, 풍요, 부드러움, 유동성, 다층성'(74)을 약속하는 땅의 다른 형태를 배제시키고 있는데 이유는 그런 것들은 다른 여성적 자질들과 혼돈되기 때문이다.

비어 있다는 것은 분명히 남자 주인공에게는 '마치 처음이기라도 한 것처럼 자신이 살고 싶어하는 이야기를 쓸 수 있는 백지'(74)로 제시된다. 그러나 아무리 이런 이미지들이 '허구적'일지라도 그것들은 남성성의 표현, 즉 단순하고 반사회적이고 전근대적인 제식이 발생할 시험장으로서의 땅에 대한 지배적인 태도를 보여준다. 예를 들어 『쉐인』(1949)에서 주인공은 '광활한 평야 저편에서' 나타나는데, '멀리서 보아도 먼지를 뒤집어쓴' 그의 옷은 '해어져 있고', 그의 몸의 '거무스름한 윤곽 속에서는 인내심과 생각없이 쉽게 적응하는 힘이 은근히' 배어 나오고, 얼굴은 '야위고, 거칠고 햇볕에 그을려' 있다(Schaefer 1989: 5-6). 젊은 관찰자 밥(Bob)은 쉐인에게서 바로 탐킨스가 적고 있는 땅에서 태어난 외로운 기수를 발견하고 그에게서 남

와도 관련된다. 최근 몇 년에 걸쳐 『용서받지 못할 자들』(*Unforgiven*, 1992)과 같은 영화도 서부물의 일반적인 몇 가지 양식들에 도전하는 것처럼 보이는데 특히 총잡이를 탈신비화시키는데 있어서 그러하다.

성다움의 모델을 배운다. '그에 관한 모든 것은 오랫동안 거친 생활을 해왔음을 보여주고 있었지만 또한 상당한 자질과 능력의 힘을 보여주고 있었다'(9). 그러나 그의 모든 매력에도 불구하고 쉐인은 자신이 온 땅처럼 소설 속에서 스타렛(Starrett) 가족으로 대표되는 발전에는 더이상 적합하지 않은 인물이다.

'넓은 방목지는 영원히 지속될 수 없다'(1989: 13). 왜냐하면 미래는 홈스테드법에 의한 입주자들과 그들의 정착에 달려있고, 그러므로 '당신이 해야 할 일은 장소를 골라서 당신 자신의 땅을 확보하는 것이다'(13). 그러나 『수색자들』(The Searchers, 1956)[6]의 에썬 에드워즈(Ethan Edwards)처럼 쉐인에게 땅은 바로 그의 내부에 있고, 그의 존재를 정의해주는 것이기 때문에 그는 땅에 정착할 수도 땅을 소유할 수도 없다. 두 남자는 모두 방목지의 광활함과 자유를 필요로 한다. 그래서 그들은 여성성, 가정, 정착의 사회적 영역 속에서는 존재할 수 없다. 그들은 남성적인 서부의 중심 신화인 땅을 상기시켜 주는 인물들이다.

이런 신화는 커맥 맥카시(Cormac McCarthy)의 수정주의적 소설인 『피의 정점, 서부 저녁이 피로 물들다』(Blood Meridian, or the Evening Redness in the West, 1985)에서도 검토되어진다. 이 소설에서 서부는 제국주의의 지역이고 명백한 운명은 신성한 탐색이 아니라 잔인하고 끔찍한 공격이다. 그 한 가운데에 홀든(Holden) 판사가 있다. 그는 땅을 완전히 소유하려 함으로써 땅에 대한 신화적 관계를 극단적으로 예시하고 있다. 맥카씨는 슬랏킨(Slotkin)이 서부에 대해 인식했던 것을 극화한다.

---

6) 존 포드(John Ford)의 『수색자들』은 에썬 에드워즈라는 전형적인 총잡이를 묘사하고 있다. 그는 영화 끝부분에서 질서정연한 가정 세계에서 추방당한다. 그는 너무 무질서하고 폭력적이어서 '문명화된' 서부에 자리잡을 수 없다.

서부 이데올로기의 토대는 자본주의의 경쟁 '법칙', 수요와 공급의 '법칙', 사회질서의 원리로서 사회 다원주의의 '적자 생존 법칙', 그리고 미국내 역사 편찬의 전통과 정치 이데올로기의 기본 요소였던 '명백한 운명'의 법칙들이다.(Slotkin 1985: 15)

홀든은 자연 속에 있는 모든 지식을 얻고 그것을 자신만을 위해 장부에 보관하는 신 같은 절대력을 가진 '그 땅의 영주' (McCarthy 1990: 198)가 되기를 원한다. 어느 순간 홀든은 화석과 광물을 부수고 있는데, 그는 그것들 속에서 '그 땅의 기원에 관해 읽으려'(116) 했기 때문에 그렇게 한다. 그러나 이것은 공유될 지식이 아니라 그의 힘을 결국 보태는 지식일 뿐이다. '그는 돌, 나무, 동물의 뼈에게도 얘기'를 하기 때문에 자연물은 '그의 (신의) 말'이다. 홀든은 인간의 권력과 지배 추구의 무서운 환영으로 이곳 서부에서 활동하는 파우스트이자 아합이자 리어왕, 즉 정복과 제국주의의 '땅 파괴자'이다. 그는 소유하기 위해 죽여야만 하고, 지식을 훔쳐서 그것을 자기 것으로 주장하기 위해 파괴해야만 한다. D. H. 로렌스(D. H. Lawrence)가 적고 있는 것처럼,

한 생물을 안다는 것은 그것을 죽이는 것이다. 당신은 그 생물을 충분히 알기 위해서는 그것을 죽여야만 한다. 이런 이유 때문에 욕구의 식, 즉 '영혼'은 흡혈귀이다 … 어떤 것을 안다는 것은 그 존재로부터 생명을 빨아먹으려는 것이다.(Lawrence 1977: 75)

'인간은 … 생명과 개체성의 비밀을 정복하고 싶어하기'(76) 때문에 땅은 그것의 모든 가치를 빨아 먹히고 있다. 홀든은 '명

백한 운명'을 반박하여 스스로 그 운명의 통제권을 주장할 정도로 소유 이데올로기의 음흉하고 탐욕스런 초상화이다. '자연만이 인간을 노예화할 수 있고, 각각의 최종 존재물이 패배해서 그 앞에서 발가벗은 채 서 있게 될 때만이 그는 완전히 그 땅의 영주가 될 것이다'(McCarthy 1990: 198).

홀든은 땅 조각이 아니라 그가 '세계를 장악하고 … 자신의 운명의 조건을 규정할 방법을 성취하기 위해' 땅 전부, 그리고 땅의 모든 '비밀'을 '요구'한다(199). 홀든은 제국주의의 파괴적인 가치를 구현한다. 그런 가치 속에서 '우리는 어쨌든 파괴 행위 그 자체를 통해 생명을 지배해서 우리 자신과 우리의 힘을 영속화시키고 확장시키는 아합의 힘, 즉 남성다움과 신성을 믿게 된다'(Slotkin 1973: 563). 홀든은 바로 과장하여 쓰여진 전체주의이다. 그는 땅을 소유하기 위해 인디언을 죽이고 이 원대한 계획에서 어떤 역할도 부여받지 못한 것은 무엇이든 배제시키는 서부 탐색과 병행되어지는 불멸성의 괴팍한 욕구를 지니고 있다. 터너의 말처럼 서부의 '빈 페이지'는 엄청난 규모로 자기주장의 기회를 제공했다. 터너에 따르면 '개인은 구 사회 질서의 제약, 정부의 엄정한 행정의 제약에 의해서도 제지되지 않은 광활한 땅을 부여받았다. [그리고] 자수성가한 남자는 서부인의 이상이었다'(Turner 1962: 213).

이 자유분방한 억제되지 않은 개인주의는 서부를 잔인한 경쟁, 죽음, 공포의 전형적인 장소로 만든다. 윌리엄 버로우즈(William Burroughs)가 적고 있는 것처럼 그런 곳에서는 '인간사의 모든 추악, 공포, 증오, 질병, 죽음이 당신과 서부 땅 사이에서 흐르고 있다'(Burroughs 1988: 257). 이런 모든 것은 널리 퍼져 있는 황금 땅의 신화와 인디언 문화의 '신성한 테'와는 상당히 동떨어진 것이다. 맥카씨의 극단적 수정주의에서 우리는 서부 이야기의 억압성을 보아야만 한다. 왜냐하면 그는 서부에 대한 실제 진실을 우리에게 주려함으로써가 아니라 독자로 하여금 옛 이야기들과 만들어진 신화를 재고하게 하는 상상의 재현을 창조함으로써 '신화적 주체를 재역사화하고 있기'(Slotkin 1985: 45) 때문이다.

▶ 여성과 서부

미국 서부에 대해 수정되어야 할 가장 중요한 한 가지가 페미니스트 비평가들에 의해 수행되어져 왔다. 그들은 서부의 관례적인 역사와 재현에 대해 이의를 제기해왔다. 수잔 아미티지(Susan Armitage)는 그 점을 명확히 지적하고 있다. '대부분의 미국 서부사는 영웅 이야기들이다. 즉 모험, 탐험과 갈등의 이야기들이다 …. 그 이야기들의 일관성은 초점을 축소시킴으로써 이루어졌다'(Armitage and Jameson 1987: 10). 탐킨스가 주장하는 것처럼 서부에 관한 그런 내러티브들은 가정에서 여성들이 읽는 감상적인 책들이 동부에서 널리 인기를 끈 것에 '반응'하여 확산되었다. 그런 책들에서는 '문화적·정치적으로 여성을 세계에서 가장 중요한 일(영혼을 구하는 일)의 중심에 자리잡게 해서 … 결국 영혼의 힘이 항상 세속적인 힘보다 더 우월하다고 주장했다'(38).

탐킨스에게 서부 이야기는 '세속적이고, 물질적이고, 반페미니스트적이다. 서부 이야기는 공적인 공간에서의 갈등에 초점을 맞추고 있고, 죽음에 사로잡혀 있고, 남근상을 숭배한다'(같은 책, 28). 서부 이야기의 남성적 재현은 바로 힘의 여성적 영역이 가정, 교회, 가족임을 설명하고 있고 현실을 텍스트로 재생산할 때 그런 영역들은 별도로 제쳐두고, 남성들에게 그들이 시험당할 수 있는 질서를 상상할 공간을 제공하려 한다. 그러므로 서부 장르는 남성성을 묘사하면서 여성들을 배제시키거나 주변화시키는 일련의 '역제식과 믿음'(35)을 발전시켰다. 터너가 1893년에 부각시켰던 문화적 질서에서 그는 '제멋대로의 점유 … 불안하고 초조한 힘 … 지배적인 개인주의'에 관해 쓰고 있는데, 그 글에서 성은 항상 '그'(he)로 되어 있고, 그는 빅토리아조풍의 미국 사회를 지배했었던 '가정 생활의 제식'에 감응하고 있다(Milner 1989: 21).

월트 휘트먼(Walt Whitman)과 같은 민감하고 급진적인 시인조차도 '개척자여, 오! 개척자여'(Pioneers, O Pioneers, 1865)에서 언어와 이미지를 통해 서부를 남성의 영역으로 여기는 통념을 드러냈다.

> 남성다운 자존심과 우정으로 가득한 채 …
> 우리는 미지의 길로 나아가며
> 정복하고, 점유하고, 도전하고, 모험하도다.
> 우리는 원시림을 쓰러뜨리고,
> 강을 거슬러 격랑을 일게 하고, 광산 깊숙이 뚫고,
> 넓은 표면을 조사하고 처녀지를 파헤치도다.(Whitman 1971: 194)

여러 면에서 이 시는 서부 이주의 팽창주의 정책을 찬양하고 있는데, 이 시를 통해 나타나는 것은 땅과 여성 모두를 남성이 지배하고 통제하는 환상이다. 여성 및 땅과 관련하여 남성은 우월한 존재로서 자신을 입증하고, 여러 면에서 그들을 '길들이기

위해' 독단적이어야만 했다. 문학은 '처녀지를 소유하려는 남성들의 성심리 드라마'(Kolodny 1984: xiii)에 적합한 한 방법을 제공해 주었다. 서부의 '신 역사'는 '조력자', 문명화하는 사람, 매춘부, 어머니와 같은 허용된 정형화된 역할뿐만 아니라 새로운 여성적 관점을 제공함으로써 그 지역에서의 여성의 중요한 역할을 보여준다. 한 가지 방법은 여성들의 삶의 개별적 이야기들, 그들의 가사일, 일상 습관을 정착의 '물결'과 큰 추세를 증명하려는 서부의 거대 서사 탐색과 대조하여 재평가하는 것이다.

서부 고전소설이자 후에 영화화된 『쉐인』은 여러 가치를 지니고 있는데 그 중에서도 이 작품은 대초원에 마돈나의 전형적인 유형으로 매리언 스타렛(Marian Starrett)을 묘사하고 있다. 이 작품에서 대초원은 바로 남성들이 악전고투하며 문명화시키는 힘이다. 텍스트에서 그녀를 정의하는 첫 번째 말은 '어머니의 채소밭'이다(Schaefer 1989: 7). 그리고 우리는 '그녀가 자신의 요리에 대해 자랑스럽게 여겼다. … 그녀가 훌륭한 식사를 준비할 수 있는 한 어떤 일이 잘못되고 있을 때 아버지에게 말할 수 있을 것이다. 그녀는 여전히 품위있고 그래서 나아질 희망이 있다는 것을 알고 있었다'(11)라는 말을 우리는 듣게 된다. 그녀는 가정적이고 교양도 있지만 이상하게도 소설이 암시하는 것처럼 난폭한 쉐인의 성적 위협에 능히 동요될 수 있다. 서부 여성으로서 그녀는 성 역할, 가정, 채소밭에 한정되어야만 한다. 그런 모든 것은 그녀에게 허용된 영역의 한계를 의미한다. 그녀는 황야 속에 있을 수도 있다. 그러나 황야가 그녀 속에 있을 수는 없다.

황야는 억압되어져서 소설이 묘사하고 있는 유익한 문명화로 바뀌어져야만 한다. 그런 텍스트들은 남성이 땅을 길들이고, 야만적인 인디언을 없애고, 무법자를 쫓아내려고 고군분투하는 것은 여성, 즉 문명화를 위한 것임을 암시한다. 존 포드의 서부 고전 영화『나의 사랑 클레멘타인』(*My Darling Clementine*, 1946)에서 여성들은 매춘부이자 혼혈아인 치와와(Chihuahua)와 학교 선생이자 처녀인 클레멘타인의 두 가지 유형으로 확고하게 정형화되어 있다. 그리고 '여성, 가족, 공동체의 유대는 단지 서부가 길들여질 때 번창할 수 있는 것처럼 보인다. 그들은 서부 폭력의 역사에 미덕을 부여하는 동인이다'(Milner외 1994: 316). 그 영화에서 와이어트 어프(Wyatt Earp)는 점차 '문명화되어지는' 것으로 나타나고 있고, 영화의 한 장면에서 마을의 새 교회에서 열리는 댄스파티에 클레멘타인의 파트너로 동행하기 전에, 이발소에 가서 씻고, 옷을 갈아입고, 향수를 뿌린다.

그곳에서 그는 포드의 공동체 제식, 즉 춤에 서서히 익숙해진다. 여기에서 어프는 자신의 모자를 벗고 그 제식에 함께 한다. 그 제식은 마을과 공동체로 이루어진 신 서부와 그를 부분적으로 결속시켜주고 있고, 결국 그의 폭력 덕분에 가능해진 정착과 조직화를 의미한다. 결국 그는 정착할 수 없지만 그토록 많은 서부물에서처럼 정착 과정은 확립되어지고, 여성과 여성적인 것은 그 한가운데에 자리하면서도 '전근대적 서부와 새롭게 문명화된 서부'(White 1991: 628)를 조화롭게 하기 시작한 새로운 질서의 배후에 머무른다.

그 영화는『쉐인』의 결말을 반향시킨다.『쉐인』에서 매리언은 확신에 찬 목소리로 쉐인은 떠난 것이 아니라 '이곳, 이 장소에, *그가 우리에게 준 이 장소에*' 머무르고 있다. '그는 우리 주변에, 우리 마음 속에 있습니다. 그는 항상 그렇게 있을 것입니다'(Schaefer 1989: 157 - 이탤릭체는 필자 강조)라고 주장한다.
문명화되고 길들여진 서부는 남성 신화가 그곳의 폭력을 정당
화하기 위해 만든 매리언, 클레멘타인, 그리고 모든 다른 마돈
나와 같은 여인들의 영역이다. 우리는 한 가지 이미지로 이 영
화의 감상적 이데올로기를 완전히 포착할 수 있는데, 바로 조지
캘럽 빙햄(George Caleb Bingham)의 그림 '컴벌랜드 협곡을 통
과하여 정착민들을 호위하는 다니엘 부니'(Daniel Boone
Escorting Settlers through the Cumberland Gap, 1851-2)가 그것이
다. 그 그림은 마돈나와 같은 인물이 백마에 태워져서 총을 든
강인하고 거친 터너풍의 부니에 의해 서부의 빛으로 안내되어
지는 것을 묘사하고 있다. 힘의 위계질서는 그 구성에 있어 분
명하고, 서부에서 여성이 어떤 존재일 수 있는가에 대한 정의가
강조되어지고 있다(그림 5 참조).

〈그림 5〉 조지 캘럽 빙햄, '컴벌랜드 협곡을 통과하여 정착민들을 호위하는 다니엘 부니', 1851-2
출처 : 워싱턴 예술 대학, 세인트 루이스

이 신화들의 이데올로기적 요소는 적어도 두 가지 목적을 제공한다. 첫째, 서부를 성별화해서 여성과 남성의 역할을 명확히 설정하는 것이다. 둘째, 두 가지가 '절대적인 합법성의 자질', 즉 완전히 정상적이고 정해진 것처럼, '마치 묘사되어지는 것이 자연스럽고, 의심할 여지없고 그러므로 완전히 용인된 계획인 것처럼'(Truettner 1991: 40) 서부 팽창주의의 폭넓은 과정과 첫 번째 목적을 연결시키는 것이다. 다행히도 이런 이데올로기들은 '새로운 시각을 통해 한 가지 문제점을 제시하는 것'으로 여겨질 수 있다. 그리고 그 문제점은 그런 이데올로기들이 만들어진 시기에 사회적 용인과 그 의도의 분명한 무해성에 의해 감추어졌다. 그런 '새로운 시각'은 윌라 캐더(Willa Cather)의 소설에서 보여질 수 있다. 그녀는 서부의 성별화된 재현에 이의를 제기할 준비가 되어 있었다.

▶ 여성적인 신 서부:
윌라 캐더의 『오! 개척자들이여』(O Pioneers)

윌라 캐더는 『오! 개척자들이여』(1913)에서 휘트먼의 시에 응수함으로써 대초원의 마돈나라는 전통적이고 부자연스런 견해에 맞서고 있다. 캐더는 이 소설의 제목을 휘트먼의 시에서 차용했고, 이 소설에서 땅과 창조적인 상호관계를 발전시키는 비전과 힘을 지닌 유능한 여성을 묘사하고 있다. 캐더의 소설 여주인공 알렉산드라 버그슨(Alexandra Bergson)의 아버지는 '땅의 수호신은 인간에게 비우호적이었고, 어느 누구도 마구를 채우는 법을 알지 못하는 성난 말처럼 … 불가사의한 것이었기 때문에' 땅을 '길들여야'(Cather 1913: 20) 할 어떤 것으로 여긴다. 알렉산드라 버그슨은 바로 그런 집안 출신이다. 알렉산드라 버그슨은 아버지에게서 고집과 근면을 배웠고, 어머니에게서 유산 의식 및 보존(우리는 소설에서 그녀가 끊임없이 과일을 보관하는 것을 본다)을 체득한다. 무엇보다도 최초의 환경보호론자 아이바(Ivar)로부터 땅과 조화롭게 살아가는 법을 배운다. 알렉산드라는 땅을 '파괴하기'보다는 오히려 '전에 그곳에 살았었던 코요테가 했던 것과 마찬가지로 자연의 얼굴을 모독하지 않고'(36) 사는 법을 배운다. 그녀는 땅과 '새로운 관계'(71)를 형성한다. 그 땅에서 그녀의 '집은 넓은 바깥 세계이고, … 그녀가 자신을 가장 잘 표현하는 것도 흙 속에서다'(84).

캐더에게 공적인 공간은 여성에게도 이용가능하다. 여성들은 단지 남성들, 그리고 그들의 실수를 모방하지 않으면서 공적인 공간에서 활동할 수 있다. 서부 땅은 정복되어져야만 하는 것이 아니라 그녀의 몸이 성장하듯 양육되어져서 함께 살아가야만 한다. '그녀는 주변의 평평한 담황갈색의 세계와 친했고, 사실 흙 속에서 유쾌하게 발아하는 것이 마치 그녀 몸 속에 있는 것처럼 느꼈다'(204). 캐더는 땅과의 상호관계를 의도하고 있는데 이는 인디언의 견해와 유사하다. '인간은 왔다가 떠나지만 땅은 항상 이곳에 있다'(308). 알렉산드라는 소설의 마지막 부분에서 장차 남편이 될 칼(Carl)과 얘기를 하는 도중에 서부의 미래에 관해 논의하면서 '누구 못지 않게 서부에 대해 글을 쓸 수 있는 사람은 바로 우리야'(307)라고 주장한다.

여기에서 강조를 두는 부분은 '우리'이다. 서부사를 '기록하고' 서부 풍경 그 자체를 '기록할' 사람은 남성과 여성 모두라는 것이다. 윌라 캐더의 작품을 읽고 감탄을 아끼지 않았던 엘리너 프루잇 스튜어트(Elinore Pruitt Stewart)는 실제로 프론티어 생활을 했고, 그래서 그녀의 편지들에서 그런 삶에 대해 적고 있는데 그녀는 공유지 불하정책을 여성들에게는 표현의 수단이 자 동부 도시의 시련과 한계로부터의 해방으로 여겼다.

> 자신과의 교제를 견딜 수 있는 여성이라면 누구든지 … 일몰의 아름다움을 볼 것이고, 자라나는 것들을 사랑하게 될 것이고, 빨래통 위에서 하는 것과 같은 세심한 노동에 기꺼이 많은 시간을 투자할 것이고, 분명히 성공할 것이다. 그런 여성은 독립심을 갖게 될 것이고, 항상 먹을 것이 풍부하고 결국은 자신의 집을 갖게 될 것이다.(Milner 1989: 408)

여성사에 관한 '새로운 시각'은 '관례적인' 역사를 심문하고, '계속되지 않기를 바라는 독해들을 종식시키기 위해 백인 남성 역사의 지배 담론을 폭로할 수 있는'(Jenkins 1991: 67) 한 도구이다. 앤젤두아가 적고 있는 것처럼 '문화는 우리의 믿음을 형성한다 … 문화는 힘을 가진 자들 즉, 남성들에 의해 만들어진다'(Anzaldua 1987: 16). 그러나 많은 다른 여성들처럼 앤젤두아는 이런 담론에 의문을 제기하기 시작했다. 이제 다양한 목소리들이 서부사에 관한 이런 재평가로 인해 힘을 얻게 되었다. 즉 서부의 신 복합문화주의 속에서 치카나(멕시코계 여자 미국인), 인디언, 그리고 아시아계 미국 여성들은 더욱 관례적으로 용인된 공식적인 해석들 곁에 나란히 그들의 이야기를 표현해 왔다.[7]

---

7) 아나 카스틸로(Ana Castillo)의 소설 『신과 조금도 떨어져 있지 않다』(*So Far From God*, 1994a)는 부분적으로 땅과 그녀의 공동체가 들려주는 이야기들과 관련있다.

▶ 결론: 현대 서부 이론의 전망

이런 수정주의는 널리 퍼진 담론을 통해 전달된 공식적인 역사나 신화를 만들기보다는 오히려 서부에 관해 더욱 이해하기 쉬운 많은 이야기들을 만들어 왔다. 슬랏킨의 '생산적인 신화 수정'은 '체계를 개방시켜 그 체계의 신념들 [그것들을 담고 있는 허구들]을 변화하는 현실에 적응하도록 해줄 것'이다. 왜냐하면 꼭 그렇다 하지는 않을 지라도 대안적 방법은 '사회적·환경적 현실 국면에서 벗어나 있는 비생산적이고 파괴적인 행동 양식들로 우리를 속박하는 기존 체계를 엄격히 지키는 것, 즉 변화를 거부하는 것이기 때문이다'(Slotkin 1992: 654-5). 재검토를 통해 '과거는 동요되고 분열되어져서 부서진 틈 사이로 새 역사가 만들어질' 수 있다. 이것은 우리에게 '해석들은 … 지배적인 추론 관행들과 제휴할 수 있다'(66)는 것을 상기시켜 준다.

브렛 이스턴 엘리스(Bret Easton Ellis)의 소설 『제로 미만』(Less Than Zero, 1985)은 바로 이런 새 역사의 한 형식이다. 그 소설의 제사는 '서부에 시선을 돌렸을 때 내가 얻은 느낌이 있다'라는 문장이다. 그리고 그 소설은 과거에 관심을 기울이지 않는 거대 도시를 재현한다. 엘리스는 소설을 근사하게 끝내려는 일련의 동기 속에서 '유령들'에 대해 적고 있다. 그 유령들은 억압받은 자들의 귀환처럼 이 '새로운 서부개척자들'의 강박관념에 사로잡힌 삶에 끼어드는 인디언과 더불어 부유한 교외 지역에 출몰하는 '서부 개척 시대(Wild West)의 환영들'이다(Ellis 1985: 206). 어느 누구도 과거에 관해, 엘리스의 소설 속 젊은이들에게 막대한 부를 가능케 해주었던 땅과 인디언을 약탈했던 것에 대해 생각하고 싶어하지 않는다. 그러나 과거는 사라지기를 거부한다. 그것은 다른 삶, 다른 가치를 상기시키는 것으로 남아 있다.

다른 이미지들이 뒤따른다. 첫째, 캘리포니아를 그린 '오래되고, 중간이 찢겨지고, 평평하지 않게 비스듬히 걸려 있는' 포스터는 '사라진 옛 축제'와 코요테의 울부짖음과 병치된다(같은 책, 207). 이 호기심을 끄는 강력한 몽타주는 현대 서부, 흥청거리기도 하고, 타락하여 균형을 잃은 환상, 유령이 나올 듯 하기도 하고 그러면서도 꾸밈없는 과거를 자세히 보여준다. 이 순간 소설의 주인공 클레이(Clay)는 '돌아가야 할 시간'(207)임을 깨닫는다. 그것은 '그토록 폭력적이고 악의에 찬'(208) 그의 세계가 어떻게 형성되었는가를 이해하기 위해 그가 동부로, 자신의 과거로, 또한 서부의 잊혀진 과거로 돌아간다는 것을 의미한다. 엘리스에게 서부의 내적 붕괴는 인간 환경 속으로 들어와서 과거를 불길하게 상기시켜주는 것 같은 풍경 속에서 반영된다. '한밤중에 언덕 아래로 쓰러지며 미끄러지는 집들'(114), 지진과 폭풍우는 서부에서 인간 존재의 연약함을 암시하고 있고, 우리에게 늘 실재하는 환경에 대해 상기시켜준다. 워스터(Worster)가 적고 있는 것처럼 '서부의 땅은 옛 것이든 새 것이든 어떤 정체성도 제멋대로 쓰여질 수 있는 빈 석판은 아니었다'(Worster 1994: 6).

최근 몇 년에 걸쳐 반드시 필요한 서부 '반신화기술(antimythography)'에 기여했던 마이크 데이비스(Mike Davis)는 서부 환경을 오용한 것에 대해 구체적으로 비판했다. 그는 서부가 어떻게 무기 산업, 핵폐기물, 그리고 실험의 집적소가 되었는가를 보여주고 있고, 이런 환경 손상의 기록으로서 리처드 미스레이치(Richard Misrach)의 사진들을 동원하고 있다.[8]

---

8) 리처드 미스레이치의 『브라보 20』(*Bravo 20*, 1990) 참조. Albuquerque: University of New Mexico Press.

이 사진들은 '앤셀 애덤스(Ansel Adams)의 헤게모니에 대한 정면 공격'이다. 서부 자연에 대한 앤셀 애덤스의 장엄한 사진들은 환경복지의 최종 상태로서 여겨져 왔다. 미스레이치와 다른 사람들은 '위태롭게 된 자연인데도 불구하고 처녀지로 존재하는 이런 신화를 매섭게 해체시켜' 왔고, 앞에서 논의했던 역사가들, 작가들, 영화제작자들의 작업을 사진으로 부추기기 위해 서부의 폐기물과 파편들의 '대안적 도상법'을 제시한다(같은 책, 57-58).

그들은 부분적으로 변화와 파괴를 입증하기 위해 더욱 일반적으로는 모든 수정과 더불어 사건들에 대한 공식적인 해석 뒤에 감추어진 것을 사람들에게 경고하기 위해 1870년대에 처음 그랬던 것처럼 서부를 '재검토'하고 있다. 서부의 '재촬영자들' 중 한 사람인 마크 클렛(Mark Klett)의 말을 빌리자면 그렇게 하는 목적은 다른 민족과 지형이 충돌하는 교전지대로서 서부에 관해 '우리가 결코 물으려고 생각지 못했던 질문들을 제기하려는 것'이다(Bruce 1990: 81). 그러나 터너의 '가축우리'는 분명히 서부에 관한 새롭고 흥미로운 해석들에 끊임없이 열려져 왔다. 그러나 리처드 화이트(Richard White)가 평하는 것처럼 '서부에 대한 이런 재수정과 재상상은 결코 완전하지 않다' (White 1991: 629).

▶ 사례연구 2: 남부 — 도저히 이해할 수 없는가?

미국 서부처럼 남부는 경합을 벌이는 많은 이야기들을 가진 지역이었다. 각각의 이야기는 그 지역의 권리를 주장하고 있고 또한 그 지역이 어떻게 국가의 일부인지 아니면 국가와 분리되

어 있는지를 주장하고 있다. 예를 들어 19세기 말 『루이빌 신
문』(Louisville Courier)의 편집자 헨리 와터슨(Henry Watterson)
은 '남부는 지리적 표현일 뿐'이라고 적고 있다. 그리고 그는
많은 다른 편집자들 및 정치가들과 더불어 구식의 남부 가치로
여겨지는 것들이 사라져서 그런 가치들이 남부를 나머지 지역
과 완전히 통합될 수 있게 하는 국가 가치로 대체되기를 희망
했다. 그러나 2차 세계 대전쯤 몇몇 관찰자들에게 와터슨의 꿈
이 아직 실현되지 못했다는 것은 분명했다. W. J. 캐쉬(W. J.
Cash)는 1941년에 '남부는 국가 속에 있는 한 국가가 아니라
국가 곁에 있는 한 국가'(1971: vii)라고 주장했다.

  이 말은 미국에서 남부 지역에 관한 오랜 논쟁의 중요성을
암시하고 있고 또한 그 논쟁이 남부 지역의 정체성에 관한 논
쟁과 얼마나 밀접하게 관련되어 있는지를 암시한다. 남부와 미
국의 나머지 지역간의 차이에 대한 논의는 미국 역사가들 사이
에서는 흔한 일이고, 이것은 문학과 저널리즘을 포함한 많은 다
른 문화 형태에서도 반영되어져 왔다. 또한 미국 대중 문화에서
남부의 차이점에 대한 질문은 주요 주제였다. 포크너(Faulkner)
의 『압살롬, 압살롬』(Absalom, Absalom)에서 쉬리브 맥캐넌
(Shreve McCannon)은 퀜튼 컴슨(Quentin Compson)에게 '남부
에 대해 말해라! 사람들은 그곳에서 무엇을 하는가? 왜 사람들
은 그곳에 사는가? 도대체 사람들은 왜 사는가?'라는 유명한
질문을 던졌다. 그리고 쉬리브의 독촉하는 질문은 남부의 정체
성을 정의하기 위해 서로 경합을 벌이며 상충되기도 하는 많은
시도 속에서 반영되어졌고, 결국 그의 질문은 많은 사람들에게
난해한 수수께끼 같은 것이었다(Faulkner 1965: 174).

  남부를 이해하려는 이런 지속적인 노력은 남부 지역 내외에

서 모두 발생했다. 이 외부의 해석과 남부인들이 그들 자신의 믿음과 가치를 표현하는 방식간에 되풀이되는 긴장을 주목하는 것은 처음부터 중요하다. 이런 차이 의식은 외부의 남부 관찰자들에 의해서 뿐만 아니라 남부인들 스스로 남북 전쟁 이전의 남부 민족주의 이데올로기, 패배와 잃어버린 대의명분을 표현한 것에 의해서도 공유되었다. 윌리엄 스타이런(William Styron)은 그의 소설 『소피의 선택』(Sophie's Choice)에서 남부의 의미에 관한 논쟁을 벌이는 가운데 이런 긴장을 포착했다. 그 소설에서 한 등장인물은 다음과 같이 말한다.

> 적어도 남부인들은 위험을 무릅쓰고 북부로 갔고, 북부가 어떠한지 보게 되었다. 반면 북부인들은 아무도 고생하며 일부러 남부 여행을 하지는 않았다 …. 나는 고집스럽고 독선적인 오만으로 가득찬 북부인들이 너무 잘난 체하는 것처럼 보였다는 당신의 말을 기억한다 … 내가 결코 보지도 알지도 못하는 장소를 어떻게 정말로 증오할 수 있겠는가?(Styron 1979: 418-19)

이것은 외부인들이 남부를 해석하고 남부에 대해 반응해왔던 모호한 방식을 검토하는 것이 얼마나 의미깊은 것인가를 보여준다. 예를 들어 남부에 관한 이야기들이 있는데 이 이야기들은 특히 비남부인들을 사로잡으면서 동시에 명쾌하게 남부의 정체성을 정의하는 문제의 일부가 되고 있기도 하다. 남부에 관한 가장 영향력있는 해석은 해리엇 비처 스토우(Harriet Beecher Stowe)의 『톰 아저씨의 오두막』(Uncle Tom's Cabin, 1852)이다. 이 소설은 주로 메인(Maine)주를 배경으로 하고 있고, 그 지역에 관한 매우 제한적이고 직접적인 지식에 근거하고 있다. 피츠

버그 출신의 북부인 스티븐 포스터(Stephen Foster)도 '나의 켄
터키 옛 집'(My Old Kentucky Home)과 '고향 사람들'(Ole Folks
at Home)과 같은 노래로 농장 사회의 향수를 퍼뜨리는 일에 일
조했는데 그것은 커리어(Currier)와 아이브즈(Ives)의 널리 복제
된 석판 인쇄에서도 반향되어지는 견해이다. 또한 여러 작품 중
「버지니아의 녹색 들판 한가운데에서」(Mid the Green Fields of
Virginia)라는 작품을 썼던 뉴욕에 사는 유태인 찰스 K. 해리스
(Charles K. Harris)는 결코 버지니아주를 방문한 적이 없었고,
그의 남부 해석은 모두 상상에서 나온 것으로 옥수수가 버지니
아에서 재배되는지, 노스캐롤라이나와 사우스캐롤라이나에 언덕
이 있는지 어떤 지도 모른다라고 고백했다(Malone 1993: 131).

▶ 다양한 남부

이런 모순은 남부가 다른 지역과 분명히 다르다는 것을 정의
하려는 다양한 시도와 이런 차이점이 어떻게 시대에 걸쳐 변화
해왔는가를 암시한다. 그런 차이는 18세기 후반에 시작되어서
19세기에 전국적으로 노예 제도의 위기 속에서 더욱 심해졌고,
오늘날까지도 여전히 번성하고 있다. 많은 논평가들은 이런 차
이점들이 매우 과장되었고, 사실 남부의 가치와 미국의 가치는
많은 공통점을 지니고 있고, 앞으로도 그럴 것이라고 주장했다.
한때 남부의 차이를 강조했던 한 분석가도 '[남부가] 미대륙
밖에 존재한다고 상상하는 것은 거의 불가능하다'(Cash 1971:
viii)라고 시인했다. 다른 분석가들은 더 나아가 남부가 분명히
가지고 있는 폭력과 인종차별주의와 같은 부정적인 자질들도
미국의 기본 특성들을 단지 과장한 것일 뿐이라고 주장했다. 몇

몇 비평가들은 심지어 남부와 북부간의 차이가 가장 두드러졌던 남북 전쟁 동안에도 미국인들은 차이점보다는 더 많은 공통점을 지니고 있었다고 주장했다.

이런 여러 주장은 남부의 분명한 정체성이 한때 존재했을지도 모르지만 그것은 미국의 다른 지역을 이미 지배하게 된 현대화의 힘에 의해 점차 쇠퇴되었음을 암시해 준다. 도시화, 산업화, 매스컴, 통합된 대량 수송 체계, 냉난방시설의 발달은 남부의 고립을 깨고 남부를 국가의 주류와 연결시키는 역할을 확고히 했다. 남북 전쟁 이후 이런 종류의 힘이 '옛' 남부를 상당히 변하게 해서 어떤 면에서 '신' 남부를 건설케 했다고 주장되었던 시기가 있었다. 『애틀랜타 헌법』(*Atlanta Constitution*)의 발행인 헨리 그래디(Henry Grady)는 1880년대에 이 '새로움'에 대해 '우리는 이론 대신 마을과 도시라는 씨를 뿌리고, 정치 대신 사업을 펼쳤다 …. 우리는 일과 사랑에 빠졌다'(Brinkley 1995: 435)라고 정의내리고 있다.

북부를 모델로 하는 산업 발전과 물질적 발달이 이루어진다면 남부는 경제적 의존에서 벗어날 수 있을 것이고 남북 전쟁의 패배 이후 잃어버렸던 자존심을 회복할 수 있을 것이었다. 1895년 부커 T. 워싱턴(Booker T. Washington)은 물질적인 번영을 이룩하고 인종 차별의 증오심을 말살한다면 결국 '사랑하는 남부'에 '새 천국과 새 세상'이 도래할 것이라고 예견했다. 종종 이 '신' 남부는 '새 천국과 새 세상'을 세우지 못한 것으로 드러났고, 옛 생활 방식은 여전히 남아 있었다. 많은 사람들이 19세기 후반에 예견한 신 남부의 출현은 처음으로 산업 근로자가 농부의 수를 능가하고, 대부분의 남부인이 도시인이 되었을 때인 2차 세계 대전 이후에야 가능했다. 언제 새로운 남부가 현실화되었는가에 관계없이 경제지표는 시골 농본주의 남부가 미국의 다른 지역과 같은 조건들을 공유하는 사회 질서에 자리를 물려준 지 오래되었다는 것을 분명히 암시해주고 있다.

이와는 반대로 남부 사회와 문화를 관찰하는 몇몇 사람들은 남부지역만의 특성을 주장했고, 남부와 나머지 지역간의 물질적 조건의 분명한 일치에도 불구하고 계속 그렇게 주장했다. 그들에 따르면 남부는 물질적 혹은 지리적 요인들을 모아 놓은 것이라기보다는 마음 상태, 즉 일련의 심리적 경향을 아우르는 것이었다. 토머스 제퍼슨은 1785년 프랑스 귀족인 샤스텔르 후작(Marquis de Chastellux)에게 보내는 편지에서 몇몇 특성은 기후와 관련될 수 있다고 주장했다. 제퍼슨의 견해로는 버지니아의 따뜻한 기후는 몸과 마음을 모두 지치게 하고, 그래서 그곳 사람들은 서늘한 북부와는 대조적으로 열정적이고 나태하고 독립심이 강하고 관대하다는 것이다. 제퍼슨의 일반화는 적절한 것이지만 현대 남부 분석가들은 계속해서 문화유산을 강조한다. 예를 들어 최근에 피셔(Fischer)는 남부 문화를 형성해온 문화적 '풍속'의 지속성을 주장했다. 이런 시각으로 볼 때 문화체계는 '그 자체 규범을 가지고 있고, 그러므로 물질적 관계의 단순한 작용만은 아니다'(Fischer 1989: 10).

존 쉘튼 리드(John Shelton Reed)도 남부의 '문화적·인식적 현실'로 묘사했던 것을 널리 주장하며 그것이 '사회 현상'(Reed 1982: 3)으로서 존재한다고 주장했다. 사라지는 남부를 채색하려는 오랜 기간에 걸친 시도는 종종 남부의 생활방식과 다른 지역의 생활 방식간의 유사성을 논의하는 것과도 관련된다. 그러나 문화, 종교, 사회적·민족적 특징들, 신화와 민속을 포함하는 많은 요인들은 남부 지역이 오랫동안 차이를 나타낼 것이라

287

제 5 장 지역주의 접근법

는 암시를 주고 있다. 이런 문화 차이는 종종 남부가 변화의 힘에 의해 압박받고 있을 때 더욱 강조되었다. 미시시피 대학의 최근 연구는 단지 1940년대 후반으로만 거슬러 올라가도 축구 시합에서 거대한 남부 연방기를 들기, 딕시(Dixie)*를 교가로 하기, 흰 염소수염을 기른 남부의 구식신사 레블 대령(Colonel Rebel)을 마스코트로 채택하기와 같은 전통적 상징들이 어떻게 가능했는지를 지적하고 있고, 제2차 세계 대전의 여파로 인해 남부의 생활 방식이 도전받아 왔음을 지적하고 있다.

남부를 국가화하는 논쟁이 결론 내려지지 않은 상태라면 일원적인 남부를 가정하면서 그 지역 내부의 다양성을 소극적으로 다루는 것과 관련된 위험을 깨닫는 것 또한 중요하다. 전통적으로 남부는 아마 반은 속하고 반은 속하지 않는 주변부적인 입장을 취하는 켄터키주와 더불어 이전의 남부 11주로서 정의되어져 왔다. 그러나 이 11/12주는 어째서 물질적 경험에 있어 공통점을 지닐 수 있었는가? 한 지역이 어디에서 시작되고, 다른 지역이 어디에서 끝나는가를 우리에게 말해주는 방식으로 날씨처럼 양적으로 평가될 수 있는 객관적인 특징들을 발견하는 데는 분명히 문제가 있다. 1920년대에 글을 썼던 얼리치 B. 필립스(Ulrich B. Phillips)는 열과 습기는 담배, 쌀, 면화와 같은 특정 주요 농작물의 재배를 조장했고, 그런 농작물은 결국 농장 건설과 노예 노동력을 촉진시켰기 때문에 날씨가 남부를 다른 지역과 구별짓게 하는 주요 작인이었다고 믿었다. 『압살롬, 압살롬』은 땅, 기후, 성격간의 관련성을 반복하여 말하고 있다.

---

* 역자 주) 남북 전쟁 때 유행한 남부를 찬양하는 노래.

신은 이 땅, 이 남부에 사냥감을 얻을 수 있는 숲, 생선을 구할 수 있는 개울, 씨앗을 뿌릴 수 있는 비옥한 토양, 씨앗을 싹트게 하는 푸른 봄, 곡식을 영글게 할 긴 여름, 인간과 동물을 위한 짧고 온화한 겨울을 주었다.(Cowley 1977: xxv-vi)

그러나 좀더 꼼꼼히 분석해 보면 '굳건한' 남부라는 개념은 그 지역 내부의 다양성과 만날 때 파편화되는 경향이 있다. 미시시피 델타와 애팔래치아 산 지역을, 버지니아와 루이지애나 남부를, 그 밖의 다른 곳과 플로리다를 비교해서 논하는 것은 그 지역을 전체로서 객관적으로 묘사하려는 시도의 취약성을 드러낼 뿐이다. 지리적 관점에서 남부는 특정 유형의 토양 혹은 날씨와 연관된 다양한 농업 방식으로 구분되어져 왔다. 현대 작가들은 시공을 초월하여 남부 경제의 다양성을 지적해 왔고, 많은 비평가들에게 인상을 주는 것도 '남부', '북부', '서부'와 같은 폭넓은 범주들 이면에 존재하는 이런 복잡성이다. 남북 전쟁 동안 남부가 잠시 독립 국가로서 존재하는 동안에도 적어도 부분적으로 지역의 경제 상황을 반영하는 정치 문제를 처리하는 데 있어 남부 연방 여러 지역들 간에 상당한 긴장이 있었다. 백인들이 주로 살고 있는 남부 내륙에도 남부 연방의 대의명분에 매우 불만을 품고 있는 지역들이 있었고, 그래서 그 지역들은 종종 많은 사람들이 부자의 전쟁으로 여기게 된 것에 대해 공공연히 적대적인 분노를 드러냈다. 그런 차이는 19세기 후반과 20세기에도 계속되었고, 굳건한 백인의 남부라는 전통적 이미지의 분열을 끊임없이 표면화했다.

우리가 남부 정체성의 문제를 인종문제와 관련시킬 때 또 다른 일련의 문제들이 발생한다. 리드는 '어떤 중요한 의미에서 남부 흑인들도 "남부인들"인가?' (Reed 1982: 3)라는 말로 분명하게 그 문제를 지적한다. 남부 신화들에 대한 일부 해석은 남부가 백인의 세계라고 가정한다. 그런 해석에 대해 흑인들의 반응은 다양했고 부커 T. 워싱턴과 같은 몇몇 사람들은 적어도 한 방법으로서 백인 지배의 가치들을 용인할 것을 주장했다.

워싱턴은 19세기 후반 남부에서의 폭력과 인종차별의 상황 속에서 남부 흑인들은 즉각적인 평등과 통합을 부추기기보다는 교육과 경제 발전을 통해 흑인 공동체 향상에 집중해야 한다고 주장했다. 일단 흑인들이 인정받을만한 가치있는 어떤 것을 가지게 되면 남부에서 그들의 자리는 인정받게 될 것이라는 것이다. 다른 사람들은 한 장소로서 남부에 대한 애정을 지속하는 동시에 인종간의 노선문제에 대해 남부를 개조할 것을 주장했다. 1950년대와 1960년대의 민권 운동은 주로 남부 지역의 흑인 행동주의자들로 구성되었는데 그들은 많은 이전 세대들이 1920년대와 1940년대에 했던 것처럼 남부를 떠나려하기보다는 개조하려 했다. 남부를 인종 평등의 사회로 바꾸어서 흑인들을 남부 생활의 주류에 통합시키려는 이런 시도는 마틴 루터 킹이 1963년 여름 버밍햄(Birmingham) 감옥에서 글을 썼을 때 주목했던 것처럼 아이러니컬한 결과를 초래할 수 있었다. '그토록 오랫동안 남부 백인만의 속성으로 여겨졌던 미덕들 즉, 용맹, 충성, 자부심은 여름 전투의 한복판에서 흑인 시위자들에게 전수되어졌다'(King 1964: 116).

많은 흑인들은 남부를 완전히 거부했고, 그래서 경제적 기회를 찾고 동시에 남부 사회의 제약에서 벗어나기 위해 남부를 떠나 북부 및 서부 도시로의 대이주에 합류했다. 남부에 남았던 사람들은 민권 운동에 의해 생겨난 여러 변화를 확인하는 것이

훨씬 쉽다는 것을 발견했다. 또 다른 남부 담론은 흑백의 상호
작용과 평등한 협력을 강조했다. 1971년 노스캐롤라이나에서
일반 성인을 대상으로 '이곳의 일부 사람들은 스스로를 남부인
으로 생각하고 있고, 다른 사람들은 그렇게 생각하지 않는다.
당신은 어떤가요? 당신은 남부인이라고 말하겠습니까 아니면
남부인이 아니라고 말하겠습니까?' 라는 질문에 답하는 여론 조
사가 실시되었다. 백인의 약 82%가 자신이 남부인이라고 대답
했고, 흑인의 75%가 역시 그렇게 생각했다. 이 조사가 보여주
는 것처럼 '남부 흑인들도 한편으로는 백인 동료 남부인들을
재평가해왔고 동시에 점차 그들 자신을 "남부인"으로 자칭하고
있다'(Reed 1982: 116-19).

　지역 정체성에 접근할 때 '지역'(region)과 '지역주의'
(regionalism) 간의 차이를 주목하는 것은 도움이 된다. '지역'은
그 지역의 경제적·사회적 주요 특징들을 분석함으로써 분명히
객관적인 관점에서 지역을 정의하고 있다. 그러나 '지역주의' 라
는 말의 사용은 훨씬 더 특정 자질들을 옹호하는 행위가 된다.
여기에서 '지역주의'는 19세기 초반 땅과 문화간의 낭만적 관
련성에 그 기원을 두고 있다. 한 관례적인 접근은 지역주의자의
논쟁이 현대 세계에 의해 위협받고 있고 어쩔 수 없게 된 옛
전통과 생활방식을 되돌아보았다는 점에서 접근에 있어 종종
보수적이었다는 것이다. 예를 들어 양차 대전 사이에 '농본주의
자들'(Agrarians)*로 묘사되었던 남부 작가들 및 지식인들은 남

---

* 역자 주) 1929년부터 1937년까지 남부에서 지적·정치적 활동을 한 12명으로
구성된 문학집단을 일컫는다. 그 중에는 로버트 펜 워런(Robert Penn Warren), 엘
런 테이트(Allen Tate), 존 크로우 랜섬(John Crowe Ransom), 도널드 데이비슨
(Donald Davidson) 등이 있다. 이들이 쓴 『나의 분명한 입장: 남부와 농본주의
전통』은 '남부 선언서' 역할을 했고, 남부 역사의 존재 의미를 상징적으로 표현
할 수 있는 남부 문화의 사회적, 경제적, 정치적 조건들을 진술하고 있다.

부의 가장 가치있는 특징들을 위협하고 있는 도시화와 산업화
의 세력을 비판했다. 이 '남부 선언서'는 『나의 분명한 입장:
남부와 농본주의 전통』(*I'll Take My Stand: The South and the
Agrarian Tradition*, 1939)이라는 책에서 나타나는데 이 책은 기
계와 금전적인 유대에 기초한 생산 체계와 중앙정부를 연계하
는 경제적·정치적 질서의 발전 세력이 주도하는 세계에서 개
인주의자와 인본주의자의 가치가 위협받는 것에 대해 경고했다.
그러나 더욱 최근에 지역주의 옹호자들은 경제적·문화적 독점
체계가 주도하는 중앙집권화된 국가를 주장하는 것에 반대하여
차이 주장으로서 지역주의의 유용성을 주장했다. 때때로 이 두
경향은 관례적인 좌·우파의 스펙트럼으로 명백히 구분하기에
는 어려운 지역주의자의 논쟁을 초래했다.

　남부와 다른 지역간의 관련성, 그리고 남부에 대한 어떤 확고
한 지형학적·문화적·사회적 정의에 도달하는데 있어 어려움
에 직면할 때 남부의 정체성을 인식하려는 일련의 시도를 통해
남부 정체성의 문제에 접근하는 것은 더욱 도움이 된다. 이런
시각에서 보면 남부는 사람들이 남부가 존재한다고 여겨왔기
때문에 존재한다. 그러므로 사람들이 보거나 상상했던 것을 분
명히 표현하려는 노력은 그 자체로 의미가 있다. 다른 문화권의
거주자들처럼 남부인들은 변화하는 역사적 상황 속에서 자신들
의 일상 경험과 결부시켜 세상을 보는 방식을 발전시켰다. 리처
드 그레이(Richard Gray)가 주장하는 것처럼 '남부는 주로 한
개념, 즉 존재하는 것 훨씬 이상으로 인식하는 문제이고 남부는
그 자체로 현재 사용하는 언어와 인식의 일부이다'(Gray 1986:
xi-xii).

　남부인들은 '남부를 보고 묘사하는 행위 속에서 남부를 재상

상해서 재창조하느라 바빴다'(xi-xii). 만들어진 '이야기들'이 남
부를 형성하고 있고 그 이야기들을 통해 '남부인들이 국가발전
을 해석하고 그것에 반응해온 모호한 방식'(Ownby 1993: 3)을
검토해 볼 수 있다. 이 접근은 한 과정으로서 문화에 역점을 두
고 있다. 즉 사람들은 영향력있는 문화 제도와 조직에 접근하는
데 한결같지 않기 때문에 종종 불일치와 논쟁을 수반할 지라도
적극적으로 그 과정에 참여하여 스스로 문화를 만들어 간다. 리
드는 지역 집단의 사회학을 발전시키려 하고 있고, 지역 집단의
행동을 설명하는데 도움을 주는 방식으로 지역을 정의하는 것
이 얼마나 어려운가를 지적한다. 리드는 누가 지역 집단에 속하
는가를 조사한 후 그들의 환경을 자세히 묘사함으로써 완전히
다른 각도에서 남부에 대한 정의에 착수할 것을 제안한다. 리드
에게 '남부인들은 남부 출신의 사람들이라기보다는 … 남부는
그 지역 출신 사람들의 지역이다'(1982: 120). 그런 접근은 집단
의 신분이 어떻게 확립되고 사람들이 어떻게 그들의 정체성을
인식하는가에 역점을 둔다.

　우리는 이것을 토대로 이야기들이 남부를 어떻게 묘사하는가
에 대한 실례를 이용해서 남부 역사의 각 단계에서 남부인이라
는 것의 의미와 내부자와 외부자에 의해 그런 차이가 어떻게
표현되어져 왔는가를 모두 밝힐 수 있는 문화적 증거의 여러
방식을 탐구하고자 한다. 그러는 동안 지역과 타협하려 할 때
데이비드 포터(David Potter)가 남부 역사가들이 직면하게 되는
어려움에 대해 '지역의 경계는 모호하고 분리의 정도는 시대에
걸쳐 변화해 왔고, 그 구별이 어떤 의미에서 허구일 수 있다'
(Potter 1968: 182)라고 경고한 것을 주목할 필요가 있다.

▶ 다큐멘터리 르포

남부의 정체성을 정의하려는 한 시도는 어떤 면에서 그것을 '기록해서' 관찰과 조사를 통해 그 지역 생활을 좀더 정확히 묘사하려는 것이었다. 이런 기록은 남북 전쟁 이전 노예 제도하의 남부를 여행한 북부인들 및 유럽인들로 거슬러 올라가고, 그것은 20세기에도 그 지역에 관한 충분한 자료의 원천이 되고 있다. '기록하려는' 충동과 우리가 다큐멘터리를 어떻게 해석하는가는 복잡한 문제이다. 폴라 라비노이츠(Paula Rabinowitz)가 주장하는 것처럼 '다큐멘터리는 진실과 정체성의 비전 뿐만 아니라 그 비전을 보는 적절한 방식을 형성한다'(Rabinowitz 1994: 7). 그러므로 다큐멘터리을 검토할 때 우리는 '그것이 말하는 것, 그것이 누구에게, 누구에 관해, 누구를 위해, 어떻게 말하는가'(7)에 의문을 던져야 한다.

다음 여러 형태의 다큐멘터리를 검토할 때 이런 고려 사항들을 염두해 두는 것은 도움이 된다. 누가 이런 특정 작품들을 후원했는가? 이런 작품들은 어떤 독자층을 겨냥한 것인가? 다른 독자들은 이런 이미지들의 소멸에 대해 어떤 가설과 기대를 표명했는가? 이런 가설과 기대는 우리의 것들과 어떻게 다른가? 이들 작품들은 그 효과를 얻기 위해 어떤 종류의 이야기와 다른 형식적인 장치를 사용했는가? 이런 물음들은 모두 곤란한 질문들이지만 그것들은 우리에게 다큐멘터리는 '구성된' 형태이고, 그것의 모호한 의미는 더욱 분명하게 만들어진 혹은 상상의 작품만큼이나 주의깊게 탐구되어질 필요가 있다는 것을 우리에게 상기시켜 준다.

이런 자료를 남부 혹은 다른 지역의 역사 자료로 사용할 때 이런 사실을 깨닫는 것은 매우 중요하다. 왜냐하면 기록물은 우리에게 남부 생활의 여러 양상에 관해 객관적인 견해를 제공하는 것처럼 보이지만 궁극적으로 그것들은 편파적인 설명이고, 그 시기에 관해 '진리'라고 여기는 것을 전달하기 위해 어떤 관습과 규칙에 따라 만들어진 이데올로기 텍스트들이기 때문이다.

　20세기 남부에 관한 가장 강력한 몇 가지 이미지는 1930년대 사진 작가들의 작품에서 볼 수 있는데, 그들은 1930년대가 어떻게 기억되어져 왔는가에 초점을 맞추는 방식으로 남부를 촬영했다. 이런 작업은 연방정부의 후원 하에 처음에는 재정주국(Resettlement Administration)에 부속된 촬영실의 활동을 통해 그 다음에는 농장 보호국(Farm Security Administration)(FSA)에 의해 이루어졌다. 농장 보호국의 몇몇 작업은 그 기관 프로그램의 '성공'을 찬양했지만 가장 크게 영향을 끼친 사진들은 시골의 빈곤과 관련된 문제들을 증명하는 사진들이었다. 농장 보호국의 사진들은 종종 미국의 시골과 특히 남부에서의 뉴딜(New Deal) 정책의 활동을 설명하기 위해 뉴스매체에서 사용되어졌다. 사진의 분명한 투명성은 '사실적인 위엄'(Overall 1989: 229)을 갖춘 남부를 재현해 주었다. 도로시아 레인지(Dorothea Lange)는 그녀의 암실문에 붙인 프란시스 베이컨(Francis Bacon)의 말을 통해 그 사실을 요약하고 있다. '대용이나 사기행위없이 실수나 혼돈없이 있는 그대로 사물들을 응시하는 것은 그 자체로 날조한 총체적 결과보다 더욱 고귀한 것이다'(229).

　그러나 농장 보호국의 활동의 예에서 '대용이나 사기행위없이 있는 그대로의 사물'과 '사실'에 강조를 두는 것은 사진의 영상이 '카메라 앞에 있는 실물을 조작하기'(같은 책, 85) 때문에 문제가 있다. 사람들은 사진을 기술이나 날조에 의해서도 바뀌지 않도록 실제 세계를 정확히 기록한 것으로 여기기보다는 '"실물 그대로의" 실제 사진이라는 것이 무엇인가? 진실은 엄밀한 정확성에서 아니면 예술적인 보편성 속에서 발견되어지는가?'(8)라는 물음에 질문을 던져야만 한다. 아더 로드스타인(Arthur Rothstein)이 찍은 농장 보호국의 사진 『1936년 오클라호마』(*Oklahoma 1936*)는 먼지 폭풍우 속에 갇힌 부자의 모습을 보여주고 있는데, 사진 작가 자신도 그 작품은 최고의 효과를 노리기 위해 '연출된' 사진임을 시인했다. 후에 로드스타인은 '결과물이 사진 작가가 봤던 것의 충실한 재현이라면 사진 작품을 만드는 데 무슨 일이 발생하든지 간에 그것은 정당화되어진다'(230)라고 주장했다.

우리가 나중에 더욱 꼼꼼하게 논의하게 될 워커 에반스(Walker Evans)는 이와 같은 작업에서 로드스타인은 실물 그대로 기록해야 하는 원칙을 위반했다고 생각했다. 에반스는 '"다큐멘터리"라는 말에는 당신이 어떤 것에 손을 대지 않는다는 의미를 지니고 있다. 당신은 사진의 구도를 잡을 때 원한다면 한쪽에 한 발을 다른 쪽에 한 발을 놓는 식으로 조작이 가능하다. 그러나 당신은 어떤 것을 끼워 넣어서는 안 된다'라고 주장했다. 그러나 로드스타인은 완고했다. 그에게 있어 '사실적인 실물 그대로의' 사진은 실물에 명확히 연출상의 통제를 발휘함으로써 얻어질 수 있었다. 이와는 반대로 에반스는 자신의 이상은 순수한 다큐멘터리를 만드는 것, 즉 다큐멘터리는 '있는 그대로의 기록'이어야 한다고 주장했다. 변경 혹은 조작은 정치적 선전을 초래할 것이기 때문에 절대로 불가능하다(Orvell 1989년

230-1에서 모두 인용).

　에반스는 제임스 에이지(James Agee)와 공저하여 1941년 첫 출판한 『유명인에게 찬사를』(*Let Us Now Praise Famous Men*)이라는 다큐멘터리를 통해 이런 주장의 몇 가지를 실천에 옮겼다. 이 기록 작품은 남부의 전형적인 백인 소작인의 일상을 기록하여 사진과 함께 실은 작품이다. 에이지는 남부문화 혹은 그 지역 기존 작가들의 신념과 가치와도 아무런 형식적인 관련을 맺고 있지 않았다. 그러나 에이지는 대중 문화 특히 영화와 사진의 가능성을 옹호한 사람이었고, 그것들의 가능성을 남부 농본주의자들의 작품에서 보았던 사회적·문화적 보수주의에 대한 그의 적대감과 관련시켰다. 공저자인 워커 에반스와 함께 에이지는 집을 떠났다가 자신이 등진 곳을 보기 위해 되돌아온 급진적인 남부인으로서 남부의 정체성과 그 정체성이 기록되어질 수 있는 방식에 접근하고 있다. 그러나 에이지는 관찰 과정과 관련된 문제를 분명히 제기하고 있기 때문에 더욱 자세히 접근하고 있다.

　우리는 어떤 권한으로 다른 사람들, 특히 가난한 사람들의 삶을 기록하고 해석할 수 있는가? 우리의 해석은 어떤 독자들을 겨냥할 것인가? 우리는 어떻게 그 주제의 품위를 떨어뜨리지도 주변화시키지도 않는 방식으로 주제들에 대한 경험담을 전달할 수 있겠는가? 이런 점에서 한 비평가는 『유명인에게 찬사를』은 소작에 관한 책이 아니라 소작에 대한 책을 쓰는 것에 관한 책이라고 주장했다. 에이지는 그렇게 하는데 있어 1930년대 후반 남부가 직면한 모순들, 즉 고통 및 가난과 관련된 과거를 보존하는 동시에 신속한 회복력 및 문화적 깊이를 비축하는 것과 물질적 향상을 제공하지만 공동체의 가치를 희생시키는 미래를 선택한 것 사이의 모순에 대해 질문을 제기했다.

『유명인에게 찬사를』의 첫 구절은 에이지가 한 작업의 도덕성과 그가 마음대로 이용하는 자료들에 대한 기술적인 취약성 모두에 관한 가차없는 자기 성찰과 관련된다.

> 외설적이라고도 완전히 무섭다라고도 말하지 않으면서 … 과학, '정직한 저널리즘'(그 역설의 의미가 무엇이든 간에), 인간성, 사회적 용기, 돈, 개혁 운동에 참여한다는 평판, 공평함, 이런 모든 것들의 명목 하에 다른 인간 집단 앞에서 방어 능력없이 지독히도 피해를 입은 인간 집단, 즉 무지하고 무력한 시골 가족의 삶의 적나라함, 불이익, 굴욕을 나열할 목적으로 그들의 삶을 상세히 파고드는 것은 나의 호기심을 끄는 것처럼 보인다.(Agee 1965: 7)

에이지는 언어를 통해 남부인을 정확히 재현할 수 있다고 생각하지는 않지만 계속해서 남부인의 정신을 포착하려고 시도한다. 에이지는 관례적인 형태의 다큐멘터리와 '진술' 및 객관성에 대한 그것의 관심을 모두 부인하면서 쓰여진 단어의 제약에 대한 불안을 극복하기 위해 다른 형식적인 장치들을 이용하고 있다. 이런 장치에는 일과 집안일과 같은 특정 주제에 대한 자세한 설명, 자서전적인 고백과 시들이 포함된다. 워커 에반스가 찍은 제목도 없고 하나로 통합되지도 않은 60편의 사진들은 똑같이 중요하다. 그 사진들은 다큐멘터리와 병치되기 때문에 다큐멘터리 앞에 배치되어 있고, 그렇게 함으로써 재현 수단에 대한 에이지의 관심을 강조한다. 에이지는 카메라의 냉철한 눈은 '절대적이고 적나라한 진실만을 기록할 수' 있기 때문에 '거의 도움도 받지 않고 무기도 없는' 카메라의 '의식'(같은 책, 7)은 그가 글에서 발견했던 문제들을 극복할 수 있다고 주장했다.

에반스의 사진 속 인물들은 사진을 만드는 데 있어 그들의 역할을 알고 있고, 그래서 '카메라, 카메라를 조작하는 사람, 배후의 알 수 없는 독자들을 의식하고 있다. 그들은 방심하도록 허락되지 않는다. 반대로 그들은 사진 속에 자신을 배열하고 구도를 잡을 시간을 부여받는다'(Stott 1973: 268). 에반스는 그가 사진을 찍는 대상들에게 구경꾼의 감수성을 의식하게 할 뿐만 아니라 어느 정도의 자존심을 부여하려 했다. 그러므로 에이지와 에반스가 그들 나름의 방식으로 고려하고 있는 것은 몇몇 역사가들이 평범한 남부인들, 특히 1930년대의 가난한 사람들의 삶을 이해하려 할 때 중요한 문제로 여겼던 것들이다.

여기에서 발전은 항상 순수한 축복만은 아니었다. 발전은 전화, 잘 닦여진 길, 과학적 영농과 같은 현대화의 이점을 가져다 줌으로써 남부를 미국 주류에 좀더 근접하게 했지만 또한 생활 방식, 생활 양식, 즉 문화에 손상을 가했다. 소작인들의 빈곤 미학에 우리의 주의를 끊임없이 환기시키고, 그들의 삶의 위엄을 주장하는데 있어 에이지와 에반스는 '세계가 향상될 수도 있다는 것과 세계가 있는 그대로 찬양되어야만 한다는 것은 모순이다. 성숙함의 출발은 두 가지 사실 모두가 진실이라는 인식일지도 모른다' (Stott 1973: 289)는 사실을 우리에게 상기시켜 준다.

▶ 남부 기록

남부 문화에서 가장 강력한 주제는 작가들과 지역간의 관계였고, 글쓰기와 장소간의 이런 관련성은 중요한 해석상의 문제를 제기해 왔다. 남부 문학은 남부의 지리를 묘사하는 정확성과 깊이로 평가받아야 하는가? 아니면 남부 문학은 오히려 '현실' 세계라는 개념에 문학을 구속하려 함으로써 그 권위가 감소되어질 뿐인 상상의 작품으로서 판단되어져야만 하는가? 이런 긴장은 많은 남부 작가들의 작품과 관련하여 설명되어질 수 있지만 가장 고전적으로는 윌리엄 포크너의 작품과 삶에서 발견되어질 수 있다. 포크너는 인생의 대부분을 옥스퍼드(Oxford)라는 미시시피주의 조그만 마을에서 보냈고, 그곳에서 그는 요크나파토파(Yorknapatawpha)라는 상상의 마을을 만들어 냈다. 요크나파토파는 가공의 마을로 그곳에서 그는 남부 역사와 사회에 직면한다. 그러나 포크너는 남부의 과거라는 짐과 화해하려 할 때 일련의 사실적 사건들을 모아 놓기보다는 그의 상상력의 힘과 영역을 통해 과거를 재건할 기회로서 남부 역사를 다루고 있다. 남부 작가들은 종종 특정 주제들, 즉 가족, 인종, 종교, 장소 의식, 인간의 불완전함에 관심을 가졌다. 그리고 포크너와 로버트 펜 워런, 앨런 테이트, 윌리엄 스타이런과 같은 다른 작가들은 남부의 역사적 상황 속에서 이런 주제들을 다루었다.

이와는 반대로 바비 앤 메이슨(Bobbie Ann Mason)의 『시골에서』(In Country, 1985)는 이런 전통적인 관심에서 벗어나고 있다. 메이슨은 샘 휴즈(Sam Hughes)라는 주인공을 묘사하고 있는데 그녀는 전국적으로 퍼져 있는 대중문화에 의해 시간이 측정되는 세계에 살고 있고, 그 문화가 그녀의 생활 전반을 채색하고 있다. 텔레비전 프로그램 시간표와 음악 콘서트는 그녀의 인생의 특정 단계들에 이정표를 제공하고 있고, 공동체의 특성인 뿌리 의식의 분명한 결핍은 샘이 끊임없이 이동하는 것에 의해 강화되어진다. 포크너의 억제된 요크나파토파 대신 이 작품은 길에 의해, 그리고 샘이 할머니와 에머트(Emmett) 삼촌과

함께 하는 여행에 의해 좌우되는 남부를 그리고 있고, 샘은 켄
터키주에서 수도 워싱턴의 베트남 전쟁 기념관(Vietnem
Memorial)까지 여행하는데, 그녀는 기념관 벽에서 아버지의 이
름을 발견할 수 있기를 바란다. 사실 샘은 역사에 무관심하지만
그녀의 과거 해석은 복잡한 옛 남부 역사의 영향력 하에서라기
보다는 아버지의 인생을 이해하려는 개인적 노력과 아버지가
전사한 베트남 전쟁의 교차 속에서 이루어지고 있다. 샘의 과거
는 지방적이거나 지역적이기보다는 전국을 무대로 하고 있고,
과거와의 연대성은 남부의 어떤 특정적인 가치에 의해서라기보
다는 미국의 다른 지역에도 영향을 끼치는 똑같은 대중 문화와
관련된다. 또한 그녀의 과거사는 비틀스(Beatles)가 처음 미국에
온 1960년대 초반으로 거슬러 올라갈 뿐인 짧은 기간에 걸친
과거로 베트남 전쟁의 비극을 미국 혹은 남부의 역사적 경험의
좀더 깊은 주제와 연계시키려는 시도를 거의 하지 않고 있다.
한때 C. 밴 우드워드(C. Vann Woodward)는 남부는 적어도 베트
남 전쟁까지 미국의 어떤 다른 지역도 공유하지 못했던 경험,
즉 전후 패배와 항복의 교훈을 겪었다는 점에서 비미국적이었
다고 주장했다.

　우드워드는 바로 이런 것은 정치 발전을 이룰 것이라는 확고
한 국가적 신념과 '미국의 이상, 가치, 원칙들이 결국은 반드시
승리할 것이라는 신념'(Woodward 1968: 188-9)에 어떤 견제 역
할을 해줄 수 있다고 생각했다. 린든 존슨(Lyndon Johnson) 대
통령과 딘 러스크(Dean Rusk) 국무장관과 같은 남부 정치인들
이 베트남 전쟁에 미국을 개입시키는데 있어 주도적 역할을 할
때 우드워드도 자신의 입장을 정해야만 했는데 그는 미국인이
남부의 역사적 경험에서 배울 교훈이 있다는 신념을 견지했다

(233). 그러나 『시골에서』의 주요인물들은 역사 불신으로 유명
하다. 샘의 삼촌 에머트는 '너는 과거로부터 배울 수 없다. 네가
역사에서 배우는 중요한 것은 너는 역사에서 아무것도 배울 것
이 없다는 것이다'(Mason 1985: 226)라고 단언한다. 역사 및 전
통에 대한 불신과 더불어 상점가, 간이식당, 텔레비전 연속극,
대중가요로 채워진 메이슨의 남부는 남부 문화 전통과의 단절
을 특징짓는 것처럼 보인다. 한편 『시골에서』라는 작품이 다르
기는 하지만 남부 작가들 및 초기 남부 소설에 나오는 남부인
들과 아주 다른 종류는 아니다라고 주장되어질 수도 있다. 메이
슨은 이전 작가들처럼 특권층에 대해서가 아니라 '보통 사람
들'(Hobson 1994: 23)에 관해 썼다. 여기에서 남부에 대한 한 가
지 해석은 폐기되어질 수도 있지만 그 대신 또 다른 해석이 생
겨날 수도 있다.

▶ 남부 음악

저널리스트인 스탠리 부스(Stanley Booth)는 1968년 멤피스
(Memphis) 방문시 영향력있는 연출가이자 작곡가인 댄 펜(Dan
Penn)을 매우 유명한 미국의 스튜디오에서 만났던 일을 기록했
다. 펜은 남부에 대해 '사람들이 … 모두에게 무엇을 하라고 이
야기하도록 허락하는' 장소라고 이야기했다. 부스는 '그러나 그
들이 무엇을 할지 아는 일이 어떻게 발생하겠습니까?' 라고 물
었고, 그러자 펜은 '책상 너머로 나를 힐끗 쳐다보며 "저도 그
것에 대해 설명할 수 없어요"라고 말했다'(Booth 1993: 78). 우
리는 펜의 이 간결한 표현에서 남부 음악이 발전해 온 예측불
허성과 혁신적인 방식을 포착할 수 있다.

대중 음악은 많은 남부인들의 생활에 가장 중요한 문화 형식
중 하나였고, 미국 문화를 좀더 폭넓게 하는 데 있어 남부가 가
장 중요하게 공헌한 것 중 하나였다. 남부 보통 사람들의 가치
와 믿음의 표현으로서 남부 백인 및 흑인 음악은 보통 사람들
이 가족, 땅, 일, 종교적·세속적 사랑과 같은 그들 삶의 가장
중요한 주제들에 대해 어떻게 생각하고 느끼는가에 특히 중요
한 역할을 했다.

　그런 음악은 대중 문화, 옛 남부의 농장 신화, 그리고 온건한
전통과 관련된 남부 문화의 더욱 전통적인 개념들간의 관계에
대해 문제를 제기하고, 문화와 역사적 변화간의 관계의 중요성
을 강조한다. 남부 지역과 다른 지역들에 남부 음악이 널리 퍼
진 것은 남부의 현대화와도 관련되고, 그리고 현대화 과정이 분
명히 남부의 특성을 희석시켜 왔는지에 관한 논쟁과도 아주 밀
접하게 연관된다.

　남부 음악은 남부 보통 사람들의 삶과 밀접한 관련이 있기
때문에 그것은 또한 불가피하게 인종문제를 제기하고 있고, 인
종문제가 남부 지역에서 생겨난 여러 종류의 음악적 표현들에
어떻게 영향을 끼쳤는가에 관한 질문을 제기한다. 컨트리 뮤직
은 특히 중요한 형식이기에 여러 각도에서 검토되어질 수 있다.
한 가지 접근 방법은 남부 문화가 현대화되는 맥락에서 컨트리
뮤직을 검토하는 것이다. 빌 말로운(Bill Malone)이 주장하는 것
처럼 '컨트리 뮤직 가수들은' 그들의 음악적 기원을 남부의 민
속문화, 즉 유럽과 아프리카의 상호관련적 원천에 의존하는 다
양한 문화에 두고 있기 때문에 '전통과 현대화 사이에서 갈등
했다'(Malone 1987: 3). 그러나 컨트리 뮤직은 양차 대전 동안
라디오와 음반 산업의 성장으로 상징되는 통신 혁명에 의해 처

음에는 남부지역에 그 후 미국 전역으로 퍼져 나갔다. 물론 이 시기는 정확히 남부의 조그만 시골 마을이 농업 현대화에 의해 변화되던 때였다.

한편으로 컨트리 뮤직은 '발전'이 손상시키는 것처럼 보였던 많은 미덕들, 즉 장소 의식, 공동체, 가족, 교회, 모성애를 찬양했던 반면 다른 한편으로는 컨트리 뮤직은 바로 현대화하는 힘과 기술적인 혁신의 결과로서 점차 인기를 얻게 되었다.

옛것과 새것 간의 이런 긴장은 초기 컨트리 뮤직의 몇몇 주요 가수들의 이력에서도 분명히 나타난다.

예를 들어 카터 패밀리(Carter Family)는 버지니아의 클린치(Clinch) 산악지방 출신이었는데 그들의 음악은 일반적으로 한결같은 분위기, 즉 그들 집안의 분위기를 표현했다. 집에서 그들의 '음성은 몇몇 친구들을 위해 노래하는 친구의 음성이었고, 그 집단 속에서 가정과 가족, 체면과 겸손의 가치들은 모두 시골의 활기있는 기독교인의 친목으로서 여겨지고 공유되었다'(같은 책, 65-68). 그러나 카터 패밀리의 전통음악이 인기를 끈 가장 중요한 한 가지 요인은 멕시코 국경지방의 라디오 방송이었다. 리오그란데(Rio Grande) 강과 연방 정부의 주파수 규제 외 지역에 위치해 있는 이들 방송국들은 북미 대륙의 많은 지역으로, 즉 캐나다 국경지역까지 멀리 방송을 내보냈다. 국경지방의 라디오 프로그램은 매우 다양했지만 많은 광고와 종교적 복음주의로 점철된 컨트리 뮤직(그 음악은 여전히 힐빌리 hillbilly의 음악, 즉 남부 산골 사람들의 음악으로 불린다)을 방송했다.

컨트리 뮤직을 발전시키는 데 기여한 다른 중요 인물은 '노래하는 차장' 지미 로저스(Jimmy Rodgers)였는데 그는 카터 패밀리의 뿌리깊은 공동체와는 다른 남부 이미지, 즉 탁 트인 길

의 매혹과 기회를 찾아, 집이 없어서, 쫓겨나서, 범죄를 저질러
서 집을 떠난 개인들의 이미지를 찬양했다. 로저스는 결코 북부
에서 공연한 적이 없었고 짧은 인생을 보더빌 순회공연과 순회
서커스단에서 공연하는데 보냈지만 그는 '범위에 있어 지역적
이기보다는 점차 전국적인 경향을 띄는 가운데 스타지향적 현
상으로서 컨트리 뮤직을 발전'(같은 책, 77)시키는 데 결정적인
역할을 한 인물이 되었다. 카터 패밀리의 경우 이상으로 로저스
가 라디오 방송과 음반 판매에서 거둔 상업적 성공은 지방 및
전국 청취자들, 그리고 해외 청취자들에게 일련의 남부적 태도
라는 낭만적인 고정 관념을 심어주는데 일조했다. 로저스가 부
르는 작별의 노래들은 대공황, 가뭄, 농업 현대화와 정부 정책
으로 인해 남부인들이 이주했던 1920년대와 1930년대에 남부
에 영향을 끼쳤던 변화들과도 밀접한 관련을 맺고 있다. 피트
다니엘(Pete Daniel)이 주목하는 것처럼 '그들이 시골에서 더 멀
리 벗어나면 벗어날수록 컨트리 뮤직은 더욱 그들을 매료시켰
다'(Daniel 1987: 102).

제2차 세계 대전 동안 남부인들은 계속해서 대거 서부와 북
부로 이주하게 되고 라디오의 매력이 더욱 확산됨에 따라 컨트
리 뮤직은 점차 전국적으로 인기를 얻게 되었다. 이런 인기는
행크 윌리엄스(Hank Williams)와 같은 인물들의 성공과 컨트리
뮤직을 텔레비전에 소개하는 것을 통해 1950년대 중반까지 계
속되었다. 그러나 1950년대 중반 컨트리 뮤직은 남부의 또 다
른 음악인 로큰롤에 의해 심각한 도전을 받았다. 엘비스 프레슬
리(Elvis Presley)는 남부인이었지만 그의 초기 음악은 백인의
(그리고 흑인의) 전통적인 원천에 의존하는 동안 급속히 새롭
고 특이한 음악으로 바뀌었다. 컨트리 뮤직은 두 가지 주요 방

식, 즉 '팝' 음악 양식 및 기악편성법을 받아들이는 방식과 계속해서 전통적인 뿌리를 재주장하는 방식으로 반응했다. 1950년대 후반이후 이 두 가지 경향은 때때로 상호작용하고 때로는 서로 대립하며 공존해 왔다.

남부 대중 음악의 또 다른 중요한 주제는 흑백 문화간의 상호작용이었다. 블루스와 같은 흑인의 표현 양식 혹은 컨트리 뮤직과 같은 백인의 표현 양식이 있긴 하지만 두 음악을 제대로 이해하기 위해서는 그 음악이 모두 두 인종으로 구성된 세계에서 생겨났다는 인식을 할 필요가 있다. 그러나 이런 '공유'의 성격은 남부 대중 문화에서 특히 중요한 문제, 즉 흑백 인종과 그들의 문화적 표현간의 관계를 포함하는 복잡한 문제이다. 에드워드 아이어즈(Edward Ayers)가 강조하는 것처럼 '남부 흑인들의 존재는 남부 백인들의 사적인 행동과 공적인 문화 모두를 형성했다'(Ayers 1992: 119). 찰스 조이너(Charles Joyner)는 '남부 역사의 중심주제는 인종간의 통합이었고, 아무리 피부색에 따라 엄격한 차별이 이루어졌을지라도 문화 양식은 흑백의 차별 장벽을 따르기를 항상 거부해왔다'(Joyner 1993: 3-5)라고 주장했다. 문화 전통의 융합은 남부 문화의 흔치 않은 풍요로움의 가장 중요한 요인이었다. 역사적으로 남부는 상당 기간동안 암암리에 인종차별 정책을 따라왔지만 대중 문화의 관점에서 두 인종이 상호간에 영향을 받았다는 것은 분명하다.

'음악 공연의 공동유산을 창조하기 위해'(Malone 1993: 151) 많은 저명한 백인 음악가들은 흑인 음악가들에게서 배웠고, 그들과 협력했다. 흑인 음악가들 또한 그렇게 했다. 엘비스 프레슬리는 칼 퍼킨스(Carl Perkins)처럼 고향 멤피스의 흑인 리듬과 블루스에 의존했다. 엘비스 프레슬리의 '푸른 스웨이드 신발'

(Blue Suede Shoes)은 팝, 컨트리, 리듬 앤드 블루스의 분야에서 히트곡 차트 정상에 오른 첫 번째 음반이 되었다. 스탠리 부스의 주장에 따르면 이것은 하늘에서 전해진 칙령이었던 노예 해방 선언보다도 더 중요한 것이었다. 그런데 아프리카계 미국인들 사이에서 '푸른 스웨이드 신발'의 성공은 공동유산의 대중적 인식, 가난의 상호극복, 그리고 일종의 구원을 의미했다 (Booth 1993: 14).

스택스(Stax)라는 상표는 유명한 솔 뮤직 가수 오티스 레딩 (Otis Redding)의 형 로저스 레딩(Rodgers Redding)이 그와 비슷한 방식으로 칭찬했던 또 다른 협력 사업이었다. '그것을 성공케 했던 것, 그 성공의 열쇠는 한 팀으로서 흑백의 협력이었다' (Guralnick 1986: 405).

▶ 영화와 남부

남부 정체성은 또한 영화를 통해서도 형성되었다. 할리우드는 초창기부터 남부를 주제로 사용했고, 그렇게 함으로써 할리우드는 다른 지역에서건 혹은 해외에서건 남부인들이 비남부인들에 대해 갖는 인상뿐만 아니라 그들 자신이 남부지역에 대해 가지고 있는 이미지들을 알리는데 도움을 주었다. 할리우드는 자주 남부에 대한 일련의 고정관념적인 해석을 보여주는 경향을 보였지만 그 해석의 반향과 효과는 영화가 제작된 시기에 따라, 그리고 영화를 보는 관객의 관심과 가치에 따라 다양했다. 이런 해석들 중 가장 영향력있는 한 가지 해석에 따르면 많은 비평가들은 더욱 널리 인정받는 '서부물'이라는 장르의 상대물로서 '남부물'이라는 명칭을 붙여 왔다는 것이다.

1968년 레슬리 피들러(Leslie Fiedler)는 남부물은 '독기를 발산하는 늪, 참나무의 수목, 긴 이끼, 쇠퇴해가는 농장 저택을 배경으로 "덥고 긴 여름의 온혈" 속에 행해지는 적어도 함축적으로 성적인 일련의 잔인한 사건들, 멜로드라마를 적극적으로 모색했다'고 적고 있다(Fiedler 1972: 15-16). 남부물은 두 가지 형식을 취하는데, 한 형식은 비교적 과거를 그리는 온건한 형태이고, 다른 한 형식은 음울하고 사색적인 형태로 두 가지 주제 모두가 한 영화에서 함께 결합되었다. 남부에 대한 전통적인 해석들은 할리우드 역사상 가장 영향력있는 두 편의 초대작 즉,『국가 탄생』(Birth of a Nation, D. W. 그리피스 D. W. Griffith, 1915)과 『바람과 함께 사라지다』(Gone With the Wind, 데이비드 셀즈니크 David Selznick, 1939)에서 재현되었다.『국가 탄생』에 나타난 남부 역사 해석은 백인 우월성과 아프리카계 미국인의 순진하거나 혹은 야만적인 성격을 공공연히 인정하고 있기 때문에 20세기 말에 다루기에는 어려운 영화이다.

그리피스는 그 영화에서 남부 역사를 재현하고 있는데 그 역사 속에서 남부 연방의 '실패한 대의명분'은 가장 훌륭한 남부 가치이자 함축적으로 미국의 가장 훌륭한 가치로 재현되고 있다. 그 영화에서 북부와 남부간의 국민적 일치는 남부의 대의명분의 미덕이 '외부인들'에 의해 완전히 이해되고 평가받을 때만 회복되어질 수 있을 뿐이다. 그리피스의 합작자들이 진술한 것처럼 그들은 '우리 영화를 보고 나오는 사람들은 모두 평생 남부지지자이기를' (Kirby 1976: 4) 희망했다.

스콧 시몬(Scott Simmon)은『국가 탄생』을 읽는 한 가지 방법은 일관된 남부 논쟁의 일부로서 해리엇 비처 스토우의『톰 아저씨의 오두막』(Uncle Tom's Cabin)과 대조해보는 것이라고

주장했다. 1852년 『톰 아저씨의 오두막』이 출판된 이후 남부작
가들은 노예제도 하의 남부에 대해 스토우 여사가 잘못 재현했
다고 여겼던 것들에 대해 맹렬히 비난했다. 그리고 토마스 딕슨
2세(Thomas Dixon Jr.)가 쓴 두 편의 소설 『표범의 반점』(The
Leopard's Spots)과 『친족』(The Clansman)도 부분적으로 1901년
영화 『톰 아저씨의 오두막』이 얻은 인기에 대한 성난 반격이었
다. 시몬에 따르면 그리피스는 스토우 여사에게 책임을 전가하
기 위해 딕슨이 사용한 소재를 이용했다는 것이다. '스토우 여
사의 책 속에 등장하는 고통스런 어머니들과 강간당한 여성들
은 노예제도를 비난하는 역할을 하는 반면, 『국가 탄생』에 등장
하는 고통스런 어머니들과 강간당한 여성들은 평등성의 재건
이상을 저주했다'(Simmon 1993; 125-6). 가족과 가정은 도덕성
의 상징으로서 그리피스에 의해 의미심장하게 이용되었고, 특히
여성들은 순수의 축도로서 재현되었고, 여성들의 평판과 안전을
보호하는 것은 남성들의 의무였다. 『국가 탄생』의 중요한 한 장
면에서 사우스캐롤라이나 출신 캐머런(Cameron) 가족의 딸은
변절한 흑인 병사 구스(Gus)의 추격을 피하려다 낭떠러지로 투
신한다. 그녀에게 죽음은 불명예보다 훨씬 나은 것이다. 그녀의
오빠 리틀 코넬(Little Colonel)에 의해 고무된 K. K. K단의 부활
은 그런 위협에서 남부 여성들을 보호해 줄 것이고 그렇게 함
으로써 백인의 우월성을 되찾고 사회질서와 조화를 회복할 것
이다.

　24년 뒤에 나온 『바람과 함께 사라지다』는 남부 농장을 영광,
명예, 공동체에 의해 지배되는 일종의 낙원으로 재현하는데 있
어 그리피스를 따르고 있다. 그러나 『바람과 함께 사라지다』는
그 영화가 만들어졌던 시기인 대공황에 초점을 맞춤으로써 전

원 생활이 사회적 붕괴와 경제적 재난에 의해 어떻게 파괴되어
지는가를 보여준다. 『국가 탄생』과 『바람과 함께 사라지다』에서
재현된 재건에 대한 해석에는 유사성이 있긴 하지만 이 시기에
해결책은 백인의 규범을 회복함으로써 남부를 구원하는 것이
아니라 개인의 노력이라는 미덕 속에서 미국의 전통적인 믿음
들을 재주장하는 것이었다. 결국 스칼렛(Scarlett)은 찰스턴
(Charleston)이라는 특권화되고 과거회고적인 격리된 곳에서 레
트 버틀러(Rhett Butler)와 머물기를 거부하고 오히려 자신과 지
역의 미래를 복원시키려는 희망 속에 타라(Tara)로 돌아가고자
한다.

그러나 남부에 관한 영화에서 이런 식의 처리가 유일한 심지
어 가장 주된 처리 방법이라는 인상을 남기려는 것은 오해를
불러일으킬 수 있다. 특히 1940년대 이후 다른 영향력있는 주
제들이 부상했다. 한 가지 주제는 인종 문제였는데 종종 비판적
이면서도 자유로운 시각에서 다루어졌다. 선구적 역할을 한 영
화들 중 하나는 윌리엄 포크너의 소설에 토대를 둔 『먼지 속의
침입자』(*Intruder in the Dust*, 1949)이다. 그러나 이 영화에 뒤이
어 『침입자』(*The Intruder*, 1962), 『앵무새 죽이기』(*To Kill a
Mockingbird*, 1963), 『밤의 열기 속으로』(*In the Heat of the Night*,
1967)가 제작되었다. 최근에 다른 경향은 농장 전통에 대한 의
식적인 대안으로서 남부 노동자 계층 출신을 주인공으로 하는
영화들이 등장한 것이다. 때때로 '시골영화들'(hick-flicks)로 분
류되는 이 영화들은 여러 형태를 취한다.

한 가지 인기있는 플롯은 종종 경찰로 대표되는 국가 권력자
들과 대결하여 그들을 압도하는 활동적인 백인 남성 주인공들
을 보여준다. 특히 그런 이야기들은 버트 레이놀즈(Burt

Reynolds)의 『순찰 대원과 노상강도』(*Smokey and the Bandit*)에서처럼 종종 코미디와 폭력을 결합했다. 그러나 그런 이야기들은 가끔 『멋진 일꾼 루크』(*Cool Hand Luke*)에서와 같은 영화에서처럼 다소 진지함을 의도했다. 『멋진 일꾼 루크』에서 폴 뉴먼 (Paul Newman)은 술취해서 주차 시간 자동 표시기를 파괴한 혐의로 사슬에 묶인 채 노동하는 남부 옥외 죄수들의 고통을 경험한다.

남부의 가난한 백인들에 대한 또 다른 해석은 남부 음악 특히 컨트리 뮤직과 서부 음악을 다루는 일련의 최근 영화들에서 발견되어질 수 있는데 그런 해석은 '보통 사람들'의 문화에서 가장 중요한 대표로서 여성들에게 더 많은 공간을 허용하고 있고, 종종 남성을 문제의 일부로 재현했다. 『광부의 딸』(*A Coalminer' Daughter*, 1980)과 『달콤한 꿈』(*Sweet Dreams*, 1985) 과 같은 영화들은 가수 로레타 린(Loretta Lynn)과 팻시 클라인 (Patsy Cline)의 삶을 묘사하고 있는데 이 작품들은 여성이 단지 활동의 주변에서만 나타나는 농장 신화에 대한 역신화를 제공하고 있고, 바비 앤 메이슨과 같은 작가들이 행하고 있는 남부 문학을 민주화시키는 과정의 일부로 여겨질 수도 있다.

남부 여성들을 재현하는 데 있어 태도 변화는 『델마와 루이스』(*Thelma and Louise*, 1991)와 같은 영화에서 훨씬 더 급진적인 형태로 나타난다. 이 영화에서 남부는 타라와 같은 이상화된 특정 장소에 의해서가 아니라 메이슨이 『시골에서』라는 영화에서 보여주는 많은 발전들, 탁 트인 길, 싸구려 모텔들, 대중 음악에 의해서 재현되어진다. 여주인공들은 자신의 보호를 남성에게 맡기지 않는다. 대신 그들은 가정을 돌보지 않는 남편을 버림으로써 직접 복수를 하고 있고 강간하려는 사람에게 직접 잔인한 복수를 실행한다. 그러나 『델마와 루이스』는 남부의 많은 전통적인 생활방식을 전복시킴으로써 남부다움에 대한 많은 논쟁과 연루되고 있고, 그것은 종종 영화의 거칠고 격렬한 분위기에 추가적인 반향을 보태고 있다.

▶ 결론

방대한 『남부 문화 백과사전』(*Encyclopedia of Southern Culture*)의 편집자들은 '남부는 오랫동안 강렬한 이미지와 복잡한 감정을 유발시켜 왔다'(Wilson and Ferris 1989: viii)라고 주장했다. 『남부 문화 백과사전』은 규모와 범위에 있어 그 자체로 미국 문화의 전국화에도 불구하고 남부의 차이점에 대한 논쟁은 앞으로도 꽤 오랫동안 계속될 것임을 입증하고 있다. 과거뿐만 아니라 현재의 남부 문화의 생명력, 미국의 다른 지역과 남부의 관계에 대한 여러 해석들, 남부의 문화적 산물이 미국 국경 훨씬 너머까지 퍼지게 된 방식을 증명하는데 있어 『남부 문화 백과사전』은 미국 문화 속에서 차이를 나타내는 지역으로서의 남부의 중요성이 더욱 오랫동안 검토대상이 될 만한 가치가 있다는 것을 확실히 보여주고 있다. 현대화로 인해 남부의 몇 가지 양상은 덜 분명해지고, 다른 지역과 '분리된 남부'라는 옛 개념은 파괴되었을지도 모르지만 어쨌든 남부인과 남부인의 정체성은 계속될 것이다.

▶ 참고문헌

(a) 서부

Anzaldua, G. (1987) *Borderlands/La Frontera*, San Francisco: Aunt Lute Books.

Appleby, J., Hunt, L. and Jacob, M. (eds) (1994) *Telling the Truth About History*, London: W. W. Norton.

Armitage, S. and Jameson, E. (eds) (1987) *The Women's West*, London: University of Oklahoma Press.

Barthes, R. (1976) *Mythologies*, London: Paladin.

Berkhofer, R. F. (1978) *The White Man's Indian: Images of the American Indian from Columbus to the Present*, New York: Vintage Books.

Bruce, C. (ed.) (1990) *Myth of the West*, New York: Rizzoli.

Burroughs, W. (1988) *The Western Lands*, London: Picador.

Castillo, Ana (1994a) *So Far From God*, London: Women's Press.

_____ (1994ab) *Massacre of the Dreamers: Essays on Xicanisma*, Albuquerque: University of New Mexico Press.

Cather, W. (1913) *O Pioneers*, London: Heinemann.

Chan, S., Daniels, D. H. *et al.* (eds) (1994) *Peoples of Color in the American West*, Lexington: D. C. Heath.

Cronon, W., Miles, G. and Gitlin, J. (1992) *Under An Open Sky: Rethinking America's Western Past*, London: W. W. Norton.

Davis, M. (1990) *City of Quartz: Excavating the Future in Los Angeles*, London: Verso.

_____ (1993) 'Dead West: Ecocide in Marlboro Country', *New Left Review* vol. 200, July/August, pp. 49-73.

Doctorow, E. L. (1994) (first 1971) *The Book of Daniel*, London: Pan.

Drinnon, R. (1990) *Facing West: The Metaphysics of Indian Hating and Empire Building*, New York: Schocken Books.

Easton Ellis, B. E. (1985) *Less Than Zero*, London: Picador.

_____ (1994) *The Informers*, London: Picador.

Engel, L. (1994) *The Big Empty: Essays on the Land as Narrative,* Albuquerque: University of New Mexico Press.

Fischer, P. (ed.) (1991) *The New American Studies: Essays from Representations*, Berkeley, CA: University of California Press.

Fjellman, S. (1992) *Vinyl Leaves: Walt Disney and America,* Boulder, Col: Westview Press.

Foucault, M. (1977) *Discipline and Punish: The Birth of the Prison,* Harmondsworth: Penguin.

_____ (1980) *Power/Knowledge: Selected Interviews and Other Writings 1972-1977*, London: Harvester Wheatsheaf.

Greenblatt, S. (1991) *Marvelous Possessions*, London: Routledge.

Gunn Allen, P. (1992) *The Sacred Hoop*, Boston: Beacon.

Jameson, F. (1984) 'Periodizing the Sixties', in S. Sayres *et al.* (eds) *The 60s Without Apology*, Minneapolis : University of Minnesota Press.

Jenkins, K. (1991) *Rethinking History*, London: Routledge.

Kolodny, A. (1984) *The Land Before Her: Fantasy and Experience of the American Frontiers, 1630-1860*, Chapel Hill: University of North Carolina.

_____ (1992) 'Letting Go Our Grand Obsessions: Notes Towards a New Literary History of the American Frontiers', in *American Literature* vol. 64, no. 1, March, pp. 1-18.

Lawrence, D. H. (1977) *Studies in Classic American Literature,* Harmondsworth: Penguin.

Lvi-Strauss, C. (1963) *Structural Anthropology*, New York: Basic Books.

Limerick, P. N. (1987) *The Legacy of Conquest: The Unbroken Past of the American West*, New York: W. W. Norton.

Limerick, P. N., Milner, C. A. and Rankin, C. E. (eds) (1991) *Trails: Toward a New Western History*, Lawrence: University of Kansas Press.

McCarthy, C. (1990) (first 1985) *Blood Meridian or the Evening Redness in the West*, London: Picador.

McMurtry, L. (1985) *Lonesome Dove*, New York: Simon and Schuster.

Mariani, P. (ed.) (1991) *Critical Fictions*, Seattle: Bay Press.

Massey, D. (1995) 'Places and their Pasts', *History Workshop Journal*, Spring, vol. 39, pp. 182-92.

Nash Smith, H. (1950) *Virgin Land: The American West as Myth and Symbol*, New York: Vintage.

Milner, C. A. (1989) *Major Problems in the History of the American West*, Lexington: D. C. Heath.

Milner, C. A., O'Connor, C. and Sandweiss, M. A. (eds) (1994) *The Oxford History of the American West*, London: Oxford University Press.

Misrach, R. (1990) *Bravo 20*, Albuquerque: University of New Mexico Press.

Munslow, A. (1992) *Discourse and Culture: The Creation of America, 1870-1920*, London: Routledge.

Riley, G. (1992) *A Place to Grow: Women in the American West*, Arlington Heights, Illinois: Harlan Davidson, Inc.

Robertson, J. O. (1980) *American Myth, American Reality*, New York: Hill and Wang.

Said, E. (1994) *Culture and Imperialism*, London: Vintage.

Sayres, S. *et al.* (eds) (1984) *The 60s Without Apology*, Minneapolis: University of Minnesota Press.

Schaefer, J. (1989) (first 1949) *Shane*, London: Heinemann Educational.

Silko, L. M. (1977) *Ceremony*, New York: Penguin.

_____ (1981) *Storyteller*, New York: Arcade.

Slotkin, R. (1973) *Regeneration Through Violence: The Mythology of the American Frontier, 1600-1869*, Middletown: Wesleyan University Press.

_____ (1985) *The Fatal Environment: The Myth of the Frontier in the Age of Industrialization, 1800-1890*, New York: Atheneum.

_____ (1992) *Gunfighter Nation: The Myth of the Frontier in Twentieth-Century America*, New York: Harper Perennial.

Storey, J. (1993) *An Introductory Guide to Cultural Theory and Popular Culture*, London: Harvester Wheatsheaf.

Tompkins, J. (1992) *West of Everything: The Inner Life of Westerns*, Oxford: Oxford University Press.

Trachtenberg, A. (1982) *The Incorporation of America*, New York: Hill and Wang.

Truettner, W. (ed.) (1991) *The West As America*, Washington, DC: Smithsonian Institute Press.

Turner, F. J. (1962) *The Frontier in America History*, edited by R. Billington, New York: Holt, Rinehart and Winston.

Turner, F. W. (ed.) (1977) *The Portable North American Indian*, New York: Penguin/Viking.

Twelve Southerners (1962) (first 1939) *I'll Take My Stand: The South and the Agrarian Tradition*, New York: Harper and Row.

Whipple, T. K. (1943) *Study Out the Land*, Berkeley, CA: University of California Press.

White, R. (1991) *It's Your Misfortune and None of My Own: A New History of the American West*, Norman and London: University of Oklahoma Press.

Whitman, W. (1971) (first 1855) *Leaves of Grass*, London: Everyman.

Worster, D. (1992) *Under Western Skies: Nature and History in the American West*, Oxford: Oxford University Press.

_____ (1994) *An Unsettled Country: Changing Landscapes of the American West*, Albuquerque: University of New Mexico Press.

Wright, R. (1992) *Stolen Continents: The 'New World' Through Indian Eyes*, Boston: Houghton Mifflin.

Zukin, S. (1991) *Landscapes of Power*, Berkeley, CA: University of California Press.

(b) 남부

Agee, J. and Evans W. (1965) (first 1941) *Let Us Now Praise Famous Men*, London: Peter Owen.

Ayers, E. (1992) *The Promise of the New South: Life after Reconstruction*, New York: Oxford University Press.

Booth, S. (1993) *Rythm Oil: A Journey Through the Music of the American South*, London: Vintage.

Brinkley, A. (1995) *American History: A Survey*, New York: McGraw-Hill.

Cash, W. J. (1971) (first 1941) *The Mind of the South,* New York: Vintage.

Cooper, W. and Terrill, T. (1991) *The American South: A History*, New York: McGraw-Hill.

Cowley, M. (ed.) (1977) *The Portable Faulkner*, New York: Viking.

Daniel, P. (1987) *Standing at the Crossroads*, New York: Hill and Wang.

Degler, C. (1977) *Place over Time: The Continuity of Southern Distinctiveness*, Baton Rouge: Louisiana State University Press.

Eagles, C. (ed.) (1992) *The Mind of the South, Fifty Years Later*, London: University of Mississippi Press.

Escott, P. and Goldfield, D. (eds) (1990) *Major Problems in the History of the South*, Lexington: D. C. Heath.

Faulkner, W. (1965) (first 1937) *Absalom, Absalom*, London: Chatto and Windus.

Fiedler, L. (1972) *The Return of the Vanishing American*, London: Paladin.

Fisher, D. H. (1989) *Albion's Seed*, New York: Oxford University Press.

Foner, E. (1989) *Reconstruction: America's Unfinished Revolution*, New York: Harper and Row.

Genovese, E. (1974) *Roll, Jordan, Roll*, New York: Pantheon.

____ (1994) *The Southern Tradition*, London, Harvard University Press.

Gerster, P. and Cords, N. (eds) (1989) *Myth and Southern History*, Urbana: University of Illinois Press.

Goldfield, D. (1987) *Promised Land: The South since 1945*, Arlington Heights: Harlan Davidson.

Gray, R. (1986) *Writing the South: Ideas of an American Region*, Cambridge: Cambridge University Press.

Guralnick, P. (1986) *Sweet Soul Music, Rhythm and Blues and the Southern Dream of Freedom*, London: Penguin.

Hobson, F. (1983) *Tell About the South: The Southern Rage to Explain*, Baton Rouge: Louisiana State University Press.

_____ (1994) *The Southern Writer in the Post-Modern World*, London: University of Georgia Press.

Joyner, C. (1993) In: *Black and White Interaction in the Ante-Bellum South*, Jackson: University Press of Mississippi.

King, M. L. (1964) *Why We Can't Wait*, New York: New American Library.

King, R. (1980) *A Southern Renaissance: The Cultural Awakening of the American South*, Oxford: Oxford University Press.

_____ (ed.) (1995) *Dixie Debates: Perspectives on Southern Cultures*, East Haven: Pluto Press.

Kirby, J. T. (1987) *Rural Worlds Lost*, Baton Rouge: Louisiana State University Press.

____ (1976) *Media Made Dixie*, London: University of Georgia Press.

Lee, A. R. (1990) *William Faulkner: The Yoknapatawpha Fiction*, London: Vision Press.

McCardell, J. (1979) *The Idea of a Southern Nation*, New York: W. W.

Norton.

Malone, W. (1979) *Southern Music, American Music*, Lexington: University of Kentucky Press.

____ (1987) *Country Music, U. S. A.*, Wellingborough: Equation Press.

_____ (1993) *Singing Cowboys and Musical Mountaineers: Southern Culture and the Roots of Country Music*, Athens: University of Georgia Press.

Mason, B. A. (1987) (first 1985) *In Country*, London: Flamingo.

Massey. D. (1995) 'Places and their Pasts', *History Workshop Journal*, Spring, vol. 39, pp. 182-92.

O'Brien, M. (1979) *The Idea of the American South, 1920-1941*, Baltimore: Johns Hopkins University Press.

Orvell, M. (1989) *The Real Thing: Imitation and Authenticity in American Culture, 1880-1940*, Chapel Hill: University of North Carolina Press.

Ownby, T. (ed.) (1993) *Black and White Cultural Interaction in the Ante-Bellum South*, Jackson: University Press of Mississippi.

Phillips, U. B. (1928) 'The Central Theme of Southern History', *American Historical Review* vol. 34, no. 3 pp. 30-43.

Potter, D. (1968) *The South and Sectional Conflict*, Baton Rouge: Louisiana State University Press.

Rabinowitz, P. (1994) *They Must Be Represented: The Politics of Documentary*, London: Verso.

Reed, J. S. (1982) *One South: An Ethnic Approach to Regional Culture*, Baton Rouge: Louisiana State University Press.

_____ (1986) *The Enduring South: Subcultural Persistence in Mass Society*, Chapel Hill: University of North Carolina Press.

Simmon, S. (1993) *The Films of D. W. Griffith*, Cambridge: Cambridge University Press.

Stott, W. (1973) *Documentary Expression and Thirties America*, New

York: Oxford University Press.

Styron, W. (1979) *Sophie's Choice*, London: Jonathan Cape.

Whisnant, D. (1983) *All That is Native and Fine: The Politics of Culture in an American Region*, Chapel Hill: University of North Carolina Press.

Wilson, C. R. and Ferris, W. (eds) (1989) *The Encyclopedia of Southern Culture*, Chapel Hill: University of North Carolina Press.

Woodward, C. V. (1968) *The Burden of Southern History*, Baton Rouge: Louisiana State University Press.

_____ (1971) *The Origins of the New South*, Baton Rouge: Louisiana State University Press.

_____ (1983) *American Counterpoint, Slavery and Racism in the North-South Dialogue*, Oxford: Oxford University Press.

Wyatt-Brown, B. (1982) *Southern Honour: Ethics and Behaviour in the Old South*, New York: Oxford University Press.

▶ 후속작업

1. 어떤 종류의 '국부적' 지식들이 '지역' 텍스트들에서 나타나는가? 그리고 그런 지식들은 어떻게 미국인 기질에 대한 생각을 확장시키는 역할을 하는가?

2. 남부 혹은 서부는 비미국 작가들과 영화제작자들에 의해 어떻게 재현되어왔는가? 예를 들어 남부를 다루는 『불타고 있는 미시시피』(*Mississippi Burning*)와 『사냥꾼의 밤』(*The Night of the Hunter*)과 서부를 다루는 『옛날 옛적 서부』(*Once Upon a Time in the West*)와 같은 영화들에서 지역에 관한 어떤 해석들이 나타나는가?

〈연구과제〉

3. ① (문자로 된 혹은 시각의) 어떤 텍스트든지 그 텍스트의 수정주의적 관점을 논하라. 그리고 그 과정에서 그 관점은 어떻게 서부 혹은 남부의 선입견을 바로잡고 있는지를 설명하라.

② 최근 영화, 문학, 역사는 복합문화적인 공헌과 서부역사에 관심을 갖는다. 한 집단을 선택해서 서부사에 대한 그들의 경험과 재현을 검토하라. 여러분은 이 연구에서 중국계 미국인 혹은 라틴아메리카계 미국인을 염두해 볼 수도 있다.

③ 남부 흑인 현대 작가들 혹은 남부에 관해 글을 쓰는 흑인 작가들을 연구하는 것으로부터 특히 남부 작가들에게 역사의 지속적인 중요성에 관한 위의 논의 사항의 관점에서 무엇을 더 얻을 수 있겠는가?

④ 남부에 대한 어떤 종류의 해석이 1960년대 이후 록
  음악에서 재현되는가? 남부의 록 음악가들은 미국의
  다른 음악가들과 그들을 구별짓는 분명한 자의식을 가
  지고 있는가?

제 6 장

미국의 도시:
'대립성의 오래된 매듭'

▶ 우리는 도시를 읽을 수 있을까?

현대의 미국은 막연히 기억되는 영화, 텔레비전 드라마, 대중 음악, 그리고 수천 개의 광고 이미지 조각들로 만들어진 거대한 도시로서 인식된다. 아주 간단히 말해서 미국의 도시들 모두가 우리 주위에 있는 것처럼 보인다. 이것은 단지 우리가 미국을 어떻게 상상하느냐의 문제이다. 하지만 많은 사람들에게 그것은 그 나라가 가장 매력적으로 관심을 끌고 있는 측면이며, 동시에 위협성을 지닌 측면이기도 하다. 그렇지만 우리의 삶 속에 미국 도시들이 항상 존재함에도 불구하고 그것들은 우리가 사는 곳과 상관없이 알 수 없는 신비한 것으로 남아 있다. 우리가 소유하고 있는 것처럼 보이는 친근한 텍스트처럼, 하지만 그것의 진정한 의미는 마치 우리가 그것을 읽으려 하면 우리를 회피하는 그런 도시와 같다.

이러한 생각은 좀 이상하게 들릴지 모르겠다. 결국 도시가 어떻게 텍스트가 될 수 있을까? 하지만 도시는 의미의 집합체로, 그 안에서 사람들은 자신들의 해석을 투여하고 그들 자신의 역사를 만들려고 한다. 그렇기 때문에 도시는 텍스트와 닮아 있다. 도시는 텍스트처럼 구성된다. 그것은 '공간에 인간을 기입한 것'(Barthes 1988: 193)[1]으로 동시에 모든 것을 드러내고, 모든 것에 도전하고, 모든 것을 교란시키고, 위협하며 또한 협박한다. 조이스 캐롤 오우츠(Joyce Carol Oates)가 1981년에 '도시가 텍스트라면 우리가 그것을 어떻게 읽을까?'(Jaye and Watts 1981 1:11)라고 물었을 때, 그녀는 어느 정도 신비화된 우리의 창조물을 이해해야 할 필요성과 더불어 그것의 매력을 표현하

---

1) 관련사항들은 텍스트에서 주어지고, 이 장의 마지막에서 언급되는 작품들과 연관지을 수 있다.

고 있는 것이다. 가늠하기 어려운 것은 바로 그 도시 내부에 있
는 다른 의미의 층들이다. 그리고 그것들을 어디에서 읽느냐,
말하자면 높은 곳과 낮은 곳, 고층건물 아니면 거리에서, 도시
한복판에서 아니면 빈민굴에서, 내부에서 아니면 외부에서, 여
성으로서 아니면 남성으로서, 부자로서 아니면 빈자로서 등등에
따라 그 의미들이 달라질 수 있다. 이러한 다른 관점들은 예술
가들에게 도시에 대한 끝없는 가능성을 그리고 그 의미를 연구
하는 역사가들이나 사회학자들에게는 도시의 매력을 설명해주
고 있는 것이다.

　이 장에서는 엄격하게 말해 역사·사회학적인 방법론에 대한
대안을 차용해서, 도시의 다양한 의미들을 반추해 볼 것이다.
물론 그러한 접근방식은 우리가 현대 도시의 삶의 문제들을 이
해하는 중요한 접근방법이다.[2] 하지만 다른 시각에서 도시의
다각적인 성질을 탐구하는 것 역시 무엇인가를 드러내고 밝혀
내는 작업이다. 예를 들어 제임스 도널드(James Donald)는 '이
다양성을 "도시"라 부름으로써, 우리는 그 도시에 일관성 혹은
지속성을 부여한다. 도시는 무엇보다도 하나의 재현이고 … *상
상된 환경이다*'(Bocock과 Thompson 1992: 422).

　도널드는 그때 우리가 신경을 써야 하는 것은, 도시의 재현들
과 그것들의 재현담론들을 읽어내는 방식이라고 주장한다. 여기
서 담론의 개념을 사용하는 것은 도시가 언어와 관련된 지시와

---

[2] 역사적인 접근방법은 여전히 지극히 문화, 문화의 형성과 작용들에 대한 우리의
　이해에 가치가 있으며, 이 책의 다른 장들에서 더욱 명백하게 전달되고 있다.
　마찬가지로 담론의 개념에 대한 이러한 정의를 사용함에 있어 이것이 우리가
　도시에 반응하는 방식을 이해하는 유일한 방식이라고 받아들이는 것은 아니다.
　실로 우리는 다른 세력들에 의해 형성되며 반대로 다양한 다른 방식들로 그 도
　시를 형성한다. 우리는 이 장에서 가능한 하나의 접근 방식으로서 담론 분석의
　접근을 탐색하기로 한다.

정의의 틀로써 우리에게 재현되고 있는 방식을 제시하기 위해 서이다. 담론(서론 참조)은 '어떠한 형태의 사유는 허락하는 반면 다른 사유는 거부하는 개념적인 틀 작업으로 … 특정한 분야에서 쓰여지고 사유되고 실천되는 것을 *조절하려고 시도하는* 성문화되지 않은 규정들이다' (Storey 1993: 92 - 필자 강조). 이러한 담론들은 도시에 대한 것은 아니다. 하지만 그 담론들이 '독자/평자'인 우리에게 그 도시를 구성해 주고 있는 것이다. 말하자면 담론은 단순히 묘사하는 것이 아니라 도시가 무엇이며, 넓은 의미에서 삶과 어떠한 관계가 있는지에 대한 우리의 개념을 형성하게 된다.

담론들은 '언표를 조직하고, 텍스트를 정의하며, 의미를 구성하고, 주체들이 입장을 갖도록 한다' (Peim 1993: 38). 그리고 도시 생활에 대한 어떠한 연구도 다른 형성체들을 직면하지 않을 수 없다. 그 형성체들이 우리의 관심을 얻기 위해 경쟁하고 있기 때문이다. 개인이 어느 정도까지 이러한 형성체들 가운데서 선택할 수 있는가는 신중히 논의해야 할 문제이다. 참으로 그 문제는 우리가 나중에 살펴보겠지만 『시스터 캐리』(*Sister Carrie*)와 같은 많은 도시 텍스트 자체에서 하나의 쟁점으로서 나타난다. 이러한 방식은 포스트구조주의[3] 논의에서 언급된다.

---

3) Nick Peim, 『비평이론과 영어교사: 주체의 변형』(*Critical Theory and the English Teacher: Transforming the Subject*)은 포스트구조주의에 대한 다음의 정의를 내린다.

포스트구조주의는 어떠한 기표적인 사건들, 텍스트들 혹은 실천들이 그들 자신의 의미를 스스로에게 보장하거나 고정시킬 수 있다는 주장을 불가능하게 만든다 …. [그것은] 모든 익숙하고 습관적인 전제들에 대해, 당연한 것으로 여겨온 모든 것들에 대해 의의를 제기하기 위해 사용될 수 있다. … 기성의 전제들과 실천들을 문제화하면서 … [그리고] 종합적인 설명력과 보편적인 가치와 진리에 대한 … 단일한 지식의 체계의 주장이 회의적일 것이고 … 후기구조주의는 지식과 이해가 항상 같이함을, 그리고 사물의 정체성과 의미가 각각 다른 시각과 문화적인 맥락에 따라 근본적인 변화가 있음을 주장하는 경향이 있다.

우리는 그것에 대해 어디에선가 논의를 한 적이 있다. 그리고 비록 우리가 그것의 다양한 많은 의미들을 탐구할 여유가 있지는 않지만, 특히 어떠한 개념들은 여기서 상관성을 지니고 있음을 유의해야 한다. 포스트구조주의가 제공하는 바는 예전에 당연한 것으로 여겨지거나 혹은 간과되었던 사물들을 새롭게 바라보는 접근방식이며 방법이다.

구조주의라는 것이 의미가 의존하는 저변의 구조를 찾는 것이라면, 포스트구조주의는 하나의 대안을 제시하는 것인데, 그 대안에서는 의미가 항상 진행중이다. 그리고 텍스트는 '그 어느 것도 원본 아닌 다양한 글들이 혼합하고 부딪히는 다차원의 공간이다. 그 텍스트는 문화의 중심부에서 끌어온 셀 수 없는 인용문들의 조직이다'(Barthes 1977: 146). 이 표현은 텍스트 도시로서의 도시 이미지를 전달한다. 그리고 도시의 인식자로서 독자는 '텍스트에 유일한 단일성을 가져다 줄 수' 있는 유일한 사람이긴 하지만 그 도시의 의미를 그 자체로 영구히 고정시키거나 제한할 수는 없다. 그것은 의미화의 과정에 있는 한순간의 의미를 나타내는 것이다. 그 과정은 사람들에게 다양한 시각을 한순간에 가져다줌으로써 그들이 그것을 각각 다르게 해석할 것이기 때문에 그 의미는 계속 지연된다. 이러한 방식으로 비쳐진 도시는 서로 경쟁하는 의미들의 사슬이며, 어떠한 해석들이 어느 때에 다른 해석들보다도 더욱 권위를 갖게 되고 그에 따른 힘을 가지고 부각된다.

이러한 접근방식을 채택함으로써 우리는 도시에 대한 어떤 기존의 혹은 잠재적인 독해방식들을 면밀히 검토하는 것이 가능하고, 도시의 독해방식들에 대해 이의를 제기하고 대안적으로 바라보는 방법들을 찾을 수 있게 된다. 도시에 관한 보장된 혹

은 유일한 고정된 의미가 있을 수 없을지라도, 그것이 '어떤 것
이 진행되고 있다'는 사실 혹은 모든 것이 상대적이라는 사실
만을 보여주는 것은 아니다. 그것은 어떤 지배적인 혹은 우세한
담론과 고정된 의미들이 그 도시에서 시간의 경과에 따라 드러
나게 된다는 사실과 이러한 독해들이 발생하게 된 문맥들이 새
로운 이론적 이해의 관점에서 재검토될 필요가 있다는 사실을
말하고 있기도 하다.

▶ 도시에 대한 경쟁적인 해석들

도시를 독해할 때의 문제는 미국의 설립 시까지 거슬러 올라
갈 수 있다. 매사추세스의 초대 시장인 존 윈스롭(John
Winthrop)은 아라벨라호로 1630년 대서양을 건너 미국으로 왔
을 때 그 선상에서 설교를 한 적이 있다. 이때, 그는 '만민이 우
리를 바라다보는', '언덕 위의 도시'와 같은 새로운 공동체사회
에 대한 비전에 대해 이야기했다. 여기에서 빌어온 천상의 도시
의 이상은 종종 미래에 계획된 도시를 연상케 하는 유토피아적
인 꿈에 대해 많은 것을 시사해 준다.

하지만 그것은 또한 도시를 신의 뜻에 맞게 질서있게 건설해
야 할 필요성을 강조한다. 왜냐하면 세상의 '눈들'이 지켜보고
있기 때문이다. 그는 계속해서 '우리가 이 세상 사람들에게 하
나의 일화와 본보기로 남게 될 것'이라고 주장한다. 그렇게 함
으로써 그 일화는 도시의 이미지가 구술을 통해 구성되는 초기
방식들의 한 예가 될 것이다. 그 일화는 세상 사람에게 보여질
(읽혀질) 것이고, 청교도로서 윈스롭이 소돔과 고모라의 메아리
를 혹시 있을지 모를 미국 도시의 암울한 미래에 연결시켰기

때문에, 그 사람들은 그 이야기에서 좋은 일 혹은 나쁜 일을 목격하게 될 것이다. 반면에 그 안에서 공동체사회의 가장 강한 믿음과 가장 고상한 열망을 보게 될 것이다. 부분적으로 이것은 존 번연(John Bunyan)의 『천로역정』(*The Pilgrim's Progress* 1678)과 일치한다. 그 안에서 번연은 부패와 무질서한 허영의 시장을 통과해 금으로 포장된 거리가 있는 천상의 도시에 이르는 구원의 길을 설명한다.

도시들의 어두운 면은 도시들이 '도덕성, 건강, 그리고 인간의 자유에 있어 질병에 걸렸다'는, 그리고 '땅에서 수고하는 사람들이 신에 의해 택함을 받은 백성이며 … 위대한 도시들의 군중들은, 아픔이 인간 신체의 힘을 증가시키는 만큼, 순수한 정부에 대한 지지를 그만큼 더 하게 된다'는 토마스 제퍼슨의 언급에서 알 수 있다(Bender 1975: 21). 제어되지 않은 도시의 위험성에 대한 제퍼슨의 경고는 두 가지 점을 강조하고 있다. 도시들이 악, 죄, 그리고 태만을 장려함으로써 인간적인 도덕성을 위협한다는 것과 그 도시들이 궁극적으로 공화국 자체를 위협한다는 것이다. 이러한 논쟁은 『우리 조국』(*Our Country* 1885)의 작가 조시아 스트롱(Josiah Strong) 목사의 작품에서 절정에 이른다. 그의 작품에서 그는 미국이 세상을 구원할 신의 도구이지만 도시는 '위협'으로 가득찬 '폭풍의 핵'이므로 그 임무에 방해가 된다고 주장했다. 다음의 발췌문은 그의 어조를 제시한다.

도시는 우리 문명의 신경의 중심이다. 그것은 또한 폭풍의 중심이다 … 그것은 부가 모인 곳이 도시. 그리고 여기에 그것에 대한 많은 명백한 증거들이 산더미처럼 높게 쌓여 있다. 여기에 재물의 신 매몬(Mammon)의 지배력은 광범위하고 그에 대한 경배는 지속적이고 열렬하다. 여기에 부가 모여 있다. 눈을 부시게 하고 탐욕을 유발하는 모든 것이 있다. 여기에 가장 허랑방탕한 낭비가 있다. 여기에서는 또한 부의 과잉이 심하다 ··· 여기에 가장 대조적으로 폭식의 권태로움과 기아의 절망감이 있다 ··· 여기에 사회적인 폭약이 쌓여있다. 불량배들, 도박꾼들, 도둑들, 강도들, 파괴와 노략을 목적으로 폭동을 일으키려고 하는 ··· 무법의 필사자들 ··· 여기에 특히 사회적인 논쟁이 될 소지가 있는 ··· 외국인과 급여 노동자들이 모여 있다. 그렇게 우리의 문명은 번창하고 무정부와 파괴적 요소들에 집중하고 있다.(Glaab 1963: 330-6)

이것이 제퍼슨의 방식으로, 새로운 도시적 산물들이 사회질서에 가하는 지배적인 위협을 지닌 암흑의 두려운 장소로서 도시를 틀짜고 있다. 하지만 스트롱이 도시를 이러한 관점에서 해석한 것과 동시에, 시인 월트 휘트먼은 더욱 긍정적인 방식으로 도시들을 유기체로서 '간단하고 단단히 잘 짜여진 구조물'로 개체와 전체를 연결하고 있는 것으로 정의한다. 그리고 도시들이 다음과 같이 될 것을 요구한다.

번성하라, 도시여. 너의 짐을 가져와라, 너의 모습을 보여주어라, 풍부하고 충만한 강들이여.
팽창하라, 어느 누구도 더 이상 영적일 수 없는 존재여.
너의 위치를 지켜라, 어느 누구도 그 이상 더 지속하지 못할 대상이여.(Whitman, 'Crossing Brooklyn Ferry' 1971: 140)

중요하고 역동적인 것으로서의 긍정적인 이 도시 담론은 윌리암 제임스(William James)의 스트롱의 '폭풍 중심' 이미지의 차용을 반영하고 있다. 그 이미지는 도시를 '기계의 박동'을 생산하는 '회오리 바람의 중심'으로 비치고 있다. 그리고 그는 아래와 더불어 그 기계의 박동이 '굉장한 것'이라는 것을 알게 되었다.

모든 것보다도 하늘을 가르는 그것의 용맹성, 그리고 내부의 광채, 마치 쉽지 않은 것이 아무것도 없는 양. 진보의 위대한 박동과 범위, 동시적인 방향성이 너무나 많아 조합은 불명확한 미래일 수밖에 없고, 내가 이전에 느껴보지 못한 일종의 박동치는 삶의 배경.(James 1920:67)

그의 비유는 휘트먼의 비유처럼 도시의 대안적인 담론에 기여하였다. 그것은 도시의 역동적이고 미래를 내다보는 능력과 변형 능력을 강조하였다. 이러한 종류의 담론적인 충돌은 미국의 도시들이 읽혀져 온 방식들의 전형이다. 그리고 고정되고 정적이기보다는 과정중의 의미로서의 도시를 가리킨다.

이것은 20세기에 계속되는 도시의 재현방식에 있어 명백해진다. 예컨대 우디 엘런(Woody Allen)의 작품과 특히 서술자가 자신이 사랑하는 도시에 대해 정의적인 해석을 내리려 한다. 그러나 그 일이 불가능하다는 것을 알고 대신 광범위한 복잡한 다시쓰기로 돌아선다. 영화 『맨하탄』(Manhatten 1979)에서 이 사실은 더욱 명백해진다.

그는 지나치게 도시를 낭만화한다. 그리고 그에게 있어 어떤 계절이라 하더라도 이것은 여전히 흑백으로 존재하고, 조지 거쉰(George Gershwin)의 위대한 어조에 맞추어 박동치고 있던 도시이다. 또한 그는 뉴욕을 찬양하였다.

그런데 그에게 그것은 현대 문명의 부패를 위한 은유였다. 마약, 소란한 음악과 텔레비전에 의해 무감각하게 되어 버린 사회에서 살아가는 것이 아무리 어렵긴 하더라도, 또한 그는 그가 사랑하던 도시만큼 거칠고 낭만적이었다. 그의 검은 테의 안경 뒤에는 정글 표범의 성적 에너지가 도사리고 있었다. 뉴욕은 그의 도시였고 그것은 앞으로도 항상 그럴 것이었다.

화면에 나타나지 않은 그 목소리가 우리에게 정의할 수 없는 도시의 감각을 제공하고 동시에, 흑백으로 빛나는 시각적 이미지들은 저 멀리 구름 속 카메라를 통해 뉴욕의 친근한 표식들을 우리 앞에 펼치고 있다.

이 낭만적인 시각은, '거리의 수준'에서의 어색하고 비낭만적인 도시의 현실들을 대면할 필요도 없이, 그 도시의 신비함을 보여준다. 관객으로서 우리는 물리적으로나 형식적으로나 거리를 두고 있는 상황이기 때문에(엘런은 흑백 사진과 조지 거쉰의 감동적인 사운드 트랙을 이용한다), 도시는 경외와 흥분, 생명력과 경이로움의 장소로서 비쳐지고 있다. 이 도시의 모든 모순들은 특이하고 잠재적인 비전으로 환원됨과 동시에 이 찬란한 맨하탄의 신화 속에 위협이란 거의 존재하지 않는다. '도시는 현대사회의 부패에 대한 비유'라는 서술자의 언급에도 불구하고, 그 어조와 그 마지막 고조된 음악은 그렇지 않음을 제시한다.

▶ 이론적인 도시: 통제와 질서에 대한 욕망

그러므로 미국의 생활에 있어 도시는 언제나 항상 인간의 욕망과 꿈의 중심이며, 가능성, 성공, 그리고 위협의 장소가 되어

왔다. 이 말은 휘트먼과 같은 많은 사람들이 도시를 살아있다고 생각하고 있는 방식을 반영한 것이다. 예컨대, 도시의 '심장'과 '영혼'에 대한 글을, 혹은 헨리 제임스(Henry James)의 책,『미국의 풍경』(The American Scene 1907)에서 '그것의 날카롭고 자유로운 악센트 … 그리고 그것의 늘어진 팔다리'(Marqusee 1988: 160)에 대한 글을 보라. 도시를 인간적이고 유기적이라고 보는 관점에서 보았을 때, 도시는 역시 도덕적인 조건을 취하게 됨으로써 그 문화는 그 안에서 숨쉬는 사람들의 가치, 태도와 관습을 반영하는 것이다.

프레드릭 하우(Frederick Howe)는 도시의 가능성을 믿는 자로서 1905년에 사회를 '인간의 신체와 같은 유기체이고 도시를 바로 머리이며 심장이자 신경계통의 중심'이라고 썼다(Howe 1905: 10). 무엇보다도, 미국의 도시는 창조된 텍스트이며, 사람들에 의해 창작된 이야기이다. 그 사람들은 질서에 대한 자신들의 비전과 그 계획을 세상에 강요하려 하고 어느 정도는 야생적인 것들을 제한된 원칙의 환경 속에서 통제하고 싶어한다. 하지만 동시에 반대(contrary)담론도 있다. 이 담론은 통제란 불가능한 것으로 보며, 그 담론 속에서는 사회적 갈등, 범죄나 타락이 성행한다. 청교도이던 윈스롭이 그의 국민들을 위해 은총의 증거로서의 도시에 대한 단일 담론을 구성한 것에서 볼 수 있듯이, 도시를 자유분방함과 기회의 장소로, 욕망의 장소로, 더 오래되고 더 전통적인 제약들로부터의 해방을 제공하는 곳으로 정의하고자 하는 반(counter)담론도 생겨났다.

도시를 기획하려는 사람들의 노력에도 불구하고, 이러한 형식의 통제와 제한에 대한 저항이 존재한다. 이는 마치 창조 시 발산되는 역동성이 너무나 거대해서 안전하게 질서의 형식으로 조절되거나 유인될 수 없는 것과 같다. 렘 쿨하스(Rem Koolhaas)는 그의 『광란의 뉴욕』(*Delirious New York* 1978)이란 책에서 '2차원이던 격자형 도시 거리에서는 꿈꾸지도 못했던 3차원의 무질서의 자유가 창조되었다'고 주장했다(Berman 1983: 287). 도시는 우리가 어려움 없이는 읽을 수 없는 텍스트이다. 그것은 항상 그 자체를 넘어서서 그 자체와 가능성에 대해 이의와 의문을 제기하기 때문이다. 이것은 '도시의 전형적인 양가성'으로, 도시는 '서로 상충되는 모순'을 지니고 있다. 그리고 아마도 도시의 중심적인 매력은 사실이든, 허구이든 그것이 인간이 창조해온 문명과 인간이 속한 문화에 대한 인간 자신의 모순적인 감정들—자존심, 사랑, 갈등과 미움—을 구체화하고 있다(Pike 1981: 26). 도시는 읽기에 쉬운 텍스트가 아니다. 모순과 양가성의 수수께끼의 텍스트로 그것의 신비한 매력과 새로운 불가해성과 새로운 비지식성을 설명해주고 있다(Trachtenberg 1982: 103).

트라흐튼베르그가 말하는 도시는 기술, 기획, 산업화, 그리고 상업의 가능성이 단일의 환경에 종합되는 근대적인 장소이다. 그 환경은 사람, 개념과 기회들을 '생산적인 종류의 기이함과 거리성'의 특정한 혼합 속에 투여 가능한 환경이다(Walder 1990: 166). 근대주의자들의 예술과 문학의 위대한 작품들은 도시 그 자체를 반영하고 있는 창조적인 혼합 속에서 발생했다. 그런데 그 도시의 구조는 이러한 충동의 상징적 표현이었다. 마샬 버만(Marshall Berman)은 이렇게 쓰고 있다.

근대적이 된다는 것은 우리에게 모험, 권력, 기쁨, 성장, 우리 자신과 우리 세계의 변화를 약속하고, 동시에 우리가 가진 모든 것, 우리가 아는 모든 것, 그리고 현재 우리 모든 것을 파괴하려고 위협하는 환경 속에서 역설과 모순의 삶을 사는 것이다.(Berman 1983: 14-15)

'대립성의 오래된 매듭'으로서의 도시환경의 이러한 면을 월트 휘트먼의 한 구절을 빌어 말하자면 우리가 이미 논의했던 경쟁적인 담론들의 메아리이고, 이것은 사회이론가 미셸 드 세르토(Michel de Certeau)의 유익한 글에서 잘 나타난다. 그에게 있어 고층에서 바라본 뉴욕시는 '극한의 것들이 조우하는 텍스트이다. 야망과 타락의 극단성, 인종과 스타일의 잔인한 대립, 이미 쓰레기통으로 변해버린 예전의 빌딩과 오늘날 그 공간을 막고 있는 우후죽순의 도시 건물들 사이의 대조'(de Certeau 1988: 91). 그것은 계속해서 변하는 공간/텍스트로써 '시간마다 그 자체를 변화시켜', '바라보는 사람은 곧 도시에서 지속적으로 폭발하는 우주를 읽어낼 수' 있고, 미국도시의 풍경을 구성하는 '거대한 과잉의 수사학'에 빠져들 수 있다(같은 책).

독해되고, '파악되고', 심지어 이해 가능한 다차원 텍스트처럼 펼쳐져 있는 총체적 도시로서 이러한 측면이 문제가 되는 때는 그것이 축소되고 '도시의 복잡성이 독해 가능하게 되고 그 유동성이 고정화될 때'이다(같은 책, 92). 왜냐하면 사람들은 거리감으로 인해 배제되고 구조화된 '모습'을 보기 때문에 사람들이 보게 되는 모든 것은 격자와 블럭으로서 도시 기획자의 청사진에 따른 질서와 통제하에 있다. 그것은 '이론적인' 도시이다. 왜냐하면 도시의 삶, 도시의 '실천들'은 거리의 부산함과 혼돈 가운데 이루어지며, 상위의 배제적 관찰점에서는 드러나지 않기 때문이다. 이러한 그물망과 같은 생동적이고 교차적인 텍스트는 작가나 관찰자가 만들어 낼 수 없는 다층의 이야기를

구성해낸다.(93)

그러므로 포우가 『군중 속의 남자』(*The Man of the Crowd*)에서 혹은 폴 오스터(Paul Auster)가 『뉴욕 3부작』(*The New York Trilogy* 1987)에서 말하고 있듯이, 도시의 모순들이 넘쳐나며, 도시 기획자나 설계자들이 질서와 사회적 통제의 모델로 아름다운 도시(the City Beautiful)[4]와 같은 것을 창조하려는 끊임없는 노력에도 불구하고 그 모순들을 정의하고 한정하기에는 어려움이 있다. 도시의 설계자는 사람들이 그 안에서 살아가는 방식과는 상충되는 면을 항상 지녀왔다. 그것은 마치 언제나 창조의 중요한 부분처럼 보이는 통제와 질서의 소망 원칙들에 대한 자연스러운 저항이 도시의 삶 속에 있는 것처럼 보인다. 이러한 이론적인 논쟁은 우디 엘런의 『맨하탄』에서의 재현에 대한 초기의 논평들과 특수한 이유와 효과를 위해 도시에서 우리를 배제하려는 그 도시의 경향과 관련하여 검토될 수 있다.

도시 기획자들은 노동계급과 이민자의 거리 문화를 말소하려는, 그 문화의 공격적이고 혼란스러운 이질성을 없애려는, 그리고 그것을 중산층의 난로와 차탁자의 규율로 대체하려는 '부드러운 강제성'을 구상했다. 이것은 기업조직의 질서의 손이며, 체계와 위계의 가치로서 그 자체를 거리와 부산한 이웃의 삶 속에 강요하였다(all Trachtenberg 1982: 111). 바닥 수준의 거리의 해독 불가능한 텍스트가 합법화되고 질서화되어, 안정적인 규율의 텍스트에 편입되어야만 했다. 그런데 이것은 '시민의 수평주위와 기업의 수직주의' 사이의 충돌이라 할 수 있는 것을 불러일으킨 것으로 비쳐질 수 있었다(Talyor 1992: 52). 그 상황

---

4) 아름다운 도시 운동은 1900년대 초기에 성행하다가 아마 번햄(Burnham)과 베넷(Bennet)의 시카고 계획(Plan of Chicago)이 있던 1909년까지 지속되었다.

에서 기업은 고층빌딩을 기업 권력의 상징으로 보고 있으며 도시의 그 나머지는 그것의 그늘 아래 존재하고 있었다. 이것의 한 예는 발전하는 남부도시 내쉬빌의 스카이라인이다. 그곳은 급격히 발전되고 있지만 여전히 과거의 하층 수준의 흔적들을 간직하고 있다. 그림 6은 이러한 위계적인 스카이라인을 보존되어 온 과거의 전경과 더불어 보여주고 있는데, 그 도시에선 그 지역을 1779년 원래 정착지였던 포트 내쉬거리의 역사적 모형지로 기획하고 있다. 사실 이 지역은 쓰러져 가는 옛날 강변의 창고들로 가려져 있었으나 휴양지와 쇼핑 장소로서 점차 다시 제기되어지고 있다. 이젠 두 지역 전역에 중남부의 금융과 보험의 센터로서 내쉬빌의 새로운 경제를 요약해주는 상징적인 벨 기업(the Bell Corporation)의 고층건물들이 들어서 있다.

▶ 드러나지 않은 도시: 포우의 『군중 속의 남자』

서로 엉켜있는 이야기들처럼, 드 세르토가 말한 여러 층위와 그물망의 도시는 도시경험에 접근하는 매우 흥미로운 하나의 방식으로, 우리가 도시를 읽어내려는 시도의 더욱 구체적인 예들을 조사하기 시작할 때 마음에 둔 하나의 방식이다. 에드가 엘런 포우의 『군중 속의 남자』(1845)는 도시의 의미에 대해 많은 생각을 하도록 하며, 그 의미가 '본질이 드러나지 않는' 범죄 그 자체와 같다는 점을 제시해준다(Poe 1975: 179).

그 이야기는 그것이 읽혀져서는 안된다는 경고로 시작해서 『군중 속의 남자』를 뒤쫓는 의심에 찬 화자의 눈을 통해 보여지는 도시의 상태를 살피고 있다. 그것은 도시의 전형적인 이야기이다. 그 이야기에서 스스로를 비전과 지성과 이성을 지닌 인

〈그림 6〉 내쉬빌 스카이라인
출처: 닐 캠벨, 1994

물로 평가하는 화자는 '그 모습을 스스로 애써 드러내지 않으려는 미스테리들'(같은 책, 179)을 직면하게 되고, 그는 그것들을 드러낼 수 있다고 믿고 있다. 포우의 후기의 듀팽 소설들[5]처럼 도시가 이해 가능하고 실마리가 풀릴 수 있다는 믿음이 이 이야기의 중심이다. 다방에서 신문을 읽으면서 그는 바깥 거리들을 살피는데, 이 살핌도 마치 그가 신문을 읽으며 즐기는 것과 같다. 그렇게 함으로써 그는 신문의 기사가 '섹션'으로 나누어진 것처럼 거리들을 마치 도시 세상의 기사와 칼럼처럼 읽으며 살피고 있는 것이다. 이렇게 자신만만하게 두고 있는 거리성은 도시 장면이 세밀한 '눈금저울'(scale)이 되도록 한다. 그는 군중들 속에서 보는 모든 유형을 그 눈금에 맞춤으로써, 그가 '아무리 짧은 순간을 바라본다할지라도 오랜 세월의 역사를 읽어내는 것을' 종종 가능하게 한다(같은 책, 183 - 필자 강조).

포우의 화자는 드 세르토가 지적한 문제, 즉 한번 봄으로써 그 역사를 읽어내려고 하고, 그렇게 함으로써 그 안에 들어있는 관계들과 실천들의 복잡한 그물망을 놓쳐버리는 사람들로 인해 발생되는 특징적인 도시문제들을 보여준다. 도시의 삶을 기획하고 통제하려는 원래의 영원한 욕망처럼 도시를 단순한 것으로 정의하고 고정시키려는 충동은 여기 화자의 행위 속에 나타나고, 이어서 해결할 수 없는 딜레마를 제시하는『군중 속의 남자』의 폭발과 곧바로 대면하게 된다.

논리적인 '전달 의미의 분석'을 통해, 화자는 그 사람을 봄에 의해 변화를 겪게 된다. 그리고 '그의 마음 내부에서' 그렇게

---

5) 포우의 듀팽의 소설은『비운의 시체공시소에서의 살인사건』(The Murders in the Rue Morgue),『마리에 로젯』(Marie Roget)과『도난당한 편지』(The Purloined Letter)이다. 모든 것들이 그 자신의 방식으로 죄와 범죄를 구체적인 도시의 장소와 연결시키고 있다.

쉽게 공식으로 환원될 수 없는 새로운 일련의 생각들이 '역설
적으로 혼돈 가운데 생겨났다'(같은 책, 183). 그가 그 사람을
따라가면서, 유리창문 뒤로 물러서기보다는 이제는 그 거리의
'동요와 혼잡과 소란'(184)에 스스로 매료되어 자신의 의미의
'눈금'을 거부하고 그에게 거리 수준의 도시를 열어준 역설과
모순들과 대면한다. 그래서 그 도시는 이제 그에게 동일하게
'자극적이고 놀랍고 매력적'이 되었다(같은 책). 그는 '가난 …
범죄 … 더러움 … 황폐함'(186-7)과 같은 그 자신의 단순하고
제한된 범주를 넘어 '반복 교차하는' 복잡한 텍스트에까지 이르
는 다층면의 도시 환경에 노출된다. 그 환경은 '호루툴루스 애
니매(*Hortulus Animae*) 보다도 더 복잡한 책이고 그 스스로가
독해되도록 허락되지 않는 책'이다(179).

　이 이야기에 들어있는 그 도시는 독해될 수 없고 얼마간 항
상 최종적인 이해를 벗어남으로써 드 세르토의 논지를 강화시
킨다. '도시를 이데올로기화하는 담론들 하에서, 즉 어떠한 독해
가능한 정체성도 지니지 못한 권력들의 계략과 담합이 번성한
다. 그리고 그것들을 파악할 수 있는 지점들 없이, 그리고 합리
적인 투명성 없이 그것들은 관리가 불가능하다'(de Certeau
1984: 95). 이것이 아무리 복잡하게 보인다하더라도, 그것은 『군
중 속의 남자』, 『맨하탄』 혹은 『위대한 개츠비』와 같은 다른 텍
스트들의 탐구를 이론화하는데, 그것은 도시를 정의하고 그 유
형들을 단일한 구별 가능한 형태로 고정시키려 시도하는 문제
적인 성질의 일이다. 이것을 하려고 시도하는 사람들, 즉 기획
가와 개혁가들은 단순히 도시의 무형의 복수성에, 포우의 이야
기에서 그러한 다양성이 세밀한 '눈금'으로 읽혀질 수 있고 범
주화될 수 있다고 믿는 화자처럼, 일련의 질서와 원칙을 부과하

려한다. '이주적인 도시'의 생생한 경험은 유동적이고 진행적이다. 그것은 누군가가 그것에 부과하려고 시도하는 질서의 이성적 정의의 해석망과는 다르다. 동일성이라기보다는 차이성이 이러한 도시 독해에 있어 매우 중요하다.

▶ '유혹의 빛' : 상업과 도시

이러한 과정 속에 존재하는 긴장은 1800년대 후반과 도시환경의 사회적인 문제들에 대한 구체적인 관심사들을 조사해봄으로써 파악될 수 있다. 그 문제들은 빠른 도시 성장과 비정상적인 비율의 인구성장과 더불어 생겨난다. 예컨대 시카고의 인구가 다섯 배 증가하고 뉴욕의 인구가 삼백 사십만을 넘어서고, 천 백만의 이주민들이 미국에 들어오던 1870년과 1900년대 사이의 기간에, 『다른 절반은 어떻게 살아가는가』(*How The Other Half Lives 1890*)의 제이콥 리이스(Jacob Riis)와 『도시의 스케치』(*City Sketches* 1893)와 『매기』(*Maggie* 1893)의 스티븐 크레인(Stephen Crane)과 같은 저널리스트들은 그러한 팽창에 있어 인간의 가치에 대해 의문을 제기하기 시작했다. 하지만 우리는 도시 삶의 에너지와 문제들을 집요하게 구체적으로 엄청난 추진력을 가지고 탐구하는 소설들을 조사하고자 한다. 리얼리스트 전통은 도시를 클로즈업해서, 거리에 관심을 두고 도시의 실천들과 사람들의 삶을 이루는 몇몇의 환경적인 결정인자들을 드러내려는 희망으로 도시를 읽어내고자 했다. 심지어 이 프로젝트는 그 장점에도 불구하고 도시를 정의하는 방식에는 한계가 있음이 밝혀졌다.

시어도어 드라이저(Theodore Dreiser)의 『시스터 캐리』(*Sister*

Carrie 1900)에서 그 도시는 '교활한 책략'을 품고 있다. 그 책
략은 수천 개의 빛의 광채를 유인하는 커다란 힘으로 유혹의
빛을 끌어들인다(Dreiser 1986: 4). 그리고 그 도시는 그 안에 캐
롤라인 미버(Caroline Meeber)와 같이 나방들을 끌어들이는 횃
불로서 도시 상업의 세계를 대표한다. 그녀는 돈의 광채와 도시
의 동력 속으로 끌려드는데, 그 방식은 시골 마을의 삶과 가치
와 연관된 미국의 기존 사물의 질서를 위협하는 도시의 빠른
확장이라는 독특한 견해와 그녀의 여정을 연결시키는 방식이다.
스티븐 크레인과 업튼 싱클레어(Upton Sinclair)는 리얼리즘을
도시 삶의 구체적인 사항들에 독자를 노출시키는 기교로서 사
용하였고, 그 인물들을 절망과 죽음으로 몰아넣는 힘들을 우리
에게 인식시키려고 시도한다. 하지만 드라이저류의 작품은 도시
의 전망에 대한 불만족을 제시하고 그것의 문화적 지배와 가치
체계에 대해 의문을 제기한다. 도시의 어두운 부분에 대한 관심
은 산업과 상업의 중심지의 빠른 성장과 그것이 그 안에서 살
아가는 사람들에 미치는 영향들에 대한 회의에 그 중심을 두고
있다. 예컨대, 드라이저의 순진한 캐리는 희망을 가지고 도시에
접근하게 되지만 화자는 독자들의 인상에 그녀의 목적에 대한
회의를 심어주고 있다.

어린이에게, 상상력을 지닌 천재에게, 혹은 전반적으로 여행을 해보
지 못한 자에게 도시로의 접근은 경이로운 일이다. 그것이 저녁이면
특히 그렇다. 그 때가 삶의 국면과 조건이 다르게 변화하는 세상의 영
광과 어둠 그 사이의 신비한 시간이다. 아, 밤의 전망 … 거리, 등, 밤
을 위해 불 밝힌 방이 나를 위한 것이다. 극장들, 홀들, 파티들 … 이것
들이 밤엔 나의 것이다.(앞의 책, 10)

드라이저에게 도시는 전망과 신비로써 유혹하지만 그 현란함 밑에는 절망의 우물이 있다. 그 우물 속에선 부가 가난하고 착취 받는 자들의 엄청난 노동으로 위장되어 있고, 선한 삶의 꿈은 상업적인 탐욕문화의 요구들과 관련해 구성된다.

> 그것은 화학적인 시약이다. 그것의 하루는 그 한 방울처럼 모습과 목적들, 그리고 마음의 욕망들에 영향을 미치거나 색채를 변화시켜서, 그것은 이후로 영원히 시험해보지 않은 신체에 아편처럼 채색되어 남을 것이다. 열망이 정착되고 … 꿈은 채워지지 않는다 - 고통, 유혹, 손짓하고, 이끄는 나른한 환상들.(앞의 책, 305)

도시는 마약과 같아서 그 상업성은 만족할 줄 모른다. 우리를 계속해서 끊임없는 욕망과 결핍의 끝없는 순환으로 이끄는 갈망만이 있을 뿐이다. 이것은 1905년 유명한 헨리 애덤스(Henry Adams)의 언급을 상기시킨다.

> 도시의 윤곽이, 의미에 저항하는 무엇인가를 설명하려는 노력 가운데, 광란적이 되어갔다. 힘은 성장해 복종에서 벗어나고, 그것의 자유를 주장하는 것 같았다 … 도시는 히스테리의 공기로 가득 차 있고, 시민들은 모든 분노와 경악의 함성을 지르고 있어, 새로운 힘들은 여하튼 통제하에 놓여야만 한다.(Adams 1918: 499)

이러한 글들은 통제에 벗어난 도시에 대한 개념을 보여준다. 곧 개인이 경쟁하기에는 너무나도 강력한 힘에 의해 지배받고 있어서 그것이 지나가게 되면 그 바람에 휩쓸리는 도시의 모습 말이다. 애덤스는 이러한 변화들이 '새로운 사회적 마음'과 그

지속성을 확보하기 위해서 발빠른 추진을 위한 '도약의 필요'
를 요구하고 있다고 믿었다. 하지만 드라이저는 상처받고 타락
할 수 있는 변화의 가능성을 걱정하였다. 그가 적고 있기를, 캐
리는 '추진력이 거의 없지만 그럼에도 불구하고 그녀는 자신이
쉽게 부유해질 수 있는 변화의 물결에 자신을 내던질 가능성이
있어 보였다'(Dreiser 1986: 321).

   이러한 식으로 캐리는 다른 대상들처럼 도시의 물결에 더불
어 휩쓸리게 되었고, 그녀는 '패션의 무리들 속에서, 쇼무대의
퍼레이드에서 주목과 추파를 받았다'(같은 책, 323-4). 캐리가 이
러한 상태를 극복할 수 있는 것은 그녀가 부와 권력을 획득했
을 때 뿐이다. 하지만 그 때도 다른 사람들의 희생을 대가로 해
서만이 '그녀가 멋질 수' 있었다(447). 그렇게 함으로써 그녀는
스티븐 크레인이 말하는 소외, 위선과 이기심이 규범이 되는 계
층과 지위의 장소로서의 도시의 면들을 드러내 보여준다.

▶ 도시의 공간들: 건축, 예술, 그리고 양가성

   미국도시에 대해 계속되는 반—본성적인 해석들이 계속 나오
긴 했지만 새로 등장하는 환경을 통제할 필요성과 그 환경을
반인간적인 것이 아니라 친인간적으로 작용하도록 만들려는 시
도의 필요성이 강조되었다. 이것은 다양한 정치적, 사회적, 경제
적, 그리고 미학적인 양식들을 취하였다. 업튼 싱클레어는 도시
의 위계절서에 반대하는 주장을 함과 동시에, 새로운 대중의 이
념 속에서 과학적 운영자의 제식의 대안으로서의 미국적 사회
주의에 대한 희망을 보았다. 여기서 노동자는 배제 대신에 집단
적인 행위를 통해 지역사회에서 강력한 공유적 가치들의 새로

운 지위를 발견할 수 있을지도 모른다.

'새로운 사회적 마음'의 다른 측면들은 프레드릭 로 옴스테드(Frederick Law Olmstead)의 도시공원 운동, 1890년대 공중보건에 대한 관심의 증가와 '아름다운 도시' 집단 내부에서의 건축학 디자인의 발전 가운데 발견될 수 있다. 히스테릭한 도시의 개념이, 헨리 애덤스에 의해 제기되어, 질서로 장식되고 유인되어야 했다. 그리고 이러한 유형들의 사회적 규율들은 그러한 행위를 정당화하려는 시도들이었다. 다시 한번 그 도시는 통제를 고집함에 의해 발생된 실패의 표식이라기보다는 인간의 노력에 대한 선물일 수 있다. 번햄(Burnham)과 베넷(Bennett)이 그의 '시카고 계획'(Plan of Chicago 1909)에서 쓰고 있듯이, '시간은, 빠른 성장과 특별히 평범한 삶의 전통 혹은 관습 없는 많은 국적의 사람들의 유입에 따른 혼돈의 사건에서 질서를 가져오게 되었다'(Weimar 1962: 86). 그리고 아직 그들의 언어가 보여주듯이 가장 잘 계획된 기획은 이 경우 그 내부에 이민 대중들을 통제하고 거리 위에 무질서를 막을 엄밀한 이데올로기적 목적을 지니고 있다.

그래서 역시 고층건물의 성장은 풍족함과 승리감에 들뜬 상징이기도 하지만, 반면 어두운 협곡을 창조했던 도시의 새로운 모습을 제시하였다. 프랭크 로이드 라이트(Frank Lloyd Wright)가 1929년에 언급했듯이 그것은 '세포의 암적인 면'을 창조했다. '협소함, 조각, 가장자리, 구석과 번잡함에 대한 암울한 강조, 굽어진 허약한 협곡의 층층의 영혼 없는 선반, 텅빈 틈, 굽어진 길들'(Marqusee 1988: 165). 이러한 두 가지 효과들 사이의 아이러니한 관계는 다시 한번 모호하고 대립적인 것으로서의 지배적인 도시에 대한 개념들, 즉 루이스 멈포드(Lewis

Mumford)가 1934년 '부정의 에너지 … 자살의 충동성'이라고 용어화한 것을 강화한다(같은 책, 160). 루이스 설리반(Louis Sullivan)은 그의 글 '예술적으로 바라본 고층의 사무실 빌딩' (The Tall Office Building Artistically Considered 1898)에서 다음과 같이 쓰고 있다.

> 그것은 모든 면에서 고층이다. 높이의 힘과 권위가 분명 그 안에 있다. 그것은 어느 모로 보나 자랑스럽게 치솟은 것으로 바닥에서 끝까지 순전히 우쭐함으로 솟아있다. 그것은 단 하나의 분열선이 없는 하나의 단위체이다.(Taylor 1992: 64)

여기에서 언어와 전제들은 자긍심, 통제, 권위, 그리고 분열없

〈그림 7〉 미시건 호수에서 바라본 시카고 스카이라인
출처: 제인 캠벨, 1995

〈그림 8〉 거리에서 본 시카고 씨어즈 타워 빌딩
출처: 닐 캠벨, 1995

는 남성적인 남근기호로서 '고층 빌딩' 안에 내재된 높음을 상당히 드러내고 있는 것이다. 여기서 건축은 설계를 통해 도시공간을 질서화하고 통제하려는 욕망을 상징화한다. 그리고 또한 그것이 어떻게 성취되었는가에 대한 다양한 이데올로기적인 의미들을 그 안에 기입하고 있다(그림 7과 8 참조).

에드워드 하퍼(Edward Hopper, 그림 9와 10 참조)는 그의 작품에서 보듯 '본래의 뉴욕의 무질서'와 그리고 그것의 많은 공간들에 의해 매료되어 있는 한 예술가의 예이다(Levin 1980: 22). 이 도시 공간은 그의 주제들을 감싸고 있고, 외면적으로 그것들의 내부적 두려움과 갈등, '관심, 호기심, 두려움' — 이러한 것들이 하퍼의 도시에 대한 주요 반응들이었다 — 의 혼합을 반향하고 있다(같은 책, 47). 하퍼의 예술에 있어 도시는 많은 형태를 취하고 엘리트주의와 사회적 기관의 장소로서의 도시와는 거리를 두고 있다. 그러한 장소는 '기존의 고정화된 기준들을 그 자체의 새로운 혼합물로 대체하는 유동성과 도덕적 상대주의'의 세계를 지향하고 있기 때문이다(Harris: 1990: 24-26). 그의 도시는 거리의 도시이며 일상의 실천의 도시이다. 우리는 그것의 장면이 도시의 소용돌이의 흐름 속으로 사라지기 전에 어쩔 수 없이 보게 된 관찰자처럼 그 모습들을 그림들을 통해 보게 된다. 그것은 하퍼의 어떤 가장 훌륭한 작품의 시기에 쓰여진 『위대한 개츠비』(*The Great Gatsby* 1926)에 기록된 도시의 경험과 유사한 평행을 이룬다.

붉은 벨트를 하고 항해하는 해양선의 *모습*이 있고, 퇴색되어가는 1900년대의 어둡고 북적대는 선술집으로 늘어선 자갈길 슬럼의 모습이 있다. 그때 회색 빛 마을이 우리의 양 옆에 전개되어 있고 나는 윌슨부인이 우리가 지날 때 *허덕거리며 생동감 있게* 힘을 다해 주차장에서 펌프질을 하며 애쓰는 모습을 보았다.

  햇빛이 거대한 다리 위 지지대 사이로 비쳐, *지나는* 자동차들 위로 *계속해서 번쩍거리는* 가운데, 도시는 강을 가로질러 소망 속에 냄새나지 않는 돈으로 건축된 흰 덩어리들과 각설탕 덩어리처럼 *세워져* 있다. 퀸즈보로 다리로부터 보이는 도시는 항상 세상에서 신비스럽고 아름다운 최초의 약속으로 처음 비쳐지는 도시이다.(Fitzgerald 1974: 74-5 - 필자 강조)

피츠제럴드의 묘사는 도시 삶의 광란적인 속도와 유동성을 전달하는데, 성적 자극, 신비, 그리고 항상 도시환경의 일부분을 이루고 있는 광휘, 부와 사라져가는 영예의 기묘한 혼합물을 동원한다. 이것이 '설탕 덩어리'와 '주차장 펌프들'의 환경이므로 거기에서는 '어떤 일들도 일어날 수 있다. 어떤 모든 일이라도.' 역시 드라이저처럼 하퍼의 관심도 도시의 대중적인 문화에, 레스토랑, 영화관, 연극장, 가게, 그리고 일상적인 노동의 세계에 기울어져 있다. 너무나 종종 하퍼에게 있어서 이러한 이미지들은 현대적인 감수성과 도시적 미국의 황무지에서의 소외와 외로움을 대표하는 것으로서 너무나도 깔끔하게 표현되어져 왔다. 어떤 그림들을 살펴볼 때, 사람들은 그가 묘사하는 도시풍경에 대해 다른 해석과 다른 독해를 할 수도 있다. 우리는 다른 그림, '사무실의 밤'(1940)을 더욱 자세히 살펴봄으로써 이러한 접근방식을 제시하고자 한다. 하퍼는 이 그림이 다음의 의미를 그에게 암시한다고 말했다.

〈그림 9〉 에드워드 하퍼 작, '사무실의 밤', 1940
출처: 워커예술관 모음집, 미니에폴리스, T. B. 워커재단 기증, 길버트
M. 워커 기금, 1995

어두워진 후 뉴욕시에 고가전철을 타고 있는 많은 사람의 모습들과
나의 마음에 신선하고 생생한 인상을 남겨주도록 빠르게 스치는 사무
실 내부의 모습들. 나의 목표는 소외되고 외로운 사무실 내부의 감각
을 전달하려는 것이었다.(Levin 1980: 58)

피츠제럴드의 언어 '살펴봄/스쳐지나감/인상들'과의 유사성과
순간을 포착하려는 집요한 관심에 주목해 보라. 이렇게 하면서
예술가는 우리를 사무실의 사물과 질서, 그것의 위계와 관계들
이 있는 사무실의 세계로 끌고 들어간다. 비록 사람들이 게일
레빈(Gail Levin)이 하퍼에 대해 썼던 말이기도 한, 그림 중앙에

〈그림 10〉에드워드 하퍼 작, '야간 식당', 1940
출처: 미국예술 동우회 모음집, 1942. 51

나른한 흰 공간에 의해 아마도 가장 강력하게 암시되는 일종의 '이질감'과 '불쾌감'을 감지할 수 있을지 모르겠지만, 도시 삶에 대한 다른 메시지들이 역시 여기에 들어있다. 한 가지 중요한 사항은 두 인물들 자체를 통해, 하지만 그 방 주위에 위치한 서류종이들을 통해 발생하는 일상적인 일을 더욱 반복적으로 떠오르게 하는 것이다. 우리는 바닥, 의자, 책상 위에, 그리고 그 남자의 손 안에 있는 것들이 그 여인에 의해 정리되고 있는 것을 목격하게 된다. 이것들은 능률적이고 질서정연한 환경 — 이 환경을 직접 볼 수는 없다. — 에서의 생산물, 채워진 시간, 완성된 일(이것들은 발송될 편지들이다)의 기표들이다. 그 환경에서 이것들을 직접 알아내는 것이 허용되지 않는다.

이 후자의 점들은 방의 전체 정리와 경직성에 의해 제시되고 있다. 예컨대 눈은 구석에 있는 우산, 완전히 말끔한 의자와 그 남자의 기하학적인 책상 위에 이끌린다. 모든 것들이 차양, 벽과 창문의 사각형 속에서 반향되고 있다. 이것은 허먼 멜빌 (Herman Melville)의 월스트리트 이야기, '바틀비'(Bartleby)에 나오는 사무실을 상기시킨다. '그 사무실의 책상은 작은 한쪽 창문에 밀착되어 있고, 그 창문을 통해 현재 어떤 바깥 풍경도 볼 수 없다. 비록 두 높은 빌딩 사이의 저 위로부터 약간의 빛을 전해주고 있긴 하지만'(Melville 1979: 67).

그런데 아직, 이 모든 작업, 질서와 통제에도 불구하고 이 그림의 중심점에서 전달하고 있는 그 밖의 다른 것이 있다. 바로 그 여성이다. 옷 아래의 그녀의 몸의 모습이 『개츠비』의 윌슨 부인의 '허덕거리며 생동감 있게 애쓰는 모습'의 구문을 상기시킨다. 그리고 심하게 경직된 방안의 선들과 완전한 대조를 이룬다. 마치 사무실의 일상화된 세계 이외에 다른 무엇인가에 대한 욕망이 제시되고 있는 듯하다. 아마도 그것은 그녀가 그 남성과 연관성이 있다는 것이다.

왜냐하면 하퍼가 남자의 책상에서 비쳐진 장방형 불빛 안에, 아니면 경직되고 규율화된 사무실의 범주를 바로 넘어서 존재하고 있는 밤 속에 그들을 가둬놓고 있기 때문이다. 이것은 아마도 억압된 여성성 — 어떠한 일에도 말없이 바라보기만 할 뿐 행동을 할 힘이 전혀 없는 여성으로써의 절차, 서류, 일상적인 남성의 세계에 갇혀 있는 — 의 이미지일 수도 있다(Wilson 1991: 82). 혹은 그것은 도시를 지탱하려는 욕망과 그것의 신비함들, 그것의 '축제적'[6] 측면들을 표현하고 발견하려는 필요성 사이의 긴장을 제시하고 있는지도 모른다. 윌슨이 또한 여성성

---

[6] '축제적'이라는 용어는 미하일 바흐친(Mikhail Bakhtin)의 작품으로부터 나오며, 부분적으로 하층민들 혹은 사회 속에 침묵하는 사람들의 표현과 관련이 있고, 저항의 형식으로 그리고 대화적 과정 가운데 중요한 도약으로 해석될 수 있다.

연구를 하고 있는 우리에게 도시에 대해 상기해주고 있듯이,

남성들에게 위협과 편집증을 증가시키는 장소가 여성에게는 해방의 장소일 수도 있다. 도시는 여성들에게 해방을 제공한다 … 사실, 한편으로 그것은 출퇴근, 시간 지키기, 공장의 규율과 시간표의 일상화된 의식들을 필요하게 만든다. 하지만 모든 기회마다, 도시의 거주자는 또한 쾌락, 탈선, 일탈과 같은 반대의 것들을 제공받는다. 도시의 삶이란 실제로 엄격하고, 일상화된 질서와 쾌락적인 무질서, 남성/여성의 이분법 사이의 이러한 지속적인 투쟁에 기반하고 있다.(Wilson 1991: 8)

윌슨이 기술하는 '남성―여성의 이분법'은 도시영화의 어둡고 긴장된 환경에서 실행되고 있는 것을 살펴볼 수 있게 하고, 하퍼의 그림처럼 종종 도시의 삶에 대한 애매모호한 감각을 창조할 수 있다. 예컨대, 영화 『안녕, 내 사랑』(*Farewell, My Lovely* 1944)은 다음과 같이 시작한다. '밤에 사무실 건물의 죽은 듯한 침묵에는 무엇인가 있다.' '아주 사실적이지 않은' 그 감각은 하퍼와 도시영화에 항상 존재하는 것이고, 복잡하고 신비스러운 것으로서의 도시의 개념으로 우리를 이끈다.

▶ 콜라주 도시

하퍼의 작품과 도시영화의 그림자들의 양가성과는 다르게 영화 뮤지컬 『42번가』(*42nd Street* 1933)는 거리의 일상 속에 하이라이트를 이룬다. 거리의 서정성과 이미지들은 도시/거리가 '누비이불'(crazy quilt)이라는 것을 보여준다. 여기에서 조각의 차이들이 조화로운 전체로 통합되고 '나란히 있음으로써 그것들

은 좋은 모양새를 갖게 되고, 하층인들이 42번가의 엘리트들을 만날 수 있게 된다.' 총체성으로서의 도시의 개념은, 우리가 행상인들이 골프를 치기 위해 업무를 마감하는 것을 볼 때와 복합문화적인 뉴욕시가 모여서 도시의 스카이라인 — 그 정상에는 고층빌딩이 있는 것이 아니라 연인들 자신이 있다. — 자체를 만들어내는 것을 보게 될 때, 역시 시각적으로 각인된다.

이러한 도시담론에서 인간다움은 전체로서 응집되고 패턴화된 모든 조각들로 이루어진 누비이불의 이미지로 집중화된 자애롭고 통일화된 환경의 통제하에 있다. 복잡한 역사적인 도시 문제에 대해 일관된 해결점을 제공하고자 했던 1930년대 이 이데올로기적인 개념은 모더니즘의 불확실성(버만 참조)과 그것을 넘어 포스트모던한 도시의 파편들과 맞부딪치게 된다.

전체로서의 도시를 묘사하려는 노력과 대조하기 위해, 후버트 셀비 2세(Hubert Selby Jr.)의 소설 『브루클린으로 가는 마지막 비상구』(*Last Exit to Brooklyn* 1964)라는 작품을 살펴볼 수 있는데, 그 작품은 드라이저, 크레인과 싱클레어의 어둡고 비판적인 전통에 속해있을 뿐 아니라 새로운 영역을 만들어내고 있다. 이곳은 42번가 거리 혹은 브로드웨이가 아니라 전후의 브루클린의 주택사업소이다. 이곳에서 도시의 삶의 잔혹성과 착취성이 일관된 해결점이나 희망의 탈출구도 없이 표현된다. 소설의 힘과 혁신성은 도시—목소리가 의사소통과 무감각한 보살핌을 대체하는 듯 보이는 셀비의 자본 교환의 불협화음에 사로잡힌 도시—에서의 목소리들의 충돌과 관련해 포스트모던한 생각들을 앞서 그려내는 데 있다.

셀비의 악몽의 도시는 그의 텍스트와 그의 주제들처럼 파편화된다. 그 결과 어떤 응집이나 잠재성의 꿈도 사라진다. 여기

〈그림 11〉 로버트 라우쉔베르그, '토지', 1963
출처: 필라델피아 미술관, 필라델피아 미술관 동우회 기증

서 그 도시는 '콜라주' 이상의 것으로서 '현대도시의 상당히 차별화된 공간들과 그것들의 혼합'을 지니고 있다(Harvey 1989: 40). 드 세르토가 논의하였듯이, 도시는 거리성을 두고 도시 내부의 거리의 삶을 배제한 경우에만 총체화나 정의가 가능할 수 있을 뿐이다. 그리고 도시의 다양한 운동들을 포괄하는 거대 서사[7]를 제공하려는 어떠한 노력도 거짓이고 인위적이다. 포스트모더니즘은 그러한 시도들을 거부하고 '스타일과 코드의 복합성과 혼합'을 선호하며, '통합 혹은 포월적 이론이나 서사를 강제하려는 노력들을 포기한다'(Hall et al 1992: 227).

그러므로 도시를 텍스트들이 다른 텍스트들과 교차하고 어떤 단일 독해도 최종적일 수 없는 콜라주/몽타주로 보는 것은 우리로 하여금 도시를 영원한 권력의 경쟁 속에서의 담론의 경합의 장이라 생각하게 한다. 도널드 바셀미(Donald Barthelme)가 쓰고 있는 바에 따르면 '뉴욕시가 콜라주로 간주되거나 간주될 수' 있다. '콜라주의 관점이란 같지 않은 사물들이 함께 뭉쳐서, 최선의 경우에 하나의 새로운 실체를 만들어내는 것'이다 (Bellamy 1974: 51). 포스트모던 도시 공간에서 '같지 않은 사물들'은 함께 내던져짐으로써 서로 부딪치고 충돌함으로써, 콜라주의 요소들이 상호작용하고, 겹쳐지고, 보완적이고, 중층화 등등이 되는 방식에 오히려 가까워지게 된다. 어떤 단일한 견해란 콜라주가 아니다. 왜냐하면 콜라주란 그 자체와 동시에 동일 작용하거나 반작용하는 모든 부분들을 일컫는다. 이것은 도시처럼 같은 공간 내에서 동일성과 차이성의 마찰을 만들어 낸다. 미셸

---

7) '거대 서사'란 구문은 장 프랑스와 료타르의 작품 『포스트모던 조건』(*The Postmodern Condition: A Report on Knowledge* 1984)에서 빌어왔다. 그는 포스트모던 세계에 있어서 우리에게 묻는 것을 설명하고 질서를 부여하는 거대의 종합적인 이론들의 불가능성을 주장한다.

푸코(Michel Foucault)가 쓴 바 있듯이, '포스트모더니즘은 실증적이고 복합적인 것을, 단일성보다는 차이성, 단위성보다는 흐름, 시스템보다는 유동적인 배열을 선호한다'(Harvey 1989: 44). 아마도 도시는 항상 그러한 공간이었고, 포스트모더니즘은 단지 미국도시에 대한 더욱 일관된 개념을 묘사할 새로운 일련의 조건들을 제공했을지도 모른다.

데이비드 하비는 예술가 로버트 라우쉔베르그(Robert Rauschenberg)를 '포스트모던 운동의 선구자들 중에 한 사람'으로 언급한다(같은 책, 55). 그리고 이것은 부분적으로 콜라주 혹은 '연합'—그 안에는 존 케이지가 말했듯이 '신문 한 페이지의 주제가 없는 것처럼 주제가 없다. 존재하는 각각의 것이 주제이다. 그것은 복합성과 연관되는 상황이다.'—에 대한 그의 관심에 의해 설명된다(Cage 1961: 25). 이 탈중심화된 예술적 관점은 라우쉔베르그의 도시에 대한 묘사와 딱 들어맞는다. 그는 그 묘사에서 도시생활 속에 '녹아든 은유'(Rose 1967: 217)를 구성하기 위해 도시의 파편더미들을 사용했다. 후에 이것들은 3차원의 대상물들을 이용하는 예술가에 의해 '결합'의 형태로 발전해 갔다. 그 결과 그것들이 다시 그 구조에서 흘러나와 우리 세계의 쓰레기를 다시 내놓기 시작한다. 그 예술가는 스스로 '뉴욕은 기대에도 없던 사람들이 거주하는, 비조직화된 경험의 미로이며 변화가 불가피하다'라고 말했다(Conrad 1984: 301).

1963년 실크스크린 그림인 '토지'(Estate, 그림 11 참조)에서 라우쉔베르그는 이미지들을 충돌시키고 일련의 도시의 파편들 — 아이러니하게 균형을 잃은 자유의 여신상, 우리를 멈추게 하는 도로 표지판과 같은 도시의 상징들뿐만 아니라 색깔, 시간, 건물과 슬럼들의 만화경을 통해 주택의 정치학을 뒤섞은 것처

럼 보이는—을 병합하고 겹치게 함으로써 콜라주의 감각을 창
조해냈다.

그것은 부족한 도시주택을 값비싼 공간으로의 여행과 대조하
고, 그리고 단순하고 자연스런 새나 물과 같은 요소들과 인간이
창조해낸 도시의 혼돈과 대조함으로써 포스트모더니즘의 특징
인 아이러니들을 차용한다. 그 그림은 많은 것들을 상징하지만
아주 세부적인 항목으로 파악되는 도시의 운동과 소용돌이와
원거리에서는 더 커다란 색깔과 모양 덩어리를 상징한다. 그래
서 그 모습은 우리의 지각에 영향을 미치고 지속적으로 우리의
관점을 변화시킨다. 조엘 로즈(Joel Rose)의 『가난한 자를 죽여
라』(*Kill The Poor* 1988)가 영국에서 출간되었을 때, 그것은 이
그림을 표지로 사용했다. 라우쉔베르그의 그림처럼 그 소설은
포스트모던 도시의 아이러니와 부조리성의 장난스런 감각으로
뉴욕의 주택문제에 초점을 맞추었다. 다음의 발췌문은 로즈가
그의 서술자를 둘러싼 도시 — 콜라주의 파편들을 통해 그 공
간을 어떻게 전달하고 있는지 보여준다.

나의 딸은 내가 살고있는 곳에서 거리를 가로질러 탁아소로 간다.
모퉁이 정육점은 바비큐용으로 인간고기를 팔았다고 폐쇄되었다. 폴
뉴먼은 모퉁이에서 영화를 찍는다. 이웃 전역에서 입주자들은 그 주인
들에 의해 방치되었던 건물들의 외장을 다시 하고 있다. 어느 누구도
가난한 사람을 좋아하지 않는다. 모퉁이에서 헤로인이 한 갑에 10달러
씩 판매되고 있다. 언젠가 도시의 부유한 지역과 가난한 지역 사이에
연계점이 있게 될 것이다. 나의 할머니는 그들 자신들도 75년 전 그 이
전에 처음 이사올 때 똑같이 말했다고 했다. 하지만 그녀는 이제 여기
에 살아계시지 않는다.(Rose 1990:18)

그의 이웃에 대한 로즈의 아이러니한 관점은 우리 시대의 세상의 피곤함과 날카로운 관찰력 있는 기지와 사회비판을 결합하고 있다. 그리고 그가 비판하는 사회란 권력이 소수의 손에 들어있고 이미지가 전부인 곳이다. 제이 맥이너니(Jay McInerney)처럼 여러 방편으로 그는 '외면의 윤리'를 탐구한다. 비록 도시의 공간에 구현된 외면적인 침울함에도 불구하고 '약속의 윤리'를 찾으려는 희망이 있다.

제이 맥이너니의 『밝은 불빛의 대도시』(*Bright Lights, Big City* 1984)는 도시 텍스트의 전통을 의식하고 쓰여졌다. 그는 인터뷰와 그 자신의 소설(1984년판 'the first Dutch settlers'의 180쪽 참조) 안에서 『위대한 개츠비』와 같은 다른 작품들에 대한 간접적인 언급뿐만 아니라 도시에 대한 초기 소설인 존 도스 페소스(John Doss Passos)의 『맨하탄 트랜스퍼』(*Manhattan Transfer* 1986년판)와 『뉴욕: 삽화본 엔솔로지』(*New York: An Illustrated Anthology, Marqusee* 1988)를 위한 서문을 썼다. 그의 첫 소설인 『밝은 불빛의 대도시』는 특별히 포스트모던한 도시의 감각을 보여주는 도시 텍스트로서, '대중의 목소리'(republic of voices 맥이너니 1984: 6)를 지니고 있어 '모든 집단이 그 자신 스스로를 위해 그 자신의 목소리로 말할 수 있는 권리를 지니고 있으며 그 목소리가 진정이라고 합법적인 것이라고 수용하는 생각은 포스트모더니즘의 복수적인(pluralistic) 입장에 있어 중요하다'(Harvey 1989:48)는 것을 반향한다.

맥이너니에게 있어서 도시는 많은 목소리들이 끝없는 행렬과 투쟁 속에 섞여 참여하는 하나의 대화이다. 그 행렬과 투쟁은 단 하나의 지배 담론이나 도시가 어떠해야만 한다는 고정된 개념에 저항하고 더욱 유동적이고 진행적인 측면[8]을 띄게 된다.

그 소설의 이름 없는 주인공은 언어가 '검증되고', 인쇄할 정도
가 되어, 드디어 지배적인 '목소리'에 수용될 때까지 하던 그의
교열 직업을 포기하고 가치체계와 공동체사회를 위한 교육의
여정에 뛰어든다.

그는 도시의 콜라주같은 양가적인 특성들을 일찌감치 파악하
고 있다. '외로운 매춘부는 힐을 신고 비틀거리며, 스커트를 들
어올린다 … 더 가까이 다가오게 되면, 당신은 그녀가 여장의
남자라는 것을 알게 된다 … 강 아래로 자유의 여신상이 안개
속에 희미하게 빛난다. 물을 가로질러 거대한 콜게이트 간판이
당신을 정원의 주 뉴저지(New Jersey, the Garden State)로 환영
하고 있다(McInerney 1984: 10). 선전가에게 있어서 도시는 그
가 작업하는 잡지와는 다르다. 그것은 증명될 수도 명령받을 수
도 검열받을 수도 없다. 왜냐하면 그것은 항상 거리나 지하도로
의 여행이 드러내듯이 항상 놀라운 것이기 때문이다. 하나의 단
순한 예가 이 많은 목소리의 도시를 보여준다.

당신은 기차에 들어선다. 그 차는 브루클린 출신의 하시딤으로 꽉
차 있다 … 그는 탈무드를 읽으며 손가락으로 페이지를 넘긴다. 그 이
상한 글들은 지하철 칸 전체에 있는 낙서들과 유사하다. 하지만 그 사
람은 낙서들을 보지 않고, 당신의 '포스트지'의 헤드라인을 슬쩍 훔쳐
보려고 하지도 않는다. 이 사람은 신과 역사, 집단 사회를 가진 것이다
… 14번가에서 세 명의 자메이카 흑인들이 올라탄다. 곧 그 차에서 땀
과 마리화나 냄새가 풍긴다. 때때로 당신은 도시에서 집단 동료들이
없는 유일한 사람임을 느낀다.(앞의 책, 57)

---

8) 미하일바흐친의 변증법의 이론에서 차용된 그 용어가 서론과 1장에서 논의되었다.

도시에 대한 이러한 글들이 뒤섞여 항상 대화 가운데 독해 불가해한 새로운 언어를 창조한다. 맥이너니는 포스트모던 도시가 '경쟁하는 신념, 문화와 "이야기들"의 장소이며 … 그리고 무기력해지는 대조와 극단들의 이러한 유희가 "포스트모던" 경험의 본질이'라 받아들인다(Wilson 1991: 135-6). 이러한 흐름을 받아들이는 것은 혼돈에 대한 굴복이 아니라 삶의 방식을 고정되고 단일한 지배적인 담론에 의해 왜곡되지 않은 복합성을 지닌 삶의 방식을 찾자는 것이다. 누구든 이러한 목소리의 유동성이 있는 사회를 발견할 수 있다. 왜냐하면 그 사회는 자기 표현의 공간과 대화의 가능성을 제공하여 그 사회는 미셸 푸코의 헤테로토피아(heterotopia)의 개념에 근접하게 된다. 도시에 적용되었을 때, 그 개념은 단일 공간에 몇 개의 공간들을, 즉 스스로 양립할 수 없는 몇몇의 자리들을 나란히 세우는 것을 가능하게 하는 장소임을 제시해준다. 그 개념은 '혼동'을 초래한다. 왜냐하면 헤테로토피아 속에서 사물들이 '함께 합쳐지지' 않고 깔끔히 정돈되지 않지만, 그것들이 미세한 조각 영역들의 경합과 복합의 공간이고 그 공간에서 미세한 영역들의 윤곽이 갖추어지자마자 이 모든 그룹들은 다시 분해되어 버리기 때문이다. 왜냐하면 도시란 너무 불안정하고 너무 가변적인 것이라 그것을 고정된 것으로 최종적인 것으로 지탱할 수 없기 때문이다(Foucault 1966: xviii).

▶ 도시와 더불어 살기: 랩 뮤직

'헤테로토픽'의 요소들을 가장 잘 표현해주는 현대적인 형태의 하나가 랩 뮤직이다. 그것은 분명히 도시의 조건들에서 싹터

난 도시 음악의 형태로 도시 주변의 모든 목소리들로부터 믹싱과 샘플링을 한다. 랩의 사운드 공간은 양립 불가능한 여러 자리들(sites)을 나란히 위치시킨다. 코넬 웨스트(Cornell West) 말대로 '과거와 현재로부터 끌어내고 있으며, 혁신적으로 이질적인 생산물을 생산한다'(Brooker 1992: 222). 제퍼슨 몰리(Jefferson Morley)는 아프리카 밤바타(Afrika Bambata)의 '플래닛 락'(1982)을 '댄스 비트, 팝 문화물과 랩 형식의 음성적 콜라주'로 묘사한다(Morley 1992: xxiii). 그리고 데이비드 툽(David Toop)은 이러한 콜라주를 잘 설명하기 위한 적절한 도시의 메타포를 찾고는, 랩이 '매 정거장마다 다른 종류의 음악들에 문을 개방해 놓은 장거리 지하철을 탄 것과 같다'라고 주장한다(Toop 1984: 154).

랩의 형태뿐 아니라, 랩의 주제는 일관성있게 도시에 대한 것이고 게토 내에 작용하고 있는 내재적인 압박감에 대한 것이다. 그래서 어느 정도 흑인 전통을 따라 마빈 게이(Marvin Gaye)의 '도시 속의 블루스'(Inner City Blues)와 스티비 원더(Stevie Wonder)의 '도시를 위한 삶'(Living for the City)과 같은 도시 블루스(Blues)나 모타운(Motown)으로 돌아간다. 하지만 포스트모던의 도시 리듬과 공격적, 상대적 서정성의 특이한 조합으로 인해 랩은 현대 도시 삶의 사운드 트랙에 있어 중요한 위치를 차지한다.

랩은 대안적인 미디어 망의 근간이다 … 랩에 관여된 기관들은 종종 TV나 일간지, 잡지나 책과 같은 백인 주도적인(그리고 증가추세에 있는 기업의) 미디어에서 제외된 음악, 아이디어, 그리고 정보를 전달한다.(Morley 1992: xxix)

랩의 차이들은, 랩 또한 도시처럼 진행중에 있으며, 그것이 만드는 다양한 반응들간의 시간과 연관되어 있다는 것을 보여준다.[9]

아이스 큐브(Ice Cube)의 '갱스터'(gangsta) 랩과 도시 폭력과 갱문화와의 관련성에서부터 드 라 소울(De La Soul)의 장난스러운 혼성곡 혹은 히포프리쉬의 덧없는 영웅(The Disposable Heroes of Hiphoprisy)의 정치 사회적인 랩에 이르기까지, 그러한 형식과 목소리의 복합성은 도시가 어떻게 읽혀질 수 있다는 것에 대한 건강한 저항과 반응임을 암시한다. 그랜드마스터 플래시와 성난 5인(Grandmaster Flash and the Furious Five)의 '메시지'(The Message)는 이러한 도시와 관련된 것의 초기 예이다. 그것의 비디오는 도시 장면들, 슬럼가들과 낙서들의 콜라주이다. 서정적인 것들과 쿵쾅거리는 랩 비트는 '앞방의 쥐들, 뒷방의 바퀴벌레들/야구 방망이를 든 거리의 쓰레기들'에 대하여 말하는 것이고 후렴절에 나와 있듯이 초기 도시의 저항자 업튼 싱클레어의 이미지를 떠올린다. '그것은 때때로 정글과 같다. 그것은 내가 왜 지나가기를 겁내는지 깨닫게 한다'. 그것은 가난, 탈취와 불평등을 공격하는데, 마치 '네온 킹콩이 내 뒤에 서있는 때처럼' 도시의 광란성과 냉혹한 투쟁들을 나타내는 음악의 리듬을 사용한다. 그것의 형식과 스타일은 미국에서의 도시 존재의 복잡한 성질을 표현하고 저항하는 새로운 방식들을 찾아야 할 지속적인 필요성을 제시한다.

---

9) 이 장에서의 랩에 대한 간단한 요점은 3장에서의 주제에 대한 초기 검토사항과 더불어 읽혀져야만 한다.

▶ 결론: 혹은 불가능한 결론

마샬 버만의 논쟁적인 책『단단한 모든 것은 공기 속으로 녹아든다』(*All That Is Solid Melts Into Air* 1983)는 많은 시간을 도시경험의 본질에 대해 논의하는 데 할애하는데, 그 책에 계속되는 아이러니와 애매성과 더불어 그 책의 제목은 도시의 상황을 양화할 수 있는 방식으로 파악하려 할 때의 문제점들을 잘 표현하고 있다. 왜냐하면 잡자마자 그것은 어떤 다른 것으로 사라지거나 변형되어 버리기 때문이다. 책의 한 부분에서 그는 상상적인 '브론크스 벽화'(Bronx Mural)에 대해 묘사하는데, 쉽지는 않더라도 도시 자체와 그 차이들과 더불어 살아가는 것을 배울 수 있게 하는 도시의 가능성의 상징이 되고 있다. 그는 다음의 묘사로 그런 점을 드러내고 있다.

> 브론크스 지역의 과거의 삶에 대한 운전사의 견해는 그것의 현재 펼쳐진 폐허의 전경과 대체 가능하다. 그 벽화는 거리, 집들, 심지어 사람들로 가득 찬 방들의 단면도를 묘사하고 있는지도 모른다. 고속도로가 그것들 모두를 가로지르기 전 그랬던 것과 마찬가지로.(Berman 1983: 341)

도시에 대한 이 표현에서 벽화는 이민, 교통, 이웃 역사의 이야기를 '상당히 다른 스타일로' 말하려는 것으로서, '이러한 명백히 동일한 거리들로부터 생겨난 놀라운 다양한 상상적인 비전들을 표현하기 위함이다'(같은 책, 342). 이 부분을 면밀히 읽으면 버만의 상실감을 볼 수 있다. 하지만 또한 도시에 있어서의 미래에 대한 그의 희망을 보여준다. 도시는 많은 것들이 될 수 있고, 최소한 경이와 중요한 변형의 능력을 보유하고 있기 때문이다. 도시가 우리 모두가 그 안에서 존재하는 가운데 우리 자신을 위해 창조해 내는 '상상'의 장소라면, 그때 그것의 힘은 아마 이 변화하는 성질이며 이합 하산이 '철과 돌에 새겨진 다양성 그 자체'(Jaye and Watts 1981: 109: 필자 강조)라고 부른 것이다.

그리고 그 성질이 그것에 대한 연구를 더욱 끝없이 매력적으로 만드는 이유이다. '새겨진'이라는 단어의 선택은 우리에게, 우리가 읽으려고 노력한 도시 텍스트에 대한 생각과 우리가 항해하려고 시도한 도시에서 우리를 둘러싸고 있는 기호들과 더불어 이 장의 시작부분을 상기시킨다. 그것은 그랜드마스터 플래시가 랩 했던 것처럼, '때때론 정글'이다. 하지만 버만이 우리에게 상기시켜주고 있듯이 많은 목소리들과 담론들이 지배와 권위의 경쟁에서 공존하고 있는 환경에서 '재난과 절망이 있지만 … 하지만 그보다 더 값진 것도 있다'(Berman 1983: 343).

▶ 참고문헌

Adams, H. (1918) *The Education of Henry Adams*, New York: Houghton Mifflin.

Auster, P. (1987) *The New York Trilogy*, London: Faber and Faber.

Barthes, R .(1977) *Image, Music, Text*, London: Collins.

_____ (1988) *The Semiotic Challenge*, Oxford: Blackwell.

Bellamy, J. D. (1974) *The New Fiction: Interviews*, Chicago: University of Illinois.

Bender, T. (1975) *Toward an Urban Vision: Ideas and Institutions in Nineteenth Century America*, Lexington: University of Kentucky Press.

Berman, M. (1983) *All That Is Solid Melts Into Air*, London: Verso.

Bocock, R. and Thompson, K. (eds) (1992) *Social and Cultural Forms of Modernity*, Cambridge: Polity Press.

Brooker, P. (ed.) (1992) *Modernism/Postmodernism*, London: Longman.

Cage, J. (1961) *Silence*, London: Calder and Boyars.

Cisneros, S. (1984) *The House on Mango Street*, New York: Vintage.

Conrad, P. (1984) *The Art of the City*, New York: Oxford University Press.

De Certeau, M. (1988) (first 1984) *The Practice of Everyday Life*, Berkeley, CA: University of California Press.

Dos Passos, J. (1986) *Manhattan Transfer*, Harmondsworth: Penguin.

Dreiser, T. (1986) (first 1900) *Sister Carrie*, Harmondsworth: Penguin.

During, S. (ed) (1993) *The Cultural Studies Reader*, London: Routledge.

Fitzgerald, F. S. (1974) (first 1926) *The Great Gatsby*, Harmondsworth: Penguin.

Foucault, M. (1966) *The Order of Things*, London: Routledge.

Glaab, C. (ed.) (1963) *The American City: A Documentary History*, Homewood: Dorsey Press.

Hall, S., Held, D. and McGrew, T. (eds) (1992) *Modernity and its Futures*, Cambridge: Polity Press.

Harris, N. (1990) *Cultural Excursions*, Chicago: University of Chicago Press.

Harvey, D. (1989) *The Condition of Postmodernity*, Oxford: Blackwell.

Howe, F. (1905) *The City, the Hope of Democracy*, New York,

James, H. (ed.) (1920) *The Letters of William James*, vol. II, Boston: Houghton Mifflin.

Jaye, M.C. and Watts, A.C. (1981) *Literature and the Urban American Experience*, Manchester: Manchester University Press.

Joachimides, C.M. and Rosenthal, N. (1993) *American Art in the Twentieth Century*, London: Royal Academy of Arts.

Koolhaas, R. (1978) *Delirious New York*, London: Verso.

Levin, G. (1980) *Edward Hopper: The Art and the Artist*, New York: Norton.

Lyotard, J.-F. (1984) *The Postmodern Condition: A Report on Knowledge*, Manchester: Manchester University Press.

McInerney, J. (1984) *Bright Lights, Big City*, London: Flamingo.

Marquesee, M. (ed.) (1988) *New York: An Illustrated Anthology*, Introduction by Jay McInerney, London: Conran Octopus.

Melville, H. (1979) *Billy Budd, Sailor and Other Stories*, Harmondsworth: Penguin.

Morley, J. (ed.) (1992) *Rap: The Lyrics*, Harmondsworth: Penguin.

Peim, N. (1993) *Critical Theory and the English Teacher: Transforming the Subject*, London: Routledge.

Petry, A. (1986) (first 1946) *The Street*, London: Virago

Pike, B. (1981) *The Image of the City in Modern Literature*, Princeton, NJ: Princeton University Press.

Poe, E.A. (1975) *Selected Writings*, Harmondsworth: Penguin.

Rose, B. (1967) *American Art Since 1900: A Critical History*, London:

Thames and Hudson.

Rose, J. (1990) (first 1988) *Kill The Poor*, London: Paladin.

Storey, J. (1993) *An Introductory Guide to Cultural Theory and Popular Culture*, London: Harvester Wheatsheaf.

Taylor, W. (1992) *In Pursuit of Gotham*, New York: Oxford University Press.

Toop, D. (1984) *The Rap Attack*, London: Pluto Press.

Trachtenberg, A. (1982) *The Incorporation of America*, New York: Hill and Wang.

―――― (1989) *Reading American Photographs: Images as History*, New York: Hill and Wang.

Walder, D. (1990) *Literature in the Modern World*, Oxford: Oxford University Press.

Weimar, D. (ed.) (1962) *The City and Country in America*, New York: Appletons, Century, Crofts.

Whitman, W. (1971) (first 1855) *Leaves of Grass*, London: Everyman.

Wilson, E. (1991) *The Sphinx in the City*, London: Virago.

X, Malcolm (1968) (first 1965) *The Autobiography of Malcolm X*, Harmondsworth: Penguin.

▶ 후속작업

연속작업시작하기 ─ 영화

1. 각각 다른 식으로 도시를 검토하는 『택시운전사』(*Taxi Driver*)와 『토요일밤의 열기』(*Saturday Night Fever*)와 같은 두 가지 대조적인 영화를 검토하라. 그리고 다음의 질문들에 대해 몇 개 혹은 전부 생각해 보라.

① 중심적인 인물들이 관객들에게 어떻게 소개가 되었는가, 그리고 그들은 어떠한 종류의 인상을 만들어 내는가? 어떻게 이것이 우리에게 전달되는가? 카메라가 사람들을 살피는 방식으로 신체언어 및 다른 사람들과의 관계들을 살펴보라.

② 그들은 어떻게 자신들의 환경과 상호관계가 있는가? 그들은 가정에서 자신감있게 살아가는가, 그리고 편안하게 느끼는가, 그렇지 않다면 다른 상황들의 증거가 있는가 ─ 그렇다면 무엇을, 그리고 다시 어떻게 이것이 관객들에게 전달되는가?

③ 카메라는 어디에 있는가? 그리고 어떤 각도에서 그것은 그 주체들을 대하는가? 이것은 어떻게 우리가 그들에게 반응하도록 영향을 미치는가? 그리고 어떻게 우리는 도시에 반응하는가?(스스로에게 우리가 도시를 바라보는 방식에 대한 드 세르토의 언급에 대해 상기해 보라)

④ 사운드 트랙은 각각의 영화장면에서 중요하다. 하지만 그것들은 매우 다르다. 이 점에 대해 설명하라. 그리고 그것들이 어떻게 기존의 분위기와 관련을 맺고 있느냐

와 우리가 장소와 인물에 대해 반응하는 방식에 대해 말해보라.

⑤ 시각적인 메시지를 통해서 대본과 사운드 트랙을 통해 도시는 여기서 어떻게 전달되고 있는가?

문학적인 분석

2. 스티븐 크레인의 『매기: 거리의 소녀』에 대해 생각해 보라.

① 2장. 매기가 소개되기 전에 크레인은 우리에게 환경의 강한 면을 전달한다. 즉 그는 이것을 어떻게 전달하고 있는가, 그리고 그것은 도시와 그 효과들로부터 어떠한 인상을 만들고 있는가? 크레인이 장소를 묘사하기 위해 사용하는 언어에 대한 당신의 관심에 있어 구체적이어야 한다. 왜냐하면 그의 어휘는 독자를 위해 어떤 정확한 함축적 의미를 창조하기 위해 매우 신중히 선택되고 있기 때문이다.

② 6장. 도시에서 법정은 어떤 방식으로 대표적인 장소가 되는가? 크레인은 특정한 장소의 유형으로 법정의 인상을 만들어 내기 위해 반복적인 언어의 유형을 이용한다. 그곳은 크레인이 차용한 자연주의의 양식으로 그 공간을 차지하는 사람들에게 영향을 미치고 그들의 유형을 만들어 가고 있다. 이러한 유형들은 어떠한 것들인가, 어떻게 그것들이 작동하는가, 그리고 어떻게 그것들이 방 주위에 있는 음식 등을 묘사하는 문단과 관련을 맺는가?

〈연구과제〉

3. 다음에 대해 생각해 보라.

① '도시들은 남성적인 장소로 남성을 위해 남성들에 의해 건설되었고 항상 여성들의 활동적인 역할을 배제하고 있다. 우리는 그것을 거리에서, 예술에서, 문학과 도시 세계의 미디어에서 보게 된다.' 다양한 자료를 이용해 이 말에 대해 검토해 보라.

② 1893년 시카고 세계 박람회, 미국 박람회를 조사한 다음 도시들이 당시에, 그리고 미래의 관점에서 비쳐지던 방식들의 중요성에 대해 언급해 보라. 7장의 엘런 트라흐튼베르그의 『기업 미국』은 좋은 출발점이 된다.

③ 이 장을 소수 민족들과 아프리카계 미국인들과 연계시켜 보라. 그리고 도시와 인종적 경험 사이의 관계를 논의하라. 당신은 할렘 르네상스에 대해 즉, 『말콤 X의 자서전』(*Autobidgrophy of Malcolm X* 1968), 앤 페트리(Ann Petry)의 『거리』(*The Street* 1986) 혹은 산드라 시스네로스(Sandra Cisneros)의 『망고거리의 집』(*The House on Mango Street* 1984)을 읽어보아도 좋다.

제 7 장

성별과 섹슈얼리티:
'과거의 회로를 차단하기'[1]

엘런 트라흐튼베르그는 1893년의 미국 박람회를 논평하면서, 여성 특별 전시장이 특별 전시장과 오락장 사이에 있는 공간, 즉 '현실에 대한 공식적 견해에서 이국적인 오락, 즐거움의 세계로 전환되는 지점'(222)을 차지하고 있다고 묘사하였다.

이러한 지형적 아이러니는 박람회가 열렸던 시기에 미국 여성의 지위를 암시한다. 왜냐하면 여성들은 한편으로 덕목, 가정, 가정 경제의 수호자로 존경받았지만, 그들은 아직도 소유물이고, 무정치적이며, 최악의 경우에는 오락장에 전시된 '이국적인' 여성들과 마찬가지로, 남성 시선의 대상물로 간주되었기 때문이다. 여성들이 전시회의 중심 체제로 통합되어야 했는가 아니면 여성들에게 별도의 건물이 배당되어야 하는가? 만일 여성들에게 별도의 장소가 배당되지 않으면, 남성적 전시물들이 우세하게 진열되기 때문에 여성들의 활동과 업적이 묵살될 것인가? 1890년대로부터 진행된 이러한 논의들은 20세기를 통해서 끊임없이 성별, 힘, 정체성에 대한 의미심장한 논쟁들이 지속되었다는 것을 말해준다. 그러한 해석들은 문화 정치학에서의 성별의 중요성을 알려주며, 힘, 정체성, 민족성, 계급이 성별, 섹슈얼리티 문제들과 상호 관계가 있음을 보여주기 시작한다.

제7장에서 검토하고 증명해 보이고자 하는 것은 어떻게 여러 다른 방식들을 통해서 '성차의 문화적 구성이 근본적으로 역사를 말해주'는지 그리고 어떻게

> 성별 담론들이 섹슈얼리티, 가정, 직장에서 남성과 여성의 사회적 행태를 조절할 뿐만 아니라 또한 [어떻게] 그것들이 정치학을 지시하고 모든 종류의 위계질서를 유지하는 방식들이 되[는가이다] … 그것들은

---

1) Hélène Cixous (Marks and De Courtivron, 261).

차이 - 그리고 힘과 불평등 - 의 다른 관계들을 조직하고 생산하는 근
본적인 차이의 해석을 설명해 준다.(Melosh, 5)

성별, 즉 여성적인 것과 남성적인 것은 태어날 때부터 정해진
것이 아니라 그것은 오히려 우리가 인생을 개발하고 경험하면
서 부상한다. 그것은 우리가 성장하면서 우리 주변에서 교차하
는 다양한 세력들의 네트워크를 통해서 창출된 사회적으로 구
성된 개념이다. 성별과 섹슈얼리티에 대한 이 문화적 담론들,
'주제의 통일과 공유되는 지식의 관습들'(Melosh, 4)은 사회 질
서 속에서 우리들을 주체로서 형성하고 구성한다. 어떤 담론들
에게 다른 담론들보다 특권이 부여되면 언제나 그렇듯이 그 순
간 문화 내부에서 어느 단체가 더 큰 권위를 가지는지가 결정
될 것이다.

그리하여 성별과 섹슈얼리티는 우리의 인생을 구성하는데 힘
이 미치는 영향력을 평가하기 위해서 우리가 검토해야 하는 사
회 내부의 정교한 조직적인 힘의 일부인 것이다.

제7장에서 우리는 20세기 미국의 문화 질서 속에서 이것이
구성되는 과정들과 그 결과들의 일부 사례들을 탐구하고자 한
다. 또한 우리는 이 질서에 대하여 사회주의 페미니스트들과 급
진적 페미니스트들, 그리고 남성 동성애자들과 같은 다양한 그
룹들이 서로 다르게 의문을 제기한 방식들을 논의할 것이다. 성
별연구는 남성이 지배하고 남성이 규정하는 사회에서 여성들이
차지하는 위치에 근거하여 힘의 가설들에 다양한 형태로 도전
한 페미니즘의 연구 조사들로부터 시작되었다. 예를 들면 사회
에서 '규범'(그러나 그것은 남성임)으로 간주될 보편적이고 일
반적이라고 가정되는 발언이 있게 되는 경향은 가부장적 권위

의 척도이다. 만일 모든 것이 이 규범으로부터 진행된다면, 그것은 사회의 중심부로부터 여성들을 이동시키고 여성들의 가치와 지위를 약화시킬 것이다. 그리하여 제7장의 상당 부분에서 여성과 관련시켜 성별이 검토될 것이지만, 또한 미국에서 남성성에 대한 이러한 도전들이 가져온 똑같이 중요한 결과들도 강조될 것이다. 왜냐하면 이것 역시 문화 속에서 작동하는 성별과 섹슈얼리티의 담론 내부에 구축되어 있기 때문이다. 시도니 스미스는 다음과 같이 적고 있다.

성별 이데올로기들은 외견상 '자연스럽'거나 '하나님이 만든' 구분에 따라서 정체성과 차이들을 엄격하게 기술해 놓은 … 반면, 이러한 차이의 문화적 스크립트들은 내부로부터 생겨나는 모순들, 그리고 그들의 일관성을 분열하고 그들의 특권들을 반박하는 외부에서 들어오는 경쟁적인 사회적 방언들에 대하여 여전히 취약하다(21).

그리하여 제7장에서 우리는 이러한 '문화적 스크립트들'의 일부를 확인하고 그것들이 어떻게 헤게모니를 가지게 되었는지를 보여주는 한편, 스미스가 제시하듯이 그것들이 지닌 지배력에 대한 재교섭의 가능성과 여러 다양한 수단을 통한 그것들의 권위 분열의 가능성을 증명해 보고자 한다.

▶ 19세기의 뿌리: 문화 정치학

적극적인 반—노예제 운동가인 앤젤리나 그림케(1805~1879)는 일찍이 1837년에 노예제와 억압당하는 미국 여성의 지위 사이에 중요한 연관성이 있음을 지적한 바 있다. 그림케는 '단순한 성의 상황이 여성보다 남성에게 더 높은 권리와 책임을 부여하지 않는다'(Lauter et al., 1866)라고 말하면서, 여성들은 사회에서 특정한 역할을 채택하고 남성들은 다른 역할들을 떠맡는 것이 '당연하다'는 가설에 이의를 제기했다.[2] 그림케는 계속해서 '우리의 의무는 성의 차이가 아니라 세상을 살아가면서 우리들이 맺게 되는 다양한 관계들, 우리가 보살핌을 제공할 때 필요한 여러 가지 재능들, 그리고 우리가 서로 다른 시대들을 살아간다는 사실에서 연유한다'(같은 책)고 말한다. 그러나 그림케는 문화가 '남성'을 적극적인 사람이 되도록 만들었음을 지적한다.

반면 여성들은 육체를 무기삼아 '황금, 진주 등 값비싼 치장'을 하고 인형처럼 앉아서, 그녀의 개인적인 매력을 한껏 뽐내고, 버릇없는 어린이와도 같이 사탕발림의 찬사와 애무에 만족하거나 아니면 성주와도 같은 주인의 안락함을 위해서 계속 온갖 애교를 떨어대는 애완용 개와 같은 신세로 전락하도록 학습되었다.(같은 책)

여성은 '주인'인 남성이 관리하는 인형/어린이/애완동물의 다양한 역할들로 종속되기 때문에, 그림케가 사용한 언어는 힘과 성별의 관계를 강조한다. 그와 같은 조건화된 사회적 사고는 위계질서를 공고하게 만들어서, 여성은 '생각하고 말하고 행동하는 … 본질적인 권리들을 … 박탈'당하고, 목소리를 빼앗긴

---

2) 성별 연구에서 '(사람을 포함하여) 사물들이 우리가 찾아낼 수 있는 본질적인 내재적 성질을 지니고 있다'(Burr, 184)는 견해를 피력하는 '본질주의'를 중심으로 논쟁이 계속되었다. 성별의 관점에서 이것은 여성들이 생물학적으로 출산이나 양육과 연결되어 있기 때문에 '천성적으로' 또는 '본질적으로' 가사담당자라는 생각과 종종 연관된다. 그러나 모든 분파의 페미니즘 운동이 이 관점에 이의를 제기하였다.

'남성 존재의 부속물, 남성의 안락함과 즐거움의 도구, 귀여운 장난감 … 남성이 얼러주어서 장난치고 복종하게 만드는 애완동물'(같은 책)이 된다. 진보적인 이 사고는 미국 내에서 상당한 영향력을 발휘했고, 엘리자베스 케이디 스탠턴과 수잔 B. 앤소니와 같은 여성들에게 추진력과 언어를 제공하였으며, 이 두 사람은 마침내 1848년 세네카 폴즈에서 여성대회를 조직하였다. 이 여성대회에서 선포된 '감정선언'은 1776년의 미국 독립선언문을 반향하면서, (감정선언서가 주장하는 바) 여성에 대하여 '절대적인 전제정치'를 확립해 놓은 미국의 민주주의적 틀 속에서 여성 권리와 인정의 필요성을 역설하였다(Lauter et al., 1946).

이것은 초기 미국 페미니즘에서 상당히 중대한 사건이었지만, 그 속에는 그 이후로 여성단체들 내에서 여러 다른 형태로 사납게 휘몰아친 논쟁의 씨앗들이 들어 있다. 말하자면 기존 체제 내에서 평등을 요구하는 것이 앞으로 나가는 올바른 길인가, 아니면 체제 자체가 남성에게 유리한 방향으로 상당히 편향되어 있으므로 이 체제는 항상 가부장제를 선호할 것은 아닌지 등이다.

가부장제는 상당한 이론화 작업과 논의가 이루어지는 성별 연구의 중심부에 위치한 개념으로, '남성이 여성을 지배, 억압, 착취하는 체계적인 사회구조들과 실천들'(Walby, 20)로 규정된다. 세네카 폴즈 여성 대회 이후 수많은 유사한 사건들이 잇달았고, 새로운 형태의 집합적인 여성 활동의 초점이 되었다. 거다 러너가 지적한 대로, '여성 의식의 출현은 … 여성의 클럽운동들과 여성단체들의 존재와 연속성에 의존하였으며'(Lerner, 392), 그 중에는 반―노예제 단체들, 기독 여성 금주운동(1870년대), 여성 노동 개혁 협회(1844) 등이 포함된다. 여성들은 이러한 집합체들을 통하여 조직체 기술들을 습득했고, 자신감을 강화시켰으며, 여성지원 네트워크를 개발하였고, 기금 모금, 정보 배포, 청원과 같은 일련의 정치적 과업에 적극적으로 참여했다. 엘리자베스 케이디 스탠턴은 1851년 오하이오주 아크론에서 열린 여성 대회에서 '자립은 소녀의 영역 밖에서 교육되는' 반면, 미국 사회에서 자립은 남성들의 힘과 권위에 중요한 것으로 간주된다고 말했다. 그녀의 생각으로는 '경험이 노출로 얻게 되는 것이므로' 소녀들은 가부장제의 보호막 뒤에서 비호를 받아서는 아니된다.

> 소녀들의 육체와 영혼이 충분히 발전하도록 허용해야지, 한 조각의 진흙덩이처럼 인간의 어떤 인위적인 표본을 본따서 자신을 만들게 해서는 아니된다 … 발전이라는 것과 교육이라고 말하는 속박, 제한, 고문, 왜곡, 신비화의 제도는 아주 별도의 것이다.(Lerner, 416)

이와 같은 변화와 여성의 재교육에 대한 급진적인 요구는 1800년대 후반기에 많아졌고, 여성들은 단지 '경건함, 순수함, 유순함, 가정적임'의 '기본 덕목들'(Norton, 122)[3]로 대표된다는 가부장제의 가설들에 이의를 제기했다. 케이디 스탠턴은 그림케가 그랬듯이 여성을 노예와 연결시켰다. 왜냐하면 '여성들이 자유와 세력, 충분한 발전을 획득하여 당당한 남성들과 동등하게 단상을 차치하지 못하도록 모든 인류가 여성들의 추진력을 억제하고, 그들의 열망을 제어하며, 그들의 사지에 족쇄를 채우기 위해서 빈틈없이 감시하고 있기'(Clinton, 70) 때문이다. 여성들

---

3) 앞으로 검토될 것이지만, 이러한 경건함과 '덕목들'은 루이자 메이 알콧의 소설들에서 분명하게 나타난다.

은 성별 정의로 제한되어 있으므로, 만일 여성들이 미국 문화에서 그들의 역할을 더 한층 발휘하고자 한다면 그들은 이 구속 과정을 문제시하고 그 과정에 도전해야 한다.

미국 박람회(1893)라는 전국적인 무대에서 '여성 문제'의 애매모호함이 충분히 연출되고 있었다. 세계에서 미국이 차지한 위치를 이처럼 축하하는 자리에서 여성들은 예를 들면 여성 전용 건물, 여성 건축가, 그리고 여성 매니저협회와 같이 여러 방식으로 인정되고 있었다. 그러나 이것들은 여성을 특히 가정이라는 제한적인 영역과 항시 연결시킴으로써 손상되었다. 예를 들어 남성 비평가들은 여성 전용 건물이 '주변의 거대한 건물들과 차별화되는 … 우아한 소심함 내지 부드러움'을 보이고 있어서 '건축한 사람이 여성임이 드러난다'(Banta, 528에서 재인용된 Henry Van Brunt)고 묘사하여 그 건물을 건축한 소피 헤이든의 작업을 비하하였다. 심지어 여성 매니저협회 회장인 버사 팔머조차 그 건물의 개원식에서 행한 연설문에서 '무게 있는 문제들을 … 논의하기'를 거부하고 '행복한 가정을 지휘하는 모든 여성은 최고의 진정한 기능을 수행하는 것'(Muccigrosso, 139)이라고 청중에게 분명히 말하였다. 이 점을 강화시키기라도 하듯, 이 건물은 모델 부엌을 전시하고 있었고 육아실과 탁아 전시물이 딸린 아동 건물 바로 옆에 위치하고 있었다.

그러나 박람회를 기화로 여성에 대한 이러한 편협한 정의들에 반하여 거리낌없이 이야기하는 좀더 급진적인 목소리들이 과거의 그림케와 스탠턴의 발언들을 반향하면서 일각에서 터져 나왔다. 로라 드포스 고든이 여성회의에서 행한 '여성 입장에서 본 여성의 영역'이라는 연설은 '여성에게 부과되는 억제, 억압,

압박 체계'를 공공연히 비난하면서 다음과 같이 제시했다.

> 삶에서의 여성의 영역은 그녀 자신 혼자만에 의해서 규정되고 결정될 것이다. 더 이상 남성적인 독단에 의해서 고정되지 않는 자연에서의 여성의 자리는 하나님이 정하는 여성의 수행 역량과 능력만큼 광활하고 다변적인 범주를 차지할 것이다.(Burg, 240-1)

이러한 좀더 급진적인 접근방식은 1890년대에 '사회주의 페미니즘'이 성장하면서 나타날 수 있었다. 사회주의 페미니즘은 고든이 언급한 '범주'를 남성이 규정한 가정 영역 밖에서 사회적 참여를 통하여 활성화하고자 했다. 사회주의 페미니즘은 여성과 가정을 보조하고 개혁하기 위한 지역 공동체로서, 시카고에 헐 하우스를 설립한 제인 애덤스(1860년생)와 같은 인물들과 연합되어 '자치적 가정 지킴이'라고 불리어졌다.

왜냐하면 사회주의 페미니즘은 가정에서 터득한 전문기술을 광범위하게 공적 영역의 범주로 확장시켰고, '전통적인 자선행위를 지적 도전과 융합시켰으며 … 강력한 지도적 역할을 [허용하였고] … 가족들의 요구를 배제하였'(Woloch, 253)기 때문이다. 1890년대의 신여성들은 제인 애덤스와 마찬가지로 자신들의 역할에 이의를 제기했고, 이런 방식으로 세력화하여 여성들의 '전통적인' 성별 역할들을 공적 영역으로 확장하였다. '사회주의 페미니즘' 철학은 마리온 탈봇이 1911년에 행한 다음의 연설로 요약될 수 있을 것이다.

> 가정은 거리로 통하는 대문에서 끝나지 않는다. 그것은 개인이 발걸음을 내딛는 세상만큼 넓다. 그 세상의 특성을 결정하고 그녀가 가정

에서 보호해왔던 그러한 이해관계들을 보존하는 것이 여성들에게 지워진 진정한 의무인 것이다.(Woloch, 270)

허나 대문 밖으로 발걸음을 옮긴다는 것은 논란의 여지가 있는 공적인 태도로 남성들의 영역에 들어가는 것이지만, 그러나 그것은 해방의 과정에서 필수적인 요소가 되었다. 예를 들어 여성 단체들은 이 시기를 통해서 계속 발전하였는데, 여성클럽 연합(1890), 전미여성참정권협회(1890), 전국소비자연맹(1899), 전국여성무역연합동맹(1903) 등의 단체들이 '전통적인 박애정신과 진보적인 개혁 사이에서 활기차게 다리 역할'(Woloch, 299)을 제공하였다. 이렇게 여성 단체들의 숫자가 증가하면서 힘을 결집하여 많은 법률적 문제들을 추진시킨 여성 네트워크가 형성되었고, 그것은 여성들에게도 투표권을 확대시킨 1920년의 헌법수정 제19조에서 정점을 이루었다.

▶ 19세기의 뿌리: 문학과 페미니즘의 '첫 번째 물결'

그러한 관심사들은 그 시기의 문학에도 나타나고 있었고 또 다른 중요한 논의의 자료와 문화적 표현을 제공하였다. 예를 들어 케이트 쇼팽(1851년 생)은 마치 남성이 규정한 제한된 미국 사회에 사로잡혀 있는 여성들의 상황을 암시하는 것처럼, '가두어놓는 벽들 … 철창 … 우리'와 같은 구속의 이미지들로 시작하는 「해방」(1869)이라는 짧은 글을 썼다. 그녀가 묘사한 '동물'은 보살핌을 받으나 그 이상의 어떤 것, 즉 우리 밖에 존재하는 모든 것으로 표시되는 것을 희구하며, 궁극적으로 '미지의 세계'로 나가게 된다. 과거에 우리에 갇혀 있었던 동물은 이제 가부장제라는 보호의 손길에서 벗어나자 감각의 세계, 즉 '모든 것을 … 보는 것, 냄새맡는 것, 만지는 것,' 그리고 '추구하고, 찾고, 기뻐하며, 고통을 느끼는 것'(Chopin, 177-8)에 눈뜨게 된다. 쇼팽의 활성화된 존재 감각은 그녀를 둘러싸고 있었던 우리의 세계, 즉 가부장제와 가정생활로부터의 자유와 연결되어 있다. 그리고 비록 새로운 인생에 고통이 포함된다 해도, 그것은 쇼팽이 당시의 여성들의 상황과 분명하게 연결시킨 보호받는 무력한 영역보다 더 바람직하다.

쇼팽의 구속의 이미지들은 당시의 다른 많은 소설에서처럼 가부장제가 여성을 매우 구체적인 가정의 역할들에 구속시켜 놓고 다른 표현들이나 실행들을 못하게 했던 사회적 통제에 대한 메타포이다. 우리는 이것을 샬롯트 퍼킨스 길먼의 『노란 벽지』(1892)에서도 목격한다. 이 작품은 그녀의 대표적인 사회 이론서인 『여성과 경제』(1898)와 같이 남성과 여성 사이에 존재하는 힘의 관계들을 다루고 있다. 『여성과 경제』에서 길먼은 남성에게 의존하는 유순한 여성을 반대하면서, '여성을 집에 가두고 나서 가정에서 이루어지는 일이 여성에게 "자연스러운" 일이라고 확인하는', '성—경제적인' 관계의 기반을 분명히 밝히고 있다. '길먼은 그러한 가면을 벗겨내고 제한적인 공간인 가정제도의 현실을 폭로한다'(Lane, 252).

길먼은 제인 애덤스의 친구로 헐 하우스에서 많은 시간을 보냈으며, '1880년대와 1890년대에 새롭게 싹이 돋아나는 개혁 활동들을 통하여 이념적으로 정치적으로 형성되었다'(같은 책, 184). 길먼은 『노란 벽지』에서 그녀가 주장한 성별 관계 이론의 양상들을 극화시켜, 실제의 '제한적 공간' 속에서 쇼팽의 동물과도 같이 죄수로 여겨질 정도로 남편의 (과)보호를 받으며 살고 있는 한 여성을 보여준다. 아이러니컬하게도 (이야기 속에서 계속 무명인) 이 여인은 '창문에 쇠창살이 쳐져 있고 … 벽속에 고리 등의 물건들이 들어있는' 아이 방에 갇혀 있다(43). 이 여인은 무기력함의 표시로 천진난만하게 그려지고 있으며 의사 남편의 지시하에 고문실/아이 방/침실에 가두어져 있다. 그녀의 소유물은 단지 글을 쓸 수 있는 종이와 그녀가 점차 자신의 삶과 유사한 모습['벽지 표면의 패턴 뒤에 있던 희미한 형태가 매일 분명해지고 있다. … 그 패턴 뒤에서 몸을 웅크리고 몰래 살금살금 걷고 있는 여인'(49)]을 보게 되면서 '읽고 있는' 벽지일 뿐이다.

벽지 표면의 패턴은 그녀의 삶을 형성하고 그녀를 의존적이고, 나약하며 조용한 사람으로 규정한 가부장제의 패턴이다. 그러나 그 이야기는 '그녀가 … 언제나 쇠창살 사이로 빠져나가려고 노력하면서 … 그저 쇠창살을 움켜쥐고서 그것들을 세게 흔들어 댈'(53) 때까지 두 개의 패턴을 혼합시킨다. 마치 내레이터와 그 '살금살금 걸어다니는 여성'이 그 끔찍한 제한적인 공간으로부터 벗어나려는 투쟁을 통해서 하나가 된 것 같다. 길먼의 애매모호한 결말에서 남편 존은 실신해 쓰러져있고 여성은 우리에서는 풀려 났지만 아직 야생의 세계로 나갈 준비를 채 갖추지 못한 동물과도 같이 남편의 주변을 빙빙 돌고 있다.

길먼의 이론과도 같이 성별간 힘의 관계를 그리고 있는 이 이야기는 도발적이고 대담하지만, 케이트 쇼팽이야말로 1899년 한층 더 위험한 소설인 『이브가 깨어날 때』를 썼다. 이 소설은 에드나 폰텔리에가 소유욕이 강한 남편의 구속적인 공간으로부터 새로운 정체감과 애매모호한 자유로 '깨어나는 모습'을 보여준다. 그녀는 남편의 '귀중한 개인 소유물'(44)이며, '엄마의 자리'(48)에 의해서 단지 '어머니—여성'으로만 규정된다. 이러한 사회적 정의들은 성별로 그녀를 어떤 역할 속에 밀어 넣어 고정시켜 놓고, 그녀는 점차 그 역할에 맞지 않게 된다. 그녀는 '이중적인 삶—순응하는 그 외적 존재, 의문을 제기하는 내적인 삶'(57)을 생각하고, 이것은 '벽지 표면의 패턴'이라는 길먼의 메타포가 탐구하던 긴장상태와 연결되어 있다. 에드나 폰텔리에에게 엄격한 사회적 기대감의 우리를 벗어난 삶의 가능성은 '결코 쉬지 않고 속삭이며, 아우성치고, 중얼거리며, 영혼을 유혹하여 한동안 방황하게 만드는 고혹적인'(57) 바다의 유동성으로 나타난다. 그녀는 바다 위 또는 바다 속에서 '그녀를 단단히 붙들어매고 있던 쇠사슬이 느슨히 풀어져서 어떤 고정물로부터 벗어나 … 그녀가 돛을 달고 가고자 하는 곳이 그 어디이든지 자유롭게 표류할 수 있게 하는'(81) 해방감을 느낀다.

마이라 젤렌은 국가들 사이에 있는 경계선 상에서 살아가는 여성들이 '하나의 길다란 경계선으로 생각되고, 여성의 독립이 별도의 국가가 아니라 바다로 자유롭게 접근할 수 있는 공간으로 구상되는 … 여성의 영역'(Showalter 1986: 264)을 가지고 있다고 쓴 적이 있다. '독립'에 대한 에드나의 육감적인 인식은 바로 그녀의 남편이 알아차리지 못하는 그 유동성이다. '남편은 에드나가 점차 그녀 본래의 모습으로 변하고 있고 세상 사람들 앞에 모습을 드러내기 위해서 입는 의상과도 같이 우리가 가장하는 허구의 모습을 날마다 한 꺼풀씩 벗어 버리고 있다는 것을 알 수 없었다'(108). 알몸의 에드나는 바다에서, 퍼킨스 길먼의 표현을 빌리면, '남성이 만든' 세상과 연관된 허위의 의복을 벗어던졌고, '자살행위'를 통해서 '새로 태어난 생명체와도 같이 과거에 전혀 알지 못했던 다정한 세계 속에서 처음으로

눈을 뜨게'(175) 된다.[4]

아마도 여성 대회들의 정치적 무대나 미국 박람회에서 19세기 후반부 미국 문화가 보여준 성별의 한계상황들에 대한 이처럼 급진적으로 상상된 대안들을 공식적으로 분명히 표현하기는 어려웠을 것이다. 이처럼 문학은 가부장제적 규범에 대하여 후에 좀더 명백하게 나타나는 페미니즘적인 문제제기의 움직임들을 예시할 수 있었다.

길먼과 쇼팽의 글은 1976년 '우리는 진정한 여성이 숨쉬는 것을 방해하는 허위의 여성을 죽여야 하고' 그리하여 '그녀 자신의 놀라운 텍스트를…해방시켜야 한다'(Marks and De Courtivron, 250)고 쓴 프랑스 페미니스트 이론가인 엘렌 씨이주의 글과 유사하다. 프랑스 페미니즘에서처럼 쇼팽과 길먼과 같은 작가들은 '침묵의 올가미를 끊어버리고'(같은 책, 251) 육체를 통한 단언적인 표현의 중요성을 알고 있었다. '여성들은 자신들의 육체를 통하여 글을 써야 한다. … [가부장제를] 물에 빠지게 하고, 헤치고 나아가며, 극복하여 벗어난다'(같은 책, 256). 씨이주에게 여성들은 새나 도적과 유사하여(프랑스 말 voler의 의미인 날다와 훔치다를 이용한 말장난), 날기 위하여 남성에게서 훔친 언어를 사용한다. '그들은 옆을 스치고 지나가고, 우리에서 도망치며, 그리고 공간의 질서를 흔들어 놓고, 교란시키고, 가구를 바꾸어 놓고, 물건들과 가치체계들을 전치시키고, 그것들을 모두 부서뜨리고, 건축물들을 비우며, 예의범절을 엉망으로 뒤집어 놓는 일에서 즐거움을 찾는다'(같은 책, 258).

---

4) 쇼팽의 성별과 자살 탐험은 그녀의 작품을 실비아 플라스의 작품과 연결시켜주며, 플라스의 『벨 자』는 앞으로 다소 상세하게 검토될 것이다.

그러나 길먼과 쇼팽이 글쓰기 작업을 하던 시기에 미국은 '엉망으로 뒤집히고' 싶어하지 않았으며, 이 작가들의 작품들을 '수치스럽거나' 아니면 기이한 것으로, 그리고 주류 문화 또는 '남성 중심' 문화의 변두리에 위치한 것으로 취급하는 경향을 보였다. 이것은 현재 미국 페미니즘의 '첫 번째 물결'로 간주되며, 남성과 여성의 '성 역할'과 '별도의 영역들'이라는 개념의 기저에 새겨져 있는 가설들에 대하여 중요한 문제들을 제기하였다. 그러나 바로 루이자 메이 알콧의 『귀여운 여인들』(1868)에서 나타나는 부재한 아버지의 가부장적 힘이야말로 극복해야 할 성별 권위를 전형적으로 보여주고 있다. 편지를 통해서 전달되는 아버지의 말은 어머니 마르미를 대변자로 삼으며 여성들로 구성된 가정을 통제한다.

우리 아이들은 당신의 사랑스러운 딸들로, 자신들의 의무를 충실하게 수행하고, 용감하게 마음 속 적들과 맞서 싸울 것이며, 아주 아름답게 자신들을 다스려서, 내가 집으로 돌아가게 되면 그 어느 때보다 더 사랑스럽고 더 자랑스러운 나의 귀여운 여인들이 되어 있을 것이오.(8)

그러나 심지어 그러한 소설에서조차 씨이주가 말한 대로 의무로의 부름과 억압을 거부하고 자신의 육체와 글쓰기로 '침묵의 올가미를 끊어버리고자' 노력하는 조 마치라는 인물이 등장한다. 비록 소설에서 암시하는 것처럼 그것이 필수불가결한 과정이긴 하지만, 그녀는 가능한 한 장기간을 여성 성별의 사회적 구성을 거부한다. 조 마치는 어머니 마르미나 자신의 여자형제들이 담당하는 역할에 맞게 자신을 만들려고 하는 성별 체계의 밖에 젊은 채로 계속 머무르고 싶어하지만 그녀는 그렇게 할 수가 없으며, 죽은 자매 베쓰가 맡았던 것과 유사한 역할과 결혼에 굴복해야 한다. 이 소설이 보여주는 것은 성별과 연관된 특별한 힘과 사회가 남자와 여자에게 부과하는 차이점들이다. 조의 남자친구인 로리가 미래에 대하여 말할 때, 그의 발언은 확고한 자아와 남성 자유에 대한 사회적 수용을 드러낸다. '나는 원하는 만큼 세상을 많이 본 다음에, 나는 … 선택하고 … 싶고 … 아무런 간섭 없이 … 단지 내가 좋아하는 것을 누리며 살고 싶어'(142).

그와는 대조적으로 자아와 미래에 대한 조의 의식은 잠정적이고, 한정적이며, 환상에 싸여 있다. '나는 멋있는 아라비안 말들로 가득한 마구간이 갖고 싶고 … 나는 성으로 들어가기 전에 멋있는 일 — 영웅적이고 놀라운 일을 하고 싶어 … 그것이 무엇인지는 모르지만 말야'(143). 그 '성'은 그녀가 알기로 결코 피할 수 없는 감금의 메타포, 가정세계의 메타포이다. 그러나 조는 심지어 이 피할 수 없는 성별의 덫 앞에서 로리가 지닌 확신을 가질 수 없고, 선택의 여지가 적으며, 가정 밖 세계와 접근하기 어렵다.

이 순간은 소설 뒷부분에서 로리가 조에게 함께 도망가 '어떤 식으로든 제한을 벗어나자'고 설득할 때 반향되지만, '소녀'로 구성되어진 조는 '자신의 자리'를 확인하게 된다. '나는 가련한 소녀이고, 나는 올바르게 행동하여 가정에 귀착해야 한다'(213). 알콧은 독자들에게 반복해서 미국 사회에서 진행되고 있는 성별 '전쟁'을 상기시키지만, '진정한' 투쟁은 다른 곳에서 벌어지고 있었으며, 그녀는 가부장제와 지배와 연합된 종종 무시되는 힘의 양상들을 밝힐 뿐이다. 예를 들어 조가 존 브룩과 결혼하는 메그의 운명을 볼 때, 그녀는 '무릎 꿇은 존이 보

내는 경애의 대상이 되어 절망적인 굴종의 표정을 취하고 있
다'(232)고 묘사되었다.

미국 여성들은 1880년대와 1890년대에 위에서 말한 그 '절망
적인 굴종'에 조직적으로 반대하기 시작했는데, 그들의 반응은
결코 획일적이지 않고 페미니즘의 다양한 가닥을 형성하였다.
일부 여성들은 '가정의 요구'(Rosenberg, 65) 안에 머무른 반면,
다른 여성들은 이 '여성 영역' 개념에 도전하거나 이 개념을
더 넓은 사회적 차원으로 확장하고자 했다. 로젠버그가 주장하
듯이, '페미니스트들은 모두 개인적 해방을 주장하기 위해서 여
성들이 연대해야 한다고 믿었지만, 해방의 의미가 무엇이며 해
방을 성취하는 최선의 방식에 대해서는 다양한 의견을 내놓았
다 … 이렇게 강조점이 차이가 난다는 점에서 미래에 많은 투
쟁의 가능성이 놓여 있다'(Rosenberg, 68).

1920년 여성들에게 참정권이 주어지면서 캠페인의 한 양상이
성취되었지만, 이 페미니즘의 물결은 '캠페인' 이상의 것이라는
점이 점차 분명해졌다. 그것은 '개인적, 사회적, 정치적 생활의
모든 측면을 살피고 심문하는 차원이었다'(Eagleton, 150). 그것
은 단순히 구조적으로 확립된 체계 내에서 남성들과 동등한 힘
과 지위의 획득에 대한 것이 아니라 오히려 '그러한 모든 힘과
지위에 대한 문제 제기'(같은 책, 150)와 연관된 것이다. 성별
문제들이 이제 미국인들 문화 생활의 중심부를 차지하였고 다
음 세기에도 다양한 형태로 나타날 것이다.

▶ 성별과 1950년대의 '두 번째 물결'

1930년대의 불안함과 제2차 세계대전의 사회적 혼란을 거친

전후의 미국은 사회적, 정치적 이데올로기 측면에서 모두 안전으로의 회귀를 원했다. 이러한 의견 합치의 시대에 개발된 이상적인 미국에 대한 정확하고도 복잡하지 않은 해석들과 조화를 이루며 결코 위협적이지 않은 '정상성'과 질서 의식을 창출할 수 있도록 여성과 남성이 정렬될 수 있는 미리 만들어진 구획들을 성별은 제공하였다. 그러나 W. T. 라몬이 칭호를 붙인 이 '합의가 이루어진 역사의 구석'은 많은 중요한 논의들이 이루어지는 하나의 망상이다. 실제로 이 시절은 '계속되는 다음의 수십 년을 형성한 시련의 세월'(Lhamon, 3)이었다.

1945년 이후의 미국에서는 '가정 이데올로기가 새롭게 분출하였고, 여성의 자리에 대한 전통적인 이상들이 활발하게 재유행'(Woloch, 493)하였다. 그러나 이와 동시에 작업장에서도 여성들에 대한 요구가 증가되고 있었다. 이것은 이 시대에 여성 경험과 성취감의 중심이 순종성 개념들로 되돌아가자 노동 시장으로의 견인력과 갈등을 일으키면서 생겨난 낸시 월로치가 말하는 시대의 '분열된 성격'(같은 책, 493)을 암시한다. 이것이 함축적으로 암시하는 의미 중 하나는 남성들이 자신들의 '남성성'이 위협을 받고 있다고 두려움을 느낀다는 것이었다. 특히 이 남성성 개념은 취업, '생계수단,' 보호, 권위와 연관되어 있고, 이 모든 것이 이러한 영역들로 여성들이 잠정적으로 침입하게 되면서 비난을 받는 것 같아 보였다.

전시에는 그것이 수용될 수 있었지만, 평화시에는 '[여성들이] 자신들의 행동들을 평가할 때 기준이 되는 이상적인 스크립트'(Gatlin, 7)로 회귀해야 했다. 여기에 사용된 메타포들은 여성들이 이전 세대에 남성들이 '기록해 놓은' 스크립트로 재―순응하게 되는 '행동'으로 귀결되는 증가하는 '분열' 의식을 나

타내기 때문에 의미가 깊다. 많은 사람들이 그렇듯이 만일 여성
들이 일을 한다면, 그것은 결혼하여 교외에서 가정을 일궈 정착
하기 이전에 일시적으로 하는 것으로 여겨졌다. 베티 프리단은
이러한 종류의 문화적 조건화를 탐구할 때, 프리단은 '여성의
신비'라는 문구를 사용하여 여성들이 교외의 새로운 중류 계층
내에서 수용되기 위해서 습득해야 했던 스크립트를 암시하였다.

> 진정으로 여성적인 여성들은 경력, 높은 학력, 정치적 권리, 즉 구식
> 의 페미니스트들이 획득하고자 싸웠던 독립과 기회들을 원하지 않는다
> 는 것을 그들은 배우게 되었다 … 그들이 해야 할 일은 단지 어려서부
> 터 남편을 찾고 자녀를 양육하는 일에 그들의 인생을 바치는 일이
> 다.(13-14)

『이유 없는 반항』(1955)과 같은 영화는 위기에 처한 이동식
가정이 있는 교외가 배경인 눈에 띌 정도의 '청춘 영화'이면서
도 이러한 많은 주제들을 분명히 보여주고 있다. 위기의 뿌리는
성별, 특히 아버지와 어머니의 역할과 관계가 있다. 이 시대는
벤자민 스포크 박사가 저서 『아기와 육아』(1944)를 통해서 여
성들에게 자녀들에 대한 과잉보호와 거부의 이중적 위험들을
경고하고 일반적으로 대중의 마음에 육아 모델에 대한 의식을
불러일으켰던 때였다. 심리학에 대한 관심의 증가와 함께 육아
에 대한 이러한 매혹이 『이유 없는 반항』에서 극화된 것을 알
수 있다. 결국 만일 가정 생활이 불안하다면, 만일 자녀들이 흔
들리고 혼란스러워한다면, 그것은 가정 내에서의 역할들과 연결
되어야 한다는 것이다. 짐 스타크(제임스 딘)가 '당신이 나의
마음을 헤집어 놓고 있어요'라고 울부짖을 때, 그는 영화가 중

심 주제로 가정의 혼란을 추적하고 있음을 보여주고 있다.

스포크 박사는 여성들에게 집에 남으라고 충고하면서, 단지 '미장원에 가거나, 영화 보러 가거나, 새 모자나 새 옷을 사러 가거나, 친구를 방문하러 갈 때만 … 집을 떠나고'(Rosenberg, 151) 그리고 '모친 정착 증세'로 이끌 수 있으므로 과잉보호를 하지 말라고 말했다. 이것은 (남자) 아이들이 경쟁 사회에서 개별적 존재로 남성적 발전을 하는 것을 손상시킬 만큼 그 아이들을 질식시키고 통제함으로써 그들에게 역영향을 끼친다는 것이다. '이상적 어머니는 결코 통제하지 않으면서 항상 존재하였고'(같은 책, 151), 이런 상황이 발생하려면 아이들이 혼란스럽지 않도록 강력한 남편이 가정에서 경제적, 성적 통제권과 가정의 권위를 떠맡을 필요가 있었다. 이것은 성별에 위치한 사회 질서의 비전으로, 가정 내에서 구체적인 방법으로 힘과 조절을 포함하는 별도의 역할들을 지정하고 있었다. 에드먼드 화이트는 '남자다움'의 역할을 '이용실에서 팁을 줄 수 있을 정도, 멋있는 신사복, 야망, 충분한 보수, 충분한 야구 지식'(White 1983: 147)으로 요약하였다.

『이유 없는 반항』에서 아버지는 나약하고 '여성화'되어 있는데 — 그가 프릴이 달린 앞치마를 입은 모습을 보며 짐은 아버지를 어머니로 착각한다 — 아버지는 시각적으로 끊임없이 작고, 감옥에 갇히고, 우유부단한 모습으로 나타난다. 강하고 개인적인 남성의 모습이라는 문화적 전형을 따른다면, 모든 고전적인 남성적 특성들이 어머니에게 전이되었는데, 어머니는 공격적, 지배적, 단언적인 모습으로 그려진다.

경찰서에서 이루어지는 이 영화의 지나간 모두(冒頭) 장면에서 아버지는 그를 '왕'으로 만들고 싶어하는 짐과 함께 도착한다. 짐은 문자 그대로 관객 앞에서 아버지에게 왕관을 씌워주지만, 단지 뒤에서 맴돌고 있는 무서운 독수리와 같은 어머니와 할머니의 권위에 의해 '왕위에서 쫓겨나는' 아버지의 모습을 보게 될 뿐이다. 후에 짐은 아버지에게 임명된 지위를 남성적 역할 모델로 삼고 자신에게 충고를 해줄 것을 요청하지만, 아버지가 그렇게 할 수 없음을 알고 짐은 분개하게 된다. 짐이 대저택으로 도망가기 바로 직전 혼란 상태가 최고조에 이르렀을 때, 짐은 집 층계에서 부모와 대면한다.

이 장면이 니콜라스 레이 감독이 카메라를 놀랍도록 훌륭하게 이용한 한 예인데, 그는 기울어진 각도, 밀착된 근접 촬영과 편집을 통하여 불안정한 감각을 시각적으로 충분히 살려내었다. 짐은 자신을 위해서 어머니와 맞서 대항해줄 수 없는 나약한 아버지와 동일시할 수 없는 박해당하는 인물로 그려지고 있다. 소년은 '[부모와 친구들과의] 일체감을 희구하나, 당혹스럽게도 반복해서 그는 그것으로부터 차단된다'(Byars, 128). 그 장면은 짐이 방을 나가기 전 여족장 모습의 초상화를 발로 차서 그 얼굴 전체를 박살내는 것으로 종결된다.

1956년 『여성의 가정에서의 친구』에 실린 글에서 교외는 '번창하는 동물원의 관리인들과 같은 … 여성들과 동물원에서 살고 있는 그렇게 많은 온순한 동물들과 같은 남성들'로 가득하다고 묘사되었다. 남자들은 짐의 아버지와 마찬가지로 '그들에게서 영웅적인 행동을 할 기회를 앗아가는 세상에서 불편함을 느낀다. 그들은 꿈과 일상생활 사이에서 이러한 간극을 보고서 ─ 자기 자신이 심지어 남자인가를 의문한다'(Bailey, 103).

만일 남성성이 위협에 처해 있다면, 전통적인 '영웅적 자질'을 다시 고집하는 한 가지 방법은 여성들을 위해서 가정의 이

데올로기를 다시 불러일으키는 것이다. '여성의 신비,' 가정주
부—어머니, 교외의 여신, 이 모든 것이 엮어져서 전후 여성들
을 위하여 새롭게 쓰여진 스크립트에 나타났다. 적절하게도『이
유 없는 반항』의 결말부분에서 사회 질서가 회복되면서, 아버지
는 짐과 함께 일어서서('네가 원하는 만큼 나는 강해질 거야')
재건한 가정을 인도하기 전에 표정과 미소로 아내를 침묵하게
만든다. 남성성이 역설되어야 했다. '숫사자가 암사자를 꼼짝 못
하게 만들 듯이 [일반적으로 완력을 사용하지 않고, 가혹함이
없이, 항상 비틀거림이 없이] 우리는 지배의 기술을 재발견해야
한다'(Bailey, 105). 그러나『이유 없는 반항』과 같은 영화는 '끈
질긴 결의'(Byars, 130)나 왜곡된 사실주의를 보여줌으로써 수
용된 성별 구분을 근원적으로 불만스러워하고 있고 서술적으로
종결부분을 부드럽게 처리하고 있긴 하지만 사회 자체는 그렇
게 쉽게 치유되지 않는다는 것을 지적하고 있는 것이다.

이러한 예들이 보여주는 것은 여성들의 삶을 통해 개선을 추
구한다는 사실이 너무 극단적인 것으로 간주되고 있으며 그러
한 성별 역할과 힘의 변화들이 치뤄야 하는 사회적 대가에 특
정한 사회적 문제들이 포함될 수 있다는 것이다. 사회적 경향들
자체가 모순적이라 하더라도 확고한 결의들이 제시되어야 했다.
1950년대의 텔레비전은『보난자』,『건스모크』,『다니엘 분』과
같이 여성들의 간섭 없이 성공적으로 삶을 영위하는 조야한 개
인들의 영웅적이고 개척자적인 영상들을 만들어낸 골든 아워
연속물을 제공하여 이러한 미국의 재—남성화에 한몫을 담당했
던 것 같다. 그것들은 마치『신혼부부들』의 잭키 글리슨과 같이
'여성화한' 남자를 우스꽝스럽고 재미있는 인물로 만드는 시트
콤에 대한 화답인 것 같았다. 남자들이 남성적 권위를 회복하자

면 여성들은 견제를 당해야만 했고, 모든 원천에서 집, 가정, 결혼의 중요성을 강화시키는 메시지가 나왔다. 아이러니컬하게도 그것은 '여성들의 주된 관심과 활동의 중심이 집'(Harvey, 73)이라는 '여성 영역의 협소화'(같은 책, xvi)를 가져왔다. 결국

어떤 직업이 매일 맛있는 음식을 만들어내고, 몇 야드의 천, 한 통의 페인트와 상상력을 새로운 방으로 전환할 수 있는 일을 제공하겠는가? 하루의 노동을 끝내고 돌아온 지치고 확신이 없는 남자가 자신의 영지에서 휴식을 취하는 군주로 바뀌는 것을 보는 일을 말이다.(같은 책, 73)

바로 이 '문화적 스크립트'를 이 시대의 성별 정치학은 인정하고 도전해야 했다. 전후 미국에서 만들어진 '진정한 여성적 여자'라는 베티 프리단의 개념이 에세이스트이자 시인인 아드리엔 리치에 의해 반향되었다. 리치는 '결혼과 모성이 … 진정한 여자다움이라고 가정된다'고 느꼈지만, 자신은 '적합하지 않고, 무기력해지고, 표류하는 느낌'(1993: 244)을 지울 수 없었다고 말했다. 리치는 자신의 삶과 글쓰기에서 월로치가 이 시대의 특징이라고 논평한 그러한 '분열'을 경험했다. 리치는 '내가 시를 쓰는 소녀, 시를 쓰면서 자신을 규정하는 소녀와 남성들과 관계를 맺으면서 자기 자신을 규정해야 하는 소녀 사이에서 경험한 … 분열'(같은 책, 171)에 대하여 글을 썼다.

그 시대의 다른 여성들과 마찬가지로 리치는 가부장제를 통해서 전달되는 힘의 노선들과 성별 기대에 순응해야 한다는 것을 느끼면서도, 이러한 분열과 여성들에게 부과되는 스크립트들에 문제제기를 하기 시작했다. 그녀의 전진 방법은 '자기 자신

을 하나의 실례로 이용하여'(같은 책, 170) 1950년대의 한 여성
으로서 자신이 경험한 것들을 더 폭넓은 '정치적' 투쟁들과 연
결시키는 것이었다. 두 가지를 분리시키면 여성들은 한 영역에
서 작동하고 여성들의 '문제들은 사소하고, 학구적 탐구 대상이
아니며, 존재하지 않는다'(Rich 1979: 207)라고 말하는 '남성적
이데올로기들'이 정하는 정치적 성별구분들을 수용하는 것이기
때문에 이 둘은 분리되어서는 안 된다. '개인적인 것'은 '정치
적인 것'이라는 이러한 인식은 그 시대의 많은 '권리' 투쟁에
서 중심적인 구호였다(3장 참조). '정치는 "저 멀리에 있는 현
실과 동떨어진" 것이 아니라 "지금 이 자리에 있는 현실"이며
내 삶의 조건의 요체인 것이다'(Rich 1993: 175).

　그리하여 1950년대에 그 당시 쓰여지고 있었던 가정 이데올
로기 '스크립트'에 여러 다른 방식들로 도전하는 페미니즘이 다
시 살아났다. '스크립트들은 청사진과도 같이 정해진 유형의 활
동에 6하원칙을 명시하고 있다 … 그것은 방향지시를 하는 청사
진, 도로 지도 또는 요리법과도 같다'(Weeks, 57). 이처럼 성별
'스크립트들'이 부과되는 것을 행동주의자나 작가들, 그리고 궁
극적으로는 보통 사람들이 삶 속에서 심문하고 도전해야 했다.
만일 이 '청사진들'이 개인적 경험과 일치하지 않으면, 그것은
그것들이 성별 내에 내재되어 있는 차이들을 고려하지 못한 보
편화된 관점에서 말하는 것이기 때문이었다. 그러므로 여성들과
동성애자들과 같이 배제되고 주변부화한 사람들은 항상 자신들
의 목소리로 자신들의 경험을 표현하고자 하는 특성을 보였던
것이다(3장 참조).

　이 목적을 위하여 개인적인 자서전적 또는 반—자서전적 작품
들이 성별 연구나 섹슈얼리티 연구에 중심을 이루게 되었다. 만

일 지배 문화가 특정한 정상화한 이미지를 배당하면, 다양한 형식들을 통하여 반대—이미지를 제시하는 것이 투쟁의 일부이다. 우리가 앞으로 보게 되겠지만, '개인은 단순히 이데올로기적인 스크립트들을 따르는 〈배우〉가 아니라 그 자신을 그 스크립트들 속에 삽입시키기 위하여 — 또는 그렇게 하지 않기 위하여 — 그 글들을 읽는 〈대리인〉이기도 하다'(Smith 1988: xxxiv-v)는 것을 증명하고자 다짐하는 다양한 설명들, 개인적/정치적 역사들, 이야기들의 확산이 미국에서 이루어지는 성별 연구의 특징이었다. 어떤 무대에서나 어떤 형식으로나 그들 자신들을 '표현'하는 개인은 타인들이 규정하는 대상으로부터 자기정의 과정에 있는 주체로 변형된 것이었다.

여성들은 첫 번째 물결의 페미니즘 이래로 개인적 경험을 더 폭넓은 정치 세계와 연결시키기 시작했으며, 1960년대에 이르러서는 '개인적인 것은 정치적인 것이다' 라는 슬로건이 생겨났다. 자의식적인 많은 주관적 작품들은 자서전적 경험들을 광범위하게 이용하여 '성별의 문화적 의미들을 변화시키려는 대립적인 문화적 실천들로 … 쓰여진 … 새로운 여성들의 삶을 위한 각본들'(Lauret, 97, 99)임을 증명해 보였다. 그들은 성취, 역사, 존재에 대한 어떤 견해들에게 특권을 부여하는 '남성 주류적' 이야기들을 거부하고, '그것들은 객관적이지도, 가치—개방적이지도, 전적으로 "인간적"이지도 않음을 지적했다'(Rich 1979: 207). 여성의 이야기들은 이 가설들에 간섭하여 '여성의 주관성의 사회적 심적 구성에 대한 탐구를 제공'(Lauret, 99)하였고 여성들은 어머니, 연인 또는 아내라는 가부장제적 배치의 산물이기보다 변화와 생성 과정 중에 있는 적극적이고 의사가 분명한 존재라고 단언한다. 여성들은 '교외, 기술 … 가족' 으로 규정되고 '하나의 조류를 타고서 이리저리 이끌리는 표류의 감각'으로 특징지워지는 여성들의 '가정의 완성이라는 경력'(Rich 1979: 42) 대신에 그들의 삶을 되찾고 그것들을 표현하는 방식들을 찾고 있었다.

▶ 1950년대로부터의 탈피: 실비아 플라스, 『벨 자』(1963)

플라스의 소설은 프리단의 『여성의 신비』와 같은 해인 1963년에 출간되었으며, 실비아 자신의 생활이 소재가 되어 분열된 시대에 '분열된' 자아를 탐구했던 '자의식적 주관성'의 실례이다. 이 소설에서 주인공 에스더 그린우드는 1950년대 미국의 성별 법칙에 따라 사람들이 '기대하는'(2) 인물과 그녀 자신이 원하는 인물이 그녀의 내부에서 갈등을 일으키고 분열됨을 느낀다. 소설 초반부터 주인공은 자신이 리치와 마찬가지로 '표류'한다고 묘사한다. '나는 그 어느 것도 조정하지 않았다. 심지어 나 자신조차도 … (나는) 감각을 잃은 트롤리 버스와 같이 … 폭풍의 눈처럼 고요하고 텅 빈 채, 주변에서 큰 소동이 일어나는 가운데 무감각하게 나아가고 있었다'(3). '큰 소동'은 그녀를 '여성'으로 규정하고 특정한 미리 정해진 범주 속에 위치시키고자 하는 모든 목소리와 [가정, 교육, 노동] 제도들로 구성되어 있다. 프리단이 자신의 저서에서, 그리고, 좀더 최근에는 브렛 하비(1994)가 그랬듯이, 플라스는 특히 여성 잡지의 세계를 그러한 일련의 성별 지침들을 형성하는 것의 실례로 이용한다. 에스더의 자아는 '전화선으로 엮어진 전화선 전주 형태로 도로를 따라 일정한 간격을 두고 배치된 나의 인생의 세월'(129)로 고정되었고, 그녀의 모든 욕망은 쭈그러들고 축소되었다.

소설에서 두드러지게 나타나는 메타포 중의 하나는 가부장제 틀 속에서 여성들에게 전통적으로 거부되던 언어와 글쓰기 메타포이다. 플라스는 자신의 『일지』에서 다음과 같은 질문을 던진다.

> 만일 내가 글쓰기를 통해 깊숙이 숨어있는 나의 진정한 목소리로 말하기를 원하고 … 유리로 쌓은 댐과 같이 무감각한 멍청한 단어 선택이라는 환상적인 전면에 막혀있는 이러한 감정의 혼잡을 느끼지 않고 싶다면, 어떤 내부의 결심, 어떤 내부의 살인 또는 탈옥을 저질러야 하는가?(Yorke, 67)

여성들은 주변부화되어 자신들의 목소리에 접근할 수 없고 남성의 언어 속에 감금되어 있으며, 남성 언어는 '우리로 하여금 낯선 언어로 우리의 진실을 말하고 그 진리들을 희석시키기도록 만든다'(Rich 1979: 207). 토릴 모이는 이것이 여성을 남성이 대변하는 '가부장제의 복화술'(68)이라고 명명했고, 플라스는 바로 이 복화술의 정확한 이미지를(에드먼드 화이트가 후에 그랬듯이) 이 소설에서 이용(107)하며, 주요 부분에서 어머니는 에스더가 속기를 배우기를 얼마나 원하고 또 에스더는 엄마의 그러한 요구에 '남자들에게 그런 식으로 봉사한다는 생각이 지겨워요. 나는 스릴 넘치는 내 편지들을 받아 적도록 만들고 싶'(79)어서 저항하는 모습이 묘사되고 있다. 에스더는 자신이 규정한 결혼, 즉 '사적으로 어떤 전제주의적인 국가의 노예'(89)가 되기보다 자신의 삶을 '지시'하고, 자신의 스크립트를 적으며, 가부장제가 제공한 한정된 역할들을 거부하고자 한다.

> 내가 가장 원하지 않았던 것은 무한한 안정과 화살이 발사되는 지점이 되는 것이었다. 나는 변화와 자극을 원했고 독립기념일에 로켓에서 발사되는 오색찬란한 화살들과 같이 나 자신을 온 방향으로 발사하고 싶었다.(87)

'무한한 안정'을 지닌 아내—어머니라는 고정적인 스크립트를 거부하는 것은 이 '규범'에 대한 대안들과 자기 실현의 가능성을 주장하는 것이다. 다시 말해서 '호전적인 남성의 종, 즉 그의 그림자로 환원된'(Marks and De Courtivron, 250) '휘갈겨 쓴 편지'(Plath, 21)가 되기보다 '너 자신을 쓴다'는 것이다. 플라스의 소설은 한 세기 전 쇼팽의 소설 『이브가 깨어날 때』와 마찬가지로 가부장적 정의의 울타리로부터 자아를 해방시키고자 하는 욕망을 극화하고 있다. 이 저항의 위반적인 성질이 강력하고도 격렬한 자살의 형상으로 분명히 표현되고 있으며, 그 형상은 엘렌 씨이주가 말한 대로 분명한 기능을 가지고 있다. '우리는 진실의 여성이 숨쉬는 것을 방해하는 허위의 여성을 죽여야 한다'(Marks and De Courtivron, 250). 『벨 자』에서 에스더는 그녀의 '허위'의 자아가 '더 깊숙한 곳에, 더 비밀스럽게, 그리하여 도달하기 한층 더 어려운 곳에'(Plath, 156) 숨겨져 있는 끔찍한 성별화된 사회의 단일성, 그 부과물과 제한들을 나타내기 때문에 그녀의 '허위의' 자아, 즉 '죽은 소녀의 선명치 않은 사진'(Plath, 154)을 잘라낸다.

그러나 『벨 자』에 내재한 가부장적 힘을 단호하게 잘라낸다고 해서 에스더의 정체성 추구가 해결되는 것은 아니다. 그래도 에드나 폰텔리에나 『노란 벽지』의 내레이터와 마찬가지로 그러한 행위는 남성이 규정한 '벨 자'로부터 그녀를 해방시켜 준다.

실제로 에스더는 이 소설 말미에서 '물음표'와 '시발점'으로 가
득한데, 그것은 어떤 '고정되고 일관성 있는 정체성'보다는 '아
직 결정되지 않은 미래를 가리키는'(같은 책, 257) 것이다. 이
것은 정체성에 대한 잠정적 해석으로, 프리단[5]과 같은 자유주
의 페미니스트들이나 남성들이 규정한 전통적인 한정된 '여성'
정의에 대항하여 '항상 전후 관계적이거나 잠정적이거나 또는
… "변화를 조건으로 하는" 주관성'(Lauret, 101)의 이미지를 그
대신 제시한다. 플라스는 고정성을 유동성으로 대치하고, '마치
세상의 일반 질서가 가볍게 변화하여 새로운 국면에 접어들은
것처럼'(252) 가부장제적 여성관을 로시 브레이돗티가 말하는
'상호 연관된 문제들이 만들어 낸 매듭'(Lauret, 101)에 맞춰서
조정한다.

플라스의 소설은 에스더가 남성들의 통제 밖에서 그녀 자신
을 발견하는 것을 다루고 있기 때문에 1960년대에 페미니즘 내
부에서, 즉 1966년 결성된 프리단의 전미여성연합(NOW)과 여
성해방단체 사이에 있었던 갈등과 어느 정도 관계가 있다. 에스
더의 차이는 이 소설에 아주 중요하며 '전체주의적'이고 야만
화하는 것처럼 보이는 현존하는 남성들의 힘의 구조들 속에서
발견되지 않는다. 그녀는 자신의 육체가 남성들의 정복물이 되
는 '식민지 상태'로부터 해방되어서 소설 말미에서 선택과 행
위를 통해서 자기 자신의 힘을 역설해야 한다. 오랫 동안 육체
는 제한과 통제의 장소였기 때문에 엄밀한 육체의 해방은 상당
히 중요하다. 여성들의 신체는 출산이 가능하기 때문에 분명 그
들의 삶을 제한하였다. 퍼킨스 길먼이 주장하듯이 이런 상황으

---

5) 프리단(233)은 마치 페미니즘을 통하여 우리가 발견하거나 회복시킬 수 있는
  단일한 고정된 '자아'가 있는 것처럼 여성의 '개별적 정체성'을 언급한다. 이것
  은 최근 수없이 많이 논의되고 도전을 받는 견해이다.

로 여성들은 가정과 육아실이라는 나약한 세계에 감금되었던 것 같다. 신체에 대한 플라스의 매혹은 1960년대와 1970년대에 신체를 남성들(의사, 교사, 남자친구들, 남편들)에 의해 식민화된 상실한 영역, 그리하여 다시 발견하고 다시 회복해야 하는 영역으로 간주하여 페미니스트들이 신체에 기울인 관심을 대표하는 것이다. 글쓰기는 여성의 신체에 목소리를 부여하고 씨이주가 말하듯이 '밀봉되었던 거대한 육체의 영역들을 해방시켜 주었기 때문에'(Marks and De Courtivron, 250), 이 목적을 위한 수단이다.

플라스의 작품에서는 계속 함축적으로 남았던 것이 1970년대에 차이, 그리고 어떤 경우에는 분리주의를 요구하게 되면서 급진적 페미니즘의 발전에 중요한 요소가 되었다. 이것은 첫 번째 물결의 페미니즘이 전적으로 남성들에게로 편향된 체계 속에 여성들이 포함될 수 있을는지 또는 여성으로 확인된 별도의 공간이 필요한지와 같은 문제들에 보였던 관심으로 거슬러 올라간다. 가부장적 가치체계가 어찌나 깊이 뿌리내려져 있는지 '여성문화'에 정당한 권리로 충분한 목소리를 부여하기 위해서 여성들은 그 체계밖에 존재해야 했다. 이러한 양상을 우리는 프랑스 페미니즘이 여성의 육체와 여성의 차이가 언어로 역설되는 독특한 여성들의 글쓰기 또는 여성적 글쓰기를 요구하는 것에서 볼 수 있다.

그러한 성별의 문제제기로 다른 차이의 요소들이 좀더 공공연하게 논의될 수 있게 되었고, 특히 계급, 인종, 섹슈얼리티에 대한 논의가 이루어지게 되었다. 이전의 성별 논의에서 종종 배제되었던 유색 여성들은 이제 그들의 억압 상황을 성별, 그리고 인종차별주의나 빈곤과 같은 요소들에 모두 연결시킬 수 있게 되었다. 이전의 자유주의 페미니즘이 가지고 있었던 위험은 '여성'을 보편화시키고 그리하여 『여성의 신비』에서의 프리단의 여성들과 같이 여성을 백인 중산계층으로 간주하는 경향이었다.

그리하여 아프리카계 미국인, 토착 미국인과 레즈비언들을 포함하는 전반적인 민권 운동의 정치는 좀더 노골화된 이 관심을 지금까지는 불가능했던 방식으로 차이와 연결시켰다. 그러한 다양성이 의미하는 바는 중산층 백인 페미니즘이 더 이상 규범이 아니며, 성별, 섹슈얼리티, 계급, 인종의 선을 가로지르는 상호 연관적인 억압 현상들을 논의할 때 다른 목소리들의 공헌이 유익했다는 것이다. 체리 모라가, 글로리아 앤젤두아, 맥신 홍 킹스턴, 앨리스 워커의 작업은, 마치 백인 여성들이 한때 가부장제와 마찬가지로 모든 사람을 대변하듯, '종족이 없는' 것처럼 보이는 단일 인종적 모델에 도전하는 데에 특히 중요하다(Du Bois and Ruiz, xi). 범위가 더 큰 문화 연구의 틀 속에서 성별 연구의 개방은 모든 억압 요소들이 분석되고 변형될 수 있는, 토니 케이드 밤바라가 말한 '우리를 한 곳에 집합하기'(Moraga and Anzaldua, vi)를 가져왔다. 한 급진적 단체는 '우리는 인종적, 성적, 이성애적, 계급적 억압에 대항하여 싸우는 일에 전념했으며, 주요 억압체계들이 맞물려져 있다는 사실에 근거한 통합된 분석과 실천의 발전을 우리의 특별한 임무로 간주했다' (같은 책, 210)고 주장했다.

▶ 섹슈얼리티와 성별

성별 연구에 차이가 도입되면서 섹슈얼리티 논의가 정체성이 구성되고 재구성되는 방식에 주요한 요소로 등장했다. '단일한

성애'(Merquior, 133) 또는 '정상적인' 섹슈얼리티가 있다고 가
장하는 것이 더 이상 가능하지 않았으며 다양한 섹슈얼리티가
인정되었다. 이것은 '공식적인 실재의 관리인들'(Mariani, 20)의
견해를 나타내거나 의견일치라는 신화적 개념 속에서 수용되는
것으로 간주될 수는 없었을지 모르지만, 그것들은 존재했고 문
화 질서의 일부였다. 플라스의 에스더 그린우드는 섹슈얼리티
영역에서 연출된 성별 특성에 의해서 구획이 정해진 것이다. 예
를 들어 남성성은 '커다란 하얀 곰가죽 … 숫사슴과 들소 뿔
… [그리고] 피스톨 총소리와 같은 반향을 일으키는 카우보이
부츠'(Plath, 15)가 놓여져 있는 레니의 자리처럼 적극적이고 공
격적인 것으로 나타나고, 여성들은 '화살을 쏘는 자리'(같은 책,
74)와 같이 수동적이어야 한다.

에스더는 여성이 섹슈얼리티를 결혼이나 자식들과 균형을 맞
추거나 아니면 사회에서 배척받을 모험을 무릅쓸 것을 예상해
야 하는 시대의 성적 '이중 표준'에 사로잡혀 있다. 그리하여
이성애주의는 1950년대에 합치된 의견, 즉 한 가지 특별한 성
적 표현 양식을 승인하고 다른 양식들을 주변부화한 성적 욕망
에 대한 통일된 반응의 일부였다. 아드리엔 리치는 이것을 '검
토되지 않은 이성애 중심주의'(1993: 203)라고 부르고, 그것이
표현과 선택을 제한하고 자율과 선택을 하지 못하게 만드는 가
부장적 체계를 강화시키기 때문에 그것을 이념적이라고 생각한
다. 그리하여 리치는 더욱더 광범위한 논의를 허용하고 '동일함
으로의 후퇴 … 그리고 새롭게 차이를 강하게 비판하는 시기가
올 것을 예방하기 위해서' 그러한 규범들, 즉 '강제적 이성애주
의'(같은 책, 204)를 다시 생각할 것을 요청한다.

동성애자 권리 단체들은 1969년 동성애 남자들과 레즈비언들

이 편견과 괴롭힘에 저항하는 항의 소동으로 바뀌게 된 그리니
치 빌리지의 스토운월 인에 대한 경찰의 급습이 있은 후 전면
에 등장했다.

게이 해방 운동은 이 사건의 산물이었고, 그들은 저항 행위들
을 조정하기 시작하여, 직접 투쟁 행위는 물론 섹슈얼리티에 대
하여 눈가리개를 써서 사실을 제대로 보지 못하는 중심화된 견
해가 가지고 있는 문제들에 대하여 더 폭넓은 비판적 토론회를
시행하기에 이르렀다. 일부가 레즈비언이즘이 유일하게 진실된
페미니즘의 표현이라고 믿고서 가정, 결혼, 출산이라는 가부장
적 관습들을 거부하게 되면서, 레즈비언이즘은 급진적 페미니즘
의 발전에 결정적 요소가 되었다. 일부는 여성의 생물학을 '본
질적'이고 존재의 결정 요인이라고 간주하였고, 그래서 단지 여
성들만이 여성의 신체를 가장 잘 알며, 여성들은 천성적으로 보
호적이고 비—공격적이라고 생각했다. 아드리엔 리치는 주로 성
적인 것이 아니라 '남성의 전제'에 맞서서 진정으로 '여성 중심
적인' 문화를 위한 이상에 기초한 '여성으로 확인된 경험', 즉
'가부장제를 거부하는 일종의 저항 행위'(1993: 217)와 관련이
있는 '레즈비언 연속체'를 주창했다.

섹슈얼리티는 비록 명확하게 1950년대에 국한된 문제인 것은
아니라 하더라도, 이 시기에 페미니즘과 함께 상당한 논의가 이
루어졌다. 성적인 규범으로부터 방향을 돌린 어머니를 둔 자녀
들이 동성애 또는 난교로 빠지게 된다는 주장이 나오면서
(Friedan 11장 참조), 실제로 페미니즘과 섹슈얼리티 사이에 연
관성이 종종 이루어졌다. 앞에서 논의한『이유 없는 반항』과 같
은 영화 또한 짐에게 집착하는 무너진 가정의 산물인 플라토라
는 인물을 통하여, '동성애자의 부모들은 모두 분명 심각한 정

서적 문제를 가지고 있다'(Bergman, 190)라는 그 시대의 지배적인 이론과 연결되어 있다. 어떤 면에서 플라토는 사회의 남성적 경계선과 가정의 현상을 위협하는 위험한 '반항자'이기 때문에 영화의 종결 부분에서 그가 죽어야 하는 것은 의미심장하다. 남자 동성애자들과 레즈비언들은 바로 가부장제가 제공하는 개념 규정의 틀 밖에 서 있는 여성들과 마찬가지로 '질서'가 회복될 수 있기 위해서 제거되어야 한다. 이 영화의 결말은 가정의 구원, 그리고 짐과 주디가 이루는 '새 가정'의 예시와 함께 외부자를 주변부화 내지는 '전멸'시키자는 합치된 의견, 즉 사회적 충동을 증명해주고 있다. 그러므로 '이성애 중심주의'는 강화되는 것이다.

에드먼드 화이트의 소설, 『어떤 소년의 이야기』며(1983)와 『텅 비어있는 아름다운 방』(1988)의 배경은 1950년대이며 한 소년이 이 이성애 중심적인 문화와 충돌하는 문제들을 묘사하고 있다. 화이트의 소설들과 플라스의 소설의 연관성은 아주 중요하며 그들 사이에 많은 유사성이 있지만, 특히 그것들은 성별과 성적 구성이 개인에게 미치는 치명적인 결과들을 증명하고 있다. 화이트의 '소년'은 이 소설에서 결코 그 이름이 거명되지는 않지만, 에스더와 마찬가지로 순응의 압력에 둘러싸여 있다.

> 50년대 중반 … 문화의 소비도 별로 없고 차이도 전혀 없고, 외모, 신념, 행동에서도 그러하다 … 모든 사람이 같은 음식을 먹고, 같은 옷을 입으며 … 인간이 알고 있는 극악 무도한 삼대 범죄는 공산주의, 마약 복용, 동성애이다.(White 1988: 7)

화이트가 동성애를 국가 안보의 문제들과 연결시키는 것은

전형적인 미국의 냉전 망상증세이다. 미국에서는 가정이나 '정
상적인' 성적 행태에 대한 그 어떤 위협도 잠정적으로 반—미
국적인 행위로 간주되었다. 플라스의 소설은 1953년 6월 로젠
버그 부부가 소련의 스파이 혐의로 처형되는 날에 시작하며, 그
것은 명확하게 플라스 자신의 '쇼크 치료'를 그들이 전기 의자
에서 맞는 죽음과 비교한다. 여성의 역할들과 섹슈얼리티는 사
회의 질서를 확실하게 이룩하기 위해서 규제되며 통제되었고,
순응하지 않는 사람은 강제적으로 은둔의 삶을 살아야 했다.
'소년'이 논평하듯이, 그의 삶은 '자신이 결정적인 역할을 담당
한 말이 필요 없는 멍청한 쇼'였고, '그것은 단지 실제 감정들
의 환영일 뿐이어서'(White 1983: 70), 에스더가 그랬듯이 그는
분열되고 목소리를 빼앗긴 채 '양가죽을 쓴 새끼 늑대'(같은책,
79)라는 허위의 정체성을 취하게 되었다.

'소년'은 에스더와 같이 표현을 갈구하면서 자신의 존재를
글로 쓰고 이미 언급한 '말이 필요 없는 멍청한 쇼'의 스크립
트를 따르지 않아도 될 수 있기를 바란다. 이성애 담론 속에 둘
러싸인 채 그는 '성별화된 의미 생산과 … 이성애적으로 규정
된 타부들의 영속화를 반대하는 장소로서의 언어'(Easthope and
McGowan, 135)로 글쓰는 작업을 플라스의 말대로 자신의 주관
성을 '구술'하는 하나의 방법으로 간주한다. 그러나 그는 아직
도 두 개의 표현 형태 사이에 사로잡혀 있다.

나 자신의 경험들을 글로 쓰려면 실제적으로 서서히 느끼는 고통을
거쳐서 조야한 은어로 나오게 된 것을 번역해야 할 것이라고 생각했다
… 단번에 상승하여 내가 느끼는 것에 여세를 몰아주는 방식으로. 동
시에 나는 이끌려 갔다 … 만일 내가 나의 삶을 있는 그대로 글로 쓸
수 있다면 어떻게 될까?(White 1983; 41)

후자를 실천하려면 플라스의 작품에서 나타나고, 프랑스 이론가 루스 이리가레이가 '재현의 가리개'(Yorke, 88)라고 부른 것과 유사한 어떤 수준의 사회적 타부나 역할 담당을 돌파할 필요가 있을 것이다. 화이트는 시대 정신 속에서 '다른 사람들이 [그를] 둘러싸고 그리고 있는 숨겨진 계획들'(White 1983: 104)을 목격하며, 그 중 하나는 그에게 동성애가 교육, 정신 의학, 종교[이것들이 모두 소설에서 두드러지게 눈에 띈다]에 의해서 치유될 수 있는 질병이라고 말해준다. 그러나 그는 에스더와 마찬가지로 '치료과정'을 거쳐야 하는데, 그는 자신을 제한하는 실제 세상에 대한 힘의 행사라는 꿈을 조금이라도 성취하기 전에 아버지에게 고백하고, 선생님을 배반하며, 교회를 거부해야 한다. 루스 이리가레이에 의하면, 여성들은

> 그 모든 이미지, 말, 판타지들에 의해서 갇히고 마비된다. 얼어붙고 만다. 오금이 붙어버려 옴짝달싹 못 한다 … 그것들 자체의 최대의 이해관계에 따라 나를 갈기갈기 찢는다. 그리하여 나는 '자아'가 전혀 없거나 아니면 그것들이 그것들의 욕망이나 필요에 따라서 마음대로 전용하는 수없이 많은 '자아들'을 갖게 된다.(Yorke, 88-9)

이것은 바로 가부장적 이성애 중심적인 존재에 특권을 부여하는 세상에서 그들의 정체성에 근거를 보강하는 긴장들을 표현하고 있기 때문에 게이 문학이나 페미니스트 문학 모두의 독자들에게 얼마나 유사할 것인가. '그들이 투사한 영상들의 가리개를 … 초월'(같은 책, 88)한다는 것은 위험요소, 외부자, 사회질서나 정상성에 대한 위협이 되는 것이다.

성별이나 성적 정체성 형성의 딜레마들을 창조적으로 탐구하

는 에드먼드 화이트나 다른 게이 작가들의 의식 고양과 같은
작업은 미국에 에이즈가 확산되면서 강화되었다.[6] 동성애에 대
하여 공개적으로 말해야 할 필요성은 에이즈, 그리고 특히 그
병을 '동성애자들의 역병'으로 매체에서 연결시킨 재현물들이
낳은 부산물이었다. 동성애자들의 생활양식이 매체의 관심으로
완전 조명을 받게 되었는데, 1979년 시사 주간지 〈타임〉은 표
지에 손을 맞잡은 두 남자(그리고 두 여자)가 '게이가 얼마큼
즐겁지?' 하고 묻는 그림을 실을 정도였다. 동성애자들이 매체에
서 제시되는 공포감에 대처하기 위해서 미국에 자신들의 영상
들을 제시한다는 것은 점차 중요해졌다. 그 '질병'을 생산해 낸
주변부적이고 비정상적인 실천들에 대하여 매체가 보여주는 단
일한 견해와 대조하여 많은 동성애자들은 그들의 성적 편향들
을 둘러싸고 있는 자존심, 공동체 의식, 정체성을 역설하는 다
양한 반대 견해들을 제시하기를 희구했다.

　　『진정한 동반자』(노만 르네, 1990)와 같은 영화들은 에이즈
위기를 대처해 나가는 동성애자들의 생활을 친밀하고, 충실하
며, 다면체적인 것으로 묘사한 반면에, ACT-UP(AIDS Coalition
To Unleash Power: 힘을 보여주는 에이즈 연합)과 같은 행동주
의자들의 운동은 강력한 구호들['힘을 보여주자! 반격하자! 에
이즈와 맞서 싸우자!', '침묵은 죽음이다']을 만들어 내었다. 게
리 인디아나와 같은 작가는 좀더 급진적인 동성애자 양식을 재
현하는데, 그는 미국의 '이념적 순응'이나 '엄청난 전체주의적
가능성'에 대하여 글을 쓰면서, 그렇기 때문에 동성애자들은

---

6) 태도나 주제나 스타일 면에서 다면체적인 작품을 써내는 영향력 있는 동성애
　작가들이 미국에서 점차 증가하고 있다. 예를 들면, 데이빗 리이빗의 『학이 잃
　어버린 언어』, 게리 인디아나의 『미친 말』 또는『분열된 소년』, 데니스 쿠퍼의
　『프리스크』, 존 레히의 『밤의 도시』 등이 있다.

'우리를 처형하는 사람들에게 어떻게 우리 자신들을 제시할 것인가'(Mariani, 23)에 대하여 신중해야 할 필요성이 있다고 주장한다. 자기 재현에 대한 이러한 논의는 페미니즘 운동에서 그랬던 것처럼 게이 공동체에서도 상당히 활발했다. 많은 점에서 해결책은 재현의 다양성과 다각화이고, 인디아나가 말하는 '다원적 의식'(같은 책, 23)이며, 레즈비언 페미니스트 오드르 로드가 '안전한 어느 특정한 차이점이라기보다 다름 아닌 차이의 집'(Lorde, 226)이라고 표현한 것이다.

아마도 이러한 종류의 '다원성'을 가장 잘 보여주는 상징적인 예는 에이즈 퀼트로, 남성 여성, 동성애자 이성애자를 불문하고 에이즈로 죽은 모든 사람들을 기념하기 위해서 NAMES 기획단이 추진한 것이다. 퀼트의 각 패널은 에이즈로 고통받는 사람들을 분류하고 보편화하는 재현물들과는 정반대로 개인의 개별성을 강조하고 있다. 그러나 그것은 다른 곳에서 구성된 신화와 대조되는 에이즈 역사를 창출하는 한편, 통일성과 다양성을 역설하기 위해서 개개 패널들을 전체와 연결시키고 있다. 퀼트는 에이즈 상황을 과거의 소수 민족들, 특히 여성들과 아프리카계 미국인들이 벌였던 투쟁들을 연결시켜 보이지 않는 역사의 독본인 상징적 텍스트가 되었다.

수사학을 소유한 사람이 힘 또한 소유한다 ⋯ 퀼트는 에이즈(PWA) 환자들이 수사학을 되찾아 주변부인 단순한 희생자로 전락하기보다는 그들 스스로가 위엄과 지위를 주장할 수 있도록 그들의 이야기를 기록할 기회를 제공한다.(Elsley, 190)

비극적이게도 에이즈는 적극적인 게이 행동주의, 공동체, 그리고 [미국 가정에 '동성애가 아닌' 사회가 에이즈나 동성애자들의 생활을 어떻게 투사했는가와 같은] 재현에 대한 관심에 활력을 회복시키는 전환점을 제공하였다. 광고에서의 에이즈, 그리고 특히 1992년 베네통 광고가 에이즈로 죽어가고 있는 행동주의자 데이비드 커비를 이용한 것을 둘러싸고 벌어진 것과 같은 논쟁들이 수도 없이 많았다. 그것은 단순히 죽음을 묘사해서가 아니라 동성애자를 가정과 관련시켜 보여주었고 거의 예수와 같은 행실을 암시했기 때문에 '동성애가 아닌' 사회에 불쾌감을 일으켰다. 1994년, 조나단 데미는 영화 『필라델피아』에서 할리우드 스튜디오, 톰 행크스와 덴질 워싱튼과 같은 인기 배우들, 브루스 스프링스틴과 같은 록가수를 동원하여 대중 시장을 겨냥하여 에이즈를 극화시키는 길을 모색하였다. 이 영화는 톰 행크스를 통하여 동성애자 생활을 정상적인 것으로 만들고 아마도 에이즈를 둘러싼 복잡한 상황을 축소시켰지만, 그 영화는 동성애자 문제가 주변부의 사적인 삶에 국한된 것이 아니라 미국인들 삶의 심장부에 놓여있다는 것을 증명해 주었다. 민주주의의 산실, 형제애의 도시 필라델피아는 새로운 투쟁의 장소였고, 그것은 더 이상 단순한 동성애자 문제가 아닌 것이다.

1990년대 중반에 이르러 부분적으로는 에이즈 때문에, 그리고 또한 페미니즘에서 연유한 수십년간에 걸친 논의의 결과로 성별과 섹슈얼리티의 문제들은 중심 무대로 등장했다. 어떤 면에서 미국인들은 자신들이 단순히 여러 인종, 민족, 계층뿐만이 아니라 여러 다른 섹슈얼리티와 성별들로 구성된 다원적인 국가라는 사실을 알게 되었다. 백인, 이성애, 남성이라는 폐쇄적인 비전으로 이루어진 '중심'이 수많은 전선에서 도전을 받았으며, '과거의 서사들, 이야기들, 스크립트들, 신화들이 새 기준에 따라 가치를 바꾸고, 여러 다른 용어로 다시 제시되'게 되었다 (Yorke, 1).

▶ 결론

베티 프리단의 『여성의 신비』에서 인터뷰한 한 여성은 '나는 절박하다. 나에게 인격이 없는 것 같은 느낌이 들기 시작한다. 나는 음식을 제공하고 바지를 준비해주며 침대정리를 하는 사람과 같이 뭔가가 필요할 때 소환될 수 있는 그런 사람이다. 그렇다면 나는 누구인가?'(19)라고 말한다. 이것은 비록 1960년대의 목소리였긴 하지만, 여성들은 아직도 가부장적 가정 세계에서 이와 같은 유형의 절박한 정체성, 한계성에 대항하여 투쟁하고 있기 때문에 그것은 최근에도 나올 수 있는 목소리일 수 있다. 『로잰』과 같은 대중적 문화 텍스트는 이러한 '절망'과 그것과 연합된 문화적 논쟁들이 강력한 결과를 가져오는 다른 재현 영역에서 상연될 수 있는 방식을 보여주고 있다.

로잰 : 폭발한 세상

1988년 처음 상연된 인기 있는 텔레비전 프로인 『로잰』은 주류 문화가 성별과 섹슈얼리티에 대한 논쟁들의 양상들을 그 자체에 통합시킨 방식을 보여주는 한 예이다. 그 프로는 『비버에게 맡기세요』나 『신혼부부들』과 같은 1950년대의 쇼들로 유명해진 장르를 채택하고 있지만, '행복한 교외의 가정이라는 신화를 의식적으로 깨트리고' 그 대신 성별 기대치들과 성적 규범

들을 은밀하게 교란시키는 '저항 수단'(Dines and Humez, 471)
이 되었다는 주장이 나왔다. 『로잰』은 '페미니즘적 변화를 위한
영감과 저항의 원천으로서 전복적인 잠재력'을 가지고 있는
'여성 중심적'(같은 책, 474) 쇼로, 전통적으로 미리 정해놓은
성별 노선들을 따라서 여성들의 영향력을 감소시키는 시트콤
장르의 규범들을 뒤집어 놓았다. 로잰은 삶과 연관된 유머가 결
정적인 영향력을 발휘할 수 있다고 말했다. '나는 무대를 발견
했고, 그곳에서 나는 나의 인생에 대한 진실을 말하기 시작했
다.

　왜냐하면 무대 밖에서 나는 진실을 말할 수 없었기 때문이다.
그리고 아주 재빨리 이 세상은 폭발하기 시작했다'(Bonner *et
al*., 286). 우리가 이 장에서 검토한 다른 많은 텍스트들과 마찬
가지로, 『로잰』은 '삶을 이야기하기'와 연관되어 있고 이 경험
들을 쇼의 '허구' 속에서 이용하고 있다. 예를 들어 허구 속의
로잰은 '진짜' 로잰과 마찬가지로 글쓰기를 원한다. 항상 그렇
듯이 글쓰기는 자기 표현과 권위에 대한 욕망을 의미한다.

　그러나 이 쇼는 모든 방식으로 시트콤의 관습들을 뒤엎어놓
음으로써 '이 세상을 흔들어 놓는다'. 로잰은 뚱뚱하고, 목소리
가 크며, 남편에 대해 존경심이 없는 것 같고, 아이들에게 무심
하며, 가사 의무에 대해 칠칠치 못하다. 실제로 '그녀는 이상과
반대되는 것[다루기 힘든 여성의 이미지]을 개발함으로써 "미
사여구적인 여성성"["진정한 여자다움", 즉 완벽한 현모양처 이
데올로기]을 폭로하는 것을 기저로 삼고 자신의 행위와 성공을
그 위에 쌓고 있다'(Rowe, 413). 이 프로에서는 세대, 인종, 지
역을 넘어선 여성들의 관계들을 검토하며, 여러 다른 시리즈(가
정, 미장원, 도시락 등)를 통해 다양한 여성의 공동체 또는 '여

성의 공간'(Dines and Humez, 473)을 탐험하기로 작정했다. 최근 상연된 축하 에피소드에서는 로잰의 부엌을, 준 클리버『비버에게 맡기세요』, 다나 리드『다나 리드 쇼』, 노마 아놀드『기적과 같은 세월』와 같이 가정에 남아서 아이들을 키우고 집을 청소하며 요리를 하는 일단의 전형적인 중류 계급의 텔레비전 가정주부들이 차지하고 있다.

로잰은 마치 시청자들에게 자신이 그들의 '규범'을 전복시키는 것을 상기시키려는 듯이 해방된 방식으로 시청자들을 교육하고, 시청자들이 허구의 화신이 되어 추종했던 '스크립트'로부터 시청자들을 해방시킨다. 그러나 우리가 이 7장에서 주장하듯이, 최근에 와서 의문이 점증적으로 제기되고 있는 전후 미국에 확립된 성별과 섹슈얼리티에 대한 스크립트가 실제로 있었다는 점을 이 쇼는 말하고 있다. 1990년대의 쇼에서 이 1950년대의 '엄마들'을 자의식적으로 이용함으로써 우리는 역할들의 구성적 성질과 그 역할들이 유머와 아이러니로 어떻게 소환될 수 있을지를 의식하게 된다. 자신의 임무는 '내가 모욕을 주려는 사람들이 나의 기분을 끔찍하게 나쁘게 만들기 때문에 … 모든 사회 규범을 깨트리고 … 그 규범이 조롱을 당하고 있음을 보여주는 것'(Rowe, 414)이라고 로잰은 쓰고 있다.

이 쇼는 '엄마' 신화와 미국 시트콤 가정의 해체라는 이 첫 번째 수준의 '다루기 어려움'을 넘어서서 계급, 인종, 섹슈얼리티와 같은 여러 가지 다른 문제들을 성별의 틀 속에 개입시키는 지경에 이르렀다. 예를 들어 이 쇼에는 동성애자임을 드러내 놓고 말하는 낸시(샌드라 번하트)와 레온(마틴 멀)이라는 두 명의 인물이 정기적으로 출연하는데, 그들은 방송시간에 자신들의 섹슈얼리티를 시각적으로나 언어적으로 표현하는 것이 허용되고 있다. 그 두 사람은 이 쇼에 나오는 다른 사람들과 마찬가지로 유머의 원천이긴 하지만, 그 누구도 '괴짜 성적 도착자'로 간주되지 않는다. 그들은 이 코미디에 나오는 다른 모든 인물들과 마찬가지로 노동자이고, 매니저들이며, 힘, 관계, 감정을 지닌 연인들이다. 악명 높은 한 에피소드에서 공공연한 로잰의 이성애주의가 레즈비언 관계에 있는 한 사람으로부터 도전을 받으며, 매리얼 헤밍웨이와 나눈 스크린 키스는 쇼라는 코믹한 매체를 통하여 교묘하게 사회의 두려움과 터부에 도전한 것이었다.

쇼를 휘어잡는 로잰의 지배력, 그녀의 '권위'는 미국 텔레비전의 관습들과 고정관념들에 저항하고 가정 생활과 '가치 체계'에 대한 논쟁들을 확장시킨 주요 사안들과 성격규정에서 다양성을 보장하고 있다. 이 쇼의 시작을 알리는 자막 장면들에서 보여주는 로잰의 광적인 웃음은 뒤틀리고 고뇌에 사로잡힌 전복적인 힘을 보이는 엘렌 씨이주의 메두사나 아니면 히스테리 증세를 일으켜 '가족의 유대감을 손상시키고, 질서정연하게 펼쳐지는 일상 생활 속에 혼란을 가져오며, 명백한 이성으로 마술을 일으키는'(Gallop, 133) 프로이트의 도라를 닮았다. 『로잰』과 같은 쇼가 가능하게 만든 것은 특히 여성 이미지를 중심으로 성별과 섹슈얼리티 정의에 대한 문제제기로, 그것은 시청자들에게 미국 문화 속에서 종종 고정된 확실한 범주들로 보여졌던 것에 대한 일련의 대안적이고 경쟁적인 비전들을 제공했다. 과거에는 '다루기 힘든' 여성은 코믹하게 다시 그 장르 속으로 동화될 것이었고, 말도 안 되는 그녀의 비정상성은 가족 구성원들에 의해 통제되고 조절되었다. 사람들은 루실 볼이나 『마법에 걸린 여인』을 떠올리겠지만, 『로잰』에서는 결코 그렇지 않다.

가정은 로잰에 의해 붕괴되는 것이 아니라 문제시되고 중심이 분산되며, 로잰은 '애매모호하지 않고 단호하게 절대로 동화할 수 없고'(Gallop, 134), 아주 도전적이고도 전복적인 인물로 계속 남는다.

이 쇼는 그 나름대로 성별들과 섹슈얼리티 사이의 차이점들을 역설하고 있으며, 우리가 포스트모던 성별과 섹슈얼리티라고 부를 수 있을 것을 지향한다. 이것은 '본질적인 여성성 또는 남성성의 모든 해석을 거부하며 … 다시 이용할 수 있는 … 단일하고도 진정한 [성별 정의]가 결코 없음을 시사한다'(Jordan and Weedon, 203). 그 대신 그 정의는 '분열되고 모순적이며, 사회적 실천들 속에서 만들어진다'(같은 책, 203). 『로잰』은 가정 안과 밖에서 성별관계, 섹슈얼리티, 힘의 전선을 놓고 끊임없이 협상이 이루어지고 있음을 증명하고 있다. 그러나 만일 『로잰』에 이 포스트모던한 정서의 요소들이 있다면, 그것은 또한 이 힘의 관계들이 계급, 종족, 성별의 차이점들을 확증하고 있고 그것들이 협상의 공적 타당성에 영향을 미치는 방식들을 상당히 의식하고 있다는 것이다. 이 쇼는 '투사영상의 가리개' 뒤에 더 이상 숨지 않고, 전시와 스펙터클을 즐기며, 신체를 정체성과 힘의 원천으로 이용하고, 끊임없이 축제 정신으로 '억압적인 정체성 수행에 개입하고, 문화적으로 권한이 부여된 허구들을 괴롭힌다'(Smith 1993: 162). 성별과 섹슈얼리티는 중앙무대로 등장했고 모두 자기 목소리를 높이고자 애쓰고 있는 이 쇼의 불협화음의 일부이다. ― 아마도 이것은 또한 1990년대 중반부에 더 광범위한 미국 문화의 영역에서 도달한 위치일 수도 있다.

▶ 참고문헌

Alcott, L. (1989) *Little Women*, Harmondsworth: Penguin.

Bailey, B. (1989) *From Front Porch to Back Seat: Courtship in Twentieth Century America*, Baltimore: Johns Hopkins UP.

Banta, M. (1987) *Imaging American Women: Idea and Ideals in Cultural History*, N. Y.: Columbia UP.

Bergman, D. (1991) *Gaiety Transfigured: Gay Self-Representation in American Literature*, Madison: U of Wisconsin P.

Bonner, F. *et al.* (eds) (1992) *Imagining Women: Cultural Representations and Gender*, Cambridge: Polity Press.

Burg, D. F. (1976) *Chicago's White City of 1893*, Lexington: U of Kentucky P.

Burr, V. (1995) *An Introduction to Social Constructionism*, London: Routledge.

Byars, J. (1991) *All That Hollywood Allows: Re-reading Gender in 1950s Melodramma*, London: Routledge.

Chafe, W. H. (1974) *The American Woman: Her Changing Social, Economic and Political Roles, 1920-1970*, Oxford: Oxford UP.

Chopin, K. (1984) (first 1899) *The Awakening and Selected Stories*, Harmondsworth: Penguin.

Clinton, C. (1984) *The Other Civil War: American Women in the Nineteenth Century*, N. Y.: Hill and Wang.

Daniel, R. L. (1989) *American Women in the Twentieth Century*, N. Y.: Harcourt, Brace, Jovanovitch.

Dines, G. and Humez, J. (eds) (1995) *Gender, Race and Class in Media: A Text-reader*, London: Sage.

Du Bois, E. C. and Ruiz, V. (eds) (1990) *Unequal Sisters: A Multicultural Reader in U. S. Women's History*, London: Routledge.

Eagleton, T. (1983) *Literary Theory*, Oxford: Blackwell.

Easthope, A. and McGowan, K. (eds) (1992) *A Critical and Cultural Theory Reader*, Buckingham: Open UP.

Elsley, J. (1992) 'The Rhetoric of the NAMES Project - AIDS Quilt: Reading the Text(ile)' in E.B. Nelson (ed.) *AIDS: The Literary Response*, N. Y.: Twayne, pp. 186-9.

Friedan, B. (1982) (first 1963) *The Feminine Mystique*, Harmondsworth: Penguin.

Gallop, J. (1982) *Feminism and Psychoanalysis: The Daughter's Seduction*, London: Macmillan.

Gatlin, R. (1987) *American Women Since 1945*, London: Macmillan.

Gilman, C. P. (1990) 'The Yellow Wallpaper,' in C. Griffin-Wolff (ed.) *Four Stories By American Women*, Harmondsworth: Penguin.

Harvey, B. (1994) *The Fifties: A Women's Oral History*, N. Y.: Haper Perennial.

Jordan, G. and Weedon, C. (1995) *Cultural Politics: Class, Gender, Race and the Postmodern World*, Oxford: Blackwell.

Lane, A. J. (1990) *To Her Land and Beyond: The Life and Works of Charlotte Perkins Gilman*, N. Y.: Pantheon Books.

Lauret, M. (1994) *Liberating Literature : Feminist Fiction in America*, London: Routledge.

Lauter, P. *et al* (1994) *The Heath Anthology of American Literature*, Lexington: D.C. Heath.

Lerner, G. (ed.) (1977) *The Female Experience: An American Documentary*, Oxford: Oxford UP.

Lhamon, W. T. Jr. (1990) *Deliberate Speed: The Origins of Cultural Style in the American 1950s*, Washington, DC: Smithsonian Institute Press.

Lorde, A. (1982) *Zami: A New Spelling of My Name*, London: Sheba.

Mariani, P. (ed.) (1991) *Critical Fictions*, Seattle: Bay Press.

Marks, E. and De Courtivron, I. (eds) (1981) *New French Feminisms*, London: Harvester Wheatsheaf.

Melosh, B.(ed.) (1993) *Gender and American History since 1890*, London: Routledge.

Merquior, J. (1985) *Foucault*, London: Collins.

Meyerowitz, J. (ed.) (1994) *Not June Cleaver: Women and Gender in Postwar America, 1945-1960*, Philadelphia: Temple UP.

Moi, T. (1985) *Sexual/Textual Politics: Feminist Literary Theory*, London: Routledge.

Moraga, C. and Anzaldua, G. (eds) (1983) *This Bridge Called My Back: Writings By Radical Women of Color*, N. Y.: Kitchen Table Press.

Muccigrosso, R. (1993) *Celebrating the New World: Chicago's Columbian Exposition of 1893*, Chicago: Ivan R. Dee.

Mulvey, L. (1991) *Visual and Other Pleasures*, London: Macmillan.

Norton, M.-B. (ed.) (1989) *Major Problems in American Women's History*, Lexington: D. C. Heath.

Plath, S. (1972) (first 1963) *The Bell Jar*, London: Faber and Faber.

Rich, A. (1979) *On Lies, Secrets, and Silence: Selected Prose, 1966-1978*, N. Y.: W. W. Norton.

_____ (1993) *Adrienne Rich's Poetry and Prose*, N. Y.: Norton.

Rosenberg, R. (1992) *Divided Lives: American Women in the Twentieth Century*, N. Y.: Hill and Wang.

Rowe, K. K. (1990) 'Roseanne: Unruly Woman as Domestic Goddess,' *in Screen*, vol. 31, no. 4, Winter, pp. 408-19.

Showalter, E. (ed.) (1986) *The New Feminist Criticism*, London: Virago.

_____ (1992) *Sexual Anarchy: Gender and Culture at the Fin de Siecle*, London: Virage.

Smith, P. (1988) *Discerning the Subject*, Minneapolis: U of Minnesota P.

Smith, S. (1993) *Subjectivity, Identity and the Body in Women's Autobiographical Practices in the Twentieth Century*, Bloomington: Indiana UP.

Trachtenberg, A. (1982) *The Incorporation of America: Culture and*

Society in the Gilded Age, N. Y.: Hill and Wang.

Walby, S. (1990) *Theorizing Patriarchy*, Oxford: Blackwell.

Weeks, J. (1986) *Sexuality*, London: Routledge.

White, E. (1983) *A Boy's Own Story*, London: Picador.

＿＿＿ (1988) *The Beautiful Room Is Empty*, London: Picador.

Woloch, N. (1994) *Women and the American Experience*, N. Y.: McGraw-Hill.

Yorke, L. (1991) *Impertinent Voices: Subversive Strategies in Contemporary Women's Poetry*, London: Routledge.

▶ 후속 작업

1. 로라 멀비는 1975년도 논문 「시각적 즐거움과 서술 시네 마」(1991)에서 카메라가 남성 시각을 가정하기 때문에 주류 영화는 '남성의 시선'을 중심으로 구성되고 여성의 관점은 배제한다고 주장하였다. 여성 관객들은 그들에게 제시되는 남성의 관점에 맞추기 위해서 자신의 관점을 조정해야 한다. 예를 들어 1980년대의 일부 주류 영화들은 이러한 관점과 이것과 연관된 여성 재현에 대한 한계점들에 도전하기를 시도했다. 여성적 정체성과 관련된 수잔 사이델만의 『필사적인 수잔 찾기』(1985), 또는 감독은 리들리 스콧이라는 남성이지만 식당과 부엌으로 특징지어진 남성 세계의 정의들로부터 도망치려는 두 여성을 보여주고 있는 『델마와 루이스』(1991)를 숙고해 보자. 『이브가 깨어날 때』나 『벨 자』와 마찬가지로 『델마와 루이스』의 애매모호한 결말은 '독자/관객'에게 자살/도피/부활의 이미지들을 제시하지만, 그것은 우리에게 그 의미들을 해석하는 방식들을 결정하도록 허용한다. 이 영화들이 야기하는 구체적인 질문들은 다음과 같다. 여성들은 가부장제를 '초월'하였는가? 아니면 여성들은 간단하게 그 불가피한 존재와 힘에 굴복하였는가? 이 영화들에서 어떤 정체감이 부상하는가?

〈연구과제〉

2. 다음의 것들을 생각해 보자.
   ① 프리단을 비롯하여 여러 사람들이 여성 잡지가 여성성

담론에 미치는 영향을 논의하였다. 여러 가지 다양한 미국 잡지들을 자세히 검토하여, 문자 텍스트와 시각적 텍스트를 모두 해석하면서 1990년대에 부상하는 여성적인 것의 성향을 분석해 보아라. 특히 잡지들이 채택하고 있는 이념적 입장, 창출하려는 신화, 조장하려는 가치체계들에 초점을 맞추어서 생각하라. 이러한 점을 1950년대나 1960년대의 플라스, 프리단, 하비의 견해와 연관시켜 논의해 보아라.

② 멀비의 논문과 이와 관련된 성별 비평의 관점에서 『보니와 클라이드』의 모두 장면들을 분석해 보아라. 이 영화는 성별 관계, 힘, 남성의 시선, 섹슈얼리티에 대하여 우리에게 어떤 것을 말해 주고 있는가?

제 8 장

청년문화:
억압적인 세상 밖으로

더글러스 쿠플랜드(Douglas Coupland)의 『X 세대』(Generation X, 1992)는 청년을 다시 평가하며 '청년은 참으로 … 많은 방황하는 냄새들로 만들어진 슬픔을 유발시키는 향수이다' (Coupland 1992: 134)라는 독특한 은유를 선보인다. 청년을 많은 '방황하는 냄새들'로 구성된 어떤 존재로 보는 것은 청년을 인종, 계급, 권력, 젠더와 성에 의해 구성되는 '다양한 담론을 위한' 복잡하고, 차별화된 '접합점'(Acland 1995: 10)으로 인식하는 것이다. 청년기는 '개인적인 걱정으로 인한 혼란과 사회적 자기정의에 대한 다급한 요구와 함께 과거가 미래와 만나는 찬란한 교차로'(Fass 1977: 5)이자 이런 요소들이 교차하고 섞이며 충돌하는 장소 가운데 하나다. 이 충돌의 특성은 청년기에 대한 많은 논쟁, 토론, 재현, 그리고 표현을 야기시켰다. 8장에서는 이런 논쟁에 의해 제기된 문제 가운데 일부를 검토하고자 한다. 8장에서 다루지 않는 부분은 전체영역과 모든 각도에서 청년기를 검토하는 것이다. 하지만 많은 논쟁들은 이 책의 다른 장들과 연결될 것이다. 다양한 청년문화 관행과 텍스트들은 기존에 '청년'이라고 규정한 이름 안에서 차이들을 나타내는 증거가 된다. 이 장은 이런 다양한 반응들 가운데 일부를 숙고하고 탐구할 것이다.

청년은 사회의 지시에 반항하거나 사회가 요구하는 것을 따른다. 어떤 때는 반항과 순응에 함께 반응을 보이기도 한다. 만일 청년기가 하나의 '교차로'와 같다면 청년기는 8장에서 검토할 거리를 위한 적당한 공간적 은유를 제공하는 것이다. 필자들은 청년을 다루는 텍스트 그 자체가 그러하듯이, 어떻게 이미지들이 미국문화 안에서 텍스트들에 의해 침범당하고 강화되는지를 공간적 이미지를 통해 살펴볼 것이다. 메이어 스팩스(Meyer

Spacks)의 말처럼 청년들은 '체제의 위반자들 혹은 선봉자로' (1981: 296) 생각될 수 있을 것이다. 이 장에서는 이 같은 이중성에 배태된 긴장을 검토할 것이다. 이런 긴장은 사회과학자 에드가 Z. 프리덴베르크(Edgar Z. Friedenberg)의 '인간의 삶은 하나의 연속적인 실이다. 우리 모두는 이 실에 풍부하고 복잡한 의미를 부여하면서 자신의 방식으로 실을 엮는다. 자연스럽게 된 매듭이란 없는 것이다. 하지만 매듭들은 거의 항상 청년기에 형성된다'(Friedenberg 1963: 3)라는 말에 시적으로 표현되어 있다. 청년기 텍스트들은 '자아를 찾기' 위해 스스로 만든 '패턴'에 대한 욕구와 청년기를 타인의 생각으로 구속하고 고정시키는 '매듭' 사이의 긴장과 관계를 맺고 있다.

▶ 청년/역사/재현

미국의 국가건설은 항상 미국을 한 나라로 보려는 시도와 새것과 청년을 연결시키려는 노력을 중요하게 여겼다(1장 참조).

> 우리는 '중대한 시기'를 맞고 있으며, 활기차며, 독특하다. 우리는 새로운 사람들이고, 젊고, 활기차며 독특한 것은 언뜻 보기에 사용하기에 좋은 것처럼 보인다. 모든 곳에서 사람들은 청년을 귀중하게 여긴다 …. 미국은 '청춘의 샘'이다.(Robertson 1980: 348)

이 은유적인 말은 신세계를 재생의 장소로, 아동기와 청년기의 에너지가 다시 충만하여 구세계의 부패를 정화시킬 기회를 제공하는 부활의 장소로 보는 견해를 나타내고 있다. '미국인들은 주로 아이들에게서 잃어버린 순수를 추구했다. 청년에 대한 심리적인 원시주의가 그것에 수반되는 지리학적, 문화적 원시주의로 대체되었다'(Sanford 1961: 112). '심리적 원시주의'라는 개념은 어른같은 미국이 그 자녀들에게 새로운 미래에 대한 희망을 주었다는 것을 의미한다. 그 이유는 어린이들은 때묻지 않았기에 구세계의 부패에 노출된 부모들을 대신해 사회를 발전시킬 수 있을 것이라고 믿었기 때문이었다. 투자와 비전이 미래의 젊은이들을 향했다. 이것은 구세계를 '부모 문화'로 보고 그 문화가 권력을 쥔 독재주의자를 양산시켜 특정한 집단을 탄압하고 따돌리는 상황에서, 반항적인 '아이들'이 과거와 새로운 미래 사이에서 고전적인 대결로 부모들에 대항하는 것으로 보는 것과 관련된다.

'맹목적으로 과거의 지배자들이 남긴 족적을 따르는 것은 영원히 아이로 남아있는 것이다. 우리는 지배자들과 경쟁해서 그들의 자리에 앉아야 한다. 물려받은 지혜를 존경하거나 반복하지만 말고 그것을 체화하고 변형시켜야 한다'(Lowenthal 1985: 72). '부모처럼'(Lawrence 1977: 10) 늘 구세계와 연결되는 과거는 두려움 없이 반항하고 묻고, 도전하는 신세계의 어린이가 자극하는 힘에 의해 '변해야' 한다. 역설적으로 식민주의 반란 시기에 합당한 목적을 가졌던 이런 수사학은 그 후 새롭게 형성되는 미국사회제도에 문제들을 제기했다. 왜냐하면 각 세대는 수립된 질서를 붕괴시키는 다음세대에 의해 계속적으로 도전받기 때문이다. 미국에서 청년에 대한 이 '특별한 긴장'(같은 책, 11)은 이 장의 중심적인 내용이 될 것이다. 이 장에서는 청년에 대한 계속된 생각을 통해 표출된 애매함과 복잡함을 문화범주 안에서 논할 것이다. 청년을 활력과 에너지의 상징으로, 혹은 하나의 통념으로 이해하면서, 미국은 성숙한 문화가 형성

될 때 청년들과 충돌을 피하기 위해 청년들을 통제하고 달래야
했다.

미국은 레슬리 피들러(Leslie Fiedler)가 만들어낸 '착하면서도
나쁜 소년'이라 할 수 있다. 그 이유는 미국은 '건국 초에는 …
거칠고 다루기 힘든 나라였으나, 나라를 세운 건국자들이 옳은
것에 대한 본능적인 인식을 심은'(Fiedler 1960: 265) 젊은 나라
였기 때문이다.

청년기는 기존질서에 대해 항의, 도전, 반대하는 원래의 수사
학이 권력자들의 묵인되는 관행에 의해서 와해되고 타협하게
되었기에 '허가된 반항'(Fetterley 1973)의 장소가 되었다. 다시
말해 '소년'은 사회적으로 강화되고, 승인되며, '허가되는 착한'
소년이 되기 전에 일시적으로 '나쁠 수' 있다는 것이다. 이 과
정에서 청년은 위험스럽지 않고 안전한 존재가 된다. 청년은 자
연적인 것을 나타내지만 '기상'을 펼치는 것이 억제되어 있어,
성인/부모 문화의 헤게모니에 도전하지 못하게 된 존재이다. 사
회질서가 손상되지 않은 채 청년은 전체사회 속으로 편입된다.
책, 영화, TV, 쇼, 노래 같은 많은 청년 텍스트들은 큰 문화 메
커니즘 속에서 존재하는 소우주라 할 수 있고, 새롭고 논리적인
사회/어른의 질서가 필요하다는 것을 보여주는 역할을 한다.

이런 논점에 대한 좋은 예가 영화 리차드 브룩스(Richard
Brooks)의 『폭력교실』(The Blackboard Jungle, 1955)이다. 이 영
화는 미국에서 청년 문화가 가시화되는 중요한 시기에 만들어
졌다. 같은 해에 『이유없는 반항』(Rebel Without a Cause)이 개
봉되었고, 맥도날드 가게가 문을 열었고, 척 베리(Chuck Berry)
가 '메이블린'(Maybellene)을, 리틀 리차드(Little Richard)가 '과
일향'(Tutti Frutti)를 발표했고, 엘비스 프레슬리가 RCA 레코드

회사와 계약을 했다. 영화의 주제는 도시 학교 선생인 대디어 (글렌 포더 배역)가 문제아 남학생들을 이해하려고 노력하는 것이다. 이 영화는 같은 시기에 제작된 많은 '문제 청년' 영화에 대한 틀을 제공한다. 이 영화는 빌 헤일리(Bill Haley)의 '하루종일 록을'(Rock Around the Clock)을 배경음악으로 사용하고 로큰롤을 사운드 트랙음악으로 처음 사용했다. 이 영화는 폭력, 반권위주의, 사회적 불화에 대한 볼거리를 제시하지만, 어른의 질서의 중요성을 다시 주장하고 재확신하는데 궁극적인 초점을 맞추고 있다.

이 영화보다 나중에 만들어진 존 휴즈(John Hughes)의 중산층의 조화를 다룬 영화처럼, 이 영화는 대디어가 학생이자 자신을 괴롭히는 조병환자인 웨스트(West)에게 느끼는 공포를 극적으로 보여준다. 결국 이 영화는 끝장면에서 새로운 '계약'을 중심으로 다시 조직되고 변화되는 사회를 보여준다. '대디요'(Daddyio)라는 별명을 가진 대디어는, 영화의 후반부에서 웨스트를 직면하게 되면서 아버지의 법칙을 다시 수립하고 그 학급에 대해, 특히 흑인학생인 밀러(Sidney Poiter 배역)의 집단의식을 규합한다.

우리는 높은 각도에서 촬영된 멋진 초현실적인 장면에서, 웨스트가 대디어의 힘을 무력화시키기 위해 동조를 구하면서 교실 벽 주변을 배회하는 것을 보게 된다. 하지만 관객들은 웨스트가 선생의 공간과 권위에 둘러싸여 있어 결국 아버지 같은 대디어를 공격하지 못하게 된다는 것과 웨스트를 저지하는 것은 미국국기라는 것을 알게 된다. 이어지는 장면은 학교를 떠나는 대디어와 밀러의 모습으로, 이 장면은 그들 사이의 '계약'이 이루어졌고, 새롭고 희망찬 질서가 부여되었다는 것을 보여준

다. 이 질서는 '부모/선생' 같은 대디어의 규칙을 상징할 뿐 아
니라 붉고, 희고, 푸른색이 나타내는 인종적 결속을 나타낸다.
청년의 저력은 1950년대까지 위험한 것으로 여겨져 사회의 무
질서를 예방하기 위해 이 영화에서처럼 '계약'으로 우회되고
변형되거나 웨스트의 경우처럼 영원히 배제되어야 했다. 청년에
대한 이미지들은 감시받아야 하고 통제되어야 할 거리의 청년
으로 전락한 것이다.

　30년 후 존 휴즈 감독의 『브렉퍼스트 클럽』(*The Breakfast
Club*)이 청년과 교육에 대해 비슷한 문제를 상기시켰다. 교훈적
인 면과 청년이 재현되고 복종을 강요당한 방식은 다르게 제시
된다. 휴즈의 영화는 청년 화자를 통해 청년은 어른의 간섭을
받아야 할 존재가 아님을 암시한다. 하지만 이 영화 역시 분명
한 가치와 도덕적 교훈을 강조하며 청년이 교활하고, 솔직하지
않을 수도 있지만 가능성이 많고 창의력이 있다는 것을 보여주
기 전에 관객과 등장인물들을 질서와 정의라는 인식으로 되돌
아가게 한다. 휴즈의 영화들은 나름대로 청년을 주류와 화해시
키고 통합시키는 것을 보여주면서 주류문화가 수용해야 할 다
양성과 저력, 활력 등을 인정한다.

　『브렉퍼스트 클럽』은 계층, 인기, 그리고 젠더의 차이로 인한
학생들 사이의 불화를 보여준다. 학생들은 반목에 대한 체벌로
'여러분은 자신을 누구라고 생각하는가' 라는 제목의 에세이를
쓰기 위해 학교에 남게 된다. 화자인 브라이언은 우리에게 '가
장 쉬운 말이자 가장 편리한 자기정의는 우리는 보고 싶은 것
을 본다는 것입니다' 라고 말한다. 이 영화의 목적은 이런 단순
한 생각을 바꾸는 데 있다. 영화의 마지막 장면은 차이를 가능
한 사회혼합으로 편입시키는 것을 보여준다. 이는 우리가 앞으

로 논하겠지만 많은 청년 텍스트들의 핵심에 위치한 충실과 성실에 대한 탐색을 위해 처음으로 회귀하려는 미국에 대한 이데올로기적 비전이다. 사람들이 정직하게 처신하고, 자신을 '세뇌' 시키는 사람들에게 굴복하지 않는 한 어떤 존재라도 될 수 있다는 것을 영화는 암시한다.

『폭력학교』의 끝 장면에 나타나는 '클럽'은 '계약'의 또 다른 모습이다. 이는 휴즈 영화에서 자주 가정이나 학교로 묘사되는 어른들의 세계와 자신을 조율시키는 청년의 민주화를 상징한다. 청년들은 개개인인 동시에 하나의 클럽이며, 합쳐져 있으면서도 분리되어 있어 모든 사람을 위한 공간인 미국의 오래된 비전과 같다. 19세기에 어린이들은 '사회적 수완에 물들지 않고', '공적 영역에서 점점 사라져 가는 듯한'(Lears 1981: 146) 순수와 자발적인 감정을 가진 존재로 여겨져 왔다.

과거를 기리는 성실이 강조되면서 청년은 자아가 의심스럽게 되고 성실이 사라진 것처럼 보이는 세상에서 '정신적인 온전함'이라는 비전과 "순진하고, 참된 자아'"(같은 책 146)를 통해 부패한 '공적 영역'에 생명을 불어넣을 수 있는 존재로 여겨졌다. 유년시절에 대한 이런 낭만적이고 루소적인 생각은 19세기적인 태도의 특수한 면을 부각시킨다. 19세기에 유년시절은 산업발달과 미국의 도시화과정에서 폄하되거나 잊혀진 가치의 표상으로 여겨졌다. 유년시절은 어른들의 순수와 희망이라는 꿈을 위치하는 장소가 된 것이다. 하지만 알콧(Alcott)과 트웨인 같은 작가들은 19세기적 재현인 '아픈 듯한 귀여운 어린이'(같은 책, 146)를 등장시키기보다는 더 흥미를 끄는 사회패턴을 묘사한 모순적인 양상들 사이의 복잡한 관계를 제시했다. 그들의 작품 중 특별히 『작은 아씨들』(*Little Women*)과 『톰 소여』(*Tom*

Sawyer)는 청소년의 존재에 대한 상상력 안에서 나타나는 긴장을 탐구하고, 청소년기를 권력과 권위가 경합을 벌이며 특정 공간이 형성되고 소멸되는 접경지로 인식한다.

▶ 경계선들과 청년 공간들

청년에 대한 개념은 정의하기 어려운 '그 자체의 중심이 없는 용어'(Grossberg 1992: 175)이며 많은 사회적 차이를 포함하고 있으며, 개개인의 견해에 근거해 다양한 방식으로 인식될 수 있다. 청년기는 문화가 경쟁하는 공간의 일부이고 '조화는 이데올로기적 허구'(Acland 1995: 20)에 불과하다. 우리가 청년이 변하기 쉽고 고정시킬 수 없다는 정의를 내리기 위해 '읽으려고' 하는 기표들과, 그 기표들을 규합하려는 시도는 미국 문화에서 하나의 개념으로서 청년은 다면적이고 복잡한 실제라는 사실을 강조하는 것이다.

청년에 초점을 맞추는 『이유없는 반항』(Nicholas Ray, 1955)에서 레이는 청년이 존재하는 '권력관계의 장'(Foucault 1986: 247)을 암시하고 묘사하기 위해 영화 전반에 장소와 공간을 사용한다. 영화의 끝 부분에서 적절한 연속장면이 폐허가 된 저택을 배경으로 펼쳐진다.

이 장면에서 짐(James Dean 배역)과 주디(Natalie Wood 배역)와 플라토(Sal Mineo 배역)가 함께 모인다. 이 영화의 결말 부분까지 학교, 집, 경찰서, 천문대와 같이 젊은 등장인물을 구속하고 옥죄는 것 같이 보이는 공식적이고, 공공적인, 어른의 공간들이 주를 이루어 왔다.

간혹 드물게 젊은이들이 한정되고 통제된 공간 밖으로 발을

들이는 것이 허용된다. 버려진 저택은 가장 강력한 예를 제시한
다. 이 집은 텅 비어 있고, 영화가 부모/어른 문화와 관련짓는
통제와 감시를 암시하는 가정, 아버지와 같은 요소가 배제된 가
정집이다. 이 집의 중앙에는 이런 빈터에 대한 이미지가 있다.
그것은 넓고 깊은 바닥을 드러낸 수영장이다. 짐은 이것을 '지
하 유아실'이라고 부른다. 『폭력학교』에서처럼 이 장면은 영화
의 논점을 극화시킨다. 그 논점은 1950년대 청년은 위기를 맞
고 있었다는 것이며, 어린이들은 그저 눈에 띌 수는 있지만 그
들의 말을 하게 내버려두면 안된다는 것을 의미하는 것이다. 자
기 주장을 한다는 것은 어른—권위에 의해 예정된 공간 안에서
어린이/청년의 입지를 문제시할 수 있는 하나의 목소리를 가지
게된다는 것을 의미했기 때문이다. '버려진 저택'의 어지럽게
방치된 상태는 일시적으로 어른의 통제를 축제화하고 가정의
지배와 그 가치를 패러디한다.

짐과 주디는 도시 부근에 사는 가족의 억압에 대해 소비주의
와 편협함을 희화하고 이를 과장하기 위해 그 가족을 패러디하
는 역할을 한다. 엄마역을 맡은 주디가 '아이들은 어때요?'라고
묻자 플라토는 '당신도 알다시피 우리는 아이들을 격려하지 않
아. 개들은 아주 시끄럽고 문제점이 많아'라고 대답한다. '지하
유아실'이라는 통제된 공간은 문제가 있는 청년에 대해 '만일
그들을 가두어 둔다면 다시 그 아이들을 볼 필요가 없을 것이
고 말을 거의 하지 않아도 되지'라는 등장인물의 말을 통해 문
제청년에 대한 해결방법을 제공한다. 주디는 '아무도 아이들과
대화하지 않아요. 그냥 지시하는 거지'라고 말한다.

이 중요한 장면에서 패러디는 이 영화의 청년에 대한 논점을
드러내며, 등장하는 젊은 인물들은 '연기'라는 장막을 통해 그

들의 암울한 두려움을 표출한다. 이 장면은 공간과 그 공간의 통제 및 지시가 청년들을 성인 세계의 뜻대로 개조시키기 위해 청년에게 행사한 사회적 압력과 권위를 나타내고 있음을 보여준다.

이 영화는 미국 주류문화와 청년의 다양한 관계를 보여준다. 그 이유는 이 영화가 부모같고 권위적인 헤게모니에 대한 수용과 저항의 재현사이를 오고가기 때문이다. 청년은 성인/공적 영역 밖에서 그들의 삶을 지배하는 권위와 제도의 감시를 넘어선 곳에서 자신의 공간을 찾는다. 그로스버그의 말처럼 이런 점이 청년이 공간을 사용하는 특수한 방식이다.

> 청년은 성인세계의 사적, 공적, 사회적 공간 사이에 위치한 공간들 즉, 거리, 자동전축 주변, 춤판(나중에는 상점가) 같은 장소 사이에 있는 변하는 공간에서 그들의 공간을 구축할 수 있었다. 지배사회가 보기에 이런 장소는 아주 하찮은 곳이다.(Grossberg 1992: 179)

청년 텍스트들은 청년들이 '그 공간에 도착하기 전에 듣게 되는 사회적 서사 안에서 이미 명명된 장소'(같은 책, 179) 외부에서 영토를 찾는 것을 재현하며, 주변적 공간과 함께 울려퍼진다. 『작은 아씨들』(1868)과 같은 19세기 소설은 조 마치(Jo March)의 공간을 '다락방'으로 묘사한다. 이 곳에서 조 마치는 글을 쓰고 애완 동물인 쥐를 키우고 잉크로 물든 셔츠를 입고 있다. 이 모든 것은 그 정도의 나이를 먹은 사람의 젠더와 젊음에 대해 가지게 되는 독자의 기대와 상반되는 것이다. 조 마치는 사회법과 같은 무서운 아버지의 '법'이 없는 공간인 집안에서만 인정받고, 일시적으로 억제될 수 있다. 『이유없는 반항』이 발표될 때까지 청년은 집에 남아있어야 했으며, 그 곳에서 아무런 자유를 찾을 수 없었다. 이 영화는 짐이 보여주는 극적인 일탈이 가득한 영화인데 짐이 부모들과 싸운 후 밤의 어둠 속으로 사라지는 장면이 가장 기억에 남는다. 짐은 아버지와 싸우고 모계 가족 초상화를 파괴하기 위해서 발걸음을 멈춘다. 경쟁하는 듯한 공간은 유년기와 청년기에 형성되어 다양한 형태를 띠게 되는 입장과 사회화에 대한 긴장을 극화시키고 제시한다. 하지만 집에 대한 통제는 그로스버그의 밖에 존재하는 주변적 공간과 반대되는 예를 제시한다.

▶ 자아 가두기

어른—부모 공간의 은유인 집은 자주 지배사회질서를 대변하는 아버지와 연결된다. 그리고 집은 청년을 감싸고 포함하는 이미 세워진 견고한 경제적 영토를 시각적인 이미지로 보여주는 곳이다. 집은 계급적인 가정과 사회에서 젊은이들이 종속적인 입장에 있다는 것을 계속 깨우쳐주는 곳이다. 가정은 의무, 질서, 안정, 예견가능성을 나타내는데 청년들은 곧 이런 속성이 자신들과 맞지 않는다는 것을 발견한다. 더글러스 쿠플랜드는 『샴푸 행성』(*Shampoo Planet*, 1993)에서 '내 아버지의 집에 대한 대책'(Coupland 1993: 218)이라고 말한 어떤 공간을 찾는 일에서 느끼는 기쁨을 소개한다. 『페리스 뷰러의 휴일』(*Ferris Bueller's Day Off*, John Hughes, 1986)에서 페리스의 반항은 가정에서 시작되고 끝난다. 이는 마치 관객에게 자신의 모험은 단지 통과의례에 지나지 않는다는 것을 보여주는 것 같다. 페리스의 행동은 거절과 반항의 행동이기보다는 부모가 원하는 계획된 삶에서 하루의 '휴일'을 의미한다. 그는 영화의 결말부에서 자궁같은 아늑함을 주는 침대 안으로 돌아가고 '다시 구속되어서' 행복하며 부모들의 만족해하는 말과 입맞춤을 받을 수 있어서 행복하다.

『페리스 뷰러의 휴일』과 같은 해에 제작된 조이스 차프라(Joyce Chopra)의 『부드러운 말』(*Smooth Talk*)은 조이스 캐롤 오우츠(Joyce Carol Oates)의 「너는 어디로 가는가, 어디에 있었는가?」('Where Are You Going, Where Have You Been')를 배경으로 한다. 이 영화에서 집은 중요한 주제로, 집을 꾸미는데 평생을 바친 어머니와 집이 자신의 업적의 극치를 상징한다고 믿는 아버지의 영역을 나타낸다. 실망하는 딸 코니(Laura Dern 배역)와 함께 등장하는 짧은 장면에서, 아버지는 집이 주는 기쁨과 '원하면 밤새도록 잔디밭 의자'에 앉아 담배 필 수 있는 자유를 주는 집에 대해 말한다. 코니(Connie)는 집에서 볼 수 있는 어머니와 아버지의 태도가, 집이라는 경계너머에 있는 세상으로 탈출하고 성적인 세계를 바라는 자신의 '시시한 백일몽들'과 정반대로 고정되고 활기 없으며 진부하다고 생각한다. 여기에서 다시 집에 대한 시각적 재현은 이같은 생각들을 독자들에게 분명하게 제시한다.

영화가 시작될 때 카메라는 멀리서 집의 복도를 걷고 있는 코니의 모습을 담는다. 코니는 마치 벽이 동물우리의 쇠창살인 것처럼 어둠 속에서 벽에 기대어 있다. 코니는 집을 빠져 나오기 직전에 열린 문 사이를 통해 엄마를 본다. 엄마는 평소처럼 코니를 억압하고 제한하는 것처럼 보이는 벽을 장식할 꽃무늬 벽지를 든 채, 집과 벽지가 어울릴지를 곰곰히 생각하고 있다.

경계선들은 실제하는 물리적인 힘이 될 수도 있지만 또한 더

큰 사회적 토대 안에서 청년을 형성하고 구축하는 더 광의의
심리적, 사회적 결정인자를 나타내기 위하여 사용되기도 한다.

오우츠는 자신의 작품에서 '[코니]에 관한 모든 것은 양면성
을 가지고 있다. 하나는 집에 대한 것이고, 나머지 하나는 집이
아닌 어떤 곳도 될 수 있다'(Lauter et al. 1994: 2060-1)라고 말
하는데 이같은 내적, 외적 긴장이 영화와 작품 속에서 다루어지
고 있다. 남자들, 성, 자아정체성과 같은 외적인 힘은 그녀를 유
혹하는 아놀드 프렌드라는 인물을 통해서 위험하게 된다. 프렌
드는 작품의 결말 부분에 '네가 있는 지금 이곳—네 아버지의
집안—은 내가 언제라도 박살낼 수 있는 종이상자에 불과해'
(같은 책, 2170)라고 말한다. 코니가 도망치고자 하는 집은 이
제 프렌드의 실제 앞에서 약한 보호자가 된다. 프렌드는 코니에
게 청년이라는 교차로를 상기시키는 방식으로 유혹적인 외부세
계를 참혹하게 삶 안으로 끌어들인다. 역설적으로 코니는 두려
움이 극에 달했을 때 '아빠의 집'이 주는 안정 속으로 퇴보하
고자 갈망한다.

쿠플랜드의 『X 세대』(*Generation X*, 1992)는 가정의 중요성에
대해 다음과 같이 장난스럽게 회고한다.

누군가가 당신에게 자신이 지금 막 집 한 채를 샀다고 말하면, 그
사람은 더이상 개성을 가지고 있지 않다고 말하는 것이나 마찬가지다.
… 그들은 혐오하는 일에 속박되게 된 것이다. … 그들은 파산한 것과
같고 … 새로운 생각에 더이상 귀 기울이지 않고 … 그들이 간직하는
몇 안 되는 행복한 순간들은 신분상승을 꿈꿀 때나 떠올릴 수 있는 그
런 순간들이다.(Coupland 1992: 143)

  테렌스 맬릭(Terrence Malick)의 『황무지』(*Badlands*, 1974)에서 집은 그 곳에서 도망친 젊은 도망자들에 의해 침범되어야 할 경계선을 의미한다. 그 젊은이들은 쿠플랜드가 집을 속박으로 보는 것과 같은 시각으로 집을 본다. 키트(Martin Shenn 배역)는 아버지가 사는 집에 침입해 아버지를 죽이고 그 집을 불태우고 딸을 유괴한다. 다소 긴 그 연속장면은 희생적인 행동을 우렁찬 종교 합창곡 사운드 트랙음악으로 뒷받침하는 가운데 집이 불타는 것으로 끝난다. 이 영화는 어떤 점에 있어서는『부드러운 말』과 선명한 대조를 이루지만 어른의 권위에 대한 반항과 거절에 관한 매혹적인 이미지들에 있어서는 서로 유사성을 보여준다.

  『황무지』에서 아버지는 딸 홀리(Holly)를 지키고 감시한다. 아버지의 권위는 아버지의 통제에서 자신과 홀리를 해방시키고자 하는 홀리의 남자친구 키트에 의해서 파괴된다. 미셸 푸코가 '얼핏보면 훈육은 공간에서 개개인을 배열하는 데서 진행된다' (Foucault 1977b: 141)라고 말했듯이 청년도 여러 유형의 훈육과 감시에 의해 계속적으로 감시당한다. 푸코는 '울타리'가 주체에 대해 작용하는 방식과 관련해 세 가지 요소, 즉 '알기, 숙달하기, 그리고 사용하기'(같은 책, 143)를 발견하였다. 『부드러운 말』에 나오는 코니의 경우, 자신이 부모의 집에 있는 한 자신은 원하는 사람이 될 수 없으며 자신의 정체성이 손상되었다고 느낀다. 주체들은 이같은 제약 안에서 한계와 허락된 활동을 강요당함으로써 푸코의 말처럼 정확하게 훈련되고 정상적인 존재로 변하며, 성인시기의 사회질서 안에서 자신의 공간을 차지하게 된다. 미국에서 청년을 다루는 텍스트들은 계속 이런 허용된 공간들과 청년의 주변을 에워싸는 경계선들과 대화를 벌여왔다.

또한 청년은 편입되면서 헤게모니적인 어른의 토대를 강화하고 지속시킴과 동시에 예시되거나 받아들여질 만한 '규범들'에 '타자' 의식을 부여하기 위해 사회질서를 시험하기도 했다. 자신의 문화에 대한 기대 안에서 여성성과 젊음이라는 덫에 빠진 코니의 상황은 『작은 아씨들』에 나오는 조 마치의 다음의 상황과 맥을 같이 한다.

> 그녀는 보살핌과 구속에 지쳐서 변화를 갈망하고, 캠프와 병원, 자유와 재미라는 신기한 매력을 아버지와 함께 섞어 생각한다. 동경하듯 창문 쪽으로 바라보았을 때 그녀의 두 눈은 빛났지만 맞은편 낡은 집에 그녀의 시선이 머물렀을 때 그녀는 슬픈 결심으로 고개를 가로 저었다.(Alcott 1989: 213)

두드러진 안과 밖 사이의 대조를 보여주는 이 장면은 순응해야 한다는 것을 알게 된 조 마치의 정확한 한계를 암시한다. '자유와 재미'와 연결되는 외부 세계는 '집'과 대조된다. 조 마치는 '예의를 차려야 하고 집에 머물러야'(같은 책, 213) 하지만 반면에 남자 친구인 로리(Laurie)는 '경계선을 무너뜨릴 나름대로의 능력이 있어'(213) 더 넓은 세상으로 나아간다. 『작은 아씨들』을 통해 알 수 있듯이, 청년은 여성과 남성에 따라 다른 양상을 보인다. 왜냐하면 소년들의 경우 가축우리 같은 곳으로 가두어지기 전에 어느 정도의 경계선 허물기가 허용되기 때문이다. 젠더는 규칙과 경계선이 '어른의 실존이 무한한 것을 제한하는'(Foucault 1977b: 81) 것에 의해 지배받고 유지되는 사회 안에서 젊은 여성이 할 수 있는 것을 제한하는 더 광의의 경계선이다.

푸코의 '감시'와 '판옵티콘' 개념은 어떻게 한 집단이 다른 사람에 대해 권력을 행사하며 인간을 피지배자로 만드는지를 설명한다. 푸코가 설명한 판옵티콘은 지배집단의 관행이 주입되는 제한된 감시받는 세계를 보증한다. 이 세계에서는 '선행에 대한 보상체계에 종속되지만 항상 그 사람들이 보지 못하는 원의 핵심에 있는 경계병에 의해 감시받는 체제에 복종하게 된다. 사람들의 모든 행동은 공식적인 규정과 검사로부터 나온다'(During 1992: 156).

판옵티콘은 '이상적인 형태로 축소된 권력'(Foucault 1977b: 205)이며 사람들이 죄수라도 되듯 그 권력을 사람들의 삶에 주입시킨다. 다시 말해 그들이 감시받고 있는지 어떤지를 모르는 사람들이 감시받고 있다고 생각하게 되는 것이다. 그래서 그들은 그 공간의 법칙에 순종한다. 이런 사회적 통제는 감옥 밖의 모든 다른 사회기관으로 확장되어 '사람들의 행동을 억압하고 그들에게 권력을 행사하고, 그들을 파악하고 개조시키는 것을 가능하게 하여 그 장소 안에 있는 사람들에게 그것의 실재를 가시화시킬 수'(Foucault 1977b: 172) 있다. 이런 종류의 감시는 지배를 내면화하고 현실의 벽과 빗장을 일상의 공간적 경계선으로 변형시킨다.

감시, 통제, 그리고 성인사회의 힘을 표준화하는 힘은 표현과 자기정의를 위해 그들의 공간을 찾는 청년에 의해 저항을 받는 순응과 반복이라는 일련의 힘을 나타낸다. 어른, 부모, 그리고 다른 통제 기관(학교, 교회, 법)이 그들을 위해 규정한 공간에 의해 함몰되고 한계지어진 채, 청년은 이런 '모든 것을 한눈에 볼 수 있는' 힘들 너머에 있는 방식들을 찾기 위해 투쟁한다.

▶ 『톰 소여의 모험』은 모범적인 청년 텍스트인가?

트웨인의 『톰 소여』에서 대처(Thatcher) 판사는 판옵티콘적인 힘을 상징하고, '개인이 정성스럽게 만들어지는'(Foucault 1977a: 217) 과정을 통해 결국 톰을 편입시키는 성인공동체의 법을 나타낸다. 이는 한 주체를 개조하는 것으로 '올바르게 만들어진 소년의 삶'(Twain 1986: 152)이다. 톰을 개조하는 제도장치들은 가정, 학교, 교회, 그리고 법이다. 소설은 이런 사회장치에 관심을 두고 있다. 트웨인은 푸코의 다음과 같은 말처럼 재판판결을 통해 톰에 대한 적극적인 공동체의 통제력을 극화한다.

> 정상상태를 대변하는 판사는 어디에나 있다. … 교사-판사, 의사-판사, 교육자-판사, 사회사업가—판사. 정상상태를 대변하는 사람들의 보편적인 통치가 토대를 두고 있는 것은 바로 이런 판사들이다. 개개인은 어디에 있든지 간에 자신의 신체, 몸동작, 행동, 취향, 업적을 그런 판사에게 종속당한다.(Foucault 1977a: 304)

청년이 훈련받고, 개조되고, 조종되는 것은 그런 방법을 통해서 이루어진다. 『톰 소여』에서 기도문을 암송할 수 있는 기민한 신자가 보여주는 뚜렷한 증거가 있을 때만 보상이 따른다. 학교는 젊은이들을 훈련시킬 목적으로 반복적이고 기계조작 같은 시험을 사용한다(Twain 1986: 137-8).

『톰 소여』는 청년 텍스트의 본보기로서 경계 가로지르기와 어른사회의 법칙과 경계선이라는 훈육되고 통제된 경계선 밖에 있는 모든 것을 향한 하나의 대안을 담고 있다. 트웨인은 이 점을 강조하기 위해 앞서 논의된 것과 같은 이미지를 동원한다.

즉 '통제하에 있긴'(같은 책, 37) 하지만 '유혹하는 외부의 여름 경치와 열린 창문'(37)을 바라보는 교회 안에 속박된 어린이들을 제시하는 것이다. 청년과 너무나 닮은 톰은 외부의 손짓과 공동체의 감시라는 위로가 되는 통제 사이에 사로잡혀있다. 사실 '유혹적인 외부'로 경계를 가로지르는 것은 허클베리 핀의 '법 없고 … 집 없는'(45-6) 세상으로 더 가깝게 움직이는 것이고 궁극적으로 사회의 변두리에 있는 아메리카 인디언 조(Joe)의 세상으로 움직이는 것이다. 하지만 톰은 그 경계를 알기에 참된 의미에 있어서는 경계를 가로지를 준비가 되지 않은 상태에 있다.

한계와 위반에 대한 톰의 인식은 서로 연결되어 있고 톰의 진가는 소설의 전체 부분에 걸쳐 그 두 개념을 조화시키는 데 있다. 트웨인의 언어는 반복적으로 경계선에 대한 톰의 걱정을 강조하고 있다. '톰은 엄지발가락으로 흙에 선을 하나 긋고 나서 "네가 감히 이 선을 넘어오면 일어나지 못할 정도로 패줄거야"'(13)라고 말한다. 톰은 공동체의 영토, 법칙, 행동양식을 외부의 '적'(14)으로부터 수호하며 다시 한번 자신이 움직이고 있는 사회공간을 인정한다. 예를 들자면 톰은 시련에 직면했을 때 자신의 세상을 둘러싸고 있는 울타리를 부수기보다는 그것을 장식하며 자신이 알고 있는 것을 선택한다.

비슷하게 맥두걸(McDougal) 동굴은 심리적인 공간으로 '이 알려진 장소 너머로 모험을 떠나는 것은 관례에 어긋나는'(같은 책, 177) 것이다. 이곳에서는 톰이 속한 사회의 훈육을 지시하고 조직하는 모든 요소들이 바꾸어져 있다. 이 동굴은 젊은이의 딜레마를 상징한다. 톰은 규범이 뚜렷한 '안전한'(203) 세계를 선택하고 '잔인한 부랑자'이자 진정한 위반자인 이 동굴 안에 죽어 있는 아메리카 인디언 조를 거절한다. 톰은 '모든 사람의 응시의 대상'이 되는 것을 싫어하는 허클베리와는 달리 '구경거리'가 되는 것을 자처하며 공동체의 통치력을 상징하는 대처 판사의 양자가 되는 한도까지 자신의 행동을 내심 즐긴다. 톰은 대처 판사를 미국의 대부이자 미국이 정직, 신뢰, 선과 관련지어 인정하는 인물인 조지 워싱턴 초대 대통령과 비교한다. 톰을 판사의 세계 안으로 헤게모니적으로 끌어들이는 것은, 톰을 '미국의 가장 좋은 법대에서 훈련받은 위대한 변호사 혹은 위대한 군인, 이 가운데서 한 직업이나 이 모두를 준비할 수 있게'(217) 하는 프로그램과 함께 계속된다.

톰은 기꺼이 '자신을 구속하고 손과 발을 묶는 문명화라는 창살과 족쇄'를 받아들이지만, 허클베리 핀은 '부 … 보호 … 사회'가 공동체 밖에서 살아야 하는 그를 협박하는 가운데 '공동체 안으로' 그리고 공동체의 훈육과 일상으로 '내몰리고 끌려 들어가야'(217)하기 때문에 저항한다. 톰의 전적인 순응을 보여주는 것은 허클베리를 대할 때 그가 보이는 태도이다. 톰은 계도하는 부모의 역할을 맡고 '허클베리에게 집에 가라고 재촉'(218)한다. 톰은 판사의 그림자처럼 행사하며 남성성과 지배적인 사회질서를 토대로 자신의 자아를 형성하게 된다.

> 그 아이는 아버지와 화해하며 동일화한다. 그래서 상징적인 남성의 역할로 입문한다. 그는 젠더화된 주체가 되었고, 이제는 자신이 속한 사회가 '남자답'고 규정하게 된 이미지들과 습속 안에서 자라날 것이다.(Eagleton 1983: 155)

트웨인은 청년이 사회질서라는 경계선을 시험하는 과정을 통해서 사회질서를 강화하는 지배적인 어른 문화라는 타자와 직접적인 관계 속에서 반응할 수 있음을 암시한다.

이런 유형에서 반항은 문화의 작용방식에 있어 원래부터 필요한 것이다. 그 이유는 청년은 성인세계와 상호작용하고, 도전하며 비판하지만 결국 그 속에 포함되기 때문이다. 에크랜드는 이점에 대해 '청년은 상호질서와 거리를 유지하지만 분리될 수 없는 타자로 행동한다. 혐오와 욕망에 공존한다'(Acland 1995: 19)라고 말한다. 톰 소여가 장난 때문에 징계를 받는 것과 마찬가지로, 어른이 설정한 경계의 가장자리에서 톰이 즐기는 재미와 자유, 모험을 소망하는 마을사람들에게 톰은 매혹의 원천이 된다. 에크랜드는 '청년은 … 경외의 대상일뿐만 아니라 쉽게 경계선을 가로지를 수 있다'(같은 책, 19)고 말하며 지금까지 살펴보았듯이 대부분의 대표적인 청년 텍스트들에서 우리는 긴장을 볼 수 있다고 말한다.

▶ 에덴의 꿈

청년의 소외를 깊이 있게 다루고 있는 작품으로 알려진 J. D. 샐린저(Salinger)의 소설 『호밀 밭의 파수꾼』(*The Catcher in the Rye*, 1951)은 전후 소비주의와 과학기술의 가속화 속에서 상실한 미국의 비전을 갈망하고 있다. 샐린저의 주인공 홀든 콜필드(Holden Caulfield)에게 있어 성인세계는 어른들이 만든 사회를 청년이 모방하게 하고, 훈련시키는 판옵티콘적 힘이 지배하는 '가짜' 세계이다. 홀든은 소설의 초반부에서 반어적으로 '어린 소년들을 훌륭하고, 명확하게 생각하는 젊은이로 만드는'(Salinger 1972: 6) 학교의 사명을 말하면서 선전적인 이미지의 저변에 흐르고 있는 위선을 간파한다. 하지만 성인세계인 뉴욕으로 홀든이 여행을 떠나는 것은 자신이 느끼는 공포, 즉 자신이 혐오하는 거짓 가치를 아무도 인식하지 못하고 있다는 것을 확인시켜 준다. 그런 가치에 지배를 받고 혼란을 겪는 것은 바로 홀든 자신이다.

홀든은 다른 가치를 '고집하고' 싶어한다. 『이유없는 반항』에서처럼 『호밀 밭의 파수꾼』의 핵심에 과거와 죽은 사람, 그리고 홀든이 정적인 것과 관련짓는 성실, 정직, 품위에 대한 항변이 있다. 심리학자 에릭 에릭슨(Erik Erikson)은 이것을 '윤리적인 힘의 갱생과 지속된 것을 파괴하는 반항자'(Friedenberg 1965: 10)의 역할을 하는 청년의 '훈련된 헌신' 혹은 '충직'에 대한 탐색이라고 부른다. 『이유없는 반항』에서 플라토는 짐이 '말을 많이 하지는 않지만 입을 열면 너도 알다시피 진실만 말한다'고 말한다. 이에 주디는 '그래 그것이 중요한 것이지'라고 대답한다.

그 후 아버지의 역할을 다하지 못한 짐의 아버지는 아들을 설득시켜 '중요한 사건'이었던 '절벽 끝에서 달리는 차에서 뛰어내리기(chicken run)'*에서 있었던 추락사에 대해 진실을 말하기보다는 거짓말을 하라고 설득한다. 영화는 '중요한 사건'에 대한 해석의 차이가 중요하다는 점을 암시하며 진실에 대한 청년의 소망과 어른의 편의주의와 이중성을 대조시킨다. 짐의 아버지는 '너는 평생동안 이상에만 매달릴 수 없어'라고 말하는데 이 말은 영화가 암시하는 청년들의 희망사항을 정확하게 나타낸다.

---

* 역자 주) 'chicken run'은 이 영화에서 짐이 '치키 레이스'(Chicky Race)를 벌인 것을 의미한다. 이 경주에서는 절벽 끝으로 내달리는 차에서 먼저 뛰어내리는 사람이 '치킨'이 된다.

홀든이 그랬던 것처럼 짐도 믿음과 용기가 없는 허식적인 세상 때문에 혼동을 경험한다. 홀든은 죽은 형에 대한 기억과 포수가 사용하는 야구 글러브가 순수와 믿음으로 이루어진 잃어버린 세계와 더 나은 세상으로 자신을 인도할 마법을 가지고 있기나 한 듯 집착하는 태도를 보인다. 홀든은 공공연한 성관계에 대해서는 저항한다. 그 이유는 그런 행위가 성인세계, 거짓됨, 책임, 선택의 세계로 입문하는 것을 나타내기 때문이다. 그 대신 홀든은 순수한 가상의 시간 안에 정지해 있는 세상을 더 좋아한다. 홀든은 이런 세상을 여동생 피비(Phoebe)와 함께 방문한 박물관과 여동생 피비와 관련짓는다. 청년 텍스트에서 박물관은 과거에 대한 찬미와 변하지 않는 실체로 회귀하는 것을 나타내는 장소이다. 어떻게 생각하면 박물관은 '모든 사물이 있던 곳에 그대로 있고, 아무것도 움직이지 않고, 변하지 않는'(Salinger 1972: 127) 곳으로 어른의 삶이라는 강요 밖에 존재하는 홀든의 공간이다.

『이유없는 반항』에서 이런 공간은 갱단들과 경찰이 엉망으로 만드는 버려진 저택의 예전 모습으로 재현된다. 지속이라는 의미는 아주 중요한 것으로 빠르게 변하는 성인시기를 안전하고 예견할 수 있는 고요함으로 대체한다. 홀든은 피비가 자신의 경험을 답습하고 있다고 생각한다. 홀든은 박물관은 변함없겠지만 피비는 '박물관을 볼 때마다 달라질 것'(같은 책, 128)을 안다. 홀든은 '어떤 것들은 지금의 모습으로 남아있어야 한다. 유리로 만든 커다란 동물우리 안에 그들을 밀어 넣고 가만히 내버려둘 수 있어야 한다. 나는 그것이 불가능하다는 것을 알지만 어쨌든 그렇게 하는 것은 나쁜 일이야'(128)라고 말한다.

『호밀 밭의 파수꾼』과 『이유없는 반항』 등과 같은 텍스트들은 어른의 사회규범을 가로지른다. 그 이유는 이런 텍스트들은 사회규범이 허상에 지나지 않는다는 것을 믿기 때문이다. 이 텍스트들은 홀든이 시간과 변화라는 필연적 요소 때문에 '불가능하다'라고 인정하는 '잃어버린' 가치들과 참된 세상을 소망한다. 어린이들을 '위험한 벼랑'에서 성인시기로 '추락'하지 못하게 하는 호밀 밭의 파수꾼이 되겠다는 홀든의 꿈은, 시간이 존재하지 않는 순수와 유년시기라는 가상의 공간 속에 머물고 싶어하는 홀든의 동경 가운데 일부이다.

비슷한 주제가 S. E. 힌튼(Hinton)이 십대에 쓴 『아웃사이더』(*The Outsiders*)에서 반복적으로 등장한다. 샐린저와 공통점이 있지만 샐린저의 유머나 반어적 표현이 없는 이 작품에서, 부모 없이 사는 '소년들'로 이루어진 가정은 신화적인 대리 공동체를 의미한다. 이 공동체는 성인세계를 벗어난 공간 안에 존재하며 청년 텍스트들의 핵심적인 환상 가운데 하나를 나타낸다. 하지만 힌튼의 경우 그럴듯한 환상은 부적절하고 균형 잡히지 않은 것으로, 다른 종류의 가정을 꿈꾸는 난폭한 청년들과 문제점을 양산한다. 홀든 콜필드가 그랬듯이 갱단들과 학교라는 계층적 지배를 벗어나 더 단순하고 자궁같은 연속상태로 돌아가려는 것은 청년들의 소망에 지나지 않는다. 힌튼은 '폭주족이나 사회당원이 없는 곳이 있어야 할 것 같아. 시골의 평범한 보통 사람이 있는 그런 곳 말이야'(Hinton 1972: 39)라고 대안적인 장소를 암시한다. 힌튼의 작품에서도 역시 '유혹하는 외부세계'에 대한 이미지가 두드러진다. 이 소설에서 시골은 자연스러운 공간을 나타낸다. 시골은 청년등장 인물들에게 사회단체의 가치를 부가하는 구속하는 세계의 바깥에 있는 장소이다.

『아웃사이더』에서 새롭게 제시되는 상상적인 공간은 죽은 부

모들의 재생을 가능하게 하는 '나는 엄마와 아빠를 소생시킬
거야 … 엄마는 더 많은 초콜릿 케이크를 구우시겠지. 아빠는
소에게 먹이를 주러 트럭을 몰고 가실 거야 … 엄마는 아름답
고 훌륭하시겠지'(같은 책, 39-40)와 같은 대사를 통해 제시된
다. 프란시스 포드 코폴라(Francis Ford Coppola)의 『아웃사이
더』(The Outsiders, 1983)에서처럼 죽음과 변화가 없는 정적인
금빛 세계가 이상적인 공간이 된다. 코폴라의 영화에서 천국같
은 시골은 시각적으로 금빛과 밝은 색으로 제시되며, 어머니에
대한 포니보이(Ponyboy)의 기억을 나타낸다. 작품에서 핵심적
인 주제 가운데 하나를 로버트 프로스트(Robert Frost)의 시 한
편과 연결된다. 박물관에 대한 정적인 꿈이 불가능하며 소년들
은 성인시기를 피해 '황금빛 속에 머물 수' 없다는 홀든의 인
식처럼 이 작품에서 반복적으로 등장하는 '황금같은 것은 무엇
이나 가만히 있지 않는다'라는 말은 독자의 주의를 환기시키고
있다. 하지만 동시에 그것은 '당신은 어린이일 때는 황금같은
존재다'(127)라는 신념을 표방하는 것이다.

조니(Johnny)가 '늘 그렇게 머물 수 없어서 나빠'(같은 책,
59)라고 말하듯이 청년들은 변화를 피할 수 없고, 구분과 허위
가 가득한 성인시기가 자신들에 대한 권리를 주장할 것을 안다.
프로스트가 '에덴'이라고 부르는 장소에 대한 꿈은 정확히 자
궁과 같은 연속상태로의 회귀를 의미하고, 뱃속의 아이와 어머
니의 관계로 돌아가는 것을 의미한다. 자궁은 모든 것이 공존하
는 장소로 그 곳에서 아이는 전체적이고 총체적인 존재의식의
일부로 존재한다. 홀든은 뉴욕에서 벗어나기를 갈망하며, 모든
것들이 '완전히 달랐던'(138) 어린시절에 제인과 함께 갔던 숲
속 오두막(Salinger 1972: 137-8, 205)을 꿈에 그린다. 프랑스 심

리학자 자크 라캉(Jacques Lacan)은 이것을 외디푸스 전단계, 즉
상상계라고 부른다. 어린이는 이 공간에서 어머니와 분리되지
않고 경계를 서로 접하고 있고, 성욕(오이디푸스 단계)으로 인
한 위기와 사회질서라는 제도(상징계)로 고통을 받지 않는다.
힌튼의 모든 소설에서 어머니들은 중요하면서도 작은 역할을
하고, 자주 과거와 좋은 시절에 대한 의식과 연결되는 것은 놀
랄 일이 아니다.

　『호밀 밭의 파수꾼』에서처럼 『아웃사이더』에서도 어린이들이
구원되는 장면이 있다. 힌튼의 소설의 경우 그것은 실제 사건으
로 묘사되는데 죠니가 불타는 교회에서 아이들을 구하는 장면
이고, 『호밀 밭의 파수꾼』에서는 '호밀 밭의 파수꾼'이 되겠다
는 홀든의 환상을 통해 나타난다. 그렇지만 이 두 장면은 어린
시절은 성인시기의 '타락/죽음'으로부터 '구원될' 가치가 있는
성실과 선량함이 있는 시간이라는 확신을 나타낸다. 조니는 '그
런 꼬맹이들은 구할 가치가 있지 … 어린 시절에는 모든 것이
새롭고 새벽같지. 모든 것에 익숙해지는 때는 낮이지'(Hinton
1972: 127)라고 말한다. 홀든이 아끼는 소설이 『위대한 개츠비』
(The Great Gatsby)라는 사실은 중요하다. 이 소설의 제목이 된
주인공은 샐린저와 힌튼의 소설의 핵심을 차지하는 주제처럼
'과거를 반복하고자' 하고, 사랑이라는 잃어버린 꿈이 소생하기
를 바란다. 샐린저는 소설의 후반부에서 피츠제럴드(Fitzgerald)
를 언급한다. 홀든은 '엿먹어라'(fuck you)라는 벽 낙서를 어린
이들을 위해 지우려고 노력한다. 이 장면은 개츠비의 저택에서
닉 캐러웨이(Nick Carraway)가 친구의 명성을 지키려고 애쓰는
장면을 떠올린다. 이런 행동들은 시간과 변화를 앞지르고 '놀라
운 일을 받아들이는 것'(Fitzgerald 1974: 188)을 고집하는 '불가

능한'(Salinger 1972: 208) 노력인 것이다.

샐린저 소설의 마지막 장면은 꿈을 잠식하는 피할 수 없는 변화와 타락에 대한 무서운 의식과 반대되는 성실에 대한 청년의 소망을 집중적으로 보여준다. 홀든은 회전목마를 타고 회전하는 피비가 변함없는 완벽한 순간 속에 있는 것을 보며 '나는 피비가 떨어질까 봐 두려웠어 … 아이들이 금빛 링을 잡으려고 하면 그렇게 하도록 내버려 둬야 해'(같은 책, 218)라고 생각한다. 홀든은 원모양으로 목마를 타는 피비가 주는 안정감을 더 좋아하지만 피비가 자신이 혐오하는 세계로, 성인시기로, 미래로 어쩔 수 없이 들어가고 있다는 것을 인식한다. 홀든은 혼란한 정신 속으로 후퇴할 뿐 아무 일도 못하고 있다.

더글러스 쿠플랜드는 청년 텍스트들 속에서 이런 문제를 불러일으키는 욕망을 포착하고, 시간을 정지하고 미래를 불확실하게 만드는 기법인 '코닥 스냅사진'(Kodak snapshot) 기법을 구사했다. 쿠플랜드는 빛 바랜 사진들을 보면서 '불확실한 미래는 우리에게 상처를 줄 듯 하지만, 잠시동안이긴 하지만 우리들이 취한 자세는 정직한 것으로 받아들여진다'(Coupland 1992: 17)는 것을 발견했다. 정직함을 정적이고 변하지 않은 시간과 연결하는 것은 젊음을 간직하려는 홀든과 포니보이의 소망을 상기시킨다. 영화 『어떤 거라도 말해』(Say Anthing, Cameron Crowe, 1989)에서 고등학교 졸업식에서 답사를 하는 학생은 '모두에게 할 말이 있어요. 나는 우리들의 미래를 잠깐 보았습니다. 나는 다시 되돌아가자라고 말하고 싶습니다'라고 말한다.

▶ 자아창조의 공간들

사회질서와 성인시기의 습격에 대한 청년 텍스트들의 한 가지 반응이 회귀에 대한 꿈과 어른사회가 이해할 수 없는 곳에 있는 에덴의 꿈을 고수하는 것이었다면, 또 하나의 반응은 통제와 권위에 대한 방책을 억압적인 세상 속에서 찾는 일이었다. 텍스트들과 문화관습은 젊은이들이 성인세계에 동조하거나 무시하며 개별적 혹은 집단적 표현을 위한 공간을 찾는 투쟁방식을 보여준다. 이런 방식은 음악, 패션, 갱단, 하위문화, 글쓰기 등 많은 다른 분야에서 이루어졌고 이 모든 것은 성인세계의 즉각적인 통제 밖의 '언어'를 만들어 낸다. W. T. 라몬(Lhamon)이 논하듯이 블루스는 오랫동안 '복잡한 감시라는 힘의 영역'(Lhamon 1990: 59)을 극복하기 위하여 '토속어로 된 앞뒤가 맞지 않는 말(vernacular doubletalk)'를 만들어 왔고, 청년문화는 미국 전역에 있는 억압된 공동체로부터 많은 점을 배워왔다.

영화『거친 녀석』(The Wild One, 1955)의 유명한 장면에서, 늙은 바텐더는 '시시한 말'(jive-talk)을 건네는 오토바이 갱단이 사용하는 비밥(bebop) 언어를 듣고 어리둥절해진다. 노인은 큰 차이와 단절을 느낀다. 차이와 단절에 대한 이런 느낌은 청년을 '구체적인 해석을 저지하는 소외된 중간지대에 머물게 한'(Lhamon 1990: 62) 1950년대의 청년 '언어'의 출현을 암시한다. 성인세계는 이 '중간지대'에 있는 청년을 이해할 수 없다. 청년은 춤, 낙서 예술(graffiti art)*, 비디오 게임처럼 변화와 운동을

---

* 역자 주) 그래피티는 낙서 예술(graffiti art)로 음악, 시, 춤, 그리고 그림이 공존하는 이상적인 문화로 낙서 예술의 모태라 할 수 있다. 건물의 벽이나 전철, 그리고 다리 교각과 같은 곳에 에어 스프레이나 페인트를 사용해 개성 있는 그림이나 독특한 모양의 글자를 새겨 넣는 것을 낙서 예술이라 한다. 이제는 이런 낙서

반기는 유동적인 예술형태들과 관련을 맺는다. 도나 게인즈
(Donna Gains)가 1980년대 도시 변두리 청년에 대해 말하듯이
'청년은 옷, 언어, 음악, 그리고 태도로 문화차이를 천명하며,
자기표현을 위한 자치적인 공간을 만들었고, 그들만의 언어로
자신들을 위한 장소를 만들었고, 시대를 통해 살아남으며 상징
적으로 싸웠다'(Gains 1992: 254).

라몬은 청년 문화는 '예절바른 문화'(Lhamon 1990: 106)를 일
시적으로 와해시키고, 수정과 변화에 영향을 주며, 웃음, 비판,
분노 등을 통해 다른 문화와 상호작용한다고 주장했다.

라몬은 이런 논점을 청년들은 '공적인 자기 정의의 핵심을
주장하며 잘 알려진 담론으로 그들의 용어와 자신들을 위한 공
간을 만들었다'(같은 책, 108)라는 말로 적절하게 나타내고 있
다. 문학에서 이런 점은 일반적인 청년에 대한 주제가 되었다.
문학작품에서 어린 화자들은 부모들이 사용하는 언어를 거침없
이 말하기를 주저하면서도 자신의 언어로 세상을 표현할 수 있
는 작가가 되고 싶어한다. 포니보이는 『아웃사이더』에서 우리가
읽을 수 있는 이야기를 썼고, 홀든은 에드문드 화이트(Edmund
White)의 『어떤 소년의 이야기』(A Boy's Own Story)에 나오는
화자와 조 마치와 『벨 자』(The Bell Jar)(7장 참조)에 나오는 에
스더 그린우드(Esther Greenwood)가 그랬듯이 글을 쓰고 싶어
한다. 프랑스 비평가 줄리아 크리스테바(Julia Kristeva)는 이 점
을 '청소년기 소설'의 중요한 요소로 인식한다. 크리스테바는

예술을 새로운 조류의 예술 형태로 받아들이고 있다. 그래피티는 힙합의 4대 요
소 중 한 가지로 1970년대 중반 뉴욕의 흑인과 라틴계 사람들로부터 발생되었
다. 그래피티는 '낙서'라는 뜻을 가지고 있지만 벽에다 그냥 끄적이는 낙서와는
차원이 다르다. 뉴욕시의 경우 그래피티가 불법이었으나 긍정적인 측면을 받아들
여 뉴욕 지하철에 그래피티를 허락했다. 그러나 80년 말에 정책을 바꾸어 이를
금지시켰다.

청소년기 소설에는 '언어 안에서 무의식적 내용을 참되게 기입하기 위한 충동 … 마침내 자신의 삶에 있어서 처음으로 "거짓되지 않은" 참된 *하나의 살아있는 담론*을 사용하려는 충동'(Kristeva 1990: 9, 필자들 이탤릭 강조)이 있음을 강조한다. 물려받은 '죽은' 성인세계 담론이라 할 수 있는 홀든의 거짓표현은 어떤 표현방식이 되든간에 새로운 청년의 언어로 이루어진 살아있는 표현에 의해 파기되어야 한다. 비록 크리스테바가 소설에 대해 글을 쓰고 있지만 그 관찰은 '이상적으로 설득당한 성인시기 전단계에 심리적 공간의 완전한 재조정을 … 촉진하는'(같은 책, 10) 다양한 청년 텍스트들을 파악하는 유용한 방식이 된다. 청년 텍스트들은 '자신들의 가치를 찾는 마음의 기입되지 않은 장소에 가치와 신화를 심어주고'(Lhamon 1990: 109) 청년들이 침묵을 강요하는 세상으로부터 그들만의 권위를 찾게 한다.

억압받은 집단(아프리카계 미국인을 다루는 3장 참조)의 공통적인 요구사항인 자아를 '저술'한다는 개념은, 누군가를 대변해서 말하고 누군가의 존재조건을 규정하는 사람들에 대한 반응이라 할 수 있다. 자신의 생각을 주장한다는 것은 세상에 질서를 부여하고 힘을 행사하며 실체의 여러 양상을 조정한다는 것을 의미한다. 청년 텍스트들이 스스로를 표현하고 '텍스트들이 경험하기 전에 지시받게 되는 사회적 내러티브 안에 있는 이미 정해진 공간'(Grossberg 1992: 179) 안에 갇히기보다 스스로의 목소리를 내기 위해 애쓰는 것은 이런 이유에서이다.

글을 쓴다는 것은 소재를 조정하고 자아에 힘을 싣는 것으로, 자기 목소리가 없는 무력한 청년에게 있어 이것은 하나의 매력적인 가능성을 의미한다. 『작은 아씨들』의 조 마치의 경우, 이런 점은 '아, 내 여주인공에게 그랬듯이 너를 위해 몇 가지를 고칠 수 있으면 좋으련만'(Alcott 1989: 157)이라는 말과 '여기를 약간 당기고 저기를 재단하면 잘 끝날 것으로 기대했는데 일이 잘 안되고 혼란스럽게 된 것을 봐야 하다니'(같은 책, 205)라는 말에 잘 나타나 있다. 만일 삶이 그녀가 마음대로 할 수 있는 소설 같다면 만족스런 원고를 쓸 때까지 현실을 조절하고 편집할 수 있을 것이다. 하지만 현실에서는 다른 사람들이 청년을 수용할 세계를 만들고 그 책임을 진다.

록음악은 청년의 자기표현의 한 예이다. 대항문화의 음악적 형태들인 블루스, 재즈, 그리고 컨트리 뮤직의 혼합의 산물인 록음악은 새로운 언어로 자기 표현에 대한 가능성을 제공한다. 청년들은 록으로 인해 '일상 생활에서 자기 조절을 신장시키는 방법으로 소외를 이겨낼 수'(Grossberg 1992: 179) 있다. 청년음악은 '살아있는 담론'을 말하고 흔히 이상적인 것으로 제시되는 성인사회에서 반대목소리를 내는 하나의 수단이다. 청년음악은 '일시적인 차이들'(같은 책, 180)을 창조하여 외침으로써, 감시, 권위, 통제를 넘어서 '유혹하는 외부세계'로 가는 또 하나의 길이다. 청년음악은 포니보이, 홀든, 그리고 다른 사람들이 청년기는 짧고 곧 소진되지만 이 기간은 아동시기와 성인시기의 차이들을 알릴 수 있고, 기쁨을 누릴 수 있으며 도전할 수 있다는 사실을 알게 한다.

음악은 '청년이 다른 성인시기를 만들려고 할 때 "마술적인 변형"을 이루는 공간'(180)이 된다. 이와 비슷하게 박자와 동작으로 사람들을 사로잡는 춤도 '우리들의 정체성을 너무나 구속하는 공적, 사적 경계선과는 완전히 다른 하나의 사회공간을 연다'(Ross and Rose 1994: 11). 청년 음악과 더불어 연상되는 춤은 어른사회라는 사회적 지배를 방해하면서 몸이 그 자체를 표현할 수 있도록 해방시킨다.

『폭력학교』에서 선생이 좋아하는 음반을 학생들에게 틀어주려고 노력하는 장면은, 어른의 음악과 청년문화라는 새로운 목소리 사이의 이런 분열을 정확하게 제시한다. 선생은 학생들이 그 음악을 '느끼고' 싶어하는데도 그 음악의 클라리넷을 음미하라고 지시하는데, 결국 이런 행동이 선생과 학생 사이의 차이를 심화시킨다. 학생들은 선생의 음반선집을 부수고 척 베리(Chuck Berry)가 '베토벤의 음악에 맞춰 춤을'(Roll Over Beethoven)에서 강조한 '두 세대의 문화 사이의 탈구'(Gillett 1983: 16)와 새로운 전통을 예고한다. 베리의 노래들은 무용담을 노래하는 청년축가로, 몸을 해방시키고 '가두어진 청년시기'(같은 책, 81)를 저항하는 길을 떠나고, 젊은 사랑을 찾게 하고, 성인세계의 수립된 형태들을 강하게 비판하는 노래로 이해될 수 있다. 록음악은 청년을 검사하고 몰아세우는 한계와 경계선에서 핵심적인 역할을 하는 학교와 가정 같은 기관을 비판하고 '반가정적인 상태'(antidomesticity)를 표방하며 '청년이 만들어지는 장소'(Storey 1993: 188)를 공격한다. 록음악은 에디 코크런(Eddie Cochran)이 '썸머타임 블루스'(Summertime Blues, 1958)에서 청년이 '다른 어떤 존재'가 되려고 할 때 방해만 되는 부모, 일, 정부에 대해 공격한 것처럼, 새로운 언어가 세상을 다르게 말할 수 있고 '십대가 자신의 이야기를 말할 수 있는'(Gillett 1983: 188) 공간을 구축한다.

질레트(Gillett)가 '청년은 여러 도시에 그들의 자유를 말뚝 박듯 구분하고 로큰롤에 의해 영감을 얻고 확신을 얻는다'(같은 책, viii)라고 말했듯이, 지금 청년들은 가족의 감시와 동반하에 거실 전축을 듣지 않고 작은 트랜지스터라디오로 로큰롤을 들을 수 있다. 청년공간에 의해 변형된 로큰롤의 즉각적인 환상은 새로운 언어의 표출을 고양한다. 침실의 거울, 춤, 관찰, 이 모두는 청년세계의 록음악 공연과 알 수 없이 연결되어 있다. 그래서 1950년대 음반, 청년영화, 거리문화의 발전은 새로운 스타일과 목소리를 양산하는 방식으로 뒤섞이기 시작했다. 록음악을 청년문화로 통합하는 과정이 시작되어 특별한 힘을 만들어 냈다. 이 힘은 1960년대 반문화로 나타났으며 이 문화를 통해 1970년대의 펑크와 뉴웨이브는 '일상의 생활과 문화라는 보트를 흔들'(Grossberg 1992: 156) 수 있는 표현을 제시한다. 비록 록음악이 세상을 변화시킬 수 없다하더라도 그것은 저항, 욕구, 기쁨에 목소리를 부여했으며 이를 통해 '일상의 안정성을 붕괴'(156)시켰다. 다른 청년 텍스트의 경우처럼, 록음악은 사회가치를 완전히 부정하는 것은 아니지만 그 사회가치를 일시적으로 멈추게 하는 공간을 의미하고, 청년이 자신의 가치에 대한 인식을 형성할 수 있는 '동일화와 일체감'(205)이 일어날 수 있고, 다른 질문과 표현이 부상할 수 있는 공간을 의미한다.

그로스버그가 논하는 것처럼 록음악에서 중요한 가치로 표방되는 것은 진정함에 대한 열망이다. 록음악은 다른 사람들의 경계선에 의해 지배되는 세상에서 청년이 스스로의 공간을 만드는 수단을 제공한다. 이 공간에서 음악은 공연자로부터 청중에게 진정한 의사전달의 통로에 의해 전달되는 '사적이면서도 공통되는 소망'에 대해 '말하거나 느끼는 점을 말'한다. 다양한 청년음악은 '다른 사람들을 주목하게 만드는 새로운 스타일을 "무시"함으로써 대중에게 그들을 다시 알리고 그들을 망각하는 것에 이의를 제기하는 법을 발견하게'(같은 책, 20) 하는 '분명한 표현의 반문화'를 제시하며 지배문화의 감시와 권위에 대답한다. '가정, 학교, 그리고 직장의 복잡한 훈육에 맞선 채 허용된 담론의 밑에' 존재하는 청년음악은 '감시와 감시로부터의 탈출 사이의 공간'(Hebdige 1988: 35)에서 서성거리며 자신에 대한 자의적인 광경을 제시하며 그 스타일을 자랑한다. 「너는 어디로 가는가, 어디에 있었는가?」에서 코니가 '음악은 … 모든 것을 아주 좋게 만들었지. 음악은 … 의지할 수 있는 것이지'(Lauter et al. 1994: 2161)라고 느낀 것도 이와 맥락을 같이하는 것이다.

음악을 청년저항의 분명한 표현으로 보는 이런 신념은 영화 『볼륨을 높여라』(*Pump Up the Volume*, 1990)에서도 핵심적인 것으로 등장한다. 이 영화의 주인공인 마크(Christian Slater 배역)는 무료한 애리조나주 시외의 불모에 대한 자신의 걱정을, 록음악을 이용해서 비밀리에 사설라디오 방송국에 방송으로 표출한다. 공식적이고 어른들에게 '허가 받은 담론'(Hebdige 1988: 35)으로부터 방송시간을 훔친다는 발상과 은밀한 자기주장은 그 자체로 관심을 불러일으킬만한 은유이다. 하지만 해적방송가인 디스크 자키가 자신의 메시지를 전달하기 위해 록음악과 변성된 목소리를 사용한다는 사실은 대안적인 표현을 통제하고 그 것을 지하세계로 끌어내리는 공식적인 문화의 힘을 암시하기도 한다.

영화는 표준에 대해 신경 쓰라고 말하면서도 실제로 청년들이 말하게 하기보다는 그들을 대변하는 사회의 시외에 살고 있는 십대들의 생활에 대한 '은밀한 의미로 암호화된 장소 안에서 공유된 채 존재했던 역사들과, … 은밀한 역사들'(Gaines 1992: 47)을 노출시킨다. '하드 해리'의 라디오 '방송국'은 '학

점을 잘 받고, 대회에 우승하고, 경기를 잘하라는'(같은 책, 9)
지침의 사회질서와 대조를 이루며, 연설, 음악, 그리고 여러 형
태를 결합시켜 청년에게 『X 세대』에서처럼 이야기를 들려준다.
이는 병에 걸린 폐의 한 부분을 기침을 해서 내뱉는 것과 같다.
디스크 자키는 '사람들은 그런 작은 조각을 원해. 그들은 그것
을 필요로 해. 그들 자신의 파편들을 무섭지 않게 하는 그 작은
폐 조각 말이야'(Coupland 1992: 13)라고 말한다.[1]

▶ 변두리에서: 암울한 무드

도나 게인즈의 『황무지같은 십대』(*Teenage Wasteland*, 1992)는
'교외의 풍속이라는 환경'(suburbia) 속에서 희망 없이 사는 아
이들에 대한 연구이다. 아이들은 새롭게 상상하는 과거나 표현
을 통해 자아에 대한 권위를 요구할 수 있는 가능성에서 얼마
안되는 위안을 찾으며 자신들의 입지에 대해 더 냉소적이다. 이
점에 대해서 게인즈는 '이 아이들은 어른들이 나머지 모두를
통제했기 때문에 자신들의 정신세계를 적극적으로 보호하고 있
었다'(같은 책, 38)라고 서술하고 있다. 아이들이 선택할 수 있
는 것은 움츠리거나 걱정하고 폭력, 파괴, 병을 선택하는 것처
럼 보인다. 하지만 청년은 우리가 앞으로 논하겠지만 가장 암울
한 상황에서도 완전히 절망하지 않는다. 청년은 자기표현과 자
기정의를 위한 채널이 한정적이고 빠르게 후퇴한다고 생각할
것이다.

『이유없는 반항』의 가장 절망적인 장면인 벼랑을 향해 달리

---

1) 록음악은 모든 나이의 사람들이 그것을 즐기기 때문에 '청년 음악'인 것은 아니다. 하지
만 하나의 대중 형태로서의 기원과 일상을 넘어선 공간에 호소하는 것은 록음악의 지속
적이고 중요한 주제이다.

는 차에서 뛰어내리는 장면에서, 짐은 아득한 바닥을 응시한 채 불운한 버즈(Buzz)에게 '여기는 모든 것이 끝나는 벼랑이야' 라고 말한다. 그 후 30년 후 레이건 집권시기 중간에 발표된 브렛 이스턴 엘리스(Bret Easton Ellis)의 『제로 미만』(*Less Than Zero*)에서는 애정이 결핍된 청년들이 '가장자리'(The Edge)와 '땅의 끝'(Land's End)이라는 클럽에 살고 있다. 어떤 장면에서 버즈와 짐처럼 두 명의 등장인물이 계곡 아래에 부서진 차들이 있는 계곡을 바라보며 서 있다. 이어지는 대화에서 우리는 많은 암울한 청년 텍스트에서 엿볼 수 있는 허무감을 볼 수 있다.

> '어디로 가지?' …
> '모르겠어 … 그냥 운전해야지 뭐.'
> '그런데 이 길은 어디로도 이어지지 않아.' …
> '그건 중요하지 않아.'
> '그럼 뭐가 중요하지?' …
> '녀석아! 중요한 것은 우리가 이 길 위에 있다는 거야.' 라고 그는 말했다.(Ellis 1985: 195)

엘리스의 소설 속에서 반복적으로 등장하는 말 가운데 하나는 '여기에서 사라진다' 라는 말이다. 이 말은 이런 젊은 등장인물을 둘러싸고 있는 세상의 공허함을 상기시키는 역할을 하는 듯하다. 모든 가치들이 사라졌고, 심지어 가치에 대한 기억이나 꿈도 사라져, 이 사회에서 유일한 신뢰는 벽에 붙어 있는 엘비스 코스텔로(Elvis Costello)의 음반판매 촉진 포스터에 대한 신뢰뿐이다. 하지만 이 소설의 반복어구는 우리를 포장도로가 심연 같은 뉴욕으로, 홀든이 '나는 침잠하고 가라앉아 아무도 앞으로는 나를 다시 보지 못할 것이다'(Salinger 1972: 204)라고 말하는 『호밀 밭의 파수꾼』으로 돌아가게 한다. 홀든의 '구세주'는 홀든이 '나를 사라지게 하지 마'(같은 책, 204)라고 호소하는 죽은 형 앨리(Allie)이다. 하지만 게인즈가 "'저 밖에 있는' 세상은 줄어들고 있다.

교외의 생활방식에 대한 가능성은 메말랐고, 꿈꿀 수 있는 너의 능력은 바닥을 드러냈다'(Gaines 1992: 54)라는 말에서 설명하고 있듯이 홀든은 『제로 미만』에 등장하는 시간인 '어둠의 법칙'(Gloom Rules)(Ellis 1985: 107)에 의해 구원될 것을 여전히 믿고 있다. 게인즈가 묘사하는 1980년대 미국에서 '사라진다'는 것은 '네가 주변 사람들과 너를 아끼는 사람들, 심지어 너 자신에게까지 망각될'(Gaines 1992: 101) 때까지 '소각'되고, 개별적으로 소외로 인한 고통을 당하면서 '가루가 되는' 것을 의미했다. 반어적이지만 게인즈의 청년은 '사라지는' 행위 속에서 특정한 '자아보존'(같은 책, 102)을 발견한다. 그 이유는 그 행위로 인해 청년들이 '억압되고 자신의 감정에 접근하는 것이 거부되어 … 감각을 잃게'(101) 되기 때문이다. 그래서 청년들은 살아있기는 하지만 그들 주변의 세상사람들에게는 죽은 사람이 된다. 게인즈는 이를 '감춰지고, 목소리가 들리게 않게 되면 너는 사라지는 것과 같아'(101)라고 표현한다.

할리우드 영화(『타고난 살인자』(*Natural Born Killers*)* 『트루 로맨스』(*True Romance*))가 자주 모방하는 영화 장르를 통해 전개되는 『황무지』(1974)는 청년에 대한 암울한 영화에 속한다. 테렌스 멜릭(Terrence Malick)의 영화는 권위적인 아버지를 죽

---

* 역자 주) 이 영화는 한국에 『올리버 스톤의 킬러』라는 제목으로 번역되어 소개되었다.

이는 것으로 시작되는 반항, 불만, 그리고 정신적 절단을 암시하는 원형적 이미지를 포함하고 있다. 이 영화에서 아버지는 홀든의 '허위성'을 외적으로 나타내듯 생업이 간판장이이다. 아버지의 직업은 청년 텍스트들의 구성에서처럼 상징적인 의미를 가지고 있다. 아버지의 존재를 삭제하는 것은 어린이들을 해방시켜 황무지로 방랑하게 할 뿐 아니라 사회질서와 그 질서가 만들어내는 거짓말에 대해 공격하게 한다. 우리가 이 영화의 주인공인 키트(Kit)가 '법을 벗어난 마술적인 세계'를 소망한다는 것을 들을 때, 키트는 유혹하는 외부세계, 아버지와 어른들이 만든 법의 경계선과 기호를 뛰어넘는 것에 극단적인 청년이 된다. 키트의 이름은 영화 전체를 통해 자신을 둘러싼 파편으로부터 자신을 구성하려는 키트의 노력을 암시한다. 응집된 '자아'를 구축하지 못하는 것은 이런 암울한 전통에서 키트가 표방하는 적응되지 않은 원형을 가리킨다. 영화의 끝 부분에서도 키트를 완전하게 하는 아버지는 등장하지 않는다. 왜냐하면 남아있는 것이라고는 키트를 가두고 애매한 키트의 인격을 개조하기 위해 파견된 경찰이기 때문이다.

홀리(Holly)는 '우리는 이곳에도 그곳에도 속하지 않고 아주 외롭게 산다'라고 말한다. 키트의 체포는 그의 막다른 곳을 의미한다. 왜냐하면 그는 영화 전체에서 그랬듯이 더 이상 자신을 움직일 수 있게 하지 못하기 때문이다. 키트는 자신이 (범죄자)가 되길 원하는 법의 영역에 의해 좌우된다. 많은 청년과 아웃사이더의 한 유형을 보여주는 키트는, 게인즈가 1980년대의 도시외곽에 대해 '이탈하고, 방황하며, 소외된 청년. 너에게 어울리는 곳은 어디에도 없어. 가정, 학교, 마을 같은 사회 조직에서도 너를 위한 장소는 없어'(Gaines 1992: 253 - 필자들 강조)라

고 말한 청년들과 닮은 점이 있다. 영화가 끝날 때, 키트는 판
사의 세계로 다시 수용되는 톰 소여에게 제공되는 위안도 없이
'보잘것 없는 곳'(no place)으로 비행한다. 사회공간과 사회조직
의 경계선들을 침범한 키트의 최종 목적지는 '보잘것 없는 장
소'라 할 수 있는 감금상태이다. 이곳은 죽음이 기다리는 곳이
며, 감시, 통제, 그리고 한계가 가득한 세상이다. 키트의 마지막
대사는 미국을 개인주의를 소중히 여기는 장소로 여긴 그의 오
해를 암시한다.

> 경찰: '키트야. 너는 한 명의 개인이야.'
> 키트: '그들이 그 사실을 고려해 줄 것으로 생각해요?'

영화 전체를 통해 키트가 보여준 극단적인 개인주의는 사회
규정이 자아표현을 인정할 수 없는 것이기에 키트의 개인주의
는 통제되고, 훈육되고, 처벌되어져야 한다. 프란시스 포드 코폴
라가 제작한 『럼블 피쉬』(Rumble Fish, 1983)*의 끝 장면에서
모터사이클 보이(Motorcycle Boy)는 미국에 대한 키트의 비극
적 오독을 강화시키듯 '너처럼 나도 원하는 존재가 될 수 없
어'라고 말한다. 젊다는 것은 자아를 표현하는 것이 아니라, 타
인들이 각본을 쓰는 존재가 되는 것이다. 『럼블 피쉬』는 코폴라
가 S. E. 힌튼의 작품을 각색한 『아웃사이더』(1983) 전에 제작
되었으나 낙천적이고 낭만적인 『아웃사이더』와는 대조적으로
청년영화의 어두운 면을 제시한다. 『럼블 피쉬』는 모터사이클
보이(Mickey Rourke 배역)라는 인물을 통해 원작소설의 특정한

---

* 역자 주) 영화의 제목을 따로 번역하지 않고 한국에서 영화로 출품된 제목으로
표기함.

특성을 강조하는 걱정에 잠긴 듯한 작품으로 원작을 변형시킨 영화이다. 무지개 빛이 섞인 흑백 영상에 느린 초현실적인 특성을 가미해 촬영된 이 영화에서 빛과 영웅적 행동이 퇴색하고 있다.

『아웃사이더』가 1950년대를 다시 재현한 영화인 반면 『럼블 피쉬』는 불길하고 위협적인 위기에서 파생되는 힌튼의 중요주제를 다루는 영화이다. 핵심적인 주제 가운데 하나는 시간에 대한 주제이지만 이 영화에서는 엘리스의 작품과 비슷한 무서운 위협을 다루고 있다. 영화의 한 장면에서, 식당차 주인 베니(Tom Waits 배역)는 속으로 '시간은 웃기는 것이다. 시간은 아주 독특한 것이야. 네가 젊었을 때를 보라고. 그때는 시간이 많았지. 시간만 있었어. … 몇 년을 여기서 허비했어. … 젊었을 때 그런 것은 별 문제가 되지 않았어'라고 말한다. 모터사이클 보이의 경우, 시간은 건강처럼 — 그는 색맹이며 귀가 멀고 있다 — 쇠잔해지는 것이다. 계속해서 영화는 관객에게 시간의 영향을 상기시킨다. 중요한 한 장면에서 모터사이클 보이는 게인즈가 말한 '소각'(burn-out)을 상기시키듯, 숭배하는 형 러스티―제임스(Rusty-James)에게 '사람들을 이끌고 가려면 목적지가 있어야 하기' 때문에 자신이 영웅이나, 로빈후드 같은 사람, 혹은 하멜른의 피리부는 사나이(Pied Piper) 같은 사람으로 여겨지는데 '싫증'이 났다고 말한다. 모터사이클 보이의 이 말은 이어지는 장면에서 더욱 의미심장해진다. 영화의 다음 장면에서 형제들은 초현실적인 큰 시계 문자판 앞에 서 있다. 시계 바늘이 없는 이 시계는 형제들의 나약함을 나타내듯 그들 위에 군림한 채 서 있다. T. S. 엘리어트(Eliot)의 『황무지』("The Waste Land")를 떠오르게 하는 코폴라의 영화는 영화 속에서 '불구가

된 왕'의 모습을 한 모터사이클 보이를 통해, 잃어버린 꿈과 가
망 없는 구원에 대한 강한 인식을 나타낸다. 모터사이클 보이는
치유될 수 없으며, 그의 '왕국'은 재생의 가망이 없는 후기 산
업사회라는 사막 같은 도시이다.

　모터사이클 보이는 '유리덮개 안에서 살고 그것을 통해 세상
을 바라보며'(Hinton 1975: 69) 과거와 희망으로부터 고립되고
분리되어 있다. 코폴라는 관중의 기대를 뒤엎고, 혼란시키며, 친
숙한 요소를 거부하며, 암흑, 죽음, 그리고 애매함을 제시하면서
'십대 영화'(Lewis 1992: 148)를 문제삼고 있다. 이 영화의 영향
가운데 하나는 비행청소년집단과 청년 폭력을 낭만적이고 신비
하게 만드는 것을 반대하는 것이다. 코폴라는 불멸이나 정적인
상태에 대해 청년이 느끼는 의식으로부터 청년을 끌어당겨 청
년을 시간의 영역에 위치시키는 변화에 대해 느리고 투박한 인
식을 제시한다. 소설에서는 모터사이클 보이를 '그는 이상한 눈
을 가지고 있다. 나는 그 눈을 보며 다른 쪽에서 누군가가 지켜
보고 있다는 느낌을 주는 양면거울을 생각했다. 하지만 당신은
거울에 비친 자신의 모습을 볼 뿐이다'(Hinton 1975: 27)라는 말
을 통해 설명한다. 코폴라의 영화는 희망과 가정에 의해서 어둠
이 극복되는 『아웃사이더』의 금빛 이미지를 보여주기보다는 더
좋은 시간을 기억하지 못할 뿐 아니라 좋은 시간을 확실하게
요구할 수 없는 인물을 보여준다. 영화가 끝날 때, 모터사이클
보이의 마지막 행동은 애완동물가게에 있던 '럼블 피쉬'를 강
으로 방생하는 것이다. 모터사이클 보이가 경찰이 쏜 총에 맞기
때문에 형인 러스티―제임스가 동생이 이루지 못한 꿈을 완성
한다. 모터사이클 보이는 마지막 대사에서 러스티―제임스에게
자신의 자전거를 가지라고 말하며, '떠나 … 바다로 피해 … 강

을 따라 이동하며 바다로 피해'라고 말한다. 결국 러스티—제임
스는 자유에 대한 원초적인 바다로 돌아가는 것과 연결되지만
동생은 해방될 수 없고, 밀실공포증을 가진 도시의 더러움 속에
서 죽어야 한다. 이 영화는 바다에서 펼쳐지는 짧은 연속장면으
로 끝나지만 러스티—제임스를 식역(threshold moment)* 2)이라
는 애매한 공간 속에 남겨 둔다. 땅과 바다의 끝인 이 곳에서
그는 가망 없는 자신의 미래를 곰곰히 생각한다.

형에게 강을 따라 가라는 모터사이클 보이의 간청은 제한적
이고 황폐한 세계에서 자유를 누릴 수 있는 순간과 유동성을
암시하지만 『강가』(River's Edge, Tim Hunter, 1987)에서 해방감
은 '가장자리'라는 단어를 통해 제시된다. 이 단어는 변두리와
불확실함 이 모두를 내포한다. 『황무지』와 『럼블 피쉬』에서처럼
이 영화는 쓰레기와 파편이라는 이미지를 사용해 영화에서 극
화되는 청년들의 공허한 삶을 암시한다. 『강가』에서, 인간의 신
체는 황량하고 무심한 사회에서 나오는 다른 파편과 함께 강가
에 쌓이는 쓰레기와 연결된다. 진정성과 성실이라는 친숙한 청
년 하위 텍스트들이 이 영화에서도 등장하지만 그런 특성들은
진부하고 가치없는 것이 되어 버렸다. 레인(Lane)은 '우리는 그
것(살인)을 해결해야 해. 우리는 가망이 없더라도 우리의 성실
을 시험해야 해. 재미있을 거야. 나는 척 노리스(Chuck Norris)
가 된 듯한 기분이 들어'라고 말한다. 이 말이 암시하듯 성실은
영화처럼 비현실적인 것이 되어 버렸다.

---

* 역자 주: 식역(의식작용의 생기(生起)와 소실의 경계)

2) '식역'이라는 개념은 청년 텍스트들에서 중요한 개념이다. 이는 아동시기와 성
   인시기라는 세계 사이의 역(의식의 한계)의 '통과의례'(rige of passage)를 나타
   낸다. 이것은 플라스(Plath)의 『벨 자』(The Bell Jar)(7장 참조)나 『이유없는 반
   항』 같은 많은 텍스트의 결말부에 나타나는 전통적인 요소이다. 역(liminality)에
   대한 논의는 R. Shields(1991)의 Places on the Margin의 83-101을 참고할 것.

이 영화에서 등장하는 집단은 압도적인 삶의 권태에 직면해
어떤 성실도 유지할 수 없었다. 그들이 가진 것이라고는 강가라
는 주변적인 공간뿐이다. 이 공간은 파편화되어 거의 존재한다
고 할 수 없는 가정과 학교에 대한 불쾌한 동경을 넘어선 공간
이지만 '보잘것 없는 이 장소는 그들만의 것'(Acland 1995: 131)
이다. 이런 절망감은 래리 클라크(Larry Clark)의 작품 속에도
나타난다. 털사(Tulsa)와 오클라호마의 청년에 대한 클라크의
묘사는, 코폴라의 『럼블 피쉬』에 많은 영향을 주었다. 특별히
코폴라의 영화 『아이들』(*Kids*)은 클라크가 '아무것도 모르는 어
른들이 만든 … 졸작'이라고 평가한 비현실적인 영화들에 대한
해답을 주고자 만든 영화였다. 코폴라는 '아이의 입장에서, 아이
들이 집을 벗어나 부모들이 옆에 있지 않을 때 어떤 모습을 보
여주는가를 제시하고자 하였다'(Clark 1995: 12). 클라크의 지적
은 우리를 『황무지』와 『강가』와 올리버 스톤(Oliver Stone)의
『타고난 살인자』(1995)로 돌아가게 한다. 이 영화들은 사실상
'부모가 주위에 없는 상태에서 집 밖'에 있는 청년을 다룬다.
이 영화들에 등장하는 청년들은 극단적인 일탈에 관여하며 모
든 사회질서의 가장자리를 벗어나 행동한다.[3]

▶ 결론: X 세대 — 반어적이나 매혹적인 공간

1994년 4월에 커트 코베인(Kurt Cobain)이 자살했을 때 그의
팬 가운데 한 명이 '코베인은 우리들이 누군가를 이해하게 하
는 메시지를 노래한 유일한 사람이었다'(1994년 4월 10일 『옵

---

3) 래리 클라크의 영화와 사진은 짐 캐롤(Jim Carroll)의 『농구 일기』(*The
Basketball Diaries*)같은 극단적인 청년 텍스트들의 맥락에서 검토될 수 있을 것
이다.

저버』(*the Observer*)에 실린 기사)라고 말했다. 어떤 점에 있어
서는 코베인의 밴드 너바나(Nirvana)는 청맹과니처럼 자라온 세
대를 대변할 수 있었다. 청년의 정체성은 1960년대 반문화와
1970년대 펑크 문화에서 일시적인 정신적 지주를 발견했고,
1980년대 여피문화(yuppies)에서 저항을 발견했으며 1990년대
들어서는 새로운 문화가 퍼지고 있는 것처럼 보인다. 이런 점은
더글러스 쿠플랜드의 『X 세대』(1992)에서 처음으로 제시되고
불려졌으나 이런 정서의 일부분은 영화『볼륨을 높여라』(*Pump
Up the Volume*, Allan Moyle, 1990)에서 먼저 등장했다.

십대 해적 방송가 디스크 자키 '하드 해리'(Hard Harry)는 '한
명의 십대의 삶을 생각해보라. 무엇을 해야하는지를 말해주는
선생들, 부모들, 텔레비전, 그리고 영화가 있다. 무서운 비밀은
청년이 되기보다는 죽는 것이 더 낫다는 거야'라고 말한다. 해
리는 '모든 위대한 주제들이 고갈되고 테마 파크들로 변했는데
왜 우리 세대를 괴롭히는가'라는 주장의 일부를 말하는 것이다.
쿠플랜드는 후기 소설 『샴푸 행성』(*Shampoo Planet*, 1993)에서
미국을 모든 것이 테마공원화되는 장소로 설정한다. 이 장소는
'즉석역사'(INSTANT HISTORY)를 표방하는 거대한 '역사세계'
(HistoryWorld)에 의해 구체화되는 장소이다. 쿠플랜드는 허먼
멜빌(Herman Melville)의 반항을 다룬「바틀비」('Bartleby')에서
그 주제를 빌려와서 반항적인 청년들을 다룬다. 청년들은 레이
건 시절의 경제와 여피 모방경쟁에 등을 돌리고 '순응이나 거
절도 하지 않고, "상업적 착취"나 "참된 반항"에도 무관심을 보
이는' 하위문화적인 존재로 살고 싶어하지 않는다. 그들은 '독
립, 차이, 다른 성향, 종속적인 지위에 대해 그들의 생각을 말하
려고 하며 이름없는 존재가 되는 것을 거부한다.

그것은 하나의 '반항'(Hebdige 1988: 35)이라 할 수 있다. 『X
세대』는 지배문화와 어른에게 '평생동안 당신네가 하는 일이라
고는 물건을 모으는 것뿐이다'(Coupland 1992: 11)라는 것과 그
런 문화의 '전통적인 틀'(Rushkoff 1994: 7)은 이제 쓸모 없다는
것을 깨우쳐주는 역할을 한다. X 세대들은 지배문화의 서술과
사회가 양산하는 '구성된 환경'(같은 책, 27)을 바꾸려는 듯 청
년의 어깨 위에 겹겹이 놓여진 역사라는 짐을 제거하기 위한
이야기하기라는 하나의 '묘책'을 만들어낸다. 러쉬코프가 말하
듯이, X 세대들은 베이비붐 시대(1946~1965년 사이)에 태어
난 사람들이 히피에서 여피로 변하면서, '돈을 벌기 위해 아무
렇게나 사회를 운영해 마치 뱀의 뱃속에 미국역사라는 큰 덩어
리를 남겨 둔'(3)것 같은 과거의 '유산'에 의해 방해받고 있다.
X 세대는 이런 중압감을 주는 기대 때문에 '현실과 과거'에 대
해 불만을 말할 수 없었다. 그래서 그들은 역사 밖으로 벗어나
려 했으며 다른 사람이 건네준 원고대신 '그들이 직접 쓴 글을
읽으려'(Coupland 1992: 59) 하게 되었다. 쿠플랜드의 인물들은
'너무 빠르게 움직이는 문화'로부터 과잉정보를 받은 컴퓨터와
같다. 쿠플랜드의 등장인물들은 삶을 '되찾기' 위해 그들의 삶
을 가득 채우고 있는 것들과 그들의 역사를 삭제하거나 '대체
하며' 그들 자신을 '다시 구축'(re/con/struct)(77) 해야 한다.

 X 세대들이 모든 역사에 안목이 없던 것은 아니었다. 그들은
역사가 '언론의 보고, 판매 전략, 냉소적인 선거 도구로 변하는
것'(151)을 지켜보면서, '중요한 과거와 연결시키려고'(151) 노
력했다. 쿠플랜드의 경우 만들어진 '역사'를 삶과 꿈에 대한 이
야기로 대체하는 것이 그런 '연결'을 의미하는 것이었다. 청년
들은 이런 방식으로 자신을 역사에 기입할 수 있고, '상당한 문

서와 황홀한 공간'(150)을 창조할 수 있다. 앞에서 논의한 암울한 텍스트들과는 다르게, X 세대는 반어적이고 장난기어린 태도로 세계를 대했다. 이런 태도는 그들이 포스트 모던시대 미국의 파편들, 광고, 텔레비전, 녹음배경음악(muzak), 맥잡(Mcjobs)(시간제 일, 직업이 아닌 일) 속에서 존재할 수 있게 했다. X 세대는 푸념하기보다는 적응하고 '순환되는 언론의 이미지를 환영했고, 주름진 대중문화의 구김살 안에서 그 주름을 세심하게 음미하는 것에 자부심을 느꼈다'(Rushkoff 1994: 5). 상품매매와 시장을 풍자할 수 있었던 청년들은 '마음을 무디게 하고, 녹음배경음악같은 최면적인 선동'(8)에 저항하기 위해 바틀비처럼 냉담하게 대처하며 '풀뿌리 문화 해킹'(8)을 벌이며 지배문화로부터 떨어진 가장자리에서 살고 '게으르게 처신'하며 하나의 독특한 미학을 만들었다. 리차드 링클레이터의 영화 『슬래커』(*Slacker*, 1992)[4]는 익살과 관찰을 통해 이런 점을 보여준다. 그는 쿠플랜드처럼 '필요없는 젊은이를 정신적으로 가두는 동물우리'(Gaines 1992: 254)로부터 나오게 하여, 생존을 위한 비판적인 새로운 공간으로 향하게 하자는 게인즈의 주장에 응답하고 있다.

『X 세대』는 1970년대를 배경으로 '대부분의 청년들이 계속 느껴온 암울, 필연성, 그리고 매혹'(Coupland 1992: 4)을 보여주며, X 세대들은 1980년대 중반까지 '주변'으로 이동해 '쇼핑과 창의성'(같은 책, 11)을 혼동하는 세상에 속하지 않으려 했다는 것을 보여준다. 그 대신 그들은 침묵과 사막같은 공간을 더 좋

---

4) 링클레이터의 작품에 이어 '병역기피자'(slacker)를 다룬 다른 영화들이 계속 제작되었다. 그 영화들도 주목할 만하다. 『싱글즈』(Singles), 『청춘스케치』(Reality Bites)가 바로 그런 영화 들이다. 링클레이터의 『멍하고 혼란된』(Dazed and Confused)은 비슷한 방식으로 1970년대를 조명한 훌륭한 회고영화(retro-film)이다.

아했다. 쿠플랜드는 '송아지를 살찌우는 가축우리'라는 제한적
인 공간을 도시의 일터를 통해 보여준다. 청년들은 그런 공간을
벗어나 자신에게 부담감을 준 베이비붐 시대에 태어난 사람의
기대와 역사를 지우고, 그들만의 공간에서 그들 자신의 이야기
를 통해 삶을 다시 쓴다. 많은 청년 텍스트들에 있어 독창성과
표현이 매우 중요하다. 청년은 타인이 만든 정체성에 반대하며
이야기를 통해 자신을 재평가하기 때문이다. 청년은 '누구도 판
독할 수 없는 깨끗한 석판'(31)이 되고 싶어한다. 과거에 광고
업에 종사한 대그(Dag)의 일은 '창조가 아니라 … 표절'(27)로
묘사된다. 그 이유는 대그가 자신은 사기를 통해 삶을 훔치고
인간의 감정과 욕망을 모방으로 대체하고 있다고 생각하기 때
문이다.

『X 세대』는 거대담론들이 오늘날의 포스트모던 시대에 가치
없게 되었고 그 대신 그 자리를 차지하는 것은 실제로 살았던
사람의 삶에서 나오는 이야기와 일상의 용어5)로 의미를 '재구
축'하기 위해 스스로를 대변하는 사람들의 이야기라는 점을 암
시한다. 이 소설에서 클레어는 '우리의 삶이 이야기들이 되어야
해, 그렇지 않으면 어른들을 이해시킬 다른 방법이 없어'(같은
책, 8)라고 말한다.

『X 세대』는 청년에 대해서, 그리고 현대 문화의 암흑 속에서
청년의 이상이 생존할 방법에 대해서 쉬운 결론을 내리지 않는
다. 그 대신 이 작품은 독자인 우리를 이 장에서 논의된 청년의

---

5) 거대서사를 대체하는 '미세서사'(micronarratives)라는 개념은 J-F. 료따르
(Lyotard)가 『포스트 모던의 조건』(The Postmodern Condition)에서 처음 논했다.
이 용어는 하나의 목소리보다는 다양한 집단을 정당화하는 것이며 '지식에 대
해 대안적인 모델을 제시하고, 진리에 대한 단일논리를 인정하기보다는 사회의
파편화'(Clayton 1993: 100)를 인정하는 것이다.

'방황하는 냄새' 속에 남겨 둔다. 대그와 클레어는 '황무지를 배회'하면서 '절벽에 매달린 사람의 운명'(같은 책, 173)을 가진 어떤 청년과 함께 남겨진다. 이는 또 다른 이야기로 이어질 수 있는 열린결말을 나타내는 것이다. 의식적이든 아니든 쿠플랜드는 우리가 지금까지 검토한 초기 청년 텍스트인 『호밀 밭의 파수꾼』과 『황무지』를 반향하고 있다. 쿠플랜드는 앤디(Andy)의 인간과 자연이 '우아하게' 공존하는, 소비주의 너머에 있는 조화로운 세상을 제시하기 전에, 정적인 상태('위험한 절벽')와 반항(황무지)이라는 이미지를 제시한다. 청년 텍스트들에서 소중하게 여겨지는 '유혹하는 바깥세상'은 어른이 만든 세상에 대한 해결책으로 다시 등장한다. '지금까지 알아온 것과는 다르게 … 빠져들게 하는 사랑'(같은 책, 179)으로 앤디에게 진실된 감정을 거리낌없이 보여주는 '정신적 십대 지진아'(시간적으로도 고정되고)로 이루어진 '순간적인 가족'이 어른의 세상을 대체한다. 이런 초현실적인 결말은 소설의 애매한 이상주의를 강조하고, 『X 세대』와 연상되는 어두운 분위기를 바꾸며, 청년의 광휘에 대한 경외감을 상기시키고, 보충하고 구원할 수 있는 청년의 능력을 다시 생각하게 한다.

▶ 참고문헌

Acland, C. (1995) *Youth, Murder, Spectacle: The Cultural Politics of 'Youth in Crisis'*, Boulder, COL: Westview Press.

Alcott, L. M. (1989) (first 1868) *Little Women*, London: Penguin.

Campbell, N. (1994) '"The Seductive Outside" and the "Sacred Precincts": Boundaries and Transgressions in *The Adventures of Tom Sawyer'*, *Children's Literature in Education*, vol. 25, no. 2, pp. 125-38.

Clark, L. (1995) in D. Witter, *New City* (Chicago), 27 July.

Clayton, J. (1993) *The Pleasures of Babel: Contemporary American Literature and Theory*, New York: Oxford University Press.

Coupland, D. (1992) (first 1991) *Generation X*, London: Abacus.

_____ (1993) *Shampoo Planet*, London: Simon and Schuster.

During, S. (1992) *Foucault and Literature*, London: Routledge.

Eagleton, T. (1983) *Literature Theory*, Oxford: Blackwell.

Ellis B. E. (1985) *Less Than Zero*, London: Picador.

Fass, P. (1977) *The Damned and the Beautiful: Adolescence in the 1920s*, New York: Oxford University Press.

Fetterley, J. (1973) 'The Sanctioned Rebel', in D. Kesterson (ed.) *Critics on Mark Twain*, Coral Gables: University of Miami Press.

Fiedler, L. (1972) *No(!) In Thunder*, New York: Stein and Day.

Fitzgerald, F. S. (1974) (first 1926) *The Great Gatsby*, Harmondsworth: Penguin.

Foucault, M. (1977a) *Discipline and Punish: The Birth of the Prison*, Harmondsworth: Penguin.

_____ (1977b) 'Preface to Transgression', in D. F. Bouchard (ed.) *Language, Counter-Memory, Practice: Selected Essays and Interviews*, New York: Cornell University Press.

_____ (1986) *The History of Sexuality: The Use of Pleasure*, London:

Penguin.

Friedenberg, E. Z. (1963) *Coming of Age in America: Growth and Acquiescence*, New York: Vintage.

Gaines, D. (1992) *Teenage Wasteland: Suburbia's Dead End Kids*, New York: Harper Perennial.

Gillett, C. (1983) *The Sound of the City: The Rise of Rock and Roll*, London: Souvenir Press.

Grossberg, L. (1992) *We Gotta Get Out of This Place: Popular Conservatism and Postmodern Culture*, London: Routledge.

Hebdige, D. (1988) *Hiding in the Light*, London: Methuen.

Hinton, S. E. (1972)(first 1967) *The Outsiders*, London: HarperCollins.

_____ (1975) *That Was Then, This is Now*, London: HarperCollins.

_____ (1977) *Rumble Fish*, London: HarperCollins.

Howe, N. and Strauss, B. *13th Gen: Abort, Retry, Ignore, Fail?*, New York: Vintage.

Kristeva, J. (1990) *Abjection, Melancholia and Love: The Works of Julia Kristeva*, eds J. Fletcher and A. Benjamin, London: Routledge.

Lauter, P. *et al.* (1994) *The Heath Anthology of American Literature*, 2 vols, Lexington: D. C. Heath.

Lawrence, D. H. (1977) *Studies in Classic American Literature*, Harmondsworth: Penguin.

Lears, J. L. (1981) *No Place of Grace: Antimodernism and the Transformation of American Culture, 1880-1920*, New York: Pantheon.

Lebeau, V. (1995) *Lost Angels: Psychoanalysis and Cinema*, London: Routledge.

Lewis, J. (1992) *The Road to Romance and Ruin: Teen Films and Youth Culture*, London: Routledge.

Lhamon, W. T. Jr. (1990) *Deliberate Speed: The Origins of Cultural Style in the American 1950s*, Washington, DC: Smithsonian Institute Press.

Lipsitz, G. (1994) "We Know What Time It Is: Race, Class and Youth in the Nineties", in A. Rose and T. Ross (eds) *Microphone Fiends*, London: Routlege.

Lowenthal, D. (1985) *The Past is a Foreign Country*, Cambridge: Cambridge University Press.

Lyotard, J.-F. (1984) *The Postmodern Condition*, Manchester: Manchester University Press.

Meyer Spacks, P. (1981) *The Adolescent Idea*, New York: Galaxy.

Rabinow, P. (ed.) (1984) *The Foucault Reader*, London: Penguin.

Robertson, J. O. (1980) *American Myth, American Reality*, New York: Hill and Wang.

Ross, A. and Rose, T. (eds) (1994) *Microphone Fiends: Youth Music and Youth Culture*, London: Routledge.

Rushkoff, D. (ed.) *The Generation X Reader*, New York: Ballantine Books.

Salinger, J. D. (1972) (first 1951) *The Catcher in the Rye*, Harmondsworth: Penguin.

Sanford, C. (1961) *The Quest for Paradise*, New York: AMS Press.

Shields, R. (1991) *Places on the Margin*, London: Routledge.

Storey, J. (1993) *An Introductory Guide to Cultural Theory and Popular Culture*, London: Harvester Wheatsheaf.

Twain, M. (1986) (first 1898) *The Adventures of Tom Sawyer*, London: Penguin.

Witter, D. (1995) "Teen Spirit", in *New City* (Chicago), July 27, 10-12.

▶ 후속 작업

1. 우리는 이 장에서 텔레비전을 분석하지 않았다. 하지만 텔레비전 프로그램은 우리가 이 장에서 검토한 문제에 풍부한 자료를 제공할 것이다. 우리는 두 가지 면에서 최근 혹은 고전적인 '청년' 텔레비전 프로그램을 고려해 볼 것을 제안한다. 첫 번째로 『이것이 내 인생』(*My So-Called Life*, 1994-5) 같이 젊은 시청자를 대상으로 했지만 제작 방식에 있어 '현실주의'에 토대를 둔 쇼 프로그램을 검토해 보자. 『이것이 내 인생』은 안젤라 체이스(Angela Chase)의 십대를 대상으로 하는 드라마에 나타난 가족간의 긴장을 보여준다. 그 드라마의 한 에피소드에서 체이스는 '최근 나는 엄마를 볼 때마다 엄마를 계속 무엇으로 찌르고 싶었어'라고 말한다. 문제해결을 위한 고전적인 할리우드식 필요에 의해 좌우되는 자의식적이고 이슈중심적인 대본과 청년의 '유형'을 연구해 보자. 또한 『케빈은 12살』(*The Wonder Years*), 『블라섬』(*Blossom*), 『학창시절』(*Saved By the Bell*)에 대해 이데올로기와 관련해서 상세하게 연구해 보는 것도 유익할 것이다. 둘째로 MTV같이 주로 청소년을 겨냥하는 텔레비전 방송을 스타일, 가치체계, 표현방식에 입각해 검토해 보자.

2. 뮤직 비디오도 청년 '언어'의 또 다른 출처로 고려될 수 있는 흥미로운 분야이다. 인기 있는 뮤직 비디오 한 작품을 분석하고, 우리가 이 장에서 논한 폭넓은 주제들과 관련지어 토론해 보자. 우리는 이런 작업을 통해 그 뮤직 비디오가 청년들 사이에서나 권력기관들과의 관계에서 반항

과 순응을 어떻게 재현하며, 젠더 역할을 어떻게 구체적으로 나타내고 있는지를 알 수 있을 것이다.

〈연구과제〉

3. 다음에 대해서 검토해 보자.
　① '미국의 청년 문화 텍스트들에서 성실은 불성실에, 정직은 위선에 대립적이다'라는 논지에 대해 토론한 다음, 여러분들이 연구한 텍스트들을 연구하는데 이 토론이 어느 정도 유용한 방법이 되었는지 논해 보자.
　② 여러분들이 공부한 문화 텍스트들이 가족이나 교육 같은 사회제도와 청년 사이의 대립을 어떻게 보여주고 있고, 이런 대립의 결과들이 무엇인지 토론해 보자.

제 9 장

미국의 경계를 넘어서

드와이트 D. 아이젠하워(Dwight D. Eisenhower) 대통령은 1957년 두 번째 취임 연설을 통해 '미국이 우리의 고향이지만, 이곳이 우리 세상의 전체는 아니다. 우리의 세상은 우리의 모든 운명이 놓여진 곳, 즉 사람들과 함께, 사람들이, 그리고 모든 국가가 자유롭거나 자유로울 수 있는 그런 곳이기 때문'이라고 선언했다. 아이젠하워의 연설은 1950년대까지 미국의 '모든 운명'이 세계의 모든 일들에 대해 관여해야 하는 역할을 포함하고 있었음을 확인시켰다. 그는 계속해서 '누구도 스스로 홀로 살 수 없으며, 어떤 국가도 홀로 강하고 안전한 요새가 될 수 없다.

그리고 스스로 그러한 피난처를 찾아 나서는 그 누구도 결국에는 스스로의 감옥을 지을 뿐'이라고 말했다. 이번 장에서는 세계를 주름잡는 주요 세력으로써, 이 책의 다른 곳에 등장하는 자국 내의 삶에 대한 강조에서의 마땅한 귀결이라 할 수 있는 이러한 미국의 역할에 대한 시각을 포함하는 것과 관련된 몇 가지 주제들을 다루어 보고자 하는데, 결국에는 아이젠하워가 '집'과 '세계'라는 개념 사이에 연결시켰던 것을 나타내게 될 것이다.

하지만 미국의 정체성을 탐구하면서 미국이 자국의 경계를 넘어 행한 다양한 역할들이 자국 내의 삶에 영향을 미친 몇 가지 방식들을 살펴보는 것은 도움이 될 것이다. 국제적/국내적 영역 사이를 너무 단정적으로 구분하는 것은 오히려 그들이 얼마나 밀접한 관계를 가지는가에 이르면 그 경계가 모호해질 수 있다. 이는 이 책이 추구하는 목적에 보다 넓은 의미를 갖는다. 다른 장들에서 보여주려고 시도했던 것처럼, 인종이나 성별 등의 주제와 관련지어 발생하는 갈등이나 차이를 통해 만들어지는 방식을 강조하는 방향으로 미국의 정체성에 대해 접근하는 것은 '미국적인 특성'이나 '미국적인 정신'이 마치 하나로 묶일 수 있다고 정의하는 것보다 훨씬 유익할 수 있다. 그러나 미국의 내·외부와 관련된 사항들을 남겨 놓는다는 것은, 미국의 정체성이 미국 경계 외부의 세계에 영향을 받지 않은 채로 내부적인 힘들의 복잡한 상호작용 속에서 비롯됨을 확연히 추측할 수 있도록 한다.

이러한 측면에서 '미국', 더 나아가 복합문화적이며, 복합적인 의견들을 가지는 '미국'은, 다른 국가들과 문화권에 영향을 미치고 반응을 일으키며, 반대로 그러한 문화와 국가들이 미국에 대한 영향을 미치고 반응을 일으켰던 방식의 결과이기보다는, 자국 내에서 무슨 일이 일어났는가의 결과로 이해할 수 있을 것이다. 즉 미국의 국제적 역할은 미국문화를 이해하기 위한 탐색에 있어 자국의 역사보다 중요하지만, 그 두 가지가 밀접하게 연결된다는 것은 더 언급할 필요도 없을 것이다.

여기에서의 우리의 초점은 마땅히 선택적이어야 하는데, 즉 19세기 말 이래로 국제 질서에 미국이 개입했던 규모를 고려해 보아야 한다는 것이다. 따라서 미국의 외교 정책을 간략하게 살펴보는 것보다는, 정치·역사적 관점의 외교 정책 분석을 넘어 미국인들이 세계에서의 그들의 목표와 야망들에 대해 특징적으로 언급해 왔던 몇 가지 방식들을 살펴보고, 미국인들이 소설이나 영화를 포함하는 기타의 방식들에 대해 어떻게 응답해 왔으며, 미국이 해야 하는 역할의 종류가 무엇인지에 대해 외부로의 개입이 양자에 개별적인 수준에서, 그리고 보다 넓은 세계에서 국가적 논쟁의 일부로 어떻게 일어나고 있는가 등의 주제들을 살펴보려 한다. 그러나 그것을 제외해 놓고 본다면 세계 속에서의 미국의 정체는 자국민들에 의해서만 구성된 어떤 것이라고 가정할 수 있다. 또한 다른 사람들이 그들의 삶 속에서 '미국'이라는 존재에 대해 어떻게 반응해 왔는가가 밝혀지며, 수많은 미국의 외교 정책적 수사 뒤에 놓여있는 가설들이 얼마나 다양한 종류의 방식들로 해석되고 이해될 수 있는지를 상기시켜 줄 것이다.

미국의 정체성에 대한 접근은 당연히 미국인들이 다른 나라의 사람들과 문화에 어떤 태도를 보였는가 하는 것과 연결된다. 미국인 스스로를 다른 사람들과 관련하여 어떻게 보고 있으며 마찬가지로 다른 사람들이 미국에 대해 어떤 결론을 내리고 있는가 하는 것은 특정 집단들이 미국 내에서 서로 어떻게 상호작용을 해왔는가와 마찬가지로 명확해질 수 있다.

이러한 관점에서 우선 미국의 외교 정책을 해석하는 방식을 보여주기 위해 베트남 전쟁과 그것이 미친 영향을 한 예로 사용하게 될 것이고, 그러한 경험들이 미국 역사에서의 관념론적 주제들에 대해 개방된 논의와 연관되어 있는 방식으로서의 다수의 개별적이고 문화적인 형식의 층위들을 어떻게 재현해왔는가를 살펴볼 것이다. 미국인들이 베트남 전쟁에 대해 스스로 부여하는 이야기들은 여기에서 그들이 세계에 대해서 어떻게 생각하며 그 속에서의 자신의 위치가 어떻게 되는 지를 보여주는 방식의 예로 활용될 수 있겠지만, 또한 그것들은 종종 '미국적인(혹은 미국인에 의한)' 전쟁으로 서구 세계에 보여져 왔던 최근의 베트남의 반응들과 유용하게 비교될 수 있을 것이다. 두 번째로, 미국의 문화가 자국의 경계를 넘어서 세계에 어떻게 수용되어 왔는지, 그리고 그것이 미국의 정체성을 해석할 때 과연 어떻게 관련되는지 살펴보게 될 것이다.

▶ 하늘의 뜻: 미국 외교 정책의 이데올로기에서 나타
나는 몇 가지 주제들

알렉시스 드 토크빌(Alexis de Tocqueville)은 1835년 미국인
들이 '알려지지 않은 상태에서 성장해 왔으며, 미국 이외의 곳
에 인류의 관심이 쏠려 있던 사이에, 갑작스럽게 국가들 가운데
가장 앞선 서열에 스스로 위치하게 되었다'고 말한다. 계속하여
그는, 미국인들이 '어떠한 제한도 용납될 수 없는 길을 따라 주
도면밀하게' 그 과정을 진행시켰으며, '지구 전체의 절반 가량
의 운명을 하늘의 뜻에 따라 움직여 그 운명을 결정지었다'고
회고한다(de Tocqueville 1965, 286~287). 1830년대까지 드 토
크빌의 미국의 위대한 미래로의 예언들이나 세계 속의 미국의
전도사적 역할에의 주문은 훌륭하게 이루어졌고, 이는 20세기
의 미국의 외교정책에 이르기까지 유지되어 긍정적인 영향을
미친 정치적인 수사적 기교의 흐름을 이끌었다.

토마스 페인(Thomas Paine)은 1776년 미국 독립선언일 하루
전에 작성한 『상식』(Common Sense)이라는 소책자를 통해 '우리
는 세상을 모두 다시 시작할 수 있는 힘을 가지고 있다'고 주
장했다. 영국의 지배를 뒤집는 것은 '새로운 세계의 탄생일'이
라는 상황이 될 수 있으며, 그것을 통해서 미국 대륙은 '지구상
의 영광'의 땅이 되리라는 것이다(Hunt 1988, 20). 페인은 그의
언어의 힘으로만 더해질 뿐인 의견을 주장하면서, 종교적이면서
도 공화정의 사유방식과 같은 전통에 의존했다. 예를 들어 북미
대륙의 역사적인 발전에서 뿐만 아니라 보다 넓은 세계에 있어
강력한 사명의식을 가진 국가로서의 미국에 대한 이상은, 1630
년 이 책의 많은 부분에서 활용된 『아벨라』(Arbella)라고 하는
존 윈스롭(John Winthrop)의 유명한 설교에서와 같이 애틀랜타

에서 신세계로 건너왔을 때를 언급한 것에서도 나타난다. 윈스롭은 매사추세츠 주 같은 곳이 '언덕 위에 지어진 도시'가 될 수 있다고 보았고, 인류에게 하나의 모델이 되는 특별한 장소로서의 미국을 염원했으며, 식민지 회사가 있던 건국 초기부터 세계 속에서의 미국의 역할의 중요성을 강조했다. 윈스롭은 미국적인 실험의 전형적인 목적에 주안점을 두었지만, 그를 따랐던 다른 사람들은 그 실험에 대해 페인의 등장을 입증하는 선교 방면에 보다 천착했다. 이러한 예들은 존 애덤스의 1765년 2월에 쓴 일기 중 하나에 잘 묘사되어 있다: '무지한 사람들을 계몽시키고, 전 세계의 인류 중 노예처럼 사는 곳을 해방시키고자 신의 섭리에 의한 위대한 장면과 계획들이 실현될 때, 나는 항상 미국에 정착한 것을 경외와 놀라움으로 받아들였다' (Donoghue 1988, 229).

이렇게 본다면 미국은 세계 속에서 특별한 목적을 가지고 있었다는 것인데, 그것은 구원의 과정과 밀접하게 연결된다. 미국은 빛과 함께 존재하는 어둠을 추방할 것이고, 노예가 있는 곳에는 자유를 가져올 것이며, 비난으로부터 세상을 구원할 것이다. 미국은 오랜 기간 동안에 필요한 미덕들을 보여줄 뿐 아니라, 그와 동등한 미덕들을 보다 넓은 세상에, 그리고 국가들이 서로 미래의 국제 무대 위에서 다룰 수 있는 방식으로 적용시킬 것이다. 물론 페인은 미국이 성공적으로 독립하기 이전에 이미 글을 쓰고 있었고, 1776년 이후의 혁명적인 사건에서는 거의 등장하지 않았다. 그러나 세계에서의 미국의 역사적인 역할에 대해 그가 만들어 낸 전반적인 주장들은 여전히 논의의 대상이다. 미국인들이 어떻게 다시 한 번 세계를 태동시킬 것인가? 미국은 세계의 다른 국가들과의 관계를 어떤 유형으로 설

정해야 할 것인가? 혜택받지 못한 사람들과 인종들에게 미국
자체의 계몽된 원칙들을 확대시킴에 있어 미국은 어떤 책임을
가지고 있었는가? 만일 국가가 해외에서 간섭주의적인 외교정
책을 따를 경우 어떠한 위험이 존재하는가? 보다 넓은 세계에
자유를 전파하려는 시도가 자국 내의 자유에 어느 정도의 위협
을 가할 수 있는가? 이러한 질문들은 대부분 매우 중요하기 때
문에 미국의 역사, 더 구체적으로는 다음 150년에 이르기까지
의 미국의 외교 정책의 경로들을 통해서 하층부로 전파될 수
있으며, 20세기 말의 세계 속에서 미국이 포함되어 있는 국가
의 올바른 역할에 대한 현재의 논쟁들은 여전히 중요하다. 그러
나 위의 질문들에 대해 이러한 방식을 대입시키는 것은 자칫
세계에서의 미국의 역할이 페인과 애덤스에 의해서 만들어진
작업틀 안에서만 논의될 수 있다는 가정을 불러일으킨다. 미국
적인 경험은 이러한 측면에서 예외적으로 보였다.

　미국은 다른 국가들과는 다르며, 미국을 세계 속에 포함시키
는 것은 독특한 행로를 따라가는, 즉 그 이정표가 미국 내부에
서 만들어진 이상들로 따라갈 수 있다는 것을 의미한다. 존 개
스트(John Gast)의 초(超)대륙적인 미국에 대한 시각을 보면, 문
명의 발전은 개화를 가져오면서 어두운 면을 배제한다. 그러나
만일 그 장면을 그림의 끝 부분에서 움츠리고 있는 인디언의
관점에서 본다면, 또 다른 종류의 질문들이 부각될 것이다. 국
가 영역을 확장하는 것은 실제적 의미에서 제국적인 침략으로
보일 수 있었기 때문에, 그러한 방식에 찬동하는 사람들은 순응
하거나 사라져야만 했다. 대륙 확장의 과정은 결국 19세기 유
럽 강호들의 식민지적 확장과 큰 차이가 없었고, 따라서 관습적
인 수사나 기교보다 덜 예외적인 미국의 경험이 논의의 대상이

되었다.

그럼에도 불구하고, 이러한 질문들은 19세기 전반을 통해 마치 한 국가가 지역적·상업적인 확장의 전망에서 위험한 상황에 처한 것처럼 미국인들의 생활 속에서 반복되어 논의되었는데, 보통 두 가지의 폭넓은 의미의 대답이 상반되게 등장했다. 첫 번째이자 가장 일반적인 답변은 국제 업무에 있어 국가적인 위대함을 추구하는 것은 자유의 개념에서의 주장과 양립할 수 있다는 것이었다.

1796년의 퇴임 연설에서 조지 워싱턴(George Washington) 대통령은 다음과 같이 천명했다: '자유롭고 계몽되며 머지 않아 위대한 국가로 하여금 고귀한 정의와 자비심에 의해 항상 이끌리는 국민의 웅대하고도 너무나 고귀한 예를 인류에게 부여한다고 하는 것은 가치가 있을 것이다.' 이러한 사항은 미국의 영토와 경제적인 힘 모두에 있어서 미국의 지속적인 팽창 정책에 반영되었으며 19세기와 20세기 초반 50년에 이르기까지 영향을 미쳤다. 1848년 2월 일리노이 주의 민주당 상원의원 헨리 브리즈(Henry Breese)는 다음과 같이 주장했다: '우리의 진정하고 참된 영토를 확장시킨다면, 우리의 자유는 영원할 것이며, 그 과정에서 그 불꽃이 보다 넓은 대지를 비추고 있는 동안 우리의 힘을 증가시킬 것이며, 그것은 더욱 밝게 타오를 것입니다.' 미국 대륙을 가로지르는 영토의 확장은 정당화되었는데, 그것은 어떤 면에서는 다른 국가의 팽창주의 정책과는 양적으로 다른 미국의 경계들을 확대시키는 공화적인 제도와 실천들을 불러일으킬 수 있기 때문이었다. 1825년까지의 새로운 영토를 획득하는 과정, 즉 1803년 루이지애나 구입지(購入地; Louisiana Purchase)로부터 1846~48년까지의 전쟁에서 캘리포니아 주와

멕시코 남서부를 얻어내는 과정을 통해, 많은 미국인들은 이러한 과정이 호의적이면서도 자연스럽다고 여기게 되었다.

페인이 미결 상태로 남겨 놓은 질문들에 대한 두 번째 대답은, 비록 그 대답이 첫 번째의 대답과 온전히 대조될 수 있는 것은 아니었지만, 그럼에도 베트남 전쟁에 이르기까지 일련의 반대되는 논의들로 줄곧 유지되었다. 이러한 대답은 일반적으로 자유로움과 세계 정세들에 있어서의 완전한 역할이 균형있게 유지될 수 있었다는 논의에 저항을 시도하고 있었다. 해외에서의 일종의 개입정책 혹은 제국주의적 역할을 추구하려던 시도는 자국 내에서의 공화정의 안정에 위협을 줄 수 있었으며, 다른 국가들의 경험으로부터 미국적인 실험을 구분해 낼 수 있는 이러한 미덕들을 위태롭게 했다. 지배권의 획득은 보다 강력한 군대와 실무진, 그리고 미국적인 삶의 방식에서 민주적·평등주의적 본성에 위협이 되는 방식인 보다 광범위한 관료제를 발전시킬 수 있음을 의미할 수 있다. 미국의 1899년 반(反)제국주의 동맹은 중남미 전쟁의 여파로 필리핀의 지배권을 획득하는 것에 반대하여 '군국주의는 자유라는 우리의 영광을 빼앗는 악'이라고 주장했다.

세계의 다른 국가들과 미국의 관계에 대한 이전의 분석들은 때로 18세기 후반 이후의 전개상황의 분류에 대한 대안으로 받아들여졌다. 19세기 대부분의 기간 중 미국은 다른 국가들과의 정치적인 관련에서 멀어지는 고립 정책을 실현해 왔다. 세계 질서에 대해 변화되는 요구와 계속해서 팽창하는 국가적 권력이 미국을 공공연하게 국제적인 위치, 즉 국가가 스스로 적극적인 외교 정책의 역할을 하도록 한 것은 불과 20세기에 들어서였다. 이러한 분석의 난점들 중 하나는, 이미 보았듯이, 비록 북미

대류 안으로 한정되기는 했지만, 미국이 19세기 전반에 걸쳐 국가 영역을 꽤 넓게 확장하는 팽창주의 성향의 국가였다는 사실이다. 고립이라는 용어는 이러한 과정에 거의 적합하지 않다고 본다.

고립주의는 미국이 19세기와 20세기 초반에 확장했던 독특한 주변 상황들 아래서 행해졌던 것에 대한 하나의 표현으로 보는 것이 보다 도움이 될 것이다. 미국의 성장은 미국 대륙이 유럽과 아시아와는 바다로, 또 국제 관계 측면에서는 양 대륙들의 상대적인 안정성에 의해 분리되어 있는 방식이 반영되었다. 미국은 이 시기 중 상당 기간에 다른 국가들의 미국에 대한 태도에 신경을 쓰지 않고 확장할 수 있었다. 1823년 먼로주의가 명확하게 밝히고 있듯, 라틴 아메리카의 경우처럼 미국의 이익이 경쟁적인 힘들에 의해 위협받는 곳에서는 고립주의에 대한 어떠한 의문도 존재하지 않았다. 보다 정확한 의미에서 고립주의는 바로 미국의 행동을 자유롭게 존속시키기 위해 항상 추구해야만 했던, 그리고 그것이 국가적인 이윤과 배치되었을 때는 다른 국가들과의 업무에 개입될 위험들에 대해 지속적으로 경종을 울려야 했던 하나의 믿음인 것이다. 이런 측면에서, 고립주의와 팽창주의 사이의 겉으로 드러나는 긴장상태는 어느 정도 해소된다.

팽창주의의 결과들을 우려했던 사람들의 비판에도 불구하고, 마치 많은 미국인들이 인종적 패권에 대한 가설들에 자유를 확산시킨 것과 연계된 다른 국가들과 사람들에 대한 사고 방식을 발전시켰듯이, 19세기에는 국가적 위대함에 대한 공약은 부가적인 성장을 불러일으켰다. 공화국 초기부터의 인종적 태도는 세계에서의 미국의 적절한 역할에 대한 논쟁에 있어 절대 필요한 부분이었으며, 특정 외교 정책을 결정하는데 자주 영향을 미쳤다. 19세기에서 20세기에 이르기까지, 미국의 지도자들은 종종 전 세계적인 문명의 미래가 앵글로 계(係) 미국인의 가치와 제도들을 세계의 덜 풍족한 국가들에 전파하는 데에 달려 있다고 주장하면서, 인종적 가치의 계층을 전제로 하는 배경 위에서 팽창주의적인 외교정책을 정당화시켰다. 예를 들면 많은 미국인들이 피부색과 신체적인 유형이 그들에게 뚜렷한 도덕적, 정신적, 행동기제의 자질들을 이끌어 낸다고 생각했다. 인종적 서열의 꼭대기에는 리더십이나 정력, 인내력과 독립심 등과 같은 속성들을 모두 갖춘 백인이나 앵글로—색슨족이 위치하고 있었다.

19세기의 끝자락에 이르러 조시아 스트롱(Josiah Strong)은 이 민족이 유럽에서보다는 미국에서 영향력을 더 행사할 수 있으며,

그 감당하지 못할 힘과, 모든 수적 우위, 그리고 미국의 뒤에 있는 엄청난 재력가들은 — 우리에게 희망을 가지게 하는 가장 거대한 자유와 가장 순수한 기독교적 신앙, 최고의 문명 — 인류에게 그 제도들의 영향을 미치도록 기대되는 독특하면서도 공격적인 특성을 전개시켜 가면서, 미국은 그러한 사항들을 전 세계적으로 전파할 것이다.(Ions 1970, 72)

이러한 태도들은 외교 정책을 수립하는 데 있어 막강한 영향력을 행사했다. 마이클 헌트(Michael Hunt)가 주장했듯 '인종 문제는, 이러한 정책들을 숙고하고 결정하는 사람들의 생각을 이해함으로써, 언론을 장악하는 영향력에 의해, 그리고 유권자들을 붙잡음으로써 국가가 다른 사람들을 다루는 방식을 형성했

다`(Hunt 1988, 52). 이렇게 볼 때 인종 문제는 북미 대륙의 안 팎에 살고 있는 다른 사람들을 분류함에 있어 외견상 분명하고 효과적인 방식을 제공했다. 자국 내에서는 미국 원주민들과 아 프리카 계 미국인들을 향한 태도 사이에서, 그리고 아시아와 유 럽, 그리고 라틴 아메리카의 사람들을 향한 정책들 사이에서의 접점을 만들어 주었다. 동시에 그것은 미국의 정책입안자들이 만든 가설을 믿게 만들었는데, 그들은 미국 내에서 앵글로─색 슨족의 전통을 따르고 있었으며, 동시에 여러 가지 이유로 백인 들의 역사적 운명을 당연시하는 호소에 영향 받은 다수의 일반 시민들의 견해들과 일치했기 때문이었다.

이러한 태도 중 대부분은 19세기 초반 미국이 태평양 주변의 국가들에 대해 계속적으로 전진한 것에서, 또 19세기 후반부에 는 5장에서 논의되었듯이 미국 대륙 내부에서 계속적으로 정착 한 것에서 명확하게 볼 수 있다. 미국 원주민 종족들의 패배와 재산권 몰수는 그들이 열등한 종족의 일부이며, 보다 우월한 문 명의 형태가 발전되기 이전에 '쫓겨나야' 할 운명이었다는 주장 에 의해 정당화되었다. 1827년 루이스 캐스(Lewis Cass)는, 잭 슨(Andrew Jackson) 대통령 재임시 국무장관이 되기 직전 다음 과 같이 언급한 바 있다.

인디언들은 결코 그의 문명화된 이웃들의 예술 작품들을 모방하려 하지 않았다. 그들의 삶은 무관심함과 나태함, 그리고 짐승들이 원하는, 혹은 그들의 텅 빈 열정들을 만족시키기 위해 부여하는 열정적이고 계 속적인 노력을 게을리했다 … 그러한 노력들로 자신들을 교화하거나 개선하기를 바라지 않았다. 그러나 아마도 그들은 숲 속으로 사라질 운명인 것 같다(Takaki 1979, 83).

19세기 말로 향하면서 화해와 보호 정책이 미국 원주민들의 패배를 분명하게 확신시킨 것처럼, 그들의 권리 양도를 비극적인 차원으로 몰아넣는 유혹이 존재했다. 인디언들의 나약하고 능력 없는 이미지는 가끔씩 그들이 부적절하게 용맹스런 성품을 가지고 있으면서도 살아남지 못한 고결한 야인들의 보다 감성적인 이미지를 함께 가지고 있었으며, 우월한 인종들의 진보적인 행진 앞에 승복해야만 했다.

『점박이 독수리의 땅』(*Land of the Spotted Eagle*)에서 백인과 인디언들 사이의 관계를 관찰했던 루더 스탠딩 베어(Luther Standing Bear)는, 미 제국으로의 합병에 저항하려는 모색을 했던 사람들이나 미국의 영향력의 무게에서 벗어나 그들 자신의 문화적 정체성을 주장하려는 사람 등의 타자들에 의해 내세워진 주장들을 연대하는 방식으로 이러한 주장들이 적합하지 않음을 드러내려 했다. 백인들은 자신들이 미국이라는 곳을 이해하지 못했던 것처럼 인디언들을 이해하지 못했다. 그는 '여전히 외부인이면서 그의 존재가 … 신의 의지에 의해 이끌어졌다고 변명하는 이방인이며; 그렇게 말함으로써 다른 사람들에 의해 빼앗긴 땅에서의 그의 존재에 대한 모든 책임들로부터 스스로 사면된다.' 더 나아가 백인들은 '문어체 역사와 책들, 그리고 문어체 언어들을 구어체 언어의 힘과 신성함의 대가로 맹목적으로 숭배할 것'을 부추기는 '그 말들'을 그들이 통제함으로써 미국 땅에 대한 그들의 권리를 정당화시켰다.

문어체의 언어에서 표현되었듯 지식은 권력과 혼합되어 있었다. 진보라는 이름으로 정당화된 문명은 '구역질나고 폐쇄적인' 방식으로 인디언들을 밀어붙였다. 그 결과는 정복과 인간성의 말살로 이어졌다. 이에 대응하여 인디언들은 인디언 예술, 종교

와 문화에 배어 있는 정신을 되살리자고 거듭 주장함으로써 그
들의 정체성을 드러낼 수 있었다. 인디언들이 미국을 구할 수
있었다(Luther Standing Bear 1974, 567~77).

　미국 원주민들을 향한 태도는 미합중국이 서부로 영역을 확
장하면서 다른 민족들을 만날 때에도 반복되었다. 1830년대 미
국인들이 남서부 지역에서 라틴계 미국인들과 교역하기 시작했
을 때 영토에 대한 전유나 라틴 아메리카의 국정에 개입하는
등 정복을 정당화시키는 일반적인 방법들이 사용되었다. 미국
원주민들과 마찬가지로 라틴 아메리카인들은 그들의 완고함과
부패함으로 인해 퇴보하고 있었고, 정치적인 책임의 실현에 부
적합했으며, 궁극적으로 표현하면 어린아이 같이 순진했기 때문
에, 미국인들이 제공할 수 있었던 훈련과 교육을 받아야 할 필
요성이 분명하게 나타났다. 미국인의 우월함과 라틴 아메리카
인들의 열등함이 위의 두 가지 모두에서 강조되었다. 그러나 미
국 원주민들과의 경험에서와 같이, 남서부지방에서의 문화적 충
돌은 라틴 아메리카인들의 자존심을 부각시킴으로써, 백인들이
정착하려는 압도적인 충격에 대해 저항을 모색하는 의미심장한
형태들로 반영되었다.

　19세기 후반의 멕시코와 미국 사이의 경계선은 영국계 미국
인들의 지배에 저항하는 농부들과 카우보이들의 경험들을 이야
기함으로써 만들어졌다. 「그레고리오 코르테즈」(Gregorio
Cortez)라는 서정시에서, 총을 가지고 있었기 때문에 겁이 없었
던, 양귀비보다도 더 하얀 미국인들이 보안관을 살해한 코르테
즈(Cortez)를 찾아오고 있다. 그를 따라잡는다는 것은 하늘의
별 따기와 같이 어려운 일이었으며, 심지어 그들이 그를 따라잡
는다고 하더라도 싸움꾼으로써 그 기술이 출중했기 때문에 거

의 돌아오지 못했다. 코르테즈는 결국 잡혔지만 수적인 우위에 의해서만이 가능했으며, 자신을 포기하는 것을 선택했기 때문이었다. '내가 마음만 먹으면 너는 나를 잡을 수 있겠지만, 그렇지 않다면 절대 그렇게 할 수 없다'(Lauter 1990, 802∼7).

백인들의 지배라는 가설에 저항하려는 많은 시도들에도 불구하고, 명백하게 인종 차별적인 사고방식이 20세기를 관통하던 노선에 의해 그들은 점진적으로 약화되었는데, 그럼에도 이러한 태도들은 외교 정책 입안자들과 많은 평시민들이 그 외교적인 개입을 보아왔을 뿐 아니라, 이러한 개입들이 문화적인 형태들의 범주에서 어떻게 재현되는지를 보아왔던 것을 통한 여과 장치로서의 행위를 계속했다. 예를 들어 헨리 스팀슨(Henry Stimson)의 경우를 보자면, 그는 '미국적인 이상주의'와 '우리의 경제적인 문명'이 중국으로 하여금 근대적인 문명의 경로를 따라 갈 수 있도록 도울 것이라는 주장으로 미국의 개입을 정당화시켰는데, 반면 그와 동시에 미국 내에서의 흑백간의 사회적인 평등을 믿는다는 것은 불가능했으며, 미국의 흑인들은 그들이 백인 장교들에 의해 통제될 때만이 납득할 만하게 훌륭한 군인으로 만들어질 수 있었다(Thorne 1979, 3, 6).

제2차 세계대전 기간 동안에, 유럽의 제국주의적 유산에 대한 공식/비공식적인 미국인들의 적개심에도 불구하고 다수의 미국 정치가들과 군 장성들, 그리고 일반 병사들은 아시아에서의, 또한 공격을 막기 위해 노력하는 사람들 모두에 대한 인종 차별적 시각을 그들 자신에게서 떨쳐버린다는 것이 어렵다는 것을 알게 되었다. 크리스토퍼 소온(Christopher Thorne)은 1941년부터 1945년 사이에 발발한 태평양전쟁이 꽤 심각한 수준의 인종 차별적 전쟁이었다고 지적했는데, 그것은 그 직접적 원인뿐만 아니라 전쟁 전과 전쟁 후 모두에 대해 서구의 일본의 행위에 대한 일본 국민들의 국민성에 대해 명백한 인종 차별적인 주장과 의혹들이 수백 년 동안 계속되어 왔기 때문이었다. 동아시아와 같은 지역에서의 미국의 정책은, 자유와 평등에 대해 오랫동안 논의되었던 논의들과 나란히 검토해야 할 필요가 있었던 인식들과 선입견들에 의해 때때로 중요한 영향을 미치고 있었다.

문화적 우월성에 대한 관념들과 더불어, 미국인들은 종종 다른 국가들의 경험들에 대한 평가를 내릴 때 미국적 발전 모델이 일종의 보편적인 것이라는 적용을 가정하고 있었다. 에밀리 로젠버그(Emily Rosenberg)가 언급했듯 '다수의 미국인들에게 그들 국가의 경제·사회적 역사는 보편적 모델이 되었다' (Rosenberg 1982, 7). 만일 다른, 특히 유럽의 외부에 있는 국가들이 근대화의 경로를 따라가려 했다면, 그들은 미국적 경험을 모방하려 했을 것이다. 다른 무엇보다도 미국의 정책 입안자들에게 있어 이러한 사실은 경제 성장에 필수적으로 간주되는 안정을 위협하는 부류의 급진적인 정치적 변화로의 혐의를 뜻했다. 비록 미국이 혁명적 투쟁을 통해 탄생하기는 했지만, 이러한 사실이 모든 혁명이 다 순탄하게 성취되는 것을 의미하는 것은 아니었다. 아마도 그들이 근대화를 촉진시킬 그러한 조건들, 예를 들면 사기업(私企業)이나 풍부하고 저렴한 노동력, 토지개발에 대한 무제한적 접근 등의 싹을 잘라낼 수 있었기 때문이다.

특히 1917년 러시아 혁명 이후, 미국의 힘이 짧은 기간동안 볼셰비키 혁명 세력에 반대하는 쪽으로 개입했을 때, 많은 미국 관료들은 이러한 혁명적인 활동을 미국적인 영향력에 대한 장애물로 보게 되었으며, 심지어 이러한 투쟁에 참가하도록 선동

된 사람들의 반 식민주의적 열망들에 대해 동감했을 때조차도
같은 생각을 가지고 있었다. 이러한 상황은 당연히 정책상의 문
제들을 일으켰다. 로젠버그는 '미국식으로 처방된 "발전"(종종
"문명"이나 "근대화"라고 불리는)에 저항하는 그들의 "자유"를
침해하지 않으면서 사상이나 기술들과 경쟁하려면 어떻게 외국
의 국가들을 다루어야 할 것인가?'(1982, 234)라고 묻고 있다.
이 딜레마를 해결하는 한 방법으로 제시되는 것은 미국이 이러
한 국가들에게 개화할 수 있도록 도움을 줄 수 있으며, 그들의
시야를 제한하는 가리개를 벗겨낼 수 있음을 주장하는 것이다.
미국의 자체적인 선교 역할에서의 우월감은 설득, 더 나아가서
는 사람들로 하여금 미국적인 방식을 수용할 수 있도록 강제하
는 것까지의 작업까지를 정당화할 수 있다.

　세계에서의 미국의 역할에 대한 이러한 사고 방식은 모두 19
세기에 부각되었지만, 그것들은 미국의 힘의 성장이 20세기 초
반의 몇 년 동안 유럽과 아시아 국가들의 정치에 보다 규칙적
으로 개입할 수 있는 영속적인 영향력을 유지하고 있었다. 우드
로 윌슨(Woodrow Wilson)은 제1차 세계 대전 당시의 미국을
이끌면서 다음과 같이 선언하고 있다.

　권리는 평화보다도 값진 것이며, 우리는 우리의 마음과 가장 가까운
곳에서 우리가 항상 가질 수 있는 것들을 위해 싸워야 합니다 ― 민주
주의, 그들 자신의 정부 안에서 목소리를 가질 수 있는 권리에 복종시
킬 수 있는 사람들의 권리, 소규모 국가들의 권리와 자유, 모든 국가들
에 평화와 안녕을 가져다 줄 수 있으며 세계가 자체적으로 결국에는
자유로울 수 있도록 하는 자유로운 국민들의 제휴를 통한 보편적인 주
권을 위해.(Brinkley 1995, 630~631)

한편 윌슨 대통령은 1919년 미국의 국제동맹 가입을 위해 연설하면서, 제1차 세계 대전에서 전사한 미국의 군인들을 십자군 전사로 묘사하고 있다.

> 그들은 미국의 힘을 입증하기 위해서 나서고 있는 것이 아닙니다. 그들은 정의와 권리의 힘을 증명하기 위해 나서고 있는 것이고, 온 세계는 그들을 십자군 전사로서 받아들이고 있으며, 그들의 초월적인 성과는 전 세계가 미국을 근대 국가로 형성된 어떤 다른 국가보다도 신뢰할 수 있도록 만들고 있습니다.(Wrage and Baskerville 1962, 85)

미국의 경제·문화적인 요소들의 외부로의 영향력이 1920년대를 통해 유럽과 아시아 대륙 모두에서 계속 성장하고 있었음에도, 국제 질서 안에서 미국이 온전히 정치적으로 개입할 수 있도록 하는 윌슨의 요청은 제1차 세계 대전 직후까지도 실현되지 않았다. 10년 간의 공황기는 국가 정치가 내수 경기 회복에 집중을 필요로 하는 시기에 균열을 일으켰지만, 제2차 세계 대전에 참전하게 됨으로써 미국의 국가적인 운명과 자유의 신장 사이의 연결고리들을 다시 대규모로 주장할 수 있었다. 그러나 제2차 세계 대전을 성공적으로 수행하고 난 후, 안정된 국제 질서에 대한 희망들이 실현되기 어렵다는 것은 곧 명확해졌다. 비록 미국이 전쟁을 통해서 세계에서 가장 강력한 국가로 부각되었지만, 그것이 어떻게 평가되었든 미국인들은 이렇게 전례가 없는 힘들이 평가들과 더불어 국제적 역할에 신선한 공약을 보장하는 일련의 신선한 요구들을 불러일으켰음을 곧 발견하게 되었다. 1945년 이후 5년간 전개된 냉전 시대로 인해 미국의 외교 정책들을 수행하는 수많은 사람들은 미국이 스스로 국제적인 공산주의의 편재적인 위협으로 인식했던 것들에 대항하여 자유 보호에 헌신해야 함을 확신했다.

트루먼 대통령은 1947년 다음과 같이 선언했다: '현재 전 세계를 통해, 거의 모든 국가들이 삶의 대안이 되는 방식들 사이에서 선택의 기로에 서 있습니다 … 저는 우리가 국민들로 하여금 자유롭게 스스로의 운명을 각각 자신의 방식으로 점검할 수 있게 도와주어야 한다고 믿습니다'(Griffith 1992, 113). 트루먼 독트린에 언급된 수사적 기교는 이 장의 서두 부분에 인용된 아이젠하워 대통령의 1957년 취임연설이나, 미국이 '어떠한 대가도 치르고, 어떠한 부담과 고난도 이겨내며, 모든 우방들을 지원해 주면서, 자유의 생존과 성취를 확신하는 데 적이 되는 어떠한 존재에게도 반대해야 한다(Wrage and Baskerville 1962, 318)'는 케네디(John F. Kennedy) 대통령의 1961년 취임사 등에서 분명한 영향을 발견할 수 있는 것처럼, 1950년대와 60년대 많은 미국의 정책을 선도했다. 1970년대, 특히 베트남 전쟁 이후에는 이러한 부류의 열린 결말의 공약에 대한 재평가가 이루어졌는데, 비록 그것에 수반된 이념적인 주장들이 완전히 사라지지 않았고, 1980년대 로널드 레이건(Ronald Reagan) 대통령의 재임 기간 중 다시 부각되었지만, 소련과 중국과의 관계에 있어서의 긴장 완화의 전개, 상대적으로 미국의 경제력이 붕괴된 것 등이 그 평가 대상이 되었다.

우리가 미국인들이 세계와의 광범위한 관계에 대해 생각하고 정의내린 방식으로 이러한 포괄적인 주제들을 부각시키는 목적은, 그것들이 미국의 외교 정책에 있어서 구체적인 예들로 어떻게 반영되었는가, 또한 동시에 그것이 소설이나 영화, 혹은 역사적인 분석 등에서와 같은 예들에서 언급되어지는 이야기들에 어떤 영향을 미쳤는가를 검토하기 위한 정황을 제공하는 것이다. 동시에 그 주제들은 미국의 예외적 운명에 대한 영속적인 믿음의 근본과 그 방식을 고수하는 사람들에 의해 운명들이 암시하는 것들에 도전하는 계속적인 시도들을 밝히고 있다.

▶ 베트남에서의 경험: 전쟁을 이해하기

1964년에서 1973년 사이에 미국은 인도차이나 반도에서의 공산주의 창궐에 저항하면서, 씁쓸하면서 결과적으로 성공하지 못했던 시도에 심각하게 말려들게 되었다. 미국이 베트남에서의 장기간의 복잡한 독립 전쟁에 개입한 것은 이러한 시도에 초점이 되었으며, 그것은 미국의 외교 정책과 자국 내의 사회·정치적인 삶 모두에 대해 심각한 결과를 초래하는 개입이었다. 미국의 전쟁참여는 위에서 언급한 이데올로기적 주장에 심각하게 의존하는 말들을 통해 계속해서 정당화되었다. 로버트 맥나마라(Robert McNamara)는, 케네디와 존슨 대통령 재임시 국방부 장관으로서 전쟁 확대에 대한 자신의 역할을 1995년의 회고에서 다음과 같이 주장한다.

> 미 합중국은 8년 동안 베트남에서 선하고 정당한 이유로 생각되는 것을 위해 싸웠다. 그러한 행동에 대해 양 당의 집행부 모두는 우리의 안전을 보호하기 위해 노력했고, 전체주의적 공산주의의 확산을 막았으며, 개인적인 자유와 정치적인 민주주의를 촉진시켰다.(McNamara 1995, 333)

그는 이러한 주장들을 펴는 데 있어 오로지 1960년대에 제기되었던 수많은 논의들의 흔적을 따랐으며, 때문에 전쟁을 지지하던 사람들과 비평가들과 함께 그것들을 반복했다. 20년 전 사이공(Saigon)에서의 실패에 대해 작가인 토비아스 울프(Tobias Wolff)는 자신의 베트남에서의 군복무 시절을 회상해 냈는데, 그렇게 함으로써 전쟁에 대한 이야기들 중에서 가장 지속적으로 사용되는 주제 중 하나, 즉 순수에서 경험으로의 항해를 재현해 냈다.

미국의 군인들은 자신들을 금전적인 목적이나 군인 정신을 가지고 전쟁에 참가한 것이 아닌, 십자군 전사로 생각해야만 했다. '그것은 자기 현혹일지 모르지만, 우리가 다른 사람들을 죽이라는 요청을 받고 우리가 죽을 위험에 처했을 때 정신적으로 살아남는 것에 있어서 기사도적인 목적의식은 필수적이었다. 그마저 없었다면 우리는 적어도 냉소적이거나 부패하게 되었을 것이고, 기껏 단순하게 생각해도 전문적이 되었을 것이었다.' 울프는 미국의 십자군에 대한 모든 의식들이 1968년의 베트남 구정(舊正) 공격 때 파괴되었다고 주장하지만, 그가 설명하는 미국의 개입 역시 우리에게 익숙한 틀을 따른다. 어니스트 메이(Ernest May)는 이에 대해 다음과 같이 기록한다:

반대자들에게 소름끼치도록 부도덕한 것으로 비난받는 베트남 전쟁을 마땅히 가장 도덕적이거나, 혹은 적어도 모든 미국 역사에 있어서 가장 사심없는 전쟁이었다고 평가하는 것은 모순이다. 충동적인 길잡이 때문에 베트남 전쟁은 적을 섬멸하거나 국가적인 이익을 추구하는 역할을 하는 것이 아니라, 단순히 우방들을 단념하지 않으려는 것에 목적이 있었다(Brinkley 1995, 838).

그러나 '사심 없음'을 정당화하는 것은 분명 19세기로부터 물려받은 미국적인 이데올로기의 또 다른 두 요소들의 영향을 받았다. 미국인들은 20세기를 통틀어 아시아 지역을 다루는 데 행했던 것처럼 베트남에 스트롱과 같은 사람들이 19세기에 주장했던 미국의 힘에 대한 분명한 인종 차별적 주장들에 대해 빈번하게 근접해 있었던 자기 민족 중심주의를 가져다 주었다.

1940년대와 1950년대의 미국 관료들은 베트남 전쟁이 '백인들의 식민지 전쟁'으로 인식되는 것에 대해 우려한 것이 사실이지만, 1950년대 말과 1960년대 초에 일어났던 사건들의 압력 아래 이러한 우려들은 종종 미국인들이 무엇이 그 지역을 위해 최상의 방법인지 알고 있었다는 보다 기초적인 가설을 강압적으로 포기해야만 했다. 다른 사람들 가운데서도 리처드 슬랏킨(Richard Slotkin)은 베트남에서의 미국인들의 언행들과 19세기의 서부로의 팽창 뒤에 놓여 있는 가정들 사이에 강력한 지속성이 존재했다는 것을 주장하고 있다.

미군 병사들은 베트남의 적들을 자주 인디언으로 불렀으며, 정글 안팎을 오가면서 그들은 인디언 마을을 빠져나오듯이 움직였다. 이는 베트남에서 미국 병사들이 제2차 대전을 통해 일본인들에 맞서면서 사용했던 인종적인 별명들을 그들의 적들을 비하시키는 데 도움이 되는 방식으로 만들어 그들을 '슬로프들'이나 '떼놈'이라고 이야기했던 것과 연결된다. 크리스찬 애피(Christian Appy)가 베트남전 기간의 전투 부대를 분석하면서 주장하듯, '목표는 그 적을 아는 것이 아니라 경멸하는 것이었다.' 군대에서의 훈련은 그들이 베트콩의 일원이거나 전쟁에 참가하지 않는 사람들이거나 상관없이, 모든 베트남인들에 대해 적대감을 부추겼다. 한 전역 군인은 '그들이 베트남인들에 대해 우리에게 이야기해준 유일한 것은 그들이 '떼놈'이라는 것이었으며, 그들은 마땅히 죽어야 한다는 것이었다. 아무도 모여 앉아서 당신에게 역사·문화적인 배경을 이야기해주지 않는다. 그들은 적이다. 죽여라, 죽여라, 죽여!' 라고 당시를 회상한다 (Appy 1993, 107).

동남아 지역에 미국이 개입한 것은 또한 미국 자체의 역사가 제3세계에 국가적인 자결권에 대한 하나의 선례를 제시하는 것으로 추정되던 미국의 이데올로기상의 세 번째 요소에 의해 정당화되었으며, 그것은 안정과 질서정연한 진보에 위협이 되는 혁명 행위에 대한 두려움을 부추겼다. 여기에서 베트남에 국가가 건설되는 것에 대한 미국의 고민이 드러나지만, 그럼에도 그러한 정책의 결과를 실천에 옮긴 것은 제한적이었다. 1950년대에 부각된 발전 이론에 근거하여, 베트남에 파견된 미국의 관료들은 베트남의 견제를 근대화시키는 데 도움을 줄 수 있고, 공산주의 폭동에 대응하여 그 보루로서 작용할 수 있는 전략들을 고안했다. 미국의 원조와 미국적인 제도들은 그들 스스로를 헤쳐나갈 수 있는 원천이나 능력을 가진 것으로 보이지 않는 이러한 베트남의 사회적 현상들에 자극을 주었다.

1968년까지 대규모 군사 기술에 의해 지원된 50만 명에 이르는 주둔군조차도, 특히 인적이나 금전상에 의해 치러진 전쟁의 대가가 계속 쌓여가면서 남쪽의 경계선으로 위도 17도 선을 수용하도록 북부 월맹을 설득하는 데 어려움을 겪고 있었으며, 전쟁의 목적에 대한 이견들이 미국 내에서 힘을 얻어가고 있었다. 이후 5년 동안 닉슨 행정부는 패배를 인정하지 않는 것처럼 보이면서 미군들을 퇴각시키는 방법의 문제를 놓고 전력을 기울였다. '베트남화'는 불가능한 일을 꾀하기를 바라는 개념이었지

만, 1973년에 마지막으로 미군이 베트남에서 떠났을 때, 베트남
스스로가 북부 베트남의 더 이상의 압력에 저항하는 데 어려움
을 겪고 있음이 명백해졌다. 2년 후 사이공은 공산주의자들의
수중으로 넘어갔고, 전쟁은 막을 내렸다.

  1975년 전쟁이 종결된 이래, 즉 미군의 최종적인 철군이 이
루어진 지 2년 후에, 미국인들은 냉정하게 그들의 외교 관계의
역사에서 베트남전을 가장 어려운 이야기로 꼽을 수 있다는 결
론을 내리고자 했다. 동남아 지역에서의 패배는 그 지역에 대한
미국인들의 개입에 대한 일련의 문제들을 불러일으켰다. 미국이
처음 그곳에 참가하게 된 경위와 원인은 무엇이었는가? 미국의
베트남에 대한 군사적·경제적 행동 이면의 동기는 무엇이었는
가? 만일 그들이 참전했다고 하면, 미국의 군사무기의 힘이 성
공적으로 발휘되지 않은 이유는 무엇인가? 베트남으로부터 미
래의 미국의 정책을 보다 성공적으로 이끌 수 있는 경험을 통
해 얻어지는 교훈에는 어떤 것들이 있겠는가? 이러한 것들이
정치가들과 역사가들을 훈련시키는 의문들이 되겠지만, 또한 그
전쟁이 오히려 적절하게 재현되었을 경우의 방법을 제외하고,
어떻게 분석될 수 있는가에 대해 관련되는 두 번째의 질문들이
존재한다.

  예를 들어 전쟁에 참가한다는 것의 정서적인 경험은 어떻게
전달될 수 있었을까? 관습적이고 역사적이며, 신문 기사 식의
설명들이 전쟁에 대한 '진실'을 전달할 수 있는가, 혹은 그들의
주요 현안에 대한 접근방식에 의해 숙명적으로 타협하게 되었
는가? 전쟁에 대한 실제적인 이해에 있어 상상력을 동원한 작
품들이 문을 여는 데 도움이 되지 않았는가? 베트남전의 경험
에서 가장 충격적인 것은 수많은 단위의 질문들을 불러일으키

는 일련의 다양한 응답이 얼마나 존재하는가에 있으며, 따라서 우리가 이 장에서 제기하고자 하는 것은 그 전쟁이 역사가들, 정치가들, 작가들, 영화 제작자들, 거기에 더하여 미국인 대중들에 의해 어떻게 다양하게 이해되고 해석되는가를 검토함으로써 베트남에서의 이야기에 접근할 수 있는 논쟁의식을 가지자는 것이다.

만일 베트남전이라는 소재가 그 풍부함과 미국적인 차원에서의 전쟁에 대한 선입견 때문에 주목된다면, 그 의미를 파악하는 데 상당한 어려움이 있었다는 것이 그리 놀라운 일은 아닐 것이다. 물론 미국의 외교 정책사에서 모든 중요 사안들은 지속적으로 수정되고 재해석되어 왔지만, 베트남에서의 미국인들의 경험은 특히 그것에 대해서 명백하고 동의할 수 있는 이야기를 거부할 수도 있다는 것이다. 최근의 한 대담에서 팀 오브라이언 (Tim O'Brien)은 베트남전의 그러한 상황, 특히 베트남전 참전 용사들이 가졌던 불확실성에 대해 다음과 같이 이야기한다.

> 일반 병사들에게 … 전쟁은 대단히 희미한 안개, 짙고 변하지 않는, 그런 성질의 느낌, 즉 영적인 바탕의 느낌을 가지고 있었다. 분명한 것은 어디에도 없었다. 모든 것들이 소용돌이치고 있었다. 예전의 규칙들은 더 이상 구속하지 않았고, 이전의 진실도 더 이상 진실이 아니었다. 옳은 것은 그릇된 것으로 전복되었고, 질서는 혼돈으로 뒤섞였으며, 사랑은 증오로, 추함은 아름다움으로, 법은 무정부 상태로, 정중함은 무례함으로 바뀌었다. 망상들이 당신을 집어삼키고 있다. 당신은 어디에 있는지, 왜 거기에 있는지를 말할 수 없으며, 오로지 확실한 것은 불가항력적인 모순이다.(O'Brien 1990, 78)

국내외에서 모두 분명한 전쟁의 일부로 인식된 분열과 반대를 이용하는 이러한 혼동과 애매 모호한 의식은 베트남이 그 복잡성을 인식하려는 시도들에 대해 강하게 대치된 배경을 유지해 왔음을 말해준다. 항상 표면상으로는 전쟁의 종결을 강제하려는 시도들이 있어왔지만, 그러한 시도들은 효과를 나타낼 가망이 없어 보이며, 결국 전쟁이 어떻게 이해되어야 하는가에 대한 계속적인 논쟁들을 심화시킬 뿐이다. 예를 들어 구엔터 르위(Gwenter Lewy)는 『베트남 속의 미국』(*America in Vietnam*)이라는 책에서 그의 목적이 '베트남에서 미국이 취한 행동들에 대한 신뢰성 있는 경험에 의거한 기록을 제공하고, 그 과정에 베트남에서 무엇이 진행되었고 무엇이 잘못되었는가에 대한 정확한 이해를 억제하는 신화상의 혼란을 일소하기 위한 것(Lewy 1978, vi)'이라고 주장했다.

그러나 그의 『베트남 속의 미국』에서의 주장에 대한 반응은 이 경우 '전쟁에 대한 정확한 이해'에 도달하지 못하고 있음을 제시해 주며, 아마도 결코 도달할 수 없었음을 말해준다. 르위의 주장에 대한 대부분의 비평들은 그가 사용한 증거들과 해석적인 결론들에 동의하지 않는 다른 역사가들에게서 비롯되었지만, 그의 전쟁에 대한 정확한 기록에 도달할 가능성에 대한 주장들은 역사가들이나 상상력이 있는 작가들이 그 갈등에 접근하는 각각의 방식에 대해 광범위한 의문을 불러일으킨다. 다수의 작가들은 이것이 결국 전쟁이 무엇에 관한 것이었는가에 대한 어떤 확실한 설명을 부여하는데 실패했던 역사 자체에 대한 실천이라고 주장했다. 그들 중 다수에게 전쟁의 추상적이고, 단일하며, 동의를 얻은 '대문자 역사(History)'는 존재하지 않을 것인데, 그들은 이성적인 분석, 증거에 대한 참을성 있는 축적과 선별, 그리고 어떠한 구체적인 상황에 대한 진실의 결과로서 생기는 사건의 출현을 강조하면서도, 관습적인 역사로 서술된 것을 불신하기 때문이다. 마이클 허(Michael Herr)는 전쟁에 대한 최초이자 여전히 가장 영향력 있는 한 서술을 통해 '역사, 역사 … 여러분은 그것이 흘러가도록 내버려 둘 수 있다면 …' 이라고 말했다(Herr 1978, 44). 수많은 해석을 통해, 직선적인 역사는 베트남의 수수께끼에 대해 그 어떤 실제적 대답들을 주지 못했으며, 심지어 올바르게 질문하지도 못했다. 그 전쟁은 '모든 책과 논설문, 백서들, 그리고 모든 이야기들과 수많은 길이의 영화들'이 밝혀내지 못한 '비밀의 역사'를 가지고 있었다. 유일한 대안은 '그것을 분명히 할 수 있도록 계속해서 진행시키는' (51), 즉 또 다른 접근 방식을 발견하는 것뿐이었다.

일반적으로 옳다고 인정된 역사에 대한 이러한 불신은 1977년에 『급송』(Dispatches)이 처음 출간된 이래로 다양한 범위의 작업을 수행하도록 했다. 마크 베이커(Mark Baker)는 전쟁에 참가했던 일반 병사들과의 인터뷰를 모은 『베트남』(Nam)을 통해, 학술적인 분석들이 통계와 역사, 정치에 대해 집중하는 경향을 보이면서도, 베트남에서 싸우다가 전사한 사람들의 인간성과 개성을 무시하는 방식을 비판했다. 비록 그가, 자신이 수집한 이야기들이 전쟁에 대한 '진실'인지에 대해서는 부인했지만, 그럼에도 '감정들로 가득 차고 야망과 낭만을 앗아가 버린 상태에서' 그들은 우리를 우리가 이제까지 도달했던 것보다 더한 진실로 우리를 인도하고 있다고 느꼈다(Baker 1981, xii). 팀 오브라이언은 소설 『카시아토를 쫓아서』(Going After Cacciato)를 통해 워싱턴에서 흘러나온 전쟁에 대한 공식적인 입장들과, 많은 일반 군인들이 베트남 자체의 그 땅에서 느꼈던 혼란스러움 사

이에 있는 분명한 차이들에 대해 이야기한다. 이 군인들에게는

> 별다른 이유가 없었다. 그들은 그것이 이데올로기나 경제 혹은 권력
> 쟁탈, 혹은 악의에 의한 전쟁이었는지도 몰랐다 ⋯. 그들은 마을 대부
> 분의 지명도 몰랐으며, 어떤 마을이 중요한 위치인지도 몰랐다. 전략도
> 몰랐으며, 전쟁 용어나, 그 구조, 그리고 공정한 경기의 규칙조차도 알
> 지 못했다.(O'Brien 1975, 320)

미국의 정책에 대한 합리적인 설명들은 실제로 싸웠던 사람
들에게는 무의미하며, 따라서 그들의 갈등 속에서의 경험들은
미국의 정치가들이나 관료들의 논의, 신뢰받지 못하는 말들을
피하는 형태로 다시 계산되어야 할 필요가 있다. 여기서의 허구
는 진정 그 전쟁이 무엇이었나를 있는 그대로의 다큐멘터리나
그 초현실적이고 무질서한 본성보다 더욱 효과적으로 환기시켜
줌으로써 인식될 수 있었다.

다수의 베트남 작가들과 영화 제작자들은 여기에서 그들이
느꼈던 것이 전쟁의 광기였음을 전달하기 위해 노력하는 형식
을 실험하면서 한 단계 더 전진했다. 있는 그대로의 사실주의는
전쟁을 보다 동화되고 덜 위협적으로 보이게 만드는 방식들로
포장하는 데에만 성공했을 뿐이었다. 사실주의는 무엇이 어떻게
진행되었나를 설명했던 이야기들을 통해서 전쟁을 이해시키려
했으며, 그것을 해결하려는 몇 가지 형식을 시도했다. 그러나
많은 작가들은 전쟁 기록의 직설적인 배치는 불가능한 작업이
라고 느끼게 되었다. 더 큰 문제는 이성적이고 합리적인 방법으
로 그 전쟁을 설명하는 포괄적인 일들에 의문을 던지는 것이었
다. 만일 그것이 미친 전쟁이었다면, 그 가치는 관습에 대한 무

시와 실험에 대한 기꺼운 마음을 통해서만 잡을 수 있었다.

팀 오브라이언은 이러한 주제를 『그들이 가지고 간 것들』 *(The Things They Carried)*을 통해서 다시 선택했는데, 여기에서 그는 전쟁에 관한 이야기들을 어떻게 언급할 것인가의 문제로 반복하여 돌아가며, 따라서 그것은 '어떻게 전쟁 이야기를 참되게 이야기할 것인가'라는 이야기들의 모음 중 하나의 자격이 부여된다. 오브라이언에게 문제가 되었던 것은 특별한 사건이나 이야기들이 실제로 사실이기보다는, 그것에 대해서 글을 씀에 있어서 어떤 감정적인 진실이 소통되고 있다는 것이다. 문학은 '이게 사실이야?'라는 의문보다는 '그것이 사실적으로 반향을 일으키고 있는가?'라는 질문에 의해 판단되어야 한다. 어떤 사건이 발생했는지의 여부는 그것에 대해서 들려지는 이야기들과 그 이야기가 다른 것들에서는 잊혀질 수 있는 것을 어떻게 잘 살려주고 있는가 하는 방식보다 중요하지 않다. 단편 「스핀」 ("Spin")에 등장하는 주인공에게 있어서,

> 전쟁은 인생의 전반에 발생했지만, 지금도 그것을 기억해 내고 있다. 그리고 가끔씩 기억한다는 것은 그것을 영원하게 만들 수 있는 이야기를 끌어낼 것이다. 그것이 이야기가 구성되는 이유이다. 이야기들은 과거에서 미래에 이르기까지의 [사실들에] 참여하기 위한 것이다 … 이야기들은, 그 기억이 지워지더라도 영원하며, 이야기 밖에는 기억할 것이 아무것도 없다고 하더라도 영원할 것이다.(O'Brien 1991, 35)

오브라이언에게 이야기들은 전쟁을 이해하는 한 방식일 뿐 아니라 역사적 분석의 한계에 대해 상상력을 동원한 대안을 발견하는 방식이기도 한데, 그것은 과거였거나 혹은 사멸되었거나

간에 기억의 행위를 삶으로 되돌려 줌으로써, 그리고 상상력과 언어의 힘을 통해서 가능하다(225). 그는 전쟁이 끝난 지 20년이 되는 해에 짧은 글을 통해서, '나는 이러한 글을 전에도 쓴 적이 있지만, 그것을 다시 써야만 하겠다'(O'Brien 1995, 16)고 언급한다.

이러한 모든 것들은 베트남이 다양한 의견들을 통해 가장 잘 보여주며, 베트남이 복합적인 역사를 가짐으로써 가능한데, 그것은 일련의 개별적인 형식들을 취해왔으며, 각각 다른 방식들에서 표현되어 왔던 것이다. 존 헬만(John Hellman)은 '미국인들은 하나의, 뚜렷하게 미국적인 이야기가 펼쳐지는 것에 대한 기대를 가지고 베트남에 들어갔다'(Hellman 1986, x)고 주장하는데, 반면 실제적으로 부각되었던 것은 상당히 폭넓은 것들이었으며 때로 보충이 필요한 것이었지만, 종종 동등하게, 서로 상충되는 것이었다고 말하고 있다. 이는 수많은 방식들로 묘사될 수 있었지만, 우리는 여기에서 이런 이야기들을 세 가지의 각각 다른 사례들을 통해 보려고 하며, 그것들이 전쟁의 의미를 결론짓기 위한 시도에서 어떤 중요한 역할을 차지하는가를 보려고 한다.

▶ 전쟁에 대한 기억 1: 다른 목소리들

전쟁이 어떻게 진행되었는가에 대한 타협을 위한 노력이 처음에 얼마나 광범위하게 이루어졌는가에 관심을 두는 것은 중요한 일이다. 종전 이후 동남아 지역에 대한 미국의 역할과 자국 사회 내에 끼친 영향에 대한 소설과 논문들, 텔레비전 다큐멘터리, 그리고 장편 특선 영화를 통해 그 노력은 베트남의 한 역사가가 '실제적인 성장 산업'으로 묘사할 만큼 발전되어왔다 (Duiker 1995, xvi). 그러나 이러한 자료들 대부분에서 충격적인 것은, 그것이 거의 전적으로 미국의 전쟁 경험에 대해 초점을 맞추고, 베트남의 사회·역사의 복잡성에 대해서는 거의 무신경 하다는 데 있다.

리차드 크로카트(Richard Crockatt)는 오늘날 같은 상황이 여 전히 유효하다고 지적하면서 '미국인들이 [1960년대와 1970년 대의] "베트남"이란 말을 언급할 때 일반적으로 그들의 국경에 서 수천 마일 떨어져 있는 국가를 의미하는 것이 아닌, 미국적 경험에서의 거대한 분열과 관련된 사회적 갈등의 전체적인 복 잡함을 의미했다'(Crockatt 1995, 235)라고 주장했다. 이는 대부 분의 미국인들이 전쟁동안 베트남에 대해 가지고 있는 지식이 거의 없었음을 반영해 준다. 대부분은 북부 월맹의 지도자들, 예를 들면 호치민(Ho Chi Minh)이나 보 은구엔 지아프(Vo Nguyen Giap)같은 사람들에 대해서도 모르고 있었으며, 혹은 그들이 세계의 어느 곳에 와 있는지, 그리고 왜 그들이 싸워야 하는지에 대해 전혀 알지 못했다.

이러한 태도는 미국의 베트남 관련 영화들이 대부분 미국 문 화의 일화 중 하나로 베트남전에 집중하고 있는 방식에 분명히 반영된다. 예를 들면 처음에 미국이 전쟁에 참여하게 된 원인은 무엇인가, 미군들은 전쟁의 경험으로 인해 어떻게 영향을 받았 는가, 그리고 그들이 귀향했을 때 어떠한 일이 일어났는가 등 베트남에 대한 미국의 태도들은 판에 박힌 듯 조사되고 연구된 다. 그러한 유혹은 두 명 혹은 세 명의 주요 등장인물들이 등장 하는 전쟁이라기보다는 미국적인 의미의 영화를 보기 위한 것 이었다. 모든 영화들은 베트남인들을 주체로서 심각하게 다루려는 시도를 거의 하지 않았다. 베트남전은 오히려 미국인들이 그들의 최상의 원칙들을 왜곡하는 비극으로서, 혹은 미국의 정책의 핵심에 담겨진 위선을 고발하는 이기적인 이용과 잔인함의 사례가 되는 미사여구들로 묘사되었다. 미국인들 개개인은 전쟁의 결과를 감수하라는 압력들에 의해 분열되는 존재로서 나타나고 있다.

예를 들어 올리버 스톤(Oliver Stone) 감독의 영화 『플래툰』(*Platoon*, 1986)에서는 그러한 것들이 모든 더러움과 비참함에도 불구하고 베트남에서의 전투 경험에 대한 보다 더 사실적인 설명을 위해 사용하는 것으로 제시되었는데, 그것은 정글 속 게릴라들의 교전상태의 혼란함이 주는 의미를 확실하게 전달한다. 그러나 결국 이 영화가 미국인에게 베트남 전쟁이 무엇을 의미하는 것인가에 대한 다른 시각의 갈등의 양상을 제공해 주는 만큼 베트남인 차원에서의 전쟁의 의미에는 그다지 많은 관심을 가지지 않는다. 이 영화의 주인공인 크리스 테일러(Chris Taylor)는 '이제 돌아보아야겠다고 생각해 보면, 우리는 적과 싸운 것이 아니라 우리 자신과 싸운 것이며, 그 적은 우리 안에 있었다'고 고백한다. 스톤 감독은 울프와 상당히 닮은 방식으로, 베트남이 순수에서 경험으로 이동하는 배경을 베트남의 문화이기보다는 미국의 문화에서의 하나의 일화로 전쟁을 진술하는 방식에 집중한다. 마이클 허가 '베트남이여, 베트남, 베트남, 우리 모두는 거기에 있었지'라는 유명한 구절을 읊조렸듯이, 그가 묘사하고 있는 베트남은 이러한 '미국적인' 베트남이며, 이곳은 베트남 자체에서의 삶의 실재성으로부터 꽤 떨어져 있는 장소이다(Herr 1978, 207).

바오 닌(Bao Ninh)의 『전쟁의 슬픔』(*The Sorrow of War*, 1994)

과 같은 소설의 의미가 중요하게 된 것은 바로 이러한 문맥에
서이다. 루더 스탠딩 베어가 인디언들을 야만인들이라고 낙인찍
고 분류하는 미국적인 '말'의 힘에 도전하려는 시도를 했고, 인
디언 세계를 인간적인 세상이라고 제시했던 것처럼, 『전쟁의 슬
픔』 역시 북부 베트남인들의 인간성과 희생을 주장하고, 또한
갈등에 의해 그들 역시 잔인하게 되었음을 주장함으로써 전쟁
의 양식화된 상을 깨려는 시도를 하는 작품이다. 이 소설의 주
요 주인공인 키엔(Kien)은 전쟁이 그에게서 빼앗아 간 것을 되
찾으려는 필사적인 노력에서 그의 북부 베트남군 27대대 최전
선 척후병 참전 경험을 글로 쓰는 것에 의지한다. 이러한 갈등
이 미국측에 유리한 국면으로 접어든 이후, 키엔은 '절규하는
영혼들의 정글'(the Jungle of the Screaming Souls)로 부르는 한
지역의 실종 장병들의 시신을 되찾기 위해 파견되는데, 그곳은
나중에 그가 작가로써 전쟁이 파괴해 놓은 삶으로 돌아가고자
시도하는 시점에서의 자신의 죽은 형상의 흔적을 찾아 나서는
장소이기도 하다.

  그는 악몽과 어두운 시야에 시달리면서, 무차별적이면서 임의
로 희생양들을 선택하는 전쟁을 이해하려고 노력한다. 여기에서
정치적인 충성의 역할은 거의 나타나지 않는다. 미국의 무기의
힘으로 빚어진 결과는 생생하게 묘사되지만, 이 책은 미국과 베
트남의 능숙한 정치가들이 행했던 이념적인 투쟁은 거의 다루
지 않는다. 대신 키엔은 그 자신의 삶과, 그에게 가장 가까이
있었던 것들이 전쟁이 만들어 놓은 무차별의 파괴에 의해 무의
미하게 되어버린 방식에 집중한다. 용케도 살아남은 그의 동료
참전 용사들은, 수많은 그들의 미국의 용사들이 그랬듯이, 그들
을 범죄나 알코올 중독으로 물들게 하는 베트남 사회의 끝에서

생을 마감한다. 키엔 자신의 개인적인 비극은 그의 애인이었던
푸엉(Phuong)을 잃은 것이었는데, 처음 그녀는 그와 전선에서
만났지만, 미국 공군의 급작스런 폭격에 심각한 부상을 입는다.
그녀의 육체적·감성적 상처들은 그 관계를 효과적으로 파괴하
고, 마침내 키엔이 일상 생활로 되돌아왔을 때, 그들은 서로에
게 할 말이 남아 있지 않다. 팀 오브라이언과 마찬가지로 바오
닌도 어떤 의미나 논리 없이 전쟁을 이야기할 때의 절망적인
어려움을 연결시킨다. 키엔은 소외된 그의 인물들과 투쟁하고
있으며, 비록 그의 연인이 되었지만 벙어리에 귀머거리가 되어
버린 그의 유일한 여자 친구는 결코 처음 그가 푸엉과의 삶에
서 잃어버린 순수함을 되돌려 놓을 수 없다. 몇 가지의 결론에
다다른 이후에, 그는 그의 이야기를 그의 뒤에 남겨 놓은 채로,
차례로 이해하려고 노력했던 이미 끝난 소설의 화자에게로 돌
아간다. 그러나 이 책과 같은 텍스트에서, 희생양은 그들의 삶
을 잃어버린 사람들 뿐 아니라, 살아남은 사람들도 포함하는 곳
인 전쟁에 대한 가득 찬 슬픔을 묘사하려는 온전한 요구들에
의해, 조리 있게 밀착되어 있는 이야기들은 오랫동안 만들어질
수 없었다.

▶ 전쟁에 대한 기억 2: 베트남 기념관

데이비드 로웬탈(David Lowenthal)은 『잊혀진 타국』(*The Past
is A Foreign Country*)를 통해 우리가 끊임없이 재생하고, 우리의
과거에 의해 재생되는 여러 가지 방식들을 개괄하면서 '추념하
는 행위는 맺음의 의미를 담고 있다'고 기록한다(Lowenthal
1985, 323). 덧붙여 끝맺음의 개념은 우리가 기념하는 사건/사

람들은 이미 끝났거나 사망했다는 의미를 담고 있다. 기념의 과정을 통해서 우리는 무엇이 끝났는지 인식할 수 있지만, 무엇이 끝났는지를 기록하는 적절한 방식을 발견하는 바로 그 행위를 통해 역사를 만드는 일에 필연적으로 진입하게 되며, 또한 가장 적절하게 기억할 수 있는 형태로 보이는 것을 선택하는 작업에 들어가게 된다. 우리가 만드는 연대기들은 우리가 기념하는 사건들에 대한 역사적인 진술이 되고, 과거에 대한 모양을 부여하고 이해할 수 있도록 찾아 나서는 이야기들이 된다. 그러나 역사 자체는 항상 수정될 수 있는 것이기에, 역사적 산물 역시 기념물과 닮아 있다. 따라서 베트남의 갈등과 같이 쟁점화되고 씁쓸한 경쟁을 해야 했던 전쟁을 기억하는 것은 격렬한 논의의 초점이 되는데, 그것은 전쟁이 어떻게 기억되어야 하는 것인가라는 질문들이 필연적으로 제기되기 때문이며, 특히 미국 역사 초기에 발생했던 전쟁들과 대조해 볼 때, 남북전쟁에서의 동맹할 수 있는 원인을 제외하고서는, 패배를 인정해야 하기보다는 오히려 축복받는 승리가 되었기 때문이다.

주요 베트남 참전용사 기념관은 1982년에 워싱턴의 한 공원 부지 위에 예일대학 학부생인 중국계 미국인 마야 린(Maya Lin)이 전국 규모 대회에서 수상하면서 세워지게 되었다. 린의 설계는 125도 각으로 만나는 브이(V)자 모양으로 세워진 흑색 화강암 재질의 두 벽으로 되어 있다. 각각의 벽은 일련의 패널들로 나누어져 있는데, 그 위에는 베트남 전쟁에서 사망한 미국인들의 이름이 순서없이 새겨져 있지만, 1959년 최초의 한 병사의 죽음에서 시작해서 1975년에 끝나는, 그들이 살해당한 순서대로 새겨져 있다. 그 두 벽들은 땅에 뿌리를 내리고, 지상에서 10피트 높이 정도로 솟아있는데, 그곳은 기념관의 중심 부

분과 맞닿는다. 이미 그 기념물은 워싱턴의 다른 주요 기념관들
과는 현저한 대조를 보이고 있다.

첫째로, 그것은 아주 짧은 거리에서도 거의 보이지 않는다.
바비 앤 메이슨(Bobbie Ann Mason)의 작품 『조국에서』(In
Country)는 다음과 같이 묘사한다: '워싱턴 기념관은 하늘에 대
고 번득이는 연필 한 자루 같다 … 그것은 지상으로부터, 자랑
스럽고 웅장하게 뻗어 있다.' 그와는 대조적으로, 베트남 전쟁
기념관에 대해서는 '산허리의 깊이 갈라진 검은 틈, 한 줄로 길
게 서서 폴리우레탄으로 닦여진 석탄의 진열과 같다'고 언급한
다. 샘 휴즈(Sam Hughes)와 그의 할머니, 삼촌은 그들이 갑자기
거기에 닥칠 때까지 그 방향에서 우연히 그것과 마주치게 되었
다. 마마우(Mamaw)는 걱정스럽게, '그거 별로 안좋게 보이는구
나, 땅속에 구멍낸 것 같아'라고 말한다(Mason 1987, 239). 흰색
바탕에 하늘로 치켜 올라간 모양을 하고 있는 대부분의 워싱턴
의 다른 기념비나 기념관들은 멀리서도 보이도록 설계되어 있
으며, 그것들의 국가적 자부심과 영예를 상징하는 역할을 강조
하고 있는 것처럼 보이지만, 베트남 전쟁 기념비는 지상에서 아
주 짧게 올라와 있다.

비록 처음에는 그 설계가 사망한 사람들로 하여금 계속되는
논쟁이나 악의를 배제하고 기억할 수 있는 방식으로, 기품이 있
고 비정치적이라고 느끼는 참전용사들에 의해 지원되었지만, 그
기념비는 얼마 되지 않아 그들의 삶을 조국을 위해서 바친 참
전 용사들의 용맹과 애국심을 손상시킨다고 느낀 사람들로부터
비판의 도마 위에 올랐다. 한 참전용사가 주장한 바에 따르면,
'그 색깔인 검은 색은 모든 민족과 전 세계 모든 사회들에 있
어 보편적으로 수치와 슬픔, 그리고 퇴보를 나타내는 색상'

미국문화의 이해

(Hess 1987, 265)이라는 것이다. 텍사스의 거부이면서 이후 대통령 후보에 올랐던 로스 페로(Ross Perot)는 그 기념관에 막대한 자금을 기부하면서 '뺨을 맞는 것과 같은 모욕'으로 묘사했다. 『전장』(*Fields of Fire*)이라는 베트남 관련 소설의 저자인 제임스 웹(James Webb)은 그것을 가리켜 '징용에 반대하는 시위자들에게 울부짖는 벽'이라고 불렀다. 두 벽들이 만나는 브이(V)자는 아마도 베트남(Vietnam)이나 참전용사들(veteran)을 나타낼 수 있겠지만, 또한 반전운동가들의 평화를 의미하는 표시로 불려질 수도 있었다.

톰 울프(Tom Wolfe)는 어떤 회화적인 특성도 발견되지 않기 때문에 마야 린의 설계는 모더니스트적 엘리트주의의 볼모나 다름없다고 비난했는데, 그것의 추상적인 특질은 베트남 전쟁에서 전사한 수많은 평범한 사람들의 가족들로부터도 거리를 두게 만들었다. 이러한 압력들에 직면하게 되자, 기념비를 제작하는 데 참여한 사람들은 조각가 프레드릭 하트(Frederick Hart)를 통해 두 번째의 기념비를 제작하기로 결정하고 그에게 제작을 위임했는데, 그것은 제2차 세계 대전시 태평양 지역에 대한 미국의 공로를 기념하는 아이오 짐마 기념비(Iwo Jima statue)와 같은 양식화된 전쟁 기념비의 전통에 더욱더 접근해 있다. 하트의 설계는 두 명의 백인 병사와 한 명의 흑인 병사로 구성되는데, 그들은 아이오 짐마 기념비에서 찬사를 받았던 영웅적인 행동에는 미치지 못하지만, 전투복을 입고 있는 형상이다. 하트는 전쟁에서 싸웠던 사람들에게 어느 정도의 위엄을 부여할 수 있는, 그리고 베트남에서 복무한 19살 정도 먹은 병사들의 젊음과 순수함에 대한 의식을 부여하기 위해 사실주의를 사용하기를 바랬다고 주장했다(Hess 1987, 273). 그런데 기념물이 배치될 때 그것은 최초에 제안했던 것에서 무엇인가가 빠진 채로 성조기 옆에 서게 되었다. 하트의 조각품이 린 기념관의 심장부에 놓여야 한다는 제안도 있었지만, 결국에는 그 장소에 놓기로 결정되었으며, 40야드 정도 떨어진 작은 관목 숲 속에 깃발과 함께 있게 되었다.

베트남 전쟁 기념관은 최초의 입찰 경쟁에서 정치적 의도가 없어야 하며, 그 기능은 전쟁에 대한 구체화된 주장을 상징하기보다는 전몰 장병들의 영예를 기념하는 데 있어야 한다는 것을 계약 조건으로 요구했다.

린 자신은 그 작품이 사망한 사람들에 대한 것만을 제외하고 전쟁에 대해 직접적으로 언급한 것이 아니라는 측면에서 정치와는 무관하다고 주장했다(Hess 1987, 271). 그러나 그녀의 제안에 대한 과민반응은 베트남과 같은 이야기를 넘어서 정치와 무관한 것이 되기가 얼마나 힘든가를 입증할 뿐이다. 명확한 정치적인 함의를 피하기 위해 어떤 노력이 더해졌든지 간에, 모든 기념관들은 전쟁에 관한 일정의 관점을 가지고 있다.

예를 들어 미국의 결정적인 패배의 맥락에서 보면, 전몰 장병들의 모든 이름을 등재하기로 한 결정이 쓰레기 취급을 받는 기념비를 읽는 것을 부추겼고, 따라서 그것은 일종의 반전(反戰) 성격의 진술이 되어버렸다. 린이 여성인 동시에 중국계 미국인이라는 사실과, 그녀의 설계가 다수의 다른 전쟁 기념물에 담겨 있는 남근적 상징에 저항했다는 사실은, 남성적 여성주의와 무용담에 대한 보다 관습적인 찬사와는 대조적으로 그 갈등에 여성적이면서, 심지어는 평화주의자의 입장에서 접근했음을 제시할 수 있었다. 샘 휴즈(Sam Hughes)가 그 기념관에 가는 도중에 워싱턴 기념관을 지나쳤을 때, '그녀는 톰이 그것에 대

해서 씁쓸하게 한 말 — 하얗고 큰 가시('prick'은 남성의 성기
를 상징하기도 함; 역자 주)라는 말을 기억한다. 그 섬들 주변
에 핑크빛 플라스틱을 들이밀었던 그 사람은 워싱턴 기념관을
위해 커다란 고무를 만들어야 한다고 샘은 생각한다'(Mason
1987, 238). 그녀는 결국 그 구덩이 깊숙이, V자의 안쪽 한 가
운데 서 있다.

워싱턴 기념관은 중심선을 벗어났다. 만일 그녀가 왼쪽으로 조금만
움직이면, 베트남 전쟁 기념관을 볼 수 있으며, 반대편으로 움직이면,
기념관 반대쪽의 성조기가 반사되는 것을 보게 된다. 기념관과 깃발
모두는 죽은 소년들에게 손가락을 올리는 국가처럼, 거드름을 피우는
자세와 같아 보이지만, 부지 안의 이 구멍으로 빠져든다(Mason 1987,
240)

반면 하트의 세 병사들의 모습은 자체적으로 린의 독법과는
매우 다른 전쟁에 대한 독법을 제시하는데, 그 중 하나는 수정
주의적 역사가들과 애국적인 정치가들에 의해 주장되었던 바처
럼 그 전쟁이 성스러운 목적을 가지고 있었다는 것을 포함하는
것이다. 또한 문제가 되는 것은 그들이 나란히 선 것은 그들이
전쟁에 대하여 대안적인 해석들을 제시해 주는 방식을 강화할
뿐이라는 것이다.

톰 울프와 필리스 슐라플리(Phyllis Schlafly)는 린의 기념관이
제인 폰다(Jane Fonda)에게 헌정하는 것으로 부르고 있지만, 다
른 사람들은 하트의 조각상들이 존 웨인(John Wayne)에게 헌정
하는 것이라고 맞받아친다. 그럼에도 그 기념관을 방문했던 사
람들 중 다수는 정치적인 지향을 고려하지 않고 전쟁의 유산과

타협할 수 있는 그들만의 방식을 취할 수 있는 장소로 이해하고 있다. 프레드릭 하트는 '당신은 린의 기념관에서 당신이 바라는 걸 얻을 수 있습니다. 그러나 나는 그것을 밤색 가방의 미학이라고 부릅니다. 내 말은 아무것도 제시되는 것이 없을 것이기 때문에 무엇인가를 가져가는 게 낫다는 것입니다'(Hess 1987, 274)라고 말했던 사람을 조롱했다. 그러나 그 증거는 불과 린의 작품에 대한 작업들 중 하나라는 것이다. 사람들은 사진이나 몇 벌의 옷, 개인적인 소지품, 화환, 꽃들 등 무엇인가를 가지고 간다. 그래서 그것들을 가지고 가는데 있어, 『조국에서』의 결말 부분이 제시하는 것처럼, 그들은 전쟁이 끝난 이후에 끝나지 않고 남게 된 몇 가지의 개인적인 해답에 대한 기회를 발견하게 된다. 샘은 그녀의 부친과 그녀 자신의 이름을 벽 위에서 발견하고, 할머니가 말하는 이야기를 듣는다.

갑자기 이 벽 위에 다가가서 그것이 얼마나 검은 지 본다는 건 참으로 끔찍하지만, 그렇기 때문에 나는 그 안으로 내려가 보았고 그 기념물의 균열된 부분으로부터 흰색 카네이션이 피는 것을 보았으며, 그것은 나에게 희망을 주었다. 그것은 나에게 그가 우리를 내려보고 계심을 알게 했다.

그렇지만 그녀의 아저씨인 에밋(Emmett)은 그 벽의 앞에 다리를 꼬고 앉아서, 기념비 판 위에 아로새겨진 이름들을 살펴보았다. '천천히 그의 얼굴은 불꽃과도 같은 미소가 피어오르고 있었다'(Mason 1987, 244-5).

▶ 전쟁에 대한 기억 3: 베트남 전쟁 증후군

베트남에서의 미국의 실패는 1973년의 최종 철수에 의해 상징화되었고, 1975년 사이공의 몰락은 기나긴 그림자를 드리웠다. 1970년대 중반 이후 미국의 외교 정책과 미국 문화는 베트남에서의 투쟁을 통해 쓰라리고 예측할 수 없던 결과들로 실행되었다. 여기서 한 가지 중요한 주제는 미국의 베트남에서의 역할에 대한 설명을 수정하려는 시도들을 포함하고 있으며, 특히 그것은 왜 우월하다고 예상했던 미국의 군사적인 능력이 동남아시아의 극복에 실패했는가 하는, 국가적인 자신감에 대해 그다지 공격적이지 않은 방향으로 설명된다. 1980년대 레이건 행정부의 집권기간에 부각된 전쟁의 새로운 시선들에는 몇 가지 요소들이 존재한다. 첫 번째 것은 미국이 마땅히 해야 했던 결의가 부족했기에 베트남에서 분루를 삼킬 수밖에 없었다는 주장이다. 베트남에서의 미국의 문제는 베트콩이나 북부 베트남의 정규군에 의해 비롯된 것이 아닌, 미국인들 자신에 대한 불확실하고 분열된 태도들이었다는 것이다. 만약 미국이 보다 단합되고 이의나 분열이 덜했다면 미국의 힘은 그 시기를 잘 견뎌낼 수 있었을 것이다. 이러한 요소는 쉽게 동남아시아에서의 미국의 노력에 대한 불확실성과 혼란을 효과적으로 일으킬 수 있는 미국의 군사적인 능력을 부추길 뿐이었다고 주장하는 두 번째의 요소와 연결되었다.

린든 존슨(Lyndon Johnson)과 그의 고문들에 의해 지지되었던 제한된 전쟁의 개념은 군장성들이 전쟁에서 요구되는 성공적인 임무수행을 결정하는 능력을 제한시켰다. 1980년대의 이러한 주장들 모두에 유명한 대변자가 된 레이건 대통령은, 미국

베트남전 참전용사 재단의 창립자인 바비 뮬러(Bobby Muller)
와의 대화에서 그러한 상황들을 설명했다. '베트남과의 문제는
우리가 여러분들이 할 수도 있었던 전쟁에 나가서 싸우는 것을
결코 허락하지 않았기 때문에, 다른 모든 참전용사들이 만끽했
던 당신의 승리를 부정했습니다.' 자체적인 의미에서 미군이 북
부 베트남 동맹군과의 전쟁에 참여할 수만 있었다면, 승리는 확
신할 수 있었을 것이다.

　이런 방식으로 미국의 문제들을 설명하는 것은 베트남에 대
한 망령을 떨쳐버리는 과정의 일부이지만, 이와 동시에 필요한
것은 미국의 군사적 성공에 있어서의 참신한 예를 보여줄 수
있는 해외로의 진출이라 할 수 있으며, 이 장의 초반부에서 논
의되었듯이 미국의 힘에 대한 오래된 믿음의 재확인이 필요하
다. 1980년대 니카라과와 레바논에서의 분쟁에서 그렇듯 새롭
게 바뀌어진 미국의 힘이 드러남으로써 몇 번은 가능한 기회들
이 만들어졌지만, 양 분쟁들의 경우에서 그들의 고집스러움과
복잡함은 미국으로 하여금 분쟁에의 개입이 너무나 많은 위험
성을 안고 있으며, 베트남에서의 과오를 떨쳐버리기보다는 확인
하게 될 것이라고 미국을 설득했다. 서인도 제도의 그레나다
(Grenada)와 중앙아메리카의 파나마에 소규모로 개입했던 것은
일정부분 국가적인 용맹함의 의식을 어느 정도 회복시키는 데
도움을 주었지만, '베트남 증후군'으로 설명되었어야 할 것을
제거하는 데 도움을 준 훨씬 중대한 사건은 1991년의 걸프전으
로, 적어도 그것은 어떤 단계에서는 베트남에서의 뼈아픈 유산
에 대응하고 극복해 내는 시도로 보여질 수 있다.

　베트남 전쟁에 관해 주도적인 역사가인 조지 허링(George
Herring)은, 페르시아만의 갈등은 이따금씩 사담 후세인(Saddam

Hussein) 대통령이 통치하는 이라크와 더불어 베트남 전쟁의
망령들과의 싸움으로 비춰졌다고 주장한다(Walsh and Aulich
1995, 28). 조지 부시(George Bush) 대통령은 전쟁의 성공적인
결말을 선포하면서, 그는 '미국인들과 신에게 자랑스러운 날이
며, 우리는 한때 있었던 베트남 증후군을 쫓아버렸습니다' 라고
말했다(Summers 1994, 53). 여기에서 부시의 선언이 의미하는
것은, 1980년대 대표적인 수정주의 역사가들 중 하나였던 해리
G. 섬머스 2세(Harry G. Summers Jr.)에 따르자면, 1970년대 중
반 베트남 전쟁의 종결 이래로 미국의 외교 정책은 '어느 정도
신경마비 상태' 였다는 것이다. 비록 미국 국방 분야의 다양한
지류가 잠재적으로 강성을 유지하고 있지만, 심지어 그것이 위
협을 받고 있는 이해 관계를 고려할 때라도, 그 유효성은 해외
문제에 개입하는 미국 정부의 능력을 제한하는 일련의 자발적
인 제한들에 의해 부지불식간에 손상되고 있었다.

　이는 어떤 미국의 해외 업무도 미국 국민들의 온전한 지원과
위임이 없는 상태에서는 성공을 바랄 수 없다는 두려움을 포함
하고 있었다. 딘 러스크(Dean Rusk)의 주장에 따르면, 베트남에
서의 존슨 대통령의 잘못된 판단에 대해 '베트남을 넘어서 미
국 국민들의 분노를 휘저어 놓은 것에 불만을 가지고 있었다
… 우리는 도시를 행진하는 군대를 가지지 않았으며, 커다란 전
쟁의 동맹을 유도하지도 않았다. 또한 우리는 전쟁에 대한 열정
을 불러일으키면서 영화배우들을 그 나라에 위문하러 보내지도
않았다'(54).

　장차 미국 국민들은 미국의 군인들로 하여금 전투를 독려하
기 위한 어떠한 결정에 대해서도 심각하게 의논해 왔음을 느껴
야 할 것이고, 더불어 정부는 국민들의 지원에 의존할 수 있었

음을 느껴야 할 것이다. 베트남의 교훈을 통해 만들어진 두 번
째 관심은, 정부의 정치적 지부로부터의 세밀한 감독이 없이도
적합하다고 생각되는 모든 전략들을 설득할 수 있는 자유가 군
대에게 주어져야 한다고 주장했다는 것이었다. 여기서 대중적인
지원을 지탱해 주는 전제로 군대에게 필히 자유로움을 부여해
야 하지만, 그 어떤 종류의 군사적인 행동이 정치와 대중의 의
견을 분리시켜 놓을 수 있는 위험이 존재하고 있었다는 것이다.
수정주의자들은 만일 반전 운동에 증거를 제공할 뿐인 그 전쟁
이 전쟁 비용을 보고할 수 없도록 언론에게 너무나 많은 자유
가 부여되었던 베트남에서와는 다르게, 통제되고 편집된 방식으
로 국내의 시청자들에게 전달되는 것은 피했어야 할 것이라고
주장한다. 미국 역사상 가장 오래 끈 전쟁이었던 베트남 전쟁에
있어서의 세 번째 문제는, 베트남 전쟁이 너무나 오랫동안 지속
되었기 때문에, 정부와 군대, 그리고 국민들 사이에 필요한 협
력사항에서 균열들이 나타나도록 허용했다는 것이다. 손쉽게 이
끌어질 수 있는 구체적인 목적을 가지고 앞으로 발생할 전쟁에
참가하는 기간이 짧아질 수 있다면 대중적인 지지를 잃을 위험
성은 훨씬 줄어들 것이다. 린든 존슨(Lyndon Johnson) 대통령은
1967년 1월의 연두교서를 통해 공개적으로

미국인들이 얼마나 더 제한된 대상들과의 전쟁에서 싸울 수 있는가
에 대해 … '위험하지만 그것을 극복하자'는 유혹이 우리를 부를 때
'계속 자제력을 잃지 않고 우리가 어떻게 행동할 수 있는가', 혹은 우
리가 '보다 더 큰 악마를 물리치기 위해서 거대한 악마를' 선택할 필
요성을 받아들일 수 있는가를 고민하도록 했다.(Campbell 1974, 207)

그 자신이 인정했던 것은 베트남에서의 어떠한 결론도 다가
오는데 시간이 걸릴 것이며, 미국 국민들에게 '희생'을 요청할
도리밖에 다른 선택의 여지가 없었다는 것이다. 수정주의자들이
지적한 대로, 결국 다수의 미국인들은 그것이 감내할 수 없는
희생임을 알았고, 장래에는 최후의 수단으로 열린 결말의 책임
이 요청될 수밖에 없음을 다시 확인해야 할 필요가 있었다. 모
든 노력이 전쟁에 참여하는 기간을 짧게, 그리고 가능한 한 목
표를 잘 잡는 것에 집중되어야 했다.

이렇게 고려된 것들 모두가 걸프만 전쟁 참전 당시 뚜렷한
성과로 나타났다. 첫 번째로, 대중적인 지지를 얻을 수 있는 신
중한 사고 방식이 요청되었다. 1990년 초가을 이라크에 대해
경제적인 제재를 가하는 동안 몇 번의 망설임 끝에 부시 행정
부는 가능한 군사적 행동에 대해 대중들의 온전한 지지를 확인
하기 위해 11월에 텔레비전과 신문을 통해 언론 캠페인을 내보
냈다. 1991년 1월 16일 이라크에 대한 공습이 시작되었고, 미국
국민의 83%가 군사적 행동에 동의하고 그 갈등을 통해 미군이
강하게 유지될 수 있는데 도움을 줄 것을 승인했다.

이는 전쟁이 짧은 기간 안에 끝나는 데 도움을 주었다. 지상
전은 대략 100시간 정도 지속되었고, 그 중 이라크에 대한 공
습은 1달 반 동안 유지되었는데, 그것은 구체적으로 베트남에서
의 1만일 동안의 전쟁과는 대조되는 것이었다. 발포 중지 명령
은 100시간 이내에 이루어지도록 지정되었는데, 이는 동맹군의
수장인 노먼 슈와르코프(Norman Schwarzkopf) 장군에게 깊은
인상을 준 움직임이었다: '역사적인 사건을 포장하는 방법을
알고 있었기 때문에 나는 그들에게 그것을 넘겨줄 수밖에 없었
다'(Walsh and Aulich 1995, 32).

연합국 측이 이라크의 경제적 제재를 협의함에 있어 각별한 주의가 요구되었는데, 그것은 세계의 주요 국가 정부의 대부분을 포함하고 있었으며, 거기에는 군사적인 동맹이 또한 광범위하게 근간을 두고 있음을 확신시켜 주었다. 비평가들에게는 베트남에서와 같이 미국의 참전이 이기적이며 국수주의적인 것이라고 비난할 기회는 주어지지 않았다. 군사력 배치는 최대의 효율성을 입증하기 위해 조심스럽게 계획되었다. 쿠웨이트와 사우디 아라비아 접경 지역에 대한 군사력 증강은 최종전이 시작전에 69만 명에 이르렀으며, 그 중 미군이 42만 5천명이 투입되었고, 그들은 막대한 분량의 군사기술로 만들어진 무기들을 지원받고 있었다. 이러한 모든 것은 미국의 전략 비평가가 단계적 확대가 너무나 점진적이면서 민감한 부분이었다고 주장하는 베트남전과는 명확한 대조를 이루었다. 동시에 베트남 전쟁에서 존슨 행정부가 특성화시켰던 워싱턴의 세부적인 간섭들은 배제한 채 이러한 대군을 이끄는 책임은 군대에 부여했다. 이러한 모든 것들이 작용되었기 때문에, 종전의 시점에 이르러 부시 대통령은 90퍼센트의 지지를 얻었다.

▶ 미국 문화의 전파

외부 사람들의 삶에서 나타나는 미국의 존재는 단순히 군사적·경제적인 힘을 통해서만 느껴지는 것이 아니라, 미국이라는 바로 그 관념을 투영시킴으로써 느끼는 것이었다. 다른 많은 사람들 중에서도, 마르커스 컨리프(Marcus Cunliffe)가 지적하듯 시간과 장소에 따르는 다양성에도 불구하고 일련의 폭넓은 분류들을 만드는 데 줄곧 실패했던 조국에 대한 응답에 준하는 거대한 조사가 이루어졌다(Cunliffe 1964, 492~514). 그는 이러한 응답들을 두 가지 주요 역사적 범주로 분류했는데, 하나는 '자유의 땅'이나 '지구상의 파라다이스'와 같은 이미지를 포함하고 있는 영웅적인 것으로, 다른 하나는 미국을 지나침과 방탕의 장소로 강조하는 극악한 것으로 분류하는 것이었다. 미국의 경계 외부로 미국 문화를 전파하려는 미국의 발전적인 능력은 이러한 이미지들에 추가적인 잠재력을 부여했다. 19세기 후반이후 미국의 문화 관련 상품들은 전 세계를 통해 폭넓게 확산되었는데, 이는 한편으로 특히 냉전 기간 동안의 미국 정부의 적극적인 장려에 의한 것이며, 다른 한편으로는 자본주의적 생산의 힘에 의한 것이다.

이 과정은 보다 넓은 세계에 대한 미국의 영향력에 일련의 의문들을 제기하였으며, 특히 미국 대중문화 수출이 미국 외부시장과 청중들에게 전달되었던 방식에 대해 일련의 논쟁 기회를 부여했다. 이는 다수의 비(非)미국인들로 하여금 그들의 삶에 있어서의 미국의 위치를 반영하도록 하는, 또 그럼으로써 미국이 동시대 세계에서 설득력을 얻는 방식에 기여하는 계속적인 기회를 그 결과로 허락해 왔다. 또한 그들이 가끔씩은 충격적인 결과를 가져오더라도 자신의 문화에서 가치를 두는 것과 증오하는 것들을 논쟁에 참가하는 사람들로 하여금 빈번하게 명시하도록 했다.

여기서 두 가지 서로 연결된 관심들이 눈길을 끈다. 구체적인 수준으로 진행되는 미국의 영향력의 전파를 두려워하거나 기뻐하는 사람들은 종종 '고급'의 혹은 '진지한 문화'로부터 분리되는 것을 대중문화의 이점을 넘어선 논쟁으로 연결시켰다. 따라서 '미국화(化)(Americanisation)'와 그것이 내포하는 것 모두는, 문화는 전파되며, 그것을 소비하는 청중들에게 영향을 미치는 방식들에 중점을 두는 동시에 문화적인 정체성에 대해서 의문을 제기했던 것이다.

예를 들어 영국에서는 제1차 세계 대전 이후 몇 년 동안 미국 문화상품들의 전파가 기존의 표준들에 위협으로 보여지는 것에 대해 우익 분자들의 광범위한 반응을 불러일으켰다. 종종 문화적 수평화의 두려움은 민주화에 온전히 포함되는 것들에 대한 근심과 함께 명확하게 합쳐졌다. 문학비평가인 F. R. 리비스(F. R. Leavis)와 Q. D. 리비스(Q. D. Leavis) 부부는 빅토리아 시대 작가인 에드먼드 고스(Edmund Gosse)의 말들을 빌어 미국적 가치가 영국인들의 삶에 미치는 영향에 대한 그들의 근심들의 일부를 표현한다고 언급했다. '미감이 느껴지지 않는 혁명은 일단 시작되어 버리면, 우리를 돌이킬 수 없는 혼돈 속으로 빠뜨릴 것이다'(Webster 1988, 180). 이러한 견지에서 미국은 교육적인 가치들에 위협을 가하는 방식으로, 문화와 정치에 관련된 수평화를 상징하는 아이콘이 되었다. 이러한 관심들은 1945년 이후 좌익 진영의 수많은 문화비평가들로 하여금 대안적인 표현 형태들을 발견하게 했는데, 그들은 특히 영국의 노동계급 문화에 미국의 문화가 개입한 것이 정치적인 결속과 전통적인 공동체의 유형에 있어서의 밀착성을 촉진시켜 주는 대가로, 시장에 의해 지배되는 천박한 소비자 중심주의를 촉진시키는 결과를 낳게 될 것이라고 우려했다.

리차드 호가트(Richard Hogart)는 그의 『지식의 효용』(The Uses of Literacy, 1957)을 통해 미국의 상품과 가치관들의 수입과 관련하여 '닳고닳은 야만성(shiny barbarism)'의 성공으로 인식되는 주장을 기술했는데, 미국의 상품과 가치관들은 소비자로

하여금 삶에 대답하여 개방적으로 덜 응답하도록 만들었다. 무
엇보다도 이러한 것은 그들의 시간을 '거친 조명이 되어 있는
밀크바에서 주크박스로부터 흘러나오는 음악을 듣고, … 대부분
은 미국적인 삶으로 취급되는 몇 가지의 단순한 요소들이 복합
적으로 뒤섞여진 신화의 세계에서 살아가는데' 허비하는 주크
박스 소년의 생활 방식에 반영되었다. 호가트에게 이는 모두 쓸
데없는 박약하고 창백한 것이었으며, '평범한 노동계급의 삶의
가치'에 영향을 미쳤던 '일종의 정신적 퇴폐'였다(Hoggart
1957, 247~50).

　미국은 근대 사회에서 '산업적인 야만성의 역할을 하고, 과거
도 없었으며, 따라서 실제적인 문화가 존재하지 않고, 경쟁과
이익, 그리고 얻으려는 충동에 의해 지배되는 국가'로서의 역할
을 하는 '균질의 대행자(the homogenising agent)'로 보였다
(Hebdige 1988, 47~54). 호가트는 1957년까지도 영국의 노동자
들이 대중 소비주의의 최악의 효과에 저항할 수 있는 도덕적인
기지를 여전히 충분하게 유지하고 있다는 일단의 낙관론을 유
지하고 있었지만, 그의 입장은 영국과 더불어 다른 유럽의 국가
들이 공유하고 있는, 대서양을 건너 문화적인 전이의 일방통행
과 같은 과정에 대한 보다 폭넓은 가설의 단위들을 반영한다.

　여성화된 유럽은 군사적인 압력과 경제적인 힘이 국가적인
혹은 공동체적인 정체성들을 손상시키는 대중 문화와 공모한
미국의 침공에 개방된 상태로 놓여 있었다. 세계의 다른 지역들
에서는 미국화의 위험이 보다 강력한 응답으로 요청되고 있었
다. 이집트에서는 이슬람 원리주의자였으며, 1966년 나세르
(Nasser) 대통령에 반기를 들었다가 사형 당한 사이드 쿼트브
(Sayyid Qutb)가 미국의 예들을 중동 지역에 원리주의자의 사회

를 창조하기 위한 주장에 활용했는데, 그곳은 무제한적인 개인주의의 사회적 결과들에 저항하려는 노력으로 정화된 회교 국가가 인간의 삶을 전체적으로 조율하던 곳이다. 미국에서 국민들은 '그들 자신이나 그들 주변의 삶에서 믿음을 잃었다.' 어떤 면에서 그들은 '멈추지 않는 광기와 속도, 격동으로 움직여지는 기계'와도 같았지만, 그들은 또한 '제멋대로의 기쁨'을 누리게 되었다. 이러한 모든 경향들은 신의 통치가 우세하다면 제지당해야 할 것이었다(Rippin 1993, 92).

그러나 한 대안적인 시각은 미국을 차별화되지 않은 위협으로 다루거나, 무비판적이고 의문의 여지없이 미국의 상품들을 소비하는 사람들을 다루는 것은 모두 잘못된 인상을 준다고 말한다. 예를 들어 유럽의 시청자들은 그들이 믿지 않는 다른 관점들은 거부하는 반면, 미국의 문화에서 그들 자신의 삶에 의미와 가치를 가지는 것들을 익숙하게 선별하여 조화시키는 능력을 자주 증명하고 있으며, 다른 비유럽사회에서도 같은 상황이 실제로 일어나고 있다. 폴 올리버(Paul Oliver)는 제2차 세계 대전 직후 영국에서 '재즈가 어떻게, 인종적 경제적 압박에 직면한 흑인의 억압되지 않은 창조적인 정신을 가리키는, 그리고 그들의 부모세대나, 전쟁, 그리고 상업주의에 대항하는 혁명의 상징이 되었는지'를 지적한다. 이는 역설적인 정치적 함의들을 담고 있는데, 미국 문화적인 형태로 인식되는 것이 결국에는 냉전 시대가 진행중일 때 좌익에 의해 수축되었던 것과 마찬가지라는 것이다(Oliver 1990, 80~81). 이와 유사하게, 폴 길로이(Paul Gilroy)는 미국 문화의 어떠한 측면이 '영국의 흑인 소수집단들에 대해 "그들 자신을 조직할 수 있는 수단이면서 일치감과 기쁨의 강력한 원동력"을 제공하는가'를 보여주었다.

특히 미국 흑인은 '전후 시기 영국의 흑인들을 위한 문화적이고 정치적인 원료들의 바탕'이 된다(Gilroy 1992, 171). 이것은 여기에서 암시의 역할을 하는 흑인의 정치적 저항의 이야기일 뿐 아니라, 그것과 더불어 발전해 나가는 문화적인 의미심장함을 지니고 있었는데, '도시 내부의 흑인 공동체들, 특히 젊은 사람들의 공동체들이 그들 자신을, 언어와 역사에 의해 집단 거주지의 틀 안에서 함께 묶여진, 정치적으로, 그리고 철학적으로 억압된 "국가"로 정의할 수 있다는 관념을 유럽에 수출'한 음악적 형식이라고 할 수 있는 소울과 재즈, 랩과 같은 것들을 통해서였다(184).

비평가이자 소설가인 말콤 브래드베리(Malcolm Bradbury)의 경우 그가 교육을 받았던 1950년대로 돌아가 보면, 미국은 '정신이 대안적인 이미지들과 타자성을 찾으러 갈 수 있는' 방향을 제시해 주었다(Bradbury 1979, 120). 미국의 문화에서 나타나는 관점들은 다른 측면에서는 위협으로 작용하면서도 어떤 관점에서는 해방을 독려할 수 있었다. 다르게 접근하면 미국은 그 자체의 애매 모호함과 모순된 점들을 담은 하나의 텍스트를 제공해 주고 있다고 할 것인데, 그 텍스트는 그것을 읽어 내는 독자들로 하여금 그들 자신의 목적에 맞는 의미와 쾌락을 차용하여 개조하도록 만들어 준다. 이것은 미국의 문화적인 산물들이 생산되거나 사용 가능한 것을 공급하는 원료들 안에서 그 흐름을 부인하는 것이 아니라, 그것을 보고 듣는 사람들에게 그들에게 알맞은 방식으로 미국을 활용하는 데 있어서의 실천적인 행동의 자유를 부여하고 있다는 것이다(제10장 참조).

▶ 결론

걸프전이 끝난 이후, 베트남 전쟁이 미국의 정책에 남겼던 불확실성을 떨쳐버리는 것과 목적의식의 부재를 떨쳐버리는 것에 대한 열망들 중 일부는 잘못 배치되었던 것으로 보인다. 1980년대 말의 냉전 종식은 1945년만 해도 최소한 군사적인 의미에서는 세계에서 가장 영향력 있는 국가였던 미국을 중요한 존재로서의 위치에서 탈락시켰다. 걸프전은 미국이 의지를 불러일으켰을 때 그 힘을 효과적인 행동으로 변환시킬 수 있다는 것을 보여주는 듯했다. 그러나 1945년도와 관련된 유추는 잘못된 것이었다.

1940년대 말기의 힘은, 즉 국제적인 공산주의가 불러일으키는 파상적인 위협으로 인식되는 것들을 견제한다는 하나의 구체적 목적으로 연결되었다. 1990년 초까지 구성되었던 꽤 새로운 세계 질서는 세계를 자유국가와 1947년 트루먼 대통령이 묘사했던 전제국가 진영이라는 편의적인 방식으로 세계를 양분하는 것을 허용하지 않았으며, 그런 인식은 미국의 대중적인 불확실성과 더불어 미국의 외교 정책 입안자들에게 미국의 힘이 어떻게 수행되어야만 하는가의 문제를 벗어 던지도록 했다. 예를 들어 걸프전에서 '베트남 전쟁의 후유증'을 떨쳐버리려고 했던 외부적인 면에서의 승리 이후, 부시 대통령은 아마도 그가 바랬던 것만큼 많은 변화가 일어나지는 않았음을 발견했다. 이라크 사람들은 쿠웨이트로부터 쫓겨났지만, 그것은 이라크 내에서의 독재 정부로의 환원을 허용했을 뿐이다. 사담 후세인(Saddam Hussein)은 이라크 내에서의 권력을 유지하고 있었고, 여전히 쿠르드족과 같은 그의 체제에 대한 내부의 적들을 배척하고 있었다. 걸프전에서의 승리에도 불구하고, 베트남에서의 경험은 적극적으로 개입하는 국가로서의 외교 정책이 유발시키는 문제들에 대해 여전히 그 효과가 증명되었다.

걸프전이 끝난 이후 1년 6개월이 지나고 나서, 부시 대통령은 1992년의 대통령 선거에서 베트남전에 참전하지 않고 전쟁에서의 미국의 목적에 의문을 제기했던 후보자였던 빌 클린턴(Bill Clinton)에게 패배했다. 비록 세기말의 시점에서 급속하게 변화하는 세계에 대한 논쟁에서, 클린턴에게 충고했던 사람들은 그들 자신이 이 장의 처음 부분에서 논의되었던 것과 같은 수사적 기교에 명확하게 빠져드는 관습적인 주장들로 회귀하고 있음을 파악하고 있다는 것이 밝혀졌지만, 클린턴 행정부는 미래의 미국의 정책에 대한 새로운 지침을 제정한다는 것이 결코 쉽지 않다는 것을 파악했다.

예를 들어 1993년 클린턴 행정부의 국가보안 자문위원인 앤소니 레이크(Anthony Lake)는 냉전 기간 동안 미국은 공산주의의 확장 외부적인 위협에 몰두했었지만, 21세기를 바라보는 시점에서 이제는 시장민주주의에 있어서의 목표를 확대시키려는 모색이 필요하다고 주장했다. 리차드 크로카트(Richard Crockatt)가 지적하듯이, 비록 그것이 번영이라는 명제보다는 덜하지만, '확대'라고 하는 개념은 미국의 정치인들이 트루먼 독트린 이전의 수백 년 동안에 세계에서의 국가의 운명에 대해 논의할 때마다 익숙하게 주장하고 나왔던 부류의 주장들과 상당히 닮아있는 듯이 보인다(Crockatt 1995, 377~378). 어떤 면에서 베트남전이 남긴 유산은 또다시 세계를 정복하기 시작하는 미국의 수용 능력에 대한 경고로 작용하고 있지만, 다른 한편으로는 처음부터 개입을 독려하도록 도왔던 관념론적인 관점들은 여전히 국가 정치 담론의 일부인 것으로 보였다는 것이다. 동시에 이 책의 다른 부분에서 보여주기 위해 시도했던 것처럼, 명백하게 나타나는 국가적 정체성에 대한 바로 그 개념은 20세기의 마지막 4/4분기의 미국 사회와 문화가 계속적으로 분열되는 것에 압박을 받음으로써 1990년대 초에 이르러 점차적으로 허약한 개념이 되었다. 다음 세기동안에 세계에서의 미국의 역할을 다시 정의하려고 시도하고 있는 미국인들은, 비(非) 미국인들이 마치 그들이 차례로 이렇게 변화하고 있는 미국이 그들에게 어떤 의미를 부여할 것인가에 대해 적응하려는 노력을 하고 있는 것처럼, 이러한 사실들에 대해 결론을 내려야 할 것이다.

▶ 참고문헌

Ambrose, S. (1988) *Rise to Globalism*, London : Penguin.

Anderson, D. (1993) *Shadow on the White House: Presidents and the Vietnam War, 1945-75*, Lawrence : University Press of Kansas.

Appy, C. (1993) *Working Class War : American Combat Soldiers in Vietnam*, Chapel Hill : University of North Carolina Press.

Baker, M. (1981) Nam: *The Vietnam War in the Words of the Men and Women who Fought There*, London : Abacus.

Bradbury, M. (1979) 'How I Invented America,' *Journal of American Studies*, vol. 14, no. 1, pp. 115-36.

Brinkley, A. (1995) *American History : A Survey*, New York : McGraw-Hill.

Campbell, A. E. (ed.) (1974) *The USA in World Affairs*, London : Harrap.

Crokatt, R. (1995) *The Fifty Years War*, London : Routledge.

Cumings, B. (1992) *War and Television*, London: Verso.

Cunliffe, M. (1964) 'European Images of America', in A. Schlesinger, Jr. and M. White (eds) *Paths of American Thought*, London : Chatto and Windus.

De Tocqueville, A. (1965) *Democracy in America*, London : Oxford University Press.

Donoghue, D. (1988) 'The True Sentiments of America', in L. Berlowitz *et al.* (eds) *America in Theory*, New York : Oxford University Press.

Duiker, W. J. (1995) *Sacred War: Nationalism and Resolution in a Divided Vietnam*, New York : McGraw-Hill.

Dumbrell, J. (1993) *Vietnam*, British Association for American Studies.

Farber, D. (1994) *The Age of Great Dreams : America in the 1960s*, New York : Hill and Wang.

Gardner, L. (1984) *A Covenant with Power : America and World Order from Wilson to Reagan*, London : Macmillan.

Gilroy, P. (1992) *There Ain't No Black in the Union Jack*, London : Routledge.

Griffith, R. K. (1992) *Major Problems in American History since 1945*, Lexington : D. C. Heath.

Hebdige, D. (1988) *Hiding in the Light*, London : Methuen.

Hellman, J. (1986) *American Myth and the Legacy of Vietnam*, New York : Columbia University Press.

Herr, M. (1978) (first 1977) *Dispatches*, London : Picador.

Herring, G. (1979) *America's Longest War, 1950-1975*, New York : Wiley.

Herzog, T. (1992) *Vietnam War Stories : Innocence Lost,* London : Routledge.

Hess, E. (1987) 'Vietnam : Memorials of Misfortune', in R. Williams(ed.) *Unwinding the Vietnam War : From War into Peace*, Seattle : Twayne.

Hess, G. (1991) *Vietnam and the United States : Origins and Legacy of the War*, Boston : Twayne.

Hoggart, R. (1957) *The Uses of Literacy*, London : Chatto and Windus.

Hunt, M. (1988) *Ideology and U. S. Foreign Policy*, New Haven, Conn : Yale University Press.

Ions, E. (1970) *Political and Social Thought in America*, London : Weidenfeld and Nicolson.

Jeffords, S. (1989) *The Remasculinisation of America*, Bloomington : Indiana University Press.

Kimball, J. (1990) *Many Reasons Why : The Debate about the Causes of U. S. Involvement in Vietnam*, London : McGraw-Hill.

Kolko, G. (1986) *Vietnam : Anatomy of a War*, London : Allen and Unwin.

LaFeber, W. (1991) The American Age, New York : Norton.

Lauter, P. et al. (1994) *The Heath Anthology of American Literature*, vol.

2, Lexington : D. C. Heath.

Lewy, G. (1978) America in Vietnam, Oxford : Oxford University Press.

Lowenthal, D. (1985) *The Past is a Foreign Country*, Cambridge : Cambridge University Press.

McCormick, T. (1989) *America's Half Century : United States Foreign Policy in the Cold War*, Baltimore : Johns Hopkins University Press.

McNamara, R. (1995) *In Retrospect : The Tragedy and Lessons of Vietnam*, New York : Times Books.

Mason, B. A. (1987) *In Country*, London : Flamingo.

Ninh, B. (1994)*The Sorrow of War*, London : Minerva.

O' Brien, T. (1975) *Going After Cacciato*, New York : Dell.

_____ (1991) *The Things They Carried*, London : Flamingo.

_____ (1995) 'The Vietnam in Me', *The Observer Magazine* 2 April, pp. 14-20.

Oliver, P. (1990) *Black Music in Britain*, Milton Keynes : Open University Press.

Olsen, J. and Roberts, R. (1991) *Where the Domino Fell : America in Vietnam*, 1945-1990, New York : St. Martin's Press.

Rippin, A. (1993) Muslims, vol. 2, London : Routledge.

Rosenberg, E. (1982) *Spreading the American Dream : American Economic and Cultural Expansion, 1890-1945*, New York : Hill and Wang.

Small, M. and Hoover, D. (1994) *Give Peace a Chance : Exploring the Vietnam Anti-War Movement*, Syracuse: Syracuse University Press.

Standing Bear, L. (1974) 'Land of the Spotted Eagle', in F. W. Turner Ⅲ (ed.) *The Portable North American Indian Reader*, Harmondsworth : Penguin.

Stoessinger, J. (1979) *Crusaders and Pragmatists : Movers of Modern American Foreign Policy*, New York : Norton.

Summers Jr., H. (1994) 'The Vietnam Syndrome and the American

People,' *Journal of American Culture*, Vol. 17, no. 1, pp. 53-58.

Takaki, R. (1979) *Iron Cages : Race and Culture in Nineteenth Century America*, London : Athlone.

Thorne, C. (1979) *Allies of a Kind : The United States, Britain and the War against Japan, 1941-45*, Oxford : Oxford University Press.

Walsh, J. (ed.) (1988) Tell Me Lies About Vietnam : Cultural Battles for the Meaning of the War, Milton Keynes : Open University Press.

Walsh, J. and Aulich, J. (eds.) (1989) *Vietnam Images : War and Representation*, Basingstoke, Macmillan.

_____ (1995) *The Gulf War Did Not Happen*, Aldershot : Arena.

Webster, D. (1988) *Looka Yonder! The Imaginary America of Populist Culture*, London : Routledge.

Wolff, T. (1995) 'No More Crusades', *Time* 24 April, vol. 145, no. 17, p. 31.

Wrage, E. and Baskerville, B. (eds.) (1962) *Contemporary Forum : American Speeches on Twentieth Century Issues*, Seattle : University of Washington Press.

▶ 후속작업

1. '예외주의'의 개념은 오랫동안 많은 미국인들이 그들 자신
   의 역사에 대해 어떻게 생각할 것인가를 제시해 왔지만,
   미국적인 경험과 다른 국가들의 경험들을 비교하는 것은
   좀더 보편적인 주제를 제시할 수 있다. 19세기 미국의 팽
   창주의 이데올로기가 같은 시기 유럽의 권력자들의 제국주
   의적 수사와 어떻게 부합되는가? 미국에서의 제국의 의미
   가 유럽의 그것과 동일한 것인가? 만일 그렇지 않다면, 미
   국적인 제국의 의미는 어떻게 차별화되는가?

2. 미국의 팽창을 수용하는 결정권을 지닌 사람들이 이 논쟁
   에 대해 우리에게 말해줄 목소리들은 무엇인가? 일반적으
   로 미국인들 자신은 세계에서의 그들의 역할에 포함되어
   있는 것들을 논의해 왔지만, 미국인들의 행동과 수사가 그
   들 자신의 문화들이 가지고 있는 위치로부터 비롯된다고
   해석하는 사람들의 견해를 생각해 보는 것이 균등한 선상
   에서 도움이 될 것이다.

〈연구과제〉

3. 다음의 것들을 생각해 보자.
   ① 베트남전에 관한 영화들이나, 어떤 낯선 곳을 모험하는
   영화들이 갈등 속에서 미국인들 각자의 경험들을 극화
   하는 방식에 있어서, 초기의 미국 신화들을 어떠한 범
   위에서 이끌어 내는가? 인종 문제는 베트남에서의 경험
   과 어떻게 교차하는가? 전쟁에 대한 할리우드 영화들에

서 베트남인들은 어떻게 그려지고 있는가? 1960년대와 70년대 미국 내에서의 인종적인 갈등은 전쟁과 어떻게 연결되는가?

② 많은 베트남 소설들에서 나타나는 형식적인 실험주의와 그 작가들의 베트남 전쟁에 대한 관습적인 사실주의적 접근에 대한 불신 사이에 어떠한 연관성을 인식할 수 있는가? 사실주의적 텍스트의 원형을 분열시키는 데 있어 어떠한 종류의 서사 방식들이 사용되고 있으며, 그러한 방식들이 우리가 전쟁을 읽어내는 방식에 있어서 어떤 결과를 도출하는가?

③ 미국 대중문화가 외국에 미치는 충격에 대한 논의들이 대중문화가 어떻게 생산되고, 전달되며, 소비되는지에 대해 보다 넓은 논쟁들과 어떤 관련을 가지는가?

제 *10* 장

기술과 미디어 문화:
'불확실한 궤도'[1]

1995년 4월 발간된 유럽판 창간잡지 『와이어드』(*Wired*)는 그 표지를 과격한 미국의 민주주의자였던 톰 페인(Tom Paine 1737-1809)의 놀라울 정도로 화려한 이미지와 '우리에게 세계를 다시 시작할 능력이 있다'라는 그의 말로 장식하였다. 그 잡지는 새로운 사이버공간과 컴퓨터 기술의 '후원 성자'(Patron Saint)로 인터넷 시대를 연 것이 페인이라고 새롭게 주장하였다. 나아가 페인의 비전과 넷(Net)을 통한 전지구적인 의사소통의 잠재성을 연결시키는 가능성 사이의 연관관계를 발전시키고 있다. 그의 말은 혁명의 투쟁보다 기술의 발전에서 비롯된 또다른 새로운 시대의 도래를 알리는 것이었다. '우리는 다른 눈으로 본다. 우리는 다른 귀로 듣고 우리의 예전 사유보다는 다른 사유들을 가지고 생각한다'(Katz 1995: 16).

과거와의 단절과 자유로운 정보와 교환의 흐름이 필요한 미래의 감쌈에 특히 주의를 기울인 관심은 페인과 인터넷에서 이끌어온 관계성이다. 왜냐하면 '미디어가 존재하는 것은 아이디어를 퍼뜨리고 두려움 없는 논쟁을 허용하는 것이며 권위에 도전하고 문제제기를 하는 것이고, 사회적인 공통 의제를 세우는 것'이기 때문이다(같은 책, 64). 그래서 그 글에서 주장하는 바와 마찬가지로 페인이 1700년대 과격한 의견과 논쟁을 펼치기 위해 윤전기를 사용했던 것과 똑같이 1990년대 인터넷도 마찬가지로 그러한 의견과 논쟁을 가능하게 한다. 페인은 '자신의 의견에 대한 모든 이들의 권리를 부인하는 자는 그 자신 혹은 그녀 자신을 노예로 만드는 것이다. 왜냐하면 그들은 그들 자신의 마음을 바꿀 권리를 차단하기 때문이다'라고 쓰고 있다(66).

---

1) 이 구문은 더글러스 켈너(Douglas Kellner)의 책 『미디어 문화』(*Media Culture* 1995)의 299쪽에서 발췌한 것이다(참고문헌을 보시오).

페인은 사유의 강력한 통제자들과 맞서서 넷이 기업적 헤게모
니와 미디어 통제에 대항한 보루로 나서고 있는 것과 똑같이
민주적인 저항 방식으로서의 자그마한 신문 매체를 사용했다.

이러한 흥분을 불러일으키는 글은 새로운 미디어의 기술이
자유분방하고 과격해질 수 있는 것처럼 비춰져서, 시민들의 생
각을 재정의 할 수 있고 전통적인 문화와 정부의 경계를 가로
질러 의사소통의 경로를 열수 있는 방식임을 보여준다. 미디어
에 대한 이러한 비전에서 가능성이 위협을 대체하고, 개방성이
권위적 통제에 대한 두려움을 감소시킨다. 이러한 이항 대립적
인 입장은 아주 오랫동안 미국 문화 내의 미디어와 기술에 대
한 논의들에서 보여져왔다. 미국의 문화 속에서 미디어 기술은
'새롭고 독특한 표현의 힘을 가진 새로운 언어'(Stearn 1968:
138)라는 것에 대해 글을 쓴 마셜 맥루한(Marshall McLuhan)과
같은 사람들에 의해 찬양받아왔다. 반면에 동시에 위험스럽게
개인의 삶을 침해하는 것으로 보는 견해도 있었다. 미디어 기술
들은 관객들에게 지시하는 것이라기 보다는, 이용될 수 있는 수
단이다. 다만 사람들이 그 기술들의 '언어들'을 배우고 생산적
인 대화를 할 수 있도록 준비가 되어있는 경우에 있어서만 그
렇다. 맥루한은 그 대안이 오히려 압박이 될 수 있다고 말한다.
'왜냐하면 대화가 끝나면 선전(propaganda)이 시작되기 때문이
다.' 그러므로 그는 '미디어에 대항하며 탐색의 모험을 시작하
는 것'(같은 책, 13)이 매우 중요하다고 지적한다.

이러한 신세계에 대한 이미지의 '미국성'과『와이어드』의 페
인과 맥루한에 대한 그 탐색은 새롭고 원초적 에너지를 강조하
는 것이고 새로운 언어의 세계들을 열어줄 그 능력을 강조하는
것이다. 민주화의 힘으로서의 미디어에 대한 희망은 종종 의사

소통을 제한하고 차단하는 조작적인 '세력단체'라는 반대의 인
상에 의해 도전받아 왔었다. 미디어에 대한 비평은 두 가지의
포괄적인 길을 따르는 경향이 있었다. 한편으로는 미디어와 기
술을 주물적이고 헤게모니적인 것으로 본 것과 다르게 미디어
와 기술을 영향력있는 것으로, 하지만 단일하지 않은 힘을 형성
하는 것으로 보았다. 이러한 입장들은 미디어 그 자체와 공상과
학영화나 문학과 같은 기술담론과 연관되거나 그 담론을 논하
는 문화적 텍스트에서 확대되어 논의되는 것을 볼 수 있었다.
그 확장은 종종 유토피아 혹은 디스토피아의 비전으로, 다시 말
해 완벽한 세상 혹은 혼돈과 분열의 세상의 비전으로 인식된다.
이 장은 텔레비전과 같은 전통적인 미디어 기술들과 의미의 경
쟁을 지속하는 새로운 미디어 기술들과 관련해 이러한 대립항
적인 입장을 탐색하면서 그 기술들이 조명될 수 있는 새롭고
대안적인 입장을 제시하려 한다.

▶ 미디어의 힘: 텔레비전 가족

　1944년 듀몽(DuMont) 텔레비전 광고의 슬로건은 텔레비전이
시청자에게 '발견의 항해를 하는 소파 위의 콜롬버스'로 '텔레
비전으로 신나는 새로운 세계'로 항해하며 '실제 은빛의 스크
린 위에서 당신에게 시중을 드는 세계'를 갖게 해주겠다고 주
장했다(Tichi 1991: 15). 신기하게도 위에서 든 페인과 맥루한의
예들과 유사하게 이러한 실증적인 기술의 해석방식은 이미 기
존의 미국의 신화 내부에 위치해 있다. 그런가 하면 전후 가정
(home)과 난로(hearth)의 안정감을 확보해주고 있기도 하다. 텔
레비전은 안락의자를 떠날 필요 없는 안전하고 가정적일 뿐만

아니라 흥미롭고 모험적인 어떤 것, 둘 다를 상징하는 '신세계'
로의 접근을 보장했다.

미국의 전후 시대에 미디어 붐의 주요 요소로서의 텔레비전
은 다른 미디어 부문들과 더불어 이러한 이중의 재현성을 공유
한다. 이러한 경우 새로운 기술은 그 소비자에게 위협적이어서
는 안될 뿐만 아니라 실질적인 가족 재정의 투자를 얻어낼 만
큼 충분히 매력적이어야만 했다. 20세기에 미디어 기술을 둘러
싼 수많은 논의에 있어 미디어의 위협적인 점과 안전한 점 사
이에 균형이 그리고 그것의 '바깥 세상으로의 창'과 개인적인
내면의 지위 사이에 균형이 이루어졌다. 미국의 기업들이 유토
피아와 꿈의 호소력을 가지고 전자화, 라디오와 영화를 찬양하
던 것과 같은 방식으로 그 기업들은 이제 텔레비전에 대한 유
사한 접근방식들을 고안해냄으로써, '모든 반응자들에게 확신을
심어주려는 의도의 애매모호성'을 증가시켰다(Tichi 1991: 6). 즉
애매모호성 가운데 여러 모순들이 생산물의 힘, 즉 콜롬버스와
안락의자와 같은 중재와 메시지에 의해 풀릴 수 있었기 때문이
다. 미디어는 매력과 친근성, 색다르고 안전한 것을 제공하면서
도 '동시적인 팽창과 의미 확보의 실행'을 통해서 제시되어야
만 했다. 할리우드의 신화처럼, 많은 미디어 기술은 유토피아관
을 제시하는 것 같다. 말하자면 관객 자신의 세계에 대한 유토
피아적인 해석을 말이다. 이를테면

그것이 실제 세계보다도 풍부한 에너지와 풍요로움이 있는 곳이라는
면에서의 유토피아, 그리고 그곳에서의 쟁점들, 문제들 그리고 갈등들이
우리의 매일의 현실에서 경험하는 것들보다도 더욱 명백하고 더욱 강하
다는 점에서의 유토피아적 해석인 것이다.(Maltby and Craven 1995: 22)

하지만 이 세계는 관객들에게 어필할 수 있도록 '부분적으로 친밀감이 느껴져야'만 했다. 엄밀히 말하면, 이러한 유토피아관은 그와 똑같은 이유로 이념적이다. 왜냐하면 그것은 '부분적인 진실을 제시함으로써 실제 존재의 상태들을 흐리게 하고 있기 때문이고, … 거짓말보다는 일련의 생략과 틈새이고, 모순들을 완화시키고, 실제 그것이 피하는 질문들에 대한 대답을 제공하는 것처럼 보이고 일관된 것으로서 가면을 쓰고 있기 때문이다 (Belsey 1980: 57-8).

그러므로 미디어 기술들이 프로그램과 메시지들을 통해 그 스스로를 재현해내고 그 반대로 세계를 재현하는 방식들을 고려해볼 때, 그 기술들을 검토해서 '은밀한 그것의 작동 정치학을 의식세계로 가져오는 것'은 아주 중요한 일이다(Maltby and Craven 1995: 394).

세실리아 티치(Cecelia Tichi)는 '전자난로'라는 구문을 사용해 텔레비전 기술이 이념적으로 가정과 동일화되었고, 그렇기 때문에 1950년대 유토피아적 하위 도시의 필수적인 요소로서 팔리게 되었던 방식들을 제시한다. 텔레비전은 난로처럼 중심점에 있었고 그래서 더욱 확실하게 가정적이고 '따뜻한' 것이었다. 하지만 그것은 동시에 새롭고 '전자적인' 것이었고 따라서 그 시대의 거대한 기술적인 진보와 연관되어져 있었다. 이러한 상호모순은 텔레비전이 새로운 소비자들에게 제시됨으로써 부분적으로 해결되었다.

텔레비전은 신화적이고 이념적인 것이 되었다. 그것은 파편화된 전후 가족들을 뭉치게한 것이고, '함께 함'의 상징이며 기술의 가정화와 하위 도시의 성공의 상징으로서 신화적이고 이념적이었다. 텔레비전은 '새로운 전자난로'로서 피어오르던 불과

피아노의 가정 아이콘을 대체해 버렸다. 예전에 사람들은 그것
들 주위에 무리지어 둘러앉아 과거의 향수 어린 이야기꽃을 피
웠다. 전후 세계에서 모든 중요성은 텔레비전으로 이전되었다.
이것은 마치 『TV 세계』(*TV World*)로 온 편지가 제시하고 있는
것과 같다. '텔레비전을 가진 이상 우리는 우리 거실에서의 가
구배열의 변화가 있어야만 했다. 그리고 우리가 피아노를 간수
하고 있을 수만은 없다'(Spiegel 1992: 38 - 필자 강조). 가족들
이 만나고 결합하던 가정 생활공간이 텔레비전 공간과 합쳐져
야만 했고, 그것은 일종에 '전쟁 동안 흩어졌던 가족들의 분리
된 삶을 재결합하도록 한 접착물'로 재현되었다(같은 책, 39).
1951년까지 아틀랜타 텔레비전 여론조사의 한 반응자는 '그것
이 우리를 함께 더욱 뭉치게 했어요'라고 말했고, 다른 사람은
'그것은 더욱 친밀한 가족이 되게 했어요'라고 주장했다(44).
그렇기 때문에 텔레비전은 둘러싸였다. 그 신화들은 사람들이
새로운 밀레니엄의 힘에 대해 가지는 어떤 두려움을 능가하는
복지와 연대의 느낌을 창조하고 있다. 왜냐하면 텔레비전이 영
화의 유토피아적 가능성을 띠고 있기 때문이다. 하지만 지금 가
장 중요한 것은 가정 그 자체에서의 그 가능성인 것이다.
　텔레비전과 가정과의 너무나도 중요한 공간적인 관련성과 더
불어 그리고 전후 하위 도시의 거대한 성장과 더불어 동시적인
텔레비전의 성장으로 인해, 그것은 유사한 사회적 배경 내부에
서 프로그램을 방영하는 경향이 있었다. 가정이 '경험과 의도,
기억과 욕망의 중심'이었기 때문이고 '개인적인 지역공동체적
인 정체성의 중요한 원천'이었기 때문에(Silverstone 1994: 27)
가정이 항상 텔레비전과 연관을 맺는 것은 의미가 있는 일이다.
텔레비전이 중심이 되어버린 그 장소가 이제 그 프로그램들의

주제가 되는 것은 당연했다. 그것은 마치 시청자가 가정의 안락함 속에서 상영 중에 있는, 가정이긴 하지만 아직 자기들과는 약간 상이한 가정을 지켜보는 가운데 가정에 대한 이중의 확신이 생기는 것과 같다. 텔레비전이 항상 가정의 중심이 되어왔고 그 프로그램을 통해 가정을 재현해왔다면, 그것은 항상 엄밀하게 통제되어온 것이다. 왜냐하면 가정의 가족, 정체성과 원천들과의 연상되는 것들과 더불어 매우 구체적인 가정의 공간 내부에서 그 가정의 모습이 비쳐져 왔기 때문이다.

하지만 또한 텔레비전이 신화적인 미국의 난로와 가정을 뒤흔들 수 있는 잠재성은 상존해 있었다. 왜냐하면 그것의 가장 위대한 힘은 가정과 개인적인 세계의 질서를 공공의 영역의 무질서에 노출시키기 때문이다. 다시 한번 미디어는 이렇게 모순적인 것들로 보이는 것들을 가로질러 왔고 보수적이지는 아닐지라도, 그 안에서의 가정의 이미지들에 대해 주의를 기울여왔다. 가정에 대한 그것의 중재는 전통적인 가족, 가정, 성, 계급과 인종에 굳게 뿌리박힌 일련의 가치와 믿음을 강화하는 경향이 있었다. 이러한 점에서 텔레비전은 그 자체의 가족의 신화들을 보호하고 있어 너무 극단적으로 문제적이거나 혹은 논쟁적인 어떤 재현에 저항하고 있다.

▶ 씨트콤: '적절한 가정다움의 전형들'

이러한 이념의 보호는 여러 방면에서 이상적인 미국의 가족—근본적이고 거의 신성한 믿음을 상징하던 가족—을 나타내던 가정 코미디물의 초기 프로그램에 있어 두드러진다. 텔레비전은, 그것의 가장 대중적인 형태 중 하나인 상황 코미디(시트

콤)를 통해 성과 계급의 역할, 소비, 직업윤리, 그리고 다른 면
들의 삶의 스타일을 위한 '적절한 가정다움의 전형들'의 제공
을 추구했다(Silverstone 1994: 41). 이 장르에 있어 가족이 제시
되고 있는 환경은 직접적으로 그 강조점을 폭넓은 계급과 경제
보다는 사회 관계들에 두는 환경이다. 많은 시트콤은 중산층의
삶을 당연하게 만듦으로써 그 삶이 실제 삶을 형성하는 경제적
인 결정요인들과 다른 문화적인 요소들에 대립되는 규범이며
'자연스런' 사물들의 방식인 것처럼 보이도록 만든다. 시트콤은
미국 가정의 삶의 신화로서 사회적인 모순들과 문제점들을 숨
기고, 그 대신 기존의 역할과 기대의 방식에 따라 쉽게 해결되
는 삶의 초상화를 제시하는 효과를 지니고 있다. 초기의 방송은
사소한 혹은 부속적인 역할의 경우를 제외하고는 백인이 아닌
인물들을 다루는 것은 있더라도 거의 드물었다. 따라서 그것은
미디어의 쟁점으로서 인종성을 배제하는 특정한 체제의 재현양
식을 영구화했다. 보통 가정 그 자체로 한정된 시트콤의 제한된
세계는 관습적으로 대중 정치나 투쟁에 대한 어떤 의식들을 차
단했다. 그것의 영역은 가정이고 가정의 '투쟁'과 위기들이었다.
그 모든 것들은 코미디 그 자체의 맥락 내부에서 해결될 수 있
다.

『아버지가 가장 잘 아신다』(*Father Knows Best* 1949-54)는, 제
목이 시사하듯이 시트콤의 순응성의 한 예이다. 그 안에서 가정
내의 성의 계층화는 사전에 정해져 있어 어느 누구도 그것에
도전하지 못한다. 권위의 체제가 가정 내에서 분명하게 질서정
연해서 가정을 넘어서서 똑같이 안정되고 점잖은 사회가 보장
받게 된다. 프로그램들은 갈등의 해결이라는 기본 공식에 기반
한다. 그러므로 프로그램의 질서 세계를 위태롭게 하는 것은 어

느 것이나 그것의 결말에서 올바르게 해결된다. 그로 인해 그것
의 헤게모니적인 유형과 가치체계를 재확보하게 된다. 켈너에게
있어서 시트콤은 '헤게모니적 이념을 생산하고 전달하는 제식
을 보여주는 텔레비전 도덕극'으로 읽혀질 수 있다(Kellner
1979: 21). 왜냐하면 '그 극들은 갈등을 성공적으로 해결할 수
있게 하는 규범, 가치와 선의의 승리를 기념'하기 때문이다(같
은 책, 21). 많은 시트콤들은 1950년대를 통해 이 공식을 재생
산했고 기존의 역할을 가진 핵가족 내에 고정된 사회적 질서와
정체성을 보존하고 영구화하는 기능을 한 것처럼 보였다.

하지만 미디어가 수동적인 관객에게 그 자체를 부여하고 어
떤 가치들을 재생산하고 확증한다는 생각은 다른 대중적인 시
트콤을 봄으로써 문제시될 수 있을 것이다. 한 예가 여성해방을
둘러싼 여러 눈에 띄는 쟁점들이 사회적·정치적 관심사였던
시대에 방영된 『마법에 걸린 여인』(Bewitched 1964-72)이다. 그
것은 결코 극단적인 텍스트는 아닐 지라도 1950년대 시트콤의
절대적인 규범에 대한 대안들을 제공하고 있다. 그것은 데이비
드 마르크(David Marc, 1989)가 '매직' 시트콤이라고 불렀던 시
트콤의 일부분으로 여겨질 수 있다. 그 시트콤은 어떤 '비정상
적인' 능력을 지니고 하위 도시 가정환경에 들어오지 않을 법
한 외부인들에 관한 것이다.

이것은 『마법에 걸린 여인』에서 사만타(Samanta)라는 인물을
의미하는데, 그녀는 완전히 하위 도시 남자인 다린(Darrin)과 결
혼한 마녀이다. 그는 정상적인 세계에 적응하려 노력하는 인물
이지만, 그녀는 새로운 삶의 요구에 대응하기 위해 마술에 의지
해야 한다. 그 남편은 그녀의 마술을 금하는데 그 플롯 장치는
『내 사랑 지니』(I Dream of Jeannie 1965-70)에서 사용한 동일한

플롯장치이다. 거기서 그는 그녀가 이미 기존의 역할에 순응함
으로써 그리고 그녀의 능력과 기술들을 금함으로써 만족스러운
아내가 되기를 원한다. 마르크(Marc)가 적고 있듯이 규범의 이
상을 강화하는 통제의 모델은 여기서 명백하게 드러난다.

> 일을 손쉽게 처리하는 방식들의 현란함과 우아함(말하자면 마술)에
> 바보가 되지 말라는 메시지가 명백하다. 9시에서 5시까지의 규율과 존
> 중 그리고 행운의 금요일의 존재는 개인적인 즐거움을 위해 세상을 근
> 거 없이 조작하는 자유보다도 더욱 만족스러운 것으로 지정되어 있다.
> 초자연적인 힘들이 좋긴 하지만, 좋게 만드는 그 방식 자체가 더 멋진
> 것이다.(Marc 1989: 132)

『마법에 걸린 여인』이 결혼의 선의성과 안정된 가정성에 반
하는 마술의 잠재적 혼동성을 강하게 보여줄 때마다, 그것은 선
호되는 전통적인 행위 유형을 지탱하는 가정에 대한 엄격한 이
념적 개념들을 강화한다.

하지만 마르크가 지적하듯이 시트콤들이 덮어버리려는 듯 보
이는 모순들은 텍스트의 수용과정에서 드러나게 될지도 모른다.
관객들이 특히 정체된, 뻔한 남편 다린과 대립되는 '혼돈'의 마
술의 힘들과 일치감을 느끼게되는 정도까지. 참으로 사만타의
마술은 남성에 의해 가정이라는 감옥에서 오랫동안 억압당해온
여성들의 잠재적 에너지의 현시로 비쳐질 수도 있다. 그렇기 때
문에 그녀의 능력 발휘는 남성적인 질서의 방식을 특권화하고
주장하려고만 추구하는 문화에서 그녀의 '힘'을 되찾는 것이다.
켈너가 쓰고 있듯이 '개인적인 텔레비전 시청자들은 코드화된
텔레비전의 수동적인 수용자가 아니라 그보다 그들의 삶의 상

황과 문화적 경험에 따라 텔레비전 이미지들을 진전시키는 경향이 있다'(Kellner 1979: 24-5).

『마법에 걸린 여인』의 성공은 가부장적인 단성성 자체가 사회에서 공격을 받고 있는 때에, 어느정도 남성의 부족함에 대한 조롱조에 가까운 형식에 대한 그러한 다양한 저항적인 독해에 있을 것이다. 최소한『마법에 걸린 여인』은 가정의 제한된 환경 내부에서의 역할을 넘어서 그 이상의 투쟁적인 면을 허용하였다. 그리고 그 방송이 보통 핵가족의 신성함을 다시 확인시킴에도 불구하고, 그것은 도중에 엔도라(이혼한 어머니)와 세레나(사만타의 쌍둥이 자매)와 같은 반대적이고 파괴적인 세력들로 이루어지고 있다. 그들은 미국의 가정 외부의 여성들의 역할들을 암시하고 있었다. 하지만 그 방송이 어느 정도 그 구조나 그것에 형식을 부여하는 내재적인 역할들에 대해 하위 텍스트적인 의문들을 제기하고 있다고 할 지라도 그 방송은 명백히 가정을 떠받들고 있다. 그것이 과도기적인 것으로 비쳐질 수도 있다. 왜냐하면 1970년대가 핵가족의 '현실주의'로부터 멀리 벗어나 타당한 대리모델들 내에서의 몇몇 본질적 가치들을 재생산하려고 추구하였기 때문이다.

1970년대는『메리 타일러 무어 쇼』(Mary Tyler Moore Show, 1970-77),『모든 것이 가정에서』(All in the Family, 1971-9) 그리고『야전병원』(M * A * S * H, 1972-83)과 같은 방송에서 시트콤 가정의 변형물들을 제공했다. 그리고 어느 정도 하위도시의 핵가족 규범의 헤게모니에 도전했다.『모든 것이 가정에서』는 인종주의자, 아키 번커(Archie Bunker)가 가장인 노동계급을 보여주고 있으며 가정의 배경과 갈등—해결의 방식의 서사를 지닌 전통적인 가정의 모습을 보여준다. 그 시트콤에서는 어떤 경우에도 문제들 '모두가 가정에서'의 구조로 분류된다는 것을 고집하고 있다. 하지만 그것의 영웅들은 젊은 커플, 마이크와 글로리아로, 그들의 '견해는 일관되게 중도적이고 합리적이다. 반면에 아키의 "보수적인" 견해는 분명하게 눈에 띄는 논리와/혹은 성격의 결함을 지니고 있어서'(Marc 1989: 183), 그 프로의 대화적인 구조 속에서 아키의 태도와 더욱 자유분방하고 관용적인 신세대 사람들의 태도 사이에 충돌을 제시하고 있다. 그 방송의 입장은 항상 번커의 회귀적인 비관용성보다 미래를 선호하는 것 같다.

그런데 번커(Bunker)의 그 이름은 변함없는 부동의 태도를 나타낸 것으로, 방송에서 풍자를 위해 계속 유지시켰다. 그것이 시트콤의 폐쇄된 세계 속으로 드러나도록 한 인종주의와 편견의 문제들은 그당시 독특했다. 그러나 결코 '당대 사회의 한계를 넘어서는 해결책'을 제공하지는 못했다(Kellner 1797: 38-9). 그것은 마치 그 방송이 임상치료적으로 황금프로시간에 몇몇의 사회적인 병리들을 방영함으로써, 그것들을 정화한 것과 같지만, 결코 그렇게 하기 위해 기존의 체제에서 벗어나지는 않았다. 미디어는 비판적일 수 있고 심지어 풍자적일 수도 있다. 하지만 이것은 단순히 그 시스템이 얼마나 탄력적인가를 그리고 그 시스템이 보존하고 증진시키려는 중심적인 가치코드들을 변화시키지 않고도 대중적인 장르를 바꾸는 것이 어떻게 가능한가를 증명하였다.

『야전병원』은 한국의 치환된 환경 가운데 다른 나이, 성, 그리고 인종들로 된 새로운 가정의 지지구조로 가정을 대체한다. 그 방송은 베트남전쟁에 대한 간접적인 논평을 제공한다. 하지만 아마도 더욱 설득력있는 경험에서 우러나온 종류의 미국에

대한 간접적인 논평이다. 후원적인, 봉사적인, 관용적인, 그리고
회의적인 '호크아이'(Hawkeye)와 트래퍼 존(Trapper John)이라
는 인물들은 존 케네디가 미국이 직면하고 있는 도전이라고 부
른 새로운 영역(frontier)을 제시한다. 그 영역에서는 사회적 양
심과 인간다움과 같은 새로운 가치들이 권력이나 영향력의 추
구보다 더 중요하다. 그 방송은 종종 무정한 관료정치를 보여주
었고 폭로성 유머를 통해 애국주의를 드러내 웃음거리가 되게
함으로써 애국주의를 비인간화했다.

하지만 『야전병원』의 기존 신념에 대한 반대성향에도 불구하
고 그것은 아직도 어떤 특유의 전통에 속한 시트콤이었다. 특히
개별적인 에피소드들을 종결하면서 그것들 내부에서 그 이야기
를 해결하려는 노력과 같은 측면에서 그러하다. 바비 앤 메이슨
(Bobbie Ann Mason)의 소설 『시골에서』(In Country, 1987)는 그
방송의 이러한 측면에 대해 논평한다. 반면 그것은 우리에게 관
객들이 수동적으로 어떤 미디어의 장치에 의해 조정되는 것이
아님을 상기시켰다. 그녀의 중심적인 인물인 사만사 휴즈
(Samantha Hughes)는 그 방송에서 '상황이 아주 뻔하다'라고
언급하면서 그 에피소드에서의 특별한 문제에 대해 손쉬운 실
마리를 제시했다. 그녀는 대본화된 신화란 종결과 동시에 설명
을 지향하고 있다는 것을 '바로 읽어낼 수 있었다.' 그리고 그
녀는 그 신화를 통해 훨씬 더 복잡한 어떤 것으로서 삶의 현실
에 대한 경험을 나타냈다. 그 복잡한 삶에서 '당신은 어느 것도
행복한 결말이 나지 않는다는 것을 압니다. 그건 너무 뻔해요'
(Mason 1987: 83, 164).

1990년대 시트콤도 여전히 다양한 정도의 아이러니와 조소를
이용하면서 가족과 가정을 찬미한다(Married … With Children,

Roseanne, Blossom 참조). 이러한 경우나 1980년대에 나타났던 (그리고 사라진) 시트콤에 있어서 프로그램 담당자들은 '가족'에 근거한 다른 파생문제들, 즉 피상적이라 하더라도 '가족'의 정의가 변하는 성질에 대한 예로서의 홀어머니, 두 명의 아버지, 홀아버지 등등을 찾아내고 있다. 이러한 방송들 대부분이 증명해 보여준 것은 핵가족에 대한 대안들의 발전이나 혹은 핵가족은 더이상 '규범'의 어떤 면을 나타내고 있지 않다라는 제안이 궁극적으로 불가능하다는 것이었다. 다른 쟁점들이 그 공식 안에서 제기되고, 논의되고 반복될 수 있다. 하지만 단지 가족의 사랑과 안전의 눈물겨운 긍정에 의해 해결되고 말 뿐이다. 종종 주어지는『코즈비 가족』(*The Cosby Show* 1984~94)의 예는 인종성이라는 것이 시트콤에서 그리 중요한 것이 아니라는 것을 보여준다.

왜냐하면 드러나는 것은 여전히 가족의 유대관계이고 현대 미국에 있어 가족의 사회화와 통제력으로 텔레비전에서 나타나는 방식이기 때문이다. 그러므로『코즈비 가족』의 백인 시청자들의 여론조사에서 70퍼센트까지가 헉스타블 가족(the Huxtables)을 '전형적으로 미국적'이라고 언급했다. 반면 그 방송이 흑인중심적이라는 생각을 거부했다. 이러한 시트콤의 기능 한 가지는 안전한 가족 중심의 이미지들로 흑인의 삶의 지나친 위협들과 뉴스미디어에서 제시되는 가난을 중화시킬 수 있다는 것이다. 왜냐하면 '흑인의 중산층 가정에 대한 행복한 환상은 흑인의 하위계층의 어두운 현실들을 쫓아버리기' 때문이다 (Merelman 1995: 264-5). 이것은 너무 지나치게 단순하긴 하지만 다시 한번 시트콤들이 미국 삶에 대한 긍정적이고 비위협적인 재현들이라고 간주되어온 방식을 제시한다.

최근에 미국에서 최고시청률 방송 중 하나로 1995년 8월 한
주일에 이천 오십만 명의 시청자를 기록한 『가정의 개선』
(*Home Improvement*)은 시트콤의 전통적인 면모에 다시 불을 붙
이고 있다. 그 시트콤의 가정은 각각의 에피소드에서 거의 모두
가족의 행위에 초점을 맞추고 있으며 지속적으로 개별적인 가
족의 문제나 위기의 처리를 다루고 있다. 어떤 변화들도 이 기
본 틀 속에 존재한다. 예컨대 시트콤의 중심인물 자신이 TV 프
로그램인 '툴 타임'(Tool Time)을 매개로 텔레비전을 의식적으
로 사용하는 경우이다. 하지만 1990년대 강한 여성/어머니 인
물이 나오는 방송이라 하더라도 그것은, 비록 종종 도를 넘어서
거나 어리석게 나오는 남편 팀(Tim)을 통하지 않더라도 여전히
가부장적이다. 남편이 아니라도 이웃에 살고 있는 상당히 가부
장적인 윌슨(Wilson)의 '목소리'를 통해서 그러하다(하지만 결
코 화면에 완전히 나타나지는 않는다).

윌슨은 복잡한 사회현실의 요구에 타협하는 팀의 투쟁에 대
해 충고나 언급을 한다. 다시 한번 그 방송은 고착되어졌을지도
모를 어떤 위기를 해결하거나 재질서화하려고, 그것을 통해 그
프로그램의 근본적인 백인의 중산층의 가치를 강조하게 된다.
한 에피소드는 팀의 고등학교 여자친구가 갑작스럽게 나타나는
일과 연관해서 유머와 일련의 '도덕' 수업의 기회를 만든다. 예
컨대 진실을 말하고 불쾌한 일들을 피하지 않는 일. 하지만 또
한 그 에피소드는 팀이 그의 부인 질(Jill)에 대한 충실함과 가
족 그 자체의 신성성을 재확인하려는 기회를 만드는 것이기도
하다. 궁극적으로 그 방송은 모든 에너지가 가정과 가족에 집중
되어 구심적이고 외부의 어려운 세상사에도 불구하고 가정의
사랑이 보존될 가치가 있음을 지속적으로 관객에게 재확인시키

고 있다. 팀 테일러(Tim Taylor)의 '툴 타임'이 실황 스튜디오 관객에게 가정을 더 나은 곳으로 만드는 방법을 충고해주는 것 같이 시트콤의 일부분으로서의 그 시트콤도 관객인 우리에게 유사한 이념적인 견해를 펼치고 있다. 농담들에도 불구하고 그 방송은 항상 '가정을 향상시키고 혹은 최소한 그것의 내재적 가치를 지지'하려고 노력한다.

다른 최근의 시트콤들은 이러한 공식적인 장르 모델의 연장 선상의 변종들을 제시한다. 하지만 모두가 '가족'의 개념에 근거한 유사한 가치체계를 강조한다(*Ellen, Grace Under Fire, Murphy Brown, Cybill*, 상위 20개 방송 참조). 1995년 미국 텔레비전의 최고 인기의 시트콤은 8월 한 주일에 이 천 사 백만의 관객을 끈 『친구들』(*Friends*)이었다. 그 방송은 생물학적인 가족을 이상화된 우정으로 대체시키고 다른 시트콤의 모든 기준적인 장치들을 단순히 재차용했고 세부적 상황과, 갈등—해결의 플롯을 포함하고 있고 정서적인 결말을 재강조한다. 시트콤에서 가족들을 실제적으로 '집과 가정의 테두리를 넘어서는 역동적인 사회적인 실체'로서 나타내는 것이 쉽지 않다. 왜냐하면 그렇게 하는 것은 가족의 개념을 '과정'(Silverstone 1994: 33)으로서 좀더 복잡하고 비신화적인 가족과 사회로 해석해버리는 것을 인정하는 것이 되기 때문이다.

이전의 『야전병원』처럼 『친구들』은 핵가족의 파괴가 그것의 기본적인 가치를 잃어버리게 되는 것을 의미하지 않는다는 것을 보여주려고 노력했다. 그렇지 않은 이유는 그 가치들이 다른 사회 그룹들과 다른 텔레비전 장르들에서 '중요한 구조적인 현존물'(Silverstone 1994: 33)로 다시 나타날 수 있기 때문이다.(경찰 프로그램인 *Hill Street Blues, NYPD Blue* 혹은 *Homicide*의

'가족'과 *Murphy Brown* 혹은 *ER*의 직장 가족 참조) 여기에 미디어가 가족에 매료되는 것에 대한 검토의 이유가 있다. 다양한 가면을 하고 '가족은 지역사회가 된다.〔그리고〕 ⋯ 가족에 그 뿌리를 둔 가치들'은 다른 삶의 영역 속으로 '확장되고 변형된다'(같은 책, 43). 그러므로 미디어는 '사회 가족'의 이념을 만들어내고, 그 속에서 그것이 나타내는 가치들이 끝까지 그 실효를 발하는 한에 있어 실마리가 가능해지게 된다. 물론 우리는 이러한 규범들에 반하는 투쟁들에 대해 웃게될 것이고, 자신들의 영역을 넓히고 도전하는 시트콤 인물들의 노력에 대해 웃게 된다. 하지만 궁극적으로 '당연한 것으로' 남게 되고, 또 그렇게 보여지는 것은 신화적인 미국의 사회 가족의 신성성이다. 바르트가 쓴 바 있듯이 신화는 '인간 행위의 복잡성을 소멸시키고 ⋯ 모순이 없는 세상을 조직한다'(Barthes 1973: 143).

신화적인 미국 시트콤 가족은 ⋯ '좁은 한계를 지정하게 되어 그 안에서〔우리들이〕 세상을 요동치게 함이 없이 고통받는 것을 허용한다.' 그리고 그 가족은 '실제대로가 아니라 그것이 그 자체를 창조해내고 싶은 대로 그 세상과 더불어 조화를 이룬다'(같은 책, 155). 1992년 공화당 대통령 캠페인시 댄 쿼일(Dan Quayle)이 시트콤 『머피 브라운』에서 미혼의 상태로 아기를 가진 중심인물을 허락한 것을 '가족의 가치'(*Garber et al*, 1993: 40)의 수치이며 미국의 사회적 타락의 징후로 보았기 때문에 그가 그 프로그램에 반대하는 의사를 표명하였던 것은 아마도 우연이 아닐 것이다. 미디어에 대해 인식하고 비판하는 것은 그러한 폐쇄적이고 숨막히는 이념적인 난국을 경계하고 미디어의 비변증법적(undialectical)이고 상식적인 재현에 도전하는 하나의 방편이다.

시트콤에서 가족의 재현을 둘러싼 논쟁을 지켜볼 때, 우리는 어떠한 사회적 행동양식을 강화하고 다른 입장들에 대해 우위에 있는 구체적인 이념적인 입장들을 특권화하는 미디어, 특히 텔레비전의 헤게모니 권력을 인정하는 특별한 비평에 집중하게 된다. 하지만 우리가 이미 제시한 바 있듯이 미디어가 수동적인 관객 구성체에 영향력을 투입하고 있다는 이러한 '피하적' 관점의 문제점이 지적될 필요가 있다. 티치가 제시하듯이 미디어 (그녀는 텔레비전에 대해 말하고 있다)는 '정중동(靜中動)의 역설의 장이며 … 〔그리고〕 새로운 다양한 의식의 중심이다' (Tichi 1991: 209). 말하자면 그것은 동시에 신뢰되고 숭상되고 두려움의 대상이면서 멸시받는다. 이러한 양가적인 성질들은 미국 문화 속의 미디어를 고려할 때 매우 중요한 것이다. 왜냐하면 그것의 모순과 복잡성이 거대하기 때문이다.

▶ 하위도시의 가정에서 전지구적인 마을로

린 쉬피겔(Lynn Spiegel)의 텔레비전과 가족에 대한 중요한 연구는 '사이버스페이스'와 '가상현실'에 대한 매우 간단한 논의로 끝을 맺는다. 그 논의에서 그녀는 후자의 것을 TV 속으로 뛰어드는 것과 같은'(Spiegel 1992: 185) 것으로 언급하고 가정의 경계를 넘어 실제 미디어 테크놀로지의 세계 속으로의 실제적인 운동으로 제시하고 있다. 사이버 스페이스의 '창시자'인 윌리암 깁슨(William Gibson)은 소설보다도 '미디어'가 작가로서의 자신에게 더욱 많은 영향을 미쳤으며 '기술에 대한 자신의 느낌은 전적으로 양가적이'라고 주장한다(McCaffery 1993: 265, 274). 그의 작품에 특별히 현대 미디어 문화에서의 발전과 공명하는 연계성을 주는 것은 이 두 가지의 특성이다. 그의 작품은 미래의 그러한 식의 것에 대한 것이 아니라 그보다는 미래—미디어와 기술이 문화의 중심적인 것이 되어 이제 문화가 언어 그 자체에 스며들 정도까지 될 미래—로부터 현재를 비추어 점검해보는 것이다. 깁슨의 『뉴로맨서』(*Neuromancer* 1984)는 놀라울 정도로 적절한 이미지로 시작된다. '항구위의 하늘은 기능없는 채널에 맞추어진 텔레비젼의 빛깔이었다.'(1986: 9) 그리고 그 소설은 지속적으로 다른 미디어와 관련된 메타포들을 사용한다. 예컨대 '마구잡이 프레임으로 편집된 영화처럼 갑자기 지나치는 최면의 이미지들 … 흐릿한 파편화된 만다라상의 시각적인 정보'(같은 책, 68)와 같은 것들. 그 소설은 깁슨의 친구이며 공동작가이기도 한 브루스 스털링(Bruce Sterling)이 쓰고 있는 정교한 총체적인 인터넷 판과 같은 것이라기 보다 오히려 자신의 세계를 맥루한식의 '전지구 마을'나 '메트릭스' 속으로 연결짓는 통신과 정보의 거미줄이다.

텔레비전 - 전화 - 텔렉스 - 녹음기 - VCR - 레이저 디스크가 광범위하게 촘촘히 이어져 … 전화선, 케이블 TV, 광섬유 등이 순수한 빛의 흐름 속에서 글과 그림들을 뿜어내고 있다. 전세계적인 그물망, 전지구적인 신경계통망, 문어발적으로 집적된 테이터 속에서 모든 것이 연결되어 있다.(Penley and Ross 1991: 299)

이러한 방식의 현대적인 '월드 와이드 웹'(World Wide Web) 문화는 이러한 많은 사이버펑크 작가들에게 있어서의 전지구적인 경향과 관련되어 있다. 그 점에 있어서 권력은 더 이상 '정부'의 손에 있는 것이 아니라 기업들 혹은 깁슨이 말하는 '자이바추스'(zaibatsus)— '인간의 역사의 경로를 형성하고 오랜 장벽들을 초월하며 거대한 기업 메모리의 저장고에 접근할 수 있는 다국적 국가'(Gibson 1986: 242)—에 달려 있다.

하지만 예전의 전통적인 공상과학소설과는 다르게 사이버펑크는 그러한 미디어 기술들의 득세를 기꺼이 비난하려 하지 않는다. 대신 그것의 존재의 불가피성을 인정하려 한다. 그런데 그 존재가 비록 바람직하지는 않더라도 그것을 사용하려는 이들에게는 좋은 점일 수 있다.

다국적 국가와 정보처리라는 이러한 종류의 미디어 기술문화, 즉 '미디어 풍경'(mediascape)은 '사이버펑크가 정말로 현재에 대한 것'이라는 생각을 확인케 해준다(Rucker 1993: 9). 왜냐하면 그것은 미디어 통제, 특히 '미국화'에 대한 논쟁과 연관이 있기 때문이다. 사이버펑크의 자이바추스들이 미국적이진 않더라도 그것들이 미디어망을 통해 전세계에 자기들이 바라는 어떤 이데올로기를 퍼뜨리려하는 잠재적인 제국 세력임을 암시하고 있다. 미국의 미디어풍경은 자이바추스처럼 '단성적인 자본주의자 이데올로기'(Fiske 1987: 309)의 한 예로 비추어져 왔다. 그것은 한 목소리로 말하고 그 견해를 전지구의 타인들에게 공동의 언어로 강요하고 있다. 그것이 '어디든 존재하는 달라스'(wall-to-wall Dallas)에 대한 두려움이다.

▶ 미국의 미디어 제국주의

미국의 제국주의에 대한 강한 두려움은 오랜 역사를 가지고 있어, 특히 전후시대에까지 거슬러 가는데 미국이 개별적인, 독특한, 지역적인 문화를 희생시키고 세계문화를 동질화시키려 한다는 믿음에서 비롯된다. 이러한 두려움은 여러방식으로 여러

해에 걸쳐 표현되어 왔고, 드와이트 맥도널드(Dwight Macdonald) 같은 비평가들에 의해 표현되었듯 강력한 반(anti) 대중문화(mass culture)의 감정의 일부분을 형성했다. 그 비평가들은 그 대항문화를 '고급문화'에 대한 직접적인 위협으로 보았다. 헤게모니 시트콤의 신화와 관련해 처음에 했던 그 논쟁은 타인에 손해를 주면서까지 제한된 범위의 가치와 이득을 특권화하고 지탱하려는 미디어의 힘을 우려하는 접근방식의 일부분으로 볼 수도 있다. 맥도널드는 대중문화가 '수동적인 수용자'인 관객들에게 '모든 것을 합쳐 섞어서 소위 동질적인 문화를 생산하는' 매체를 통해 '위로부터 부과되고' 있다고 믿는다 (Storey 1993: 30, 32).

맥도널드에게 있어서 그러한 문화의 효과는 '마취적 수용으로 …' 예전에 고급문화 작품들에서 얻어질 수 있었던 '불안정하고 예상 불가능한 실생활의 기쁨, 비극, 위트, 기분전환, 독창성, 아름다움에 대한 대체물로서의 수용이다.' '표준화'와 '대중문화의 확산'(같은 책, 42)이 제자리를 찾게 되고, 그것들은 미국적인 모든 것과 특별히 연관을 맺게 되었다. 산업자본주의의 대량생산 방식은 동일한 표준화된 대상물, 예를 들어 시트콤, 음반 혹은 페이퍼백과 같은 것들을 무한히 재생산해 낼 수 있기 때문에 동일한 과정이 모든 문화적 실천에서도 일어날 수 있다는 두려움이 커졌다. 예컨대 영국에서 리차드 호가트 (Richard Hoggart)는 미국의 대중 문화의 에너지를 목격하였는데 그는 그 가치들과 실천들이 노동계층의 젊은이들에게 영향을 미치고 그들을 본래 자신들의 삶에서 멀리 벗어나 '발표를 위해 변조한'(Hoggart 1958: 204) 미국의 음반들로 가득한 자동전축 속의 환상으로 몰아갈 수도 있는 그 방식에 대해 염려를 한다.

대중문화에 대한 더욱 이론적인 비판은 테오도르 아도르노 (Theodor Adorno)와 막스 호르크하이머(Max Horkheimer)의 작업 가운데 프랑크프루트학파(Frankfurt School)에 의해 제공된다. 그들은 대중문화를 그릇된 욕구를 장려하면서도 어떤 대립을 제공할지도 모르는 대안적인 사유방식들을 감소시킴으로써 노동자의 마음을 조작하려는 정부독점자본의 생산물로 보았다. 그들은 그것을 강제적인 가치체계를 제시하기 위한 '문화 산업'으로 명명했다. 왜냐하면 그 체계란 위로부터 표현된 것으로써 동질성을 수용자들에게 확신시키고 모든 대립적이고 저항적인 사유방식들을 축출하기 때문이다.

표준화를 예상 가능성과 결합시킴으로써 '그 생산물들은 권위에 복종을 보장하는 동질성과 합의를 그리고 자본주의 체제의 안정성을 장려한다'(Stinarti 1995: 64). 그러므로 대중문화란 대안과 다른 표현양식들에 대한 욕구들을 억제함으로써 현상을 유지하려는 하나의 방식이다. 허버트 마르쿠제(Herbert Marcuse)는 이러한 개념을 '일차원성'이라 부르는데, 이것은 대안적인 더욱 완전한 차원들을 제거하고, 단지 제한되고 한정된 동질적인 반응만을 남겨놓은 것을 의미한다. '생산물들은 교화하고 조작한다. 그것들은 거짓에 면역되는 거짓된 의식을 조장한다. … 그것은 삶의 한 방식이 되고 … 그리고 좋은 삶의 한 방식으로서 그것은 질적인 변화를 방해한다'(Marcuse 1967: 27). 미국 비평가 시오도어 로스작(Theodore Roszak)은 '기술주의'와 '과학적 세계관에 대한 우리의 집착을 이용함으로써 우리에게서 동질성을 얻어내려는'(Roszak 1970: 9) 그 의도에 대해서 쓰고 있다.

이 모든 것이 사실이라면 제레미 툰스탈(Jeremy Tunstall)이 쓴 바 있듯이 미디어의 성장과 더불어 '거짓 의식이 모든 인간의 가정에 침투했을 것'이(1977: 39)고 미국의 대중문화가 '전지구 마을을 통치하게 되는 것'을 확신시켜주는 것이다(같은 책, 18). 하지만 대중문화에 반대하는 논쟁을 한 맥도널드, 프랑크푸르트학파와 다른 그 동조자들의 접근방식에 내포된 대전제가 있다. 예컨대 그것은 모든 사람들이 동일한 조건과 동일한 이유 하에 미디어를 동일한 방식으로 받아들이고 사용하고 있다는 것이다. 하지만 사실은 이 문제에는 엄청난 다양성과 차이성이 존재하고 있다. 툰스탈은 이점을 잘 지적하는데, 그는 세계 속의 미국의 미디어의 확산이 동질성을 낳게 한 것이 전혀 아니며 오히려 그 확산이 '전세계가 더 작은 단위와 인종적 정체성들을 분열시키고' 그럼으로써 '지역주의, 분리주의와 권위, 중심, 민족적이고 이국적인 미디어에 대항하고 이탈하는 것'을 가능하게 하는 반응을 불러일으킬 수 있으며, 또 그것을 용이하게 할 수 있다고 주장한다(Tunstall 1977: 274).

이러한 조건 하에서 미디어가 단일적이거나 동질적이라기 보다는 그것은 툰수탈이 세 가지 층위로 언급한 것을 가능하게 하는 많은 목소리로 말하고 있다. 즉 그 세 가지 층위란 '국제적인' 층위, 협소한, 지엽적인, 인종적인 그리고 '전통적인' 층위 그리고 마지막으로 차이적인 요소들이 다 포함되어 있고 서로 뒤섞여 있는 '민족적인' 층위를 말한다.

1970년대 후반에 이루어진 이 논쟁은 몰리(Morley)와 로빈즈(Robins)에 의해 다시 시작되었다. 그들은 전지구주의와 지역주의의 긴장을 발전시켰다. 하지만 그 두 가지가 공존할 수 있으며 실제 공존하고 있다는 것과 아마도 '국제적인 그리고 지역적인 문화들과 정체성들을 다시 밝혀내고 다시 분명히 할 수 있는 가능성을 제공한다'는 것을 강조했다(Morley와 Robins 1995: 2). 모든 것을 동질화시키는 제국주의적인 미디어 문화 — 그 중심에 미국이 서있는—의 위협보다 그들은 지역과 전지구가 공존할 수 있는 하나의 대안을 제시하고 더 나아가 미디어의 권능의 가능성을 단정한다. 비록 커다란 다국적 미디어 회사가 존재하고(569-74쪽에서 비아콤(Viacom)의 논의를 볼 것) 엄청난 영향력과 통제력을 행사하지만 '의문이 제기되는 점은 이러한 존재의 문화적 함축성이다'(Tomlinson 1991: 57).

후에 살펴보겠지만 이것은 부분적으로 관객이 어떻게 이러한 메시지들을 수용하느냐와 관련되어 있고 그리고 또한 더 폭넓은 사람들에게 의사소통과 표현의 새로운 수단을 제공한 폭발적인 미디어 기술과도 연관관계가 있다. 이 '새로운 지역주의'는 '정체성의 다양성과 차이성'에 가치를 두고 … 특별히 텔레비전을 통해 '지역적이고 민족적인 다양한 문화적인 유산의 유지·보전을 추구한다'(Morley와 Robins 1995: 17). 인터넷과 컴퓨터 기술과 같은 더욱 새로운 미디어는 다국적 민족국가(깁슨의 자이바추스)의 잠재적인 헤게모니 기업의 힘에 저항하고 맞부딪칠 수 있는 의사소통의 채널들을 증가시켜 왔다. 이에 대해서 후에 논의할 것이다.

너무나 종종 우리가 이미 제시한 바 있듯이, 헤게모니의 영향력에 대한 꺼지지 않는 욕망을 지닌 전지구적인 기업에 대한 두려움은 미국화의 개념과 연결되어 왔다. 시인 앨런 긴즈버그(Allen Ginsberg)는 1956년 '당신은 당신의 정서적인 삶이 타임지에 의해 영향을 받도록 허용하느냐?'라는 질문을 하고 '몰록'(Moloch)이라는 이름을 창조해냈다. 그 이름은 소비주의, 자본주의, 무기를 특징짓고, 그에게와 1950년대와 1960년대 많은 사람들에게 미국의 난공불락의 지위에서 세계를 침공한 가공할 만한 제국주의의 힘을 나타낸 미디어를 특징짓는 이름이다. 미디어 제국주의에 대한 이러한 이미지는 금세기를 통해 지속되어 왔고 그 악마화의 과정은 미디어가 문화내부에서 작용하는 방식들에 대한 더욱 복잡한 분석을 통해서 밝혀졌다. 그것은 예컨대 기업인 '발송자' 혹은 제공자의 '의도'에 대한 것 못지 않게 그것은 어떻게 미디어가 관객이나 소비자에 의해 수용되고 사용되는가에 대한 것이도 하다.

다시 말해 우리는 텔레비전 프로그램을 그 의미들이 단일하고 단일논리적이고 고정되기보다는 복수적이 될 수 있도록 각각 다른 방식들로 읽을 수 있다. 1980년에 미국의 드라마『달라스』(*Dallas*)는 최고의 프로였고 세계 전역에서 시청되었다. 권력과 영향력에 대한 투쟁과 더불어 그것은 가족의 영역을 특별히 다른 영역으로 끌어들였다. 하지만 그것은 미국의 미디어 제국주의가 성숙했고 심지어 불란서 문화장관인 잭 랑(Jack Lang)에 의해 민족적 삶 속까지 침투해 들어가는 '미국 문화제국주의의 상징'으로 인용될 정도라고 느낀 사람들의 관심의 초점이 되었다. 맥도널드의 레스토랑들 처럼『달라스』는 동질화된 미국의 문화의 최악의 면들을 보여주는 것으로 여겨진 것이며, 프랑크푸르트 학파가 두려워하던 것들이 실현된 것이다.

『달라스』는 이엔 앙(Ien Ang)의 관객의 반응에 대한 연구의 원천이 되었다. 그 연구는 관객들이 그 프로그램의 수용에 있어 매우 달랐으며 모두가 그녀가 일컫는 '대중문화의 이데올로기'를 인지하고 있는 듯 보였음을 제시하였다. 이러한 말의 사용에 있어 그것은 구체적인 이데올로기적인 메시지들을 가진 미국적 생산물이라고 종종 여겨지는 대중미디어에 대한 부정적 이미지

를 의미한다. 하지만 관객들은 완전히 '그들 자신에게 압력을
부과하는 규범과 처방'을 인지하고 있는 것처럼 보인다(During
1993: 415). 그리고 앙의 결론은 관객들이 떠올리는 그 '전략
들'은 어느 정도 미디어의 헤게모니에 저항하고 『달라스』의 시
청자들에게 '동일화의 대안적 관점들을 제공하는 대안 담론들'
이 존재하기 때문에 '대중문화의 이데올로기가 독재적인 권력
을 행사하는 것으로 과장하는 것은 잘못된 것'임을 증명하고
있다는 것이다(같은 책, 416). 앙은 계속해서 미디어에 대한 중
요한 결론을 내리는데, 그것은 미디어가 대상으로 '논의되어지
는 것'과 '실제'에 있어 이용될 수 있는 것은 매우 다르다는
것이다.

　문화적인 실천에 있어 사람들은 중요한 것으로 보이는 많은
이론적인 그룹들을 가로지르는 방식으로, 미디어 사용을 섞고
결합하고 '복수화'하며 그러한 과정 속에 즐거움을 투여할 수
도 있다. 앙의 주장은 『달라스』 혹은 유사한 미디어 방송물들을
보면서 얻은 즐거움이 실제 생활을 대신하는 것이 아니라 실제
생활과 병존해 가는 것이라는 것이다. 그리고 '그것이 우리가
우리의 사랑하는 사람들과 친구들, 일, 정치적 이상 등등과 관
련하여 이러한 입장과 해결책들을 반드시 받아들여야 한다는
것을 의미할 필요는 없다'(Ang 1985: 135). 그러므로 조작적이고
천편 일률적인 미디어의 입장 혹은 헤게모니에 대한 논쟁들이
도전 받을 수 있고, 그러므로 결과적으로 지역적인 미디어와 대
립되는 것으로서의 전지구적인 미디어의 개념도 마찬가지일 수
있다. 앙의 글은 복수의 다양한 관객들에게 '어떤 고정된 기준
이 존재할 수 없는'(같은 책, 136) 현대 세계에 있어 미디어에
대한 복합적이고 복잡한 저항과 사용방식들을 지지해줄 증거를

제공하고 있다.

존 톰린슨(John Tomlinson 1991)은 '제국주의'가 '전지구화'에 의해 추월당했다고 제시한다. 그는 전지구화가 '제국주의보다 덜 응집력이 있고 혹은 문화적으로 덜 직접적'이며 '모든 전지구 지역들의 상호연결성과 상호 독립성'을 나타내는 것으로 기술한다(Tomlinson 1991: 175). 미디어를 통해 하나의 의제를 지시하는 미국과 같은 전지전능한 국가정부의 개념은 다국적 기업의 시대에 존립이 더 어려워져 왔다. 문화적 제국주의 개념은 덜 강력한 문화들에 영향력을 행사하는 안전하고, 강력한 국가의 이미지를 상기시켰다. 하지만 단독으로 행동하는 개별적인 국가의 측면이 점점 덜 적합해짐에 따라 그것은 다국적 기업의 '새로운 탈중심의 전지구적인 네트워크'에 의해 대체되어 왔다(Jameson 1991:38). 그 기업들은 인간의 인식을 넘어 우리가 '지도로 그리기'에 너무 어렵고 그래서 통제하기가 너무 어려운 공간을 차지하고 있다. 그것은 거대한 상호연결적이고 전지구적인 공간으로 메시지들이 거대하고 다양한 관객들에 의해 구성되고 재생산되고 소비되는 정보의 교환과 그 과정에 의해 만들어진 공간이다. 그것은 '사이버스페이스'로 용어화된 것에 가까운 새로운 미디어의 영역이다(사이버스페이스에 대해서는 더 나중에).

▶ 기업의 목소리 ─ 사례연구: 비아콤

우리는 진정으로 전지구적인, 탈중심적인, 기업들의 탄생을 보고 있다. 그 기업들 가운데 다양한 미디어 산물들은 포괄적인 의사소통의 제국들로 연합하고 있으며 … 전지구적인 이미지 흐름의 공간을 형성하고 있는 중이다.(Morely와 Robins 1995: 32)

570

미국문화의 이해

1995년 동안, 『타임』과 『포천』, 『타임라이프』 잡지들, 워너
(Warner), 일렉트라(Electra), 그리고 아틀랜틱(Atlantic) 음악상
표에다 워너브라더즈(Warner Brothers) 영화제작사와 같은 영화
자산들, 텔레비전, HBO유선방송과 식스 플랙스 마운튼 테마 파
크(Six Flags Mountain Theme Park)와 같은 것을 포함하는 하나
의 기업인 타임워너(Time-Warner)는 터너 방송국(CNN 유선,
TNT 만화방송, 뉴라인과 캐슬락 영화제작사 등)을 합병해 연
수입 187억불 정도인 세계에서 가장 큰 미디어 회사를 만들어
냈다. 이것은 연수입이 160억불인 디즈니/ABC 그룹보다 앞서
는 것이다. 이 미디어 그룹들은 몰리와 로빈즈가 언급하고 있는
초국가적인 기업들로 모든 면에서 어떤 범주의 미디어이든 간
에 제작, 배포, 배급에 관여하며, 지속적으로 전세계 시장에 걸
쳐 그것들의 이해와 영향력을 증가시키려고 노력하고 있다.

미국과 전세계에서 영향력과 통제력을 점차 증가시키고 있는
유사기업의 예가 기업 비아콤(Viacom)이다. 그 기업은 지금 블
록버스터 비디오, 버진 인터액티브, 배러마운트, 스펠링 엔터테
인먼트(*Melrose Place*와 *Beberly Hills 90210*)와 MTV와 같은 미
디어 산업의 브랜드기업들을 소유하고 있다. 사회 내부에서의
기술의 변화와 이용의 성격을 인식함으로써 비아콤은 빠르게
이런 다양한 영역에서 확장을 해나갔다.

최근의 여론조사에 따르면 그 기업이 다음 몇 년간 부분적으
로 관객들의 차이성을 인식하고 있으며 기꺼이 브랜드에 대한
개념을 강화해 나가려 하기 때문에 그 경쟁 상대자들인 타임—
워너와 디즈니보다도 더 성장을 해서 더 좋은 위치에 자리잡을
것으로 예상되었다. 이것은 구체적인 관객의 욕구를 목표로 삼
은 것으로 MTV가 바로 그것에 대한 전형적인 예를 제공한다.

MTV는 1981년 구체적으로 젊은이의 시장을 겨냥해 시작되었다. 그 시장은 상호연결적인 미디어기술과 만화, 비디오게임과 다른 원천들에서 나오는 강력한 시각적 청각적 자극에 맞춘 스타일의 프로그램들에 편안함을 느낀다. 그것은 '올이 없이 이어지는 콜라주'로 묘사되어 왔다. 왜냐하면 '그 "프로그램 편성"이 어디에서 시작해서 어디에서 끝나는지'를 알기가 어려운데, 그것은 MTV가 진행 과정 속에 '혁명적인 종들의 잡종'을 창조해내는 '전일방송 증진 캠페인의 주체이자 대상이 되기' 때문이다(Sweeting 1994:5).

MTV의 중심에는 이러한 새로운 형식이 나타내는 잉여의 정보를 잡아내려는 욕망이 있다. 제임슨이 말하고 있듯이 그 효과는 '맥락을 하나로 연결하고 소비자주변의 공간을 음악적으로 만드는 것'이다(Jameson 1991: 299). 1993년경 MTV네트워크는 'CBS, ABC와 NBC가 결합된 네트워크의 가동보다도 더욱 많은 영업이익을 산출하고' 있었다(Batelle 1995: 90). 하지만 그 성공에도 불구하고, 그것은 음악산업이 그 '생산물'을 팔기 위해 제공한 비디오 사용을 홍보하는 비디오 홍보물이라는 비난을 받아왔다. 하지만 MTV의 성격은 더욱 광범위한 프로그램 편성의 제공을 위해 발전되어 왔기에 여전히 매우 엄격히 15세에서 34세 사이의 관객을 지향했다.

하지만 이제는 시사적인 일들, 스포츠, 게임쇼와 다른 텔레비전 방송물을 제공하고 있다. 이것들은 종종 MTV 스타일의 여러 측면들을 다 포함하면서 도표의 색다른 이용, 이미지의 빠른 차단, 사운드 트랙과 이상한 카메라의 각도와 같은 신선하고 젊은 접근방식을 보여주는 특별히 시각적인 코드를 차용한다. 이러한 기술들은 MTV와 연관되어 제작되는 비디오를 통해 발전되었다. MTV는 개별 비디오가 24시간의 프로그램 편성시 그것 주위의 것들과 구분될 수 있도록 더욱 신나고 혁신적인 의사소통 양식을 계속해서 요구했다. 이 'MTV 스타일'은 광고와 텔레비전과 같은 다른 미디어에서도 역시 영향력이 있었다. 그 광고의 경우 텔레비전과 잡지 두 경우에 있어 '젊음'이 MTV의 음악, 편집, 색상의 조합의 인증마크로 통했다.

텔레비전의 경우 『마이에미 바이스』(Miami Vice)와 같은 쇼프로그램은 음악 비디오와 유사한 경험을 구성하기 위해 무대, 조명, 의상, 소품 배치와 음악을 이용했다. 그러한 영향력들은 포스트모던하다고 일컬어지는데, 그 이유는 다른 텍스트들 사이의 자유로운 흐름 때문이다. 그러므로 『마이에미 바이스』가 MTV를 인용하고 있는지 아니면 그 반대의 경우인지를 말하기는 어렵다. 그로스버그(Grossberg)가 주장한 바 있듯이 『마이에미 바이스』는 … 모두 표면 위에 드러나 있다. 그리고 그 표면은 단지 우리 자신의 집단적인 역사적 상흔으로부터의 인용어들을 모아놓은 것으로 유동적인 트리비아(Trivia)의 게임일 뿐이다' (Kellner 1995: 239). MTV 그 자체에 대해서도 똑같이 이야기될 수 있다.

하지만 유동적인 표면들, 샘플링의 기교들(랩 음악에서처럼)과 직접적이고 종종 극단적인 전송방법들의 네트워크 사용은 영향력 있는 역동적인 새로운 미디어 미학을 창조해 왔다.

비아콤은 이미 상당한 정도로 전망있는 미래 산업으로 상호 작용적인 미디어에 투자를 했다. 그리고 거의 비전적인 관점에서 그것을 바라본다. 새로운 온라인 네트 서비스사인 니클오던 온라인(Nickleodeon Online)의 중역프로듀서인 데이비드 보글러 (David Vogler)는 그것이 '최종적으로 "좋은 TV"의 공동 연대의

식을 지닌 수백 만의 사람들을 위한 극장, 도서관, 클럽하우스
와 모임 장소, 즉 전형적인 광고, 게임, 음악, 생산물, 경험, 사
건, 영화 그리고 다른 형태의 대중문화와의 상호교류의 장소'가
될 것이라 말한다(Batelle 1995: 111). 이러한 점에서 비아콤은
스스로를 '미디어풍경'(mediascape)이라 밝힌다. 하지만 그 기업
은 '권능의 아이들'에, 즉 '어린아이들은 자신들이 꼬치꼬치 물
어야하고, 자신들이 생각하는 것보다 더욱 능력이 있으며 자신
들이 창조적이라는 것을 알도록 하는 일'에 관심을 두고 있다
(같은 책, 111).

물론 이것은 흥미롭게도 어떤 창조적인 일을 허용하기 보다
는 오히려 잠재우며 조작하는 헤게모니로서의 미디어에 대한
일반적인 전제들의 반전을 보여준다. 분명 이러한 힘을 실어주
는 작업은 상당히 이데올로기적이며 누가 그 기술과 그 기술이
이용될 수 있는 사회체제에 접근하는가에 달려있다. 하지만 그
것은 어느 정도 그 새로운 미디어에 내재된 새로운 가능성의
일부를 보여주는 것이며, 더 나아가 혹시 있다면, 미디어 기술
에 대한 제국적인 개념에서 새로운 전지구화로의 변화를 보여
줄지도 모른다.

논쟁의 한 지류는 MTV가 프랑스 이론가 장 보드리야르(Jean
Baudrillard)에 의해 논의된 바 있는, 미디어가 스며있는 문화를
대표하고 있음을 보여준다. 그 문화에서는 '더 이상 경제적 혹
은 생산적인 영역과 이데올로기 혹은 문화의 영역을 구분하는
것이 불가능하다.

왜냐하면 문화적인 예술품, 이미지, 재현들, 심지어 느낌이나
정신적인 구조들 조차도 경제세계의 부분이 되어버렸기 때문이
다'(Storey 1993: 162). 정체성을 탈중심화하는 미디어 문화에서

사람들이 삶을 바라보고 경험하는 대안 방식들의 가능성에 스
스로를 개방하는 '새로운 공간'이 창조된다. 세속적인 '현실'
(real)을 넘어서서 현실(reality)이 그 자신의 다른 방식인, 시뮬
라시옹, 즉 다른 장 — MTV와 종종 연관된 '표면들'—으로 붕
괴되어버리는 '초현실'(hyperreal)이 존재한다. 스토리(Storey)는
보드리야르의 입장을 '체념한 듯한 찬양'(Storey 1993: 165)이라
고 말하는데, 그 체념이란 '그 미디어 매체와 그 실체가 이제
진실의 판독이 불가능한 단지 불명료한 상태에 있기'
(Baudrillard in Tomlinson 1991: 59) 때문에 그 자신이 기록하는
그 변화들에 대해 힘주어 말하거나 혹은 투쟁하는 측면을 지니
지 못하고 있는 그의 양가적인 반응을 의미한다.

▶ 현재를 상상하기: 사이버펑크

'공상과학소설을 쓰는 일이 필요하지 않다'(Bukatman 1993:
182)라고 보드리야르는 쓰고 있는데, 왜냐하면 우리가 그 안에
있기 때문이다. 그리고 사이버펑크 작가들의 작품은 이러한 생
각을 강화시킨다. 실로 사이버펑크의 혁신적인 형식과 '전통적
인 서사와의 관계는 MTV와 장편영화와의 관계와 같다'
(McCaffrey 1993: 334). 사이버펑크는 날카롭고 압축적인, 그리
고 절단된 표면의 '시각적 산문'의 형식을 취한다. 윌리엄 깁슨
이 그러하듯이, 그는 공상과학소설의 라벨을 거절하고 '그가 살
고 있는 세상에 대해 글을 쓴다'(Kellner 1995: 299에서 인용).
보드리야르가 수용과 냉소로 빠져드는 반면에 사이버펑크는 미
디어 기술의 포용에 더욱 직접적이고 그 안에서 인간의 재정의
를 위해 그것이 지닐 수 있는 긍정적 계기들 뿐만 아니라 어두

운 면 둘 다를 보고 있다. 마샬 맥루한은 '전지구적인 포용 속
에 … 그 자신도 그 결과에 대해서는 확신하지 못한 의식의 기
술적인 시뮬레이션으로 우리의 중심적인 신경 계통 그 자체를'
펼치는 수단으로서의 '전자 기술'에 대해 적고 있다(McLuhan
1965: 3). 보드리야르와 특히 깁슨의 시대에 미디어 기술은 '주
체의 종말과 컴퓨터나 텔레비전 화면에 구성된 새로운 주체성,
곧 최종적인 정체성을 보게되는 이중의 발화'를 보여주며, 못지
않게 애매모호한 방식들로 인간에 영향을 미친다'(Bukatman
1993: 9). 이러한 접근방식을 통해 미디어 기술은 변형적이 되
어 단순히 억압적이고 조건짓고 환원화하는 주체 개념보다 '인
간과 기술적인 것을 공존하고 상호 의존적이고 상호 제한적인
것으로 위치짓는 주체의 새로운 전복개념'(ibid.: 22)을 제공한
다. 이러한 조건 하에서 새로운 기술들은 전통적인 공상과학소
설의 경우에서처럼 인간과 대화하는 것처럼 재현되며 반드시
위협 혹은 통제력으로서 재현되지는 않는다.

이론가 도나 해러웨이(Donna Haraway)는 인간과 기술이 함께
접합되고 혼합되는 이 인간—기술의 믹스로부터 나온 '새로운
주체성'을 명명하기 위해 '사이보그'(cyborg)라는 용어를 사용
했다. 이러한 논쟁에서 미디어와 기술은 '다른 것들과의 부분적
인 연계를 통해 우리 모든 부분들과의 소통을 통하여, 서로를
배제하지 않고 일상의 삶의 경계들을 재구성하는 수단으로 서
로를 포용한다'(Penley와 Ross 1991: 308). 세상을 찬—반으로
나누는 대신에 이 '사이보그 이미지는 우리가 자신 스스로를
우리의 신체와 도구로 해석해온 이중성의 미로로부터 출구를
제시할 수 있다'(같은 책, 308). 우리는 미디어 기술의 완전한
잠재성을 이해하고 그것의 모든 면들에 면밀한 관심을 보이도

록 노력해야만 한다. 그럼으로써 우리는 '〔그것을〕 새롭게 자유
로운 사용으로 전환하는 방법들을 찾을' 수 있게 된다(같은 책).

깁슨의 작품 속에는 초기 미국화의 초기 개념들과 대립되고
반대적인 움직임을 나타내는 '국가경제의 통합과 전지구화'에
의해 발생한 '복합적인 스타일과 문화의 혼합'이 있다(ibid.:
300). 그것은 국제화 과정을 말하는 것이고 그 과정에서 미국의
제국주의는 배우 역할 중 단지 하나에 불과하며, 그리고 전통적
인 힘의 경계가 허물어지게 된다. 왜냐하면 미디어 기술이 '기
술 세계와 조직적으로 차별화된 세계의 새로운 연합'을 창조한
사람들의 삶 속에 개입해 들어갔기 때문이다. … '〔그리고〕 우
리 사회를 재구성하는 기술적인 혁명은 계층적이 아니라 탈중
심화의 형태로, 경직성이 아니라 유동성 속에서 기초화되기 때
문이다'(Sterling 1994: x).

미디어 제국주의의 오랜 개념과 헤게모니에 의한 통제의 문
제는 새로운 그룹들이 권력을 위해 투쟁하고 그들의 관점들을
제시하려는 '새로운 연합'과 더불어 점점 더 회의적으로 보인
다. 이러한 것들은 '권력의 블록화'일 수도 있고, 혹은 '전략적
으로 혹은 전술적으로 참여하는 사람들의 이해관계를 증진시키
기 위해 형성된 사회 이해관계들의 연합'일 수도 있다(Fiske
1993: 10). 아니면 새로운 상품을 증진시키거나 판매를 위한 사
업적인 그룹들일 수도 있다. 모든 그러한 연합들은 '힘의 배치
와 행사'(같은 책, 10)이므로 주의깊게 검토될 필요가 있다.

▶ 새로운 연합

마이크로 소프트 윈도우 95 패키지의 시작은 새로운 락 앨범

을 위한 모든 현란한 MTV 방송물에 기여하는데, 그것의 잡지 광고들은 '어떤 것을 흥분대상으로 만들려는' 실험을 하기 때문에 관객들을 '재미'를 보려고 하는 성적 대상의 친구들로 대한다. 그 생산물은 시트콤 『친구들』의 스타들인 제니퍼 애니스턴(Jennifer Aniston)과 맷 페리(Matt Perry)가 출연한 비디오 매뉴얼로 '설명' 되었고, 『응급실』(ER, 1995년 순위에서 『친구들』 다음 3위에 위치했음)에서의 마크 그린(Mark Green)으로 출연한 엔소니 에드워즈(Anthony Edwards)의 '정보광고'로 그리고 롤링 스톤즈(Rolling Sones)의 노래 '스타트 미 업'(Start Me Up)을 이용한 상업광고로 NBC 방송망을 통해 미국 전역에 방영되었다.

이것은 분명히 컴퓨터 기술이, 초기의 기술 엘리트와 지식인의 방식들과는 대조적으로 접근용이성, 즐거움, 친근성과 가정을 강조하면서 대중 미디어 문화와 합쳐지기 시작한 것을 보여준다. 분명 상업적인 전략이라 할지라도 그것은 '새로운 미디어'가 다른 미디어와 서로 서로를 강화하기 위해 사용된 형식들과 점점 덜 구분되어지는 과정의 일부분이다. 1950년대 시트콤 『내 사랑 루시』(I Love Lucy)에 출연하였고 전반적인 산업 방송물을 낳았던 루실 볼(Lucille Ball)이 1952년 12월 8일에서 1955년 5월 30일까지 킹 피쳐스의 만화 연재물, 녹음 음반과 델(Dell) 만화책과 같은 다른 미디어에 다시 출현되었던 것과 똑같이, 또한 이러한 '병합들'이 새로운 기술의 영역에서 발생되고 있는 것이다. 1994년에 미국인들은 80억 달러 정도의 컴퓨터를 구입했는데, 그것은 그들이 텔레비전을 구입하면서 쓴 83억 달러 바로 다음이다.

심지어 니르바나(Nirvana)의 커트 코베인(Kurt Cobain)의 미망

인 코트니 러브(Courtney Love)까지도 1994년 7월과 1995년 1
월 사이의 그녀의 게시물들 — 이 안에서 그녀는 자신의 삶과
느낌들에 대해 '말'하고 있는데, 이 때 마치 그녀의 삶의 재현
이 더욱 전통적인 미디어와 같은 것에 의해 이루어지는 방식이
었다—을 음악에서 자서전으로 그리고 다시 인터넷으로 이전시
키는 부분적인 미디어의 병합을 이루었다. 추측컨대 그녀에게
있어서 네트는 언론과 텔레비전에서의 전통적으로 억제되고 통
제된 목소리에 대한 응답의 창구로써 이곳을 통해 그녀는 자신
에 대해 팬들에게 직접적으로 말할 수 있었다. 미디어를 통한
새로운 잡종의 출현이 있는데, 곧 비디오게임이 영화(*Mortal
Kombat*, 1995)가 되고 텔레비전이 영화(*Morphin Power
Rangers*)가 되고 그래픽 소설이 영화로 다시 만들어지고 영화
가 게임(*Terminator*)이 되고 인터넷 게시물들이 연극(Courtney
Love에 기반해서 만든 Elyse Singer의 *Love in the Void*)이 된다.
   이것은 논쟁이 '극단에서 극단까지, 현란함과 낭만주의에서
두려움과 혐오까지 오가는' 경향과 더불어, 미국 내부에 존재하
는 것처럼 보이는 근본적인 불확실성에 이르게 한다(Elmer-
DeWitt 1995: 9). 미디어는 여러 형식으로 민주화되는 것으로 여
겨져 왔다. 왜냐하면 그것은 표현과 논쟁의 장을 제공하거나 혹
은 마음의 통제와 권위적이고 공적인 문화의 적법성의 수단일
수도 있기 때문이다. 이러한 끝없는 논쟁은 다시 한번 인터넷과
다른 미래 광섬유 기술을 포함한 '정보 초고속도로'에 대한 최
근의 논의와 함께 요약된다.
   『와이어드』 사설이 그 장의 시작에서 논의하고 있듯이 1960
년대까지 다시 거슬러 올라가는 인터넷과 가장 신비로운 형태
의 '사이버스페이스'를 둘러싼 대항(counter) 문화적인 열정이

있어왔다. 예컨대, 1960년대의 대항 문화는 '기관과 국가를 넘어 직접 사람들에게 다가갈 수 있는 극단적 정치'로 새로운 기술들을 포용하였다. 그것은 동시에 '집착적으로 전지구 마을을 구상하고 있는 기업적인 미국에 대안을 낳는 극단적 정치'였다(Mellencamp 1992: 56). 그러므로 사이버펑크들은 주요 영향력의 인물로서 '사회의 약점을 따는 녹슨 깡통따개와 같은'(Rucker 1993: 70) 작품을 쓴 1960년대 대항 문화적인 윌리암 버로우즈(William Burroughs)와 환각적 실험의 시초로 네트의 극단적 잠재성의 대변인이 되었던 티모시 리어리(Timothy Leary)를 주목한다. 어떤 비평가들은 '가상의 사회' 혹은 네트를 통해 이야기하는 그룹들에 초첨이 맞춰진 신공산사회주의에 주목하고 그것을 60년대로의 후퇴 그리고 비현실적인 유토피아에 대한 욕망으로 본다.

이 반-독재주의적인 분위기는 항상 새로운 미디어에 대한 논쟁과 관련하여 존재해오던 것으로, 그것은 아마도 전자영역재단(Electronic Frontier Foundation)의 '책임성명'에 의해 가장 잘 설명되고 있다. 그 선언은 '우리를 연결하는 디지털, 전자 미디어의 거대한 망에서 출현하는 세계'에 대해서 말한다. … '이러한 단일의 고정된 지리학적인 위치가 없는 사회는 전자적인 영역 위의 초기 정착들로 구성된다'(Rucker 1993: 88). 그 재단의 목표는 '전자 영역을 문명화하는 것, 즉 그것을 단지 기술적 엘리트들에게가 아니라 모든 이들에게 유익하고 이로운 것이 되도록 하는 것이다'(같은 책, 88). 그래서 그것이 '수백만의 개인들에게 힘을 부여함으로써 '정부/기업 패러다임의 헤게모니를 위협할' 수 있도록 하는 것이다(같은 책). 새로운 '영역'에 대한 미국 신화가 새로운 독립과 자유의 꿈과 관련해 다시 이용된다

는 것이 아무리 흥미롭고 신나긴 하더라도 새로운 미디어 내부
에 통제, 검열과 규제에 대한 대항 세력들은 계속 등장한다. 초
고속도로망의 정치적인 점유는 클린턴과 고어의 1992년 미국민
들의 새로운 기술에 대한 접근의 약속과 더불어 그리고 하원의
공화당 대변인 뉴트 깅그리치(Newt Gingrich)가 '사이버스페이
스는 지식의 땅이며 그 땅의 탐험은 문명화의 최고 진실되고
지고한 소명일 수 있다'(Elmer-DeWitt 1995: 4)라고 주장함으로
써 최근 몇 년 사이에 더욱 두드러졌다. '사이버스페이스'에 대
한 대항세력과 정치세력의 점유 모두 그것의 극단적인 잠재력
을 축소시키기 시작하는데, 그것이 기존의 정치적 기관들과 이
해집단들에 의해 권리가 주장되고, 그 주류에 의해 삼켜져버리
기 때문이다.

　전자영역재단은 특히 '썬 데블 작전단'(Operation Sun Devil)
에 대해 염려하고 있다. 그것은 'FBI나 비밀 기관과 같은 정보
기관들'의 연합체로 '극단적인 한계 … 즉 디지털 미디어'에
이르기까지 '거대한 정보 기업들'과 제휴하고 있다(Kapor과
Barlow 1990: 2). 사실 인터넷의 '민주화'에 대한 개념은 경제적
인 접근법, 웹 전반의 정보의 흐름을 검열하고 제한하려는 정부
기관들(상원의 Exon 이동통신 예의규약)과 마이크로소프트의
'네트워크'처럼 네트 자체의 고유방식을 체계화하기 시작하는
그러한 기업들에 의해 제한받는다. 이것이 윌리암 깁슨의 두려
움이다. 그가 사이버스페이스와 '자유에 대한 그 잠재적 충동'
속의 즐거움을 찬양하지만 '우리에게 물건을 팔 수 있도록 무
엇인가가 더욱 구조화되기를 바라는 기업들의 이해타산에 의해
그것[인터넷]이 망가지지 않을까 하는 것이 윌리암 깁슨의 염
려'이다(Rosenberg 1995: 2).

▶ '안녕하세요, 당신은 기계에게 말하고 있는 거예요 …'
　: 『터미네이터』 영화와 사이보그 문화

　공학과학영화는 미디어와 기술에 대한 미국의 반응을 계속해서 명확히 보여주면서 정체성, 권력, 기계문화와 말세의 문제들이 서사적인 탐색을 통해 검토될 수 있도록 정치적 영역과 동떨어진 하나의 장을 제공한다. 초기 과학소설에서 기술(이 안에 미디어도 포함된다)은 근대성의 힘을 연상시킨다. 근대성이란 전통적인 사회 기관과 구조들의 빠른 변화와 변경이며 그렇기 때문에 사회의 구조에 잠재적인 위협으로 여겨졌다. 공학과학소설 문학과 영화에서 기술의 디스토피아적인 암울한 면은 의도적으로 내부 가정의 개념에서 벗어난 환경에서 벌어지게 함으로써 그 실마리를 얻을 수 있다. 비인간으로서 기술은 항상 통제에서 벗어나 정서적이고 동정적인 인간성을 파멸시키고 그것들에 기술을 부과할 것 같다. 이러한 기술에 대한 두려움은 다른 방식들로 그 자체를 드러낸다.

　예컨대, 1950년대의 '침공' 영화에서 드러나는데, 그 영화에서 '외계인'은 미국 삶의 구조를, 즉 『화성에서온 침입자』(Invaders from Mars)와 같은 것에서처럼 특히 가족을 파괴한다. 그 위협은 공산주의의 두려움과, 침공해 그것의 가치를 부과하고 미국의 삶의 핵심적인 가치들을 통제하려는 욕망과 연결되어 있어 민주적인 문화를 소동시키며 질서있는 가족단위의 전통적인 관계를 뒤흔든다. TV 시트콤에서 —『마법에 걸린 여인』과『나의 사랑하는 마티안』(My Favourite Martian)에서 처럼 — '외계인'을 장난스럽게 사용하는 익살스러움과는 달리 이 영화들은 외부침입자들과 그들의 가치가 보이는 차이에 대해 진정으로 사회·정치적인 두려움을 표현한다. 그러므로 기술은 미국이 제지 없는 전진과 그것의 결과에 대한 불안함을 극화할 수 있는 코드가 되었다. 하지만 이 모든 영화에서 기술은 좋고도 나쁜 두 얼굴을 가졌다. 질서있는 민주적인 '가족'의 손에 소비자 중심의 1950년대 하위도시 문화의 장치들이 완벽히 받아들여졌지만, 결국 우리가 처음에 보았듯이, 이제는 텔레비전의 시대이고 새로운 가정의 기술 시대이며 핵폭탄의 시대이다. 하지만 그것이 그릇된 손아귀로 떨어지거나 오용되어질 가능성, 그리고 미국의 문화적 통제와 질서를 벗어나 있는 외계인에 의해 어떤 더욱 진전된 상태로 재발명될 가능성도 있다.

사이버펑크 소설들에서처럼 터미네이터 영화들(1984와 1991)은 미디어 기술들과 통제와 질서 사이의 긴장에 대한 양가적인 반응과 관련이 있다. 다음은 두 번째 영화에서 마지막 대사이다. '미지의 미래가 우리에게 굴러오고 있다. 나는 그것을 처음으로 희망감을 가지고 대하고 있다. 왜냐하면 기계인 터미네이터가 인간 삶의 가치를 배울 수 있다면, 아마 우리도 역시 그럴 수 있을 것이기 때문이다.' 이 말은 존 코너(John Connor)의 어머니로 인간의 구원자 사라 코너(Sarah Connor)에 의해 이야기된다. 여기서 종교적인 의미는 매우 강하다.

희생적인 JC(Jesus Christ/John Connor)는 심지어 심장이 없는 기계에게 동정과 사랑의 힘과 같은 것을 '가르쳤기' 때문이다. 하지만 영화들 그 자체는 인간성과 기계성의 혼합화를 통해 이 지점에 이르게 되고 상호 '배움'이 발생한다. 영화가 기술에 대해 단순히 대립적인 독해를 거절하고 기계와 인간 사이의 더욱 애매하고 유동적인 관계를 제시하는 것은 바로 이 이유 때문이다. 그 영화가 텍카드(Deckard)와 레이첼(Rachel) 사이의 애매한 관계를 제시할 때,『블레이드 러너』(*Blade Runner*)가 '기술과 인간의 가치들 사이의 중재를 제공하는'(Kuhn 1990: 62) 방식과 같이 『터미네이터 1』과 『터미네이터 2』는 미국에서의 경쟁적인 기술 이미지들을 탐구한다.

『터미네이터』는 1980년대가 배경이 된다. 미디어 기술들이 도처에 있어 모든 이의 삶에 혜택과 방해를 제공하고 있다. 그리고 영화는 이것을 중요시 여긴다. 그것은 기계, 스크린, 장치들과 자동화에 묻혀 있어 '백만분의 일초 안에 우리의 운명을 결정하던 미래의 방어 네트워크 컴퓨터(Skynet)가 보다 덜 해로운 영화의 현재 기술에 그 비천한 기원을 두고 있었다는 것'을 제시한다(Kuhn 1990: 117). 등장 인물들은 영화 줄곧 기술에 관련해 문제를 지니고 있다. 그 영화는 기술이 파괴되거나 남용되기 쉽다는 것과 따라서 기술에 내재적으로 나쁜 것이 있는 것이 아니라 그것이 사용될 수 있는 방식들에 문제가 있다는 것을 암시한다.

예컨대 경고가 기술상 영화 속의 인물들에 미치지는 못한다. 이것은 우리가 의사소통(전화, 호출기, 전화응답기 등)을 하기 위해 그 기술에 의지해야 할지도 모르지만, 그 메시지가 방해받거나 분산되어 버리면, 어떠한 상호 연결도 이루어질 수 없다는 것을 의미한다. 첫 번째 영화에서 주요장면은 '테크 누와'(Tech Noir)라고 불리는 클럽에서 발생하는데, 그 장면은 영화의 기술쾌락과 그것의 폭력장면에서와 같이 죽음과 파괴를 연상시키는 어두운 면의 이중적인 두 관심사를 연결시킨다. 기술문화—음악, 전등, 비디오 등등의 구조는 우선 그것을 창조한 동일한 힘들에 의해 말살될 수 있다. 이와 관련해, 그 장면은 기술의 잠재적인 효과들과 더불어 그 영화들의 관심사 대부분을 요약하고 있다.

영화들이 제안하고 있는 것은 인간과 기계의 결합에 의해 의미화된 학습과정이다. 그러므로 사라는 '단단한 신체'가 되고 터미네이터의 단순한 마음과 엄격함에 근접하게 된다. 반면에 'T2'에서의 터미네이터는 '인간화'된다. — 어느 누구도 죽이지 않고 오히려 돌보고 구하는 존 코너(John Connor)의 부모가 된다. 그것은 '두 개의 부분적이고도 애매한 합침으로 더욱더 복잡한 반응이며 … 기계적인 것보다 더 유기적인 것의 낭만적인 승리도 아니며 혹은 우리 모두가 자동로봇이 되어버린 허무주의적인 인식도 아니다'(Kuhn 1990: 118). 그리고 그것은 문화가 기술의 핵심적인 역할을 인정하지만, 역시 인간성을 유지하는 방식으로 다시 생기거나 혹은 다시 태어난다는 인식이다. 이것은 변형된 인간성으로 이젠 더 이상 절망적인 대립적인 정신 속에 갇히지 않고 다양한 '규범들'에 대해 문제가 제기되어지고 대안들이 제안되는 정신에 속해 있다. 이것은 영화들에서 검토되는 권력, 권위와 통제의 쟁점들 뿐만 아니라 성(gender)의 쟁점들을 포함한다.

기술은 자동화된 형태의 공장 안에서 두 개의 영화를 종결짓는다. 그리고 터미네이터들이 '죽는 것'도 바로 거기에서이다. 하나는 기계에 압사되고 다른 하나는 그것의 구성물의 부분들에 빠져 녹아든다. 그것은 마치 관객들에게 그것은 모두 인간이 만든 것이고 '기술은 우리 인간성의 표현'이라는 것을 상기시키는 것 같다(Coupland 1995). 그것은 우리의 책임이다. '기계가 우리이고, 우리의 과정이며 우리 구현체의 한 양상이다'(Haraway 1991: 180). 핵전쟁의 공포, 스카이네트 프로그램(Skynet program)과 '사이버딘 기업'(Cyberdyne Corporation), 티

렐 기업(Tyrrel Corporation —『블레이드 러너』에 나오는)과 깁
슨의 자이바추스(Zaibatsus)의 기이한 세계는, 또한 일상 삶의
기본적이고 어디에도 존재하는 기술들을 낳는, 동일한 과학적,
기술적인 마음으로부터 나왔다.

인간과 기술의 '열매맺는 결합'(Haraway 1991: 150)은 켈너가
'해방적인 문화 산물'(Kellner 1979: 42)이라고 언급한 것의 일
부일 수 있다. 왜냐하면 그것이 인간을 생각과 행동의 고정된
방식으로 묶는 경계를 넘어서기 때문이다. 인터넷이 해방시키고
민주화시키는 것처럼 똑같이 다른 기술들도 그렇게 할 것이고,
더불어 미국의 문화를 바꾸고 그 문화를 전형적인 가족과 하위
도시 가정 혹은 가정과 직장과 같은 어떤 '규범들'로부터 멀리
벗어나게 할 것이다. 예컨대, 현대 공학과학소설의 재구성된 가
족에서 오래된 텔레비전의 가족은 비판을 받아왔고 과장되어
왔기에 새로운 역할들이 채택되고 차이들이 장려되는 '재구성'
(Kuhn 1990: 65)이 요구된다. 이 텍스트들은 몇 가지 방식을 제
시하는데, 이 방식에 따르면 기술이 수용되고 실제 긍정적으로
이용됨으로써 여하한 손실 없이도 전통적이고 관습적인 삶의
방식들을 해방시키고 변화시키고 그 방식들에 도전할 수 있게
된다.

▶ 결론: '강력한 이단적인 이종 종합성'

해러웨이(1991)는 '사이보그 세계'에 대해 찬성을 하는데, 그
세계에서 우리는 기술 지배적인 생각에, 그리고 '우리의 저항을
통일시키는 상상의 유기적 구성체'에 대한 의존에 뿌리밖은 전
통적인 견해에 매달리기보다 '획기적인 시각의 전환'을 해야만

한다. 그것이 우리를 더욱 완전히 '기술적으로 중재되는 사회'
내부에서 적응하게 만들기 때문이다(같은 책, 154). 그녀가 말하
듯이, '단일한 비전은 이중의 비전 혹은 머리가 많이 달린 괴물
들보다도 더욱 좋지 않은 환상을 생산'해낸다. 그래서 우리가
기술에 대한 제한되고 두려운 인식을 넘어서서 대신 사이보그
의 유동성과 복잡성을 채택해야 한다. 해러웨이는 특별히 성의
개념에 도전할 필요성에 관심을 가지고 있지만 그녀의 이론은
일반적인 기술에 대한 새로운 태도들을 구성하는데 도움이 된
다.[2]

그녀가 쓰고 있듯이 포스트모던한 세계는 '반과학적 형이상
학, 기술의 귀신학'을 지탱할 수 없다. 하지만 '일상 삶의 경계
들을 재구성하는 기술적인 일을 감싸안는' 방식들을 발견해야
만 한다. … '사이보그의 이미지는 우리가 우리 자신을 우리의
신체와 도구들로 설명해온 이중성의 미로에서부터 출구를 제시
할 수 있다'(Haraway 1991: 181).

해러웨이가 인간—기계 연결의 잠재성에서 보고있는 것은
'강력한 이단적인 이종종합성(heteroglossia)' (같은 책, 181)이다.
다시 말해 그것은 20세기 후반의 새로운 기술의 시대에 크게
목소리를 높이고 명확하게 자신을 드러낼 공간을 찾으려는 많
은 목소리들의 수단이다(서론과 1장을 참조). 만약 우리가 보았
던 것처럼, 미디어와 기술이 오랫동안 구심적인 것으로 정의되
었다면, 즉 모든 것을 중심쪽으로 하나의 목소리의 통제 쪽으로

---

2) 도나 해러웨이의 작품은 7장의 성별과 성애성에 대한 논의와 상관성이 있다. 왜
   나하면 그녀에게 사이보그는 성별을 넘어서서 소통과 지성을 '명령과 통제를
   전복하기' (해러웨이 1991:175)위한 재코드의 가능성을 나타낸다. 그녀는 그녀의
   분석 속에 체리 모라가(Cherrie Moraga)와 오드르 로드(Audre Lorde)와 같은 작
   가들의 작품을 살핀다.

강요하고 있다면, 그때 해러웨이가 제안하는 것은 원심적이고 다양한 복수의 목소리다. 이 이론에 있어 해방적인 것과 기술적인 것은 상호 배타적이지 않다. 참으로 우리가 터미네이터가 배우는 것, 곧 '인간 삶의 가치'를 배우기 원하면 후자는 힘의 부여와 표현을 위한 투쟁에 결정적인 것이다.

▶ 참고문헌

Ang, I. (1985) *Watching Dallas*, New York: Methuen.

Barthes, R. (1976) *Mythologies*, London: Paladin.

Batelle, J. (1995) 'Viacom Doesn't Suck!', *Wired*, vol.1, no.1 April, pp.89-92, 110-11.

Belsey, C. (1980) *Critical Practice*, London: Methuen.

Bukatman, S. (1993) *Terminal Identity: The Virtual Subject in Post-Modern Science Fiction*, London: Duke University Press.

Charters, A. (ed.) (1994) *The Penguin Book of the Beats*, Harmondsworth: Penguin.

Cohan, S. and Rae Hark, I. (eds) (1993) *Screening the Male: Exploring Masculinities in Hollywood Cinema*, London: Routledge.

Coupland, D. (1995) unnamed lecture at Broadway Cinema, Nottingham, 7 November.

During, S. (ed) (1993) *The Cultural Studies Reader*, London: Routledge.

Elmer-DeWitt, P. (1995) 'Welcome to Cyberspace', *Time*, vol.15, no.27, Spring, pp. 2-16

Fiske, J. (1987) *TV Culture*, London: Methuen.

_____ (1993) *Power Plays, Power Works*, London: Verso.

Garber M., Matlock, J. and Walkowitz, R.L. (eds) (1993) *Media Spectacles*, London: Routledge.

Gibson, W. (1986) (first 1984) *Neuromancer*, London: Grafton Books.

Haraway, D.J. (1991) *Simians, Cyborgs and Women: The Reinvention of Nature*, London: Free Association Books.

Hoggart, R. (1958) (first 1957) *The Uses of Literacy*, Harmondsworth: Penguin.

Jameson, F. (1991) *Postmodernism, or the Cultural Logic of Late Capitalism*, London: Verso.

Jordan, G. and Weedon, C. (1995) *Cultural Politics: Class, Gender, Race and the Postmodern World*, Oxford: Blackwell.

Kapor, M. and Barlow, J.P.(1990) 'Across the Electronic Frontier', Electric Frontier Foundation, Washington DC, Internet Page.

Katz, J. (1995) 'The age of Paine!', *Wired*, vol.1, no.1 April, pp.64-9.

Kellner, D. (1979) 'TV, Ideology, and Emancipatory Popular Culture', *Socialist Rrview*, vol. 45, May-June, pp. 13-53.

_____ (1995) *Media Culture: Cultural Studies, Identity and Politics Between the Modern and the Postmodern*, London: Routledge.

King, A.D. (ed.) (1991) *Culture, Globalization and the World-System*, London: Macmillan.

Kuhn, A. (ed.) (1990) *Alien Zone: Cultural Theory and Contemporary Science Fiction*, London: Verso.

Lhamon, W.T. (1990) *Deliberate Speed: The Origins of Cultural Style in the American 1950s*, Washington, DC: Smithsonian Institute Press.

McCaffery, L. (ed.) (1993) (first 1991) *Storming the Reality Studio: A Casebook of Cyberpunk and Postmodern Fiction*, London: Duke University Press.

McLuhan, M.(1965) (first 1964) *Understanding Media: The Extensions of Man*, New York: McGraw-Hill.

Marc, D. (1989) *Comic Visions: Television Comedy and American Culture*, London: Unwin Hyman.

Marcuse, H. (1967) *One Dimensional Man*, London: Paladin.

Marling, K-A. (1994) *As Seen on TV: The Visual Culture of Everyday Life in the 1950s*, London: Harvard University Press.

Maltby, R. and Craven, I. (1995) *Hollywood Cinema*, Oxford: Blackwell.

Mason, B.-A. (1987) (first 1985) *In Country*, London: Flamingo.

Mellencamp, P. (1992) *High Anxiety: Catastrophe, Scandal, Age and Comedy*, Bloomington: Indiana University Press.

Merelman, S. (1995) *Representing Black Culture*, London: Routledge.

Morley, D. and Robins, K. (1995) *Space of Identity: Global Media,*

Electronic Landscapes and Cultural Boundaries, London: Routledge.

Penley, C. Ross, A. (eds) (1991) *Technoculture*, Minneapolis: University of Minnesota Press.

Rosenberg, S. (1995) 'Short-circuiting Civilization: An Interview with William Gibson', Internet Page, 28 October, pp. 1-3.

Roszak, T. (1970) *The Making of the Counter-Culture: Reflections on the Technocratic Society and Its Youthful Opposition*, London: Faber and Faber.

Rucker, R. (ed.) (1993) *Mondo 2000: A Users Guide*, London: Thames and Hudson.

Silverstone, R. (1994) *Television and Everyday Life*, London: Routledge.

Simonson, R. and Walker, S. (eds) (1988) *Multi-Cultural Literacy: Opening the American Mind*, St Paul: Graywolf Press.

Smith, S. (1993) *Subjectivity, Identity and the Body*, Bloomington: Indiana University Press.

Spigel, L. (1992) *Make Room for TV: Television and the Family in Postwar America*, Chicago: University of Chicago Press.

Stearn, G.E. (ed.) (1968) *McLuhan Hot and Cool*, Harmondsworth: Penguin.

Sterling, B. (ed.) (1994) (first 1986) *Mirrorshades: The Cyberpunk Anthology*, London: Harper Collins.

Storey, J. (1993) *An Introductory Guide to Cultural Theory and Popular Culture*, London: Harvester Wheatsheaf.

_____ (1994) *Cultural Theory and Popular Culture: A Reader*, London: Harvester Wheatsheaf.

Strinati, D. (1995) *An Introduction to Theories of Popular Culture*, London: Routledge.

Sweeting, A. (1994) 'Flop of the Pops' *The Guardian*, 19 December, p. 5.

Tichi, C. (1991) *Electronic Hearth: Creating An American Television Culture*, Oxford: Oxford University Press.

Tomlinson, J. (1991) *Cultural Imperialism*, London: Pinter.

Tunstall, J. (1977) *The Media is American: Anglo-American Media in the World*, London: Constable.

▶ 후속작업

1. 『블레이드 러너』를 이용해서 영화를 실습하라. 펼쳐지는 영화의 연속편을 이용해서 미디어 기술의 복합적인 재현을 분석하고 어떻게 그 기술이 인간의 삶과 관련이 있으며 그 삶에 개입하는지를 분석하라. 영화가 어떻게 이러한 미래적 비전을 미국의 과거(그것의 원천적인 이야기들)와 어떠한 주제적 이념적 결과들과 연결시키고 있는가? 데카드가 사무실의 티렐을 방문해서 레이첼을 시험하는 등등의 장면으로 당신의 생각들을 종결하라. 어떻게 그 영화는 이 지점에서 권력과 통제의 양상들을 소개하고 있는가?

〈연구과제〉

2. 아래 질문을 생각해 보자.
  ① 『스타트랙』(*Star Trek*)은 공간에 있어 미국으로 볼 수 있다. 하지만 그 방송이 어떠한 미국의 비전을 전달하고 있는가? 텍스트의 이념적이고 역사적인 독해를 끌어오는 그 프로그램을 분석하라. 예컨대 그것이 어떻게 비앵글로 승무원을 배치시키고 혹은 어떻게 여성들을 재현해내는가에 대해 분석하라. 그것을 여기 유토피아/디스토피아의 개념들에 대한 우리의 논의와 연결시켜라.
  ② 기업의 '정체성', 가치체계 그리고 생산물들을 분석하면서, 비아콤 그룹을 통해 '전지구적' 복합국가 기업주의의 개념을 조사하라. 그 기업들이 목표의 관심과 걱정 그리고 방법의 유형을 제공하고 있는가? 그 특징은 무엇인가? 그 관심은 어떠한 가치들을 전달하는가 그리고 어떻게 전달하는가?

에필로그

제10장에서 이루어진 기술문화에 대한 논의는 이 책을 결론 내리기에 적절한 방식이다. 왜냐하면 그것은 서론과 서론에서 논의한 바흐친식의 복합성에 대한 열광, 그리고 미국의 경험을 새롭게 기술하기 위한 방법들을 탐구하는 작업과 연계되기 때문이다. 해러웨이의 사이보그 은유는 '기원들과 본래의 총체성에 대한 오래된 이야기'를 전복시키고 의문을 제기한다. 해러웨이는 힘을 가진 사람들이 '동일화라는 특수화된 해석을 통해 다양한 종족들과 경험들에 대하여 총체적인 통일성의 지도를 그리면서 쓴' 허구라고 그것들의 정체를 폭로한다(Smith, 179).

미국은 타자들을 배제하고 또 끈질기게 합의를 통하여 중심에 헤게모니적 힘을 가지는 신화적이고 단일한 정체성을 창출하고 유지시키고자 하는 욕망을 가짐으로써 미국이란 나라가 종종 단일국가로 해석되고 상상되고 있다는 것을 보여주고 있다. 사이보그가 통념적인 경계와 변경, 특히 유기체/기계의 경계를 위반하는 것과 마찬가지로, 미국을 새롭게 바라보기 위해서는 성별·섹슈얼리티·인종·세대, 그리고 민족성의 경계를 바라보고 가로질러 폐쇄된 방식들을 과감하게 해체해야 한다. 이렇게 함으로써 영화 『터미네이터』의 마지막 장면에서처럼, '우리는 우리의 퓨전(혼합)으로부터 … 서구적 로고스의 구현체인 인간이 다시 되지 않는 법을 배울 수 있다'(Haraway, 173).

미국의 신화와 그 기원 이야기에 집착하는 것은 그것들에 의
해 '식민지화'(175)되는 것이다. 그리고 이렇게 주류에서 벗어
나, 상이한 조망들이 '모든 의미를 완벽하게 전달하는 하나의
코드에 저항하여' 투쟁하는 '주변부'(176)에서 이야기들을 다
시 하는 것이 이 책의 목적이다. 이러한 반-메타 서사적 과정을
해러웨이는 '한계—의식적 변형'(177)이라고 부른다. 왜냐하면
그러한 과정을 통해 미국문화에서 한때 품격이 떨어지고 지워
졌던 목소리들이, 그 가장자리에서 다시 살아남아서 이제는 '그
들의 신체와 사회의 텍스트들을 … 해석이라는 유희 속에서 활
발하게 다시 씀'으로써 (177) 진정으로 '새로운 시작'의 정신
으로 변형의 가능성들을 제공할 수 있기 때문이다. 미국을 단순
화된 신화나 이분법으로 해석하는 방식을 넘어섬으로써 미국이
'잡종, 모자이크, 괴물'(같은 책)이며, 다원적이고, 변화에 민감
하고 힘과 권위에 이의를 제기하는 국가라고 새롭게 인식할 수
있게 한다.

미국은 정체성이 고정되어 있지 않고 정치학이 더 이상 —
'지배나 통일성을 통하여, 합병을 통하여 — 단일성'(157)을 추
구하는 곳이 아니며, '유사성'과 차이의 새로운 문화정치학이
펼쳐지는 곳이다. 그러나 우리는 이러한 새로운 정치학이 '차이
를 구조화하는 힘의 관계들'(Jordan and Weedon, 564)을 인식해
야 한다고 주장하고자 한다. 왜냐하면 다원성은 모든 목소리들
이 사회적으로 평등하다거나 억압과 지배가 존재하지 않는다는
것을 의미하는 것은 아니기 때문이다. 이 새로운 정치학은 '우
리 모두가 하나가 아닌 복합적인 사회적 정체성으로 구성'되어
있고 우리 모두가 상이한 방식으로 우리에게 작동되는 '다양한
적대감'들에 의해 '복잡하게 구성되어 있다'는 것을 '인식하는

… 차이를 통한 생생한 정체성 정치학'이다(King, 57).

국가적 정체성과 개인적 정체성 사이에서 이러한 관계를 이끌어내는 것은 한계가 있으나, 이러한 작업은 우리가 '타자성이라는 음식을 먹고 사는'(Pile and Thrift, 272) 나라에 대하여 새로운 조망들과 접근들을 탐색하면서 미국에 대한 종전의 이야기들에 저항할 수 있게 만든다. 우리가 이 책에서 제시하고자 하는 미국학의 미래는 좀더 광범위한 영역의 문화적 텍스트들(그래픽 소설, 컴퓨터 팩키지, 비디오 예술 등)을 포함함으로써 연구영역이 확장될 것이고, 생산적인 새로운 접근방식들을 포함함으로써 학문 경계가 좀더 극적으로 붕괴될 것이다. 궁극적으로 미국의 다양한 문화들이 많은 방법론들을 이용하여 - 우리가 이 책에서 그랬던 것처럼 - 검토되어야 할 것이지만, 켈너가 주장하듯이(1995), 미래는 텍스트의 경계에서 멈추기를 거부하고 텍스트에서 맥락, 텍스트에서 문화와 사회로 이행하는 '탈-학문적인' 접근방식을 요구하게 될 것이다. '비판적, 복합문화적, 그리고 다중-조망적'이란 켈너의 용어들이 모두 현재 우리가 부상되고 있는 것을 목격하고 있고 미래에 더 발전시킬 가치가 있는 그러한 유형의 미국문화학과 연관성이 있다.

미국 문화화로 계속해서 그 자체를 비판하고 그 방법들을 변형시켜야 한다. 왜냐하면 이러한 생산적인 수정 과정에 건강한 불안정성이 존재하기 때문이다. 이것은 목소리들과 견해들, 힘과 변화의 모든 '생생한 혼합체'인 국가 자체의 유동적 상황을 반영하고 있다. 아프리카계 미국소설가인 이쉬마엘 리드가 이미 지적했듯이, 미국의 새로운 '놀라운 운명'은 '세계의 문화들이 교차하는 장소가 되는 것'이고, 이러한 특별히 낙관주의적인 비전은 실행가능성이 좀더 크다. '왜냐하면 미합중국은 세계에서 유일무이한 나라인데, 그것은 세계가 바로 미합중국에 있기 때문이다'(Simonson and Walker, 160). 우리는 미국 문화학의 과제가 그러한 장소에 대하여 사유하고 논평하는 다른 새로운 방법들을 지속적으로 찾아내는 것이라고 믿는다.

▶ 참고문헌

Haraway, D.J. (1991) *Simians, Cyborgs and Women: The Reinvention of Nature*, London: Free Association Books.

Jordan, G. and Weedon, C. (1995) *Cultural Politics: Class, Gender, Race and the Postmodern World*, Oxford: Blackwell.

Kellner, D. (1995) *Media Culture: Cultural Studies, Identity and Politics Between the Modern and the Postmodern*, London: Routledge

King, A. D. (eds) (1991) *Culture, Globalization and the World-System*, London: Macmillan.

Pile, S. and Thrift, N. (eds) (1995) *Mapping the Subject: Geographies of Cultural Transformation*, London: Routledge.

Simonson, R. and Walker, S. (eds) (1988) *Multi-Cultural Literacy: Opening the American Mind*, St Paul: Graywolf Press.

Smith, S. (1993) *Subjectivity, Identity and the Body*, Bloomington: Indiana UP.

부 록

▶ 1. 미국사 연표

연 도	사건 및 내용	
1520~1650	1522	Magellan 세계일주 탐험
	1565	St. Augustine에 유럽인 최초 정착
	1607	미국에 첫 식민지 Jamestown 설립
	1619	Virginia에 흑인 노예 20명 도착
	1620	청교도들이 Mayflower호를 타고 Plymouth에 도착
	1622	인디언 오페칸카노우, 제임스타운 정착촌 대항 버지니아 봉기 주도
	1629	Salem에 Massachusetts Bay 식민지 건설
	1630	청교도들이 Boston 정착
	1636	Harvard 대학 설립
1651~1700	1661	버지니아 주 노예제도 법제화
	1675~76	Indian Wars
	1685	New York에 영국 왕실 식민지 건설
1700~1750	1700	이민가속화 및 노예 무역의 확장
	1701	이로쿼이동맹, 프랑스 및 영국과 평화협정 체결 Yale College 설립
	1721	벤자민 프랭클린, "Of Freedom and Necessity"
	1733	Georgia 식민지 건설
	1735	출판의 자유 운동(Zenger 사건) 전개: New York의 신문발행인 Zenger가 반역죄로 기소된 사건)
1751~1800	1754~63	French and Indian War
	1765	영국이 식민지에 인지조례(Stamp Act) 실시
	1770	보스턴 학살 사건
	1772	최초의 인디언 작가 샘손 오컴, 영어 작품 발간

	1773	Boston Tea Party 사건
	1775	흑인 노예 만 명 미국 독립전쟁 참여
	1776	대륙회의 독립선언서 채택: 독립선언
		토마스 제퍼슨, *The Declaration of Independence*
	1780	흑인 노예 57만 중 5만여 명이 북부, 51만여 명이 남부에 거주
	1783	영국과 Paris 조약: 미국 독립 승인
	1786	Virginia 신앙 자유법 제정
	1787~89	미합중국 인디언 정책 관련 주요 문서 채택
	1789	조지 워싱턴 초대 대통령으로 취임
		대법원 설립
	1790	최초의 인구 조사: 총 392만 중 노예 69만여 명, 자유 흑인 5만여 명
	1794	공화당 창당; 토마스 페인, *The Age of Reason*
	1800	인구 5,308,483명, 증가율 35.1%
1801~1850	1801	토마스 제퍼슨이 3대 대통령으로 당선
	1804	미국 북부지역 노예제도 전면 폐지
	1807	미국 의회 노예수입 금지법 통과
	1808	노예 수입 금지
	1812~15	영국과의 전쟁
	1815~50	서부 개척
	1819	경제 공황
	1821	흑인연합감리교회(필라델피아, 뉴헤이븐, 롱아일랜드, 뉴욕) 창립
	1822	중국인 이민 중지
	1823	먼로주의(Monroe Doctrine) 선언
	1826	제임스 페니모어 쿠퍼, *The Last of the Mohicans*
	1828	민주당 창당
	1831	1회 흑인연합회의 필라델피아에서 개최;『해방』지 창간
	1835	잭슨 대통령의 미국 남부 거주 인디언의 강제이주에 관한 교서
	1836	랠프 왈도 에머슨, *Nature*
	1838	최초의 증기선 대서양 횡단
	1839	노예제 반대 '자유당' 창당
	1846~48	Mexican War
		캘리포니아 골드 러시
	1847~48	오리건 철도 개통

	1850	인구 23,191,876명, 가구 당 인구수 5.55명, 평균 나이 18.9
	1850	나다니엘 호손, *The Scarlet Letter*
1851~1900	1851	허먼 멜빌, *Moby-Dick*
	1855	월트 휘트먼, *Leaves of Grass*
	1857	노예를 재산으로 인정한 "드레드 스콧" 사건 판결
	1861	아브라함 링컨 16대 대통령으로 취임
		남부연합(Confederate States of America) 결성
	1861~65	남북전쟁(Civil War)
	1863	링컨 대통령 노예해방 선언: Gettysburg 전투
		국립 은행제도 설립
	1865	노예제도 불법화(미국 연방법 제13조)
		링컨 대통령 암살: Andrew Johnson 대통령 취임
		수정헌법 13조: 노예제 폐지
	1869	대륙 횡단철도 완공
	1870	수정헌법 15조 비준: 흑인에게 투표권 부여
	1870~90	미 대륙 철도 건설
	1876	Bell의 전화 발명
		마크 트웨인, *The Adventures of Tom Sawyer*
	1877	Edison의 축음기 발명
		헨리 제임스, *The American*
	1882	중국인 이민 금지법
	1886	Ku Klux Klan(KKK) 결성
		미국노동총연맹(American Federation of Labor) 창설
	1887	도즈법(The Dawes Act)
	1889년경	고스트 댄스 교(敎), 네바다에서 평원으로 확산
	1890	에밀리 디킨슨, *The Poems*(유고집)
	1892	인민당(Populist Party) 창설
	1894	Pullman 철도 회사 파업
	1895	스티븐 크레인, *The Red Badge of Courage*
	1898	하와이 병합: 미국-에스파냐 전쟁
	1900	인구 75,994,575명, 가구 당 인구수 4.76, 평균나이 22.9
		시어도어 드라이저, *Sister Carrie*
1901~1950	1901	시어도어 루스벨트 26대 대통령으로 당선
	1904	Wright 형제 첫 비행
	1907	헨리 애덤스, *The Education of Henry Adams*

1909	NAACP(전미 유색인종협회) 발족
1911	아메리카 인디언 협회(SAI) 창설
1914	파나마 운하 공식 개통
1914~18	1차 세계 대전
1917	미국이 1차 세계 대전에 개입
1918	1차 세계 대전에 흑인 5만 명 참전
1919	셔우드 앤더슨, *Winesburg, Ohio*
1920	여성 참정권 부여; 상업 라디오 방송 개시
1921	민족별 인원 할당 이민법
1922	T. S. 엘리엇, *The Waste Land*
1924	인디언 시민법
1925	F. 스콧 피츠제럴드, *The Great Gatsby*
1927	텔레비전 개발
	대서양 횡단비행
1929	어네스트 헤밍웨이, *A Farewell to Arms*
	윌리엄 포크너, *The Sound and the Fury*
1929~40	대공황(Depression)
1930	엘리야 무하마드 Nation of Islam 창립
1930	싱클레어 루이스 노벨 문학상 수상
1931	Hoover Moratorium 발표
1933	금주법 폐지; 1차 New Deal 실시
	실업자를 위한 연방 구호 실시
	프랭클린 D. 루스벨트 32대 대통령으로 당선
1934	"Dust Bowl" 재난
1935	2차 New Deal 실시; 사회 보장제도시작
1936	유진 글래드스톤 오닐 노벨 문학상 수상
1938	공정 노동 기준법, 최저 임금제와 최고 시간제 확립
	펄 벅 노벨 문학상 수상
1939	존 스타인벡, *The Grapes of Wrath*
	유럽에서 2차 세계 대전 발발
1940	Smith Act(외국인 등록법) 실시
1941	2차 세계대전 흑인 300만 징병등록
	일본의 진주만 공격; 미국의 2차 세계 대전 참전
1942	시카고에서 최초의 핵반응 실험 성공
	미군의 북아프리카 침공
	국제 연합 선포
1944	아메리카 인디언 전국의회(NCAI) 결성

	1945	얄타 회의; 프랭클린 D. 루스벨트 사망; 트루먼 대통령 승계 2차 세계 대전 종식 독일 항복(5월 7일); 일본 항복(8월 15일) 국제 연합 헌장 조인
	1949	북대서양 조약 기구(NATO)에 미국 가입 아더 밀러, *The Death of a Salesman* 윌리엄 포크너 노벨 문학상 수상
	1950	인구 150,697,361명, 가구 당 인구수 3.37, 평균나이 30.2
	1950~53	한국전쟁
1951~2002	1952	랠프 엘리슨, *Invisible Man*
	1952	수정헌법 22조 비준: 대통령 2선 이상 금지 미국 최초의 수소 폭탄 실험 성공
	1954	"브라운 판결"로 흑백분리 금지 McCarthy의 반공 조사 공산주의 통제법
	1955	블라드미르 나바코프, *Lolita*
	1956	몽고메리 버스 승차 거부 운동
	1958	미국 최초의 인공위성 발사
	1960	존 F. 케네디 35대 대통령으로 당선
	1961	쿠바 Pigs만 침공 실패 조셉 헬러, *Catch-22*
	1962	John H. Clenn 2세 탑승, 미국 최초 인공위성 발사 Cuba 미사일 위기 존 스타인백 노벨 문학상 수상
	1963	미국, 영국 및 소련 핵실험 금지 조약 조인; 케네디 대통령 달라스에서 암살
	1963~73	베트남 전쟁
	1964	민권법 제정: 할렘폭동으로 민권운동가 3명 피살
	1965	흑인 "투표 참정권법" 통과를 위한 킹 목사 주도 앨 라배마 주 대규모 시위행진 고용 차별 감소를 위한 연방법 노암 촘스키, *Aspects of the Theory of Syntax*
	1966	러프 락 시범학교 개교, 부족 정부가 운영하는 이중 언어, 이중 문화 교육의 실례를 보임
	1968	마틴 루터 킹 목사 암살 핵무기 확산 금지 조약

	미네아폴리스에서 아메리카 인디언 운동(AIM) 창설
	인디언 시민권법 제정
1969	커트 보네거트, *Slaughterhouse Five or the*
	Children's Crusade: A Duty Dance With Death
	닐 암스트롱 달 착륙
	스콧 마마데이, *House Made of Dawn* 퓰리처상 수상
1971	수정 헌법 26조 비준: 18세 이상 투표 자격 부여
	남녀 평등법(ERA) 의회 통과
1972~74	워터게이트 스캔들
1973	베트남전 종결
	토마스 핀천, *Gravity's Rainbow*
	운디드 니 점거
1977	토니 모리슨, *Song of Solomon*
1974	야구 선수 행크 아론 715번째 홈런 기록; 1935년
	이후 최고 기록인 베이비 루스의 기록을 갱신
	워터게이트 사건으로 닉슨이 대통령직을 사임
1976	지미 카터 39대 대통령으로 취임
	솔 벨로우 노벨 문학상 수상
1978	아이작 바셰비스 싱어 노벨 문학상 수상
1980	체슬로우 밀로즈 노벨 문학상 수상
1981	로널드 레이건 40대 대통령 당선
1982	마이클 잭슨『스릴러』앨범 4천만 장 이상 판매
1983	앨리스 워커『보랏빛』으로 퓰리처 상 수상
1987	조셉 브로드스키 노벨 문학상 수상
1989	조지 부시 41대 대통령으로 당선
1992	로스앤젤레스 4 · 29 폭동 발생
1993	토니 모리슨 혹인 최초 노벨 문학상 수상
	빌 클린턴 42대 대통령으로 당선
1994	O. J. 심슨 사건 발생
1997	농구 황제 마이클 조단 활약 시카고 불즈 5회 연속
	NBA 우승
2000	인구 276,382,000명
2001	조지 W. 부시 43대 대통령으로 당선
	콜린 파월 부시정부 국무장관 임명
	9 · 11 테러 사건 발생

▶ 2. 미국 역대 대통령 및 부통령 표

대	대 통 령	정당	출 신	부 통 령	비 고
1	조지 워싱턴 George Washington (1789~1797)	없음	농장주 독립전쟁 사령관 주지사, 가정교사	존 애덤스 John Adams (1789~1797)	중임
2	존 애덤스 John dams (1797~1801)	연방당	부통령 외교관 변호사	토마스 제퍼슨 Thomas Jefferson (1797~1801)	
3	토마스 제퍼슨 Thomas Jefferson (1801~1809)	민주 공화당	농장주 변호사 부통령	아론 버 Aaron Burr (1801~1805) 조지 클린턴 George Clinton (1805~1809)	중임
4	제임스 메디슨 James Madison (1809~1817)	민주 공화당	농장주 변호사	조지 클린턴 George Clinton (1809~1812) 공석 (1812~1813) 엘브리지 게리 Elbridge Gerry (1813~1814) 공석 (1814~1817)	중임
5	제임스 먼로 James Monroe (1817~1825)	민주 공화당	변호사 상원의원 주지사, 외교관	다니엘 D. 톰킨스 Daniel D. Tompkins (1817~1825)	중임
6	존 퀸시 애덤스 John Quincy Adams (1825~1829)	민주 공화당	변호사 외교관 상원의원	존 C. 칼훈 John C. Calhoun	박빙의 승부로 3차(상원에서 결정)까지 간 대통령

대	대 통 령	정 당	출 신	부 통 령	비 고
7	앤드류 잭슨 Andrew Jackson (1829~1837)	민주당	변호사 법관 상원의원	공석 (1832~1833) 마틴 밴 부렌 Martin Van Buren (1833~1837)	
8	마틴 밴 부렌 Martin Van Buren (1837~1841)	민주당	변호사 상원의원 주지사	리처드 M. 존슨 Richard M. Johnson (1837~1841)	
9	윌리엄 헨리 해리슨 William Henry Harrison (1841)	휘그당	군인 상원의원	존 타일러 John Tyler (1841)	취임 후 한달 만에 폐렴으로 사망
10	존 타일러 John Tyler (1841~1845)	민주당에 서 공화당 으로 이적	변호사 주지사 상원의장, 부통령	공석	해리슨 사망후 부통령이 대통령 승계
11	제임스 K. 포크 James K. Polk (1845~1849)	민주당	변호사 법률학자 주지사	조지 M. 달라스 George M. Dallas (1845~1849)	
12	재커리 테일러 Zachary Taylor (1849~1850)	휘그당	군인 멕시코 전쟁의 국가적 영웅	밀러드 필모어 Millard Fillmore (1849~1850)	취임 16개 월 후 사망
13	밀러드 필모어 Millard Fillmore (1850~1853)	공화당	변호사 법률학자	공석	테일러 사망후 대통령 승계
14	프랭클린 피어스 Framklin Pierce (1853~1857)	민주당	변호사 상원의원	윌리엄 킹 William King (1853) 공석 (1853~1857)	
15	제임스 뷰케넌 James Buchanan	민주당	변호사 상원의원	존 C. 브레킨리지 John C. Breckinridge	

대	대 통 령	정당	출 신	부 통 령	비 고
	(1857~1861)		외무장관	(1857~1861)	
16	아브라함 링컨 Abraham Lincoln (1861~1865)	공화당	변호사 법률학자	한니발 햄린 Hannibal Hamlin (1861~1865) 앤드류 존슨 (Andrew Johnson) (1865)	1874년에 재당선, 그러나 5일후 암살당함. 남북전쟁 발발
17	앤드류 존슨 Andrew Johnson (1865~1869)	공화당	법률학자 상원의원 부통령	공석	링컨 암살로 대통령 승계
18	율리시스 S. 그랜트 Ulysses S. Grant (1869~1877)	공화당	군인 농부	슈일러 컬팩스 Schuyler Colfax (1869~1873) 헨리 윌슨 Henry Wilson (1873~1875)	
19	러더퍼드 B. 헤이즈 Rutherford B. Hayes (1877~1881)	공화당	변호사 주지사	윌리엄 휠러 William Wheeler (1877~1881)	
20	체스터 아서 Chester Arthur (1881~1885)	공화당	교사 법률학자 변호사	체스터 아서 Chester Arthur (1881)	취임 199일 후 암살됨
21	제임스 A. 가필드 James A. Garfield (1881)	공화당	변호사 교사 부통령	공석	
22/24	그로버 클리브랜드 Grover Cleveland (1885~1889) (1893~1897)	민주당	변호사 보안관	토머스 핸드릭스 Thomas Hendricks (1885) 공석 (1885~1889) 아들라이 E. 스티븐슨 Adlai E. Stevenson	2회 대통령 당선

대	대 통 령	정당	출 신	부 통 령	비 고
				(1893~1987)	
23	벤저민 해리슨 Benjamin Harrison (1889~1893)	공화당	변호사 상원의원	레비 P. 모턴 Levi P. Morton (1889~1893)	9대 대통령 의 손자
25	윌리엄 맥킨리 William McKinley (1897~1901)	공화당	교사 군인 변호사	개릿 호우버트 Garret Hobart (1897~1901) 시어도어 루스벨트 Theodore Roosevelt (1901)	1900선거 재선, 곧 암살됨
26	시어도어 루스벨트 Theodore Roosevelt (1901~1909)	공화당	변호사 주지사 목장주, 부통령	공석 (1901~1905) 찰스 페어뱅스 Charles Fairbanks (1905~1909)	혁신주의 운 동의 중심인 물. 맥킨리 암 살 후 승계. 1904년 당선
27	윌리엄 하워드 태프트 William Howard Taft (1909~1913)	공화당	변호사 법관	제임스 셔먼 James S. Sherman (1909~1912) 공석 (1912~1913)	
28	우드로 윌슨 Woodrow Wilson (1913~1921)	민주당	변호사 교사, 교수 주지사	토마스 R. 마샬 Thomas R. Marshall (1913~1921)	1차 세계대 전
29	워런 G. 하딩 Warren G. Harding (1921~1923)	공화당	신문 편집자 상원의원	캘빈 쿨리지 Calvin Coolidge (1921~1923)	
30	캘빈 쿨리지 Calvin Coolidge (1923~1929)	공화당	변호사 주지사	공석 (1923~1925) 찰스 도즈 Charles Dawes (1925~1929)	

대	대 통 령	정당	출 신	부 통 령	비 고
31	허버트 후버 Herbert Hoover (1929~1933)	공화당	지술자	찰스 커티스 Charles Curtis (1929~1933)	대공황
32	프랭클린 D. 루스벨트 Franklin D. Roosevelt (1933~1945)	민주당	변호사 주지사	존 낸스 가너 John Nance Garner (1933~1941) 헨리 A. 왈리스 Henry A. Wallace (1941~1945) 해리 S 트루먼 (1945) Harry S Truman	4번 당선· 뉴딜정책· 2차세계대 전
33	해리 S 투르먼 Harry S Truman (1945~1953)	공화당	농부 판사 상원의원	공석 (1945~1949) 앨빈 바클리 Alben Barkely (1949~1953)	대통령 취임 날 바뀜. 냉 전. 1948당선
34	드와이트 D. 아이 젠하워 Dwight D. Eisenhower (1953~1961)	민주당	2차 세계대전 참모총장	리처드 닉슨 Richard Nixon (1953~1961)	
35	존 F. 케네디 John F. Kennedy (1961~1963)	민주당	상원의원 하원의원	린든 B. 존슨 Lyndon B. Johnson (1961~1963)	달라스에서 암살
36	린든 B. 존슨 Lyndon B. Johnson (1963~1969)	공화당	상원의원 목장주	공석 (1963~1965) 휴버트 험프리 Hubert Humphrey (1965~1969)	
37	리처드 닉슨 Richard Nixon (1969~1974)	공화당	변호사 상원의원	스피로 애그뉴 Spiro Agnew (1969~1973)	워터게이트 사 건. 최초 사임 한 대통령

대	대 통 령	정당	출 신	부 통 령	비 고
				공석(1973) 제럴드 포드 Gerald Ford (1973`~1974)	
38	제럴드 포드 Gerald Ford (1974~1977)	공화당	하원의원	공석(1974) 넬슨 록펠러 Nelson Rockfeller (1974~1977)	하원의장에서 대통령이 됨
39	지미 카터 Jimmy Carter (1977~1981)	공화당	주지사	월터 먼데일 Walter Mondale (1977-1981)	
40	로널드 레이건 Ronald Reagan (1981~1989)	민주당	영화배우 주지사	조지 부시 George Bush (1981~1989)	
41	조지 부시 George Bush (1989~1993)	공화당	중앙정보부장	댄 퀘일 Dan Quayle (1989~1993)	
42	빌 클린턴 Bill Clinton (1993~2001)	민주당	주지사	앨 고어 Al Gore (1993~2001)	
43	조지 W. 부시 George W. Bush (2001~)	공화당	주지사	딕 체니 Dick Cheney (2001~)	

▶ 3. 미국의 10대 종교(뉴욕 시립 대학원 1990년 조사 자료)

종 교	성인 예상 인구	성인 예상인구의 퍼센트
기독교(Christianity)	151,225,000	86.2%
무종교(Nonreligious)	13,116,000	7.5%
유대교(Judaism)	3,137,000	1.8%
무신론(Agnostic)	1,186,000	0.7%
이슬람교(Islam)	527,000	0.5%
유니테리언파 (Unitarian Universalist)	502,000	0.4%
불교(Buddhism)	401,000	0.3%
힌두교(Hinduism)	227,000	0.2%
아메리칸 인디언 종교 (Native American Religion)	47,000	
과학주의파(Scientologist)	45,000	

미국의 가장 큰 종파(뉴욕 시립 대학원 1990년 조사 자료)

종 교	성인 예상 인구	성인 예상인구의 퍼센트
카톨릭(Catholic)	46,004,000	26.2%
침례교(Baptist)	33,964,000	19.4%
감리교(Methodist)	14,116000	8.0%
루터교(Lutherian)	9,110,000	5.2%
장로교(Presbyterian)	4,985,000	2.8%
유대교(Judaism)	3,137,000	1.8%
오순절교(Pentecostal)	3,116,000	1.8%
감독교회(Episcopalian)	3,042,000	1.7%
말일 성도(Latter-day Saints)	2,487,000	1.4%
예수교(Churches of Christ)	1,608,000	1.0%
여호와의 증인(Jehovah's Witnesses)	1,381,000	0.8%

찾아보기

C

E

E Pluribus Unum 다수로 이루어진 하나 51

E. R. 『응급실』(TV 드라마) 577

Earp, Wyatt 와이어트 어프 274

Easthope, A. 앤소니 이스트호프 394

Easy Rider(film) 『이지 라이더』 73

ecology 생태학 256, 261, 262

'ècriture feminine' 여성적 글쓰기 403

'edutainment' '교육적인 오락' 192

Edwards, Jonathan 조나단 에드워드 208

Eisenhower, D. 드와이트 아이젠하워 211,

Electronic Frontier Foundation 전자영역재단 578

Elijah Mohammed(Muhammad) 엘리야 마호메트 241

Ellis, Bret Easton 브렛 이스턴 엘리스 279

Ellison, Ralph 랠프 엘리슨 156, 169, 179

Elsley, J. J. 엘스리 417

Encyclopedia of Southern Culture 『남부 문화 백과사전』 311

environment 환경 35, 54, 83, 86, 88, 89, 134, 207, 260, 277, 280, 292

Episcopalian 감독교 219, 222

Erdrich, Louis 51 루이스 어드리치 111

Erikson, E. 에릭 에릭슨 447

'Estate'(Rauschenberg) (plate) '토지' 495

ethnicity 민족성(인종) 16, 17, 30, 35, 91, 248, 254, 375

ethnocentrism 민족 중심주의 501

Evangelicalism 복음주의 214, 215, 222, 223, 224

Evans, Walker 워커 에반스 295

exceptionalism 예외주의 256, 538

expansionism 팽창주의 487

F

Falwell, Jerry 제리 팰웰 230

family 가족/가정 29, 34, 35, 37, 62, 65, 66, 69, 73, 89 ; and television 텔레비전 509, 545, 546, 547, 548

Farewell My Lovely(film) 『안녕 내사랑』 354

Farm Security Administration 농장보호국 294

Farrakhan, Louis 루이스 패러칸 227

Father Knows Best 『아버지가 가장 잘 아신다』 550

fathers 조상들, 아버지 233, 431, 436, 437, 438, 556

Faulkner, William 윌리엄 포크너 299, 309

Faust 파우스트 268

Female Labour Reform Association 여성 노동 개혁 협회 379

I

J

N

O

W

Y

역자 후기

'미국'이란 과연 어떤 나라인가?
'미국인'이란 도대체 어떤 사람들인가?

2001년 9.11. 테러, 아프카니스탄의 극단 이슬람 원리주의자들인 탈레반 세력과 테러 배후로 지목된 오사마 빈 라덴에 대한 응징인 "테러와의 전쟁", 2002년 대통령 연두교서에서 북한을 "악의 축"으로 지칭한 조지 W. 부시대통령의 발언파문, 그리고 솔트레이크시 동계올림픽에서의 판정시비 등은 세계속에서 "미국"이란 나라와 "미국인"이란 사람들에 대해 다시 한번 생각하게 만든다. 우리와는 판이한 역사와 경험을 가진 미국은 이제 우리가 잘 아는 나라이면서도 이해하기 어려운 나라가 되었다. 미국은 이제 가깝고도 먼 나라가 되고 있는가? 그러나 미국은 결국 이상국가도 아니고 불량국가도 아닐 것이다. 미국인들도 별종이 아닌 보통사람들일 것이다.

우리는 이제 미국을 좀더 냉철하게 총체적으로 이해하고 공부하는 것이 필요하다. 21세기 한반도 분단상황에서 한미관계의 재정립 뿐아니라 동아시아에서의 미국의 역할이 재조명되어야 할것이다. 이런 의미에서 영국학자들에 의해 쓰여진 미국문화에 관한 이책은 미국이라는 "텍스트"를 좀더 객관적으로 다시 읽는데 도움이 될 것이다.

이책은 미국을 공부하는 미국학 전공자나 미국문학 연구자는 물론 미국문화일반에 관심을 가진 일반 독자들에게도 재미있고 유용하게 읽힐 수 있을 것이다. 미국문화에 대한 새로운 개론서인 이 책은 전문가들에게는 평이한 책이 될 것이고, 일반독자들에게는 약간 깊이있는 책으로 비쳐질 것이다.

　이책의 저자들은 서문에서도 밝혔듯이 미국이라는 나라의 국가적 정체성을 잡종성과 다원성으로 파악한다. 영국 저자들은 이 책에서 이러한 문화 정치학적 분석 작업을 수행하기 위해 다양한 조망들과 접근법을 채택하고 있으며, 1970~80년대 영국에서 수립된 새로운 학문연구 방법인 "문화학"(또는 "문화연구")(Cultural Studies)의 방법론을 광범위하게 채택하고 있다. 영국식 문화학의 방법은 광범위한 영역의 문화적 텍스트들(고급문화 정전들은 물론 대중문화, 영화, 비디오 예술, 컴퓨터 패키지 등)을 다룰 뿐 아니라, 접근방법도 레비 스트로스, 바르트, 푸코, 데리다, 들뢰즈 등 프랑스 포스트/구조주의 이론들을 이용한다. 영국 저자들은 미국문화를 종족-계급-성별(성적 취향포함)-세대-지역의 측면에서 새롭게 바라보기 위해 지금까지 배제된 주변부 타자들에 대한 배려와 관심도 보여준다. 공저자들은 유럽대륙이나 영국자체 뿐아니라 미국의 문화인류학자, 문화학자들의 이론들도 원용하고 있다. 제임스 클리포드, 폭스-제노비스, 자일즈 건, 조단과 위든 등은 그들 중 일부이다.

　이들의 방법을 한마디로 요약한다면 20세기 최고의 문화이론가인 러시아의 미하일 바흐친의 대화주의라 볼 수 있다. 그것은 차이를 가지고 서로 다른 힘들이 교차하고 충돌하면서 대화하는 일종의 역동적인 상상력이다. 이렇게 여러가지 목소리들이 섞여있는 잡종적인 미국문화를 논의하는데 있어서 공저자들은 "탈-학문적(학제적)"이고 "비판적, 복합문화적 그리고 다중조망적"이며 "다성적"인 문화라는 담론구성물을 분석하는 넓은 의미의 "담론분석"(discourse analysis)의 방법을 적용하고 있다. 따라서 공저자들이 미국문화의 정체성에 대한 새로운 접근을 위해서 다루는 주제도 다양하다. 다양한 인종과 이민의 여러 문제들, 아프리카계 미국인 문화의 특성, 미국인들의 종교생활, 서부와 남부를 포함하는 지역주의에 대한 관심, 오래된 대립성을 가진 미국의 도시문제들, 성별과 섹슈얼리티에 대한 논의, 억압적인 세상밖으로 나가려는 청년문화 문제, 과학기술과 미디어문화, 그리고

미국이라는 경계를 넘어서는 외교정책과 해외전쟁 수행에 관한 논의
들을 포함시키고 있다. 따라서 이 책은 지금까지 국내에서 출간된 20
세기를 중심으로 다룬 미국(문화)에 관한 책들 중에서 주제면에서
가장 다양하고 방법론적면에서 가장 참신하고 깊이가 있다.

이 책에서 "문화"는 "역동적이고 대립적인 이념적인 세력들과 해
석들"로 간주될 뿐 아니라 총체적인 "생활방식"을 인식하는 넓은 의
미로 해석되고 있다. 다시 말해 "문화"란 "의미들이 생산, 유통, 교환
되는 사회적 과정들의 총체"이며 "느슨하고 때로는 모순적으로 연
결된 집합체"이다. "텍스트"의 개념도 포괄적이다. 가령 "도시"를 하
나의 텍스트로 보듯이 세상을 하나의 텍스트로 읽는다.

새로운 미국문화담론을 위해 최근의 역사를 다시 들춰보자.

80년대말과 90년대초 동구사회주의권과 소연방의 붕괴가 가져온
냉전체제의 소멸은 미국의 지위를 새롭게 부각시켰다. 이들의 붕괴는
미국식 자본주의의 승리로 간주되어 프란시스 후쿠야마와 같은 신보
수주의자에 의해 "역사의 종언"으로 선언되기도 하였다. 미국의 힘에
균형을 유지시켜 주던 적대세력이 궤멸되자 미국은 거대한 자본, 최
첨단 과학기술, 끝없이 쇄신되는 대중문화, 강력한 군사력 등을 토대
로 전지구적으로 무소불이의 힘을 행사하는 유일한 초강대국이 되었
다. "세계화"와 "신자유주의 전략"도 결국 미국식 지배체제를 공고히
하는 전지구화 과정에 다름 아니다. 여기에서 미국문화의 모순적인
모습이 나타난다. 자유와 평등을 강조하면서도 자국내 소수민족(특히
토착 미국인인 인디언들)에 대한 억압과 차별, 그리고 비서구국 또는
약소국들에 대한 경제, 국사, 문화적 횡포가 그 예들이다. 미국과 미
국인들은 그나마 힘의 균형을 이루던 이데올로기적 적대세력이었던
구소련이 붕괴되자 민족적, 종교적 적대세력으로 이슬람권을 새로운
적으로 만들고 있다. 그런 과정에서 9.11테러가 일어났다. 부시대통령
은 80년대 레이건 대통령이 구소련을 "악의 제국"이라고 불렀듯이

새로운 적대세력들을 "악의 축"이라고 부르고 있다.

이 시점에서 미국의 내부결속을 위해 미국은 또 다른 적을 만들어 낼 필요가 있는 것일까? 21세기초 유일한 초강대국 미국은 "의무"와 "권리"를 모두 가지고 있다는 사실을 인식해야 한다.

2차대전 이후 해방과 더불어 3년간의 미군정과 6.25 전쟁이래 정치, 경제, 문화, 군사 등 다방면에서 유대관계와 교류를 가지고 있고 노근리양민학살사건, 매향리사건, 용산기지이전문제, 용산 미8군기름 유출 및 독극물한강방류사건 등 어느 때보다 반미감정이 고조되고 있는 가운데 우리는 미국에 대해 "다시" 공부할 필요가 있다. 이 책의 번역소개가 그러한 공부에 조금이라도 도움이 되었으면 좋겠다. 이번에 같이 번역하게된 젊은 미국학자들에게 도반(道伴)으로써 감사드린다.

이 책의 번역분담은 다음과 같다. 정정호가 서문, 에필로그를, 추재욱이 6장, 10장을, 정은숙이 4장, 5장을, 신진범이 2장, 8장을, 박용준이 1장, 9장을 그리고 정혜연이 3장, 7장을 번역하였다. 미국문화를 함께 공부하고 토론하며 번역하는 가운데 우리 자신이 미국이란 나라와 미국인들을 좀더 총체적으로 이해할 수 있었던 것이 큰 보람이다.

마지막으로 여러가지로 어려운 때에 번역권 취득부터 다각도로 도와주신 학문사 김창환부사장님께 감사드리고 편집부 김영숙선생에게도 고마움을 전한다. 앞으로 기회가 되는대로 화보와 부록을 더 많이 싣고자 한다.

독자 여러분들의 질정과 격려를 바란다.

2002.4

역자를 대표해서 정 정 호

역자 소개

정정호 서울대학교 영어과 졸업 및 동 대학원 영문학과 졸업
미국, 위스콘신 대학교(밀워키) 영문학 박사학위
현재 중앙대학교 문과대학 영어영문학과 교수
저서 『탈근대인식론과 생태학적 상상력』(1997) 外
역서 『문화와 제국주의』(1995) 外

추재욱 중앙대학교 영어영문과 졸업 및 동 대학원 박사과정 수료
현재 경문대 교수
논문 「역공간 담론」, 『공간과 사회』 9권(1997)
「하이 퍼텍스트시학: 텍스트에서 하이퍼텍스트로」, 『버전
업』 3호 (1997)
역서 『호주문화학 입문 - 문화 읽기와 쓰기』(정정호 外 12인 공역)

정은숙 중앙대학교 영어과 졸업 및 동 대학원 박사
현재 중앙대, 상지대, 선문대 강사
논문 「맥신 홍 킹스톤의 대화적 기법: 이중 목소리, 상호텍스트성,
트릭스터 전략을 중심으로—킹스턴의 『여인무사』에 나타난 대
화적 기법—권위적 담론을 내적 설득담론으로 다시 쓰기」(학
위논문)

신진범 중앙대학교 영문과 졸업 및 동 대학원 영문학 박사 과정 수료
현재 송호대학 교수
논문 Morrison, Hurston, Reed, Stowe, Henson, Ellison에 관한 논문
다수
저서 *An English Mentor's Reader*(학문사), *Standard TOEIC*(브레
인 하우스), *Intermediate Tourism English*(브레인 하우스)
역서 『호주문화학 입문 - 문화 읽기와 쓰기』(정정호 外 12인 공역)

박용준 상지대학교 영문과 졸업
중앙대학교 대학원 영문학 석사 및 박사과정 수료
현재 중앙대, 상지대 강사
논문 「리비스 문학론 다시 읽기: 문학의 위기의 시점에서」(2000)
「코진스키의 『현존재』 연구: 권력과 몸의 관계를 중심으로」
(2000)
「맬라머드의 『점원』에 나타나는 여성의 문제: 실존주의 페
미니즘 관점에서」(2001)
「『현존재』에 나타나는 권력과 매스미디어」(2002)

정혜연 고려대학교 영문과 졸업 및 동 대학원 영문과 석사
미국, 반더빌트 대학교 영문학 석사
현재 반더빌트 대학교 영문학과 박사과정
논문 「넬라 라슨의 『위험한 모래 늪지』와 『백인 행세』에 나타난
흑백 혼혈아 원형의 계승과 전복」
역서 『영국 고전 희곡선 2』(17, 18세기 편), 『거지 오페라』,
동인, 2001
영역 Cheon Kyeong-nin "The Merry-Go-Round Circus Woman"
PEN International vol. 50, no. 2 , 2000

세계의 역사와 문화 **7**

미국문화의 이해

2002년 3월 15일 인쇄
2012년 3월 20일 발행

저　자 / Neil Campbell · Alasdair Kean
역　자 / 정정호 · 추재욱 · 정은숙
　　　　신진범 · 박용준 · 정혜연
발행인 / 김　기　형
조　판 / 학문사전산실
발행처 / **학 문 사**

서울특별시 종로구 사직로 8길 21-2(서라벌빌딩1F)
☎ (대) (02)738-5118　FAX 733-8998
(대구지사) (053)422-5000~3　FAX 424-7111
(부산지사) (051)502-8104　FAX 503-8121
등록번호　　제1-a2418호
가격 20,000원

ⓒ HAKMUN PUBLISHING CO.　2002
ISBN 89 - 467 - 8175 - 0
E-mail: hakmun@hakmun.co.kr
http//www.hakmun.co.kr